Doris Niespor

Die Gewandschneiderin

Historischer Roman

Piper München Zürich

Mehr über unsere Autoren und Bücher:
www.piper.de

MIX
Papier aus verantwor-
tungsvollen Quellen
FSC® C083411

Originalausgabe
September 2011
© 2011 Piper Verlag GmbH, München
Umschlagkonzept: semper smile, München
Umschlaggestaltung: Hauptmann & Kompanie Werbeagentur, Zürich,
unter Verwendung eines Fotos von Trevillion Images
Satz: Kösel, Krugzell
Gesetzt aus der Scala
Papier: Munken Print von Arctic Paper Munkedals AB, Schweden
Druck und Bindung: CPI – Clausen & Bosse, Leck
Printed in Germany   ISBN 978-3-492-26447-1

Für meinen geliebten Vater,
der mir die Wege der Welt geebnet hat,
und für meinen geliebten Mann,
mit dem ich meinen Weg zu Ende gehen will.

Inhalt

»Herrgott, Anna, wie kann man nur so ungeschickt sein?« Orttraut funkelte Anna zornig an und schlug mit der flachen Hand auf den Holztisch. Das Talglicht hüpfte und erlosch beinahe.

»Ich bin wirklich gestraft. Da nehme ich mir ein Lehrmädchen, um ein wenig Erleichterung bei meiner Arbeit zu haben, und es bringt mir nur Ärger und Kosten!«

Und das Lehrgeld, fügte Anna in Gedanken hinzu, hütete sich jedoch, es auszusprechen, denn wenn sie Widerworte gab, würde Orttraut sie schlagen.

Die Näherin riss Anna die Arbeit aus der Hand, hielt ihr die zwei Teile des Gebendes, an dem sie gearbeitet hatte, unter die Nase und keifte weiter. »Weißt du, was eine Elle von diesem feinen Leinen kostet? Du hast es mit deinen Blutflecken völlig verdorben!«

Schweigend senkte Anna den Blick, den zerstochenen Finger im Mund. Zu Hause nähte sie mit der Linken, das ging ihr schneller von der Hand, und sie stach sich selten. Doch hier in der Nähstube musste sie die richtige Hand benutzen, das hatte sie ihrem Vater versprochen.

Ein eiskalter Luftzug wehte in den Raum. Gilbert!, stöhnte Anna in Gedanken, als die schwere Tür der Nähstube aufgerissen wurde und der Mann ihrer Lehrherrin schwankend auf der Schwelle stand. Gilberts Bierfahne füllte sogleich den kleinen Raum aus. Der Ratsherr war nicht oft betrunken, dann aber ging sie ihm lieber aus dem Weg. Mit glasigen Augen stierte er an Orttraut vorbei auf das junge Lehrmädchen, und eine fleckige Röte stieg ihm ins Gesicht. Einen Augenblick lang geschah nichts. Verwirrt hob Anna den Kopf. Gilberts umnebelter Blick kreuzte den ihren. Verschämt wurde ihr bewusst, dass sie noch immer den Finger im Mund hatte. Hastig nahm Anna die Hände hinter den Rücken.

Mit einem behänden Schritt, die schmalen Lippen fest zusammengepresst, stellte Orttraut sich zwischen ihren Mann und Anna.

»Verschwinde!«, keifte sie das Mädchen an. »Für heute ist es wahrlich genug.«

Ohne ein Wort warf Anna den dünnen Wollumhang über den blonden Schopf und duckte sich an den beiden vorbei. So rasch sie konnte, floh sie durch die offene Tür in die nächtliche Kälte hinaus. Erst als sie beim Zurückblicken den schwachen Schein des Talglichtes in der Nähstube nicht mehr sah, ließ sie ihren Tränen freien Lauf.

Endlich lag die Baustelle der stattlichen Kirche vor ihr. Das alte Gotteshaus war durch ein Feuer zerstört worden, und ihr Vater, der Baumeister Wille, hatte schon Beachtliches zum Wiederaufbau geleistet. Das Heim des Baumeisters lag dicht neben dem Rohbau, die sorgfältig verhängten Fenster waren wie üblich dunkel.

Zitternd vor Kälte legte Anna eine Hand an die Tür, doch ein heftiger Ruck um ihre Taille riss sie zurück. Erschrocken schrie sie auf, dann presste sich eine raue, schmutzige Pranke auf ihr Gesicht und machte jeden weiteren Laut unmöglich.

Anna konnte nicht sehen, wer hinter ihr stand, aber sie wusste sofort, wer sie in seine Gewalt gebracht hatte. Gilberts Gestank hätte sie auf Steinwurfweite wiedererkannt.

Verzweifelt trat sie um sich und versuchte, die Arme loszureißen. Es musste doch möglich sein, dem Griff zu entkommen. Gilbert indes drängte sie dichter an die Wand, warf sie herum und presste sie mit seinem ganzen Körper halb auf das Holz und halb auf den Lehmputz. Die Linke immer noch auf Annas Gesicht, schob er ihr mit der Rechten die Röcke hoch. Sein Mund war nun so dicht vor ihrer Nase, dass sie die faulige Ausdünstung seiner abgebrochenen Zahnstumpen einatmen musste. Ein Würgen stieg ihr die Kehle hoch.

In diesem Augenblick schlug die Tür der Hütte auf. Baumeister Wille stand im schwachen Schein der Laterne da wie ein Racheengel.

Gilbert war nicht zu beirren. Er ließ den Rocksaum über Annas schlanke Beine fallen und nestelte an der ledernen Geldkatze, die gut gefüllt an seinem Gürtel hing. Dann schob er ihr die Hand über die Nase, bis sie keine Luft mehr bekam.

»Komm, Wille, lass mich nur einen Augenblick mit der Kleinen allein! Ich ersetz dir den Schaden. Mit der Börse als Brautgabe findet sie allemal einen Mann – einerlei, ob geritten oder nicht ...«

Anna wurde schwarz vor Augen. Dass Wulf Wille auf den Ratsherrn zustürmte, sah sie schon nicht mehr, aber das Klatschen seiner Faust an Gilberts Schläfe drang noch zu ihr durch, bevor sie zu Boden fiel.

Jemand rüttelte sie. Sie stöhnte und hob die Arme, wollte um sich schlagen, doch als sie die Lider hob, tauchte das besorgte Gesicht ihres Vaters dicht vor ihr im Halbdunkel auf. Tränen schossen ihr in die Augen. Trotzig wischte sie sie beiseite und verschränkte die Arme auf der groben Wolle der Decke. »Entschuldige, ich dachte ...«

Wulf Wille legte seine raue, warme Hand über ihre zitternden Finger.

»Schon gut, es ist ja nichts geschehen. Ich muss zur Baustelle, ruh dich noch eine Weile aus, und dann kommst du nach.«

Anna nickte benommen, doch dann zuckte sie zusammen.

»Was ist mit meiner Arbeit? Ich muss ...«

Das freundliche Gesicht des Vaters verdunkelte sich, als zöge eine Gewitterfront über den Sommerhimmel. »Da gehst du heute nicht hin.« Wulf Wille holte tief Luft, und das Knirschen seiner Zähne übertönte für einen Augenblick den Gesang der ersten Vögel vor der Kate. »Da gehst du gar nicht mehr hin.«

Er drückte Annas Hand, nickte ihr zu und trat zur Tür. Dort wandte er sich noch einmal um.

»Denk an die Eier, es ist Sonnabend.«

Anna kostete es aus, noch eine Weile reglos auf dem Bett zu liegen, wie der Vater es sie geheißen hatte. Sie starrte zur niedrigen Decke hinauf. Das Stroh, mit dem die Gemeinde die Latten gedeckt hatte, war schon ganz grau. Ein riesiges Spinnennetz zog sich von der gespaltenen Latte über ihrem Bett bis zum Hauptbalken. Es war eine kleine Hütte, die dem Baumeister von den Jeveranern zur Verfügung gestellt worden war, nicht zu vergleichen mit dem schmucken Haus des Ratsherrn und seiner Frau. Anna ballte die zierlichen Fäuste. Gilberts Haus mag sauber sein, aber seine Seele ist schmutziger als die Hände eines Köhlers, sagte sie sich wütend. Was er getan hatte, war ganz sicher Sünde.

Erst das fordernde Meckern der beiden Ziegen im hinteren Teil des Raumes riss Anna aus ihren Grübeleien. Seufzend schlug sie die Wolldecke und das Leinentuch zurück und erhob sich von ihrem Strohsack. Zur Schlachtzeit um Ostern würde sie zusätzlich zu den Decken ein eigenes Schaffell bekommen, das hatte der Vater ihr versprochen. Fröstelnd nahm sie das mausgraue Überkleid von dem einzigen Lehnstuhl im Raum. Sie hasste diese Farbe. Immer wenn sie das Kleid betrachtete, musste sie an Ruß und Asche denken. Aber der Stoff war billig und unempfindlich gewesen, und so hatte sie sich gefügt.

Während sich das Kleid um Annas schmale Hüften bauschte, war es an den Schultern viel zu knapp geworden, und die Ärmel bedeckten ihre Handgelenke schon lange nicht mehr. Sie musste die Nähte herauslassen, denn sie war schon wieder gewachsen.

Selbst für diese Jahreszeit war es ungewöhnlich kalt in Friesland. Die Feuerstelle strahlte eine verlockende Wärme ab, doch Anna mied die Flammen. Das Anzünden und Unterhalten des Feuers wären ihre Aufgabe gewesen, aber Wulf Wille sah großmütig über die Angst seiner Tochter hinweg. Obgleich ihr Vater früh auf die Baustelle musste, vergaß er nie, für sie ein Feuer zu entfachen und den Kessel über den Herd zu hängen. So konnte Anna das geputzte Grün, das Gemüse und manchmal ein wenig Fleisch mit ausgestreckten Armen in den Kessel werfen und das kleine Feuer danach einfach in der steinernen Kochstelle ausbrennen lassen. Bis zur Mahlzeit war der Eintopf fast immer gar.

Anna schlüpfte in die dünnen Lederschuhe, bevor sie den dreibeinigen Hocker zur Hand nahm, der auch als Melkschemel diente. Das Gemüse konnte warten, zuerst mussten die Tiere versorgt werden.

Gemolken und zufrieden die getrockneten Halme und Kräuter aus der Raufe zupfend, gaben die Ziegen endlich Ruhe. Anna füllte zwei geschnitzte Näpfe aus dem Melkeimer und trug sie vorsichtig zu dem Wandbrett. Mit einem hölzernen Löffel schöpfte sie ein wenig Dickmilch aus einer Schale in die noch warme Ziegenmilch. Der Rest war, zusammen mit einem Kanten Brot, ihr Frühstück, das sie im Stehen einnahm. Heute war Samstag, und sie war spät dran. Bestimmt wunderte sich Rahardta schon, warum sie die Eier nicht holte. Und wenn Anna sich nicht beeilte, hatte die alte Frau sicher keinen der köstlichen Pfannkuchen mehr übrig, auf die sie sich die ganze Woche über gefreut hatte. Sie würde das Gemüse eben hinterher putzen.

Die Tür aus roh behauenen Brettern knarrte beim Öffnen in den ledernen Angeln. Es war ein kalter, klarer Morgen. Anna schob die Tür wieder zu und legte den ledernen Riemen um den Dorn am Pfosten. Der sonst um diese Zeit auf Annas Weg zum Eierholen übliche Betrieb hatte merklich nachgelassen, nur gegenüber lasen Jan und Welge, die Söhne des Schusters, noch die Reste vom kürzlich geschlagenen Holz auf.

Es gab zwei Wege zu Rahardtas Hütte. Einer führte über den Kirchplatz bis fast vor das Haus des Ratsherrn und bog dann nach links ab. Anna lief lieber hinter dem Haus entlang; ihr schauderte bei dem Gedanken, Gilbert zu begegnen. Außerdem war der Weg durch die Obstgärten kürzer, und hier standen herrenlose Bäume mit roten Eiseräpfeln, von denen sie einige pflücken wollte.

Von den unteren Ästen war schon alles abgepflückt. Anna zögerte nicht lange, zog flugs den Rock hoch, schlang einen lockeren Knoten in das Wolltuch und stieg auf den Baum. Die wenigen Äpfel, die sie ohne Korb tragen konnte, waren schnell geerntet. Als sie wieder auf dem Boden stand, den Knoten gelöst hatte und das Kleid über die Beine zurückgleiten ließ, drängten sich die hässlichen Bilder von Gilberts Überfall in ihren Kopf. Sie schüttelte sich. Gut, dass ihr Vater sie immer beschützte!

Mit ihrer Apfelbeute eilte sie über den leicht gefrorenen Boden. Bald tauchte Rahardtas schiefe Hütte auf. Wie in Annas Zuhause gab es ein geteiltes, oben aufgesperrtes Türchen, durch das die Ziegen neugierig ihre Köpfe schoben. Auch die kleine Hühnerklappe war schon auf.

Nur wenig Rauch stieg aus dem Schornstein auf, die meisten der blaugrauen Schwaden quollen am oberen Rand von Tür und Fenster aus dem Haus, die trotz der Kälte offen standen. Ein Hahn scharrte auf dem Dach in der modrigen Strohauflage. Annas Vater hatte schon einiges an Rahardtas Haus instand gesetzt, und Anna ging ihr mit den Tieren zur Hand. Im Gegenzug sorgte die Alte für Wulf Willes Bedarf an frischen Eiern, Ziegenkäse und Butter. Das Dach war als Nächstes fällig; doch ob es vor dem Winter noch fertig werden würde, war mehr als fraglich. Die meisten Stunden mit Tageslicht verbrachte Wulf auf der Baustelle, und das Arbeiten am Sonntag war verboten. Anna wusste, wie sehr Rahardta unter Kälte und Feuchtigkeit litt, die ihr an solchen Tagen in die Knochen krochen. Gebückt und schwer auf ihren Stock gestützt, trat die Alte aus der Hütte.

»Da bist du ja endlich, Kind!«, blaffte sie. »Trödelst hier was herum. Musst doch längst bei Orttraut auf der warmen Bank hocken und die feinen Nadeln schwingen.«

Ungeachtet des rauen Tons lächelte Anna, betrat die zugige

14

Behausung und legte die roten Äpfel auf den Tisch. Als ihr der Duft von der Feuerstelle herüber in die Nase stieg, erschauerte sie wohlig – es gab noch Pfannkuchen.

»Verwöhnte Rotzgöre, erst wird gearbeitet. Die Eier holen sich nicht von selbst aus dem Stall, oder soll ich mit meinem krummen Buckel die Hühnerleiter hinaufklettern?«

Trotz der barschen Worte machte Rahardta sich schon an dem flachen Kessel zu schaffen, der über der Feuerstelle hing. Als Anna sah, dass die Alte zittrig den Honigkrug vom Sims holte, stürmte sie rasch zum Hühnerstall davon.

Auf der Baustelle herrschte geschäftiges Treiben. Überall klopfte, hämmerte und polterte es. Fröhliches Pfeifen und Rufen klangen durch die Luft; die Stimmung war gut. Noch vor dem Mittagsläuten würde der Wochenlohn ausgezahlt werden, wie jeden Samstag.

Anna huschte an den Zimmerleuten vorbei auf das Portal zu. Noch waren die Türen nicht eingehängt, aber an den Rahmen war zu erkennen, wie großartig der Einlass für die Gläubigen später sein würde. Anna klopfte das Herz vor Stolz auf ihren Vater. Was für eine Kirche! Am rechten Pfeiler befand sich das Stehpult, an dem sich Wulf Wille häufig aufhielt. Von hier aus hatte der Baumeister die Männer und den Fortgang der Arbeiten gut im Blick. Auch der Lohn wurde an dieser Stelle ausgezahlt. Doch heute sah Anna ihren Vater nicht am Pult stehen, sondern entdeckte ihn auf einem der Gerüste. Sein Freund Arnulf hielt den Balken, er selbst trieb, einen mächtigen Hammer in der Linken, mit kräftigen Schlägen einen Zapfen in das sauber vorbereitete Holz. Als er seine Tochter sah, hangelte er sich geschickt zu ihr herunter.

»Du bist spät.«

Er zog ein Tuch aus dem Kittel und wischte sich über die schweißnasse Stirn. Er musterte Anna, die Augen dunkel vor Sorge, und seufzte.

»Bist du ... geht es dir gut?«

Anna wollte ihren Vater anlächeln, ihn beruhigen, doch zu ihrem Entsetzen füllten sich ihre Augen mit Tränen.

»Ich … ja, ich denke schon. Es ist nur – wo finde ich in nächster Zeit Arbeit?«

Wulfs Gesicht hellte sich auf. »Darüber habe ich mir auch schon Gedanken gemacht. Bis Lichtmess kannst du auf der Baustelle helfen und bekommst einen Pfennig Lohn am Tag. Danach kommst du vielleicht bei den Weißnäherinnen unter.«

Anna schluckte vor Enttäuschung. Sicher, eine Arbeit auf der Baustelle war naheliegend. Als Baumeister hatte Wille das Recht, auch ungelernte Kräfte einzustellen, selbst kurz vor dem Winter. Und wenn sie einen Teil des Lohnes behalten durfte, konnte sie vielleicht Stoff kaufen, um ein Kleid anzufertigen. Aber als Weißnäherin arbeiten? Sie wollte Kleider nähen, auch bunte Gewänder für reiche Bauern oder das Kloster. Sie hatte das ewige Gebendenähen und Betttüchersäumen bei Orttraut nur so lange durchgehalten, weil sie gehofft hatte, im zweiten Lehrjahr auch andere Aufgaben übernehmen zu dürfen. Ganz sicher wollte sie nicht ihr Leben lang Wäsche säumen und Muster umsticken, aber noch weniger wollte sie Gilbert jemals wieder begegnen. Jetzt, im Winter, fand sie keine neue Lehrstelle, da konnte sie sich genauso gut zum Schein fügen. Und bis Lichtmess fände Wulf gewiss eine andere Schneiderin für sie. Anna seufzte.

»Ich weiß, du träumst von bunten Stoffen und Seidenbändern«, sagte Wulf. »Aber nicht jeder kann Gewänder für den Kaiser anfertigen, und als Weißnäherin hast du ein Auskommen, bis du heiratest.«

Anna senkte den Kopf. Was wusste der Vater schon, wie viele Gewänder die hohen Herrschaften so brauchten? Da gäbe es sicher noch einen Platz für ein geschicktes Mädchen. Aber wenn sie ihm widersprach, würde er nur wütend werden. »Ja, Vater«, murmelte sie daher artig.

»Gut, also abgemacht. Für heute ist es zu spät, um für einen Tageslohn zu arbeiten, setz dich an den Rand und schau zu, aber ab Montag hilfst du Arnulf als Zuträgerin für die Dachlatten.«

Anna suchte sich einen Platz, von dem aus sie das Gewimmel gut im Blick hatte, und versank in Gedanken. Sie fand die Betriebsamkeit auf dem Kirchplatz nicht beunruhigend; seit sie ein kleines Mädchen war, hatte ihr Vater sie zu seinen Arbeitsstellen mitgenommen. Der klare blaue Himmel bildete einen hübschen Gegensatz zum hellen Holz der Kirche. Von hier aus hatte sie auch die Brunnenbauer im Auge. Einer schnitt Heidesoden zu, die für den Schacht gebraucht wurden. Die Grube war so breit, wie Anna lang war, aber der Brunnen war mit einem Geviert aus Balken gut gestützt. Die Zisterne hatte dem Baumeister Sorgen bereitet. Es war nicht so leicht gewesen, gute Balken zu finden; alles, was an abgelagertem Holz zu bekommen war, wurde in der Kirche verwendet. Schließlich hatte der Baumeister eine alte Schleppegge aufgetrieben, deren Teile für die Kirche schon zu abgenutzt, aber für den Brunnen noch gut zu gebrauchen waren. Bis der Brunnen fertig war, mussten die Männer das Wasser zum Lehmanmischen nach wie vor in Ledereimern vom Bewässerungsgraben beim nächsten Hof herbeischleppen.

Anna stutzte. Die Eimer! Sonst standen immer Eimer herum, doch heute entdeckte sie keinen Einzigen. Und sie sah auch niemanden Lehm mischen. Hatten die Männer die Eimer vielleicht weggebracht?

Ein dunkler Schatten fiel über sie. Ein Arbeiter, die Arme voller Jutesäcke, starrte auf sie herab. Ihm fehlte ein kleiner Finger. Anna schluckte und starrte auf den noch frischen Stumpf.

»Was sitzt du hier herum? Hast du nichts zu tun?«

Anna öffnete den Mund, doch sie kam zu keiner Antwort. Der Mann leckte sich über die bläulich verfärbten Lippen und schaute sich kurz um.

»Bist du nicht die Kleine vom Baumeister?«, fragte er.

Anna nickte stumm und versuchte, nicht auf die verstümmelte Hand zu achten.

Der Mann hielt ihr mit der gesunden Rechten einen der Jutesäcke hin. »Mach dich nützlich! Du kannst die Tücher mit dem Leinöl einsammeln und zum Lüften ausbreiten. Und dass du mir keines vergisst, wir wollen doch nicht, dass es hier zu brennen anfängt.«

Wortlos machte der Mann kehrt und schritt auf den Holzbau zu. Anna zuckte die Achseln. Ihr war kalt, es konnte also nicht schaden, sich ein bisschen zu bewegen.

Sorgfältig zählte Wulf Wille die Münzen ab. Er tauchte den Gänsekiel in das mit Rußtinte gefüllte Hörnchen, das am Zahltag immer verheißungsvoll in einem Loch in seinem Stehpult steckte. Das Kratzen der Feder war auf dem rauen Ziegenpergament gut zu hören, und sobald es verstummte, trat der nächste Arbeiter vor, um seinen Lohn in Empfang zu nehmen. Der Geselle zählte nicht nach; er hatte sich wie die anderen schnell daran gewöhnt, dass er auf dieser Baustelle nicht übers Ohr gehauen wurde. Und auch daran, dass Wille außer den Mönchen des Klosters der Einzige war, der in dieser Gegend lesen und schreiben konnte, hatten sich die Leute gewöhnt.

Wieder hatte das Kratzen der Feder ausgesetzt, und ein weiterer Arbeiter trat vor. Er nahm das abgezählte Geld und schimpfte los. »Das ist zu wenig!«

Die Arbeiter hinter ihm verrenkten sich die Hälse. Anna musste sich nicht strecken, sie konnte von ihrem Holzklotz auf der Wiese neben dem Pult aus gut sehen, wer die Unruhe verursachte; es war der Mann mit dem fehlenden Finger.

Der Baumeister blieb gelassen wie stets. »Was willst du damit sagen, Pawe? Glaubst du, ich betrüge dich um den Lohn für deine gute Arbeit?«

Die Umstehenden lachten, offenbar war Pawe nicht sonderlich beliebt bei den Leuten.

»Es ist zu wenig. Wir schuften hier, und es ist schon zu kalt, um vernünftig zu arbeiten. Und zu essen gibt es auch nichts. Auf der letzten Baustelle wurden wir immer beköstigt.«

Pawe schnäuzte sich in die Hand mit dem fehlenden Finger und wischte sie an seinem Ärmel ab. Hier und da war nun doch zustimmendes Gemurmel zu hören.

Die Stimme des Baumeisters wurde scharf, und Anna zog unwillkürlich den Kopf ein.

»Das war so ausgemacht. Lohn ohne Kost. Dafür gibt es mehr Lohn. Wenn dir das nicht passt, such dir eine andere Arbeitsstelle.« Der Baumeister blickte sich um. »Gott ist mein Zeuge: Ich betrüge nicht! Wenn ihr mir nicht glaubt, ist es Zeit, die Baustelle zu verlassen. Das gilt für jeden hier: Wer gehen will, soll gehen.«

Pawe spuckte auf den Boden und stapfte davon. Die anderen senkten den Blick. Um diese Zeit fand man keine neue Arbeit, und die Bezahlung war auf anderen Baustellen auch nicht besser. Der nächste Arbeiter trat vor und nahm seinen Lohn ohne Murren entgegen.

Endlich hatten alle ihr Entgelt erhalten. Anna wartete, bis ihr Vater seine Utensilien zusammengesucht hatte.

»So, nimm die Feder und das Pergament, es ist Zeit.« Wulf reichte seiner Tochter das zusammengerollte Blatt mit der Abrechnung des Tages und den Gänsekiel.

»Wulf!« Arnulf eilte auf den Baumeister zu und gab ihm ein Zeichen, er möge warten. Keuchend blieb er vor Vater und Tochter stehen, und sein Atem bildete kleine Wolken in der kalten Luft.

»Eine Nachricht für dich! Einer der Mönche hat sie mir vor dem Wirtshaus gegeben.«

»Wer hat den Auftrag erteilt, sie zu schreiben?«

Arnulf hob die Schultern. »Keine Ahnung. Ich muss los, mein Weib wartet.«

»Geh nur, es ist gut«, antwortete der Baumeister. Arnulf machte sich auf den Weg zu seiner schwangeren Frau, der die Hebamme schon vor zwei Monden zum Schutz des Kindes verordnet hatte, sich nur im Notfall von der Bettstatt zu erheben. Wulf Wille entrollte das feine Klosterpergament aus Kalbsleder.

Anna linste neugierig auf das beschriebene Blatt, obwohl sie des Lesens nicht kundig war. Ihr Vater hatte versprochen, es ihr beizubringen, bisher aber noch keine Zeit dazu gefunden. War es eine gute Nachricht? Und wer mochte jetzt, kurz vor dem Winter, etwas von ihm wollen?

Wulf Willes Gesicht wurde kalkweiß. Er rollte den Bogen zusammen. Dann entrollte er ihn erneut und las noch einmal. Schließlich knüllte er das teure Pergament zusammen und schob es in den Ärmel. Wortlos stürmte er auf die Hütte zu. Ohne zu fragen, eilte Anna hinterher.

Feuer

Die Glut war erloschen. Hungrig und fröstelnd kauerte Anna neben der kalten Kochstelle und wartete. Ihr Vater hockte am Tisch; er hatte kein einziges Talglicht entzündet, obwohl es inzwischen stockdunkel war.

»Vater ...«

Er antwortete nicht – hatte er denn nichts gehört?

»Vater, zündest du das Feuer an? Die Glut ist erloschen.«

»Du wirst es tun«, erwiderte er nach einer langen Weile.

Vor Schreck sprang Anna beinahe das Herz aus der Brust.

»Ich ... du weißt doch, ich kann das nicht«, flüsterte sie.

»Stell dich nicht so an! Du zündest jetzt das Feuer an. Du hast es ausgehen lassen. Wenn ich aus dem Wirtshaus zurückkomme, brennt das Feuer, und die Eier sind fertig.«

Anna schwieg und starrte die riesige Gestalt im Schatten nur aus großen Augen an.

Wulf hämmerte mit der Faust auf den Tisch. Die Ziegen meckerten erschrocken, und eine Mäuseschar huschte raschelnd durch die bodenlose Finsternis.

»Hast du mich verstanden?«

»Ja, Vater.«

Noch bevor der Vater die Brettertür so fest zugeworfen hatte, dass die Riemen quietschten, war Anna schon vom Schemel aufgestanden. Sie wusste ganz genau, wo das Zundertäschchen lag. Zunder, Flint, Feuerstahl, sie musste im Dunkeln nicht einmal suchen. Wenn ich es rasch erledige, schaffe ich es vielleicht, dachte sie. Sie tastete einen sauberen Bereich in der Feuerstelle ab und legte den Zunder darauf. Mit der Linken klaubte sie dürre Äste aus dem Flechtkorb daneben. Wenn der Zunder einmal brannte, musste es schnell gehen. Stahl in die Rechte, wie der Vater es machte, den Flint in die Linke. Es war ganz einfach. Funken schlagen, kurz warten, behutsam blasen.

Die ersten Funken fraßen sich gierig in den Zunder. Anna fuhr hoch und schrie auf. Zitternd rannte sie zu ihrer Bettstatt und sank daneben zu Boden. Eingeklemmt zwischen der lehmbeworfenen Wand und dem rauen Holzgewerk ihres Schlaflagers, entrang sich ihrer Kehle ein trockenes Schluchzen, während sie beobachtete, wie der kleine Zunderhaufen rasch verglomm.

Es war wieder dunkel. Anna versuchte sich zu beruhigen und zwang sich, langsam zu atmen. Ein kleiner Zunderrest schwelte auf und knallte leise. Anna schrie, drehte den Kopf zur Wand und blieb in der Ecke hocken, bis der Morgen graute. Selbst als ihr Vater zurückkam und das Feuer anzündete, rührte sie sich keine Handbreit von der Stelle. Wulf schrie sie nicht mehr an, aber er tröstete sie auch nicht, schaute nicht einmal zu ihr herüber. Er bereitete sich die Eier zu, aß und ging zu Bett.

Anna schlug die Augen auf, ihr erster Blick fiel auf schwelende Glut. Sie war sich nicht sicher, ob sie geschlafen hatte. Hatte ein Nachtmahr sie heimgesucht? Der Vater schlief unruhig und schnarchte laut. Die großen Lücken in der Tür bei den Ziegen ließen kein Tageslicht herein, es war also noch früh. Anna erhob sich mit steifen Knochen, sie konnte kaum stehen. Wenn es ein Nachtmahr gewesen war, wieso lag sie dann nicht im Bett? Sie trat zum Tisch. Die Zundertasche war nicht verschlossen, der Zunder sah feucht aus. Und ein gekochtes Ei lag neben den Schalen weiterer Eier auf dem Tisch. Es war kein Traum gewesen. Anna blickte zum Bett hinüber. Der Vater schlief, und in der Hütte roch es nach Bier. Anna setzte sich auf ihren Schemel und wartete. Heiße Tränen flossen ihr über die kalten Wangen. Und diesmal versuchte sie nicht, ihnen Einhalt zu gebieten.

Mit lautem Grunzen warf sich Annas Vater herum und öffnete die Augen. Es war inzwischen so hell, dass Anna ihn erkennen konnte. Sein weiches weizenblondes Haar, dem ihren so ähnlich, stand in wilden Büscheln ab, die Augen waren verquollen. Dann sprang er auf und stürzte auf sie zu. Sie zuckte zusammen und blickte zu Boden.

»Ich habe es versucht«, stammelte sie. »Ich habe es versucht, aber es ist wieder ausgegangen. Es war an, ganz bestimmt …«

Da packte Wulf Wille seine Tochter, zerrte sie in die Höhe und schloss sie in die Arme. Wie ein Versinkender umklammerte er sie.

»Es tut mir leid, Kind, es tut mir so leid.«

Sein kräftiger Körper bebte, und Anna bekam kaum Luft.

»Vater, nicht so fest!«, keuchte sie.

Wulf gab sie frei und sank schwer auf den Schemel. Er gewahrte das Ei auf dem Tisch, nahm es und reichte es ihr.

»Iss! Auch die dicke Milch. Ich will keine. Du kannst meine Schale haben«, sagte er freundlich, aber bestimmt. »Ich kümmere mich heute um die Ziegen, und du isst. Und dann übst du mit mir zusammen, wie man Feuer macht.«

Anna fühlte sich wie erschlagen, aber sie war auch stolz. Noch vor dem ersten Rufen der Kirchenglocke auf dem Behelfsturm hatte sie es nach etlichen Versuchen endlich geschafft, ein kleines Feuer zu entzünden. Nur ein Gedanke trübte ihr neu gewonnenes Wohlbehagen. Sie wusste immer noch nicht, wie die Nachricht auf dem Pergament gelautet hatte. Sonst las der Baumeister seiner Tochter die erhaltenen Botschaften vor, aber diesmal hatte er auf ihre vorsichtige Bitte hin nur geschwiegen. Sie beschloss, dass es ihr gleich war. Wenn er nur der Wulf blieb, den sie kannte, wollte sie zufrieden sein. Er war alles, was sie hatte.

Die dunklen Schatten auf der Stimmung des Vorabends schienen im hellen Tageslicht des Kirchganges zu bleichen wie fleckige Wäsche in der Sonne. Der Gottesdienst wurde seit dem Kirchenbrand bei jedem Wetter auf der Gemeindewiese vor dem Ort abgehalten. Das war einer der Gründe, warum man sich in Jever für eine Holzkirche entschieden hatte. Die neuen steinernen Kirchen, die in den umliegenden Dörfern gebaut wurden, waren beeindruckend, aber die Mehrzahl der Kirchgänger verlangte möglichst rasch ein schützendes Dach über dem Kopf. Gesättigt und froh über ihr erstes eigenes Feuer, hätte Anna am liebsten mit ausgebreiteten Armen Kreise auf dem Weg gedreht, wie sie es als kleines Mädchen getan hatte. Doch sie nahm sich zusammen, nickte und grüßte die Arbeiter, die sich sämtlich zum Kirchgang eingefunden hatten. Erst als ihr Vater sich suchend umblickte, bemerkte Anna, dass Arnulf wieder fehlte.

»Meinst du, seiner Frau geht es gut?«, fragte Anna.

»Wessen Frau?«, fragte ihr Vater zurück. Er wartete nicht auf die Antwort, sondern starrte zur Seite und trat an den Wegesrand. Ein spitzer Schrei durchdrang den stillen Morgen. Inzwischen hatten sich die Kirchgänger versammelt. Anna reckte den Hals und stellte sich auf die Zehenspitzen. Sie war groß für ihr Alter, deshalb konnte sie sehen, was den Schrei ausgelöst hatte. Mit dem Gesicht nach unten lag eine Gestalt zwischen den gelben Halmen.

Einer der Männer bückte sich und drehte den steifen Leib auf den Rücken. Gebrochene Augen starrten blicklos in den Himmel. Der ausgemergelte Körper wirkte viel zu klein für die Lumpen, in die er gehüllt war, doch die nagelneuen, robusten Lederschuhe schienen zu passen. Es war nicht der erste Tote, den Anna zu Gesicht bekam. Viele Bettler waren allein im letzten harten Winter gestorben. Aber dieser Anblick jagte Anna eiskalte Schauer über den Rücken: Die Hände des Toten umklammerten wie Vogelkrallen je ein abgenagtes Hühnerbein, als hätte der Tote sie dem Teufel persönlich entrissen und wolle sie nie wieder loslassen. Wulf nahm seine Tochter am Arm und zog sie von der Menge weg auf den Weg.

»Komm weiter! Ich muss vor dem Gottesdienst noch mit Johann sprechen.«

Der dicke Mönch war schnell gefunden, er stand bereits auf der Wiese und sprach mit dem Priester. Anna hatte Johann schon häufiger getroffen. Wie die anderen Klosterbrüder verdingte er sich von Zeit zu Zeit als Lohnschreiber und stellte grobes und feines Pergament her. Die Rußtinte mischte Annas Vater selbst, aber das Kalkbrühen und Abschaben der Tierhäute waren schwierig, deshalb kaufte Wulf das Pergament.

Langsam füllte sich die Wiese, und Anna stellte sich hinter den Vater. So hatte sie einen besseren Überblick und war gewarnt, falls Gilbert auftauchen sollte. Sie hörte nur mit halbem Ohr zu, was der Baumeister mit dem Ordensbruder besprach, bis das Wort *Pergament* fiel. Die Nachricht! Vielleicht wusste Johann mehr darüber?

»Ja. Der sah aus wie ein Bettler. Aber er hatte genügend im Säckel, um meine Dienste großzügig zu entlohnen«, sagte Johann.

»Trug er neue Schuhe?«, fragte Wulf.

Der Mönch nickte, schüttelte aber gleich darauf empört den Kopf, was ihm das Aussehen eines dicken, nassen Hundes nach dem Bad verlieh.

»Wenn du weißt, wer es war, warum fragst du dann?«

Wulf nahm die Mütze ab, als sei ihm trotz der kalten Luft zu warm geworden. »Hast du dir bei dem Inhalt der Nachricht denn nichts gedacht?«, fragte Wulf.

Der Mönch lächelte sanft. »Als Schreiber bekommt man manch Schlimmes zu Gesicht. Ich habe meine Lektion gelernt – ich schreibe und mische mich nicht ein. Außerdem erwähnte der Bettler nicht, für wen die Nachricht bestimmt war. Er kann noch nicht weit sein, vielleicht findest du ihn und kannst ihn befragen.«

Anna wandte sich um. Alle Gläubigen standen schon ordentlich aufgereiht, der Gottesdienst hatte längst begonnen. Rasch schlüpfte sie in die Lücke zwischen Johann und dem Vater und fragte sich, was das alles zu bedeuten hatte.

Trotz des üppigen Frühmahles war Anna schon wieder hungrig, nachdem der Priester die Messe endlich beendet hatte. Bei dem Gedanken an die fetten Scheiben des Räucherschinkens, den ihr Vater wie jeden Sonntag von der Decke abhängen und in den Eintopf schneiden würde, lief ihr das Wasser im Mund zusammen. Es war kalt, und jedermann hatte es eilig, an die Feuerstelle zu kommen. Anna wusste, dass sie noch ein wenig warten musste. Wie üblich nach dem Gottesdienst würde der Vater einen Rundgang mit ihr machen und ihr die Baufortschritte zeigen wollen. Sie näherten sich der Kirche von der Rückseite. Mit den hohen Bäumen um die Weihestätte herum sah sie von hinten fast schon fertig aus. Einzig der leere Glockenturm und die fehlende Bedachung auf dieser Seite wiesen sie als Rohbau aus.

Während Anna mit dem Vater Schritt zu halten versuchte, ging sie mit sich zu Rate. Gilbert war nicht in der Messe gewesen – das war gut. Aber sie wusste auch, dass sie dem Ratsherrn nicht ewig aus dem Weg gehen konnte.

»Willst du sehen, was wir geschafft haben seit dem letzten Sonntag?«, fragte der Baumeister.

Sie nickte.

Wulf trat auf das Portal zu, und Anna ging hinter ihm. Der Baumeister war schon fast im Innern verschwunden, als ein dringlicher Ruf Vater und Tochter wieder ins Freie holte. »Wulf, warte!«

»Arnulf! Wir haben dich wieder einmal im Gottesdienst vermisst. Ist etwas mit deiner Frau?«

»Ja, das heißt … nein, eigentlich nicht.«

Er musterte Anna und trat von einem Bein auf das andere.

»Tritt ein Stück zur Seite, Kind!«, raunte Wulf.

Anna tat, wie ihr geheißen, doch Arnulf sprach so laut, dass sie dennoch jedes Wort mitbekam.

»Sie darf wieder aufstehen, ich hab die Amme unterwegs getroffen. Meine Frau will mich überraschen, sagt die Amme, die Sache ist nur die … ich war länger nicht in der Kirche. Ich …«

Arnulf senkte die Stimme zu einem Flüstern, und Anna konnte nichts mehr verstehen. Doch an der Art, wie ihr Vater das Gesicht verzog, war unschwer abzulesen, dass ihm das Gehörte nicht gefiel.

»Arnulf, Lieber!«

Gegen die herbstliche Kälte in weite Tücher gehüllt, stapfte Arnulfs Frau Liswetha auf die kleine Gruppe zu. Arnulf nahm sie behutsam bei der Hand, und Anna grüßte artig. Wulf Wille nickte der Schwangeren freundlich zu.

»Wie geht es dem Kind, Liswetha?«, fragte er.

»Es ruht fest in meinem Schoß. Das liegt sicher daran, dass dieser Mann« – sie griff nach Arnulfs anderer Hand – »jeden Sonntag um sein Seelenheil betet, damit wir nicht noch ein Kind verlieren. Dieses Mal wird alles gut, so Gott will.«

Sie lächelte ihren Mann an, doch der hatte nur Augen für Wulf. Der Baumeister räusperte sich und neigte beinahe unmerklich den Kopf.

»Dann gib gut auf euch acht, damit nicht zu guter Letzt doch noch etwas passiert.«

Er nickte den beiden noch einmal zu und wartete höflich, bis Arnulf sein Weib ein Stück des Weges entlanggeführt hatte. Erst dann wandte Wulf sich ab, um wieder in die Kirche zu treten.

In diesem Moment ächzte und rumpelte es über ihnen. Der eichene Sturz über dem Portal barst!

Wulf packte Anna, stieß sie vom Eingang fort und schleuderte sie zu Boden, wo er sich schützend über sie warf. Anna lugte zwischen dem Ohr und der Schulter ihres Vaters hindurch. Beinahe erwartete sie, dass der gesamte Rohbau zusammenstürzte. Unwillkürlich hielt sie den Atem an, doch nichts geschah. Das

Gebälk knarrte noch einmal bedrohlich und kam dann zur Ruhe. Wulf sprang auf die Füße und bückte sich, um ihr aufzuhelfen.

»Bist du unverletzt?«, fragte er.

»Ja«, sagte Anna. Am liebsten wäre sie sitzen geblieben, denn ihr tat alles weh. Der Lärm war weithin zu hören gewesen. Unter den Ersten, die heranstürmten, war Arnulf, dessen Frau bleich in sicherer Entfernung verharrte.

»Wie konnte das passieren?«, fragte Arnulf.

»Wie groß ist der Schaden?«, rief ein anderer Arbeiter.

Wulf Wille legte den Kopf in den Nacken und schirmte die Augen gegen das grelle Mittagslicht ab. »Es scheint nur der eine Balken gebrochen zu sein!«, rief er erleichtert aus. »Das ist schnell ausgebessert«, fügte er mit lauter Stimme hinzu. »Wenigstens ist nicht wieder ein Feuer ausgebrochen.«

Gelächter, aufgeregtes Geschnatter und erlöstes Gemurmel breiteten sich aus. Nur Anna starrte noch immer entsetzt zum Dachstuhl hinauf. Bei dem Anblick, der sich ihr bot, gefror ihr das Blut schier in den Adern.

In der Luft über dem Rohbau stiegen an mehreren Stellen gleichzeitig fettige schwarze Rauchwolken auf.

»Es brennt!« Ihr erster Schrei war nur ein Krächzen, erst der zweite wurde gehört.

»Vater – es brennt!«

Jäh brach die Hölle los.

»Wasser, wir brauchen Wasser!« Alles lief durcheinander, um zu helfen. Steif wie ein Stock stand Anna da. Erst als sie angerempelt wurde, begriff sie, was los war. Man würde die Ledereimer nicht finden, denn irgendjemand hatte sie am Tag zuvor von der Baustelle entfernt.

»Wo sind die Eimer?«

»Das kann doch nicht mit rechten Dingen zugehen …«

»Lauft zu den Häusern! Fragt nach Eimern!«

Die Stimme kannte Anna, es war die ihres Vaters. Der Baumeister stand vor dem Kirchenportal und erteilte Anweisungen in alle Richtungen. Ihr Herz klopfte ungestüm, und ihr Magen verkrampfte sich. Sie wollte auf ihn zugehen und sich trösten lassen, aber die Füße rührten sich nicht von der Stelle. Eine bleierne Leere breitete sich in ihrem Kopf aus. Die Menschen ringsum wurden immer leiser, beißender Qualm drang ihr in die Nase. Dann wurde es dunkel.

»Arnulf! O mein Gott, Arnulf! Warum tut denn keiner etwas?«

Liswethas Schreie waren so herzzerreißend, dass Anna aus ihrer Ohnmacht erwachte. Sie schlug die Augen auf, schüttelte benommen den Kopf und sah sich nach der Quelle der Notrufe um. Die Schwangere stand an der niedrigen Kirchhofmauer und deutete mit zitternden Fingern auf das Portal. Annas Blick folgte Liswethas Arm, und sie erschrak. Die Kirche war bis auf Mannshöhe heruntergebrannt. Wie lange war sie bewusstlos gewesen? Ein halb verkohlter, noch lodernder Balken löste sich und donnerte schräg hinter der Türöffnung zu Boden. Anna duckte sich vor Schreck zusammen.

»Er ist immer noch da drinnen! Warum hilft ihm denn keiner?«

Liswetha kreischte und schluchzte, doch außer Anna schien keiner sie zu hören. Das Geschrei und Getrappel übertönten alle Geräusche.

Da erspähte Anna ihren Vater. Mit langen Schritten stieg er die Böschung von der Graft herauf. Schwer atmend und völlig verrußt schleppte er zwei überschwappende Wassereimer zur Pforte hinüber. Liswetha stürzte auf ihn zu und schrie auf ihn ein. Er ließ die hölzernen Eimer so heftig zu Boden krachen, dass sie Liswethas Röcke nässten, und rannte auf das Portal zu. Wulf wollte in den brennenden Rohbau!

»Vater – nein!«

Doch er war schon durch das Tor. Anna sprang auf und lief hinter ihm her. Kaum war sie der Brandstätte nahe genug, um den Qualm und die Hitze zu spüren, stürzte sie auch schon wieder davon, hinüber zur schützenden Mauer. Sie stolperte über das niedrige Gesims und kauerte sich zu Boden. Was sollte sie tun? Warten, bis der Vater umkam wie die Mutter? Ihm helfen? Aber wie? Sie gab sich einen Ruck, griff nach dem Mauerrand und zog sich schwankend auf die Füße. Am Morgen hatte sie einen Sieg über ihre Angst errungen, hatte ganz allein ein Feuerchen entfacht. Aber hier geschah etwas anderes. Die Hitze strahlte bis zu ihr herüber. Ihr Vater war in Gefahr, und sosehr sie es auch wollte, Anna vermochte keinen Schritt vor den anderen zu setzen. Scham trieb ihr die Röte in die Wangen.

Anna spähte an Liswethas bebendem Rücken vorbei zum Portal hinüber. Die Zeit schien stillzustehen. Sie konnte nur warten. Einzig der helle Fleck Himmel zwischen den geschwärzten Balken des Portals zählte.

Endlich verdunkelte sich das lichte Blaugrau in der Öffnung, und eine unförmige Gestalt tauchte auf. Anna fiel auf die Knie.

»Gott sei Dank, Gott sei Dank …«, murmelte sie immer wieder.

Wulf Wille durchschritt das Portal, über den Schultern Arnulfs lebloser Körper. Vor Liswetha sank der Baumeister in die Knie und wuchtete die Last vom Rücken.

»Er lag drinnen, ohnmächtig. Brandwunden hat er nicht davongetragen. Es ist der Rauch, vermute ich.« Wulf musste husten, bevor er weitersprechen konnte.

»Wasch ihm das Gesicht und Mund und Nase, aber pass auf, dass ihm kein Wasser in den Rachen läuft.« Wulf erhob sich, ergriff den Eimer und schleppte den halb leeren Bottich zu Liswetha.

»Hier. Das Löschen hat sowieso keinen Sinn mehr. Die Kirche ist nicht zu retten.«

Arnulf stöhnte, das verrußte Gesicht verzerrt. Liswetha bückte sich umständlich und tauchte einen Schürzenzipfel ins Wasser. Dann erst entdeckte Wulf seine Tochter, die hinter Arnulfs Frau stand.

»Kind! Bist du verletzt?« Er stürmte auf Anna zu und riss sie in die Arme. Sie schmiegte sich an seine Brust und schüttelte wortlos den Kopf. Ihr Hals kratzte von den Rauchwolken, die immer noch über dem Kirchhof hingen. Sie vermochte nicht zu reden.

»Ist schon gut, schon gut …«, murmelte der Baumeister und strich ihr über das Haar. Doch Anna wusste es besser. Die Kirche war zerstört, das war ein herber Schlag. Es würde bis zum Sommer dauern, alles wieder aufzubauen – wenn die Gemeinde die Mittel aufbrächte. Vielleicht wurde der Bau auch ganz eingestellt, dann hätten sie über den Winter nicht einmal eine Arbeit. Immerhin, der Vater lebte, und sie hielt ihn weiter fest umklammert. Sie wandte den Kopf und rang nach Luft. Arnulf saß wieder aufrecht, Gott sei Dank. Jäh zuckte Anna zusammen. Pawe stand an der Mauerecke und starrte ihr unverwandt in die Augen. Er grinste, deutete eine Verbeugung an und entfernte sich gemächlich in Richtung des Wirtshauses.

»Vater, denkst …« Weiter kam Anna nicht, denn in diesem Moment drang ein krächzender Ruf aus Arnulfs wunder Kehle. »Liswetha!«

Zusammengesunken lag die junge Frau auf dem Boden. Die Haube war verrutscht, das Haar breitete sich offen über das Gras aus.

»Was ist mit ihr?«, fragte Wulf. Er schnäuzte sich hustend in die Hand und wischte die Finger am Ärmel ab.

»Ich weiß es nicht, ihre Röcke sind ganz nass!«, stieß Arnulf hervor.

»Sie hat vorhin was von dem Wasser abgekriegt, aus dem Eimer. Bestimmt ist es nur Wasser …«, versuchte Wulf den Freund zu beruhigen.

»Warum sagt sie dann nichts? Anna, lauf und hol die Hebamme!«, rief Arnulf.

Fragend blickte Anna ihren Vater an. Der nickte nur.

»Besser, du beeilst dich«, raunte er. »Liswetha sieht nicht gut aus.«

Einzig das Haus des Schusters stand noch dichter am Eingang der schwelenden Kirchenruine als das des Baumeisters. Anna und die Hebamme hatten Liswetha an den Beinen gefasst, Wulf und Arnulf hielten Kopf und Arme fest umklammert und gingen rückwärts. Anna keuchte und blies sich eine Haarsträhne aus dem Gesicht. Sie hatte nicht gewusst, dass ein Mensch so schwer sein konnte. Arnulf trug seinen Teil der Last nur halb, immer wieder knickten ihm die Beine weg. Wulf war als Erster am Eingang. Mit dem Fuß nach hinten auskeilend wie ein Pferd stieß er gegen die Tür, die sogleich aufgerissen wurde.

»Was ist denn hier …« Die Frau des Schusters erblickte Liswetha und verstummte. Mit Nachdruck drängte sie die kleinen Kinder an ihrem Rockschoß zurück in die Hütte und machte so den Weg frei.

»Schnell, hier herein!« Sie raffte ein Tuch vom Tisch und warf es über den Strohsack der Bettstatt.

Anna sammelte noch einmal alle Kräfte und wuchtete zusammen mit den anderen den schwangeren Leib auf die hohe Pritsche. Beinahe wäre ihr Liswetha im letzten Moment aus den schweißnassen Händen geglitten. Erleichtert atmete sie auf. Erst als alle sie mit offenen Mündern anstarrten, merkte sie, dass etwas nicht stimmte. Sie sah an sich hinunter – was sie für Schweiß gehalten hatte, war Blut. Ihre Hände waren rot von Liswethas Blut.

Arnulf erbleichte und stöhnte auf. Wulf Wille griff beherzt zu und konnte den Freund gerade noch auffangen, bevor dieser in sich zusammensank.

»Hinaus mit euch – das hier ist Frauensache!« Energisch schob die Hebamme die Männer zur Tür. Der Baumeister umfasste Arnulf und führte ihn wie ein krankes Kind nach draußen.

Noch bevor das Zuschlagen der Tür zu hören war, hatte die Hebamme schon Liswethas Röcke hochgeschoben. Die Hebamme tastete nach dem Geschlecht der Schwangeren und verzog das Gesicht.

»Herr im Himmel, wie konnte das passieren? Schonen sollte sie sich. Ruh dich aus!, habe ich ihr gesagt …« Sie wischte sich die Hände ab, zog durch die Nase hoch und spuckte auf den Boden.

»Das Kind ist allemal verloren. Und ob es mit Liswetha wieder wird …«, murmelte sie. »Du!«, herrschte sie Anna an. »Hol mir das Licht da vorn!«

Die Hände schon wieder zwischen den Beinen der Ohnmächtigen, zeigte die Hebamme mit dem Ellbogen auf die Schustersfrau Irmel. »Bring mir Wasser und Linnen! Und meine Tasche. Spute dich!«

Das hätte sie nicht zu sagen brauchen. Sowohl Anna als auch Irmel eilten, so schnell sie konnten, den Auftrag auszuführen. Währenddessen hantierte die Hebamme weiter zwischen Liswethas Schenkeln herum, drehte und schob und ächzte laut.

»Hast du noch einen Eimer?«

Irmel brachte das Gewünschte, und die Hebamme warf einen blutigen Klumpen in den Eimer. Ein ekliger Geruch durchzog den Raum.

»Das war schon eine Weile hinüber. Kein Wunder, dass sie Wehen hatte …«, grummelte die Hebamme.

Endlich schien sie mit ihrem grausigen Werk zufrieden zu sein und ließ von der Frau ab. Liswetha regte sich, sie stöhnte und krampfte die Arme über dem Leib zusammen. Ein Murmeln entschlüpfte ihren bläulichen Lippen, nicht mehr als ein Hauch. Anna hatte nichts verstanden, aber die Hebamme schüttelte den Kopf. Tränen sammelten sich in Liswethas Augenwinkeln.

»Arnulf?«, flüsterte sie schon so deutlich, dass auch Anna es hören konnte. Die Hebamme nickte. Sie wandte sich an Anna.

»Wasch sie, und dann hol ihren Mann herein! Aber lass vorher die Röcke wieder herunter.«

Mit Irmel war sie jetzt freundlicher. »Irmel, bringst du mir Bier oder etwas Gebranntes? Ich könnte eine Stärkung gebrauchen.«

Anna hatte sich schon abgewandt und tauchte eines der makellos weißen Tücher in das frische Wasser. Wie ordentlich die Nähte gesetzt waren, jeder Stich klein und gerade. Etwas in ihr scheute sich, das Tuch mit dem Blut zu beschmutzen, als könnte sie alles ungeschehen machen, wenn der Stoff sauber bliebe. Doch dann wischte sie behutsam über die Schenkel, bis alles Blut von den Beinen verschwunden war. Vor der Scham hielt sie inne. Die Hebamme warf ihr einen prüfenden Blick zu. Rau schob die Frau sie zur Seite und nahm ihr den Lappen ab.

»Geh, das erledige ich.« Die eine Hand der kundigen Frau rieb Liswethas Leib kräftig mit kreisenden Bewegungen, während die andere an der Scham herumwischte. Erleichtert wankte Anna zum nächsten Schemel und sank darauf nieder. Die Schustersfrau reichte ihr einen Humpen mit Bier. Eigentlich war Anna Bier zu bitter, nun aber nahm sie den Steingutbecher entgegen und leerte ihn in einem Zug.

Schuld

Die Abendsonne warf ein rötliches Licht durch den groben Fenstervorhang. Anna kam der Tag wie ein Sonntag vor. Sie musste nicht zu ihrer Lehrherrin, und auch die Arbeiten auf der Baustelle ruhten. Und so nutzte sie das letzte Tageslicht, um wie versprochen Rahardtas Wäsche zu flicken, während ihr Vater zur Begehung der Brandstätte unterwegs war. Doch dann hörte sie Stimmen von draußen. Sie legte das Nähzeug aus der Hand, schob das Fenstertuch beiseite und spähte hinaus. Vor dem Haus stand ihr Vater und redete auf Arnulf ein. Rasch schlüpfte sie in ihre Lederschuhe und trat zum Ausgang. Durch die geöffnete Tür strömte blendende Helle ins Haus. Arnulfs und Wulfs Gesichter waren in blutrotes Licht getaucht; beide verstummten jäh. Anna lief ein Schauer über den Rücken.

»Guten Abend, Arnulf. Darf ich erfahren, wie es Liswetha geht?«, erkundigte sie sich höflich.

Arnulf schwieg. Anna trat von einem Bein aufs andere. Hatte sie eine ungehörige Frage gestellt? Sie öffnete den Mund, um sich zu entschuldigen, da erhob Arnulf die Stimme, doch er sah ihr nicht ins Gesicht, sondern starrte an ihr vorbei, zum Dachfirst hinauf.

»Es geht Liswetha bestens. Ihre Wangen haben wieder Farbe, und sie ist ganz munter. Dem Kind geht es auch gut. Ich werde für die neue Kirche einen Leuchter spenden, und dann werden wir jeden Sonntag gemeinsam die Messe besuchen, die ganze Familie.« Arnulf lächelte und wandte Anna den vollen Blick zu. »Besuch uns doch, wenn das Kleine da ist. Oder noch besser – komm mit uns zum Gottesdienst. Es ist wichtig, dass man hingeht, weißt du?«

Was redete er da? »Aber das Kind … ich meine, die Hebamme hat gesagt …«

Anna schluckte und schaute ihren Vater an. Der schüttelte warnend den Kopf. Arnulf hatte nichts von dem stummen Zwiegespräch mitbekommen, er summte und zupfte an seinem Hemdsärmel herum.

»Ja, Arnulf, das will ich gern tun.« Ohne die Antwort abzuwarten, huschte Anna ins Haus und lehnte sich drinnen mit wild klopfendem Herzen gegen die Wand. Erst nachdem ihr Vater sich von Arnulf verabschiedet hatte und dessen Schritte verklungen waren, wurde sie wieder ruhiger.

Noch einmal durchglühte Sonnenrot den Raum, der Vater trat ein. Anna stieß sich von der Wand ab und sank auf den Rand der Bettstatt.

»Vater, was habt ihr herausgefunden? Wie kam es zu dem Brand? Und was wird mit der Kirche?«, fragte sie mit banger Stimme.

»So viele Fragen auf einmal! Was mit der Kirche wird? Die ist völlig zerstört.« Wulf Wille räusperte sich.

»Es wird erst im nächsten Sommer weitergebaut – falls der

Rat genug Geld zusammenbekommt. Bis dahin können wir in dem Haus wohnen bleiben, müssen aber Pacht zahlen.«

Das bereitete Anna keine Sorgen. Der Vater hatte immer gut gewirtschaftet, Not gelitten hatten sie nie. Viel eher verlangte sie zu wissen, ob das ganze Unglück vielleicht durch einen vergessenen Lappen ausgelöst worden war.

»Was ist mit dem Brand? Habt ihr etwas herausgefunden?«, forschte sie.

»Das war wirklich seltsam. Obwohl ich mich auf der Baustelle am besten von allen auskenne, hat Gil… hat der Rat darauf bestanden, allein mit den Stiftern nach der Ursache zu suchen. Sie haben mich und die Arbeiter nicht einmal auf die Baustelle gelassen.« Er schwieg, und Annas Herz raste von Neuem.

»Schließlich teilte man uns mit, dass es Brandstiftung gewesen sei. Man fand Tücher mit Leinöl«, erklärte der Baumeister.

Anna hielt vor Schreck die Luft an und krallte die Finger in die Bettstatt. Wulf trat zur Feuerstelle und schöpfte mit der Kelle Suppe in einen tiefen Holzteller. Umsichtig trug er die volle Schale zum Tisch und stellte sie ab.

»Außerdem waren an vier Stellen Reste von glühenden Kohlen zu finden. Als einziger Gegenstand ist mein Schreibpult heil geblieben. Seltsamerweise war das Gras zwischen Pult und Kirche so kurz, dass es wie eine Schneise wirkte.«

Anna atmete auf. Es war kein versehentlich vergessenes Leinöltuch gewesen – die Kohlen waren der Beweis dafür. Der Brand war also nicht ihre Schuld.

»Da hat jemand ganze Arbeit geleistet und sogar Heu zwischen die Balken gestopft. Kein Wunder, dass der Rohbau wie Zunder brannte. Und große Mühe, seine Spuren zu verwischen, hat sich der Zündler auch nicht gegeben.«

Der Baumeister tauchte den hölzernen Löffel in seine Schale und deutete mit der Rechten auf Annas Stuhl. »Lang zu, Kind! Die warme Suppe tut dir gut, siehst ja ganz bleich aus.«

Anna aß, und der Vater tätschelte ihr über den Tisch hinweg die freie Hand.

»Mach dir keine Sorgen, die kriegen den Dreckskerl noch.«

Daran hatte Anna gar nicht mehr gedacht. Sobald sie sicher war, dass sie an dem Brand keine Schuld trug, erfasste die Sorge um Liswetha sie wieder.

»Wie geht es Liswetha wirklich?« In Gedanken hörte sie das Klatschen des blutigen Klumpens auf dem Eimerboden. »Ist das Kind … hat die Hebamme es doch noch …?«

Der Vater winkte ab. »Es steht schlecht um sie. Die Wangen sind vom Fieber gerötet, und das Kind ist tot, sagt die Hebamme.«

Es war inzwischen fast dunkel in der Stube. Nur der schwache Schein des Feuers spendete ein wenig Licht.

»Warum hat Arnulf dann …«

Wulf unterbrach seine Tochter mitten im Satz.

»Er will es nicht wahrhaben. Und nun iss, sonst wird die Suppe kalt.«

Es wummerte jäh gegen die Bohlen der Holztür. Anna erschrak so heftig, dass ihr der Löffel in die Schale fiel. Der Baumeister war mit einem Satz an der Tür und öffnete sie.

»Johann.« Wulf bat den Gast herein und wies auf einen Schemel. »Komm herein und setz dich! Was gibt es zu so später Stunde?«

Der dicke Mönch nickte Anna flüchtig zu, blieb aber stehen. Er packte eine der Kordeln, die seine braune Kutte über dem mächtigen Bauch zusammenhielten, und zerrte daran, als sei sie ihm zu eng.

»Es sieht nicht gut aus für dich, gar nicht gut.«

Der Ordensbruder warf einen raschen Blick auf die verschlossene Tür und senkte die Stimme. »Ich sollte wirklich nicht hier sein, aber wir haben uns immer gut verstanden, nicht wahr? Da ist es doch meine Pflicht als gottesfürchtiger Mann, dich als Kirchenbauer zu warnen.«

Wulf schob seinen Gast sanft zum Schemel und drückte ihn darauf nieder.

»Setz dich, und dann der Reihe nach! Wovor denn warnen?«, fragte er.

Johann nahm einen Kanten Brot vom Tisch und biss hinein. Als er wieder sprach, waren die ersten Worte kaum zu verstehen.

»Alscho … die denken doch ehrlisch« – er schluckte –, »dass du das gewesen bist mit der Kirche. Mit dem Feuer.«

Das Gesicht des Baumeisters nahm einen ungläubigen Ausdruck an. »Wer?«, forderte er zu wissen.

»Nun, die vom Rat, aber die wissen nicht, was sie reden. Ich habe ihnen gesagt, dass du nichts damit zu tun hast. Du zerstörst doch dein eigenes Bauwerk nicht.« Johann rieb sich hastig über seine Tonsur. »Aber sie haben nicht auf mich gehört. Es sei ja nicht der einzige Anklagepunkt. Wulf, sie holen dich morgen früh, um dich der Brandstiftung und aller möglicher anderer Vergehen anzuklagen.«

Erschöpft von der langen Rede, senkte Johann den Kopf mit dem schütteren Haarkranz. Wulf schob ihm einen Becher mit Bier hin und nickte ihm zu.

»Gut, dass du Bescheid gesagt hast. Trink, und dann geh besser. Sonst wundern sich die Klosterbrüder, wo du steckst.«

Johann leerte den Becher in einem Zug und rülpste. »Wenn ich etwas tun kann, lass es mich wissen.«

Der Mönch war schon an der Tür, da sprach Wulf ihn noch einmal an. »Johann?«

»Ja?«

»Ich … du hast als Schreiber schon einige Male an Anhörungen teilgenommen. Ich war noch nie angeklagt …«

»Bewahr die Ruhe«, empfahl der Mönch. »Man wird versuchen, dich in Wut zu versetzen, damit du dich in Widersprüche verwickelst. Als Beweis dafür, dass du lügst. Mehr kann ich dir nicht raten.«

Johann schob sich durch die Tür, zog sie leise zu und war verschwunden.

Der Baumeister sank schwer auf den Lehnstuhl. Eine Weile

geschah nichts, Wulf schwieg, und Anna traute sich nicht, ihn anzusprechen. Endlich fasste sie sich ein Herz.

»Vater, die können doch nicht annehmen, dass du etwas mit dem Brand zu tun hast! Vielleicht hat Gil...« Sie konnte den Namen einfach nicht aussprechen. »Vielleicht will der Ratsherr dich nur erschrecken. Aus Bosheit.«

»Ach, Kind, ich weiß es auch nicht. Ich habe mir nichts zuschulden kommen lassen. Wir müssen hoffen, dass das genügt.«

Wulf stand auf und trat mit schweren Schritten zu einer Kiste in der Ecke. Aber statt sie zu öffnen, wuchtete er sie herum und stellte sie auf den Deckel. Dann tastete er am Rand des Möbelstückes entlang. Was sucht er bloß?, fragte sich Anna.

»Ha, hier ist es.«

Er zerrte an der umlaufenden Leiste, die den Boden an Ort und Stelle hielt. Die Leiste klappte heraus, und ein kleiner Spalt entstand. Er griff hinein und zog am Bodenbrett. Ein Teil des Brettes löste sich, etwa so groß wie der Deckel des Kochkessels, und er legte ihn beiseite. Darunter befand sich ein flaches, aber recht großes Geheimfach.

»Ich wollte es für deine Aussteuer und für schlechte Zeiten sparen, falls die Aufträge ausbleiben.« Wulf entnahm dem Fach ein in Leder eingeschlagenes Paket und hievte es auf den Tisch. Da war von draußen ein Geräusch zu hören, und er hielt inne. Lauschend hoben Vater und Tochter die Köpfe, doch es blieb still. Wulf schlich zum Fenster und spähte in die Nacht hinaus. Er schüttelte den Kopf und trat wieder zum Tisch. Zwei Schnüre hielten den Packen zusammen. Wulf löste sie, das Lederbehältnis kollerte über die Tischplatte und entrollte sich.

Anna gingen die Augen über. Da lagen Silbermünzen und Barren unterschiedlichster Größen. Einige waren riesig, aber keine der Münzen war kleiner als die Hohlpfennige, mit denen Anna das Brot vom Backhaus holte.

Der Vater nahm seinen Geldbeutel vom Gürtel und schüttete

den Inhalt, etliche Pfennige und einen Schilling, zu den Münzen auf dem Tisch.

»Woher hast du das alles?«, flüsterte sie.

»Deine Mutter war nicht arm. Und ich habe auch gespart.«

Der Vater stand auf, klappte das Leder über den Schatz und zündete das Talglicht an. Vom Sims und von dem Regal neben der Bettstatt holte er die beiden anderen Lampen und entzündete auch sie.

»Was tust du?«, fragte Anna.

»Wir haben noch einiges an Arbeit vor uns. Hol dein Nähzeug!«, antwortete Wulf. Anna tat, wie ihr geheißen, und angesichts der wundersamen Dinge, die Wulf nach und nach aus den Ecken der Hütte hervorholte, vergaß Anna alle Sorgen. Ein Leibgürtel, ein Messer, feines Pergament sowie ein Reisebündel kamen da zum Vorschein.

»Gehen wir weg?«, fragte Anna.

Wulf lachte bitter. »Ich wünschte, das wäre möglich. Wenn man mich anklagt, muss ich auch erscheinen, sonst werde ich in Abwesenheit verurteilt.«

»Lass uns weit fortgehen! Du bist ein guter Baumeister, und wenn du keine Arbeit findest, haben wir noch das Silber«, bettelte Anna.

»Ich kann und will nicht wie ein Geächteter leben«, erklärte Wulf und reichte seiner Tochter ein feines Stück Leinen. »Näh die großen Stücke darin fest, während ich meinen Leibgürtel mit den Pfennigen fülle.« Dann schob er zwei der großen Barren in den alten Lederbeutel, der ihm stets am Gürtel hing. Die anderen Barren wickelte er wieder in das Lederstück. Schließlich schnürte er einen neuen Packen, der jedoch bedeutend kleiner ausfiel. Er nahm Tinte, Feder und Pergament und schrieb zwei Nachrichten, die er sorgfältig trocknete und zusammenrollte. Zuletzt holte er ein weiteres Päckchen aus der Truhe, legte eine der Schriftrollen darauf und band es ebenfalls zu einem Ballen.

Anna nähte mit der Linken und kam rasch voran. Stirnrunzelnd betrachtete der Baumeister ihre flinken Finger.

»Anna, tu das nicht! Wir müssen vorsichtig sein, du darfst beim Arbeiten nur die Rechte benutzen.«

Anna kräuselte die vollen Lippen. »Du hast sogar auf der Baustelle mit der Linken gehämmert, ich habe es gesehen.«

»Das war etwas anderes. Außer Arnulf hat es keiner gesehen, und von einem Freund haben wir nichts Schlechtes zu erwarten. Aber denk an Orttraut – sie ist keine echte Freundin, oder?«

Anna musste kichern. Auch Wulf lachte leise, doch er wurde sofort wieder ernst.

»Ich weiß nicht, was geschehen wird. Wir müssen auf alles vorbereitet sein. Such morgen früh Johann auf, und bring ihm dies.« Er deutete auf ein Pergament, das er unter die Lederschnüre des kleinen Packens geschoben hatte. »Dann gehst du mit all diesen Sachen zu Rahardta und wartest.«

»Was soll ich denn bei Rahardta?«, fragte Anna mit weit aufgerissenen Augen.

»Still, Kind, und hör gut zu. Entweder komme ich selbst, oder Johann holt dich dort ab. Das hier« – er zeigte auf den Beutel – »ist für deine nächste Arbeitsstelle, als Lehrgeld.«

Wieder konnte Anna nicht an sich halten und unterbrach ihn.

»Du solltest das tun, ich weiß doch nicht einmal …«

»In Gottes Namen, unterbrich mich nicht dauernd!« Wulfs Stirn glänzte schweißnass im Schein der Lampen.

»Also, dies ist für das Lehrgeld«, fuhr er wie gehetzt fort. »Das Silber aus dem Packen verwendest du, wenn du auf der Reise etwas brauchst, und für ein neues Kleid. Den Rest gibst du meiner Schwester Evphemia, damit sie dich aufnimmt. Aber die Stücke, die du in den Gurt eingenäht hast, zeigst du keinem, verstanden?«

Obwohl ihr die Worte des Vaters nicht gefielen, nickte Anna. Sie sah es ihm an – diesmal duldete er keinen Widerspruch.

»Den Inhalt bis hierhin«, sagte Wulf und zeigte auf eine Naht an dem schweren neuen Leibgurt, »gibst du deinem Gatten als Mitgift. Näh die Naht doppelt, damit du den Stoff durchschneiden kannst. Den Rest behältst du für Notfälle. Erzähl niemandem davon, auch nicht deinem Gatten.«

Anna nickte zerstreut und gähnte.

Wulf fuhr sich durch den Schopf. »Es ist Zeit, schlafen zu gehen«, murmelte er und verstaute die Behältnisse unter dem Bettsack. »Möchtest du wieder einmal eine Geschichte hören?«, fragte er unvermittelt.

Anna nickte begeistert. Wie sehr liebte sie es, auf dem Strohsack zu liegen und den Geschichten von Drachen und Rittern zu lauschen.

Wulf löschte die Talglichter und begann zu erzählen.

Sie kamen im Morgengrauen.

»Aufmachen!«

Erschrocken riss Anna die Augen auf und stand mit einem Satz vor dem Bett. Es war noch nahezu dunkel in der Hütte. Der Vater saß schon angezogen und hoch aufgerichtet auf dem Lehnstuhl.

»Es ist offen«, antwortete er.

Die Tür flog auf, und der Raum füllte sich mit drängelnden Männern. Anna blieb keine Zeit mehr, das Kleid überzuwerfen. Sie ergriff ihre Wolldecke und hielt sie sich vor den Leib.

Da löste sich einer aus der Gruppe und trat vor. Er nahm die Kappe von den roten Haaren und drehte sie in den Händen. Anna hatte ihn schon einmal gesehen, sein Name war Hein. Eine Weile geschah nichts, bis der Mann hinter Hein – es war der Schuster von nebenan – ihn anstieß.

»Wulf Wille …«, stammelte der Rotschopf. »Also … Baumeister Wille, du bist angeklagt.«

Wulf saß weiter aufrecht am Tisch. Ein Scheit in der Feuerstelle barst und warf einen unheimlichen Lichtschein über sein Gesicht. Die Männer zuckten zusammen.

»Weshalb?«, fragte Wulf.

Suchend sah sich Hein um.

»Brandstiftung«, murmelte einer.

»Hexerei, auch Hexerei!«, rief ein anderer. »Und …«

Weiter kam der Sprecher nicht, denn er wurde vom Schuster unterbrochen. »Es ist nicht unsere Aufgabe, die Anklage zu erheben. Wir sollen dich nur zum Rat bringen. Jetzt zier dich nicht länger und komm einfach mit, Wulf.«

»Nur eine Frage noch. Wann ist die Anhörung?«

»Zur Mittagsstunde«, antwortete der Rotschopf.

Der Baumeister erhob sich langsam, und Anna bemerkte verwundert, wie alt er plötzlich aussah. Er wandte sich zu seiner Tochter um.

»Halt es wie besprochen, hörst du?«, ermahnte er sie.

Anna konnte nicht sprechen, nur nicken. Erst als die Männer schon draußen waren, stürzte sie hinter ihnen zur Tür hinaus.

»Vater!«, rief sie verzweifelt.

»Schon gut, Kind, geh hinein! Tu, was ich dir gesagt habe.«

Doch Anna stand nur zitternd da, allein und halb von Sinnen vor Sorge. Erst als der Vater nicht mehr zu sehen war, rannte sie ins Haus und warf sich schluchzend auf die Bettstatt.

Die Ziegen meckerten kläglich. Anna schnäuzte sich und atmete tief durch. Es war schon hell; sie schlüpfte in ihr Kleid und in die Lederschuhe.

»Schon gut, ich komme ja«, murmelte sie.

Den Schemel in der einen, den Eimer in der anderen Hand, ging sie zu den Ziegen. Die kleinere, Fine, hatte schon ein geschwollenes Euter. Schnell griff Anna zu, um ihr Erleichterung zu verschaffen. Doch die Geiß bockte und traf sie mit den zierlichen Hufen am Schienbein. Erneut schluchzte Anna auf, und die Ziegen mussten warten, bis die Tränen versiegt waren.

Angeklagt

Sie kannte den Weg zu Johanns Kloster, aber an diesem Tag kam ihr der Gang länger vor als sonst. Sie hatte sich alles gut überlegt. Johann musste dem Vater helfen. Er war ein Mann Gottes, konnte schreiben und lesen, deshalb hatte sein Wort Gewicht. Wenn er den anderen erklärte, dass Wulf unmöglich etwas mit der Brandstiftung zu tun haben konnte, mussten sie ihm glauben.

Endlich tauchte das Tor des Vorwerkes auf. Wulf hatte seiner Tochter einiges über das Vorwerk erzählt, und Anna erinnerte sich noch, dass Johann und seine Mitbrüder eigentlich zum Kloster Marienkamp gehörten, aber hier lebten und arbeiteten.

Der Hof hinter der Pforte war sauber gefegt, und Anna vernahm die Gesänge der Mönche, die gerade ihre Andacht hielten. Sie setzte sich auf eine Steinbank und lauschte. Der Gesang verebbte, und monotones Gemurmel erhob sich. Endlich war das Klatschen platter Ledersohlen zu hören, mit dem sich das Ende der Andacht ankündigte. Anna sah Johann auf den ersten Blick. Der dicke Mönch stach aus der Gruppe seiner schlanken Ordensbrüder hervor wie ein Kuckuck aus einem Bachstelzennest. Als Johann sie entdeckt hatte, kam er mit wippenden Schritten auf sie zu.

»Kind, hast du eine Nachricht?«, fragte er.

Anna nickte und hielt ihm das Päckchen mit dem Pergament hin, das der Vater am Tag zuvor verfasst hatte.

»Sie haben ihn abgeholt … heute Morgen«, stammelte sie. »Sie sagen, er ist ein Hexer, und du … du musst …« Anna schluchzte laut auf. Johann nahm ihren Arm und drückte sie wieder auf die Steinbank.

»Schsch, der Reihe nach! Lass mich erst einmal lesen.«

Johann entrollte das Pergament und las Zeile um Zeile, so

schnell, dass es aussah, als schüttele er den Kopf. Schließlich bekreuzigte er sich und sah sie an.

»Hexerei, sagst du? Das ist eine schwere Anschuldigung.«

»Aber du weißt doch, dass er so etwas nie täte! Das musst du ihnen sagen, *dir* glauben sie!«, beschwor sie den Mönch.

Johann rollte das Pergament zusammen und versenkte es zusammen mit dem Päckchen bedächtig in den Tiefen seiner Kutte.

»Halt dich daran, was dein Vater dir aufgetragen hat. Geh zu Rahardta, nimm alles mit. Wenn die Anhörung vorbei ist, kommt dein Vater dorthin.« Johann zögerte, bevor er fortfuhr. »Oder ich hole dich ab.«

»Das ist nicht möglich! Ich muss bei der Anhörung dabei sein!«, stieß Anna hervor.

Der Mönch zuckte zusammen und hob beschwichtigend die Hände. »Pst, nicht so laut, Kind!«, flüsterte er. »Gilbert führt vermutlich den Vorsitz. Besser, du lässt dich nicht blicken. Er ist … ein gefährlicher Mann, verstehst du?«

Mutlos und ohne ein Wort machte Anna kehrt und lief zum Ausgang.

»Anna!«, rief der Mönch.

Sie blieb stehen, sah ihn aber nicht an.

»Hör auf deinen Vater, geh kein Wagnis ein«, riet er ihr mit eindringlicher Stimme.

Anna seufzte, ließ die Schultern sinken und rannte durch das Tor auf die Stadt zu.

Schmatzend und mit Pflaumensaft bekleckert, saß Rahardta in der späten Herbstsonne auf der Bank vor ihrer Hütte.

Anna stellte das schwere Gepäck ab und stöhnte erleichtert auf. Der marternde Leibgurt machte ihr mehr zu schaffen, als sie gedacht hatte.

»Falsche Zeit«, tadelte Rahardta.

»Ich weiß, aber es gibt einen Grund dafür«, antwortete Anna.

»Ich musste das ganze Frühwerk allein schaffen.« Die Alte

rieb sich den krummen Rücken. »Das ist besser ein guter Grund, sonst esse ich die Zwetschgen allein.«

»Vater wurde angeklagt. Er soll die Baustelle in Brand gesteckt haben. Und sie sagen, er ist ein Hexer«, stieß Anna hervor.

Wie vom Blitz getroffen, sprang die alte Frau auf. »Die sagen *was?*« Rahardta wischte sich den Mund am Ärmel ab und keifte weiter. »Das war doch Gilbert, dieser …« Sie hustete, und obwohl der Satz unvollendet blieb, wusste Anna, was sie hatte sagen wollen.

»Jedenfalls soll ich …« Anna stockte, »… soll ich fragen, ob das Gepäck hierbleiben kann, bis ich wiederkomme.«

»Ja, natürlich! Aber willst du nicht erst einmal ein paar Pflaumen naschen?«

Anna nickte, nahm sich eine Handvoll der violetten Früchte und war schon verschwunden.

»Jan«, flüsterte Anna. Doch der Schusterjunge hatte sie nicht gehört. »Jan!«, wiederholte sie.

Das Nachbarskind wandte sich um und spähte über das Gestrüpp, in dem Anna sich versteckt hielt. Neugierig kam er näher.

»Anna!«, rief er. »Was tust du denn da im Busch?«

»Scht, nicht so laut!«, raunte sie. »Aber komm doch einmal her!« Nur zu gern folgte Jan der Aufforderung, hatte er doch schon häufig Leckereien von Anna bekommen.

»Die gelben Birnen, die ihr euch immer … besorgt, die stammen doch aus dem Garten des Ratsherrn, oder?«, fragte sie.

Jan wich zurück und schüttelte den Kopf. »N…nein, die sind von den Wegebäumen …«, stotterte er.

»Es gibt in ganz Jever keinen Birnbaum als Wegebaum, das weißt du genau. Und ich will ja auch nur wissen, wie ihr so flink in den Garten gekommen seid, ohne entdeckt zu werden«, schmeichelte Anna.

Jan zögerte und musterte sie zweifelnd. Herrje, es war schon spät. Sie brauchte den Jungen. In Gilberts Haus, vorn in der Nähstube, kannte sie sich aus, aber sie war nie im Garten gewesen.

»Warte!«

Anna wandte sich kurz ab, kramte einen der vielen Hohlpfennige hervor und zeigte ihn Jan.

»Wenn du mir den Weg zeigst, bekommst du die Münze«, versprach sie ihm.

Jan sah nach rechts und links. Dann schnappte er sich den Pfennig, machte auf der Ferse kehrt und rannte los.

»Komm«, rief er, »ich zeig's dir!«

Anna hatte Mühe, mit dem Schusterjungen Schritt zu halten. Endlich kam die Hecke in Sicht, die Gilberts Garten von den anderen Grundstücken trennte.

»Leise jetzt!«, befahl Jan.

Er führte sie zu einer Stelle in der dornigen Hecke, die hinter dem mächtigen Stamm einer Eiche verborgen lag, und sie zwängte sich hinter ihm durch den Spalt. Zweige peitschten ihr ins Gesicht, und beinahe wäre sie stecken geblieben, aber schließlich hatte sie es geschafft. Jan stand vor dem abgeernteten Birnbaum, den Pfennig fest umklammert.

»Du hast nicht gefragt, ob es noch Birnen gibt. Selbst schuld! Den Pfennig bekommst du nicht zurück.«

Flink wie ein Wiesel schob er sich zurück durch den Spalt. Anna verbiss sich das Lachen – was dachte sich der Junge? Für den Pfennig bekam man ganze Körbe voller Birnen. Leise schlich sie zur Hausecke und presste sich an die grob behauenen Steine. Die Fenster waren genauso verhängt wie in ihrer Hütte. Anna reckte den Hals und lauschte. Lediglich ein schwaches Murmeln drang an ihr Ohr. Sie huschte weiter die Mauer entlang, bis sie das nächste Fenster erreichte. Hier waren die Stimmen deutlicher zu vernehmen, trotzdem verstand sie kaum ein Wort. Ein stummer Stoßseufzer entrang sich ihrer Kehle. An diesem Platz schützten die Büsche sie noch vor neugierigen Blicken, doch weiter vorn konnte man sie sicher vom Weg aus sehen. Die Sonne stand inzwischen hoch über ihr. Ihr blieb keine Wahl, sie musste das Wagnis eingehen – oder sie würde die Anhörung verpassen.

Und so drückte sie sich mit klopfendem Herzen an das Mauerwerk und schlich weiter, bis sie die richtige Stelle erreicht hatte. Von hier aus waren die Stimmen so klar zu verstehen, als stünde sie selbst im Raum.

»Es gilt festzustellen, ob hier entweder ein Fall für die peinliche Gerichtsbarkeit vorliegt, ein geringeres Vergehen zu bestrafen ist, oder ob der Baumeister unschuldig ist. Zuerst wollen wir festhalten, ob du Feinde hast.«

Gilberts Stimme, dachte Anna. Sie warf einen Seitenblick auf den Weg, aber kein Mensch war zu sehen.

»Ja. Der Arbeiter Pawe ist ganz sicher nicht im Guten von der Baustelle gegangen, er wird mir nur Übles nachsagen.«

Anna schluckte – die Stimme ihres Vaters.

»Gut.« Gilbert klang verärgert. »Dann ist Pawe als Zeuge nicht zugelassen. Pawe, du kannst gehen.«

Eine Weile war nichts zu hören, und Anna spähte wachsam umher. Eine Tür knallte zu. Pawe stapfte vorbei, keine zehn Fuß entfernt. Sie hielt den Atem an und bewegte sich nicht, doch Pawe sah sich nicht um. Schimpfend und armefuchtelnd zog er davon.

»Noch jemand?«, erklang die Stimme von Gilbert.

»Es gab da noch eine Sache …« Wulf brach ab, und einen Moment lang herrschte Stille.

»Hm. Für einen Baumeister und guten Christenmenschen hast du recht viele Feinde. Das kann sich irgendwann zum Schlechten auswirken«, antwortete Gilbert.

Anna stellte sich auf die Zehenspitzen und hielt sich ein Ohr zu, um mit dem anderen besser hören zu können. Doch kein Laut drang zu ihr heraus.

»Es reicht nicht, wenn du den Kopf schüttelst, du musst schon reden«, wies Gilbert Wulf zurecht.

»Nein, sonst wohl keine Feinde«, murmelte der Baumeister.

»Gut. Schreiber, halt fest: Pawe ist nicht zugelassen, als Zeugen werden im Einzelnen Karl der Geselle, Arnulf und die Hebamme berufen. Die anderen anwesenden Arbeiter antworten bei Fragen mit Handzeichen.«

Gilbert legte eine kleine Pause ein. Etwas schepperte tönern, vielleicht ein Krug gegen einen Becher. Dann fuhr er fort.

»Wulf Wille, dir wird zur Last gelegt, die Baustelle in Brand gesetzt zu haben, auf dass die Kirche vollständig zerstört werde. Karl der Zimmerergeselle hat deine Tochter mit brandgefährlichen Leinöllappen gesehen, obwohl sie nicht auf der Baustelle arbeitet. Alle, die das Mädchen mit den Lappen beobachtet haben, heben die Hand.« Stille. »Gut, das wäre bewiesen.«

Gilbert räusperte sich. »Was hast du zu entgegnen, Baumeister?«

Wulf antwortete mit fester Stimme. »Ich zünde doch keinen Rohbau an, an dem ich so viele Monate lang gearbeitet habe! Im Gegenteil, ich sitze abends noch oft über den Plänen und überlege, wie die Kirche sicherer zu machen ist.«

»Das kann ich bestätigen!«, rief jemand. War es Johanns Stimme?

»Ruhe! Dazwischenreden ist nicht erlaubt, auch wenn du ein Ordensbruder bist. Falls du die Anhörung noch einmal störst, setze ich dich hinaus, Johann von den Benediktinern. Weiter, Baumeister, oder war das alles?«, fragte Gilbert.

»Nein, das war nicht alles. Meine Tochter sollte auf der Baustelle arbeiten. Sie hatte also die Erlaubnis, sich dort aufzuhalten und zu helfen.«

Schwere Schritte waren zu hören.

»Deine Tochter hat doch eine Lehrstelle bei meinem Weib! Wieso sollte sie dann auf der Baustelle arbeiten?«, fragte Gilbert.

»Weil …« Wulf räusperte sich. »Weil es nicht ganz die richtige Arbeit für sie war. Wir haben Bescheid gegeben, und Anna sollte bis Lichtmess auf der Baustelle helfen, um sich dann nach etwas anderem umzusehen«, erklärte Wulf.

»Du willst uns also erzählen, dass deine Tochter auf Wunsch ihres fürsorglichen Vaters eine gute Lehrstelle aufgibt, zudem mitten im Winter auf einer Baustelle Arbeit bekommt« – einige lachten –, »um dann im Frühjahr nach etwas anderem zu suchen?«, höhnte Gilbert.

»Ja. So war es.«

Anna wurden die Zehen taub, und erst da bemerkte sie, dass sie immer noch auf Zehenspitzen stand, um besser lauschen zu können.

»Nun gut. Nehmen wir einmal an, deine Behauptung stimmt. Sie hat also aus eigenem Antrieb und um zu helfen die Lappen eingesammelt?«, forschte Gilbert.

»Nein, Pawe gab ihr den Auftrag«, antwortete Wulf.

»Pawe – ich verstehe. Den können wir aber leider nicht fragen, weil er nicht zugelassen ist«, höhnte Gilbert. »Außerdem wird dir vorgeworfen, vor den Leuten gepredigt zu haben, obwohl du kein Geistlicher bist. Du hast am Pult gestanden und Gott angerufen. Und du sollst ihnen gesagt haben, es sei Zeit, die Baustelle zu verlassen. Stimmt das?«

Annas Herz raste. Sie erinnerte sich nur zu gut an die Worte, die ihr Vater nach Pawes unverschämtem Auftritt den anderen hingeworfen hatte, um sie von höheren Forderungen abzubringen.

»Das hatte einen anderen Grund. Ich bin ein treuer Christ und würde mir niemals anmaßen, predigen zu wollen. Fragt Bruder Johann. Ich baue Kirchen, um der Kirche zu dienen. Pawe wollte mehr Lohn, obwohl ich das Übliche gezahlt hatte. Er wollte die anderen aufhetzen. Ich muss schließlich dafür sorgen, dass der Bau nicht zu teuer wird, denn jeder in der Gemeinde hat hart für das Baugeld gearbeitet. Soll ich da den Arbeitern zahlen, was sie gern hätten? Ich muss doch die Kosten niedrig halten«, erklärte Wulf.

Zustimmendes Gemurmel breitete sich aus. Anna atmete tief durch. Das hatte er gut erklärt – man musste ihm einfach glauben.

»Kommen wir zum letzten und schwerwiegendsten Punkt.« Gilbert machte eine wirksame Pause, und Annas Gedanken flogen. Was genau warfen sie ihm denn nur vor?

»Du bist der Hexerei angeklagt«, zischte Gilbert.

Sofort setzte ein Tumult ein, wie Anna ihn noch nicht gehört hatte. Lautes Klopfen durchbrach den Lärm, gefolgt von entrüsteten Rufen.

»Ruhe! Ruhe!«, brüllte Gilbert. »Hört euch die einzelnen Beweise an, bevor ihr diese Anhörung zu einem Jahrmarkt macht. Zeugen haben gesehen, dass du zum Arbeiten die Linke benutzt ...«

»Ich bin mit links geschickter, aber deshalb bin ich doch kein Hexer!«, rief Wulf empört.

»Wie erklärst du es dann, dass von der ganzen Kirche nur dein geschätztes Pult übrig geblieben ist?«, donnerte Gilbert.

Das Stimmengewirr aus den Reihen der Zuschauer schwoll wieder an, der Ratsherr klopfte und klopfte.

»Das Pult war feucht«, fuhr er schließlich fort, »und der Grasstreifen zwischen Pult und Kirche hatte sich zurückgezogen. Wer sonst kann dem Gras gebieten als ein Hexer? Wer sonst hat dem Feuer die Nahrung entzogen, um dein Pult zu schützen? Fehlt dir ohne das Pult der Mut zu predigen?«

Die letzten Worte klangen verhalten, fast lauernd. Anna ahnte, wie der Vater sich fühlen musste, sie spürte ihre eigene Wut und war sicher, dass es Wulf genauso erging. Doch er beherrschte sich. Abermals war sie stolz auf ihn.

»Ich weiß nicht, warum das Pult nicht verbrannt ist. Das Gras zieht sich im Herbst zurück, vielleicht hat der Brandstifter es auch geschnitten, um mich zu belasten. Und ich habe nicht gepredigt – das würde ich mir nie anmaßen.«

»Nehmen wir einmal an, du sagst die Wahrheit. Dann haben wir hier immer noch zwei Vorwürfe, die dich stark belasten. Jemand hat beobachtet, wie du bei Vollmond mit Kröten getanzt und sie geküsst hast«, brachte Gilbert vor.

Anna hörte ein seltsames Geräusch. Dann begriff sie, dass

Wulf lachte. Erleichtert atmete sie auf. Andere fielen in das Lachen ein.

»Das ist doch lächerlich«, sagte der Baumeister.

»Das ist es nicht!«, brüllte Gilbert. »Antworte!«

Wulf klang wieder ernst. »Ich habe noch nie in meinem Leben eine Kröte geküsst. Frag meine Freunde, auch die engsten Vertrauten werden es dir bestätigen«, erwiderte er dem Ratsherrn.

»Das habe ich getan. Der Vorwurf stammt nicht von mir, sondern von einem deiner … Vertrauten. Ich rufe Arnulf als Zeugen.«

Der Himmel und die Bäume ringsum drehten sich. Anna stützte sich an der Wand ab, um nicht zu fallen.

Durch die Fensteröffnung drang das Schlurfen schwerer Holzschuhe heraus.

»Arnulf, haben wir dein Wort, dass du die Wahrheit sagst?« Gilberts Stimme schwebte seltsam schwerelos durch Annas Kopf. Irgendetwas stimmte nicht. Anna suchte in ihren Gedanken und fand es nicht. Inzwischen konnte sie kaum noch stehen. Verzweifelt setzte sie sich auf den Boden. Endlich ließ das Dröhnen in den Ohren nach. Wann hatte sie zuletzt gegessen? Die Zwetschgen! Sie hatte noch die Zwetschgen in der Kitteltasche. Sie schnippte den Kern aus einer zerdrückten Frucht und stopfte sie sich in den Mund. Erst als sie auch die anderen beiden hinuntergeschlungen hatte, fiel ihr siedend heiß ein, was sie gerade so erschrocken hatte. Arnulf war letztens so wirr gewesen, und Gilbert rief ihn als Zeugen der Ankläger? Was, wenn er nach dem Unglück mit Liswetha verrückt geworden war?

»Liswetha ist tot? O Gott, Arnulf, das tut mir so leid für dich …«, murmelte Wulf.

»Leid tut es dir?«, schrie Arnulf. »Du hast sie auf dem Gewissen! Alles ist nur deine Schuld, nur deine …«

»Es reicht!«, brüllte Gilbert.

»Arnulf, was tust du? Ich weiß, du bist verwirrt wegen Liswetha und dem Kind. Aber du kannst doch nicht allen Ernstes glauben, dass ich …«, flehte Wulf.

»Ruhe jetzt!« Der Ratsherr war schon heiser, doch die Schärfe in seiner Stimme war nicht zu überhören.

»Ich stelle die Fragen. Baumeister, du hast nur zu antworten, sonst führe ich die Verhandlung ohne dich weiter.« Mit milderer Stimme wandte er sich an Arnulf.

»Tut mir leid, die Sache mit deinem Weib. Aber es ist wichtig, dass du meine Fragen beantwortest. Versuch dich zu erinnern. Hast du den Baumeister mit der Linken arbeiten sehen?«

»Ja, oft.« Arnulfs Stimme klang wieder ruhig. Unnatürlich ruhig, wie es Anna schien. Mit der gleichen Stimme hatte der Freund des Vaters sie aufgefordert, ihn zum Kirchgang zu begleiten, und dabei über sie hinweg in den Himmel gestarrt, als sähe er dort etwas.

»Hast du je selbst gesehen, dass der Baumeister eine Kröte geküsst oder mit einem solchen Tier getanzt hat?«

»Geküsst, getanzt, geküsst, getanzt …«, beteuerte Arnulf. Es klang ganz ernsthaft, und Anna überlief ein Schauder.

Es gab keinen Zweifel, Arnulf war wahnsinnig geworden.

»Warum denkst du, dass Baumeister Wille schuld am Tod deiner armen Liswetha ist?«

»Er hat sie mit Wasser beschüttet, dann ist ihr Kindswasser abgegangen – viel zu früh. Er hat sie zuletzt angefasst, dann war das Kind tot. Als es ihr wieder besser ging und ihre Wangen rosig wurden, hat er gesagt, sie ist noch in Gefahr. Woher sonst wollte er das wissen, wenn er kein Hexer ist? Und dann war sie tot.«

Die letzten Sätze klangen nicht einmal unvernünftig, das musste Anna zugeben. Ihr wurden die Knie weich.

»Was hast du dazu zu sagen?«, wandte sich Gilbert an den Baumeister.

»Ich hätte Liswetha doch nie etwas getan! Arnulf ist … er war … wir sind Freunde! Er ist nur ganz verwirrt vor Kummer. Das Wasser ist gegen seine Frau geschwappt, weil sie mich angefleht hat, ihrem Mann zu helfen, und dabei gegen mich gerannt ist. Ich habe ihn aus dem brennenden Rohbau gerettet und zu seiner Frau gebracht«, erklärte Wulf.

»Woher wusstest du, dass sie in Gefahr war?«, polterte Gilbert.

Auch Wulf wurde nun lauter. »Die Amme hat es mir gesagt! Das mit den Wangen kommt vom Fieber, hat sie gesagt, das ist nicht gut. Und dass sie noch nicht über den Berg sei, die Liswetha.«

»Du hast also nichts getan, um ihr zu schaden?«, fragte Gilbert.

»Nein, wenn ich es doch sage. Ich habe Arnulf nach dem Kirchgang sogar gedeckt, weil er schon wieder nicht im Gottesdienst war – er hatte es der armen Liswetha versprochen, und die Amme hatte verboten, dass sie sich aufregt.«

Schrilles Kreischen gellte durch den Raum, und Anna wich unwillkürlich von der Fensteröffnung weg.

»Das ist nicht der Grund, das ist *nicht* der Grund!« Lautes Gepolter mischte sich mit den Schreien. »Du hast sie getötet, du bist ein Hexer! Du hast mich verhext, damit ich zu dieser Hure schleiche, während alle im Gottesdienst sind, während die arme Liswetha daniederliegt. Du bist schuld! Du hast mich verhext!« Die Schreie verebbten, eine Tür knallte. Jemand brachte Arnulf hinaus. Anna lauschte sprungbereit und spähte zum Weg hinüber. Doch die Schritte schienen sich in die andere Richtung zu bewegen. Anna atmete tief durch. Sie wandte sich wieder dem Fenster zu.

»Hm. Gunda, wie lange bist du schon Hebamme?«, fragte Gilbert.

»Nun, dich habe ich auch auf die Welt gezogen. Schon eine ganze Weile her«, antwortete die Hebamme.

»Glaubst du, der Baumeister hat Liswetha und Arnulf verhext?«, forschte Gilbert.

»Ich habe viele Frauen sterben sehen, und bei Liswetha war es nicht anders. Wehen, Krämpfe, Blutabgang trotz der Ruhe, die ich ihr verordnet hatte. Und dann die Aufregung am Brandtag! Und Arnulf? Muss man einen Mann verhexen, damit er zu einer Hure geht, wenn er dem eigenen Weib nicht beiwohnen kann? Dann gibt es wohl mehr Hexer, als ich dachte.«

Einige lachten. Unbeirrt fuhr die Amme fort.

»Es war gewiss nicht die Schuld vom Baumeister – es sei denn, er hätte ihr heimlich das Kind gemacht …«

»Hüte deine spöttische Zunge, Hebamme«, grummelte Gilbert. »Du musst während einer Anhörung nicht frech werden.«

»Schon gut, reg dich nicht auf. Ohne die Hilfe des Baumeisters wär Arnulf jetzt genauso tot wie sein Weib. Weiß Gott, ob das nicht besser für ihn gewesen wäre.« Ein Klatschen war zu hören, und Anna musste trotz der Anspannung lächeln. Sie kannte dieses Geräusch – die Hebamme hatte auf den Boden gespuckt. Das würde Orttraut nachher wegputzen müssen.

»Baumeister, willst du noch etwas zu deiner Entlastung vorbringen?«, fragte Gilbert.

»Nein, es ist so, wie die Amme gesagt hat – ich habe nichts damit zu tun.«

»Ich habe genug gehört«, erklärte Gilbert. »Wir machen eine Pause. Danach gebe ich die Entscheidung bekannt. Hein, führ Baumeister Wille an die frische Luft, aber lass ihn nicht aus den Augen.«

Anna wollte schon auf die Tür zulaufen, um ihren Vater zu begrüßen, da stutzte sie. Gilberts Stimme drang aus dem Fenster über ihr. Der Ratsherr musste sich in dem zweiten Raum des Hauses aufhalten, den sie noch nie betreten hatte. Alle Arbeiten wurden in der großen Nähstube verrichtet, in der auch die Versammlung stattfand. Dicht an die Wand gepresst, lauschte sie. Eine zweite Stimme war zu vernehmen. Orttraut.

»Willst du es dir nicht noch einmal überlegen? Das mit den jungen Mädchen muss endlich aufhören«, flehte Orttraut.

»Weib, ich habe meine Entscheidung getroffen. Das Kind kommt zu uns«, antwortete der Ratsherr gedämpft.

»Wäre es nicht besser, wenn sie zu den Benediktinerinnen geht, für die Zeit bis …«

Gilbert unterbrach seine Frau so leise, dass Anna nicht alles verstand.

»Weil … will. Muss ich … Peitsche daran erinnern … zu gehorchen hast?« Ein dumpfes Krachen, dann Stille.

Urteil

Anna sprang auf und lugte um die Ecke, doch das helle Haupt ihres Vaters war nirgends zu sehen.

»Es geht weiter, hinein mit euch!«, rief der Schuster. Sie wartete, bis die Teilnehmer der Anhörung durch die Tür getreten waren, und bezog Stellung unter dem Fenster der Nähstube. Keinen Moment zu früh, denn schon vernahm sie Gilberts Stimme.

» … dass ich nicht sagen kann, ob Baumeister Wille sich der Anklagepunkte schuldig gemacht hat oder nicht. Aus diesem Grund wird er bis zum nächsten Thing eingesperrt, und dann wird neu verhandelt – unter der Gerichtslinde am Ende der Thingfrist.«

Etwas Schweres polterte.

»Unmöglich!«, rief Wulf mit zitternder Stimme. »Ich kann meine Tochter nicht so lange allein lassen. Und auf der Baustelle muss jemand die Aufräumarbeiten überwachen und …«

»Mach dir keine Sorgen. Als gottesfürchtige Menschen« – Gilbert geriet ins Stocken – »helfen wir selbstverständlich. Mein Weib nimmt deine Tochter wieder als Lehrmädchen auf. Und diesmal wohnt sie bei uns, wie es sich gehört.«

»Nein!«, schrie Wulf. »Das lasse ich nicht zu, du niederträchtiger Lump! Du willst dich nur an ihr vergehen!«

Das Hämmern dröhnte in Annas Ohren. Ihre Gedanken rasten.

»Rede keinen Unsinn, Mann! Ich habe ein Weib, im Gegensatz zu dir«, höhnte der Ratsherr.

»Du bist nur wütend, weil ich dich niedergeschlagen habe. Seht ihr das Auge? Da hat meine Faust ihn getroffen!«, rief Wulf.

Wieder der Hammer.

»Ich bin gefallen, Orttraut kann es bestätigen, stimmt's, Weib?«

Stille.

»Orttraut!«, donnerte der Ratsherr.

»Ja, ja doch … Es ist, wie er sagt – er ist gefallen.«

»Da seht ihr es. Also, Baumeister, sei unbesorgt, wir kümmern uns um deine Kleine!«, rief Gilbert.

Anna rang nach Luft und wollte ihren Ohren nicht trauen.

»Und mäßige dich in deiner Ausdrucksweise!«, hörte sie den Ratsherrn von Neuem poltern. »Sonst lasse ich dich auspeitschen. Es gibt keinen Grund, so herumzuschreien. Schließlich wollen wir dir nur helfen«, feixte Gilbert.

Anna stöhnte. War dies die Rache dafür, dass Wulf den Ratsherrn niedergeschlagen hatte? Hatte Gilbert das Feuer gar selbst gelegt?

Johanns tiefe Stimme dröhnte durch den Raum. »Ratsherr Gilbert, vielleicht könnte man den Baumeister bis zum Thing auf freiem Fuß lassen. Wohin sollte er im Winter denn fliehen?«

»Leider, lieber Bruder Johann, kann ich das nicht erlauben. Hexerei ist eine schwere Anschuldigung, und ich konnte seine Unschuld nicht beweisen«, antwortete Gilbert. Wirres Gemurmel drang aus dem Fenster.

In Anna brodelte es. Leider? Dieser Lügner!

»Es gibt jedoch eine Möglichkeit. Sie wird hier nicht oft angewandt, ist aber rechtens. Wenn du nicht warten willst …« Gilbert zog die Redepause in die Länge, bis atemlose Stille herrschte. »… dann kannst du dich einem Gottesurteil stellen.«

»Ich wähle das Gottesurteil, ich habe nichts Böses getan. Gott weiß das, er wird mir beistehen.« Die nächsten Worte waren nur noch ein Flüstern, doch Anna hörte es deutlich. »Er muss uns beistehen …«

»Wenn du das Gottesurteil überstehst, bist du frei. Wenn Gott dich abweist, müssen wir prüfen, ob auch deine Tochter eine Hexe ist.«

Wulf stöhnte auf.

»Als Gottesurteil bestimme ich, ihn in einem Käfig unterzutauchen«, fuhr Gilbert fort. »Öffnet sich die Tür, kann er nach oben kommen und ist entlastet. Weiter sind dem Baumeister die Hände zu binden, denn nur so offenbart sich, ob Gott tatsächlich gewirkt hat.« Der Ratsherr legte eine kurze Pause ein, und erneut war das Klacken eines Kruges gegen einen Becher zu hören. »Damit Zeit bleibt, um den Käfig zu zimmern, findet das Gottesurteil im Morgengrauen statt. Bis dahin ist Baumeister Wille in einer der Bauarbeiterhütten einzusperren und zu bewachen. Die Versammlung ist geschlossen.«

Im Raum erhob sich ein erregtes Scharren und Murmeln. Anna flitzte davon und zwängte sich durch die Lücke in der Hecke wieder nach draußen.

Aus der Hütte drang ein verführerischer Duft, und trotz aller Bedrängnis lief Anna das Wasser im Mund zusammen. Rahardta stand am Feuer und rührte im Kessel. Dann stellte sie wortlos eine Schale Suppe auf den Tisch und legte einen Kanten Brot daneben. Anna schlang das Essen so gierig hinunter, dass sie es erst beim Nachschlag bemerkte: zwischen dem bunten Gemüse schwamm Hühnchenfleisch!

»Hast du ein Huhn geschlachtet?«, fragte sie die Alte.

»Hm. Eine gute Suppe hilft nun einmal gegen alles.« Stöhnend ließ sich Rahardta neben Anna auf der Bank nieder. »Erzählst du mir endlich, wo du warst?«

Der ungewohnt weiche Ton brach Annas Widerstand. Sie berichtete der alten Frau alle Einzelheiten ihrer schrecklichen Erlebnisse, und es tat ihr gut, die rissigen Hände auf den schmalen Schultern zu spüren, bis alles gesagt war.

Anna wusch gerade die Holzschüsseln aus, als es heftig gegen die Tür donnerte. Rahardta legte einen Finger auf die Lippen und deutete in die Stallecke. Rasch schlüpfte Anna zu den Ziegen ins warme Dunkel. Die Alte humpelte zum Eingang und öffnete die knarrende Tür nur einen Spaltbreit, sodass das Mädchen in seiner Ecke verborgen blieb.

»Ach, Ihr seid's, Bruder Johann! Was soll der Lärm?«, fragte Rahardta erleichtert.

Johann betrat den Raum und spähte flüchtig umher, ohne Anna zu bemerken. »Gut, dass die Kleine nicht hier ist. Rahardta, es sieht nicht gut aus. Die wollen den Baumeister einem Gottesurteil unterziehen …«

Rahardta unterbrach ihn. »Johann, Anna ist …«

Doch Johann ließ sich nicht aufhalten. »Hör zu, es ist wichtig! Ich habe über den Käfig nachgelesen – nicht einer hat ihn überlebt. Vielleicht taugt er einfach nicht als Gottesurteil, wie soll Gott« – er deutete nach oben – »bei all seiner Güte die vermaledeite Tür aufbekommen? Ich fürchte, die ersäufen ihn wie eine Katze im Sack …«

Da schluchzte Anna laut auf. Johann wandte sich um und riss die Augen auf.

»Das wollte ich dir sagen, du Holzkopf – das Mädchen ist *doch* da. Wir hatten nur Angst, die Häscher könnten sie holen, darum hat sie sich versteckt«, fauchte die Alte.

Sie humpelte zu Annas Versteck, zog sie aus der Ecke hervor und drückte sie auf einen Schemel nieder.

»Sieh nur, was du angerichtet hast mit deinen Schauergeschichten!«, schimpfte sie weiter.

»Ich … in den Büchern … Also … wer weiß, ob Gott nicht doch einen Weg findet …«, stammelte Johann und verließ beschämt und ohne Abschiedsgruß die Hütte.

Auch wenn sie sich redlich bemühte, konnte die alte Frau Anna dieses Mal nicht trösten.

Kalter weißer Mondschein fiel durch das Fenstertuch in die Hütte herein. Rahardta schnarchte, und an Schlaf war kaum zu denken. Leise erhob sich Anna von ihrem Lager am Boden. Der Geruch des erloschenen Feuers hing noch in der Luft, doch die Wärme war längst verflogen. Vor Kälte zitternd suchte sie ihre Sachen zusammen. Johanns Worte verfolgten sie unaufhörlich. Was, wenn ihr Vater tatsächlich starb? Natürlich hätte er nicht gewollt, dass seine Tochter sich in Gefahr begab, aber sie musste wenigstens versuchen, ihn zu sehen. Als ihre gesamte Habe zu einem kleinen und einem großen Bündel gerollt war, schlich sie zum Ausgang und öffnete behutsam die Tür.

Vor der rechten der drei Bauarbeiterhütten stand ein Mann; sein Gesicht lag im Schatten, und Anna erkannte ihn nicht. So hilfreich der helle Mondschein auf dem Weg hierher gewesen war, so sehr hätte sie sich jetzt eine barmherzige Wolke vor dem Nachtgestirn gewünscht. Anna huschte geduckt über die freie Fläche, um hinter die linke Hütte zu gelangen. Lauschend blieb sie stehen. Stille. Auf Zehenspitzen umrundete sie das Gebäude und erreichte schließlich die äußerste Hütte. Vor dem Fenster war ein hölzernes Gitter angebracht, um das Werkzeuglager vor Dieben zu schützen.

»Vater!«, flüsterte Anna und erschrak vor ihrer eigenen Stimme.

»Anna«, war die tadelnde Stimme des Vaters gleich darauf zu hören, »du solltest nicht herkommen!«

»Vater, ich musste dich sehen«, antwortete sie und klammerte sich an den hölzernen Gitterstäben fest.

Ein verhaltener Seufzer antwortete ihr. »Im Grunde bin ich froh, dass du hier bist«, murmelte der Baumeister. »Du weißt doch, was zu tun ist, falls mir etwas zustößt, nicht wahr?«

»Davon will ich nichts hören, Gott wird es richten«, gab Anna trotzig zurück.

»Kind, es ist aber wichtig!« Erschrocken hielt der Baumeister inne. Hatte er zu laut gesprochen? Auch Anna horchte angestrengt – nichts.

»Sehr wichtig.« Leiser, aber nicht weniger eindringlich sprach er weiter. »Such meine Schwester Evphemia auf. Johann weiß Bescheid, er wird dich hinführen.«

Anna schwieg. Sie wollte einfach nur warten, dann käme er schon nach Hause, und alles wäre wie immer.

»Anna!«

»Was ist?«

»Versprich es mir! Wenn mir etwas zustößt, gehst du zu meiner Schwester und bleibst da, bis du einen Mann findest, der für dich sorgt«, flehte Wulf.

»Ich soll also damit rechnen, dass du stirbst?«, fragte sie in verzweifeltem Trotz. »Bitte! Wenn du es willst. Ich verspreche es.« Heiße Tränen liefen ihr über die Wangen. Sie ließ das Gitter los und verschränkte die Arme vor dem Leib.

»Danke, Kind.«

Schwere Schritte im Gleichklang näherten sich. Dem Lärm nach zu urteilen, waren es mehrere Männer.

»Anna, du musst gehen. Gott sei mit dir, meine Kleine.«

»Ich will nicht. Sollen sie mich doch entdecken, dann kann ich wenigstens bei dir bleiben«, schluchzte sie laut auf.

»Anna«, zischte Wulf, »du kehrst auf der Stelle zu Rahardta zurück und bleibst dort, bis Johann dich holt. Gehorch endlich!«

Trotz der harschen Worte zögerte sie noch immer. Doch als sie hörte, wie drinnen die Tür aufschlug, wandte sie sich folgsam um und lief den Weg zurück, den sie gekommen war.

»Geh da besser nicht hin, Kind!«

Anna hatte gehofft, sich unbemerkt in die Hütte schleichen und etwas zu essen holen zu können. Sie wusste nicht, wie lange ein Gottesurteil dauerte, und sie hatte Hunger. Schweigend stand sie am Viehbalken, schob mit dem Fuß das Stroh hin und her und betrachtete das feuchte Leder ihrer Schuhspitzen. Ob Wulf etwas zu essen bekam?

»Das ist nichts für dich, du machst dich nur unglücklich. Warte auf Johann, und ich backe dir unterdessen Pfannkuchen«, schmeichelte Rahardta.

»Ich bin nicht hungrig«, log Anna.

»Mit Honig, es ist noch genug da«, fuhr Rahardta unbeirrt fort. »Du musst nur die Eier holen.«

Annas Bauch rumorte. Einerlei, sie musste ohne Essen auskommen! Unter Rahardtas wachen Blicken schritt sie bedächtig zur Tür, öffnete sie ohne ein Wort und rannte los.

»Anna? Anna!«

Schnell hatte sie die Hütte so weit hinter sich gelassen, dass die Rufe nicht mehr zu hören waren.

Die Graft war das einzige Gewässer der Stadt, in dem sich ein mannshoher Käfig untertauchen ließ, und so brauchte Anna nicht lange, bis sie den Wüppgalgen und die Menschenmenge ringsum gefunden hatte.

Der Holzkäfig hing an einem Strick und war seitlich festgemacht, sodass der grob gezimmerte Boden das Wasser nicht berührte. Wie der Verschluss beschaffen war, den Gott in seiner Güte öffnen sollte, konnte Anna nicht sehen, denn sie traute sich nicht näher heran.

Der Vater würde sicher wütend werden, falls er sie entdeckte, aber das nahm sie in Kauf – sie musste einfach in seiner Nähe sein. Die Büsche boten dichten Schutz, und das graue Kleid machte sie in der Dämmerung fast unsichtbar. Aber warum dauerte alles so lange? Je eher man zur Tat schritt, umso schneller stand Wulfs Unschuld fest.

Endlich bewegte sich etwas. Ein Mann löste das Seil, und zwei andere zogen den Käfig mit Stangen zum Ufer. Gilbert öffnete die Tür des Käfigs und bedeutete Wulf, er solle hineinsteigen. Wulf wirkte schmächtig neben dem massigen Ratsherrn. Er duckte sich seitlich in das schmale Gitterhaus. Anna hielt die Luft an. Man hatte ihm schon die Hände gebunden.

»Willst du noch etwas sagen?«, fragte der Ratsherr. In der klaren, kalten Morgenluft war er deutlich zu hören.

Auch Wulfs Stimme war gut zu verstehen. »Ich habe nichts Schlechtes getan.«

»Dann wird Gott dir gewiss helfen.« Gilbert nickte den beiden Männern zu, die den Käfig mit ihren Stangen wegstießen. Ein Ruck ging durch die Arme des dritten, der das Seil hielt. Der Käfig schwang zurück und krachte gegen den Galgen. Wulf verlor das Gleichgewicht, fiel auf ein Knie und flog mit der Schulter gegen die Latten. Käfig und Galgen ächzten in allen Fugen, hielten aber stand.

»Vorsichtig! Ihr sollt ihn tauchen und nicht erschlagen, Herrgott!«, brüllte Gilbert.

Diesmal bewegten die Männer den Käfig nur ganz sacht, und der Mann am Seil ließ ihn über eine Rolle zum Wasser hinunter. Ein leises Platschen war zu hören, dann stieg das Wasser hoch und umwogte den Baumeister so rasch, als zögen ihn Nixen auf den Grund.

Als ihm das Wasser bis zum Hals stand, wollte Anna etwas tun, rufen, sich zeigen, nur damit die Männer innehielten, aber es war zu spät – der Kopf verschwand im Wasser. Zahlreiche Blasen stiegen an die Oberfläche, doch Wulf tauchte nicht auf. Hatte Gott kein Einsehen? Anna spähte zu Gilbert hinüber, der den Arm ausgestreckt nach vorn hielt. Nach schier endloser Zeit hob er den Arm, und der Mann am Seil zog an. Doch der Käfig war schwer. Kaum war die Oberseite zu sehen, ließ seine Kraft nach, und der Käfig verschwand erneut im Wasser. Ein Helfer sprang hinzu, und endlich tauchte der Käfig auf. Wulfs Kopf befand sich dicht unter dem Deckel, und er rang nach Luft. Die Männer zogen und vertäuten die nasse Kammer am Galgen. Wulf lehnte in der Ecke des Käfigs und keuchte.

Anna trat von einem Bein aufs andere. War es endlich vorbei? Er hatte überlebt – oder musste die Tür sich von selbst öffnen? Sie kroch einige Fußlängen aus dem Busch hervor, um besser sehen zu können. Dann überlegte sie es sich anders und schlängelte sich durch das Strauchwerk in die Deckung zurück.

»Kein eindeutiges Urteil! Er wird noch einmal getaucht!«, befahl Gilbert.

Diesmal waren die Männer von Anfang an behutsamer, und beim Hinunterlassen eckte der Käfig nirgends an. Wulf stand aufrecht und blickte nach unten auf das steigende Wasser. Er schien nicht mehr so heftig zu keuchen, soweit Anna das auf die Entfernung hin sehen konnte. Das Wasser reichte ihm schon wieder bis zu den Schultern.

Hol noch einmal tief Luft, dachte Anna noch, dann versank ihr Vater im herbstlich kalten Wasser der Graft. Wieder stiegen Blasen auf.

Anna starrte den Ratsherrn an und ballte die Hände zu Fäusten. Jetzt, flehte sie in Gedanken. Gib das Zeichen! Wann hob er den Arm endlich wieder? Es dauerte viel zu lange – so lange konnte niemand die Luft anhalten, sie hatte es selbst versucht im Meer. Da zuckte sie zusammen. Eine schwere Hand hatte sich auf ihre Schulter gelegt.

»Hier steckst du also«, knarrte Johanns unverkennbare Stimme. »Ich habe dich überall gesucht.«

Gott sei Dank, es war nur Johann! Anna sah ihn nicht an, schob nur seine Hand von der Schulter. Da, der Ratsherr hatte den Arm gehoben. Mit starren Blicken suchte sie das Wasser ab, doch Wulf war nicht zu sehen. Aber er musste doch noch im Käfig sein!

Sie wurde herumgerissen. »Hier hast du nichts verloren!«, zischte Johann. »Du solltest doch bei Rahardta warten!«

Anna befreite sich aus seinem Griff, um wieder sehen zu können. Johann wollte sie hindern, doch er war behängt mit drei Bündeln und hielt außerdem einen dicken Wanderstab umklammert. Sie wand sich in seinen Armen, bis sie den Käfig zu Gesicht bekam. Er war leer! Gott sei Dank! Doch halt! Der Käfig war *nicht* leer. Wulf lag grotesk zusammengesunken auf dem Boden des engen Behältnisses.

»Holt ihn heraus!«, schrie Anna. Sie sah noch, wie alle zu ihr herüberstarrten, dann wurde es dunkel.

Verschleppt

Ihre Zunge war trocken und klebte ihr am Gaumen. Ein heftiger Stoß hob sie von der harten Unterlage und warf sie noch weniger sanft zurück.

»Au!«

Anna öffnete die Augen und fuhr zusammen. Obwohl es dämmerig war, schnitt ihr das Zwielicht durch den Kopf wie ein scharfes Messer. Wo war sie?

Sie wollte sich aufrichten, doch sie verhedderte sich, und ihr war speiübel. Da erst merkte sie, dass das Licht durch eine fadenscheinige Decke drang, in der sie sich verwickelt hatte. Sie strampelte die Decke fort, und das Licht stach ihr ungehindert in die Augen. Die Übelkeit wurde so schlimm, dass sie innehielt.

Nach einem letzten Ruck hörte das Rumpeln des Wagens auf. Erleichtert atmete Anna durch.

»Nun, endlich wach, Kleine?«

Sie brauchte eine ganze Weile, bis sie den großen Schatten, der sich wohltuend vor die Sonne schob, und die dazugehörige Stimme erkannte.

»Johann …«

»Geht es dir gut?«, fragte der Mönch. »Ich …«

Den Rest hörte sie nicht, ihr war etwas Wichtiges eingefallen, aber gleich darauf wieder entglitten. Sie biss sich auf die Lippen, und der Schmerz brachte die Erinnerung zurück. Sie umklammerte das Brett neben sich und versuchte sich hochzuziehen.

»Vater! O mein Gott, wo sind wir? Wir müssen zur Graft. Es geht ihm sicher schlecht!«, rief sie.

»Ruhig, Anna!«

Johann wollte sie wieder auf die mit Decken gepolsterte Lade-

fläche des Fuhrwerkes drücken, doch Anna hielt sich krampf-
haft an den Seitenlatten fest.

»Er ist tot. Sei vernünftig und lass los. Du musst liegen – ich
habe vielleicht ein bisschen zu kräftig zugeschlagen.«

»Du hast mich geschlagen? Hilfe! Hiilfe!«

Beschwichtigend hob der Mönch die Hände. »Hör auf damit!
Willst du, dass sie uns finden?« Die Panik in Johanns Stimme
brachte Anna zum Schweigen.

»Uns finden? Wer?«, fragte sie.

»Gilberts Männer. Nachdem er mit dem Baumeister fertig
war, hat er seine Leute ausgeschickt, um dich zu suchen. Er will
dich anklagen – wegen Hexerei.«

Anna sank in die Decken zurück und starrte den Mönch an.
»Woher willst du wissen, dass er tot ist? Vielleicht ist er nur bewusstlos, so wie ich es gerade war«, fauchte sie.

»Ich kann noch immer einen Toten von einem Lebenden
unterscheiden, auch aus der Entfernung. Er war zu lange unten,
das hält keiner aus«, verteidigte sich Johann.

»Trotzdem, ich will zurück und mich vergewissern.« Sie
nahm alle Kraft zusammen und zog sich hoch. Sie würde sich
gleich erbrechen, und es drehte sich alles, aber sie saß. Sie
musste nur noch vom Wagen hinunterspringen.

»Er hat erwähnt, dass du störrisch bist, aber so …«, seufzte
Johann. »Notfalls soll ich dich mit Gewalt in Sicherheit bringen,
hat er verlangt.«

»Das darfst du nicht! Ich werde unentwegt brüllen, dass
du mich verschleppen willst. Wie willst du das erklären, wenn
jemand kommt, hm?«

Anna rutschte zum Rand ihres Lagers.

»Ich mache dir einen Vorschlag.« Johann hielt einen Packen
hoch – dicht vor ihre Nase. Anna kannte ihn, sie hatte neben
Wulf gesessen, als er den langen Brief und ein Päckchen fest in
Leder eingewickelt hatte.

»Wir sind schon eine halbe Tagesreise von Jever entfernt. Zu
Fuß schaffst du es heute nicht mehr zurück. Falls Gott ein Wun-

der geschehen lässt und er noch lebt, weiß der Baumeister schon, wo er dich suchen muss.« Er wedelte mit dem Packen vor Annas Nase herum. »Du fährst erst einmal mit, ohne Geschrei, und dafür lese ich dir bei der nächsten Rast den Brief vor, den dein Vater dir geschrieben hat, einverstanden?«, fuhr der Mönch fort.

Anna linste sehnsüchtig nach dem Päckchen. Ein eigener Brief, nur für sie, von ihrem Vater. Obwohl Pergament so teuer war. Stand die Sonne wirklich schon so tief? Wie sollte sie ihm dann noch helfen? Entweder war er zurechtgekommen oder … Sie dachte den Gedanken nicht zu Ende. Was mochte der Packen bloß enthalten?

»Das hier mache ich aber gleich auf! Wohin fahren wir?«, fragte sie und griff nach dem ledernen Behältnis.

»Nach Oldenburg, zu deiner Tante. Leg dich wieder hin.«

Johann trat beiseite, und das Licht flutete erneut über Annas Gesicht. Sie drehte sich vorsichtig auf die Seite, und eine neue Welle aufsteigender Übelkeit brach über sie herein. Keuchend wartete sie ab, bis ihr wieder wohler war, und zog dann an den Schnüren. Das Leder löste sich, und der Brief und das kleinere Päckchen fielen heraus. Anna rollte das Pergament auf, aber mit den Buchstaben konnte sie nichts anfangen. In dem kleinen Packen steckte allerdings etwas, das sie sofort erkannte: ein wunderschönes Stück Stoff. Blau, so sauber gewebt, dass es schimmerte, und ordentlich zusammengelegt. Sie breitete es aus. Gefaltet hatte es neu ausgesehen, aber nun erkannte sie die ausgefransten Ränder. Sie hob den feinen Stoff an die Nase und schnupperte. Und die Erinnerung kehrte mit einer Wucht zurück, dass sie zusammenzuckte.

Sie selbst als kleines Mädchen, festgeklammert an einem Rock aus blauem Stoff – diesem Stoff! Es war ein Stück vom Kleid ihrer Mutter. Bild um Bild erschien vor Annas innerem Auge. Ihr Vater, wie er am Rock der Mutter gezerrt hatte, um sie unter dem brennenden Balken hervorzuziehen. Das Geräusch des reißenden Stoffes. Das Krachen der einstürzenden Balken.

Der Fetzen, den Wulf der kleinen Anna achtlos in die Hand gedrückt hatte.

Und dann die Stimme der Mutter. »Die Kleine! Schaff die Kleine hinaus!«

Grob hatte der Vater Anna gepackt, war hinausgestürmt und hatte sie auf die Wiese gebracht. Gleich darauf hatte er sich wieder dem Haus zugewandt, doch es war zu spät gewesen. Die Flammen waren so hoch gelodert, dass kein Durchkommen mehr gewesen war.

Anna vergrub das Gesicht in den Armen und weinte bitterlich. Selbst der Anblick des herbstlich gefärbten Waldes tröstete sie nicht, denn in der Sonne gleißten die gelben und roten Blätter wie Feuerzungen und schienen höhnisch nach ihr zu lecken.

Erst lange nachdem sie keine Tränen mehr hatte, hielt Johann den Rappen am Rand einer kleinen Lichtung an.

»Brrr! Halt, mein Guter!«

Der Mönch wuchtete seine massige Gestalt vom Bock und lehnte seinen Wanderstock an den Wagen.

»Komm, hilf mir mal.«

Anna wäre gern liegen geblieben, denn unter der Decke war es warm. Dennoch rutschte sie mit schmerzendem Kopf vorsichtig von der Ladefläche und sammelte Brennholz. Johann jammerte unaufhörlich, er sei nicht zum Holzsammeln geschaffen, sondern um Gott zu preisen. Und sie selbst zuckte beim Bücken ein ums andere Mal zusammen, wenn die Beule am Schädel von Neuem pochte. Schließlich hatten sie einen ordentlichen Haufen Reisig, Zweige und größere Holzstücke beisammen, und Johann entzündete ein Feuer. Rasch nahm eine wohlige Wärme den Kampf gegen die herbstliche Kälte auf. Anna setzte sich abseits auf einen Baumstumpf.

»Komm ans Feuer, du zitterst ja!«, rief Johann.

Sie schüttelte nur den Kopf.

»Dann eben nicht.« Johann stemmte sich hoch, trat zum

Wagen und kehrte mit einem der Beutel und einem kleinen Packen zurück. Als Anna den Proviant erblickte, lief ihr das Wasser im Mund zusammen. Trockenfleisch, Dörrobst und rote Äpfel verströmten einen lockenden Duft.

»Komm, hol dir etwas!«, lud der Mönch sie ein. »Du musst ja halb verhungert sein.«

Sie umrundete das Feuer in großem Abstand und lief im Bogen wieder auf Johann zu, der ihr das Essen hinhielt und sie dabei neugierig musterte. Anna nahm sich Fleisch und einen Apfel und ließ es sich schmecken.

»Warum meidest du das Feuer, und das bei dieser Kälte?«

Anna hob die Schultern. »Ich …«

Ein peitschendes Geräusch im Gebüsch ließ beide zusammenzucken.

»Was war das?«, wisperte Anna.

»Ich weiß es nicht«, raunte Johann. »Vielleicht Gilberts Leute? Sie werden dich suchen. Warte hier, und rühr dich nicht von der Stelle!«

Mit erstaunlicher Behändigkeit verschwand der dicke Mönch im Gebüsch. Es knackte und raschelte, dann wurde es still.

Doch gleich darauf brach der Ordensbruder wie ein Schwein aus dem Unterholz hervor. Er lief zum Wagen und ergriff den Wanderstock.

»Nichts zu finden. Ich hätte schwören können, dass …«

In diesem Augenblick stürzten zwei Wegelagerer auf die Lichtung. Es waren Halbwüchsige, ein dunklerer, schon breit in den Schultern, der andere, mit mausbraunem Haar, noch schmal.

»Weg da, dann geschieht euch nichts!« Der Dunklere richtete sich drohend vor Johann auf, derweil der andere auf den Wagen sprang und nach den Bündeln griff. Mit einem Satz war er wieder herunter und wollte an Johann vorbei zu seinem Kumpan rennen. Der Mönch nahm seinen Stock und hieb dem Älteren mit aller Kraft auf den Kopf. Der Mausbraune war flink wie ein Wiesel. Ohne sich um seinen Freund zu kümmern, flitzte er den Fahrweg neben der Lichtung entlang. Johann rannte hinter ihm her, den Stock drohend erhoben. Anna wandte sich dem Dunklen zu, der nach dem Niederschlag schon wieder sprungbereit am Boden hockte.

»Wag es nicht, mir zu folgen! Sonst – *krhk*!« Der Räuber zog seinen schmutzigen Daumennagel eng am eigenen Hals vorbei, kam mit Schwung auf die Füße und verschwand im Gebüsch.

Anna tastete nach dem Leibgurt. Das schwere Ding war lästig, aber nun war sie froh, es stets bei sich getragen zu haben. Selbst wenn Johann den anderen nicht ergreifen sollte, wäre zumindest ein Teil des Geldes noch vorhanden, auch wenn ihre anderen Habseligkeiten und das Lehrgeld verloren wären.

Schwere Schritte waren zu hören. Es war der Mönch, und er hatte die Bündel!

»Johann, wie hast du das geschafft?« Dankbar drückte sie seinen Arm, während er abermals keuchend nach Atem rang. »Danke. Das war wirklich mutig von dir. Ich hätte nicht gedacht, dass du so schnell rennen kannst.«

»Ich auch nicht. Im Übrigen – nichts zu danken. Es wäre ja unverzeihlich gewesen, wenn die Bengel …« Er brach ab, und sein Gesicht nahm einen verwunderten Ausdruck an. »Kleine, ich kann meinen Arm und mein Bein nicht mehr …«

Der schwere Mann sank zu Boden. Noch immer starrte er Anna aus weit aufgerissenen Augen an. Der Wanderstock entglitt seiner schlaffen Rechten.

Anna kauerte auf dem Boden nieder und griff nach seiner anderen Hand. Er umklammerte ihre schmalen Finger, bis sie die Zähne vor Schmerz zusammenbiss, doch sie zog die Hand nicht weg.

»Johann! Was hast du? Kann ich dir helfen? Bist du verletzt?« Sie musste sich zusammenreißen, um ihn nicht zu schütteln. Er sollte dort nicht so liegen!

»Du kannst etwas tun. Kehr nicht nach Jever zurück! Gehorch deinem Vater, und finde deine Tante. Versprich es mir!« Er hustete.

Anna nickte nur kurz und versuchte verzweifelt, den Koloss

in eine sitzende Haltung zu hieven. Doch was sie auch versuchte, er kippte immer wieder nach rechts um.

»Lass gut sein.«

»Aber wie soll ich dich denn auf den Wagen kriegen? Was, wenn die Halsabschneider wiederkommen und dich …«

»Du wirst es auch allein schaffen. Das Haus steht neben der Gerberei, fast am Ortseingang von hier aus …« Er hustete wieder. »Lass mich einfach … Gott sei mit …«

Mitten im Satz brach er ab, und nun erschlaffte auch die andere Seite, und der Druck auf Annas Finger ließ nach. Die Augen des Mönches waren noch geöffnet, doch Anna ahnte, dass er sie von dort, wo er war, nicht mehr sehen konnte.

Johann war tot.

Ein aufgeregter Vogelschrei schreckte sie aus ihrer Starre. Hufgetrappel erklang. Anna sprang auf. Wie sollte sie das alles erklären? Der tote Mönch, sie mit der Beule und dem Silber? Was, wenn man ihr die wahre Geschichte nicht glaubte und in Jever nachfragen wollte? Nicht einmal an das Kloster konnte sie sich wenden, dort vermutete man Johann doch ganz woanders. Sie packte ihre Bündel und spähte suchend umher. Die Haselsträucher! Die Arme voll beladen, kämpfte sie sich durch das Gestrüpp, um gleich dahinter zu Boden zu sinken. Von hier aus war sie hoffentlich nicht mehr zu sehen. Keinen Augenblick zu früh, schon war lautes Rufen zu hören. Das Hufgetrappel wich dem Schnauben und Prusten der verhaltenen Rosse.

»Obacht, was ist das denn?«

»Ein Mönch, oder? Herrje, dem ist nicht mehr zu helfen.«

»Was fangen wir mit ihm an?«

»Schafft ihn auf den Wagen! Ich lenke, und du nimmst mein Pferd am Zügel. Es ist nicht mehr weit bis Oldenburg. Wir geben ihn im Kloster ab, die werden schon wissen, was zu tun ist.«

Anna war ratlos. Das Gras war nass, und da sie sich bei dem Versuch, durch die Büsche zu spähen, auf den Knien aufgerichtet hatte, zierten jetzt in Kniehöhe zwei klamme schwarze Flecken ihr graues Kleid.

Sollte sie zurückkehren, dorthin, wo sie ihren Vater zum letzten Mal gesehen hatte? Andererseits hatten sowohl ihr Vater als auch Johann darauf bestanden, dass sie Evphemia in Oldenburg aufsuchte. Eine eisige Windbö fegte ihr durch das Haar, und kalte Regentropfen stachen ihr gegen die Wangen.

Hier konnte sie jedenfalls nicht bleiben. Sie rückte den schweren Leibgurt zurecht, bückte sich nach den Bündeln, richtete sich auf und schimpfte leise vor sich hin. Dann zwängte sie sich durch das Gestrüpp auf die Lichtung hinaus. Erst langsam, dann immer schneller folgte sie der Straße in Richtung Oldenburg, voller Zweifel, ob sie sich auch zurechtfände.

Sie hatte sich umsonst gesorgt. Der Gestank der Lohe wehte ihr bereits entgegen, als die ersten Häuser aus dem Regen auftauchten.

Auf dem gesamten Weg war ihr nur ein einziges Fuhrwerk entgegengekommen, und der Fahrer war auf der nassen Straße mit seinem überfrachteten Wagen und den vor Anstrengung schäumenden Pferden beschäftigt gewesen. Anna war mit ihrem Vater nie in Oldenburg gewesen, denn die letzte Anstellung als Baumeister hatte Wulf im Bistum Bremen gehabt. Von dort aus waren sie lange an der Weser entlanggezogen. Irgendwann hatte Wulf nach links gedeutet und ihr erklärt, dass dort seine Schwester wohne. Aber die Zeit hatte gedrängt, und so hatten sie Annas Tante erst nach dem Bau der Kirche besuchen wollen.

Bei dem Gedanken an ihren Vater griff die alte Angst nach Annas Herz. Ging es ihm gut? Er konnte doch nicht wirklich tot sein. Gewiss befand er sich auf dem Weg zu Evphemia, um seine Tochter zu treffen. Anna schritt aus, bis sie die Lohgerberei erreicht hatte. Sie lag an einem Fluss, wie alle Gerbereien, die Anna bisher gesehen hatte. Das schnell fließende Wasser spülte die stinkenden Abfälle aus der Stadt hinaus. Das große Haus strahlte einen gewissen Wohlstand aus und war in gutem Zustand. Anna machte einen großen Bogen um die stinkenden Lohgruben, bis sie unter dem Sturmdach vor dem Eingang stand. Gerade wollte sie klopfen, da wurde die Tür von innen aufgerissen. Es war offensichtlich der Gerber selbst. Ausgezehrt und stinkend, die Hände bis zu den Hemdsärmeln rot und verhornt, starrte er sie unfreundlich an.

»Was gibt's?«, knurrte er.

Da wurde Anna bewusst, dass sie nach der langen Wagenfahrt, dem Überfall und dem Marsch durch die Nässe sicher wie eine Vagabundin aussah.

»Ich will nicht betteln, ich möchte nur wissen, wo Evphemia ihr Haus hat. Ich bin ihre Nichte und komme zu Besuch«, sprudelte es aus ihr heraus.

Das Gesicht des Gerbers wurde ein wenig freundlicher. »Gleich das nächste Haus am Fluss, du läufst schon eine Ecke bis dorthin. Gut, dass es nicht zu dicht steht, denn meist haben wir Westwind, nicht wie heute.« Er grinste. »Das ist nichts für empfindliche Nasen. Du erkennst das Haus an dem Fuhrwerk davor. Dein Onkel Maffrit ist unser Fahrer für die Rohhäute.«

»Danke.«

Rasch lief Anna am Rand des Wassers entlang, bis sich das Haus der Tante vor ihr erhob. Eigentlich war es nur eine Hütte. Das Dach hatte gewiss schon bessere Tage erlebt. Hier und da fehlte ein Stück von den Wandbrettern, und Moos zog sich um den unteren Rand der Hütte wie ein Strumpf. Anna fühlte sich an Rahardtas Behausung erinnert, bevor Wulf sich ihrer angenommen hatte. Sie umrundete die Hütte und betrat den Hof.

Zur Linken lag das Wohngebäude, zur Rechten befand sich ein teilweise offener Unterstand mit abgeteilten Pferdeboxen, in dem das erwähnte Fuhrwerk stand. In der Mitte des kleinen Gevierts wuchs ein Hausbaum, ein Apfelbaum, wie Anna erfreut feststellte.

Doch was war das? Unterhalb des Baumes steckte ein Pflock in der Erde. Ein Seil führte zu einer kleinen Erhebung, die sie für eine Ziege gehalten hätte, wäre sie nicht zerlöchert gewesen. Wer band hier Wäschebündel an Seile und ließ sie dann im Regen liegen? Vielleicht war eine Trockenleine heruntergefallen?

»Mutter! Es ist jemand im Hof!«, rief das Bündel und erhob sich. So aufgerichtet, reichte es Anna etwa bis zum Bauch und hatte eindeutig ein Gesicht und Haare.

Vor Schreck sprang Anna zwei Schritte zurück, ihr Herz raste. Was sie für einen Wäschehaufen gehalten hatte, war ein Kind. Mit einer Leine umwunden und angepflockt, stand es im Regen und rief nach seiner Mutter.

»Marie, was soll das Geschrei?«

Die Frau, die aus der Tür trat, war groß. Der grobe Stoff ihrer schmutzigen Haube wirkte weiß gegen die dunklen Ringe unter den Augen. Die Nase stach aus dem mageren Gesicht hervor wie ein Vogelschnabel. Sie sieht dem Vater gar nicht ähnlich, dachte Anna. Aber wenn sie hier wohnt, ist sie wohl meine Tante.

»Eine Fremde«, sagte Marie gleichmütig.

»Was willst du? Wenn du zum Betteln kommst – wir haben selbst nicht genug.« Evphemia stemmte die Arme in die knochigen Hüften.

Der Regen wurde immer stärker. Das Wasser sammelte sich in Annas Haaren und rann ihr den Nacken hinunter.

»Es ist nicht so, wie du denkst. Ich bin Anna Wille, die Tochter von Wulf. Ihm ist … er schickt mich her. Ich soll hier auf ihn warten.«

Die Frau starrte Anna unschlüssig an, dann nickte sie.

»Komm herein.« Sie schnäuzte sich. »Und bring Marie mit, es wird dunkel.«

Anna trat auf das Kind am Pflock zu. Aus dieser Entfernung erkannte sie trotz der Dämmerung, dass es ein Mädchen war. Obwohl Maries helle Augen unverwandt auf sie gerichtet waren, wirkte der Blick seltsam ziellos. Das Mädchen war blind.

»Du musst den Strick abmachen, ich darf's nicht«, sagte Marie.

Mit klammen Fingern versuchte Anna, das fest verzurrte Tau um den mageren Leib der Kleinen zu lösen.

»Wer hat dich hier bloß angebunden, und das bei diesem Regen?«, fragte Anna. Sie mühte sich redlich, aber der glitschige Knoten saß zu fest.

»Sieht sie her?«, fragte Marie.

»Wer?«, fragte Anna zurück.

»Evphemia – sieht sie her?«

Anna blickte über die Schulter zurück. Die Fenster waren verhängt, der Hof schien leer.

»Nein.«

Flink knüpfte Marie mit ihren kleinen Fingern den Knoten auf und tastete nach Annas Rock. »Geh schon hinein, sie wartet bestimmt«, drängte sie.

Anna umklammerte ihre Bündel, atmete tief durch und erklomm die drei glitschigen Stufen, die blinde Base im Schlepptau. Als sie auszurutschen drohte, hielt Marie sie am Rock fest.

Die Tür war lediglich angelehnt, doch sie ließ sich nur mit Mühe öffnen und knarrte laut. Im Haus war es dunkel. Marie zog Anna weiter, den schmalen Gang entlang bis zum Wohnraum.

Der Raum war leidlich groß, das Podest zur Rechten schien auszureichen, um fünf oder sechs Erwachsenen und Kindern als Schlafplatz zu dienen. Eine Abtrennung für das Vieh gab es nicht; zur Linken stand ein stabiler Tisch, ähnlich jenem, den sie in Jever gehabt hatten, nur viel länger. Auf den grob gehauenen Bänken dahinter und davor hockten zahlreiche krakeelende Kinder. Einzig ein Kleinkind – den kurzen Haaren nach ein Junge – saß still da und schaute mit großen Augen umher. Auf dem Tisch lag ein Brotberg, daneben dampfte ein Kessel. Eines der Kinder, ein kräftiges Mädchen, schnappte sich ein Stück von dem Brot. Evphemia schlug ihr die Kelle so heftig auf die Hand, dass es klatschte.

»Das wird geteilt, Beatke!«

Das Mädchen fing an zu heulen, antwortete aber nicht. Anna

stand suchend am Tisch. Nachdem Marie sich zu ihrem Sitz vorgetastet hatte, waren nur noch zwei Plätze frei. Ein Stuhl mit Lehne am Kopfende – der wohl dem Vater vorbehalten war – und ein Fleckchen auf der Bank daneben.

»Hol dir den Schemel und setz dich dorthin!«, sagte Evphemia.

Anna schluckte. Der Schemel stand neben einer großen Truhe dicht am hell lodernden Feuer. Sie näherte sich achtsam, packte das Dreibein am äußersten Rand und setzte sich erleichtert auf den ihr zugewiesenen Platz. Inzwischen waren alle Schalen gefüllt. Evphemia holte einen abgenutzten Teller vom Bord, hielt den Kessel schräg und kratzte die Reste heraus.

»Hier. Konnte nicht wissen, dass Besuch kommt.«

»Danke«, murmelte Anna.

»Esst!«, forderte Evphemia die Kinder auf. Dann brach sie das Brot in Stücke und verteilte es. Kaum hatte Anna den ersten Löffel der wässrigen Suppe im Mund, erhob sich lautes Gebrüll.

»Das war mein Stück, gib es her!«

»Nein, es ist meins, du hast deins schon gegessen, frag Vors! Vors, Irmel hat ihrs doch gegessen, oder?«

»Lass mich in Ruhe mit dem Kinderkram, Sophie.« Der Angesprochene wies schon die breiten Schultern eines jungen Mannes, aber noch keinen Bartwuchs auf. Als einziges der Kinder hatte er Haare rot wie Karottenbrei.

»Sophie, Irmel, ihr seid fertig. Ab aufs Lager!«

Obgleich Evphemias Stimme keinen Widerspruch duldete, stritten die Mädchen weiter. Inzwischen traten sie sich gegenseitig unter dem Tisch, denn Anna bekam einen Stoß gegen das Schienbein ab. Evphemia stand auf, langte über ihren Gast hinweg und zerrte beide Mädchen an den Ohren von der Bank.

»Ich werd euch helfen, nicht zu gehorchen …«, fauchte sie.

Kaum hatte die Mutter den Tisch verlassen, schnappte Beatke sich blitzgeschwind das Brot, um das die Schwestern gestritten hatten, und stopfte es als Ganzes in den Mund. Anna hatte die klägliche Suppenpfütze in ihrer Schüssel schnell aufgezehrt und räumte die leeren Schalen zusammen, wie sie es gewohnt war.

»Du ... wie war dein Name? Anna, richtig? Komm mit!« Evphemia nahm das einzige Talglicht und ließ die Kinder ungerührt im Schein des Feuers weiterstreiten.

Froh, dem Lärm für einen Augenblick zu entrinnen, folgte sie der Tante. Diese wandte sich jedoch nicht nach draußen. Im Flur gab es zur Linken und geradeaus zwei Türen, die Anna noch nicht bemerkt hatte. Das Haus hatte drei Räume!

»Wohin führen die anderen Türen?«, fragte sie zaghaft.

»Da« – Evphemia deutete geradeaus – »geht es zu Maffrits Zwischenlager. Und der andere Raum ist eigentlich als Speisekammer gedacht, aber wir haben kaum etwas aufzubewahren, deshalb schläft Marie hier vorn.«

Sie öffnete die kleine Tür, und ein Verhau aus rohem Holz und eine finstere Kammer dahinter wurden sichtbar.

Evphemia und Maffrit

»Sie braucht kein Licht, sieht ja doch nichts«, murmelte Evphemia.

Anna schluckte, der Raum roch feucht und modrig.

»Geh hinein. Solange du hier bleiben musst, kannst du bei Marie schlafen. Und was ist nun eigentlich mit meinem Bruder?«, fragte die Tante.

Anna sank auf den Rand der niedrigen Bettstatt und kippte fast hintenüber – offensichtlich war die Strohschütte schon lange nicht aufgefüllt worden. Die Dunkelheit half ihr, Evphemia das Nötige zu erzählen. Zuerst stockend, dann immer flüssiger berichtete sie von Anhörung und Flucht. Gilberts Vergewaltigungsversuch ließ sie schamhaft aus.

»Wulf ein Brandstifter? Dass ich nicht lache ... Wann holt er dich?«

»Er ... ich weiß nicht. Vielleicht ist er durch das Untertauchen so krank geworden, dass er erst einmal gar nicht kommt.« Die Bestürzung auf dem Gesicht der Tante war auch im schwachen Schein der Öllampe deutlich zu erkennen.

»Ich kann dich nicht auch noch durchfüttern, es reicht kaum für meine eigenen Kinder ...«

»Das musst du nicht, Vater hat mir Geld gegeben.« Anna zog den Leibgurt mit den Pfennigen hervor und reichte ihn Evphemia.

Die wog ihn in der Hand. »Nun, unter diesen Umständen kannst du erst einmal bleiben.« Evphemia drückte das kostbare Behältnis fest an ihr zerschlissenes Kleid. »Hast du noch mehr Münzen?«

Der Blick der Tante war irgendwie ... lauernd. Vielleicht sollte sie ihr nichts von dem Lehrgeld erzählen. Sie würde es sowieso erst benötigen, wenn sie eine Stelle gefunden hatte.

»Nein.«

»Nun gut. Hast du eine Decke?«

Anna nickte zögernd. Das fadenscheinige alte Ding hielt sicherlich kaum warm, aber fürs Erste musste es reichen.

»Dann bleib gleich hier, Marie bringt dir die Sachen in die Kammer. Dein Onkel Maffrit kommt bald nach Hause. Besser, du läufst ihm heute nicht mehr über den Weg.«

Evphemia ging hinaus und schloss die schmale Tür, das Talglicht nahm sie mit. Nun war es völlig dunkel in dem Abstellraum. Wie sollte sie ihre Sachen verstauen? Überhaupt gefiel es ihr in diesem Haus ganz und gar nicht. Aber sie hatte ein Versprechen gegeben, und das durfte sie nicht brechen. Wenn sie wenigstens ein Licht gehabt hätte! Was, wenn sie die Tür einfach ein wenig öffnete? Sie horchte und vernahm das widerliche Knarren der Außentür. Als sie keinen Laut mehr hörte, schob sie die Tür einen Spaltbreit auf. Ein warmer Schimmer fiel durch die Öffnung herein. Das war schon besser. Wo blieb bloß Marie nur so lange mit den Reisebündeln? Anna trat auf den Türspalt zu – und wurde mit Wucht eingeklemmt.

»Au!« Sie rieb sich das linke Bein und den linken Arm.

»Verflixt, wer hat denn ...« Sie schob die Tür wieder auf und spähte um die Ecke.

Da stand Vors und starrte sie ungerührt an. »Oh, ich dachte, es wär Marie«, grinste er und verschwand pfeifend in der Stube.

Marie tappte durch den Flur. Mit der Linken tastete sie sich an der Wand entlang, mit dem rechten Arm zerrte sie Annas Habe hinter sich her. Anna sprang hinzu. »Warte, ich helfe dir.« Erleichtert überließ ihr Marie die Bündel.

»Ich lauf nicht gern mit Sachen durch den Flur. Vors ist zu Hause, da ist es besser, eine Hand frei zu haben«, flüsterte die Blinde.

»Das kann ich mir denken.«

In der engen Kammer öffnete Anna eines der drei Bündel und wühlte darin herum. Marie schloss die Tür.

»Marie, die Tür – ich brauche Licht«, bat Anna.

»Oh, gut. Aber nur, bis er kommt, dann muss sie zu sein, verstehst du?«

Anna verstand zwar kein Wort, nickte aber gedankenverloren.

»Anna! Verstehst du?« Erst jetzt fiel Anna ein, dass Marie sie nicht sehen konnte.

»Ja.«

Marie seufzte beruhigt. »Gut.«

Anna warf den ersten Beutel achtlos zu Boden und durchwühlte auch das zweite und dritte Behältnis. Der Packen mit dem ganzen Lehrgeld musste doch irgendwo sein!

»Was suchst du?«, fragte Marie.

»Da fehlt etwas!«

»Oh, hoffentlich war es kein Geld.« Marie schnäuzte sich. »Sie hat vorhin ewig lange in deinen Sachen gekramt. Und wenn es Geld war, siehst du es nie wieder.«

Evphemia saß dicht am Feuer und streckte den Flammen die Hände entgegen. Anna erschauerte. Trotzdem ging sie auf die Tante zu, den Rücken aufgerichtet und den Kopf gerade – Evphemia sollte sehen, dass sie mit ihr nicht so umspringen konnte.

»Ich will nicht unhöflich sein, aber wo ist das Geld aus meinem Bündel?«, verlangte sie zu erfahren.

Evphemia zuckte zusammen. Hatte sie gedacht, Anna würde den Verlust nicht bemerken?

»Das habe ich … in Verwahrung genommen. Nicht, dass es noch wegkommt …«, stammelte die Tante.

»Das kannst du nicht tun. Es ist für meine Lehrherrin bestimmt. Ich soll mir wieder eine Stelle als Schneiderin suchen, falls … bis …« Sie stockte.

Evphemias Gesicht leuchtete kurz auf – oder war es nur der Widerschein des Feuers? Sie erhob sich und legte eine knochige Hand auf Annas Schulter.

»Nun, dein Vater wird bald kommen, dann bespreche ich alles mit ihm. Einverstanden?«

»Ja«, stimmte Anna trotzig zu. »Er kommt bald und holt mich wieder ab.«

Schwere Schritte dröhnten auf der Hoftreppe, und die Tante wurde bleich.

»Verschwinde! In die Kammer mit dir!« Anna öffnete den Mund. »Keine Widerrede!«, zischte Evphemia.

Sie drängte Anna durch den Flur, stieß sie in die Kammer und schloss die Tür mit heftigem Knall. Anna presste von innen das Ohr an die Tür.

»Maffrit, da bist du ja! Komm, ich gebe dir etwas zu essen.«

Eine tiefe Stimme polterte. »Hoffentlich nicht wieder so ein Fraß …« Die Schritte entfernten sich in Richtung Wohnstube.

Anna fand keinen Schlaf. Wohin war sie hier nur geraten? Ob ihr Vater ahnte, wie sehr sie ihn vermisste?

Die allzu gleichmäßigen Atemzüge neben ihr verrieten, dass auch das kleine Mädchen noch nicht schlief.

»Du, Marie …«

»Was?« Die Stimme klang hellwach.

»Warum binden sie dich an?«

»Sie mögen nicht, wenn ich herumlaufe.«

»Warum?«, fragte Anna.

»Ich denke, sie hassen mich einfach.«

Die Worte brachen Anna fast das Herz. Marie war so klein, wie kam sie auf solch furchtbare Gedanken?

»Das kann ich mir nicht vorstellen. Wenn es wahr wäre, warum hast du dann einen Raum für dich allein?«

»Das hat damit nichts zu tun. Sie haben Angst, ich könnte sie anstecken. Wegen der Augen, weißt du …«

Vor Schreck rückte Anna ein Stück zur Seite.

Marie lachte bitter. »Da haben wir's – du glaubst es auch.«

»Stimmt es denn?«

»Nein, ich bin von klein auf blind, und ich stecke niemanden an.«

Anna rückte wieder näher.

»Und was ist mit dir?«, fragte Marie.

»Was soll mit mir sein?«

»Bist du vom Himmel gefallen?«

»Nein, ich komme aus Jever. Mein Vater wurde … er ist … O Gott, ich glaube, er ist tot. Wie konnte er mich so im Stich lassen?« Anna zog die Knie an den Körper. »Marie, was soll bloß aus mir werden?« Sie schluchzte verzweifelt.

Und Marie, die noch so klein war, Marie, die Blinde, Marie, die den Tag über an einem Pflock angebunden war, strich Anna vorsichtig über die Schultern, den Hals und das Haar und tröstete sie wie ein von Gott gesandter Engel.

Der nächste Morgen traf Anna unvorbereitet. Sie war furchtbar müde und hatte Mühe, sich zurechtzufinden. Wo war sie?

Das schüttere Stroh neben ihr war leer. Die Erinnerung kroch in ihren Kopf wie eine Schlange. Vater war tot. Und Marie hatte sie getröstet. Wo war das Mädchen?

Anna stand auf und suchte im Zwielicht der Kammer nach ihrem Überkleid, das sie am Abend achtlos abgestreift hatte. Da lag es, neben den Packen. Heißer Zorn durchfuhr sie, als sie die geplünderten Bündel sah. Trotz der beruhigenden Schwere des Leibgurtes tastete sie noch einmal nach, ob wirklich alles an seinem Platz war. Evphemia war zwar ihre Tante, aber sie hatte nicht das Recht, ihr das Lehrgeld zu entwenden. Andererseits konnte Wulf ihr nicht helfen, und nach seinem Willen sollte sie mit seiner Schwester auskommen.

Anna seufzte und schlüpfte in die feuchten Lederschuhe. Notfalls musste sie ihre geheimen Reserven angreifen, wenn sie damit eine Auseinandersetzung mit der Tante vermied.

Sie stieß die Tür weit auf. Im Flur war alles ruhig. Sie hatte sich getäuscht. Nicht nur Maries Kammer roch modrig, sondern das ganze Haus. Das Zwielicht der Lampe hatte am Tag zuvor gnädig verdeckt, in welch furchtbarem Zustand sich das Haus befand. Schmutz und Unrat klebten an Boden und Wänden, Feuchte stand kniehoch und färbte das Holz der Wände dunkelgrün. Anna rümpfte die Nase und schüttelte sich. Das hätte es bei ihrem Vater nicht gegeben.

Kaum hatte sie die Wohnstube betreten, erstarrte sie und traute ihren Augen nicht. Das Kleinkind, das am Abend zuvor mit am Tisch gesessen hatte, flog in Hüfthöhe an ihr vorbei, prallte gegen die Wand, rutschte hinunter und blieb wimmernd liegen.

Anna stürzte zu dem Jungen, bückte sich und strich ihm das helle Haar aus der Stirn.

»Hast du dir wehgetan? Geht es dir gut?«, fragte sie besorgt.

»Gib dir keine Mühe, er sagt nie etwas, gleichgültig, was man mit ihm anstellt. Vielleicht hat die da …«, der große Mann zu Annas Linken rülpste und deutete auf Marie, die in der Ecke saß und aus der Nase blutete, »vielleicht hat sie ihn angesteckt. Nur dass er nicht blind, sondern blöd geworden ist …«

Der Hüne lachte rau und torkelte zur Tür. »Dass mir etwas Anständiges auf den Tisch kommt heute Abend! Sonst …«

Die Außentür knarrte, dann war alles still.

Anna verstand nicht, was hier vor sich ging, aber zweierlei war ihr auf Anhieb klar: Der Widerling war ihr Onkel, und sie hasste ihn mit aller Inbrunst, zu der sie fähig war.

Behutsam hob sie den Kleinen auf und zog ihn auf den Schoß. Eine dicke Beule zierte seine Stirn, Tränen rollten ihm über die zarten Wangen.

»O mein Gott, was hat er dir angetan?« Tröstend wiegte Anna das Kind in den Armen. Ihr Blick fiel auf Marie.

»Marie, komm her, was ist mit deiner Nase?«

»Nicht so schlimm, hat dieses Mal kaum wehgetan. Zum Glück hat er heute gute Laune.«

Trotz der Beteuerungen, dass es nicht allzu arg um sie stand, tastete Marie sich näher, befühlte den Kleinen, seufzte und lehnte sich an Annas Schulter. Mit einer Hand strich Anna über Maries Schultern, mit der anderen streichelte sie den Kleinen. Erst jetzt, im Licht, sah sie, wie hübsch das zierliche Mädchen war.

»Er hat ihn getreten«, stellte Marie fest.

»Woher weißt du das?«, fragte Anna.

»Es klatscht anders, wenn er schlägt, als wenn er tritt. Und Ivo ist der Einzige, der so weit fliegt, wenn er ihn zu fassen bekommt.«

Anna drückte Marie an sich. »Warum tut er so etwas?«, wollte sie wissen.

»Er braucht keinen Grund. Erst dachte ich, ich hätte etwas falsch gemacht, aber er schlägt uns auch, wenn wir brav sind«, antwortete Marie.

»Gott wird ihn eines Tages dafür bestrafen«, erklärte Anna.

Marie verzog das Gesicht, und ein dünner Blutfaden rann ihr aus der Nase. »Anna, ich muss dir etwas sagen«, flüsterte sie.

»Was denn?«

Marie lauschte, ob sie allein waren. »Es gibt ihn nicht«, raunte sie.

»Wen gibt es nicht?«, fragte Anna.

»Gott. Ich habe ganz oft gebetet, damit er mich totmacht und mich zu sich holt, aber er tut es nicht. Also gibt es Gott nicht. Oder ich bin ihm einerlei. Schließlich ist es doch das Gleiche, ob es ihn nicht gibt oder ob er sich nicht um uns schert, stimmt's?«

Anna wollte heftig widersprechen, beteuern, dass es einen Gott gab, der alles sah und alle richten würde, wenn die Zeit gekommen war. Aber dann fielen ihr der verkrümmte Leib des Vaters und Johanns erstauntes Gesicht ein, als er zu Boden gestürzt war. Und Ivos Beule sprach für sich ...

»Ich weiß es nicht, Marie, ich weiß es wirklich nicht.«

»Anna?«

Die Kleine drückte sich noch dichter an Anna und strich Ivo über den Kopf.

»Hm?«

»Schön, dass du da bist. Von nun an trösten wir Ivo gemeinsam.«

So wird von nun an mein Leben verlaufen, dachte Anna, als sie abends im Bett lag. Noch immer war sie wütend auf ihren Vater. Sie hatte mit ihm fortgehen wollen, aber er hatte nicht auf sie gehört. Sie tastete nach dem Bündel und zog das Pergamentröllchen hervor. Hatte er ihr vielleicht noch einen anderen Zufluchtsort aufgeschrieben, falls er nicht mehr kam? Sie brauchte jemanden, der lesen konnte. An die Mönche im nahen Kloster mochte sie sich nicht wenden. Was, wenn die inzwischen in Gilberts Auftrag nach ihr suchten? Oder dachten, sie habe etwas mit Johanns Tod zu tun?

»Marie?«

»Was denn?«

Marie war immer wach, wenn Anna sie ansprach. Wann schlief das Kind eigentlich?

»Kennst du jemanden, der lesen kann ... ich meine, außer den Mönchen?«

Marie lachte hell auf. »Nein.«

Anna schob das Pergament wieder in den Beutel und tastete nach dem Stoffstreifen. Sie musste den Stoff nicht sehen, um zu wissen, wie er aussah. Das hatte sie schon immer gekonnt, ihre Finger verrieten ihr beim Tasten, wie ein Stoff aussah und wie er fiel, wie breit die Falten sein mussten, damit er richtig zur Geltung kam. Auch den Glanz erfühlte sie, wenn auch nicht die Farben. Doch sie wusste, wie das Blau des Stoffes wirkte, und konnte es sich auch im Dunkeln vorstellen. Sie drehte sich von Marie weg, um für einen Augenblick allein zu sein mit dem letzten Andenken an ihre Mutter.

Und in diesem Moment gab sie sich selbst ein Versprechen:

Eines Tages würde sie aus Stoffen wie diesem Kleider schneidern. Kleider, die ihre Trägerin so schön machten, wie es ihre Mutter gewesen war.

»*Was* willst du?« Evphemia rührte nicht länger im Eintopf, sondern starrte Anna, die kniend mit Sand und Scheuerbürste die grünen Ränder an der Wand schrubbte, entgeistert an.

»Ich möchte Lehrmädchen in einer Gewandschneiderei werden. Vielleicht gibt es in Oldenburg einen, der …«

»Das schlag dir ganz schnell aus dem Kopf!«, blaffte die Tante.

»Aber ich …«

»Weißt du, was eine Lehre kostet?«, zeterte Evphemia.

»Aber du hast doch das Geld vom Vater …«, stammelte Anna.

Eine Weile blieb es still, und als Evphemia schließlich antwortete, klang ihre Stimme ungewohnt sanft. »Er hat es genommen. Tut mir leid.«

Anna war kaum überrascht, wusste sie doch, dass Maffrit am Ende stets seinen Willen bekam.

»Dann sparen wir eben, bis es reicht …«, versuchte sie es noch einmal.

»Sparen? Wovon? Du frisst mir doch die Haare vom Kopf und bist ansonsten faul und zu nichts nütze.«

Anna starrte auf die gesäuberte Wand und stellte sich vor, was sie schon alles geschrubbt hatte, seit sie hier war. Faul war sie ganz gewiss nicht. Es war ungerecht, so etwas zu sagen.

Evphemia war noch nicht fertig. »Ich habe eine Stelle für dich. Du hast immerhin ein Jahr nähen gelernt, du kannst morgen in der Färbergasse als Weißnäherin anfangen.«

»Das will ich aber nicht. Vater hat gesagt …«

Die Tante ließ den hölzernen Rührlöffel in die Suppe fallen. »Dein Vater ist nicht hier!«, kreischte sie. »Mir ist es gleich, was du willst. Herrgott, wie hat mein Bruder dich nur erzogen, dass du immer Widerworte gibst? Du fängst morgen als Hilfsnäherin an, oder du gehst. Wenn du meinst, du hast es da draußen besser, ganz allein, dann weine ich einem überflüssigen Esser bestimmt nicht hinterher.«

Das Knarren der schweren Tür hatte Anna in ihrer Aufregung nicht wahrgenommen.

»Willst du weg?«

Marie stand im Durchlass. Wie viel hatte die Kleine mit angehört? Natürlich wollte sie weg. Aber wohin? Und sie hatte dem Vater und Johann doch ein Versprechen gegeben …

Doch erst als Marie sie ansprach und die ältere Freundin mit ihren wunderschönen, so nutzlosen Augen verstört anstarrte, wusste Anna, was sie zu tun hatte.

»Schon gut. Ich tue, was du sagst.«

Sie kämpfte die Tränen nieder und nahm Marie an die Hand. »Hast du das Stroh? Dann komm, wir richten das Bett neu …«

Die dicke Frau drehte Annas Hände grob hin und her.

»Sauber, wenigstens etwas. Kannst du schnell nähen?«

»Ich …«

»Wie auch immer – der Stapel da hinten. Das muss alles umsäumt werden. Essen bekommst du nicht. Evphemia sagt, du willst lieber mehr Lohn. Ist mir recht, kannst du länger arbeiten.«

Anna schluckte und linste zu dem riesigen Haufen Weißwäsche hinüber. Sie hasste das Umsäumen, es war eintönig, und ihr schmerzten dabei schon bald die Augen. Hätte sie wenigstens die erfreuliche Aussicht auf eine Mahlzeit gehabt! Ganz offensichtlich wollte Evphemia so viel wie möglich aus ihr herauspressen, um es dann diesem versoffenen Dreckskerl zu geben. Zurzeit, da sie wieder schwanger war, versuchte sie ihn so gut wie möglich bei Laune zu halten, damit er sie seltener schlug. Anna hatte durchaus Verständnis dafür, trotzdem war sie enttäuscht. Das Schüsselchen Brei am Morgen und die Suppe am Abend reichten nicht, um satt zu werden. Vielleicht entdeckte sie auf dem Rückweg von der Arbeit in der Färbergasse wenigstens irgendwo Wegebäume, an denen im Spätherbst zuweilen noch Äpfel hingen. Seufzend nahm sie ein Betttuch von dem hohen Stapel, breitete es auf den Knien aus und begann mit der ungeschickten Rechten zu nähen.

Verhängnisvolles Geheimnis

Obwohl sie immer noch davon träumte, aus bunten Stoffen Kleider zu schneidern, hatte Anna auch an diesem Tag ihre Pflicht als Näherin in der Färbergasse ohne Murren erfüllt. Trotz der kargen Kost war sie in den letzten zwei Sommern ein gutes Stück gewachsen und überragte Evphemia um eine Handbreit. Der zarte Duft in der milden Frühlingsluft und das erste Grün der Zweige beflügelten sie, und sie summte fröhlich vor sich hin. Sie mochte den Samstag, auch wenn sie ihren gesamten Lohn abliefern musste, sobald sie nach Hause kam. Bevor die Tante ihrem Mann das Geld gab, schickte sie Anna mit einer Münze zu den Nachbarn zum Milchholen. Für eine eigene Ziege oder gar eine Kuh hatte es nie gereicht.

Marie wartete schon im Hof, denn der Ausflug mit Anna war

für sie der Höhepunkt der Woche. Immer noch zart, war auch sie ein ganzes Stück in die Länge geschossen und reichte Anna bis zur Brust.

»Marie! Ich komm gleich zu dir, ich gebe nur den Lohn ab!«, rief Anna.

»Spute dich, es ist so herrlich an der frischen Luft!«, antwortete Marie.

Die Haustür stand weit offen – eine der wenigen Neuerungen, die Anna im Lauf der letzten Jahre hatte durchsetzen können: Bei trockenem Wetter wurde die Haustür nicht geschlossen, und die Vorhänge wurden beseitegeschoben. Zumindest schimmelte es nicht mehr so stark in den Kammern, obwohl das Wasser nach wie vor vom Boden in die Hausbohlen zog und jeden Herbst alles voller grüner Ränder war.

Evphemia saß am Feuer. Das letzte Kind hatte sie verloren, aber inzwischen war sie wieder in Erwartung. Die neue Schwangerschaft hatte sie schon zwei Zähne gekostet, das dünne Haar klebte ihr an den Seiten des ausgemergelten Gesichtes fest. Meist lag sie, und nur zum Essenkochen erhob sie sich vom Podest. Zum Schlafen zog die Tante sich, seit sie hochschwanger war, in Maries Kammer zurück. Maffrit hatte erst getobt, aber als sie ihn angefleht hatte, ihr kein weiteres blindes oder dummes Balg zu bescheren, indem er ihr beiwohnte, hatte er murrend nachgegeben.

Die Ärmel hochgekrempelt, rührte Evphemia im Kessel. Die mageren Arme bildeten einen scharfen Gegensatz zu dem aufgetriebenen Leib, der zeigte, wie kurz die Niederkunft bevorstand. Anna hoffte, dass es bald so weit war; sie ertrug es nicht länger, mit den anderen auf dem engen Podest zu schlafen und Maffrits und Vors' Schnarchen ertragen zu müssen. Außerdem fürchtete sie die Blicke, mit denen der Onkel sie musterte, wenn sie sich morgens anzog. Er erinnerte sie dann an Gilbert. Ihr einziger Trost war Marie, mit der sie nachts reden konnte.

»Hier, der Lohn«, sagte Anna.

»Gib schon her!«, schnaufte Evphemia. Umständlich schob

sie die Münzen in ihre Kitteltasche, bis auf eine, die sie Anna gönnerhaft in die Hand drückte.

»Da. Geh Milch holen.«

Wortlos nahm Anna den Krug. Lieber biss sie sich auf die Zunge, als der Tante dafür zu danken, dass sie einen winzigen Anteil ihres Lohnes für Milch ausgeben durfte, die sie noch dazu mit allen teilen musste. Sie trat aus der Tür in die Sonne des frühen Nachmittags und lächelte.

»Marie! Lass uns gehen!«

Im Hof sprang Marie wie ein Rehkitz einmal nach rechts und einmal nach links, lachend, die Arme ausgestreckt, um nicht gegen den Baum zu stoßen, der nach wie vor *ihr* Platz war, auch wenn sie seit dem letzten Winter nicht mehr dort angepflockt wurde.

Marie hatte vor Lichtmess einen schlimmen Sturmtag lang am Boden liegend in der Kälte ausgeharrt. Erst als Anna aus der Färbergasse gekommen war und sie ins Haus getragen hatte, hatten die anderen gemerkt, wie krank das Kind war. Über zwei Wochen lang hatte Anna gefürchtet, dass Marie starb. Doch allmählich war es der Kranken wieder so gut gegangen, dass sie einige Schritte hatte umhergehen können.

Anna war von Evphemia beschimpft und von Maffrit geschlagen worden, aber sie hatte Marie stets wieder losgebunden, wenn einer sie draußen festgemacht hatte. Es störte Anna nicht, dass Marie trotzdem am Baum stand, weil sie daran gewöhnt war. Ihr reichte der Gedanke, dass die Kleine ins Warme konnte, wenn sie es wollte, ohne dass man sie fürs Losknüpfen wieder schlug. Schließlich hatten sich alle daran gewöhnt, dass das Mädchen auch tagsüber durchs Haus tappte und sich am Feuer wärmte.

Anna nahm Marie bei der Hand und machte sich auf den Weg. Vertrauensvoll schloss die Blinde die Augen und streckte das Gesicht der warmen Frühlingssonne entgegen. Der Weg zum Nachbarn flussabwärts war an diesem Tag in kürzester Zeit zurückgelegt. Die Milch war schnell geholt, und alles in

Anna sträubte sich, gleich wieder zu Evphemia zurückzukehren.

»Lass uns ein Weilchen rasten, Marie!«

»Ich bin nicht müde, ich kann noch gehen.«

»Ich weiß, aber es ist gerade so schön hier. Oder sehnst du dich nach Hause zurück?«

»O nein!«, rief Marie so empört, dass Anna lachen musste.

Das Mädchen stimmte mit ein, hob die Nase und schnupperte. »Ich mag den Frühling, er ist warm und riecht gut.«

Anna setzte den Krug an einer ebenen Stelle ab und ließ sich im warmen Gras nieder. Sie zog Marie zu sich herunter und seufzte. »Ach, wäre jeder Tag doch so wie dieser!«

»Warum?«, fragte Marie.

»Ich hasse die Arbeit in der Färbergasse. Es stinkt und ist zum Sterben langweilig.«

»Aber du musst arbeiten. Jeder muss arbeiten – außer Krüppeln wie mir.« Die Stille nach diesen Worten schmerzte Anna in den Ohren, aber sie wollte sich den schönen Tag nicht mit trüben Gedanken verderben, und bald lagen sie auf dem Rücken im Gras, umsummt vom ersten emsigen Getier des Jahres.

»Anna?«

»Hm?«

»Könnte ich doch die Wolken sehen, von denen du mir immer erzählst. Sind gerade welche am Himmel?«, fragte Marie.

Anna blickte in das Blau hinauf. Zarte Haufenwölkchen schwebten ruhig durch das Blau.

»Ich sehe ganz viele.« Noch während sie sprach, merkte sie, wie traurig ihre Stimme klang.

»Was hast du?«

»Es ist nur so … ich weiß gar nicht, wo das alles hinführen soll. Ich bin schon fast zu alt, um bei euch zu leben.« Sie stockte. Sollte sie Marie von Maffrits Blicken erzählen? Nein, sie war noch zu klein. »Aber ich will auch keinen Mann.«

»Hast du Angst?«, fragte Marie.

Anna horchte in sich hinein. Ja, genau das war es. Sie hatte

Angst. Angst vor Maffrit, Angst davor, für immer in der Färbergasse Laken säumen zu müssen, keine bunten Stoffe zu schwingenden Gewändern schneidern zu dürfen. Aber auch Angst davor, wegzugehen und Marie dem bösartigen Vater zu überlassen. Eigentlich hatte sie vor allem Angst.

»Ja, ich habe Angst.«

Marie fragte nicht, wovor, und Anna war ihr dankbar dafür.

»Ach, Anna.« Marie tastete nach ihrer Hand, bevor sie weitersprach. »Ich hatte auch Angst, als ich klein war, aber das geht vorbei. Eines Tages wirst du ganz woanders sein und in den Himmel schauen, und die Wolken werden vorbeiziehen. Und dann wirst du keine Angst mehr haben, sondern glücklich sein und an mich denken, weil ich das Mädchen bin, das schon lange keine Angst mehr hatte.«

Hoffentlich, dachte Anna. Wenn bloß Maffrit nicht wäre! Sie schüttelte das Unwohlsein ab und setzte sich auf.

»Du hast recht. Ich bin groß und habe mehr Angst als du. Soll ich dir etwas sagen? Ich suche mir einen Stock und übe damit das Hauen. Vielleicht hilft das. Und du bleibst liegen und verteidigst die Milch, falls ein Bär kommt.«

Marie lachte. Anna lief zu den Büschen und suchte den Boden ab. Doch noch bevor sie einen brauchbaren Stecken gefunden hatte, entdeckte sie etwas anderes.

»Marie, du glaubst es nicht!«

»Was denn?«

Sie musste nicht antworten. Der kleine Welpe, der neben seiner toten Mutter im Gebüsch lag, schien schwach, aber sein Fiepen war nicht zu überhören. Anna drängte sich zwischen den Ästen hindurch und barg das Fellbündel in den Händen. Myriaden von Fliegen stoben von dem Hundekadaver neben ihr auf, nur um sich einen Augenblick später wieder darauf niederzulassen. Anna wurde übel. Schnell nahm sie den Welpen und kroch aus dem Gehölz hervor. Keuchend stand sie vor Marie.

»Das war doch ein Hund, oder? Woher hast du den?«, rief Marie begeistert.

»Aus dem Gebüsch …«

»Darf ich ihn einmal halten? Bitte!«, flehte Marie und streckte suchend beide Arme aus.

Vorsichtig legte Anna das kleine Geschöpf in Maries Hände.

»Er sieht schwach aus, ich bin nicht sicher, ob er schon alt genug ist. Bestimmt braucht er noch …«

»Milch!«, riefen beide Mädchen gleichzeitig.

Anna zupfte ein Blatt von einem Baum, rollte es zusammen und tauchte es in die Milch. Erst wusste das Hündchen nichts damit anzufangen. Als ihm aber ein Tropfen an der Nase hängen blieb, leckte er ihn mit der winzigen rosafarbenen Zunge ab und schleckte an dem Blatt.

»Was tut er?«

»Er trinkt. Vielleicht kommt er durch.« Doch Annas Freude währte nur kurz. Wo sollten sie den Hund lassen?

»Kann ich ihn behalten? Bitte, Anna, ich passe gut auf ihn auf!«, rief Marie.

Den Hund mitnehmen? Zu Maffrit und Evphemia? Anna überlief ein Frösteln. Und auch Marie ließ die schmalen Schultern hängen.

»Wenn wir ihn mitnehmen, schlägt er den Kleinen tot.«

»Oder sie schlägt ihn tot, weil er ein unnützer Esser ist«, fügte Anna bitter hinzu. Sie seufzte.

»Anna? Wenn wir ihn nicht mitnehmen können …« Marie kraulte das Tierchen behutsam zwischen den Ohren.

»Was?«, fragte Anna.

»Vielleicht … Meinst du nicht, er würde lieber von jemandem totgemacht werden, der ihn mag?«, fragte Marie.

»Wie meinst du das?«

»Wenn wir ihn totmachen, muss er nicht so lange leiden. Wer weiß, was Maffrit mit ihm anstellt. Und hier in den Büschen fressen ihn die anderen Tiere, oder er verhungert. Wie lange dauert Verhungern?«, bohrte Marie weiter.

Anna wollte nichts davon hören – sie konnten den Welpen doch nicht totschlagen, nur damit er nicht leiden musste.

»Ich wäre jedenfalls lieber tot als zu leiden.« Marie schniefte.

Anna schwieg. Was hätte sie auch erwidern sollen?

Doch Marie unterbrach die Stille. »Gut, wenn du es nicht kannst, dann tue ich es. Wie macht man denn einen Hund tot?«

»Das weiß ich nicht, aber nun warte doch!«, versuchte Anna die Blinde zu beschwichtigen.

»Ich will nicht warten. Sonst fällt es mir immer schwerer, das weiß ich. Such mir einen dicken Stock, und dann halt ihn am Boden fest, damit ich daraufschlagen kann.«

Anna rührte sich keinen Zoll. Marie rannen dicke Tränen aus den Augen.

»Muss ich alles selbst erledigen?« Vorsichtig setzte Marie den Hund ab und tastete im Gras umher, um einen geeigneten Stock zu finden.

»Hör auf!«, schrie Anna, doch Marie hörte nicht und kroch weinend weiter.

»Hör auf!«, wiederholte Anna. »Wir nehmen ihn mit.«

Marie hörte auf zu schluchzen und wandte sich mit ungläubiger Miene in die Richtung, in der sie Anna vermutete.

»Hast du gerade gesagt, wir nehmen ihn mit?«, fragte sie.

Anna wusste, dass sie diese Entscheidung noch bereuen würde. Womit wollten sie den Welpen füttern? Wie sollte sie ihn beschützen? Sie konnte nicht einmal sich selbst und Marie beschützen.

»Ja, wir nehmen ihn mit. Zusammen in Not ist besser als allein tot«, erklärte Anna. Erst als sich Marie kichernd die Tränen von den Wangen wischte, merkte Anna, dass sie einen Reim gemacht hatte.

»Soll ich dir etwas sagen? Ich besorge mir jetzt wirklich einen Stock, mit dem ich den Hund beschützen kann. Und du wählst derweil einen Namen für ihn aus.«

Nach einigem Suchen fand Anna einen passenden Knüppel. Er war etwa so lang wie ihr Unterarm, hatte ein dickeres Ende und nur wenige Astansätze. Sie lief umher und drosch auf alles ein, was nicht lebendig war – Bäume, Maulwurfshügel, Grassoden und lose Äste. Hätte sie gewusst, wie gut das tat, hätte sie es schon früher damit versucht. Schließlich stand sie erschöpft und schwer atmend vor Marie und dem Welpen.

»Bär! Anna, unser Hund heißt Bär!«

»Warum nennst du ihn nach einem Bären?«, fragte Anna.

»Irgendwann ist er sehr groß, wie der Bär, mit dem Vors mir immer Angst gemacht hat, und dann frisst er Maffrit«, kicherte Marie.

»Aber nun komm! Wenn er vor uns zu Hause ist, setzt es Prügel. Außerdem müssen wir noch ein Versteck finden«, sagte Anna.

Marie hatte den Hund fest an die Brust gedrückt und hüpfte den ganzen Weg über selig lächelnd neben Anna her. Anna gönnte ihr das kleine Glück von Herzen, denn in Maffrits Haus war das Glück ein seltener Gast.

»Ruhig!«, zischte Anna, doch der kleine Hund folgte nicht. Er wollte nicht in dem Strohhaufen sitzen bleiben, den sie in der Ecke hinter dem gebrochenen Wagenrad aufgeschüttet hatte.

»So kommen wir nicht weiter. Marie, halt ihn fest, ich hole eine Schnur.«

Anna stahl sich ins Haus zurück und horchte. Niemand schien sie bemerkt zu haben. Rasch wickelte sie eins der Lederbänder von ihrem Bündel und hastete zum Stall zurück. Erleichtert bemerkte sie, dass Maffrits Wagen noch nicht im Hof stand. Bis er wie immer völlig betrunken nach Hause kam, musste das Versteck fertig sein.

Doch was war das? Ein grauer Zipfel lugte hinter dem Stallbalken hervor. Es konnte nicht Marie sein, die trug ein braunes Kleid. Leise schlich Anna näher, fasste um den Balken herum und bekam einen feisten Arm zu packen.

»Beatke!«, rief Anna gedämpft. »Bespitzelst du uns etwa?«

»Ich habe den Hund gesehen! Ich will ihn auch einmal halten, sonst verrate ich euch an Mutter!«, quiekte Beatke.

Drohend richtete sich Anna vor der kleinen Base auf.

»Wehe dir! Verrat uns, dann …«

Sie konnte die Drohung nicht beenden, denn Beatke fiel ihr ins Wort. »Bitte! Ich will ihn doch nur streicheln. Ich möchte ja auch nicht, dass ihm etwas geschieht.«

Plötzlich stand Marie neben ihnen, den Hund im Arm.

»Lass sie, wir können Hilfe gebrauchen, besonders beim Füttern. Und Beatke weiß immer, wo etwas zu essen zu holen ist«, gab Marie zu bedenken.

»Meinetwegen, aber wenn du es herumerzählst …«

Beatke hörte gar nicht mehr zu. Verzückt kraulte sie dem Welpen die hübschen Ohren, bis Anna ihn schließlich mit dem Lederbändchen auf seinem Strohplatz anband und die Mädchen aus dem Stall scheuchte.

Maffrit war spät nach Hause gekommen. Evphemia hatte sich schon in die Kammer zurückgezogen, sodass Anna ihm die dünne Suppe hatte auftragen müssen. Doch der Onkel war so betrunken gewesen, dass er nicht wie sonst am Essen herumgemeckert hatte. Nun lag er auf dem Podest neben Anna und schnarchte sich die Seele aus dem Leib.

Im Gegensatz zu Marie, die nach dem aufregenden Tag sofort eingeschlummert war, fand Anna keine Ruhe. Hatte sie wirklich das Richtige getan? Was, wenn der Onkel und die Tante den Hund entdeckten? Womit sollte sie ihn füttern? Sicher würde er jämmerlich fiepen, so wie jetzt, und dann …

Anna fuhr der Schreck in die Knochen. Bär jaulte. Und Maffrit regte sich!

»Evphemia?« Maffrit furzte, richtete sich auf und glotzte blöd in das Halbdunkel. Hinter ihm richtete sich Beatke mit entsetztem Gesicht auf.

»Evphemia!«, rief der Onkel. Im schwachen Schein des erlöschenden Feuers tastete er nach seinem Weib. Doch besoffen, wie er war, erinnerte er sich nicht daran, dass sie in der Kammer schlief. Mit der Linken griff er nach Annas Brust und grunzte.

Sie packte den Stock, den sie neben sich gelegt hatte, für alle Fälle. Doch dann sah sie Beatkes weit aufgerissene Augen. Der Hund jaulte noch immer. Beatke schüttelte den Kopf.

»Nicht«, flüsterte das Mädchen. »Er schläft gleich wieder ein.«

»Schlaf, Maffrit«, raunte Anna trotz aufsteigender Panik, bemüht, die haarige Hand auf ihrer Brust nicht zu beachten.

Maffrit grunzte ein zweites Mal, diesmal zufrieden, und ließ sich auf seinen Strohsack zurückfallen.

Anna wartete, bis der erste Schnarcher zu hören war. Dann erst schob sie die Pranke angeekelt beiseite. Zumindest für diese Nacht blieb ihr Geheimnis bewahrt. Trotzdem fand sie keinen Schlaf.

Marie

Anna schlüpfte in den halb offenen Stall. Hier klang das Krächzen der Saatkrähen, die schon beim Kirchgang in Scharen über den Köpfen der Gläubigen hinweggestoben waren, ein wenig gedämpfter. Auf leisen Sohlen huschte sie in die Ecke mit dem Wagenrad. Eile war geboten, es konnte nicht mehr lange dauern, bis Maffrit und die anderen aus der Kirche kamen. Unter dem Vorwand, Wasser für die Suppe holen zu wollen, hatte Anna mit Marie vorausgehen dürfen. Sie hatten morgens keine Gelegenheit gehabt, nach dem kleinen Hund zu sehen.

Doch Bärs Platz war leer. Das Lederband lag wie verloren im Stroh. Bei genauerem Hinsehen entdeckte Anna winzige Bissspuren. Offenbar hatte der Welpe sich losgemacht.

Sie musste ihn suchen. Wenn Maffrit nach Hause käme und ihn hier fände, dann … Sie trat aus dem Stall hinaus, spähte zur Hausecke hinüber und atmete erleichtert auf. Noch war niemand zu sehen. Maffrits Fuhrwerk stand neben dem Stall bereit.

Erst würde er essen und dann zum Würfeln und Saufen in die Stadt fahren, wie jeden Sonntag. Wenigstens hatten sie nachmittags Ruhe vor ihm. Anna ging in die Knie, was mit dem Stock in der frisch genähten Schlaufe zwischen den Rockfalten gar nicht so einfach war, und sah unter dem Fuhrwerk nach. Dort versteckte sich der Welpe auch nicht, aber zwei Haltekeile befanden sich nicht an der richtigen Stelle. Anna stockte der Atem – das war mehr als gefährlich! Wenn sich nur einer der Keile gänzlich löste, konnte das schwere Fuhrwerk auf dem abschüssigen Hof ins Rollen geraten. Es besaß keine Bremsen, und ohne Fuhrmann und Pferd war es kaum zu halten. Obwohl die Zeit drängte, drückte Anna die schweren Keile nacheinander keuchend an die richtige Stelle, wie sie es Vors schon oft hatte tun sehen.

Anna kehrte zum Stall zurück. War Bär unter die Bodenbretter gekrochen? Sie lauschte. Aber außer dem unruhigen Schnauben der beiden Gäule waren nur die vermaledeiten Krähen zu hören. Vielleicht hatte sich der Hund im Haus verkrochen. Die Tür stand wie immer zum Lüften offen.

»Marie!«, rief Anna in die Diele hinein.

»Ich bin hier«, kam es aus der Kammer zurück. Anna folgte der Stimme.

Dann ging alles ganz schnell. Ein Poltern war zu hören und Maffrit stürmte ins Haus. Marie trat aus der Kammer und ging auf Anna zu. Der Hund schoss aus einer Ecke hervor, hoppelte erstaunlich schnell durch die Diele und verschwand in der Wohnstube.

Maffrit starrte auf den Hund, glotzte Anna an und brüllte los. »Wer hat den Drecksköter hier reingelassen?« Dann stürzte er in die Stube.

»Bleib!«, rief Anna Marie zu und stürmte hinter Maffrit her. Der kauerte auf dem Boden vor der Wäschetruhe und langte mit dem Arm in den Spalt zwischen Boden und Truhe.

»Maffrit, lass dir doch erklären …«, versuchte Anna ihn zu besänftigen, doch er unterbrach sie sogleich und schrie sie an.

»Hast du das Vieh hier hereingeholt? Ich hasse Hunde! Raus mit dem Köter, und um dich kümmere ich mich danach …«

Da hatte er den Welpen offenbar zu fassen bekommen, denn er zerrte wie wild, und ein verzweifeltes Jaulen drang aus dem Spalt unter der Truhe hervor.

»Das kann doch … hängt die Töle fest, oder was?«

Ein letzter Ruck, und der Hund rutschte aus dem Spalt heraus. Schwankend erhob sich Maffrit.

»Sieh dir an, was ich mit ihm mache, damit du nicht noch einmal auf den Gedanken kommst …«

»Nein!« Mit einem spitzen Schrei stürzte Marie in die Stube. »Tu ihm nichts, er frisst nicht viel, bitte!«, flehte sie und warf sich vor Maffrits Beine.

»Du steckst also auch mit drin, hätte ich mir denken können.« Mit aller Kraft trat er zu, und bevor Anna handeln konnte, flog die Blinde an die Wand, als wäre sie so leicht wie ihr Brüderchen Ivo. Doch Marie weinte nicht.

Sie rappelte sich auf und schrie ihren Vater an. »Tu ihm nichts, er hat dir nichts getan. Sonst kommst du in die Hölle!«

Maffrit schleuderte den Hund zu Boden und ging drohend auf Marie zu. Leise wimmernd tappte das Hündchen in eine Ecke, wo es sich die Pfote leckte.

Kalter Zorn packte Anna. Einmal musste Schluss sein mit der täglichen Gewalt! Sie tastete nach dem Stock und löste ihn aus der Schlaufe. Mit erhobenem Arm schob sie sich zwischen Marie und Maffrit.

»Lass Marie in Frieden!,« zischte sie böse.

»Halt dich da raus, sonst geht's dir wie dem Hund, wenn ich mit dem Krüppel fertig bin …«, drohte Maffrit.

Anna ließ sich nicht einschüchtern, diesmal nicht. »Bleib stehen, sage ich!«

Keuchend holte der Onkel aus. »Glaubst du, von dir …« Betrunken, wie er war, schlug er zwar mit großer Wucht, aber zu langsam zu.

Als die Faust auf sie zuflog, drosch Anna den Stock mit aller

Kraft gegen Maffrits Hand. Verwirrt starrte er auf die schmerzende Stelle, schnaubte wütend und hob den Arm erneut. Sie zog ihm den Knüppel ein zweites Mal über die Finger.

»Verdammt, was …? Miststück!«

Maffrit glotzte Anna an, als sähe er sie zum ersten Mal. Inzwischen war sie genauso groß wie ihr Onkel. Auch wenn sie seine Körperfülle nicht erreichte, hatte sie doch die breiten Schultern ihres Vaters geerbt.

»Wag nicht, Marie anzurühren! Damit ist endgültig Schluss!«, fauchte Anna.

Maffrit starrte sie immer noch an. Worauf wartete er? Darauf, dass sie die Augen niederschlug? Doch Anna hielt dem Starren stand. Der ganze Schmerz, der ganze Hass, alles, was sich während der letzten beiden Jahre in ihr angesammelt hatte, lag in ihrem Blick. Sie würde kämpfen, bis er Marie und den Hund in Ruhe ließ oder bis er es schaffte, sie totzuschlagen – aber sie würde es ihm nicht leicht machen.

Doch zu ihrem Erstaunen drehte Maffrit ab wie ein Wolf, der den Schwanz einkneift.

»Sie kann dich nicht immer beschützen, sie muss zur Arbeit. Und wenn ich dich und den Köter allein erwische, wirst du was erleben«, bedrohte er Marie.

Er spuckte auf den Boden, stürmte zum Tisch, griff nach seinem Würfelbecher und rannte aus dem Haus. Das Knarren der Tür fiel mit Maries erleichterten Schluchzern zusammen.

»O Gott, ich dachte wirklich, er macht ihn tot. Bär, wo steckst du? Wo bist du denn?«

Anne entdeckte den Welpen in der Ecke, hob ihn hoch und betrachtete entsetzt ihre blutbesudelte Hand. Bär war verletzt! Schnell fand sie die Ursache: Eine seiner Krallen war abgerissen. Vorsichtig reichte sie Marie das winselnde Hündchen.

»O Anna, ich hab solche Angst! Kannst du uns morgen nicht mitnehmen zum Nähen? Ich bin auch ganz still!«, flehte Marie.

Rings um Anna drehte sich alles. Marie und der Hund in der Färbergasse? Wie sollte sie nähen und dabei auf einen tapsigen

Welpen und eine Blinde aufpassen? Und was würde ihre Meisterin dazu sagen? Sie seufzte. Das ginge nie im Leben gut.

»Unmöglich. Kannst du nicht irgendwo anders Unterschlupf finden?«

Marie blieb stumm. Herrje, was redete sie nur? Sie hatte in den letzten Jahren doch wahrlich miterlebt, dass niemand den Mut besaß, sich Maffrit in den Weg zu stellen. Der Einzige wäre Vors gewesen, doch der erwies sich inzwischen als genauso brutal wie sein Vater und war mindestens ebenso oft betrunken.

Konnte Anna nicht einfach verschwinden und Marie und Bär mitnehmen? Sie straffte den Rücken und fasste Marie an beiden Schultern. »Marie, kannst du dir vorstellen, ohne deine Mutter zu leben?«, fragte sie leise.

»Todsicher«, antwortete Marie ohne Zögern und tastete vorsichtig nach Bärs Wunde.

»Marie, lass uns auf und davon gehen, du und ich. Was meinst du?«

Jauchzend sprang Marie in die Höhe und ließ den Hund dabei zu Boden gleiten. Bär jaulte und flitzte erschrocken in die Diele hinaus. Mit ausgestreckten Händen lief Marie auf Anna zu. Als sie die Freundin erfühlt hatte, umschlang sie sie mit den Armen und drückte sie an sich.

»Endlich!«, rief sie leidenschaftlich aus. »Mein ganzes Leben warte ich schon darauf, dass mich jemand von hier fortholt!«

Sie fragte nicht nach Essen, Geld oder Schlafplatz, Marie wollte einfach nur weg.

»Warte auf der Treppe – vielleicht ist er noch draußen. Ich hole nur rasch meine Bündel!«, rief Anna.

»Weg, weg, weg! Wir gehen weg …«, sang Marie und tastete sich zur Tür, ein glückliches Lächeln auf dem Gesicht.

»Marie, hörst du? Warte auf der Treppe!«

»Ist gut.«

Marie tappte zur Wand und tastete sich daran entlang zum Ausgang, wie sie es immer tat. Anna steckte den Stock in die Schlaufe am Kleid und eilte den Flur entlang. Was hatte sie sich bloß dabei gedacht? Wohin sollte sie mit den beiden? Doch es war zu spät. Wenn Maffrit Marie allein erwischte, würde er keine Gnade kennen. Anna stürmte in die Kammer und ergriff ihre Bündel. Jetzt war sie heilfroh über die lieb gewonnene Angewohnheit, jeden Tag zu packen, obwohl ihr längst klar geworden war, dass Wulf sie nie mehr abholen würde.

In der äußersten Ecke der Diele entdeckte sie den zitternden Welpen. Anna nahm ihn hoch und eilte zum Ausgang. Ohne einen Blick zurück öffnete sie die knarrende Tür. Das helle Sonntagslicht blendete ihre Augen.

Wo war Marie? Sie stand nicht auf der Treppe. Der Lärm der Krähen war unbeschreiblich. Da keuchte sie vor Entsetzen auf: Maffrit stand noch im Hof! Doch der Hüne beachtete seine Umgebung nicht. Er riss an den Zügeln des Kutschgauls, damit sich das scheuende Tier vor den Wagen spannen ließ. Endlich sah Anna Marie zwischen sich und Maffrit an ihrem Pflock stehen.

»Marie!«, rief Anna gedämpft – Maffrit sollte sie nicht bemerken. Doch auch Marie hörte Anna bei dem Vogellärm nicht.

Nun schrie der Fuhrmann das Pferd so laut an, dass er sogar die kreischenden Krähen übertönte. »Scheißgaul, wirst du wohl …?« Wutentbrannt riss er erneut am Zügel, und das Pferd warf ängstlich wiehernd den Kopf hoch. Es scheute abermals, brach zur Seite hin aus und bockte halb von Sinnen um den Wagen herum. Maffrit zerrte es am Zügel zu sich heran. Vorn festgehalten, trat der Gaul nun mit aller Wucht mit beiden Hufen nach hinten aus – und traf Marie an der Brust.

Die Zeit schien langsamer als sonst zu verstreichen. Fast kam es Anna so vor, als sähe sie einzelne Bilder wie auf den Heiligentafeln in der Kirche vor sich. Maries Gesicht, erschrocken verzogen wie das von Johann, ihr schmaler Körper, der sich erst nach hinten durchbog, weil Kopf und Beine langsamer waren als die Brust, die das Pferd getroffen hatte, und sich dann wieder geradeschob, als Marie mit voller Wucht gegen den Baum – ihren Baum! – krachte. Stockend, wie eine schmelzende Schneehaube im Frühjahr, rutschte sie am Stamm entlang nach unten.

»Mariiiiee!«

Anna hatte so laut geschrien, dass die Krähen auf einen Schlag verstummten und abdrehten. Sie rannte zum Baum, setzte den Hund ab und ließ ihre Bündel fallen.

Marie hatte die Augen geschlossen, das Gesichtchen war blass, aber sie lebte. Anna sah, wie der Atem die Brust hob und senkte.

»Marie!«

Sie bettete den Kopf der kleinen Freundin im Schoß und scherte sich nicht um Maffrit, zog auch nicht den Stock aus der Schlaufe. Sollte er sie doch von hinten erschlagen – es war ihr gleichgültig.

»Marie!«

»Anna …«, hauchte Marie. Sie hustete, und kleine Blasen in der Farbe von Rübenwasser sprühten ihr aus dem Mund.

»Marie, wo tut es weh? Kann ich etwas tun?«, fragte Anna.

»Es ist gut. Ich wollte sowieso gehen.«

Anna schluckte, und Tränen schossen ihr aus den Augen.

»Sag doch so etwas nicht! Wir pflegen dich wie damals, als du krank warst. Ich gehe so lange nicht zur Arbeit, ich passe auf dich auf, hörst du?«

Marie wirkte so winzig, als wäre sie seit dem ersten Tag am Pflock keinen Zoll gewachsen. Sie schloss die Augen.

»Marie? Marie!« Anna brach der Angstschweiß aus allen Poren.

Zögernd und unendlich müde hob Marie die Lider. »Hab keine Angst, denk an die Wolken.« Sie hechelte, und ein seltsames Röcheln drang aus ihrer Brust. »Irgendwann wirst du die Wolken sehen und keine Angst mehr haben.« Sie hustete, und diesmal drang ihr ein Schwall rosigen Schaumes aus dem Mund. Keuchend versuchte sie weiterzusprechen, während ihr Anna unentwegt über die Stirn strich.

»Und dann wirst du an mich denken. Ich …« Sie hustete wieder und schloss vor Anstrengung die Augen, und diesmal schien der Anfall kein Ende zu nehmen. Plötzlich war der Husten vorbei. Anna wartete, dass die Kleine weitersprach, aber sie schwieg. Nur die Last in Annas Armbeuge wurde schwerer und schwerer. Dann fiel der Kopf zur Seite.

»Marie!«

Erst ein gequälter Schrei, der gleichzeitig aus einer Kehle wie auch aus tiefster Seele zu kommen schien, weckte Anna aus ihrer Starre.

Evphemia war neben Anna niedergekniet und riss ihr den zarten Körper aus den Armen. Ihr Leib war durch die Schwangerschaft so geschwollen, dass sie nur den Oberkörper des toten Mädchens auf dem Schoß zu halten vermochte. Evphemia wiegte ihre Tochter, wie sie selbst in guten Zeiten nicht einmal den kleinen Ivo gewiegt hatte.

Anna schaute auf die Leere in ihrem Schoß. Da, wo Marie gerade noch gelegen hatte, war eine kleine Mulde entstanden. Bär stieß Anna mit der Nase an und winselte. Die Wunde an der Pfote war voller Staub – sie hätte ihn nicht hinuntersetzen sollen vorhin. Bevor …

»Was hast du nur getan, Maffritt? Was hast du nur getan?«, flüsterte Evphemia ein ums andere Mal.

»Ich war es nicht, der Gaul ist schuld.«

Anna hatte den Onkel ganz vergessen. Das Pferd stand still im Geschirr, daneben Maffrit, die Kappe in der Hand. Sein Blick wirkte fast nüchtern.

Die Tante antwortete nicht, sie wiegte Marie ohne Unterlass und summte ein Schlummerlied.

»Sei doch froh, dass es der Krüppel war. Ich hab dir doch schon ein Neues gemacht. Ich mach dir noch eins, wenn du willst …«, stammelte Maffrit.

Anna stieg ein Würgen in der Kehle hoch.

»Verschwinde! Geh weg, geh endlich weg!«, kreischte Evphemia.

Maffrit grunzte, spannte den Gaul vor den Wagen, trat den letzten Keil beiseite und sprang auf den Bock. Mit der Gerte schlug er so hart auf das Pferd ein, dass es sich aus dem Stand

in die Riemen legte und das Fuhrwerk mit einem Ruck anzog. Die Krähen stoben erneut auf. Maffrit war fort, erst einmal …

Anna sah den Krähen nach. Dann suchte sie die Bündel zusammen und hob den Hund hoch. Evphemia beobachtete sie
vom Boden aus, ohne ein Wort zu sagen. Es war Zeit zu gehen.

Der Frühlingssturm zerrte an ihrem Kleid und wirbelte Schwaden von Straßenstaub auf. Anna wusste nicht, wie lange sie gegangen war. Gern wäre sie noch einmal nach Jever zurückgekehrt und hätte nach Spuren ihres Vaters gesucht. Nach all der
Zeit suchte man sie in Jever sicherlich nicht mehr.

Doch tief in ihrem Innern wusste sie, dass Wulf sie gefunden
hätte, wäre er noch am Leben gewesen. Und so hatte sie sich an
der Kreuzung links gehalten, nach Süden.

Sie schritt am Wegrand entlang und hielt sich abseits der anderen Reisenden. Familien und Fuhrwerke, Kinder und Alte,
alle waren sie unterwegs und genossen den stürmischen Früh-
lingssonntag. Das fröhliche Rufen hallte in Annas Ohren schlimmer nach als der Lärm der Krähen am Mittag. Sie sehnte sich
nach einem Platz, dunkler noch als Maries Kammer. Bär strampelte mit den Beinchen, um abgesetzt zu werden. Aber sie wollte
den Hund auf dieser Straße nicht allein laufen lassen. Was,
wenn er ihr auch noch abhanden kam? Sie hielt ihn weiter fest
umklammert, doch als er sich mit der verletzten Pfote in ihrem
Ärmel verhakte und laut jaulte, gab sie nach. Sie löste die letzte
Lederschnur von ihrem Packen, befestigte sie an Bärs Halsband
und ließ ihn zu Boden.

Es dämmerte bereits, und sie wusste nicht, wo sie die Nacht
verbringen sollte. Die Anzahl der Fuhrwerke und Menschen
nahm immer mehr ab, es wurde empfindlich kalt. Wen ein
wärmendes Feuer erwartete, der eilte schnellen Schrittes nach
Hause. Anna hatte sich nichts zu essen besorgt. Sie war an einigen Ständen vorbeigekommen, aber beim Gedanken an Marie
war ihr die Kehle eng geworden. Und wieder liefen ihr die Trä-

nen über das Gesicht. Den Hund an der Leine, setzte sie ziellos Fuß vor Fuß.

Schließlich ließen sich die dämmergrauen Büsche kaum noch vom Weg unterscheiden; es war dunkel. Eine Decke hatte sie nicht, und so hockte Anna sich abseits vom Weg unter einen Baum und zog den Hund und die Bündel eng an den Körper, um sich zu wärmen.

Hatte sie vor Kurzem die Dunkelheit noch herbeigesehnt, bekam sie es nun mit der Angst zu tun. Was, wenn sich wie damals Räuber anschlichen, als sie mit Johann unterwegs gewesen war? Es knackte im Gebüsch. Anna legte die Bündel auf den Boden und zog den Stock aus der Schlaufe. Doch sosehr sie auch horchte, es geschah nichts weiter. Den Hund auf dem Schoß und den Stock fest in der Hand, schlief sie schließlich im Sitzen ein.

Anna öffnete die Augen und stieß einen spitzen Schrei aus: Keine Handbreit von ihrer Nase entfernt, starrten ihr zwei blaue Augen aus einem sommersprossigen Gesicht unverwandt ins Angesicht.

»Himmel, was …?«, schrie sie.

»Theo, hierher! Lass die Frau in Ruhe! Dieser Bengel treibt mich noch zum Wahnsinn!«

Die Stimme kam vom Wegrand. Der Knirps streckte Anna die Zunge heraus, machte ihr eine lange Nase und flitzte davon.

Es war helllichter Tag. Die Straße lag nicht so weit entfernt von ihrem Rastplatz, wie sie beim Stolpern durchs Unterholz am Abend zuvor vermutet hatte. Es herrschte schon Hochbetrieb: Fuhrwerke, Tiere, Knechte und Mägde zogen an ihr vorbei. Anna erhob sich und steckte den Stock wieder in die Schlaufe. Sie raffte ihre Bündel, strich das Kleid glatt und überprüfte Bärs Halsband. Sie streckte sich – der Rücken schmerzte, und die Beine waren ganz steif und kalt. Ein Stück den Weg hinunter entdeckte sie einen Brunnenplatz. Da erst spürte sie den quälenden Durst. Sie musste nicht lange anstehen, es war noch früh am Tag, und die Leute hatten zu Hause ihr Morgenmahl eingenommen. Anna stieß den Kübel über den Rand und hörte ihn unten ins Wasser platschen. Rasch bediente Anna die Winde und zog. Endlich konnte sie den vollen Eimer auf den Rand wuchten und schöpfte das kühle Nass mit beiden Händen. Das Wasser war klar, schmeckte gut, weder modrig noch salzig. Ein Kratzen am Schuh verriet ihr, dass auch Bär durstig war. Sie ließ den Hund aus ihren Händen trinken und trat dann beiseite, um Platz für den Nächsten zu machen. Sie setzte sich am Rand des Brunnenplatzes auf einen Baumstamm und nahm Bär auf den Schoß. Er stieß ihr mit der kleinen Nase gegen den Arm und winselte.

»Armer Kleiner, du musst ja umkommen vor Hunger«, seufzte sie.

Sie wollte schon aufstehen, da stockte ihr der Atem. Ein Fuhrwerk näherte sich, und das Pferd sah Maffrits Wallach zum Verwechseln ähnlich. Sie rieb sich die Augen – hatte sie zu lange nichts gegessen? Der Wagen kam immer näher – es gab keinen Zweifel. Es war Maffrit mit seinem Gefährt. Wenn er weiter in Richtung Oldenburg fuhr, musste er unmittelbar am Brunnenplatz vorbeikommen. Nach dem halben Tagesmarsch hatte sie sich weit genug von seinem Haus entfernt gewähnt – sie hatte sich getäuscht. Ihre Gedanken rasten. Was sollte sie tun? Konnte er sie zwingen, mit ihm zurückzukommen? Der Wagen war schon so nahe, dass Anna den Berg blutiger Felle auf der Ladefläche erkannte. Sie schloss die Augen. Sie wollte ihn nicht sehen, sie wollte nichts mehr sehen. Die Hände in den Schoß gepresst, wartete sie – doch es kam kein Rufen, und es legte sich auch keine grobe Hand auf ihre Schulter. Sie öffnete die Augen wieder. Maffrits Fuhrwerk war verschwunden. Er war einfach vorbeigefahren. Anna atmete tief durch. Gerade noch einmal davongekommen! Sie musste weg, viel weiter weg. Zu Fuß war sie zu langsam. Vielleicht konnte sie einen Fuhrmann überreden, sie eine gewisse Strecke mitzunehmen.

Inzwischen herrschte reges Treiben auf dem Weg. Ganze

Ströme von Menschen schoben sich in Richtung Stadt. Aber auch die andere Seite der Straße war dicht bevölkert.

»Komm, Bär, wir fragen einfach, ob uns jemand mitnimmt.« Der Hund jaulte.

»Ich habe auch Hunger, aber erst einmal müssen wir hier weg«, beschied sie den Welpen mit entschlossener Stimme.

Reisegefährten

Anna hatte nur Fuhrwerke anzuhalten versucht, auf denen auch Frauen saßen. Kaum eine der Angesprochenen hatte geantwortet, eine hatte sie sogar angeschnauzt, sie solle aus dem Weg gehen, sonst werde der Wagen sie überfahren. Niemand war bereit, sie mitzunehmen. Nur mit Mühe unterdrückte sie die aufsteigenden Tränen.

Die Füße taten ihr weh. Sie war immer weitergelaufen, um so schnell wie möglich von den verhassten Verwandten fortzukommen. Straßenstaub hatte sich in den verschwitzten Lederschuhen festgesetzt, und nun scheuerten die Fersen. Die Stadt war noch kaum zu sehen, Bär jammerte entsetzlich, und Annas hungriger Bauch gab böse Knurrlaute von sich.

Ein Wendeplatz kam in Sicht, mehrere Wagen lagerten am Rand. Ein Kind führte eine Ziege spazieren, die gierig an den Halmen rupfte. Müde ließ sich Anna abseits des Weges in das noch schüttere Frühlingsgras sinken. Den Hund konnte sie neben sich an einer Baumwurzel festbinden. Sie musste unbedingt etwas zu essen ergattern und eine Mitfahrgelegenheit finden. Unmöglich konnte sie sich hier unter den Rock greifen und eine Silbermünze hervorholen. Weit laufen mochte sie mit den wunden Fersen allerdings auch nicht mehr. Der Anblick des Mädchens mit der Ziege brachte sie auf einen Gedanken. Wie wäre es, wenn sie etwas tauschte? Mit flinken Fingern zupfte sie ein altes Hemd aus ihrem Bündel und riss es ohne Bedenken entzwei. Nadel und Faden hatte sie rasch zur Hand. Hurtig nähte sie drauflos. Sie wusste, wie das fertige Stück aussehen sollte, so machte sie es immer. Allerdings durfte sie auf offener Straße nicht mit der linken Hand nähen und reihte mit der rechten mühsam Stich an Stich. Schließlich hielt sie ihr Werk hoch in die Luft und betrachtete es. Ein Umriss wie von einem dicken Kind prangte auf dem Stoff, der doppellagig aufeinander-genäht war. Ein Bein war nicht ganz zugenäht, der Faden hing lose herunter.

Das kleine Mädchen stand schon eine Weile mit weit offenen Augen vor Anna und schaute gespannt zu. »Was machst du da?«, fragte sie. Sie sah leidlich sauber aus und wirkte wohl-genährt, wie Anna erfreut feststellte.

»Etwas ganz Besonderes«, flüsterte sie geheimnisvoll, »eine Puppe!«

»Oh!« Die Kleine hüpfte aufgeregt von einem Beinchen auf das andere. »Für wen ist die Puppe?«

Anna schob die Stofffigur vorsichtig durch das kleine Loch, das sie im Bein gelassen hatte. Die Puppe war jetzt gewendet, aber immer noch ganz platt.

»Sie ist für einen Engel. Ich bin furchtbar hungrig, und wenn der Herr mir einen Engel mit einem Stück Ziegenkäse und Brot schicken würde, dann könnte ich dem Engel dafür etwas zu-rückgeben – die Puppe«, schmeichelte Anna.

»W… wir haben Ziegenkäse. Und Brot!«, rief die Kleine.

»Das klingt, als seist du vielleicht der Engel. Du musst aller-dings deine Mutter fragen, ob sie etwas entbehren kann«, sagte Anna. Ohne ein weiteres Wort flitzte das Mädchen davon.

Anna befühlte das Grasgestrüpp vom letzten Jahr und seufzte erleichtert. Es war trocken und würde als Füllung der Puppe nicht so rasch schimmeln. Mit beiden Händen rupfte sie eine Handvoll aus und zerpflückte es in kleine Stücke, die durch die enge Öffnung passten. Sie hatte gerade den letzten Stich genäht, als das Mädchen an der Hand der Mutter zurückkam. Anna biss den Faden durch und stand auf.

»Was hast du meiner Tochter da erzählt, von Engeln und Käse?«

»Liebe Frau, ich bin sehr hungrig, ebenso mein kleiner Begleiter. Vielleicht bist du so freundlich und tauschst Käse und Brot gegen dieses Spielzeug?«

Sie hielt der Frau die Puppe hin. Es war kein Meisterwerk, aber sorgfältiger genäht als die meisten Puppen, die die Frau bislang wohl zu Gesicht bekommen hatte.

»Sie hat kein Gesicht«, wandte die Frau ein.

»Ich könnte der Puppe eins machen, während ihr das Essen holt«, bot Anna eifrig an.

»Bitte, Mutter!«, flehte das Mädchen.

Die Züge der Frau wurden weich, sie strich dem Kind über das Haar. »Komm, Hilde, wir holen etwas zu essen als Tausch gegen die Puppe.«

Begeistert hüpfte Hilde neben der Mutter her.

Die beiden waren schnell wieder da, und die letzten Stiche fertigte Anna unter den aufmerksamen Augen der Frau.

»Wo soll's denn hingehen?«, fragte Hildes Mutter.

»Ich suche einen Platz auf einem Fuhrwerk, damit ich schneller vorwärtskomme.«

Anna warf einen sehnsüchtigen Blick auf den Wagen der Frau.

»Vielleicht könnte ich sogar bei euch ein Stückchen mitfahren ...«

»Gern, aber wir sind fast am Ziel. Wir wollen zum Markt in Oldenburg und machen hier nur wegen der Ziege Rast – sie soll satt und zufrieden wirken, wenn wir sie verkaufen.«

Anna drückte Hilde das Spielzeug in die Hand, nicht ohne die Puppe um die Taille zu fassen und zu wackeln, als wäre das Machwerk lebendig. Hilde jauchzte.

Die Frau reichte Anna ein großes Stück Brot und ein kleineres Stück Käse. Sogar ein Streifen Speck war dabei!

Trotz der Aussicht auf das köstliche Mahl war Anna enttäuscht. »Schade, ich muss genau in die andere Richtung.« Sie ließ den Kopf hängen. »Trotzdem danke.«

»Frag doch den Korbflechter, der will in die Richtung, aus der wir kommen«, riet Hildes Mutter.

»Hat er eine Frau?«, erkundigte sich Anna und merkte im selben Augenblick, wie seltsam die Frage klang. Ihre Wangen überzogen sich mit flammender Röte.

»Wie meinst du das? Suchst du etwa einen Mann?«, feixte die Frau.

»Nein, ich … vielleicht … kennt ihr den Korbflechter? Wäre ich sicher bei ihm aufgehoben?«, forschte Anna.

Hildes Mutter musterte das junge Mädchen mitleidig. »Wohl schlechte Erfahrungen gemacht, hm? Nun, er fährt oft die gleiche Strecke, ich hab noch keinen etwas Schlechtes über ihn sagen hören.«

Anna atmete erleichtert auf. »Dann versuche ich es. Danke für den Speck.«

»Gott sei mit dir«, verabschiedete sich Hildes Mutter. »Gott sei mit dir«, plapperte ihr die Kleine nach.

Von so vielen guten Wünschen beflügelt, verschlang Anna die Hälfte der Mahlzeit und fütterte auch den Welpen. Den Käse konnte er beißen, aber der Speck war ihm zu fest. Anna kaute einen Brocken vor und hielt ihm den Brei auf der Fingerspitze vor das Schnäuzchen. Begierig leckte er alles auf.

Ein Wagen rumpelte vorbei. Der Korbflechter! Anna sprang auf und rannte hinterher.

»Halt, Korbflechter, warte, halt!«, rief sie.

Und tatsächlich, das Fuhrwerk kam zum Stehen, noch auf dem Wendeplatz. Ein schmales, gebräuntes Gesicht spähte um die Plane herum.

»Na, wird's bald? Dann komm aber auch!«, rief der Korbflechter.

Anna rannte zum Bock, die Bündel und den Hund auf dem Arm.

»Wie meinst du das?«, fragte sie stirnrunzelnd.

»Milte sagte mir, du wolltest mich fragen. Aber als du nicht gekommen bist …« Er hob die Schultern.

Milte? Damit war sicherlich Hildes Mutter gemeint. Umso besser, wenn sie schon gefragt hatte …

»Nun musst du aber rasch fragen, sonst fahre ich weiter«, sagte der Korbflechter ernst.

»Warum muss ich fragen, wenn du schon weißt, was ich möchte?«, fragte Anna verdutzt.

»Ein allein reisender Mann sollte kein Mädchen zum Mitfahren einladen, es sei denn, sie bittet darum, oder?«

Der Korbflechter zwinkerte, und Anna fasste sich ein Herz. »Darf ich mitfahren, nach Süden?«, fragte sie höflich.

»Ja, aber ich erwarte eine Gegenleistung.« Er rutschte auf dem Bock zur Seite, um Platz für Anna zu schaffen.

»Was denn?«, fragte sie, und ein mulmiges Gefühl beschlich sie.

Der Korbflechter drehte beide Hände, die die Zügel hielten, und zeigte seine Finger. Die Haut war verhornt, und die Gelenke schienen stark geschwollen.

»Bis vor Kurzem habe ich meine Kleidung selbst instand gehalten, aber inzwischen kann ich die Nadel nicht mehr halten.« Er lächelte entschuldigend, als sei es ihm peinlich, nicht allein zurechtzukommen. »Es gibt einiges zu flicken. Auf der Fahrt ist's wohl zu holperig, aber du könntest meine Wäsche abends nähen.«

Die Finger sahen wirklich schlimm aus, er schien die Wahrheit zu sagen.

»Hast du Garn?«, fragte sie. Er nickte.

»Gut.« Sie nickte zurück. »Aber der Hund darf vorn bei mir bleiben.«

»Einverstanden.« Der schmächtige Mann klopfte auf den Holzsitz. »Nun komm, ich muss wirklich weiter, sonst ist der Markt in Holdorf schon vorbei, wenn ich ankomme. Und die Keramiken, die sich so gut verkaufen, krieg ich nur dort. Weiß der Himmel, wie die den Rand machen, die Waren verkaufen sich jedenfalls wie warme Pasteten.«

Er schnalzte, und das Pferd trabte an.

Eine Meile nach der anderen legte der Gaul zwischen Anna und Evphemia, zwischen Anna und Maffrit. Sie hätte sich freuen sollen, gesättigt zu sein und auf einem Wagen zu fahren. Aber sie war traurig. Marie hätte die Puppe gemocht und sich den Speck schmecken lassen. Und so rollten Anna immer dann, wenn der Wagen durch eine besonders tiefe Furche rumpelte, heiße Tränen über die Wangen. Der Korbflechter beobachtete sie, aber er schwieg. Anna war ihm dankbar dafür.

Etwas knallte gegen Annas Hinterkopf.

»He, was soll das?«, rief sie halb erschrocken, halb wütend. Obwohl der Korbflechter während der ganzen Fahrt keine Annäherungsversuche gemacht hatte, war sie doch ständig auf der Hut gewesen. Mit einem Angriff aus dieser Richtung hatte sie allerdings nicht gerechnet. Sie hatten gerade eine üble Wegstrecke zurückgelegt. Der Wagen war durch tiefe Löcher gerumpelt, in denen er erst versank, bevor er ein wenig abhob und sich schließlich nach links legte. Dieser seltsame Tanz hatte offenbar einen der großen Körbe zur Hälfte losgerissen. Nun schwang er an einem der beiden Riemen hin und her und hatte Annas Kopf in Mitleidenschaft gezogen. Verdutzt rieb sie sich die schmerzende Stelle.

»Tut mir leid, der muss sich losgerissen haben. Für heute langt's auch, finde ich. Wir suchen uns einen Platz für das Nachtlager. Es wird bald dunkel, und du musst noch bezahlen, stimmt's?«, sagte der Korbflechter.

Anna antwortete nicht. Jähe Angst schnürte ihr die Kehle zu. Sie tastete nach dem Stock und atmete tief durch. Schon besser. Der Korbflechter schnalzte laut und lenkte das Gespann rechts an den Wegrand. Anna stieg vom Bock und setzte Bär vorsichtig zu Boden, wo er begeistert herumschnüffelte. Sie befanden sich auf einer leichten Anhöhe, denn nicht überall war das Land so flach wie in Friesland, das wusste Anna noch von den Reisen mit ihrem Vater. Sie blickte über das Tal hinweg. Zarter Dunst schwebte über den Bäumen und Sträuchern und verlieh ihnen etwas Verwunschenes. Die Stille wurde nur vom Ruf eines Käuzchens unterbrochen. Der Korbflechter hatte schon das Pferd ausgespannt. Die Vorderhufe zusammengehobbelt, suchte es sich sein Futter. Er sah, dass sie ihn beobachtete.

»Man muss zum Zusammenhobbeln weiche Seile nehmen und darf sie nicht zu fest binden, sonst werden die Fesseln wund, so wie bei dir …« Er deutete auf ihre Fersen. Knallrot und aufgerieben, waren sie wahrlich kein schöner Anblick.

Plötzlich schoss die Rechte des Korbflechters vor. »Tankred«, sagte er.

Anna japste, erst erschrocken, dann erleichtert. Der Mann hatte recht – sie hatten einander noch nicht vorgestellt.

»Anna …«, murmelte sie und ergriff die ausgestreckte Hand. Die Schwielen erinnerten sie an den Preis für die Fahrt.

»Was ist mit der Nähwäsche?«, fragte sie.

»Willst du dich nicht erst ausruhen?«, fragte Tankred.

Sie schüttelte den Kopf. »Ich stehe nicht gern bei jemandem in der Kreide. Noch ist das Licht gut, da fange ich lieber gleich mit der Arbeit an.«

Tankred nickte gleichmütig, stieg auf den Bock und kehrte mit einem riesigen Korb voller Weißzeug zurück.

»Da hat sich einiges gesammelt.« Er schnäuzte sich. »Das ist natürlich nicht alles auf einmal zu schaffen, aber wenn du zwei, drei Teile fertig bekommst, ist mir schon geholfen.«

»Das Garn?«, fragte sie.

»Oh, warte!«

Noch einmal verschwand er unter der Plane des hohen Aufbaus, der mit Körben und Kisten vollgestopft war. Nach einigem Gepolter tauchte er mit fröhlichem Gesicht und einer Garnspule wieder auf. Anna hockte sich ins Gras, den Korb neben sich, und fing an zu nähen, während Tankred den Wegesrand nach Holz für das Feuer absuchte.

Bär legte sich auf Annas Füße und schlief sofort ein. Sie quälte sich mit der Rechten und schimpfte leise vor sich hin, während sich der Korbflechter mit dem feuchten Holz abmühte. Immer wieder musste er sein Zundertäschchen zücken, bis endlich die ersten qualmenden Flämmchen aus den Zweigen hervorzüngelten. Daraufhin stellte er ein eisernes Dreibein auf, trug das Kochgeschirr herbei, hängte den Kessel ein, setzte Wasser auf und putzte auf dem Wagenbock Gemüse. Die Zutaten köchelten schon im Topf, als Anna das erste Betttuch ausgebessert hatte. Sie spähte noch einmal zu Tankred hinüber, doch der rührte gedankenverloren in einer großen Holzschüssel.

Sei's drum, dachte Anna. Sie wandte sich zur Seite und nahm die Nadel in die Linke. Sogleich ging alles viel schneller vonstatten, und Stich um Stich reihte sich flott aneinander. Als der Korbflechter schließlich nach ihr rief, hatte Anna bereits die Hälfte des Wäscheberges sauber geflickt. Sie nahm den Korb mit zum Feuer, die ausgebesserten Stücke lagen ordentlich gefaltet obenauf.

Tankred warf einen Blick auf den Stapel, und seine Miene hellte sich auf. »Danke. Magst du etwas essen?«

»Gern!« Anna wollte die lederne Spange im Haar neu feststecken, doch die Hände waren vom langen Nähen so steif und verkrampft, dass sie den Holzdorn nicht durch die Löcher bekam.

»Soll ich …« Tankred trat hinter Anna und hatte schon die Hand an ihrem Haar, bevor sie antworten konnte. Wie vom Blitz getroffen sprang sie auf. »Finger weg!«, fauchte sie.

Er hob die Hände. »Schon gut! Deine Finger sind sicher steif vom Nähen, und ich wollte dir helfen. Aber ich seh schon, du kommst allein zurecht …«

In einer Hand hielt Anna die Spange, die andere lag auf dem Stockgriff zwischen den Falten ihres Rockes. Sie blies sich das Haar aus der Stirn. Tankred trat ans Feuer, füllte eine Schale mit Suppe und kam wieder auf sie zu. Anna spannte alle Glieder an, aber ihr Gastgeber stellte die Schüssel auf halbem Weg auf dem

Boden ab. Sie rang mit sich. Sollte sie sich nähern, um an die Suppe zu gelangen, oder lieber hungrig bleiben?

Der kleine Hund jaulte und wollte offenbar auch gefüttert werden. Anna seufzte, legte die Haarspange neben sich und schritt, die Hand am Stock, auf die Schale zu. Dabei ließ sie den Korbmacher nicht aus den Augen. Doch der kümmerte sich nicht um sie. Seelenruhig tunkte er sein Brot in die Suppe und kaute. Es half nichts, Anna ließ den Stock los und hob die Schüssel vom Boden auf. Gern hätte sie auch etwas von dem Brot gehabt, aber der Kanten lag neben Tankred, und sie mochte ihn nicht bitten. Schnell huschte sie auf ihren Platz zurück.

Die Dämmerung kroch über den Lagerplatz, und die Flammen des Kochfeuers vermochten die drohende Dunkelheit nicht zu vertreiben.

Mit spitzen Fingern fischte Anna kleine Brocken aus der Suppenschale und fütterte den Hund. Der wedelte mit dem Schwänzchen und schluckte gierig.

Erst als der Welpe satt war, schlürfte Anna die warme Brühe aus der Schale. Ihr war inzwischen kalt geworden. Sie kannte das schon – wenn sie sich beim Nähen kaum regte, kroch ihr die Kälte durch Mark und Bein. Meist half es, wenn sie auf und ab sprang und sich die klammen Glieder rieb. Aber in Gegenwart des fremden Mannes schien ihr das nicht ratsam.

Nach dem Essen wischte sie die leere Schale mit Gras und Erde aus, wie sie es von den Reisen mit ihrem Vater gewöhnt war. Tankred beobachtete sie und deutete auf das saubere Essgeschirr. »Du bist schon öfter verreist, wie?«

Anna nickte stumm.

»Ich hau mich hin, war ein anstrengender Tag.«

Er ging zum Wagen und verschwand dahinter. Offenbar kramte er auf der Ladefläche herum, denn nach und nach kamen ein langes Brett, zwei kürzere Bretter, eine große Wachsplane und einige Felle zum Vorschein. Auf dem Wiesenstreifen am Wegesrand stellte er die kürzeren Bretter aufrecht zu einem Kreuz zusammen. Dann hängte er das lange Brett, das eine

Vertiefung aufwies, in das Kreuz und stellte das andere Ende des langen Brettes quer auf den Boden. Mit einer Geschicklichkeit, die lange Übung bewies, wuchtete Tankred die Plane auf den Holm, entfaltete sie und zog sie über das hölzerne Dreibein. Die beiden Kreuzhölzer bildeten nun die Form eines spitzen Kirchturmes und erinnerten an eine Höhle. Anna hatte so etwas schon gesehen. Sie und ihr Vater waren zwar immer zu Fuß unterwegs gewesen, aber die fahrenden Händler, deren Wagen von Waren überquollen, hatten fast alle solche Schlafstätten dabeigehabt. Mit raschen Handgriffen legte Tankred Felle in seine Schlafstätte, und Anna erschauerte wohlig bei dem Gedanken, wie angenehm warm und windgeschützt es in der Höhle sein mochte. Fast erwartete sie, dass Tankred sie aufforderte, neben ihm zu nächtigen. Sie hätte natürlich Nein gesagt, aber die Aussicht wäre verlockend gewesen. Der Korbflechter indes klappte nun die seitlich überhängenden Lappen nach vorn, sodass die Höhle ganz geschlossen war, und ging erneut zum Wagen. Es knarrte und scharrte, rumpelte und quietschte, dann herrschte Stille.

Plötzlich stand der Korbflechter wieder so dicht vor ihr, dass sie zusammenzuckte.

»Schlaf du im Wagen. Kann mir nicht vorstellen, dass du zu mir herein willst.«

»Danke.«

Mehr sagte sie nicht, stand auf, zog Bär mit sich und begutachtete die Ladefläche des Wagens. Von den Bodenbrettern bis zur hölzernen Decke hinauf türmten sich die Waren des fahrenden Handwerkers. Dafür hatte er im vorderen Bereich einen freien Platz geschaffen, der die Breite eines Schlaflagers aufwies. Sogar ein großes Fell lag dort ausgebreitet. Anna hob Bär auf den Wagen. Müde kuschelte er sich auf die weiche Unterlage und schloss die Augen. Nachdem sie ihre Bündel am Fußende abgelegt hatte, machte es sich auch Anna mit ihrem Umhang und dem Fell bequem, den Blick achtsam nach draußen gerichtet.

Tankred räumte die Schalen unter den Wagen und rückte die Scheite auseinander, damit das Feuer langsam ausbrennen konnte; den Kessel ließ er einfach hängen. Er warf noch einen letzten Blick in die Runde.

»Gute Nacht.«

»Gute Nacht«, antwortete Anna.

Erst als Tankred in seiner sorgsam errichteten Höhle verschwunden war, erlaubte sich Anna, die Gedanken schweifen zu lassen.

War von Tankred Gefahr zu erwarten? Zu ihrer Überraschung hatte er keinen Tropfen Schnaps getrunken. Eigentlich war sie überzeugt davon, dass alle Männer außer ihrem Vater soffen wie die Löcher. Sei's drum, sie würde den Mann im Auge behalten. Warm war es hier auf dem Fell. Sie streckte den schmerzenden Rücken. Zu Fuß ging es zwar nur langsam voran, aber das Gerumpel auf dem Wagen war ein hoher Preis für das schnellere Vorwärtskommen. Anna gähnte, schmiegte sich dichter an den warmen Leib des Hündchens und schlief ein.

Erst wusste sie nicht, was sie geweckt hatte. Sie tastete neben sich – Bär lag immer noch zusammengerollt neben ihr und verbreitete wohlige Wärme. Den Umhang fröstelnd bis zum Hals hochgezogen, setzte sie sich auf. Da! Schon wieder. Durch die nächtliche Stille drang ein Wimmern und Klagen wie von einem Geist, der um Erlösung fleht. Anna schluckte. Sie hatte keine Erfahrung mit solchen Gestalten. Wulf hatte ihr immer versichert, sie müsse keine Angst vor Geistern haben, und sie hatte ihm geglaubt. Aber das war schon unendlich lange her, und auf dem warmen Lager, Seite an Seite mit dem Vater, war es einfach gewesen, mutig zu sein. Sie beschloss, erst einmal nichts zu tun und abzuwarten, als ihr fast der Herzschlag stockte.

Die Einstiegsplane der Wohnhöhle wurde hochgeworfen und klatschte auf das Dach. Tankred, zerzaust, heulend und jammernd, schob sich durch die Öffnung wie ein Wurm bei Regen aus einem Erdloch. Er kam auf die Füße und stürzte auf Anna und den Wagen zu. Sie machte sich ganz klein und schützte Bär mit ihrem Körper, bereit, sich mit Zähnen und Nägeln zu verteidigen.

Der Korbflechter beachtete sie gar nicht. Er langte an ihr vorbei nach einer umflochtenen Flasche mit kurzem Hals, die Anna für einen Korb gehalten hatte. Schon war der Spuk vorbei. Doch Tankred kehrte nicht zum Zelt zurück. Anna lugte um das Verdeck herum und sah, dass Tankred sich neben den glühenden Resten des Feuers niedergelassen hatte. Mit einem Ruck zog er den Stopfen aus der Flasche und setzte sie an den Hals. Eine Weile waren nur sein Glucksen und Schniefen zu hören.

Anna war seltsam enttäuscht, ihren Gastgeber trinken zu sehen. Sie schnaubte verächtlich. Am liebsten hätte sie ihre Bündel ergriffen und sich mit Bär auf und davon gemacht. Denn in Kürze wäre dieser Tankred nicht mehr der fürsorgliche Reisebegleiter, sondern nur noch ein lallender Trunkenbold. Trotzdem blieb Anna, wo sie war, den Stock fest umklammert.

Sie wusste nicht, wie lange sie so ausgeharrt hatte. Ihre Lider wurden schwer, und die Anspannung ließ nach. Sie musste etwas unternehmen, oder sie würde auf der Stelle wieder einschlafen. Also schob sie die Decke zurück und erschauerte, als die kalte Nachtluft nach ihr griff. So leise wie möglich kletterte sie von der Ladefläche, den Stock in der Hand, und lugte hinter der Plane hervor.

Tankred hatte sich nicht von der Stelle gerührt, aber der Nähkorb stand neben ihm. Dutzende von Wäschestücken lagen ringsum verstreut. Und er hockte inmitten der Laken, Hemden und Leintücher und heulte Rotz und Wasser. Anna wurde ganz weh ums Herz – der Mann sah nicht so aus, als wolle er jemandem etwas antun. Leise trat sie zwei, drei Schritte auf ihn zu, unschlüssig, wie sie sich diesem Fremden gegenüber verhalten sollte, dessen Schmerz dem ihren so ähnlich schien. Tankred musste sie bemerkt haben, denn er sprach, ohne sie anzusehen.

»Traute war ihr Name, und sie war ein Weib, wie Gott es vollkommener nicht hätte erschaffen können. Immer fröhlich, nie warf sie mir vor, es sei zu wenig Geld da, als wir noch kaum etwas hatten, am Anfang. Und fleißig war sie, nie ruhten ihre Hände.«

Er deutete auf die Wäschestücke. »Am Feuer saß sie, so wie du zur Nacht, und nähte. Und wenn sie nicht nähte, hielten ihre Hände die Spindel. Und ich … ich dankte ihr kein einziges Mal.« Er rülpste und setzte die Flasche noch einmal an, doch Anna machte das nichts mehr aus. Diese Stimmung kannte sie von Wulf, nur in diesem Zustand hatte er jemals von ihrer Mutter gesprochen.

»Feine, weiche Hände hatte sie …«

Anna traute sich noch weiter vor, ja, es drängte sie geradezu, ihm nahe zu sein.

»Wie ist sie gestorben?«

Tankred schluchzte auf und drückte das Gesicht in ein leinenes Hemd, bevor er weitersprechen konnte.

»Woher weißt du, dass sie tot ist?«, schniefte er.

»Ich habe auch einen lieben Menschen verloren«, antwortete sie.

Der Korbflechter musterte das junge Mädchen, sein Blick war glasig, aber nicht verwirrt. Dann starrte er auf die Flasche, hob sie an und wog sie in der Hand. Schließlich hielt er sie ihr hin.

»Im Kindbett, das Kleine auch. Willst du?«

Sie schüttelte den Kopf und streckte die Hand aus. »Gib mir die Wäsche, Korbflechter! Traute hätte sicher nicht gewollt, dass alles schmutzig wird.«

»Nein, das hätte sie nicht gewollt.«

Er schniefte noch einmal, stellte die Flasche ab und reichte Anna ohne Widerspruch ein Stück nach dem anderen. Sie faltete alles ordentlich zusammen und legte den Stapel in den Korb.

Als Anna schon längst wieder neben Bär auf dem Fell lag,

hörte sie immer noch Tankreds unterdrücktes Schluchzen. Sie war froh darüber. Ihr eigener Schmerz um Marie hatte sich so tief in ihrer Seele festgesetzt, dass sie nicht weinen konnte. Es schien fast, als mache ihr Tankred den Abschied von der Freundin ein wenig leichter, indem er für sie mittrauerte.

Bersenbrück

Ein fremdartiges Geräusch drang ihr ans Ohr. Anna schlug die Augen auf und blickte verwirrt zur Decke. Statt morscher Balken in dämmriger Kammer, die sie während der letzten Jahre jeden Morgen begrüßt hatten, herrschte hier Helligkeit, und fröhlich wirkende Trauben von allerlei Körben und geflochtenem Gerät hingen vom Wagenverdeck herunter. Für einen Augenblick war Anna nicht sicher, ob sie noch der letzte Traum der Nacht verfolgte oder ob sie wirklich etwas gehört hatte. Da, schon wieder. Inzwischen war sie sicher – das Geräusch kam von draußen. Anna streifte den Umhang vom Körper, damit sie sich aufsetzen konnte. Wie schade, dass sie aufstehen musste! Das Fell hatte sie angenehm gewärmt. Auch Bär war wach geworden. Er gähnte und streckte die Beinchen. Er war wirklich rührend, sie lachte leise auf – und hielt erschrocken inne, als sie die eigene Stimme wahrnahm. Wie konnte sie nur? Keine zwei Tage waren seit Maries Tod vergangen, und sie saß auf einem warmen Fell und lachte.

Anna nahm ihre Habseligkeiten, setzte den Hund an die Kante der Ladefläche und sprang vom Wagen hinunter. Die Sonne war gerade erst aufgegangen, es war also noch recht früh. Von Tankred war weit und breit nichts zu sehen. Das Schlafgestell lagerte in seinen Einzelteilen neben dem Feuer, das munter unter dem Kessel flackerte. Wie tief musste sie geschlafen haben, dass sie den Lärm der Morgenarbeiten überhört hatte! Sie zuckte zusammen. Da war das Geräusch wieder, ein Sausen und Schwirren, doch dann brach es jäh ab. Sie lauschte noch immer, als Bär plötzlich losrannte, am Wagen entlangsprang – und gegen die Beine des Korbflechters prallte, der mit einem Arm voller Weidenzweige um die Deichsel herumkam. Bär fiel auf den Rücken und fiepte erschrocken. Tankred schmunzelte, im einen Arm die Äste, in der freien Hand einen einzelnen Zweig, doch Anna verzog keine Miene.

»Morgen. Gut geschlafen?«, fragte der Korbflechter.

»Guten Morgen«, erwiderte Anna. »Was war das für ein Geräusch?«

Tankred wusste sofort, was sie meinte. Er hob den Arm und ließ einen der Zweige mit Schwung durch die Luft sausen.

»Meinst du das? Ich prüfe, wie biegsam die Weidenruten sind. Es eignen sich längst nicht alle zum Flechten. Meine Körbe halten ewig, weil ich nur die besten Zweige verwende.«

Er steckte die Zweige hochkant in ein bereitstehendes Fass, ging in die Knie, umschlang das Fass mit den Armen und wuchtete es auf die Ladefläche.

»Kannst du Wasser holen, da unten?«

»Sicher.« Anna schämte sich – sie hätte längst von sich aus ihre Hilfe anbieten sollen. Stattdessen stand sie herum und hielt Maulaffen feil. Schnell nahm sie die Eimer und tastete sich die Böschung zu dem Flüsschen hinab, das sie am Abend zuvor nicht bemerkt hatte.

Sie raffte die Röcke, kniete am Ufer nieder und tauchte die Eimer in die Strömung. Wie ruhig und friedlich es hier war! In Oldenburg hatten sich morgens um diese Zeit schon alle angekeift. Weiche weiße Nebelstreifen lagen über dem Wasser wie der feine Tüllstoff, den Anna einmal bei Orttraut hatte ansehen, aber nicht anfassen dürfen. Die ersten Vogellaute schwirrten durch den frühen Tag, und ein Hase schlug seine Haken im Gras. Sein Anblick erinnerte Anna daran, wie hungrig sie war. Rasch erhob sie sich, ergriff die Wassereimer und erklomm die steile Böschung. Ob noch Suppe vom Nachtmahl übrig war? Vielleicht gab Tankred ihr etwas davon ab. Tatsächlich stand Tankred am Feuer und rührte im Kessel.

»Kipp sie in das Fass auf dem Wagen.«

Anna starrte ihn verständnislos an.

»Die Eimer. Die Zweige müssen eingeweicht werden, sonst lassen sie sich nicht flechten.«

»Oh.« Mehr brachte Anna nicht über die Lippen und tat, wie ihr geheißen. Gewiss hielt er sie für beschränkt, aber er ließ sich nichts anmerken. Als sie wieder an das kleine Feuer trat, hielt er ihr eine randvolle Schüssel mit Suppe und einen dicken Brotkanten hin.

»Iss erst einmal tüchtig! Mittags rasten wir nicht, und wer weiß, wann du wieder etwas bekommst. Oder soll ich alles auf den Boden stellen?« Er sah ihr nicht in die Augen – schämte er sich für seine nächtlichen Tränen?

Anna schüttelte den Kopf, ging auf Tankred zu und nahm ihm die Schüssel aus der Hand. Im hellen Licht des Morgens wusste sie nicht mehr, warum sie solche Angst vor ihm gehabt hatte.

Es kam Anna so vor, als rumpele der Wagen schon ihr halbes Leben lang über holprige Wege. Jeder Stoß rüttelte sie bis auf die Knochen durch. Sie musterte Tankred von der Seite, er wirkte völlig entspannt und gelassen. Allerdings war er das Geschaukel auch gewohnt. Sie hatten Oldenburg mittlerweile weit hinter sich gelassen, und das gefiel ihr gut. Aber allmählich musste sie sich überlegen, wohin sie eigentlich wollte. Sie seufzte.

»Was ist?«, fragte der Korbflechter.

»Da, wo du hinfährst …«, begann sie.

»Holdorf, wegen der Keramiken.«

»Genau, Holdorf. Gibt es da einen Gewandschneider?«

Tankred lachte laut. »Nein. Da gibt es vielleicht dreimal zwei Hände voll an Häusern und somit kaum Nachfrage nach teurer Kleidung.«

»Oh.«

»In der Nähe von Holdorf, in Bersenbrück, wird eine Näherin gesucht – jedenfalls hörte ich davon, als ich letztes Mal dort war. Die alte Näherin sieht nicht mehr gut genug, ein Lehrmädchen hatte sie nicht. Und im neuen Kloster hat man mit der Kirchenwäsche genug zu tun. Vielleicht kannst du dort als Näherin etwas werden.«

Anna überhörte den Vorschlag.

»Du kommst doch viel herum. Wo hat denn hier in der Nähe ein Gewandschneider seine Werkstatt?«, fragte sie.

Tankred warf ihr einen Seitenblick zu. »Ich kenn nur in Osnabrück einen, da kann ich dich aber nicht hinbringen. Nach Bersenbrück muss ich ohnehin zuerst, die brauchen viele Körbe für das neue Kloster. Aber bis Osnabrück ist es eine ganze Tagesfahrt. Ich fahr danach wieder nach Oldenburg.« Er hob bedauernd die Schultern. Anna schüttelte sich – dorthin brachten sie keine zehn Pferde mehr.

»Warum muss es denn unbedingt ein Gewandschneider sein?«, fragte der Korbflechter.

Anna antwortete nicht. Tankreds Frage war mehr als berechtigt. Woher sollte er auch von dem Lehrgeld in ihrem Leibgürtel wissen? Er sprach es nicht aus, fragte sich aber insgeheim sicher, was ein tüchtiger Gewandschneider mit einem Lehrmädchen sollte, das nichts hatte und schon so alt war wie sie. Die Zunft stellte genug Lehrlinge zur Verfügung, da wartete keiner auf Anna. Sie konnte nur hoffen, dass ihr kleiner Schatz ausreichen würde, um ihr einen Lehrplatz zu verschaffen. Doch wie sollte sie von Holdorf nach Osnabrück kommen? Sie wusste nicht, ob sie ein zweites Mal den Mut aufbrächte, einfach jemanden anzusprechen. Anna seufzte abermals. Sie wollte keine einfache Näherin bleiben. Sie hasste schon den Gedanken daran, Jahr für Jahr endlose Ellen Weiß auf Weiß zu nähen. Das war eintönig und kräftezehrend. Andererseits war eine solche Arbeit besser, als überhaupt kein Auskommen zu haben. Anna streichelte den Welpen auf ihrem Schoß. Sie mochte sich noch nicht entscheiden, also schloss sie einfach die Augen und überließ sich dem Rumpeln des Wagens und der Mittagssonne, die ihr warm und tröstlich ins Gesicht schien.

Die Sonne war längst weitergewandert, als Tankred den Zügel verhielt und Anna anstieß. Aus dem Flüsschen zur Linken war ein richtiger Fluss geworden. Auf der rechten Seite kam eine Kirchturmspitze in Sicht.

»Das ist Bersenbrück. Also, was meinst du?«

»Ich weiß noch nicht … Kann ich nicht erst einmal mitfahren bis zum Kloster?«

Der Korbflechter brummte zustimmend.

Anna ließ den Blick schweifen. Bersenbrück ähnelte den Orten, die sie mit ihrem Vater aufgesucht hatte. Lang gestreckte Häuser mit Nebengebäuden und Hütten säumten die Hauptstraße. Erfreut stellte sie fest, dass der Untergrund von guter Beschaffenheit war und der Wagen ruhig dahinrollte. Wie in allen anderen Dörfern führte auch hier bestimmt der beste Fahrweg zur Kirche.

Ihr Gefühl hatte sie nicht getrogen – nach einer scharfen Biegung kam die Kirche in Sicht. Der wuchtige quadratische Turm bestand aus massiven Steinblöcken. Die Bauart war Anna bekannt, ihr Vater hatte ihr voller Begeisterung alles über Kirchen beigebracht, was er selbst gelernt hatte, ob sie es wissen wollte oder nicht. Ein dreijochiges Langhaus mit geradem Chorabschluss. Tankred deutete auf ein Gebäude schräg hinter der Kirche.

»Der Teil dahinter ist der Westflügel, dort muss ich die Körbe abgeben«, erklärte er.

Anna hatte sich das Kloster nicht so groß vorgestellt. Es wirkte mit der Mühle und den Wiesen schon selbst wie ein Dorf. Der Wagen rumpelte durch die Einfahrt und bog nach links ab.

»Brrrr!« Tankred verhielt die Zügel, brachte den Wagen zum Stehen und sprang gewandt vom Bock.

»Komm, hilf mir abladen!«

Anna raffte die Röcke, ließ sich ebenfalls vom Sitz gleiten und leinte Bär unter dem Wagen an. Der Korbflechter schlug die

Plane zurück und stemmte sich hoch. Geschickt wand er sich durch sein Warenlager, langte hier nach einem Korb, dort nach einer Schale und reichte alles an Anna weiter, die die Waren auf dem Grasstreifen neben dem Gefährt abstellte. Als Tankred sämtliche Bestellungen für das neue Kloster ausgeladen hatte, war der Wagen halb leer. Anna ahnte, warum der Korbflechter diesen Auftrag unbedingt zu einem guten Ende hatte bringen wollen. Die Flechtarbeiten mussten einiges wert sein. Als er neben Anna trat, wirkte seine Miene, auf der Fahrt noch voll froher Erwartung, plötzlich düster.

»Was ist denn? Fehlt etwas?«, fragte Anna.

»Wollen wir hoffen, dass die Schwestern gleich zahlen. Für ein Vergelt's Gott lasse ich meine Arbeiten nicht hier.«

»Die werden schon zahlen, es sind doch fromme Frauen«, protestierte Anna.

Tankred schnaubte. »Wäre nicht das erste Mal, dass die Diener Gottes mir etwas schuldig bleiben. Du hast ja keine Ahnung, wie viel die anderen Klöster bei mir noch auf dem Kerbholz haben – ich hab die Hölzer auf dem Wagen, kannst sie dir ansehen.«

Ungeachtet der bitteren Worte hatte der Korbflechter sich beide Arme vollgeladen und schwankte unter seiner Last dem Eingang zum Westflügel entgegen. Anna hob die Schultern, nahm ebenfalls so viel zur Hand, wie sie tragen konnte, und folgte ihm.

Schläfrige Stille lag über dem Gebäude. Das wuchtige Portal war geschlossen; einzig ein verlassener Besen, der am Türrahmen lehnte, zeugte davon, dass noch vor Kurzem jemand hier gearbeitet hatte. Tankred war schon mit der Hand am gusseisernen Klopfer, als ihn ein lautes Gezeter zurückhielt.

»Gott sieht alles! Genau für solche Nachlässigkeiten wirst du am Ende zur Rechenschaft gezogen, dummes Ding. Was hat der Abt sich nur gedacht, dich zum Noviziat zuzulassen? Ist es denn zu viel verlangt, dass du tust, was man dir aufträgt?«, keifte eine Stimme.

»Ich …«

Es klatschte.

»Das wird dich lehren, keine Widerworte zu geben. Und jetzt hinaus mit dir zu den Hühnern, wo du hingehörst!«

Geistesgegenwärtig warf sich Tankred zur Seite. Keinen Augenblick zu früh, denn schon sprang die Tür auf, und ein Mädchen, kaum jünger als Anna, stürmte heraus, nicht ohne die Tür hinter sich zuzuwerfen. Das Gesicht unter der weißen Haube, aus der sich eine vorwitzige braune Locke hervorringelte, war hochrot, wobei die eine Wange noch heftiger glühte als die andere. Ohne ein Wort oder einen Blick huschte die Novizin zwischen den beiden Ankömmlingen hindurch und verschwand in Richtung der Nebengebäude.

Tankred packte den Klopfer und hämmerte entschlossen gegen die Türbohlen.

Er warf Anna einen eindringlichen Blick zu. »Dies ist ein wichtiger Besuch für mich. Kannst du freundlich bleiben, was auch immer geschieht, oder willst du zum Wagen gehen?«, fragte er.

Anna zog einen Schmollmund. »Natürlich bleibe ich freundlich. Was denkst du von mir?«

Tankred kam zu keiner Antwort mehr, denn die Tür schwang erneut auf, diesmal deutlich gesitteter.

»Was wollt ihr?«

Die Nonne war nicht groß – nach dem Gezeter hätte Anna sie für mindestens so groß wie Orttraut gehalten. Klein und dick, schien sie so gar nichts mit Annas ehemaliger Lehrherrin gemein zu haben, vom aufbrausenden Wesen einmal abgesehen. Doch es war weder die untersetzte Statur noch der übertrieben freundliche Gesichtausdruck, die sie in höchstes Erstaunen versetzten. Es war die Tracht der Ordensfrau. Anna hatte schon etliche Kirchengewänder gesehen, und die meisten waren aus grobem Leinen genäht. Aber dieses Habit hatte einen Fall, der einer Königin angemessen gewesen wäre. Das Licht brach sich so gleichmäßig in dem Stoff wie der Mond des Nachts in einem

Weiher, und die Falten fielen schwer wie fließender Honig bis zum Boden. Hätte Orttraut je einen solchen Stoff in die Hände bekommen, sie hätte Anna schon für einen Blick auf den Ballen gezüchtigt.

Anna holte tief Luft und starrte weiter auf das Gewand, bis sie die Stimme, die sich schon seit einer Weile gemeinsam mit Tankreds störend in ihre Träume mischte, nicht mehr überhören konnte.

»Ist sie dumm?«

Erst jetzt wandte sie den Blick wieder der Nonne zu. Die nickte in Annas Richtung. Dachte die etwa …? Anna räusperte sich. »Gott zum Gruß«, murmelte sie.

Tankred blieb völlig gelassen und antwortete mit einer Gegenfrage. »Kann ich die ehrwürdige Mutter sprechen? Es war schon alles abgemacht.«

»Die ehrwürdige Mutter ist indisponiert«, flötete die fromme Frau. »Ich bin ihre Stellvertreterin und in allem befugt. Wie teuer sind die Körbe?«

Tankred starrte sie verständnislos an, und Anna musste sich beherrschen, um nicht loszukichern. Nach einer Weile merkte auch die Nonne, dass er sie nicht verstanden hatte.

»Sie – ist – krank«, erklärte sie deutlich und laut. Sie sprach besonders langsam, als sei sie inzwischen überzeugt, dass ihre Besucher beide dumm und taub seien.

Nun musste Anna wirklich kichern, aber angesichts von Tankreds entsetztem Seitenblick verwandelte sie das Lachen rasch in einen Hustenanfall.

»Also, wie teuer?«, fragte die Ordensfrau erneut. Tankred nannte ihr den Preis, doch sie unterbrach ihn, denn ihr Blick fiel auf Annas Hände, die immer noch den hellen Korb hielten, den sie zuletzt vom Wagen geholt hatte.

»Mädchen, stell den Korb ab! So schmutzig, wie du bist, verdirbst du ihn noch«, tadelte sie. Anna tat, wie ihr befohlen, obwohl heiße Wut in ihr emporloderte, und sie ließ den Korb viel zu heftig zu Boden fallen.

»Tsts, ungeschickte Göre!«

Inzwischen hatte Tankred den Preis offenbar wiederholt, denn die Kirchenfrau empörte sich erneut. »Viel zu teuer!«, kreischte sie aufgebracht.

Doch Tankred blieb gefasst. Er drehte seine Kappe in den Händen, aber die Stimme war ruhig, als er sprach. »Der Preis ist mit der ehrwürdigen Mutter ausgehandelt. Wollt Ihr ihre Weisheit infrage stellen?«

Die Nonne kniff den Mund zusammen, als hätte sie in eine unreife Pflaume gebissen. »Natürlich nicht.«

Sie nahm einen Korb hoch, drehte und wendete ihn und hielt das Geflecht gegen das Licht. Dann brummte sie, stellte ihn ab und nahm sich den nächsten vor.

Anna schien es, als hätte sie schon einen halben Tag dort gestanden und gewartet. Sie war hungrig, und die Beine kribbelten ihr vom langen Stehen. Doch die Ordensfrau prüfte jeden einzelnen Korb, bis sie tatsächlich fündig wurde.

»Ha! Ich kann dir nicht die volle Summe geben, der hier hat einen Fehler.«

Tankred nahm den Korb und hielt ihn ans Licht der blassen Frühlingssonne. Ohne ein Wort ging er zum Wagen und verschwand auf der Ladefläche. Kurz darauf kehrte er zurück, den Korb in der Hand. Erst als Tankred wieder neben ihr stand, bemerkte Anna, dass es nicht dasselbe Stück war. Der Rand war anders geflochten, auch wenn Farbe und Größe übereinstimmten.

»Nehmt diesen, gute Frau, er sollte Euch genügen.«

Die Nonne untersuchte auch diesen Korb gründlich, dann nickte sie gnädig. »Es ist gut, ihr könnt gehen.«

Tankred räusperte sich. »Die Bezahlung steht noch aus«, sagte er.

»Kommt im Herbst wieder, nach der Ernte.«

Warum widersprach Tankred nicht? Hatte er nicht gesagt, auf so etwas lasse er sich nicht ein? Doch der Korbflechter nickte. »Gut«, sagte er.

Anna schaute zu Boden. Sie konnte es ihrem Begleiter nicht verdenken, dass er klein beigab – diese Frau verstand wirklich jeden einzuschüchtern. Doch dann sammelte Tankred in aller Seelenruhe die Körbe wieder ein und wollte sie zum Wagen tragen.

»Was tust du da?« Das Keifen schmerzte in den Ohren.

»Ihr zahlt im Herbst, ich liefere im Herbst.«

»Aber wir brauchen die Körbe sofort!«, herrschte sie ihn an.

»Ja. Und ich brauche das Geld sofort«, gab Tankred schlicht zurück.

»Lass die Körbe stehen, ich hole das Silber. Aber gottgefällig ist das nicht«, fauchte die Nonne. Sie rauschte durch die Tür und warf sie so fest ins Schloss, dass der Besen umfiel. Anna kicherte, und Bär jaulte laut auf.

»Gut gemacht«, sagte Anna.

Auch Tankred musste schmunzeln. »Die platzt vor Wut, aber das ist mir gleichgültig. Die brauchen im nächsten Jahr sowieso keine Körbe, und danach hat sie's sicher vergessen.«

Anna kam nicht zum Antworten. Die Tür wurde wieder aufgerissen, und die Nonne musste achtgeben, nicht über den Besen zu stolpern.

»Himmel, was …«, schnaubte sie empört und trat den Stiel beiseite. Obwohl er Tankred nur knapp verfehlte, zuckte der nicht einmal mit der Wimper.

»Hand auf!«

Tankred tat, wie ihm geheißen. Die Ordensfrau schüttete ihm den Inhalt einer Geldkatze in die Hand.

»Geht mit Gott«, sagte sie streng und wandte sich um, die Hand schon am Türgriff.

Doch Tankred hatte es nicht eilig. Geruhsam zählte er die Münzen auf seiner rauen Hand. Die Nonne stand an der Tür und wippte gereizt mit dem Fuß.

»Da fehlen zwei.« Er hielt ihr die Hand hin. Sie wandte sich zu ihm um, zählte die Münzen einzeln nach und wurde plötzlich freundlich.

»Das muss ein Versehen der Mutter Oberin gewesen sein. Ich werde es auslegen.« Sie kramte in der Kitteltasche und brachte zwei Silbermünzen zum Vorschein.

Tankred strich die Münzen ein und tippte sich an die Kappe. »Gott zum Gruß, Schwester.« Doch die Frau hörte ihn nicht mehr, die Tür war geschlossen, und die Klosterpforte lag wieder friedlich in der hellen Frühlingssonne.

Anna saß neben Tankred auf dem Wagen und fütterte den Hund mit weich gekautem Speck. Froh über den erfolgreichen Abschluss, hatte der Korbflechter eine Runde Speck, Käse und Brot ausgegeben. Doch so richtig freuen konnte Anna sich nicht, denn er hatte sie schon zweimal zur Eile gemahnt. Lange konnte sie ihn nicht mehr hinhalten. Dabei wusste Anna immer noch nicht, wohin sie sich wenden sollte. So langsam wie möglich schob sie sich einen Brocken Brot in den Mund und kaute bedächtig.

Tankred räusperte sich. »Anna, so geht das nicht weiter. Ich muss die Ware aus Holdorf abholen und kann nicht weiter auf dich warten. Kommst du mit oder nicht?«

»Ich weiß es nicht … ich muss weiter nachdenken«, schmollte Anna.

»Gut. Ich setze dich in der Mitte von Bersenbrück ab, heute ist Markttag. Aber halt dich von den Leuten fern.« Er machte eine kleine Pause, sah sich um und senkte die Stimme. »Als ich letztens hier war, hatten viele in der Gegend die Halsbräune.«

Anna wusste nicht, was Halsbräune war, aber so, wie er es sagte, klang es nicht gut. Sie nahm sich vor, den Menschen dort nicht zu nahe zu kommen.

»Zum Abendläuten komme ich zurück. Wenn du dann noch mitfahren willst, triffst du mich am Brunnen. Wenn nicht, soll's mir auch recht sein.«

Anna atmete erleichtert auf. Genau das brauchte sie – Bedenkzeit. Sie nickte. Der Korbflechter schnalzte mit der Zunge, und das Pferd setzte sich zum Marktplatz in Bewegung.

Es war nur ein kleiner Markt, den sie vom Bock des Wagens aus vom Anfang bis zum Ende der Stände gut überblicken konnte. Doch das störte Anna nicht. Sie war nicht auf Kurzweil aus, sondern musste nachdenken.

»Wir sehen uns abends – und falls nicht: Pass auf dich auf!«, rief Tankred, bevor er winkend mit seinem Wagen davonrumpelte. Die wenigen nicht verkauften Körbe schwangen an ihren Halteschnüren hin und her.

Unschlüssig blieb Anna stehen, den Hund an der Leine. Ein Mann rempelte sie an, entschuldigte sich aber sofort und hastete weiter. Alle außer ihr schienen ein Ziel zu haben. Sie seufzte und wandte sich auf dem Weg nach links. Bär weigerte sich weiterzugehen – der Geruch des Randstreifens lockte ihn. Anna zog an der Leine, bis er schließlich nachgab. Sie wollte einmal im Kreis über den Markt laufen. Falls es einen Tuchhändler gab, ließe er sich auf diese Weise finden. Mit einem feinen Stoff zwischen den Fingern konnte sie bestimmt besser nachdenken. Die Sonne hatte ihren höchsten Stand schon deutlich überschritten. Ein kalter Windstoß blies die zarte Frühlingswärme davon und erinnerte die Menschen daran, dass der Sommer noch auf sich warten ließ. Zu allem Überfluss schoben sich plötzlich dicke Wolken vor die Sonne – das sah nach einem üblen Regenguss aus. Die ersten dicken Tropfen platschten ihr schon auf die Stirn. Die Fersen schmerzten noch immer, und die Erinnerung an das nasse Leder machte Anna Beine. Sie nahm den Hund auf den Arm und floh mit langen Schritten auf einen Stand zu, der einen Vorbau aus Tuch besaß. Sie schaffte es gerade noch. Kopf und Schultern wurden zwar nass, aber die Bündel auf dem Rücken hielten das Wasser von den Füßen fern. Sie war nicht die Einzige, die Schutz gesucht hatte. Aufatmend quetschte sie sich zwischen ein dickes Weib und den Standbalken. Erst da bemerkte sie, an welchem Stand sie Unterschlupf gefunden hatte. Bei einem Pastetenverkäufer! Als ihr der verlockende Duft in die Nase stieg, lief ihr das Wasser im Mund zusammen. Bär, hungrig wie immer, jaulte und versuchte, von ihrem Arm auf den Tisch mit den Leckereien zu gelangen.

»Tu den Hund runter, sonst musst du weitergehen …«, sagte der Verkäufer streng, aber nicht unfreundlich. Alle starrten Anna an. Sie setzte Bär ab. »Entschuldigung«, murmelte sie.

Die ersten Beutel wurden gezückt, und Münzen klimperten. Wenn man hier sowieso warten musste, bis der Regen vorbei war, konnte man auch essen. Fleischtasche um Fleischtasche wanderte warm in die Hände der Käufer. Anna hätte gern eine ihrer Münzen eingetauscht, um auch eines der duftenden Backwerke zu erstehen. Doch wie sollte sie hier am Stand an ihr Geld herankommen? Das Versteck unter den Röcken war zwar sicher, aber im Marktgedränge schwer zugänglich. Anna schalt sich eine Närrin, vorher kein Gebüsch aufgesucht und Geld aus dem Leibgurt in ihren Beutel umgepackt zu haben. Vielleicht gab es hier schönen Stoff für wenig Geld oder gute Garne. Auch über den Kauf einer zweiten, kleineren Nadel hatte sie schon nachgedacht. Sobald es nicht mehr regnete, würde sie sich hinter einem Busch verstecken und einige ihrer Münzen ans Tageslicht befördern.

Endlich ließ der Schauer nach.

Fettige Finger hinterließen dunkle Spuren auf groben Stoffen, Beutel wurden aufgehoben und Röcke vor der Nässe gerafft, dann war der Stand wieder leer.

Rasch nahm Anna den Hund hoch, wich den Pfützen aus und näherte sich einem dichten Gebüsch. Sie warf je einen Blick nach rechts und nach links und huschte hinter die Sträucher. Die Röcke angehoben, tastete sie nach dem Leibgurt. Nachdem Evphemia sie um das andere Geld betrogen hatte, hatte Anna eine Schlaufe an einem der Fächer angebracht, sodass sie Münzen entnehmen konnte, ohne jedes Mal die Naht auftrennen zu müssen. Sie kramte einige Pfennige und ein Silberstück hervor und band den Gurt wieder zu. Die Münzen schob sie bis auf jene für die Pastete in ihren Beutel.

Als sie wieder hochsah, war ihr, als husche eine lange, schmutzig graue Gestalt zwischen den Sträuchern hindurch. Sie blinzelte verwirrt. Hatte sie sich nicht vorher genau umgeschaut? Konnte sie jemand mit hochgeschobenen Röcken beobachtet haben? Schon beim Gedanken daran überlief sie eine Gänsehaut, und die Schamesröte stieg ihr ins Gesicht. Vielleicht war es ein Tier gewesen. Aber welches Tier war so groß? Angestrengt lauschte sie in alle Richtungen, doch nur das Rauschen des Windes im Gebüsch war zu hören. Die Stille war alles andere als beruhigend, doch was konnte sie tun? Schließlich nahm sie sich zusammen, schob die Furcht beiseite und verließ zusammen mit ihrem Hund das Gebüsch in Richtung des Pastetenstandes.

Versuchung, Tod und Teufel

Die Pastete mundete über alle Maßen gut. Saftig und mit einem unbekannten, aber wohlschmeckenden Gewürz versehen, war sie ihren Preis mehr als wert. Anna wischte sich die Hände am Rock ab, nachdem Bär jeden einzelnen ihrer Finger gründlich abgeschleckt hatte. Ein Blick zur Sonne zeigte ihr, dass noch Zeit blieb, einen Tuchhandel zu suchen.

Dicht an dicht drängten sich die Stände. Männer, Frauen und Kinder schoben sich durch die engen Durchlässe und blieben immer wieder stehen, das eine Mal an Suppenfeuern, dann wieder an Tandständen. Anna erhaschte einen Blick auf eine Auslage mit Bändern und Borten. Neugierig trat sie näher.

»He, ich steh hier schon eine Weile! Warte, bis du dran bist!«, schimpfte eine dralle Magd und stieß mit dem Ellbogen zu.

Anna hob entschuldigend die Hände. »Ich wollte nur schauen …«, murmelte sie.

»Das wollen wir alle, stell dich hinten an!«, mischte sich eine andere Frau ein.

Anna hatte genug, sie brauchte sowieso keine Bänder. Sie hatte ja nicht einmal Stoff, auch wenn sie dringend ein neues Unterkleid benötigte, nachdem das alte schon recht zerschlissen war. Sie löste sich aus der Menschenmenge und ging weiter. Überall wurden Waren feilgeboten und der Frühling zeigte sich an allen Ecken und Enden. Die ersten Lämmer standen zitternd neben ihren Müttern zum Verkauf, die Hähne flatterten aufgeregt in ihren Käfigen umher, als ahnten sie, dass ihnen bald der Hals umgedreht würde.

Schließlich entdeckte Anna den Stand, nach dem sie suchte. Schnell noch an Zundertaschen und allerlei Gerät vorbei, dann hatte sie es geschafft: Ballen über Ballen feinsten Tuches, farbig und sogar gemustert, stapelten sich auf einem Tisch. Darüber war ein Lattengerüst errichtet und mit gewachstem Tuch abgedeckt, sodass die Stoffe keinen Tropfen des Platzregens abbekommen hatten.

Froh, endlich wieder glänzende Stoffe zu sehen, hatte Anna schon die Hand ausgestreckt, als sie merkte, wie unhöflich diese Geste war. Beschämt wich sie zurück und wandte sich der Händlerin zu. Trotz der Frühlingskühle trug diese ein kurzärmeliges Kleid, das kräftige Arme bloßlegte, und nicht einmal Schuhe. Auf dem ältlichen Gesicht unter der dunklen Haarfülle, die mit ihren Silberfäden selbst einem gewebten Tuch ähnelte, kämpfte der Ausdruck von Empörung mit einem nachsichtigen Lächeln. Als Anna entschuldigend die Hände hob, trug das Lächeln den Sieg davon.

»Darf ich?«, bat Anna.

»Hast du auch saubere Hände?«

Anna zeigte die Finger vor. Bär hatte ganze Arbeit geleistet, vom Pastetenfett war nichts mehr zu sehen.

Die Frau nickte. Anna strich über die Ballen. Leinen und Wolle, Grobes und Feines, jeder Ballen hatte einen anderen Griff.

»Welch schöne Stoffe!«, rief sie begeistert aus.

Allmählich wurde die Händlerin gesprächig. »Nicht wahr? Ich kaufe nur beste Ware ein – obwohl man es mir nicht zu danken weiß. Die meisten Kundinnen ärgern sich über die angeblich zu hohen Preise.« Die Händlerin stützte die Arme in die stämmigen Hüften. »Aber denen sag ich's immer so wie dir: Billig gekauft, ist bei Stoff zweimal gekauft. Ist es nicht so?«

Anna nickte versonnen, die Hände noch immer auf den Stoffen.

»Was brauchst du denn, Stoff für eine Haube oder einen Beutel?«, fragte die Händlerin.

»Stoff für ein Überkleid. Das hier« – sie zupfte an dem fadenscheinigen Gewebe – »ist zu kurz geworden und schon ganz abgenutzt. Außerdem hat es lange Ärmel, das ist für den Sommer zu warm.«

Die Frau nickte eifrig. »Stoff für ein ganzes Überkleid, verstehe. Was hältst du denn von diesem?« Sie zog eine Tuchrolle hervor und wuchtete sie auf den Tisch.

Anna brauchte nur einen Augenblick, und ihr Urteil stand fest. »Der kommt nicht infrage. Schöne Farbe, aber schlecht zu nähen.«

Die Händlerin nickte schweigend, griff unter den Tisch und hob einen Ballen hoch. Anna hatte sich neugierig vorgebeugt, trat aber beim Anblick der Farbe – einfaches, ungebleichtes Leinenweiß – enttäuscht zurück.

Die Händlerin schob sich eine Haarsträhne aus dem Gesicht und lachte. »Warte! Das ist nur Wachstuch, damit der Stoff nicht verschmutzt.«

Annas Neugier war sogleich wieder erwacht. Was war das für ein kostbarer Stoff, dass er in einer gesonderten Schutzhülle aufbewahrt wurde?

Die Frau schlug das Wachstuch zurück, und Anna lief ein Schauer über den Rücken. Welch eine Farbe! Ein tiefes Blau leuchtete ihr entgegen, nicht schrill, aber mit seinem zarten Glanz alles andere als unauffällig.

»Stell dir das zu deinem hellen Haar vor«, schmeichelte die Händlerin. Anna strich über den Stoff. Er war weich und doch fest, da hatte jemand einen kräftigen Kettfaden verwendet. Sie rieb einen Zipfel zwischen beiden Händen – er verzog sich nicht, die Bindung war gut.

Die Frau beugte sich vor. »Waidgefärbt«, flüsterte sie. »Es ist Seide mit drin.«

Anna nickte, als hätte sie schon tausend Seidenstoffe befühlt. In Wahrheit war dies der erste, der ihr unter die Finger kam.

Sie schluckte. »Das kann ich mir nicht leisten.«

Die Frau verzog den Mund. »Ich will ehrlich mit dir sein. Hier ist es nicht gerade einfach, einen so guten Stoff zu verkaufen. Die einheimischen Frauen können Nessel kaum von Wolle unterscheiden.« Sie seufzte tief und schüttelte den Kopf. »Ich lasse dir den Stoff für einen guten Preis.«

Anna kramte in ihrem Beutel und zog die Silbermünze hervor. Sie war recht schwer, aber Anna war sich sicher, dass der Stoff auch etwas mehr als üblich kosten musste. Sie reichte die Münze über den Tisch.

»Das ist alles, was ich habe.« Es tat ihr nicht leid, die freundliche Frau ein wenig anzuschwindeln; den Rest konnte und wollte sie einfach nicht ausgeben. Die Händlerin wurde blass.

»Mehr hast du nicht?«, fragte sie enttäuscht. Fahrig kramte sie eine Handvoll Hohlpfennige aus der Schürze hervor und wog sie gegen die große Münze ab. Anna zählte gespannt mit – zwölf Pfennige gingen auf die Münze. Die Händlerin schien sich nicht entscheiden zu können. Anna wartete, die Hände geballt, vor dem Tisch und biss sich auf die Unterlippe. Sie musste diesen Stoff haben, er war wundervoll. Gerade als sie anbieten wollte, noch ein wenig mehr zahlen zu wollen, gab sich die Frau einen Ruck. Entschlossen schob sie die Pfennige in die eine Tasche, die Silbermünze in die andere.

»Gut. Heute Abend werde ich das Geschäft mit dir bereuen, aber ich bin es leid, den schönen Stoff hin und her zu schleppen und anzupreisen wie schales Bier. Da hast du ihn.«

Sie schob Anna den Ballen zu, nahm nicht einmal das Wachstuch ab. Anna griff danach und hielt den Stoff mit beiden Armen fest an die Brust gepresst. Das Herz klopfte ihr zum Zerspringen. Der Stoff gehörte ihr! Was hätte wohl ihr Vater dazu gesagt? Sie hatte einen guten Preis ausgehandelt – er wäre sicher stolz auf sie gewesen.

Ein kalter Wind fuhr ihr durchs Haar, es fing wieder an zu regnen. Schwer beladen, wie sie war, sah sie sich nach einem Unterschlupf um. Bis Tankred kam, musste sie eine trockene Stelle finden, wo sie ihre Habe ablegen konnte.

Sie wandte sich noch einmal an die Händlerin. »Danke. Kennst du eine geschützte Stelle, wo es Wasser gibt und wo ich bis zum Abend ruhen kann?«

»Unten am Fluss gibt es eine Lichtung mit uralten Hängeweiden, die bilden richtige Höhlen. Dort bist du gut vor dem Regen geschützt. Lauf einfach dort entlang!« Sie deutete nach links. »Und dann immer geradeaus, du kannst es nicht verfehlen.«

Als Anna sich schon zum Gehen gewandt hatte, schien ihr noch etwas Wichtiges einzufallen. »Aber halt dich von den Hütten am Fluss fern!«, rief sie ihr nach. »Da sind noch viele krank.«

Der zunehmende Regen trieb Anna zu immer rascheren Schritten an, und schon bald entdeckte sie die ersten Hütten und den Fluss. Auch die Bäume, von denen die Tuchhändlerin gesprochen hatte, kamen in Sicht. Keuchend erreichte sie schließlich das Wäldchen und suchte Schutz unter einem niedrigen, hellgrün belaubten Baum. Schlagartig ließ der Regen nach, und nur vereinzelte Tropfen fielen noch von dem Blätterdach herab in das Gebüsch.

Erleichtert ließ Anna ihr Gepäck von den schmerzenden Schultern auf den lehmigen Boden gleiten. Nun musste sie nur noch abwarten, bis Tankred kam und …

Weiter kam sie nicht mit ihren Gedanken. Ein Rascheln schreckte Bär auf, und bevor Anna ihn festhalten konnte, flitzte er mitsamt der Leine durch die herabhängenden Zweige davon.

»Bär, komm zurück!«, schrie Anna und schimpfte leise vor sich hin. Konnte sie das Gepäck unbeaufsichtigt zurücklassen? Aber Bär mit der schweren Last zu suchen und im Unterholz herumzukriechen, war undenkbar. Sie musste es darauf ankommen lassen.

Anna folgte dem Hund und verließ die Baumgruppe an der Seite, auf der die Hütten lagen. Sie war noch nicht weit gekommen, als sie auf der Erde eine kleine Erhebung entdeckte.

Kalte Furcht griff nach ihrem Herzen, ihre Füße schienen am Boden festgewachsen zu sein. Ein ähnliches Bündel hatte sie schon einmal gesehen – das waren ganz sicher keine Lumpen, es war …

»Elena!« Von den Hütten her lief eine Frau auf Anna zu. Ärmlich gekleidet, die Haare unter der Haube strähnig, hatte sie das Bündel gleichfalls gesehen.

»Was hast du mit meiner Tochter gemacht? Geh weg von ihr, weg!«

»Nichts, gute Frau! Ich suche meinen Hund, er hat sich losgerissen. Sie lag hier schon so, als ich kam, ich schwöre es bei Gott.«

Die Frau war auf die Knie gefallen und hatte das Bündel auf den Arm genommen. Nun sah Anna, dass es tatsächlich ein Kind war, ein wenig jünger, als Marie es gewesen war. Die Frau strich dem Mädchen das verkrustete Haar aus der Stirn. Das Gesichtchen war zart und schmal, der Hals im Gegensatz dazu jedoch unförmig angeschwollen. Anna schauderte. Atmete die Kleine noch?

»Elena.« Die Frau wiegte das Kind hin und her, und Anna wurde übel. Der Regen, die Hütte, die Bäume, alles schien vor ihren Augen zu verschwimmen.

»Elena, sag doch etwas!« Die Frau schluchzte und tastete nach der Stirn der Kleinen.

»Ich hätte sie nicht aus der Hütte lassen dürfen, sie fühlte sich den ganzen Tag schon so heiß an.« Die Mutter stutzte. »Aber nun scheint sie gar kein Fieber mehr zu haben … Im Gegenteil, sie ist ganz kalt – vielleicht geht es ihr besser.«

Das glaubte Anna kaum, denn sosehr sie die Augen auch anstrengte, die Brust des Kindes hob und senkte sich nicht.

Die Mutter hob das Mädchen auf die Arme und strauchelte. Als sie sich schließlich wieder gefangen hatte, standen Anna und sie sich auf Augenhöhe gegenüber. Dabei kam die Frau Anna so nahe, dass ihr heißer, widerlich süß riechender Atem auf dem Gesicht zu spüren war. Anna keuchte und wandte den Kopf zur Seite. Ohne ein weiteres Wort zu sagen, wankte die Frau mit der trostlosen Last auf die Hütten zu.

Anna spürte ihre Hände nicht mehr. Es regnete offenbar noch immer, sie hörte es rauschen, fühlte aber keine Tropfen auf dem Gesicht. Schwerfällig ließ sie sich auf dem Boden nieder. Eine innere Stimme schalt sie, dass sie sich den Rock beschmutzte, und forderte sie auf, den Hund zu finden und den Unterschlupf aufzusuchen. Doch es gelang ihr nicht, in die Geschäftigkeit dieses Tages zurückzukehren. Sie blieb einfach sitzen, ohne zu weinen oder sich zu bewegen. Für einen Moment überlegte sie, ob sie einfach aufhören sollte zu atmen; dann schien ihr selbst dieser Versuch zu mühsam, und sie tat gar nichts.

Wie lange sie schon so heftig zitterte, wusste Anna nicht, aber es musste angefangen haben, bevor die Sonne untergegangen war.

Es war angenehm, Bärs warmen Körper auf dem Schoß zu spüren, wenigstens gab es so eine warme Stelle an ihrem Leib. Wann hatte er zu ihr zurückgefunden? Der blasse Mond lugte höhnisch zwischen den schwarzen Wolken hervor, als sei ihm alles Irdische da unten einerlei. Langsam tauchten andere Bilder auf und verscheuchten die Erinnerung an Maries Unfall, die Anna im Geist immer wieder angefallen hatten wie hungrige Ratten. Das warme Feuer, die Suppe und das duftende Brot aus Tankreds Korb tauchten vor ihrem inneren Auge auf und erinnerten sie daran, dass seit dem Verzehr der Pastete schon eine Weile vergangen sein musste.

Tankred! Siedend heiß schoss ihr in den Sinn, was sie seit dem Schwinden des Lichtes am Rand ihres Bewusstseins beschäftigt hatte, ohne ihre Trauer durchdringen zu können. Sie hatte die Verabredung verpasst! Steifbeinig erhob Anna sich und ging auf die Baumgruppe zu, bis sie endlich wieder unter den schützenden Zweigen war. Diesmal band sie den Hund fest, bevor sie sich setzte. Hier war sie vor dem Wind geschützt, und es regnete nicht herein. Trotzdem hätte sie viel für ein wärmendes Feuer gegeben. Sie fütterte Bär mit einem Brotrest und blieb untätig sitzen. Was hätte sie sonst tun sollen?

Sie war wohl doch eingeschlafen, denn als sie die Augen öffnete, lag sie auf der Seite, und es war hell. Bär hatte sich zusammengerollt und spendete wie immer wohlige Wärme. Gewachsen war er, der kleine Kerl! Liebevoll kraulte sie ihm die Ohren. Was war nur geschehen am Tag zuvor? Sie konnte sich kaum erinnern. Stoff … sie hatte Stoff gekauft, und dann hatte es geregnet und …

Plötzlich war alles wieder da. Anna zitterte. Tankred war inzwischen weit fort. Was sollte sie tun? Was hätte ihr Vater getan? Fast meinte sie, seine Stimme zu hören.

Es ist ganz einfach, Anna. Setz einen Fuß vor den anderen …

Bär jaulte. Sicher war er durstig, genau wie sie. Sie seufzte erleichtert. Wer schrieb ihr denn vor, dass sie eine Entscheidung fürs ganze Leben treffen musste? Sie konnte doch erst einmal die wichtigsten Aufgaben in Angriff nehmen. Also gab sie sich einen Ruck, nahm den Hund an die Leine und wollte sich zum Fluss aufmachen. Doch wohin mit ihrer Habe? Elenas Mutter war sicher nicht der einzige Mensch, der in der Umgebung der Bäume lebte. Was, wenn jemand ihre Schätze fand und mitnahm? Sollte sie alles zum Fluss schleppen und wieder zurücktragen? Wie sehr hatte sie sich am Tag zuvor mit ihrer Bürde abgemüht! Bär winselte und kratzte an einer Wurzel, er hatte Hunger. Der Hund brachte sie auf einen Gedanken: Sie würde den Stoffballen vergraben! Umhüllt von dem schützenden Wachstuch, nähme er bestimmt keinen Schaden. Anna suchte sich einen Platz am Rand der kleinen Lichtung, an der ihr Unterschlupf stand, und ging in die Hocke. Mit einer Hand hob sie die Erde aus; sie war locker und weich. Die Stelle war hervorragend geeignet, zumal auch hier Zweige als Regenschutz darüberhingen. Mit beiden Händen grub sie ein tiefes Loch unter den Sträuchern. Endlich war die Arbeit getan. Sie erhob sich mit steifen Knien und klopfte die Hände am Rock ab. Die Vertiefung erwies sich als recht groß, sodass der Platz sogar für eine zweite Rolle gereicht hätte. Eine Falte trat zwischen Annas Brauen, sie musste nachdenken.

Was, wenn sie einfach alles vergrub, was sie nicht brauchte? Dann konnte sie unbeschwert zur Siedlung gehen und sich etwas zu essen besorgen. Ihr Entschluss stand fest – so würde sie es machen. Vorsichtig wickelte sie die endlosen Lagen gewachsten Tuches auseinander und legte ihre beiden Beutel dazu. Nur das kleine Behältnis mit dem Zunder und dem ledernen Wasserschlauch behielt sie zurück. Sollte sie auch den Leibgurt ablegen? Aber das schien ihr schließlich doch zu leichtsinnig, und bei ihr war er sicherer. Sie hatte das Tuch schon zugeschlagen, als ihr etwas einfiel. In einem der Beutel musste noch ein Stückchen Speck stecken! Mit flinken Fingern holte sie das willkommene Mahl hervor und schob den fettigen Streifen zwischen die Zähne. Bär sprang an ihr hoch, um an ihren Mund zu gelangen.

»Lasch dasch!«, nuschelte Anna.

Während sie die Erde wieder auf das Loch schob und alles mit altem Laub bedeckte, lief ihr das Wasser im Mund zusammen. Sie musste sich unbedingt mit Lebensmitteln eindecken.

Die Morgensonne täuschte Wärme vor, aber die nassen Grashalme, die Anna beim Verlassen ihres Versteckes gegen den Rock schlugen, konnten die Wahrheit nicht verleugnen: Der

Sommer war noch weit. Fröstelnd hob sie die Schultern und zog Bär mit sich fort. Sie war immer noch ganz durchgefroren. Sollte sie es doch mit einem Feuer versuchen? Vielleicht wurde sie sonst krank? Es war doch weiter bis zum Fluss, als sie gedacht hatte. Glocken schlugen an. Das Kloster konnte nicht weit entfernt sein, der Lärm dröhnte ihr in den Ohren. Am Ufer war es ruhig, doch aus der Richtung, in der sie das Kloster vermutete, kamen zwei Leute auf sie zu. Anna beeilte sich mit dem Trinken. Vielleicht war es gar nicht gestattet, sich hier aufzuhalten. So nahe bei einem Kloster gehörten die Ländereien und der Fluss gewiss der Kirche.

Als Bär mit Saufen fertig war und auch Anna ihren Durst gestillt und den Schlauch gefüllt hatte, wandte sie sich um. Die beiden Gestalten – zwei Nonnen – waren schon ganz dicht herangekommen. Sie trugen Eimer und Netze.

Eine der beiden Frauen kam Anna bekannt vor. Das war doch die Kleine aus dem Kloster, die an ihr vorbeigerannt war! Anna lächelte freundlich, denn das Mädchen tat ihr immer noch leid. Die zweite Ordensfrau war klein und füllig, und im Gegensatz zu der Jungen wirkte sie erzürnt.

»Gott zum Gruß, Schwestern, mein Name ist Anna«, sagte sie freundlich.

Die Junge nickte. »Hethel«, stellte sie sich vor.

»Du hast uns doch gesehen, oder etwa nicht?«, keifte die Alte. »Dann hättest du fragen müssen. Der Fluss gehört dem Kloster. Ohne zu fragen, darf man nur daraus trinken, wenn keiner zum Fragen da ist. Was hast du als Nächstes vor – willst du hier etwa fischen?«

Anna hatte den Mund schon zum Antworten geöffnet, als sie die Junge den Kopf schütteln sah. Sie senkte den Blick und schüttelte schweigend den Kopf.

»Verschwinde! Los, geh schon!«

Sie nahm Bär an die Leine und zog ihn vom Ufer weg. Langsam gewann die Sonne an Kraft, und ein Stück flussaufwärts lud ein trockenes Rasenstück zum Rasten ein. Anna setzte sich und rupfte einen langen Grashalm ab. Hier wollte sie sitzen bleiben, bis die beiden Nonnen mit dem Fischen fertig waren. Danach würde sie in ihr Versteck schlüpfen, um das Geld für die Lebensmittel unter ihrem Rock hervorzuholen. Der Fluss schien reich an Fischen zu sein, es dauerte nicht allzu lange, bis die Frauen ihre Eimer gefüllt und die Netze zusammengelegt hatten. Zu guter Letzt kamen sie noch einmal an Annas Ruheplatz vorbei. Die Alte schaute grimmig, aber Hethel lächelte verschmitzt. Anna sah ihr hinterher, und tatsächlich: Die junge Nonne wandte sich um, nickte in Richtung des Ufers und zwinkerte. Was wollte Hethel ihr sagen? Sie ließ den Ordensfrauen Zeit, sich von ihr zu entfernen, und lief zum Fluss. Sie hatte es schon geahnt: Hethel hatte ihr einen Fisch zurückgelassen.

Wenn sie den Fisch nicht roh essen wollte, musste sie ein Feuer entfachen. Aber erst einmal war noch einiges vorzubereiten. Anna suchte sich einen spitzen Stein, schlitzte den Fisch auf und nahm ihn aus. Kopf und Schwanz ließ sie unangetastet, damit er später nicht vom Spieß rutschte. Sie schabte die Schuppen herunter und schob ihn auf einen langen Zweig – so konnte sie ihn über die Flammen halten, ohne dem Feuer zu nahe zu kommen.

Sie hängte den Fisch mit dem Spieß in einen Busch, damit er nicht schmutzig wurde, und machte sich auf die Suche nach Feuerholz. Zum Schluss hob sie in der Nähe ihres Versteckes eine kleine Grube aus und hatte so alles gut im Blick. Doch dann musste sie schlucken. Sie hatte den letzten Schritt so lange hinausgezögert, dass es schon dämmerte. Es gab nichts mehr zu tun, außer das Feuer anzuzünden. Seufzend griff sie nach ihrem Beutel und holte den Zunder hervor.

Das kleine Feuer war endlich niedergebrannt. Natürlich hatte sie sich, während die Flammen loderten, so weit wie möglich davon ferngehalten. Nun konnte sie es wagen, näher zu treten. Die Glut strahlte noch eine wohlige Wärme ab, die Anna nach der letzten kalten Nacht bitter nötig hatte. Der Fisch hatte köstlich geschmeckt, frisch, weich und ein wenig fettig, genau, wie sie ihn mochte. Bär hatte seinen Anteil restlos vertilgt. Nun saß er auf dem kalten Erdboden und leckte sich die Schnauze. Anna wandte gerade den Rücken zur Glut, um sich zu wärmen, als Bär ein grollendes Geräusch ausstieß. Sie zuckte zusammen – der Hund hatte noch nie geknurrt, und für seine geringe Größe klang er recht bedrohlich. Die Bewegung kam von der Seite. Etwas Großes, Schmutziggraues prallte gegen Anna und warf sie um. Noch bevor sie einen einzigen Ton herausbrachte, lag sie am Boden, eine schwere Last auf dem Körper, und starrte entsetzt in stoppelbärtige, ausgemergelte Züge. Wie der Gestank von Fliegeneiern stieg ihr widerlich süßer Atem in die Nase.

Kurz hob sich der Kopf des Mannes – war er vielleicht nur gestürzt? Doch die Faust, die sie auf sich zufliegen sah, belehrte sie eines Besseren.

Er hat Schwung geholt, dachte sie noch mit seltsamer Klarheit. Dann wurde es dunkel.

Mit äußerster Mühe öffnete Anna die Augen. Was kitzelte da so? Immer wieder kratzte ihr ein feuchtes Reibeisen über das Gesicht. Sie wischte sich mit dem Arm über die Wange, und etwas fiel neben ihr zu Boden. Bär! Der Hund hatte ihr das Gesicht geleckt. Wieso lag sie im Dunkeln am Boden, und warum konnte sie sich an nichts erinnern? Irgendetwas war ganz und gar nicht in Ordnung. Ein schmerzhafter Krampf zog durch ihren Unterleib. O nein, bekam sie etwa ihre unreinen Tage? Sie rappelte sich auf und erhob sich unbeholfen. Sogleich wurde ihr schlecht und so schwindelig, dass sie sich am nächsten Baum abstützen musste.

Panik überfiel sie. Was war nur mit ihr? Was fühlte sich so schlimm an, dass sie es nicht wahrhaben wollte?

Das fehlende Gewicht an der Hüfte schleuderte sie in die Wirklichkeit zurück. Was auch immer mit ihr geschehen war, der Schmutziggraue hatte ihr den Leibgurt mit dem Geld geraubt.

In Gottes Namen

Der Morgen musste schon angebrochen sein, als Anna erwacht war, denn als sie zum Fluss kam, war es hell. Sie schauderte vor Kälte, wollte sich aber unbedingt waschen. Sie raffte die Röcke – warum waren sie so zerrissen? – und stieg an einer seichten Stelle in das träge Gewässer der Hase. Sie rieb sich die blau und grün gefleckten Schenkel sauber, doch im Gegensatz zu sonst ließ sich das Blut nicht so leicht abwaschen. Es war klebrig, und es stank. Anna watete zum Ufer; sie musste sich setzen. Bär tappte vorsichtig durch das Ufergras und trank. Dann tatzte er nach dem Wasser, bekam Tropfen auf die Nase und sprang erschrocken nach hinten weg. Das war zwar drollig, aber Anna war nicht zum Lachen zumute. Sie musste versuchen, das klebrige Zeug wegzubekommen. Wahrscheinlich fühlte sie sich besser, wenn sie endlich wieder sauber war. Sie strich sich die Haare aus dem Gesicht und zuckte zusammen. Ihr Mund und die Haut ringsum waren wund. Anna spuckte auf den Boden. Sie wollte gerade zum Ufer hinaufsteigen, als das Läuten ertönte. Schnell machte sie kehrt und suchte ihr Versteck auf. Den beiden Nonnen wollte sie an diesem Tag nicht begegnen.

Das Ausharren im Gebüsch kam Anna ewig lang vor. Tatsächlich fischten die beiden Ordensschwestern vom Tag zuvor wieder im Fluss. Diesmal ließ die Jüngere keine Essensspende zurück, soweit Anna das von ihrem Versteck aus erkennen konnte. Es war ihr recht. Sie würde nie wieder Fisch essen. Genau genommen hasste sie Fisch neuerdings.

Wie oft hatte sie sich heute schon gewaschen? Sie wusste es nicht. Die Mittagssonne hatte geschienen und war weitergezogen, und sie war wieder zum Fluss gelaufen.

Eigentlich war kein Blut mehr zu sehen gewesen, was seltsam

war, dauerten die unreinen Tage sonst doch deutlich länger. Doch der fischige Gestank war noch immer nicht verschwunden. Es schien fast so, als steige er aus ihrem Innern auf.

Die Dämmerung brach mit heftigen Windböen herein, und sie schüttelte sich. Bär jaulte hungrig, doch sie selbst hatte keinen Appetit, und so warf sie ihm ohne Bedauern den Rest der letzten Mahlzeit hin. Was war nur mit ihr? Erst war ihr kalt, dann wieder heiß, und der Kopf tat ihr weh. Vielleicht sollte sie erst einmal schlafen.

Anna bettete sich in die Mulde, in der sie die vorletzte Nacht verbracht hatte, und schloss die Augen.

Als sie wieder erwachte, fasste sie sich entsetzt an den Hals. Er tat furchtbar weh, sie konnte kaum schlucken. Das Dröhnen im Kopf war auch schlimmer geworden. Wenigstens war ihr nicht mehr kalt, sondern fast schon zu warm. Jeder Knochen schmerzte – ob das vom Schlafen auf der kalten Erde kam? Was hätte sie für eine richtige Bettstatt gegeben! Doch in ihrer hoffnungslosen Lage konnte sie davon nur träumen. Das Geld war weg, und sie würde niemanden finden, der sie ausbildete. Sie wollte die aufsteigenden Tränen hinunterschlucken und keuchte entsetzt auf, als sie den scharfen Schmerz im Hals verspürte. Eins nach dem anderen. Erst einmal musste sie zum Fluss und sich waschen.

Danach war Anna so erschöpft, dass sie es nicht bis in das Gebüsch zurück schaffte. So blieb sie einfach in der Nähe des Ufers sitzen, den Hund neben sich, und sammelte ihre Kräfte. Sie musste noch einmal zum Wasser. Sie war noch nicht fertig mit dem Waschen, es roch immer noch. Wie ärgerlich, dass sich das Wasser heute so kalt auf ihrer heißen Haut anfühlte.

Endlich hatte sie sich genug ausgeruht, um wieder bis zum Ufer gehen zu können. Stehen war zu anstrengend, also kauerte sie nieder. Diese Frau im Wasser, deren Gesicht sich verzerrte und waberte – war sie das? Die Haarfarbe stimmte, aber waren ihre Augen so riesig und ihre Züge so blass? Vielleicht stand jemand hinter ihr? Das Läuten der Glocken erklang. Sie musste sich beeilen, gleich kamen die Nonnen. Anna beugte sich vor. Jetzt geriet das Bild der Frau ins Kreiseln und raste auf sie zu. Bärs Jaulen stieß ihr wie ein Messer in den schmerzenden Kopf.

Kalt war es wirklich, das Wasser, aber wenigstens war das Gejaule leiser geworden.

Als Anna erwachte, lag sie in einer Kammer, die sie nicht kannte. Ein verschwommener Blick in die Runde zeigte ihr Wände aus grob behauenen grauen Steinquadern; nur die schwache Fackel in dem schmiedeeisernen Halter an der Wand spendete Licht. Die Decke erstreckte sich unerreichbar hoch über ihr. Sie versuchte zu schlucken, doch der Hals tat ihr so weh, dass sie es gleich wieder aufgab. Wo war sie? Das Licht der Fackel schmerzte in den Augen, und der feine Qualm biss ihr in der Nase. Sie beschloss, dass es ihr gleichgültig war, wo sie sich befand, solange sie nur nicht aufstehen musste. Erschöpft schloss sie die Augen. Sie war gerade eingeschlafen, als eine schwere Tür ins Schloss fiel. Anna wollte die Lider heben, aber es strengte sie zu sehr an, also ließ sie die Augen geschlossen. Gedämpfte Stimmen drangen an ihr Ohr, und die Decke wurde angehoben. Jemand schob ihr das Hemd hoch. Sie wollte widersprechen, aber aus ihrem wunden Hals drang nur ein Krächzen.

»Hier, die merkwürdigen Male am Leib, von denen ich sprach! Die Haut ist ganz verhornt und teilweise schwarz verfärbt. Vielleicht von einer Fessel oder einem Gurt. Was auch immer es war, die Male sind schon älter. Aber dies hier an den Beinen …« Die Stimme schien zu einer Hand zu gehören, denn etwas drückte auf Annas Bein, und sie zuckte zusammen. »Das ist ganz frisch, höchstens zwei Tage alt.«

Anna wollte verlangen, man solle sie wieder zudecken, es sei so kalt. Doch dem wunden Hals entrang sich erneut nur ein Röcheln.

»Die Röcke waren zerrissen?«, fragte eine andere Stimme.

»Ja.«

146

»Hatte sie etwas bei sich?«

»Nein, bloß den Hund.«

Bär! Sie musste wissen, wie es ihm ging. Der Gedanke an den Hund verlieh ihr so viel Kraft, dass sie es endlich schaffte, die bleischweren Lider zu heben. Doch es war zu spät, sie sah nur noch zwei Ordensfrauen von hinten und hörte ihre Stimmen.

»Falls sie es schafft, gib ihr den Sud. Ich will nicht, dass die teuflische Tat auch noch Früchte trägt. Und kühlt ihr den Hals, sonst ergeht's ihr wie den anderen Mädchen, Gott hab sie selig …«

Keine der beiden Frauen wandte sich noch einmal zu Anna um. Und an Sprechen war nicht zu denken.

Die Tage zogen vorbei wie ein langer, unruhiger Schlaf. Türen schlugen. Nonnen kamen und gingen. Meist öffnete Anna nicht einmal die Augen. Sie ließ das Wasser, das man ihr einzuflößen versuchte, aus dem Mund rinnen, damit sie es nicht schlucken musste; dabei war sie unendlich durstig.

Immer wieder legte ihr jemand ein kühlendes Tuch auf den Hals. Was ihr sonst angenehm war, schnürte ihr nun den Atem ab. Sie nahm das Tuch, warf es von sich und rang nach Luft.

»Sie will nicht – was soll ich tun?«

»Die ehrwürdige Mutter hat es doch gesagt: Wenn die Krise kommt, müssen wir kühlen, sonst stirbt sie. Leg den Lappen wieder drauf.«

Anna keuchte und griff sich an den Hals. Sie warf das Tuch abermals von sich – so konnte sie nicht atmen! Wollten die Nonnen sie erwürgen? Was waren das für Frauen, die ein hilfloses Mädchen würgten? Schon wieder der kalte Druck auf dem Hals. Sie wollte um Hilfe schreien, aber es drang nicht einmal ein Krächzen aus ihrem Mund. Sie fasste das Tuch, um es fortzuziehen, aber jemand packte ihr Handgelenk und bog es zur Seite. Auch ihr zweiter Arm wurde ergriffen und festgehalten. Es ruckte, und Anna spürte, dass man sie festgebunden hatte. Sie bäumte sich auf, dann wurde es dunkel.

»Ehrwürdige Mutter, ich glaube, sie ist wach …«

»Danke, Theodora.«

Eine kühle Hand legte sich auf Annas Stirn. Sie hatte das Gefühl, dass es ihr besser ging. Das Atmen fiel ihr leichter. Sie versuchte zu schlucken. Es schmerzte, aber bereitete ihr nicht mehr solche Pein wie sonst. Endlich schlug sie die Augen auf und blickte in ein liebenswürdiges Gesicht voller Runzeln. Kein einziges Haar lugte unter der Haube hervor, aber Anna war ganz sicher, dass die Haare der Frau ebenso weiß waren wie ihre buschigen Augenbrauen. Die Augen waren blassgrau und zeigten die leichte Trübung des Alters, doch sie blickten freundlich und aufmerksam.

»Gott hat es trotz allem, was dir widerfahren sein mag, gut mit dir gemeint, mein Kind. Er hat dich bei uns gelassen.«

Anna wollte antworten, aber zum Sprechen reichte es noch nicht.

»Schsch! Ruh dich aus. In einigen Tagen wird es dir leichter fallen.«

Anna sah sich suchend um. Die ehrwürdige Mutter glättete ihre Decke und hatte offenbar verstanden, was Anna wollte.

»Dem Hund geht es gut«, antwortete sie. »Er lebt im Stall beim Vieh und bereitet der Stallschwester allerlei Ungemach.«

Anna entspannte sich und schloss die Augen. Die ehrwürdige Mutter hatte recht, sie musste sich einfach nur ausruhen, dann würde alles wieder gut werden.

Anna saß auf ihrer Bettstatt. Angelehnt an ein dick gefülltes Kissen, löffelte sie schluckweise die salzige Brühe und seufzte vor Wohlbehagen. Sie hatte inzwischen herausgefunden, dass eine der Schwestern, die sie betreuten, Theodora hieß. Die andere hörte auf den Namen Justitia. Sie reichte ihrer Pflegerin die leere Suppenschüssel und bedankte sich artig.

»Anna, das sollst du trinken.«

Theodora hielt Anna einen irdenen Becher hin, der mit einem braunen Sud gefüllt war. Er roch nicht gerade verführerisch.

»Was ist das?«, fragte Anna.

»Trink einfach, die ehrwürdige Mutter hat es so angeordnet«, gab Theodora zurück.

Anna setzte den Becher an und trank. Das Gebräu schmeckte genauso schlecht, wie es roch, aber sie leerte den Becher trotzdem bis zur Neige. Sie vertraute der Oberin, dass sie ihr wohlgesinnt war.

Theodora war längst gegangen, die Strahlen der milden Frühlingssonne fielen schon ganz schräg durch das kleine Fenster, da zerriss es Anna innerlich. Wütende Krämpfe durchzuckten ihren Körper. Sie musste dringend auf den Abtritt, vielleicht hatte sie sich zu ihrem Halsleiden auch noch eine Bauchkrankheit eingefangen. Sie setzte sich auf den Rand der Bettstatt und krümmte sich erneut. Was war nur mit ihr? Grauenhafter Durst und eine so schlimme Übelkeit überkamen sie, dass sie das Öffnen der Tür kaum wahrnahm. Im grauen Licht der Dämmerung trat Theodora an ihr Bett.

»Warte, ich helfe dir.« Die Ordensfrau ergriff Annas Arm.

»Mein Bauch, ich …«, Anna stöhnte auf.

»Ich weiß, ich weiß. Atme! Du musst schön gleichmäßig atmen, hörst du?«

»Was ist mit … Oh!« Ein solcher Krampf durchfuhr Annas Leib, dass sie sicher war – da hatte sich etwas losgerissen. Wie zur Bestätigung lief es ihr warm an der Innenseite der Schenkel hinunter. Bestürzt starrte Anna auf den Boden. Blut. Ein roter See, gespeist von den Rinnsalen, die an ihren nackten Füßen mündeten, und in der Mitte ein winziger Klumpen. Seltsam, dachte Anna, wie bei Liswetha, nur viel, viel kleiner.

Dann sank sie zusammen.

Als Anna erwachte, hatten die Krämpfe aufgehört. Sie verspürte keine Schmerzen mehr, weder im Hals noch im Leib. Nur kalt war ihr, furchtbar kalt. Stimmfetzen drangen an ihr Ohr.

»Und?«

»Es ist abgegangen.«

»Wie geht es ihr?«

»Ich bin nicht sicher, ob sie es schafft, sie hat viel Blut verloren.«

»Es ist Gottes Entscheidung.«

Anna öffnete die Augen. Eine Hand lag auf ihrem Bett, das war gut. Sie war nicht allein. Nur – warum war die Hand so weiß? Noch bevor Anna diese Beobachtung ergründen konnte, war sie schon wieder weggedämmert.

Gedämpfte Zwitscherlaute drangen durch die enge Fensteröffnung im Mauerwerk, und auch ein schmaler Lichtstreifen fiel in die Kammer. Anna setzte sich auf. Ihr Hunger war unerträglich. Sie sah an sich hinunter; der leinene Kittel war fremd und ungefärbt, aber sauber. Sie schlug die Decke zurück und betrachtete zweifelnd ihre Schenkel. Sie waren dünn geworden, sie musste länger krank gewesen sein. Sie schob die Beine über die Kante der Bettstatt und wollte aufstehen. Ihr wurde schwindelig, aber nach einer Weile stand sie doch auf dem Fußboden, schlang die Decke um die Schultern und wankte zum Ausgang. Sie wollte gerade nach dem Riegel greifen, als die Tür von außen geöffnet wurde und gegen sie prallte. Das war zu viel für die schwachen Beine, Anna fiel rücklings auf ihr Hinterteil.

»Au!«

»Herr im Himmel, was …?« Theodora lugte um die halb geöffnete Tür und starrte Anna an, die sich in ihrer Decke auf den Steinen fühlte wie ein frisch geschlüpftes Küken in einer halben Eierschale.

»Was hockst du da auf dem Boden? Ab ins Bett mit dir, du musst ausruhen!«

Anna verzog das Gesicht. »Ich habe Hunger, es war keiner da, deshalb wollte ich …« Weiter kam sie nicht.

»Auch gut. Wenn du schon sitzt, richte ich dir schnell die Bettstatt.«

Froh, Gesellschaft zu haben, sah Anna der Nonne beim Glätten der Betttücher zu. Täuschte sie sich, oder bewegte sich die Ordensfrau so langsam wie eine Schnecke? Theodora ächzte und stöhnte, zupfte hier und zupfte dort, doch am Ende sah das Lager nicht viel besser aus als vorher. Theodora jedoch wirkte so erschöpft, als hätte sie den ganzen Tag wie eine Wäscherin geschuftet.

»So, und nun wieder hinein mit dir …«

Die Nonne bückte sich und fasste Anna unter, war aber kaum eine Hilfe. Kalt, steif und kraftlos lag ihre Hand unter Annas Arm und vermochte sie kaum zu stützen. Trotzdem bedankte sich die Kranke artig, sobald sie wieder im Bett lag. Sie erinnerte sich zwar nur bruchstückhaft an die vergangenen Tage, aber die Nonne war ihr bisher als ausgesprochen fürsorglich in Erinnerung geblieben.

»Nichts zu danken. Wie geht es dir mittlerweile?«

»Ein wenig schwach fühle ich mich noch, vielleicht kommt das vom Hunger.«

»Ich bringe dir etwas.« Theodora erhob sich langsam, als sei ihr auch das beschwerlich. Anna wunderte sich. So alt schien die Nonne nicht zu sein, aber vielleicht war sie siech?

»Schwester Theodora?«

»Ja, Kind?«

»Kann ich etwas für dich tun?«

Ein gütiges Lächeln kräuselte die Lippen der frommen Frau. »Werd erst einmal gesund, und dank deinem Gott, dass du noch bei uns bist – wir haben alle für dich gebetet.«

Die Suppe hatte wunderbar geschmeckt, salzig und fettig, und Anna genoss es, dass sich jemand Zeit für sie nahm. Theodora saß auf einem Schemel an der Bettstatt und berichtete ihr schon seit geraumer Weile von allem, was sich ereignet hatte.

»Klatschnass warst du, nachdem die beiden Mitschwestern dich aus dem Fluss gezogen haben. Es war ja ganz flach an der Stelle, aber du hast mit dem Gesicht im Wasser gelegen und dich nicht gerührt, dummes Ding!« Liebevoll strich sie Anna über den Unterarm. »Wir wollten dir trockene Sachen anziehen, doch der kleine Köter wollte uns nicht an dich heranlassen. Wir mussten ihn in einem Sack davontragen, sonst hätte er uns gebissen.«

Anna schmunzelte, Bär hatte sie also beschützen wollen.

Die Tür öffnete sich ohne vorheriges Klopfen, und sie stand auf der Schwelle. Anna hatte sich schon die ganze Zeit gefragt, wann sie die gestrenge Ordensfrau in dem teuren Kleid wohl wieder zu Gesicht bekäme. Nachdem sie Anna lediglich mit einem kurzen Kopfnicken bedacht hatte, wandte sie sich sogleich an Theodora.

»Was sitzt du noch hier herum? Du solltest ihr nur die Suppe bringen.«

»Ich …« Theodora war die Farbe gänzlich aus dem Gesicht gewichen, sie schaute rechts und links, als halte sie nach einer Fluchtmöglichkeit Ausschau.

»Du weißt, was die ehrwürdige Mutter angeordnet hat. Die Arbeit muss bis Ostern fertig sein, und keiner darf dir helfen, sonst wird es nichts mit dem Platz in unserem Stift. Wie willst du das schaffen, wenn du hier die Amme spielst?«

Wortlos erhob sich Theodora, unterdrückte ein neuerliches Stöhnen und schritt mit zusammengepressten Lippen zur Tür. Dort wandte sie sich noch einmal halb um.

»Ich …«

»Ostern, Theodora!«

Die Schultern sanken herab, und die Tür klappte. Anna war mit dem Ordensdrachen allein.

»So, nun zu dir. Woher kommst du? Mir ist, als hätte ich dich schon einmal gesehen.«

Steif und aufrecht stand die Nonne vor dem Lager. Anna setzte sich auf, bis sie sich auf Augenhöhe mit ihrer Befragerin befand.

»Ich war mit dem Korbflechter hier, ich bin auf dem Weg nach … Osnabrück«, erwiderte Anna. Hatte sie Osnabrück gesagt? War die Stadt wirklich noch ihr Ziel? Ihr Lehrgeld war auf

Nimmerwiedersehen verschwunden, sie konnte den Rest ihrer Tage Gebende und Laken nähen. Tränen schossen ihr in die Augen. Schweigend starrte die Nonne sie an.

»Wo ist dein Gepäck?«, fragte sie nach einer ganzen Weile.

Anna zögerte, bevor sie ehrlich Auskunft gab. Es war kein Geld mehr in den Bündeln, und die Ordensfrau sah nicht aus, als sei sie auf Annas Stoff erpicht.

»Ich habe es vergraben. An der Stelle, wo Hethel immer die Fische fängt. Dort im Gebüsch, unter der Birke.«

Die Nonne zog die Augenbrauen hoch und musterte das Mädchen aus unergründlichen braunen Augen.

»Ich lasse dir die Sachen holen. Schlaf, damit du schnell wieder gesund bist.«

Anna schaffte es gerade noch, sich zu bedanken, bevor die Tür ins Schloss krachte.

Die Sonnenstrahlen, die während der vergangenen Tage durch die Öffnung in der dicken Mauer in die Kammer gedrungen waren, zeigten sich nicht mehr. Anna stand unter dem Fenster und vermisste ihre wohltuende Wärme. Stattdessen fing sich der eisige Wind in der schrägen Luke und fegte zu ihr herunter. Fröstelnd zog sie den wollenen Schal enger um die Schultern, den Theodora ihr für die Ausflüge zu Bär im Stall geborgt hatte. Die Tür hinter ihr öffnete sich, und Ragnhild trat ein, ein Bündel in der Hand. Obwohl Anna den Namen der Ordensfrau inzwischen kannte, ertappte sie sich dabei, sie in Gedanken den Drachen zu nennen. Zu Annas Enttäuschung war Hethel nicht mitgekommen. Was wollte Ragnhild von ihr?

»Ich sehe, du bist wohlauf«, begann die Nonne. »Es ist allmählich an der Zeit, dass du das Kloster wieder verlässt und deinen … Verrichtungen nachgehst. Wir können hier schließlich nicht jeden mit durchfüttern.«

Anna zuckte zusammen. Das Kloster verlassen? Sie sah sich in der Kammer um. Das warme Bett, das volle Talglicht, die leere Schale vom Mittagsmahl. Sicher, sie hatte gewusst, dass sie nicht ewig hierbleiben konnte, aber wenn sie es recht bedachte, fühlte sie sich immer noch recht schwach. Doch Ragnhild war noch nicht fertig. Sie warf ein Stoffbündel auf die Bettstatt.

»So kannst du natürlich nicht herumlaufen. Dein Gewand ...« Sie zeigte auf das Bündel, und erst jetzt erkannte Anna in dem zerrissenen Lumpen ihr Kleid wieder. »Dein Gewand hat stark gelitten und muss geflickt werden. Unsere Nähstube ist überlastet. Theodora« – sie räusperte sich – »hat die außerordentlich ehrenvolle Aufgabe, die neue Robe für unseren Abt anzufertigen. Auch von den anderen Schwestern kann ich keine entbehren, du musst es also selbst tun.«

»Ich ...«, hob Anna an, doch Ragnhild hörte gar nicht hin.

»Kannst du überhaupt mit einer Nadel umgehen? Nun, wie alle Weiber wahrscheinlich.« Sie seufzte. »Hauptsache, es ist nachher nichts von deinen Beinen zu sehen, der Rest wird sich finden. Lass dir in der Nähstube von Theodora eine Nadel geben. Die ehrwürdige Mutter hat verfügt, dass das Kloster dir Garn aus den Beständen spendet.« Sie durchbohrte Anna mit strengem Blick. »Verschwende es nicht!«

Anna schüttelte den Kopf. »Ich habe eine eigene Nadel, in meinem Bündel.«

Rasch kramte sie in ihrem Reisesack und hielt stolz die Nadel hoch. Ragnhild griff danach und tippte prüfend mit einer Fingerspitze darauf.

»Das soll eine Nadel sein?« Sie hob die Augenbrauen und reichte Anna die Nadel mit spitzen Fingern zurück, als wäre sie heiß.

»Warte hier auf Schwester Hethel, sie bringt dich zu Theodora. Die wird dir eine richtige Nadel geben.«

Anna wanderte in der Kammer auf und ab. »Sie wird dir eine richtige Nadel geben«, äffte sie Ragnhild lautstark nach, doch als sich das Echo an den grauen Steinmauern brach, fuhr sie zusammen und setzte ihre Selbstgespräche mit gedämpfter

Stimme fort. »Die Nadel hat mir bisher gute Dienste geleistet, da gibt es gar nichts herumzumeckern …« Andererseits – sollte Ragnhild doch denken, dass Anna nicht gut nähen konnte. Es wurde draußen mit jedem Tag wärmer, sie hatte es nicht eilig, von hier fortzukommen.

Es klopfte ungestüm an der Tür, und schon stand Hethel mitten im Zimmer. Die Wangen rot, die Augen leuchtend, trug sie einen Schwall von Kälte und Feuchtigkeit herein, der verriet, dass sie draußen gewesen war.

Ohne Umstände zog sie die Hornkämme aus dem Haar, löste die Haube und schüttelte ihre glänzenden Locken, die fast so hell waren wie Annas Flechten. Mit geschickten Fingern drehte Hethel einen Knoten ins Haar und steckte die Haube wieder fest.

»Nun, Anna, bist du bereit für deinen ersten großen Ausflug durch das Kloster?«, fragte Hethel fröhlich.

»Gewiss.« Anna räusperte sich. Es war das erste Mal, dass sie mit Hethel ganz allein war, und sie hatte ihr noch nicht gedankt, weder für den Fisch noch für die Rettung aus dem Fluss. »Schwester Hethel, ich möchte mich von ganzem Herzen bedanken, es …«

»Schon gut. Wenn es Gott gefällt, ist mir das Dank genug. Außerdem könnte ich nicht mehr in der Hase fischen, wenn du da ertrunken wärst.« Sie schüttelte sich. »Es war also auch in meinem Sinn, dich da herauszuholen, bevor die Bachforellen dich angeknabbert hätten.« Sie kicherte. Anna musste ebenfalls lachen.

»Komm, wir wollen Theodora nicht warten lassen.« Hethel ging voraus, und Anna folgte ihr neugierig, das Gewand über dem Arm. Der enge Gang zur Linken war ihr bekannt, er endete an der Tür, die zum Hof und zu den Ställen führte. Aber Hethel bog flink nach rechts ab, und Anna beeilte sich, mit ihr Schritt zu halten.

»Es ist ja nicht sonderlich weit, aber du kannst dich hier schon arg verlaufen, wenn du nicht aufpasst. Das ist mir am Anfang sogar mehrmals passiert. So ein Kloster ist kein ungefährlicher Ort.« Sie kicherte erneut.

»Warum bist du im Kloster? Wolltest du schon immer Nonne werden?«

Hethel schnaubte. »Das gerade nicht. Mein Bruder erbt den Hof, und mich hat Vater ins Kloster eingekauft. Hätte ich eigenes Geld, wäre ich schon weg.« Anna war bei diesen Worten zusammengezuckt, aber Hethel merkte nichts, sie plapperte munter weiter. »Wenn wenigstens Ragnhild nicht wäre, mit den anderen komme ich zur Not aus.«

Anna schnaubte zustimmend, beschleunigte ihre Schritte und eilte hinter der jungen Nonne her.

»Und dass es hier keine Männer gibt, ist so eintönig. Ich spüle mir die Haare mit Kamille, damit sie glänzen, aber unter der dummen Haube sieht es niemand. Und die Frauen hier sprechen immer über das Gleiche. Arbeiten, beten, arbeiten, beten … Ich kann es nicht mehr hören.«

Anna schüttelte sich. Dass es hier keine Männer gab, machte das Klosterleben nur umso verlockender. Und die Gespräche mit Theodora hatte sie nicht als eintönig empfunden.

»Was ist mit Theodora?«, fragte Anna.

»Die ist ganz nett.«

»Das meine ich nicht. Alle behandeln sie so … vorsichtig.«

Die sonst so heitere Hethel seufzte, und sie klang ehrlich betrübt. »Theodora kommt aus einer angesehenen Familie, aber ihre Verwandten sind arm und können keinen Einstand zahlen. Der Abt von Kamp, unser Vaterabt, hat sie nur auf Probe aufgenommen. Ob sie bleiben darf …«

Endlich verstand Anna.

»… hängt davon ab, ob der Abt mit ihr als Vorsteherin der Nähstube zufrieden ist«, beendete sie Hethels Satz.

»Genau. Deshalb dürfen wir ihr auch nicht helfen. Ragnhild sagt, entweder sie mehrt Gottes Gut, oder sie dient ihm besonders eifrig. Sonst muss sie weg. Aber sie kommt nicht voran mit der Robe, ich weiß nicht warum.«

Hethel hielt so unvermittelt inne, dass Anna gegen sie prallte. Sie standen vor einer Tür, das musste die Nähstube sein.

»Entschuldigung«, murmelte Anna, doch Hethel hatte sie nicht gehört, sie pochte bereits gegen das dunkle Holz.

»Ja.«

Die junge Ordensfrau öffnete die Tür einen Spaltbreit. Anna wartete, dass sie eintrat, doch sie wich zur Seite und schob Anna aufmunternd über die Schwelle.

»Geh!«

»Kommst du nicht mit hinein?«

»Nein. Gutes Gelingen …«

Die Heilige und der Händler

Anna betrat die Nähstube und zuckte zusammen, als die schwere Tür hinter ihr zugezogen wurde. Der Raum war größer, als sie vermutet hatte, und ein großer Kamin spendete wohlige Wärme. So viele Regale und Borde bedeckten die Wände, dass kaum etwas von dem grauen Mauerwerk zu sehen war. Unzählige Stoffballen und verschnürte Päckchen, Rollen mit Bändern und Borten füllten die Bretter. Eine Regalwand bestand aus einem flachen Brett, in das Nägel eingeschlagen waren, und Anna stockte der Atem. Dort hingen nicht zwei oder drei Scheren wie bei Orttraut. Nein, die ganze Wand war bestückt mit Bügelscheren in allen Größen! Von der kleinsten Garnschere bis zur Tuchschere, so lang wie Annas Unterarm, war alles mehrfach vorhanden. Unter dem Brett standen etliche Filzkugeln, und in jeder Kugel steckten Nadeln in den verschiedensten Längen und Dicken. Genau wie die Scheren waren sie so fein geschliffen und poliert, dass sie glänzten. Anna schluckte. Welche Freude musste es sein, mit diesen Nadeln zu nähen!

»Nun, da bist du ja, Kind.«

Theodora saß ganz allein an einem gewaltigen Tisch, dessen Platte ebenfalls poliert war. Auf ihrem Schoß bauschte sich roter Stoff wie eine riesige Blüte.

»Ich habe schon gehört, du sollst dein Gewand flicken. Mir soll's recht sein, so habe ich ein wenig Gesellschaft. Setz dich dorthin, ich gebe dir eine Nadel und Garn.«

Da erst bemerkte Anna die vielen Schemel, die um den großen Tisch herum standen. Hier konnten sicher zehn oder mehr Schwestern gleichzeitig nähen. Sie nahm Theodoras Schal ab und legte ihn auf den Tisch.

»Danke für das Verleihen.«

»Gern geschehen«, antwortete Theodora.

Vorsichtig setzte Anna sich auf den Rand eines Schemels, den Blick immer noch auf die so wunderbar bestückten Regale gerichtet. Die Garnrollen! Sie hatte nicht gewusst, dass es so viele Farben gab.

»Welche Farbe hat dein Kleid?«, fragte Theodora.

Widerwillig löste Anna den Blick von den leuchtenden Stoffballen und schluckte. Sie hob das Kleid nicht hoch, damit Theodora nicht sah, wie schäbig es war.

»Grau.«

»Mittel, hell oder dunkel?«, fragte die Nonne.

»Dunkel, nein, mittel, glaube ich …«

»Zeig her, Kind! Wenn wir nicht das richtige Garn wählen, fällt die Naht später ins Auge.«

Langsam zog Anna ihr Gewand unter dem Tisch hervor und schob es neben den roten Stoff, sorgsam darauf bedacht, ihn nicht zu berühren, als könne das Grau den teuren Stoff verderben.

»Herr im Himmel, das ist ja viel zu dünn! Bist du damit den ganzen Winter herumgelaufen?«, fragte Theodora.

»Ich friere nicht so leicht«, gab Anna zurück.

Die Ordensfrau hatte das Bündelchen auseinandergefaltet und zog die Stirn in Falten, aber sie sagte nichts mehr über den

Zustand des Kleides. Anna war erleichtert, wusste sie doch selbst, wie schäbig der zerlumpte Fetzen wirkte.

»Nun, das wird einige Ellen an Garn brauchen, um es wieder halbwegs zusammenzuflicken. Besser wären ja Flicken. Hast du noch ein altes Kleidungsstück, das wir dazu auftrennen können?«

Woher sollte sie ein weiteres Gewand haben? Bei Maffrit war alles getragen worden, bis es einem vom Leib fiel. Sie wollte schon den Kopf schütteln, als ihr etwas in den Sinn kam.

»Ich habe guten Stoff, in Blau. Er ist für ein neues Gewand gedacht.«

»Warum nähst du dann nichts Neues?«, hakte Theodora nach.

Das Gefühl, um die Mitte herum leichter geworden zu sein, das sie nach dem Aufwachen am Fluss gehabt hatte, überkam Anna mit aller Macht. Er hatte ihr nicht nur das Geld genommen, er hatte … Nur nicht darüber nachdenken! Sie musste sich um ihre Kleidung kümmern.

»Ich habe kein Geld mehr für Garn, der Stoff war teuer. Außerdem hat Ragnhild mir nur erlaubt zu bleiben, bis das Kleid geflickt ist.«

»Ragnhild. Die würde gern alles bestimmen.« Die Nonne schnaubte. »Aber noch hat die ehrwürdige Mutter hier das Sagen, und ich kenne sie gut genug, um eines zu wissen: Sie hat dir Garn zum Flicken zugesagt, sie wird dir auch das Garn für ein Kleid geben, glaub mir. Selbst wenn du das da flickst« – sie zeigte auf den grauen Haufen auf dem Tisch –, »wird das Ergebnis bestenfalls scheußlich sein.«

Annas Herz tat einen Hüpfer. Die Vorstellung, das neue Kleid zu nähen und zu tragen, half gegen schlechte Gedanken und machte sie froh. Und länger im Kloster bleiben zu können, war ebenfalls eine wunderbare Aussicht. Doch würde die ehrwürdige Mutter zustimmen? Anna zog das alte Kleid zu sich herüber und knetete es mit feuchten Händen.

»Müssen wir sie nicht erst fragen?«, gab sie zu bedenken.

»Das müssen wir.« Theodora zwinkerte ihr zu. »Bring den

Stoff her und sei unbesorgt. Sie wird es schon erlauben. Du dauerst sie, dessen bin ich sicher.«

Wie konnte Theodora nur so vom Großmut der ehrwürdigen Mutter überzeugt sein? Sie saß doch selbst arg in der Klemme. Anna griff sich an die Stirn. Theodora überschlug sich geradezu vor Freundlichkeit, hatte sie gepflegt und gefüttert, und wie dankte sie es ihr? Sie hatte die missliche Lage der Nonne völlig vergessen. Jemand musste ihr helfen.

»Theodora, darf ich etwas fragen?«

»Was denn, Kind?«

»Warum nähst du das Gewand für den Abt nicht endlich fertig?«

Bekümmert strich Theodora den Stoff auf ihrem Schoß glatt, um ihn gleich darauf wieder zu raffen. Anna dachte schon, sie werde nicht antworten, aber dann lösten sich die Worte doch von den Lippen.

»Der Abt hat in seiner Großzügigkeit auf einen Einstand verzichtet, wenn ich Vorsteherin der Nähstube werde. Er hat gefragt, ob meine Arbeit die übliche Kunst eines Weibes deutlich übersteige, da habe ich Ja gesagt. Ich konnte doch nicht wissen, dass er das Schneidern meint. Meine Stickarbeiten« – jetzt wurde ihre Stimme eifrig – »sind ganz außerordentlich. Also, dank Gottes Güte.« Sie bekreuzigte sich.

»Heißt das, du kannst nicht nähen?«, fragte Anna entsetzt.

»Dummchen, natürlich kann ich nähen. Einige der besten Zierstiche am Altartuch sind von mir. Aber ich kann nicht schneidern. Ich musste das nie tun, wir waren immer knapp, und meine Mutter ließ mich die Stoffe nicht zerschneiden, damit nichts vergeudet wurde.«

Anna erinnerte sich noch gut an ihre eigenen ersten Versuche. Glücklicherweise hatte ihr Vater Humor und genug Geld gehabt, sonst hätte sie sicher bei dem enormen Verschnitt die Rute zu spüren bekommen. Inzwischen war sie so geübt, dass sie keine Bedenken mehr zu haben brauchte. Doch Theodora war noch nicht fertig. Einmal gelöst, konnte sie ihre Zunge nicht mehr im Zaum halten und wollte die ganze verfahrene Lage darstellen.

»Ich habe nicht einmal seine Maße, nicht eine Schnur. Ein altes Gewand hat er mir dagelassen, das ihm gut passt.« Sie deutete auf einen sauber gefalteten weiß-roten Haufen am Ende des langen Tisches.

»Aber er braucht es wieder. Wenn ich also den Stoff nicht an den Nähkanten abschneiden kann, wie soll ich dann die Umrisse nachzeichnen? Und der Stoff ist so teuer, dass allein damit mein Einstand hätte bezahlt werden können. Was, wenn ich mich verschneide?« Sie senkte den Kopf und zupfte ihre Tracht gerade. »Hethel wollte beim Zuschneiden helfen, aber Ragnhild hat ihr schlichtweg verboten, die Nähstube zu betreten. Es ist ganz und gar hoffnungslos. Nun, ich werde beten, Kindchen. Das hat noch nie geschadet.«

Anna ging das Herz auf. Die Arme! Wie konnte sie ihr nur helfen? Aber Ragnhild passte sicher auf wie ein Habicht, dass Hethel ihr nicht beistehen konnte. Anna betrachtete den Stoffballen auf Theodoras Schoß. Hoffentlich erhörte Gott ihre Gebete, sonst stand die freundliche Nonne bald genauso auf der Straße wie sie selbst. Trotz des warmen Feuers fröstelte sie.

»Leg dir doch den Schal wieder um, Kind. Weißt du was? Du darfst ihn behalten, ich habe noch zwei andere.«

Anna schluckte. Jetzt kamen ihr doch tatsächlich die Tränen. Wie lange war es her, dass ihr jemand etwas geschenkt hatte? Und diese Frau sollte als nutzlos aus dem Kloster geworfen werden? Das durfte nicht geschehen. In Anna flackerte ein Gedanke auf, und sie hob trotzig das Kinn.

»Theodora, ich glaube, wir haben einen Weg gefunden …«

Die Ordensfrau schaute sie mit großen Augen an.

»Welchen denn?«

»Warte nur ab, morgen!«

Niemand im Kloster wunderte sich, dass Anna so viel Zeit in der Nähstube verbrachte. Die ehrwürdige Mutter hatte auf Theodoras Fürsprache hin ein Einsehen gehabt und Anna Garn und die nötige Zeit zugestanden. Ragnhild war sogar bei der Unterredung zugegen gewesen, aber ihrer verächtlichen Miene war dabei anzusehen, dass sie Anna kaum verdächtigte, Theodora unerlaubte Hilfe zu leisten. Am Morgen nach der Frühmesse und dem Morgenmahl im Saal suchte Anna zusammen mit Theodora sogleich die Nähstube auf.

Im Ärmel hatte sie das Pergament ihres Vaters – vielleicht würde die Nonne es ihr nach getaner Arbeit vorlesen? Die Tür war noch nicht ganz hinter Anna geschlossen, da drang Theodora schon auf sie ein.

»Was hast du dir überlegt?«

»*Ich* kann schneidern.«

»Nein!«

»Doch! Ich hatte noch keine richtige Ausbildung, aber ich bin Näherin. Mein größter Wunsch war es, Gewandschneiderin zu werden, ich hatte genug Silber von meinem Vater bekommen, um einen Lehrmeister zu finden. Doch dann ist ... am Fluss hat ...« Anna wusste nicht mehr weiter.

»Er hat dir auch dein Lehrgeld gestohlen?«, fragte Theodora mitfühlend.

Anna nickte nur. Sie wischte einige Flusen vom Tisch.

»Jedenfalls habe ich schon häufig zugeschnitten. Ich weiß, wie es gemacht wird, und es gibt kaum Verschnitt. Wenn du also möchtest ...«

So schnell, wie Theodoras Augen aufgeleuchtet waren, erlosch der hoffnungsfrohe Glanz schon wieder.

»Ich glaube, es ist nicht recht, wenn ich tatenlos zusehe, wie du die Arbeit erledigst, die ich nicht fertigbringe. Wenn ich unnütz bin, bin ich hier vielleicht tatsächlich nicht an dem Platz, den Gott für mich vorsieht.«

»Oder er schickt dir mich, damit du bleiben kannst! Du musst doch nicht zusehen, dreh dich mit dem Rücken zu mir!«

Theodora griff nach dem teuren Scharlach und schob ihn halb über den Tisch, hielt dann aber inne.

»Und wenn du dich doch verschneidest?«

Anna verstand den Einwand nur zu gut. Sie hatte Ragnhilds abfälligen Blick auf ihre Nadel nicht vergessen. Und nun sollte sie einen so teuren Stoff bearbeiten, ohne dass sie eine Probe ihres Könnens abgegeben hatte?

»Der Stoff für die Mitra ist nicht so kostbar, oder?«, fragte sie.

Theodora griff nach dem weißen und lehmfarbenen Stoff, der schon unter der alten, recht abgenutzten zweizackigen Kopfbedeckung des Abtes bereitlag, und schüttelte den Kopf.

»Ein guter Stoff, zweifelsohne, aber er wird erst durch meine Stickkünste wertvoll.« Sie zwinkerte Anna zu. »So machen wir es – du schneidest den Stoff für die Mitra, und wenn das gelingt, dann …« Theodora berührte den roten Stoffberg.

Anna war erleichtert. »Und wenn die Mitra genäht ist, kannst du sie schön besticken, während ich mich um das Gewand kümmere. Dann siehst du auch nicht tatenlos zu.«

Theodora seufzte erleichtert, doch gleich darauf fiel ihr wieder etwas ein, und sie zog die Stirn in tiefe Falten.

»Und wenn jemand kommt?«

»Ich lege meinen Stoff gleich daneben auf den Tisch. Dann kann ich die Teile schnell auswechseln, während du dich umdrehst und die Besucherin hereinbittest.«

»Hm.« Theodoras Stirn glättete sich sichtbar. »Wer weiß schon, was Gottes Wille ist? Vielleicht hat er dich wirklich geschickt, damit ich ihm hier weiter dienen kann.«

»Ganz bestimmt.« Anna nahm eine der polierten Scheren vom Brett und probierte sie aus. Eine solch scharfe Schere hatte sie noch nie benutzt.

»Reichst du mir den Stoff für die Mitra?«, bat Anna.

Nun, da der Entschluss gefasst war, konnte Theodora sich für die Aufgabe begeistern.

»Hier. Du schneidest, und ich fange gleich an zu nähen …« Sie schob die alte Mitra und den glänzenden neuen Stoff über den Tisch. Anna legte ihren alten Fetzen und den blauen Stoff zurecht, damit sie ihr jederzeit als Ausrede dienen konnten. Das passende Garn noch, eine Schere und eine Nadel.

»Ich fange an, dreh dich um!« Theodora tat, wie ihr geheißen.

Anna betrachtete die Kopfbedeckung von allen Seiten, nahm Maß und murmelte vor sich hin. Sie brauchte den Hut nicht einmal aufzutrennen, sie wusste auch so, wie der Stoff geformt sein musste, um die richtige Form zu erhalten. Zwei große Stücke mit vier Ecken, die eine Spitze trugen, die Mitte würde eine Raute bilden, damit der Hut sich weit genug öffnen ließ. Außen würde sie den groben Stoff benutzen, der verschmutzte nicht so leicht und sollte sich beim Besticken nicht verziehen. Innen dann der feine Stoff, er ließ sich gewiss willig formen. Vorsichtig zeichnete Anna die Maße auf den Stoff. Als Theodora das Geräusch der schneidenden Schere hörte, zuckte sie leicht zusammen. Aber Anna war mit solchem Eifer bei der Sache, dass sie sich nicht darum kümmerte. Wenn die Nonne sah, wie gut sie gearbeitet hatte, würde sie nicht mehr zagen. Schnitt um Schnitt nahm Anna vor, maß und grübelte, schob zusammen und legte übereinander, bis sie sicher war, dass alle Stoffteile beisammen waren.

»So, du kannst hersehen.«

Zögernd drehte Theodora sich auf dem Schemel um. Als sie den zugeschnittenen Stoff sah, strahlten ihre Augen.

»Du kannst es wirklich«, flüsterte sie.

»Ich sag's dir doch! Und nun musst du den Stoff zusammenhalten, den Filz zum Versteifen nehmen und von der anderen Seite nähen.«

Mit zittrigen Fingern suchte Theodora das richtige Garn und eine feine Nadel aus dem reichhaltigen Bestand heraus. Bevor sie sich wieder umwandte, schob sie Anna behutsam den teuren roten Scharlach zu. Anna nickte nur und beugte sich über den Tisch, um die alte Robe des Abtes zu sich heranzuziehen. Eine ganze Weile war nichts zu hören außer Annas Murmeln beim Vermessen. Langsam zog die Dämmerung in den Raum; lange würden sie nicht mehr arbeiten können – zum Zuschneiden brauchte man Licht. Doch schließlich mischte sich ein anderes Geräusch in die Stille. Der Widerhall sich nähernder Schritte. Da kam jemand!

»Theodora, rasch …«

Anna schob den angezeichneten Stoff schnell zu der Nonne hinüber und zog den eigenen schäbigen Stoff zu sich heran, während Theodora sich erschrocken umwandte und die Hände mit der Mitra auf den roten Stoff legte.

Keinen Augenblick zu früh, denn schon wurde die Tür aufgestoßen. Anna zuckte zusammen. Auf der Schwelle stand Ragnhild.

Aus den Augenwinkeln beobachtete Anna, wie Theodora zitterte und sich mit der Nadel stach. Als sie sie in das Filzkissen stecken wollte, fiel die Nadel herunter und rollte über den Tisch.

»Nun, wie kommst du mit dem Gewand des Abtes voran, Schwester?«, fragte Ragnhild.

»G… gut, ich … Es ist …« Theodora starrte bestürzt auf Mitra und Stoff, als könne sie dort die richtigen Worte finden.

Würde Theodora standhaft bleiben oder alles beichten?, fragte sich Anna mit angehaltenem Atem.

»Zeig her, ich bilde mir selbst ein Urteil.«

Ragnhild umrundete den großen Tisch und stellte sich neben Theodora.

»Warum nähst und schneidest du abwechselnd? Was für ein Durcheinander!«

Theodora schwieg und lief rot an. Anna mischte sich ein.

»Ihr haben die Hände vom Schneiden geschmerzt.«

Ragnhild legte den Kopf schief und musterte Anna, als sähe sie sie zum ersten Mal.

»Mädchen, bist du immer so vorlaut? Hat deine Familie dir keinen Anstand beigebracht?«

Anna zwang sich, ruhig zu bleiben, und senkte den Kopf. Sie wollte Ragnhild auf keinen Fall gegen sich aufbringen. Doch die Ordensfrau war noch nicht fertig.

»Was ist mit deinem Gewand? Ich sehe noch nicht einen Schnitt …« Sie langte über den breiten Tisch, fasste den Stoff zwischen zwei Fingern – und stutzte.

»Nun, das scheint mir ein recht ordentlicher Stoff zu sein. Verständlich, dass du zögerst, ihn zu verderben.«

Unter dem Tisch presste Anna die Arme an den Leib. Das glatte Pergament mit den Worten ihres Vaters im linken Ärmel beruhigte sie. Wulf hätte sicher gewollt, dass sie sich mäßigte. Doch was, wenn ihre Augen die Empörung widerspiegelten, die sie empfand? Besser, sie hielt den Kopf gesenkt.

»Theodora, die Schnitte hier an der Schulter sind ausgesprochen elegant. Welche Schere hast du dafür verwendet?«

Noch während Ragnhild fragte, glitt ihr Blick schon suchend über den Tisch. Anna durchfuhr ein eisiger Schreck. Die Scheren! Sie lagen noch auf ihrer Seite! Ragnhild würde misstrauisch werden – und Theodora würde gewiss nicht schwindeln, wenn sie gefragt wurde. Anna streckte den Rücken. Sie musste sich einmischen, sonst war alles umsonst gewesen.

»Schwester Ragnhild, ich habe durch Schwester Theodora von Eurer außerordentlichen Belesenheit und Bildung gehört.«

Ragnhild fuhr herum und musterte das Mädchen misstrauisch, doch nur für einen Augenblick. Dann entspannten sich ihre Züge.

»Ja, Gott war so gütig, mir einiges an Muße zu schenken, um im Gebet und bei den Schriften zu verweilen.«

»Könntet Ihr mir den letzten Brief meines verstorbenen Vaters vorlesen?« Anna zog das Pergament aus dem Ärmel. »Ich kann nicht lesen.«

Ragnhild nahm das Schreiben und brach das Siegel. Sie hielt es nahe ans Gesicht.

»Hm. Es ist zu dunkel hier.«

Dann trat sie zum Kamin und hielt das Blatt schräg. Anna nutzte den Moment, um hinter Ragnhilds Rücken leise die Scheren aufzunehmen und an Theodoras Arbeitsplatz zu legen. Da hörte sie schon den Wortlaut des Briefes.

»*Meine kleine Anna,*

wenn Du diese Zeilen liest, bin ich von Dir gegangen, und Johann passt auf Dich auf. Ich hoffe, dass unser Silbervermögen …«

Ragnhild stockte, wandte sich um und durchbohrte Anna mit Blicken. Die schlug die Augen nieder und hob die Schultern.

Theodora mischte sich ein. »Es wurde ihr gestohlen, als …«

»Je nun.« Ragnhild fuhr fort. »… *Dir erlaubt, Dich gut zu verheiraten. Eines muss ich Dir noch sagen …*«

Ragnhild hörte auf zu lesen, aber im flackernden Schein des Feuers schienen sich ihre Augen weiter flink über das Pergament zu bewegen.

»Was steht noch da?«, drängte Anna. Ragnhild räusperte sich und las weiter.

»*Ich wünschte, ich könnte bei Dir sein, um Dich zu behüten. Gott sei mit Dir. Immer Dein Vater*

Wulf«

Ragnhild faltete den Brief und reichte ihn zurück. Anna war verwirrt. Um diesen kurzen Abschnitt durchzulesen, hatte die Nonne so lange gebraucht? Da wurde sie von Theodora in die Seite gestoßen.

»Ähm … danke, Schwester Ragnhild, das war sehr freundlich.«

»Nichts zu danken, mein liebes Kind, wenn du noch etwas brauchst, bitte mich gern darum.«

Zum ersten Mal sah Anna Ragnhild lächeln. Doch so plötzlich, wie sie gekommen war, rauschte die fromme Frau kurz darauf wieder zur Tür hinaus. Anna atmete auf.

»Um Haaresbreite …«, murmelte Theodora.

»… hätte sie uns erwischt«, kicherte Anna mit aufgesetzter Fröhlichkeit.

»Ich glaube, für heute ist es genug.« Theodora räumte die halb fertige Mitra auf ein leeres Regalbrett.

Jäh flog die Tür noch einmal auf, und Anna fuhr so heftig zusammen, dass der Brief aus ihrer Hand zu Boden trudelte. »Eines noch, Theodora. Morgen kommt der Tuchhändler selbst, um die Lager aufzufüllen, nach der Terz. Schick jemanden an die kleine Pforte, der ihn abholt.«

So überraschend, wie sie gekommen war, war Ragnhild auch schon wieder verschwunden. Annas Herz raste. Was für ein Tag!

Anna bedauerte es nicht, den Pfortendienst übernommen zu haben. Es war angenehm, in der Sonne zu sitzen, und Bär sprang, so weit es die Leine zuließ, hierhin und dorthin und nahm die Stöckchen auf, die sie ihm zuwarf. Die Glocken des letzten Stundengebetes waren schon seit einer ganzen Weile verklungen, als sie endlich Räder heranrollen hörte. Der Tuchhändler! Anna sollte ihm den Weg weisen, denn sie kannte sich inzwischen in den Klostergängen bestens aus. Vielleicht konnte sie einen Blick auf seine Stoffschätze erhaschen? Das Fuhrwerk hielt in gebührendem Abstand, und der Händler, von schlankem Wuchs und gut gekleidet, stieg vom Bock und kam auf sie zu. Sie senkte den Blick, denn er war ein Mann, und mit Männern wollte sie nichts zu tun haben.

»Ist dies die kleine Pforte?«, fragte er, als er vor ihr stand.

»Ja. Bist du der Tuchhändler? Dann geleite ich dich zu Schwester Theodora.«

»Was für ein hübsches Hundchen!«

Der Händler bückte sich, um Bär zu streicheln. Er sah nett aus, vielleicht war er ein so feiner Kerl wie Tankred.

Bär zerrte an seinem Lederband. Als er nicht freikam, knurrte er und fletschte die Zähne. Hastig gab Anna die Leine frei, und Bär lief davon. Was hatte er nur? So hatte er sich bisher nur einmal verhalten. Anna wandte sich um, eilte durch die offene Tür und überließ es dem Fremden, ihr zu folgen.

Ballen um Ballen hatte Theodora nun schon begutachtet. Immer wieder strich die Vorsteherin der Nähstube mit den Fingern über die Stoffe, doch sie schien sich nicht recht entscheiden zu können. Anna hätte ihr gern geholfen – der Leinenstoff in zartem Grün war von guter Qualität, während das rote Manteltuch aus Wolle nicht besonders haltbar aussah, das erkannte sie auf den ersten Blick. Als Altartuch verwendet, würde es sicher schnell durchscheuern. Doch Theodora legte den minderwertigen Wollstoff zu den Ballen, die sie zu erwerben gedachte. Anna konnte nicht mehr an sich halten und trat näher, bis sie die Gewebe befühlen konnte. Das grüne war wirklich gut gearbeitet; sie schob den Ballen einige Zoll auf Theodora zu.

Höflich trat der Tuchhändler zur Seite, und Anna nahm seinen Platz am Tisch ein. Der rote Stoff war schlecht, sie hatte es gewusst. Die Hand auf dem Wollstoff, warf Anna der Ordensschwester einen langen Blick zu und schüttelte den Kopf. Theodora schob den Ballen hastig wieder auf die andere Seite, der Händler seufzte.

»Gefällt Euch die Farbe nun doch nicht?«, fragte er Theodora.

»Der Stoff hat keine Leinenkette«, antwortete Anna an deren Stelle. »Er reibt sich schnell durch. Hast du etwas Haltbareres?«

Der Händler zog Ballen um Ballen aus dem Stapel am Ende des Tisches und schob ihn jeweils in Annas Richtung, wobei er Theodora fragend musterte. Die nickte. Prüfend nahm Anna die Stoffe zwischen die Fingerspitzen. Jeder einzelne Griff verriet ihr, wie der Stoff beschaffen war. So war es schon immer gewesen. Material, Haltbarkeit, die Eignung für die Verwendung – ein Griff, und Anna wusste Bescheid. Schnell hatte sie die Spreu vom Weizen getrennt und Theodora die hochwertigsten Ballen zugeteilt.

»Vielleicht magst du prüfen, welche Farben sich für den Vaterabt und welche für die Altartücher eignen«, bat sie die Nonne. Das war eine Aufgabe nach Theodoras Geschmack. Fröhlich hielt sie die Stoffe ins Licht und schob die Ballen, die ihr gefielen, auf die Seite.

»Soll ich auch die anderen Qualitäten vorlegen?«, fragte der Händler. Teils wirkte er enttäuscht, die schlechteren Stoffe nicht verkaufen zu können, teils schien er froh, dass sich endlich ein

Kaufabschluss anbahnte. Theodora nickte eifrig, und die schmalen, makellos sauberen Hände des Tuchhändlers legten weitere Ballen vor Anna aus. Mit dem Nessel war es einfach, auch die Leinenstoffe hatte sie schnell sortiert. Einige waren zu ungleichmäßig und gäben ein schlechtes Nähbild ab. Andere wiesen eine schlechte Bindung auf, aber die meisten waren von so ordentlicher Qualität, dass Anna sie Theodora vorlegte.

Schließlich löste der Händler die großflächige Schutzhülle von einigen gesonderten Ballen. Mit einer Sanftheit, die Anna für ihn einnahm, wickelte er je eine Elle von den fest gewickelten Rollen ab. Sie griff zu – und stutzte. Das Tuch war hauchdünn und weich, aber glatt und fest im Griff. Der Händler bemerkte ihr Zögern und trat näher.

»Ein feiner Seidenstoff. Der Faden wird unmittelbar vom Kokon der Raupe abgewickelt und nicht auf der Spindel gedreht. Dieser Stoff ist eine Bestellung von Schwester Ragnhild.« Er zwinkerte Anna zu, bevor er weitersprach. »Du warst bisher so treffsicher in deinem Urteil, dass ich ihn dir nicht vorenthalten wollte.«

Anna wusste nicht, ob sie sich über das Zwinkern empören oder dankbar für die Lektion sein sollte. Statt zu antworten, befühlte sie den nächsten Stoff. Ein Wollgewebe, aber Anna spürte noch etwas anderes: weiche, glatte Fasern, kühler als Wolle – auch diesem Stoff war Seide beigemischt.

Theodora war so in die Auswahl der Farben vertieft, dass sie nicht aufblickte, als der Tuchhändler zu sprechen anhob.

»Seidenstoffe dürfen fein sein. Je fester und glatter sie sind, um so weniger verziehen sie sich beim Nähen. Sie dehnen sich.« Er zog das Gewebe behutsam in die Breite. »Und sie sind mit feiner Nadel zu nähen, um den Stoff nicht zu verderben.« Er nahm zwei Stoffe und hielt sie Anna hin.

»Der hier ist hochwertig, gleichmäßig gewebt und gefärbt. Dieser« – er nahm den anderen Stoff und senkte die Stimme – »ist wohl nicht das Rechte für höchste Ansprüche.«

»Danke«, murmelte Anna und hob den Blick.

»Es war mir ein Vergnügen. Heinz ist mein Name – wie darf ich dich ansprechen?«

»Mein Name ist Anna.«

»Nun, Anna, dann wähl das halbe Dutzend Seidenstoffe aus, das für die Nähstube bestellt war.«

Anna befühlte die Tuche, deren Farben einen so wundervollen Gegensatz zu dem Einschlagnessel bildeten. Das war etwas anderes als das ständige Grau und Schwarz in Orttrauts Stube! Sie prüfte und wendete, bis das halbe Dutzend beisammen war, und bei einem Stoff war sie unsicher. Sie linste zu Heinz hinüber, und der, obschon ein gewiefter Händler, schüttelte kaum merklich den Kopf.

Anna griff nach einem anderen Ballen, und erst als Heinz nickte, legte sie den teuren Stoff behutsam auf den Stapel, der angekauft werden sollte.

Angebote

»Welch reizender Mensch – und so farbenfrohe Stoffe!«

Die Sonne schien warm, und Bär sprang munter neben Anna her. Theodora war bester Stimmung. Die ehrwürdige Mutter hatte die erworbenen Stoffe geprüft und war über die gute Wahl sichtlich erfreut gewesen. Anna gönnte Theodora dieses Lob – es würde ihren Anspruch auf einen Platz im Kloster festigen.

»Der Heinz, meine ich. Höflich und Frauen gegenüber voller Hochachtung.«

Anna errötete. Auch ihr war aufgefallen, dass der Tuchhändler unter verschiedensten Vorwänden immer wieder die behagliche Nähstube des Klosters aufgesucht hatte. Das eine Mal wollte er nach den Farben sehen, um Garne zu beschaffen, das andere Mal bot er Knebel und Schließen an.

»Ich habe mit Männern nichts im Sinn, Theodora«, seufzte Anna. »Das weißt du doch.«

»Aber ein Mädchen hat es mit einem guten Mann als Beschützer leichter, als sich allein durchschlagen zu müssen.«

Doch Anna wollte nichts davon hören. Ein Mann war ein Mann, ob nun Tuchhändler oder Ratsherr. Mochte er noch so nett sein.

»Heinz, darf ich dich etwas fragen?«

Anna hatte sich endlich ein Herz gefasst und legte den blauen Stoff auf den Tisch. Ihr Kleid war bald fertig, und dann musste sie weiterziehen. Nachdem Ragnhild den letzten Absatz des Briefes so stockend vorgetragen hatte, sollte ihn unbedingt noch jemand anders vorlesen. Theodora mochte sie nicht fragen, vielleicht hatte sie als Ordensfrau die gleichen Gründe, ihr Teile des Inhaltes zu verheimlichen. Heinz kam da gerade recht. In den letzten Tagen war er auch ohne Anlass in der Nähstube erschienen. Ragnhild ließ die Besuche offensichtlich gern zu, und die Vermutung lag nahe, dass er sie milde gestimmt hatte – bei ihrer Vorliebe für teure Stoffe sicher ein Leichtes für ihn.

Mann hin oder her, Anna hatte sich inzwischen an seine unaufdringliche Gegenwart gewöhnt und zuckte nicht einmal zusammen, wenn er zufällig ihren Arm berührte.

»Was immer du willst«, antwortete er.

»Liest du mir diesen Brief vor?« Sie zog ihn aus dem Ärmel und reichte ihn weiter. »Mein verstorbenen Vater schrieb ihn mir.«

Wortlos faltete Heinz das Pergament auseinander. Die ersten Zeilen unterschieden sich nicht von den Worten, die die Nonne ihr vorgetragen hatte, aber dann stutzte Anna. Waren das wirklich Ragnhilds Worte gewesen?

»Eines muss ich Dir noch sagen: Solltest Du einen ehrbaren Mann finden und er an Deiner Abstammung zweifeln, zögere nicht, ihm mitzuteilen, dass Du die Tochter eines angesehenen Kirchenbauers und einer geborenen von Münster bist. Deine Mutter und ich haben

uns von Herzen geliebt, darum ist sie mit mir fortgegangen. Sie
wurde aber nicht von ihrer Familie verstoßen. Ich wünschte, ich
könnte bei Dir sein, um Dich zu behüten.

Gott sei mit Dir. Immer Dein Vater
Wulf«

Anna war sich ganz sicher: *Das* hatte Ragnhild nicht vorgelesen.

»Anna, das ist ja wunderbar, du bist eine geborene von Münster! Warum hast du mir das nicht erzählt?« Heinz strahlte sie an, doch Anna konnte seine Freude nicht teilen. Sie wusste weder, wer die von Münsters waren, noch, warum die Nonne sie angelogen hatte.

»Ich wusste es selbst nicht«, raunte sie.

»Das ändert alles, Anna, einfach alles«, frohlockte Heinz.

Doch Anna war nur wütend. Ragnhild hatte sie mit Absicht belogen, aber der zweitwichtigsten Frau in diesem Kloster konnte sie kaum Vorhaltungen machen. Bis ihr ein Gedanke kam: Gott sah alles, er hatte sicher auch Ragnhilds Lüge gesehen. Gott würde am Ende abrechnen.

»Oh, Anna, es ist ganz wunderbar geworden! Dreh dich doch einmal im Kreis …« Anna stand vor Theodora und raffte die Röcke ihres neuen Kleides. Seit der Schnitt für die Robe des Abtes fertig geworden war, hatte sie nur noch an ihrem Gewand gearbeitet – und es passte wirklich ausgezeichnet. Doch ihr Glücksgefühl mischte sich mit dem Kummer, bald von hier fort zu müssen. Zwei, vielleicht drei Tage konnte sie den Abschied noch hinauszögern, aber dann musste sie Ragnhild mitteilen, dass sie das Gewand fertiggestellt hatte. Das Kloster war ohnehin mehr als gastfreundlich gewesen. Ob das mit ihrer Herkunft zu tun hatte? Sie hatte niemanden im Kloster auf den Brief angesprochen und auch Heinz gebeten, sein Wissen für sich zu behalten. Sollte der Ordensdrache Ragnhild ruhig denken, sie wisse nichts davon. Anna strich mit beiden Händen über den weichen Stoff. Was würde wohl Heinz sagen, wenn …

Es klopfte, und gleich darauf streckte Hethel den Kopf zur Tür herein. »Anna möchte auf der Stelle zur ehrwürdigen Mutter kommen.« Sie verdrehte die Augen und kicherte. »Du hast doch nichts ausgefressen, oder?«

Sie fühlte sich in dem neuen Kleid wie eine Fürstin, doch ihre Schritte wurde immer schwerer, je näher sie der Kammertür der Mutter Oberin kam. Musste sie vielleicht schon an diesem Tag gehen? Sie schluckte, bevor sie zaghaft gegen das dunkle Holz pochte.

»Ja, bitte?«

Anna riss sich zusammen und hob den Öffner.

»Ah, Anna, da bist du ja. Nimm Platz. Du hast das Kleid also fertiggenäht. Es ist schön geworden.«

Die ehrwürdige Mutter saß an einem fein geschnitzten Schreibpult und schob ihr einen Becher zu.

»Most?«

»Ja, danke«, murmelte Anna. Mit zitternden Fingern nippte sie an dem süßen Getränk. Gleich würde die Vorsteherin ihr sagen, sie möge das Kloster unverzüglich verlassen. Aber sie würde nicht betteln, sie würde ihren Weg schon finden. Vor Aufregung entgingen ihr die ersten Worte der Oberin.

»… aus diesem Grund haben wir deine Verwandten ausfindig gemacht. Sie sind bereit, dir den Einstand zu zahlen. Allerdings soll ich dir auch mitteilen« – sie zögerte –, »dass du nicht mehr zu erwarten hast. Es hat also keinen Sinn, dort vorstellig zu werden.«

Anna summte der Kopf. Hatte sie richtig gehört? Die Verwandten würden zahlen, und sie konnte bei den Nonnen bleiben? Freude stieg in ihr auf. Das war …

»Natürlich müsstest du dich als Novizin von diesem Kleid … trennen. Aber nach der Profess dürftest du das Ordensgewand tragen. Schwester Ragnhild hat schon viele Novizinnen auf die Profess vorbereitet. Das alles ist noch nicht mit dem Vaterabt abgesprochen, aber nachdem die Bezahlung geregelt ist …«

Ihr Kleid abgeben? Und als Novizin Ragnhild unterstellt sein? Das Bild von Hethel mit der geröteten Wange erschien vor ihrem inneren Auge, und ihr schauderte.

Sie senkte den Kopf und ließ die Schultern hängen. Sicher, sie wollte im Kloster bleiben, aber als Gast, nicht als Nonne.

»Kind?« Die ehrwürdige Mutter musterte Anna forschend. Was hatte sie gerade gefragt?

»Du kannst doch gewiss Laken nähen. Wir müssen auch für dich einen Platz finden, an dem du Gott demütig dienen kannst«, schloss die Ordensfrau.

Laken nähen? Anna hatte genug, aber sie wollte nicht unhöflich sein.

»Mir ist schwindelig. Darf ich mich ausruhen und danach entscheiden?«, fragte sie.

»Sicher, Kind. Sein Leben Gott zu weihen und eine Braut des Herrn zu werden, ist eine Entscheidung, die wohl abgewogen sein will. Komm nach der Abendmesse noch einmal zu mir und teil mir deine Entscheidung mit.«

Anna stolperte aus der Stube und irrte verwirrt durch die Gänge. Plötzlich riss sie ein sachter Stoß aus ihren Gedanken. Ihre Füße hatten sie zur Nähstube getragen, und vor ihr stand – Heinz.

»Hoppla! Wohin so eilig?« Bewundernd musterte er sie. »Wie schön du bist in dem neuen Kleid«, flüsterte er mit rauer Stimme.

»Danke«, murmelte Anna verlegen, doch dann schossen ihr die Tränen in die Augen.

»Was hast du? Habe ich etwas Falsches gesagt? Ich wollte dir nicht zu nahe treten.« Bekümmert knetete Heinz die Hände.

»Nein, es ist nur …« Anna schniefte. »Die Ordensschwestern haben meine Verwandten angesprochen. Ich kann im Kloster bleiben als … als …« Die Stimme versagte ihr.

»Als Nonne?«, fragte Heinz.

»Ja, und ich muss das Kleid wieder abgeben, dabei ist es gerade erst fertig geworden. Aber wohin soll ich denn sonst?

Ich wollte eine Lehre machen, aber das Lehrgeld wurde mir gestohlen.« Erst als sie wieder aufsah, bemerkte Anna, wie blass Heinz geworden war. Er räusperte sich.

»Das ist eine Entscheidung, die gut überlegt sein will. Einmal Nonne, immer Nonne.«

»Ich weiß …«, schluchzte Anna.

»Willst du denn Nonne werden?«

Sie schüttelte heftig den Kopf. »Aber was soll ich denn sonst tun?«, weinte sie verzweifelt.

»Als Tuchhändler komme ich viel herum, und wie Gott es so fügt, ist einer meiner Freunde Gewandschneider. Ich kann nichts versprechen, aber wenn du mich begleitest, stellt er dich vielleicht als Lohnnäherin ein, bis du genug gespart hast, um bei ihm in die Lehre zu gehen.«

Anna traute ihren Ohren kaum. Sollte sich ihr Traum doch noch erfüllen? Und wenn es nur ein Vorwand war, um mit ihr allein zu reisen und …

»Wir würden natürlich nicht allein reisen«, fuhr er fort, als könne er Gedanken lesen. »Ich habe im Dorf zwei Näherinnen angeworben, sie warten in der Herberge und würden uns den ganzen Weg über begleiten.«

»Was ist mit Bär?«, fragte sie vorsichtig. Dessen Abneigung gegen den Tuchhändler hatte sich nicht gelegt, aber ohne den Hund ginge sie nicht. Eher würde sie Nonne.

»Gut, nimm ihn mit, aber pass auf der Reise gut auf ihn auf«, stimmte Heinz zu, wenn auch nicht sonderlich erfreut.

Anna vollführte einen kleinen Freudentanz und raffte lachend die Röcke.

»Ich weiß nicht einmal, wohin wir fahren.«

»Nach Köln, kleine Anna, nach Köln.«

Sie waren in aller Herrgottsfrühe aufgebrochen. Der Abschied war Anna nicht leichtgefallen. Hethel war ihr eine liebe Freundin geworden, und auch Theodora hatte sie ins Herz geschlossen. Doch den Rest ihres Lebens als Nonne und gar als Weißnäherin zu beschließen, brachte sie nicht übers Herz. Als wolle sie Anna das Gehen erleichtern, hatte Ragnhild gleich nach dem ersten Hahnenschrei laut gekeift und die Novizinnen herumgescheucht, sodass Anna erleichtert war, inzwischen nur noch das Gerumpel des Fuhrwerks hören zu müssen. Das Weiß der letzten Schneehaufen war einem lichten Grün gewichen, und der Frühling hatte das Land mit aller Macht erobert. Überall stritten Vögel um die ersten fetten Würmer. Vorn neben Heinz saß es sich recht behaglich. Anders als beim Korbflechter gab es hier Filzmatten als Sitzauflagen, die die Erschütterungen dämpften. Die beiden Näherinnen hatten es auf der Ladefläche nicht so angenehm, und sie mussten achtgeben, die Stoffballen nicht zu zerknittern. Doch die beiden waren trotzdem gut gelaunt. Als eine von ihnen ein Lied anstimmte, fiel die andere gleich darauf mit ein.

Mittags gab es kalte Kost, und der Tuchhändler ließ sich nicht lumpen. Sowohl Anna als auch die beiden Näherinnen bekamen reichlich zu essen. Satt und zufrieden schaukelte Anna den Nachmittag über der neuen Welt entgegen, in der plötzlich wieder alles möglich war.

Als Anna die Augen aufschlug, ging gerade die Sonne auf. Lina und Traute, die beiden Näherinnen, lagen rechts und links neben ihr und spendeten wohlige Wärme. Doch lange hielt es Anna nicht auf der Schlafstatt. Das Fuhrwerk war am Tag zuvor gut vorangekommen. Unzählige Eindrücke waren unterwegs auf sie eingestürmt. Nur von der Stadt Münster, wo sie vor den Toren gerastet hatten, hatte sie in der Dunkelheit nicht viel gesehen. Wie gern hätte sie die Heimat ihrer Mutter näher kennengelernt! Anna seufzte.

»Guten Morgen, was beschwert dein Herz, dass du so ein betrübtes Gesicht machst? Bereust du, das Kloster verlassen zu haben?« Heinz war neben sie getreten.

Anna lächelte. »Nein, ganz und gar nicht. Ich wäre nur so gern durch die Gassen gegangen, die einst die Heimat meiner Mutter waren.«

Heinz verzog das Gesicht. Ärgerten ihn ihre Worte?

»Aber ich weiß, wir müssen weiter. Gleich bin ich so weit«, beeilte sie sich hinzuzufügen.

»Nein, du hast recht. Die Mutter so früh zu verlieren, ist ein furchtbarer Verlust. Ich weiß nicht, was ich ohne meine Mutter Martha täte. Seit Vaters Tod leitet sie den Tuchhandel mit solchem Geschick, dass sich die Erträge mehr als verdoppelt haben. Eine bewundernswerte Frau.«

Anna atmete auf. Hatte sie sich noch heimlich Sorgen gemacht, weil Bär den Tuchhändler nicht mochte, war sie jetzt beruhigt. Ein Mann, der so über seine Mutter sprach, konnte keiner Frau ein Leid antun. Bär war einfach nur eifersüchtig.

»Und wir haben noch Zeit. Lass uns rasch das Morgenmahl einnehmen, dann fahren wir kreuz und quer durch Münster.«

Anna klopfte das Herz bis zum Hals. Er machte einen Umweg, nur damit sie etwas von der Stadt sah!

»Danke, das vergesse ich dir nie …« Glücklich kehrte sie zum Nachtlager zurück und weckte die faulen Weiber.

Der Tag war wunderbar gewesen. Sie waren durch die Stadt gefahren, und Heinz hatte am Markt angehalten, war mit den Reisegefährtinnen an den Ständen vorbeigeschlendert und hatte für alle Pasteten ausgegeben. Mit geheimnisvoller Miene hatte er an einem Stand eine spitze Stofftüte erstanden, die er weder Anna noch den beiden Näherinnen hatte zeigen wollen. Stattdessen hatte er auf eine riesige Baustelle gedeutet.

»Seit vier Sommern bauen die Handwerker nun schon an dem Dom. Wenn er einmal fertig ist, wird er alle Gotteshäuser dieser Welt in den Schatten stellen!«, hatte er begeistert ausgerufen. Auch wenn erst die Grundmauern zu sehen gewesen waren, hatte sich Anna die vollendete Kirche vor ihrem inneren Auge vorstellen können und war von deren Größe überwältigt gewesen. Schon ihr Vater hatte für die Ausführung seiner Planungen Jahre gebraucht, und seine Baustellen waren klein gewesen im Vergleich zu dieser Werkstätte.

»Wie lange wird man wohl daran bauen?«, hatte sie ergriffen geflüstert.

Heinz hatte ihre freie Hand genommen, und sie hatte es geschehen lassen.

»Ein Leben lang, Anna.« Er hatte ihr so tief in die Augen geblickt, dass ihr ganz unwohl geworden war. So unauffällig wie möglich hatte sie die Finger aus seiner Hand gelöst.

Inzwischen saß sie wieder auf dem rumpelnden Wagenbock und schalt sich eine Närrin. Theodora hatte Heinz eine gute Partie genannt, und ihr Vater hätte gegen einen Tuchhändler wohl auch nichts einzuwenden gehabt. Nur sie selbst musste mit ihrem Eigensinn wieder alles verderben.

Doch Heinz schien nicht besonders verärgert zu sein. Er wusste viele Schnurren zu erzählen und wies seine Mitfahrerinnen immer wieder auf Besonderheiten der Landschaft hin. Die Näherinnen sangen nicht mehr, sondern lauschten ihm gebannt. Als es dämmerte, hielt er den Wagen an.

»Zeit, das Nachtlager aufzuschlagen«, erklärte er.

Alle reckten und streckten sich, und Anna beobachtete, wie Heinz auf Linas prallen Busen starrte. Sie war die jüngere und mit den kessen Grübchen auch die hübschere der beiden Näherinnen. Das Mädchen war sich seiner Vorzüge wohl bewusst, fuhr sich mit einer aufreizenden Bewegung durch das lange Haar und lächelte ihren Dienstherrn an. Diese Dirne! Sah sie nicht, dass er und Anna …

Ja – was eigentlich? Anna stieß mit der Fußspitze einen Kiesel so heftig beiseite, dass der Sand nur so spritzte. Stets hatte sie sich Mühe gegeben, Heinz auf Abstand zu halten. Was wunderte sie sich da, dass er sich anderswo umsah? Seufzend nahm sie einen Eimer zur Hand, um Wasser zu holen. Wenigstens würde es bald etwas zu essen geben.

Die Suppe enthielt dicke Speckbrocken und schmeckte recht gut. Traute, der die Wangenknochen durch die blasse Haut stachen, aß, als gäbe es kein Morgen. Lina indessen schien andere Genüsse im Sinn zu haben. Sie hatte ihre Schale schon ausgewischt und dabei so sinnlich die Hüften geschwenkt, dass ihr üppiger Körper vorteilhaft zur Geltung kam. Und dann sprach sie Heinz auch noch an!

»Wie kommt es, dass du nicht verheiratet bist?«, fragte sie.

»Nun, ich stelle wohl zu hohe Ansprüche an ein Weib, genau wie mein verstorbener Vater. Der Liebreiz meiner Mutter ist so überwältigend …« Er lächelte Lina an. Anna zuckte zusammen.

»Wie müsste ein Weib beschaffen sein, um dir zu gefallen?«, hakte die Näherin nach.

»Lass mich überlegen …« Er kratzte sich am Kinn. »Sie sollte ein gewinnendes Wesen und ein annehmbares Äußeres haben. Außerdem muss sie sich mit Stoffen auskennen und gute von schlechten Tuchen unterscheiden können. Kochen müsste sie nicht, dafür gibt es Mägde im Haus. Aber breite Hüften sollte sie haben, damit sie mir gesunde Kinder schenken kann.« Sein Blick ruhte auf Anna, und sie wand sich innerlich.

»Das mit den Kindern ist ja nicht so eilig.« Er lächelte, Anna entspannte sich und lächelte zurück.

Lina hatte sich erhoben und war auf Heinz zugegangen. Noch bevor er etwas sagen konnte, stand sie dicht vor ihm.

»Was ist mit meinen Hüften – sind die breit genug?«, kicherte sie.

Heinz packte Lina um die Mitte, zog sie aber nicht zu sich heran, sondern schob sie weg.

»Vor allem aber sollte sie aus gutem Hause stammen, denn auch die Ansprüche meiner Mutter müssten erfüllt werden.« Er legte eine kleine Pause ein. »Das ist sogar die wichtigste Voraussetzung.«

Lina unternahm einen letzten Versuch. »Nun, man muss nicht immer gleich heiraten …«, lockte sie.

Anna hatte ihre Schüssel geleert und klopfte mit dem Löffel auf den Rand.

»Anna?« Heinz sah sie fragend an.

»Hm?«

»Kommst du mit zum Wasser? Wir müssen noch über Köln reden.«

»Gern.«

Des Geplänkels überdrüssig, erhob sich Anna. Lange hätte sie Linas Gerede nicht mehr ertragen, so viel stand fest. Es war nicht weit bis zum Fluss. Der schöne Stoff des neuen Kleides raschelte leicht im Wind und verlieh ihr Mut. Das Licht des vollen Mondes zeichnete Annas zitterndes Abbild auf die Wasseroberfläche, es war taghell. Gut so, mit dem blauen Gewand sah sie sicher besser aus als Lina in ihrem braunen Kleid. Als sie am Ufer standen, wandte Heinz sich zu ihr um.

»Anna!«

»Was ist?« Warum klopfte ihr Herz so schnell?

»Ahnst du, über wen ich vorhin sprach?«, flüsterte er.

Röte stieg ihr in die Wangen, und sie senkte den Blick.

»Ach, Anna, du bist so scheu und zart – und wie du mit den Stoffen umgehst! Hätte ich doch eine Frau wie dich an meiner Seite. Begleite mich für immer nach Köln! Es würde dir an nichts fehlen, und du könntest nähen und schneidern, so viel du magst.« Er griff nach ihrer Hand. Spürte er das kurze Zucken, mit dem sie sich ihm beinahe entzogen hätte?

»Und ich gestatte dir, eine Lehre bei meinem Freund zu machen, ich zahle sogar das Lehrgeld. Wenn du nur Ja sagst.«

Sie hob den Kopf und sah ihn an. Heinz nahm ihre Hand. Irgendwann würde sie heiraten müssen. Warum nicht ihn? Er liebte Stoffe, und sie könnte darin nach Herzenslust schwelgen.

Heinz ließ ihre Hand los, und sie erschrak. Hatte sie mit der Antwort zu lange gezögert? Doch nein, er kramte etwas aus seinem Beutel hervor und legte es ihr in die Hand. Es war die Erwerbung vom Markt.

»Überleg es dir, wir haben noch den morgigen Tag.«

Dann ging er langsam den Fluss entlang und entfernte sich vom Nachtlager.

Anna betrachtete die spitze Stofftüte und löste rasch das Band.

Blaurote, krustige Süßigkeiten! Sie hob die Tüte an die Nase, und der Name fiel ihr wieder ein: kandierte Veilchen. Sie hatte einmal auf dem Markt diese Spezereien betrachtet und daran riechen wollen. Aber der Händler hatte sie weggescheucht. Und nun gehörte ihr eine ganze Tüte voll davon! Sie schob eines der kleinen Naschwerke in den Mund. Welch ein Geschmack! Süß und lieblich und …

Anna fasste einen Entschluss und eilte hinter Heinz her.

»Heinz …?«

Er wandte sich um und sah sie an, wortlos, aber lächelnd.

»Ja, ich sage Ja«, stieß sie hervor.

Heinz stieß einen Jauchzer aus und drückte ihre freie Hand an die Brust.

»Wie wundervoll!«

Wie erleichtert war sie, dass sich Heinz durch ihr Jawort zu keiner Vertraulichkeit ermutigt fühlte! Er hauchte ihr nur einen Kuss auf die Wange und nahm ihre Hand. So schlenderten sie zurück zum Lager, wo die beiden Näherinnen bereits fest schliefen. Lina lag teils aufgedeckt, und der halbe Busen war bar, aber das störte Anna nicht. Heinz gehörte ihr.

Heinz lenkte das Fuhrwerk mit großem Geschick über das holperige Pflaster. Die Häuser zu beiden Seiten waren mehrere Stockwerke hoch und wirkten noch stattlicher als in Münster. Viele der Häuser besaßen Fenster wie das des Ratsherrn in Jever, und bei dem schönen Wetter waren die Läden weit geöffnet. Schließlich bog das Gefährt in eine breite Einfahrt ein. Das also war ihr neues Zuhause! An das große Steinhaus schlossen sich einige Holzhütten an, die als Ställe, Stofflager und Werkstätten dienten, wie Heinz ihr erklärte. Der Wagen hielt, Heinz sprang vom Bock und half Anna beim Absteigen. Sie lächelte ihn an. Sicher würde es ihr hier gut ergehen.

»Fanny!« Die Hoftür des Haupthauses öffnete sich, und eine Magd trat heraus. Die Schürze über dem rundlichen Leib war fleckig und duftete nach Bratenfett.

»Herr Heinz, da wird die Frau Mutter sich freuen!« Bei diesen Worten zuckte Heinz zusammen.

»Fanny, bitte zeig den beiden Frauen ihre Kammern über dem Stall«, ordnete er an. »Sie werden als Näherinnen für mich arbeiten.«

Die Frau warf Anna einen abschätzigen Blick zu. »Und was ist mit der? Soll sie auch in den Stall?«

Heinz trat ganz dicht an die Magd heran und flüsterte, doch so laut, dass es deutlich zu hören war. »Die da, wie du sie nennst, wird deine neue Herrin. Besser, du stellst dich gut mit ihr.«

Fanny erbleichte und wischte sich die Hände an der Schürze ab. Schließlich hob sie den Rock eine Handbreit und beugte kurz das Knie.

»Verzeiht, Frau, ich wusste … ich wollte …«

»Schon gut.« Anna lächelte. »Wie hättest du das wissen sollen?«

Fanny seufzte erleichtert und fuhr auf die Näherinnen los. »Was steht ihr herum und haltet Maulaffen feil? Packt euer Zeug und folgt mir, ich habe nicht den ganzen Tag lang Zeit.«

Die Köchin hatte den gleichen Ton am Leib wie die alte Rahardta. Anna lächelte. Sie würden sich sicher gut verstehen.

»Gefällt es dir?«, fragte Heinz freundlich, doch er wirkte angespannt.

»Ja, sehr.«

»Gut. Binde den Hund am Stall fest, dann zeige ich dir deine Kammer.«

Anna beeilte sich, Bär anzuleinen, denn sie brannte darauf, ihr neues Zuhause zu besichtigen. Die Diele war heller als alle Flure, die Anna je gesehen hatte. Aus den offenen Türen fiel Licht, und ein großer Leuchter mit Wachskerzen wie in der Kirche warf zusätzlich warme Lichternester auf die steinernen Wände. Einige Flächen waren mit wärmenden Teppichen behängt, und angesichts der Unzahl von Türen und Nischen schwindelte Anna. Das Haus schien ihr so groß wie das Hauptgebäude des Klosters.

»Wer wohnt denn hier alles?«, fragte sie.

»Nur Mutter, ich und die Dienstleute. Und von nun an natürlich du!«

Heinz ging so schnell, dass Anna kaum Schritt zu halten vermochte. Schließlich blieb er vor einer Tür stehen.

»Dies ist bis zur Hochzeit dein Reich«, erklärte er und stieß die schwere Tür auf. Anna gingen die Augen über. Ein prächtiges Bett stand mitten im Raum, und es gab eine eigene Feuerstelle! Ein geschnitzter Stuhl mit gepolstertem Sitz, einer Königin würdig, lud zum Verweilen ein. Und das Fenster! Es bestand aus kleinen grünen Scheiben, wie sie sie in Münster an den Häusern der Reichen gesehen hatte. Farbiges Tageslicht fiel in die Stube und zauberte leuchtende Kringel auf den Boden.

»Hier soll ich wohnen?«, hauchte Anna.

»Gefällt es dir nicht?« Heinz wirkte verdutzt, aber Anna beruhigte ihn sogleich.

»Oh, es ist wunderbar …«

»Gut, ich muss zu meiner Mutter und ihr Bericht über meine Verkäufe erstatten. Wir sehen uns dann beim Mahl.«

Bevor Anna antworten konnte, war er auch schon zur Tür hinaus.

War die genähte Matratze mit roher Wolle gefüllt? Immer wieder setzte sich Anna aufs Bett, um gleich danach aufzuspringen und die Einrichtung ihrer Kammer in Augenschein zu nehmen. Da gab es Leuchter aus Metall, in denen honigduftende Wachskerzen steckten, wärmende Decken und sogar weiche Kissen mit genähtem Rand. Und mit ihrem neuen blauen Kleid hatte sie das Gefühl, durchaus in diese edle Umgebung zu passen.

»Ach, herrje!«, entfuhr es ihr plötzlich, als ihr der Hund wieder einfiel – sicher war Bär noch an der Stalltür angebunden. Sollte sie auf Heinz warten oder den Weg zum Hof selbst finden? Nach kurzem Zögern machte sie sich auf die Suche nach dem Ausgang.

Kaum hatte sich die schwere Tür hinter ihr geschlossen, als ihr Zweifel kamen. Der Flur war lang, und zu beiden Seiten gingen Türen ab. Was, wenn sie nicht mehr zurückfand? Aufmerksam betrachtete sie die beiden Türen, die ihrer Kammer gegenüberlagen.

Wie alle anderen waren sie paarweise angeordnet und durch eine tiefe Nische voneinander getrennt. Eine zeigte Blumen, die andere geschnitzte Ovale. Und ihre eigene Tür? Pferde! Und neben der Nische Schafe. Erleichtert strich sie über das Holz. Ihr Zimmer würde sie jedenfalls wiederfinden.

Tödlicher Hass

Das Haus war noch größer, als sie vermutet hatte. Schon wieder eine Abzweigung, und sie hatte die Stufen in das Untergeschoss noch immer nicht gefunden. Sinnend blieb Anna einen Augenblick lang stehen, da hörte sie Stimmen.

»… dulde ich nicht!« Eine Frauenstimme – freundlich klang sie nicht.

»Wenn du Anna erst einmal kennengelernt hast, magst du sie bestimmt.«

Heinz' Stimme! Und er sprach offenbar mit seiner Mutter. Anna war hin und her gerissen. Natürlich wollte sie nicht lauschen, aber sie hatte ihren Namen gehört. Musste sie da nicht in Erfahrung bringen, worum es ging? Sie näherte sich der Tür, hinter der gesprochen wurde.

»Sie ist eine Näherin! Von diesen Weibern habe ich schon viele um dich herumschleichen sehen.«

»Mutter, sie ist nicht so. *Ich* habe sie angesprochen. Anna stammt aus gutem Haus, eine geborene von Münster, und wie sie sich mit Stoffen auskennt! Sie hat ein Händchen dafür. Du hättest sehen sollen, wie sie die besten Tuche für das Kloster ausgesucht hat ...« Heinz verteidigte sie! Annas Wangen glühten.

»Umso schlimmer! Du bringst nicht nur die minderwertigeren Stoffe mit nach Hause zurück, sondern schleppst auch eine Fremde ohne Mitgift, ohne Bildung an. Sie kann nicht einmal lesen, geschweige denn Rechnungen schreiben. Was willst du mit so einer?« Die Frauenstimme wurde immer schriller, Heinz klang beschwichtigend.

»Sie kann uns im Geschäft von großer Hilfe sein, Stoffe aussuchen, Näherinnen beaufsichtigen ...«

»Oh, dann brauchst du *mich* also nicht mehr.« Der harsche Ton schlug in ein mitleiderregendes Gejammer um.

»Mutter, sag so etwas nicht! Ich weiß, was ich dir zu verdanken habe.« Stille. Anna wagte kaum zu atmen.

»Hm. Und was ist mit Helene?«, fragte die alte Frau.

Heinz antwortete nicht. Wer war Helene? Erst als Anna es kaum noch aushielt, sprach er weiter, wenn auch so leise, dass sie ihn nur mit Mühe verstand.

»Wir sind nicht versprochen, nicht fest.«

»Aber beinahe!« Die Stimme von Heinz' Mutter klang wieder laut und aufgebracht. »Es war doch längst vorgesehen, dass du Helene heiratest. Soll ich dir die Vorteile dieser Verbindung noch einmal aufzählen?«

»Nein. Aber Helene ist kränklich. Und dürr. Ich brauche eine Frau mit breiten Hüften, die mir Söhne schenkt. Und ich will Anna.«

Tränen traten Anna in die Augen. Wie schön er das sagte!

»Du verliebter Narr! Sie hat dich verhext ...«

Anna zuckte zusammen.

»... und du bist nicht recht bei Sinnen. Ich erlaube es einfach nicht. Du heiratest Helene, und dabei bleibt es«, zeterte sie.

Es polterte. War ein Stuhl umgestoßen worden?

»Nein, Mutter. Ich sage es nicht gern, aber ich bin der Herr im Haus. Ich heirate Anna.«

Schwere Schritte näherten sich der Tür, und Anna wollte schon flüchten, da drangen seltsame Laute an ihr Ohr. Ein Keuchen und Röcheln wie von einem Ochsen vor dem Pflug.

»Ich komme nicht zu Atem, ich darf mich nicht so aufregen.« Keuchen. »Bleib, ich will nicht allein sein.« Geröchel.

»Nein, Mutter. Diesmal nicht, meine Entscheidung ist unumstößlich. Ich schicke dir Fanny.«

Als wieder Schritte zu hören waren, flüchtete Anna um die Ecke. Sie raffte die Röcke und eilte so leise wie möglich durch die Gänge. Wo war ihre Kammer? Vögel, Hirsche, ein Bach – da, endlich, die Pferde! Anna warf die Tür hinter sich zu und setzte sich auf den gepolsterten Stuhl. Allmählich kam sie wieder zu Atem, und als Heinz schließlich anklopfte, saß sie ruhig lächelnd auf dem Stuhl, als hätte sie dort auf ihn gewartet.

»Und?« Anna sah ihn fragend an. »Hast du deiner Mutter Bericht erstattet? Was sagt sie zu mir – zu uns?«

Heinz seufzte, blass und müde sah er aus. »Begeistert war sie nicht. Aber sie wird sich daran gewöhnen. Vielleicht solltest du eine Weile mit dem Gesinde essen.«

Anna starrte ihn mit großen Augen an. »Und du? Isst du auch dort?«

Er nestelte an seinem Gürtel. »Ich leiste ihr Gesellschaft. Es ist doch nicht für lange.«

Anna schluckte, dann nickte sie. »Gut, bis sie sich an mich gewöhnt hat.«

Die edlen Speisen und die Becher aus Glas waren Anna immer noch nicht vertraut. Obwohl sie mit dem Gesinde in der Küche gegessen hatte, hatte ihr Fanny immer die besten Stücke gereicht, und sie hatte als Einzige vom Geschirr der Herrschaft gespeist. Anfangs hatten die anderen sie neidisch beäugt, dann, nach einer Weile, nur noch mitleidig. Und inzwischen war sie eine von ihnen, denn sie teilte ihre Sorgen und Späße Tag für Tag. So war es nicht verwunderlich, dass das ganze Haus heute summte wie ein Bienenstock. Es wurde Hochzeit gefeiert!

187

Der Wein floss reichlich, das Bier zeigte Wirkung, und alle waren gelöst und fröhlich. Das warme Spätfrühlingswetter tat ein Übriges, ein jeder vergnügte sich. Einzig Heinz und Anna saßen auf der Bank vor der festlichen Mahlzeit und konnten sich nicht recht freuen. Martha, Heinz' Mutter, hatte Anna in der Zeit vor der Hochzeit kein einziges Mal zu sich gebeten, als habe sie immer noch gehofft, dass Anna einfach verschwand. Selbst an einem Tag wie diesem ließ sie sich nicht blicken. Heinz war kein Vorwurf zu machen, er hatte alles versucht, um Anna seiner Mutter näherzubringen. Vergeblich. Lange hatte sie krank zu Bett gelegen, und als sie endlich wieder aufgestanden war, hatte sie sich geweigert, im Geschäft zu helfen. So hatte Anna ihre Stelle eingenommen, was ihr nur recht war. Je mehr sie arbeitete, umso weniger Zeit blieb für trübe Gedanken. Doch Heinz war so blass und sah so traurig aus, dass Anna ihm schon zweimal angeboten hatte, die Verlobung zu lösen. Aber er hatte abgelehnt. Bedrückt kaute Anna auf einer Hühnerkeule herum. Sie war zart und gut gewürzt, aber die Bissen blieben der Braut in der Kehle stecken.

Plötzlich eilte Fanny herbei und flüsterte Heinz etwas ins Ohr. Jäh schoss ihm die Röte in die Wangen, und er sprang auf.

»Komm, Liebste! Mutter möchte dich sehen.«

Anna sandte ein stummes Dankgebet zum Himmel, während sie Fanny flüchtig umarmte.

»Ich freu mich, dass du da bist. So kommt ein wenig Frohsinn ins Haus«, flüsterte die Magd. »Kinderlachen wär schön, wenn du es einrichten kannst«, fügte sie hinzu. »Und nun beeil dich, Frau Martha wartet nicht gern …«

Annas Herz pochte so laut, dass sie fürchtete, jeder könne es hören. Endlich konnte sie Heinz' Mutter zeigen, dass sie die Richtige für ihren Sohn war. Sicher, sie hatte die Hausherrin einige Male vorbeigehen sehen, aber Martha war nie stehen geblieben, um sie anzusprechen, und ihr selbst hatte es nicht zugestanden, als Erste das Wort zu ergreifen. Also hatte sie Tag um Tag gewartet, dass sich etwas änderte. Und heute war es so weit. Heinz schien das Gleiche zu denken.

»Siehst du, nun, da es endgültig ist, lenkt sie ein, wie ich es vorausgesagt habe«, raunte ihr Heinz zu.

Anna nickte nur. Sie hatte nicht mehr geglaubt, dass seine Mutter nachgeben werde, und so erlöst, wie Heinz aussah, war er wohl auch nicht gänzlich überzeugt gewesen. Aber das war inzwischen gleichgültig. Martha wollte sie kennenlernen, nur das zählte.

Da war die Tür! Nach dem ersten Klopfen wurden sie sofort hineingebeten – Martha erwartete sie schon.

Anna erhaschte einen kurzen Blick auf das kostbare Gebende, neben dem die faltigen Wangen weiß hervorquollen, und auf die unnatürlich roten Lippen, dann senkte sie den Blick und zeigte den heimlich geübten Knicks. Erst als sie angesprochen wurde, hob sie den Blick wieder und lächelte die Schwiegermutter an. Heinz stand neben Martha und nickte ihr aufmunternd zu – der Knicks schien ihm gefallen zu haben.

»Du bist also Anna.«

Wurde eine Antwort erwartet? Wohl kaum, denn schon fuhr die alte Frau fort.

»Ich will ehrlich sein. Erfreut war ich nicht über die Wahl meines Sohnes. Weiß Gott, mit welchem Zauber du ihn belegt hast. Ich finde immer noch« – sie warf Heinz einen scharfen Blick zu –, »Helene wäre die bessere Wahl gewesen.« Martha seufzte. »Aber den Umständen entsprechend ist es wohl besser, wenn wir uns kennenlernen.«

Anna wusste nicht, was sie darauf antworten sollte, also nickte sie nur ergeben.

Heinz' Mutter trat an den Tisch. Da erst sah Anna sich in der Stube um. Alles war deutlich größer als in ihrer eigenen Schlafkammer, und Martha hatte gleich vier gepolsterte Stühle um den Tisch stehen! Kein Wunder, dass Heinz' Mutter sich eine andere Frau für ihren Sohn gewünscht hatte. Die beiden gehörten offensichtlich zu den angesehensten Bürgern der Stadt.

»Lasst uns alle Bedenken vergessen und mit einem Umtrunk auf bessere Tage anstoßen«, schlug Martha vor und reichte Anna und Heinz je ein Glas, bevor sie selbst ein drittes ergriff.

»Auf euch und eine gelungene erste Nacht!«

Anna hob das Glas an die Lippen wie die beiden anderen auch, aber sie hatte heute, ganz gegen ihre Gewohnheit, schon einige Becher Bier getrunken, und der Geruch des Weines stieß ihr sauer auf. Doch sie wollte nicht unversöhnlich erscheinen und tat so, als nippe sie an dem Getränk. Mit fahrigen Bewegungen leerte Heinz sein Glas zur Hälfte.

Martha lächelte Anna an. »Komm, ich habe etwas für dich.« Sie stellte ihr Glas auf den Tisch und trat zu einem Schrank am Fenster. Anna folgte ihr.

Das Licht der Abendsonne fiel durch die grünen Glasfenster und tauchte Martha in ein unwirkliches Licht. Sie kramte im Schrank und überreichte ihrer Schwiegertochter zwei kleine Geschenke.

»Der Fingerhut ist ein Erbstück aus unserer Familie. Und den Stechring habe ich für dich anfertigen lassen.«

Anna nahm die kleinen Werkzeuge entgegen und war gerührt. Ein Fingerhut mit fein geritztem Muster aus Blumen leuchtete auf. Sie steckte ihn an – er war wie für sie gemacht. Auch der Ring passte wie angegossen.

»Danke, das ist sehr großzügig …« Sie suchte Heinz' Blick und sah die Erleichterung in seinen Zügen.

»Ich bin froh, dass wir uns ausgesprochen haben. Und nun will ich euch nicht länger aufhalten. Sicher drängt es euch, ins Brautbett zu kommen. Ich werde nicht dabei sein, ich bin müde. Lasst uns austrinken.«

»Mutter …« Heinz nahm die alte Frau am Arm, und Anna hörte noch die ersten Worte, bevor er seine Stimme zu einem Flüstern senkte. »Danke, dass du sie endlich …«

Anna wandte sich wieder dem Tisch zu. Welches Glas war für sie bestimmt gewesen? Das halb geleerte war es nicht. Diese Becher aus Glas sahen sich zum Verwechseln ähnlich. Das da, das war wohl das ihre. Anna nahm es in die Hand.

Was Heinz ihr ins Ohr geflüstert hatte, schien seine Mutter erfreut zu haben. Geradezu übermütig und mit roten Flecken auf den weißen Wangen trat sie an den Tisch.

»Leert eure Gläser, und dann ab ins Brautbett!«, rief sie. »Und schenkt mir Enkel!« Als Heinz lachte, zwinkerte sie sogar und leerte den Becher in einem Zug. Anna war so erleichtert, dass sie es ihr nachtat. Der Wein schmeckte besser, als er gerochen hatte. Sie musste nur noch die erste Nacht hinter sich bringen, dann würde alles gut werden.

Anna fühlte sich unwohl in dem langen Nachthemd vor den vielen Gaffern. Fanny hatte das Bett mit einem strahlend weiß gebleichten Laken bezogen und sich dann kichernd zu den anderen gesellt. Gut, dass Heinz so wohlhabend ist, dachte Anna, so haben wir wenigstens Vorhänge am Bett. Sie zog die Decke bis zum Busen herauf. Heinz schlüpfte in seinem Schlafhemd unter die Decke. Mägde und Freunde von Heinz und seiner Mutter standen mit in der Kammer, tranken und lachten. Sie würden den Vollzug der Ehe bezeugen.

»Schließ den Vorhang!«, bat Heinz. Seine Stimme klang rau. Anna schluckte und tat, wie ihr geheißen. Alle Frauen machten das durch, warum war sie nur so ängstlich? Sie hätte darauf vorbereitet sein müssen, aber als sie Heinz' Lippen am Hals und eine Hand auf der Brust spürte, zuckte sie zusammen und wurde steif wie ein Brett. Der Druck der Hand ließ nach, auch die Lippen am Hals bewegten sich nicht mehr. Sie schalt sich eine dumme Kuh und sprach sich selbst gut zu. Warum stellte sie sich nur so an?

»Es ist gut, mach weiter«, flüsterte sie. Doch Heinz antwortete nicht.

Hatte sie ihn beleidigt?

»Heinz? Heinz!« Statt einer Antwort vernahm sie ein lautes Geräusch. Heinz war eingeschlafen und schnarchte.

Welche Schande! Und draußen standen sie alle, Fanny und Heinz' Freunde. Brühwarm würden sie Martha erzählen, dass er die Ehe nicht vollzogen hatte. Sacht rüttelte Anna ihren Mann, doch der wachte nicht auf.

Eine Stimme drang durch den Vorhang. »Was ist, seid ihr fertig?«

»Nein, wir ... es dauert noch«, stammelte Anna.

»Uns kommt's fast so vor, als hätten wir ihn schnarchen gehört ...« Gelächter. Anna biss sich auf die Unterlippe. Tränen der Enttäuschung liefen ihr über die Wangen. Erst hatte sie sich davor gefürchtet, und nun weinte sie, weil er es nicht getan hatte.

Außerhalb des Vorhanges entstand Unruhe.

»Was sagst du?« Aufgeregtes Geflüster und Gelaufe drangen durch den Stoff. Die Tür schlug. Stille, dann wieder Getrappel und Getuschel, schließlich ein Schrei.

»Oh, mein Gott!« Fannys Stimme.

»Er muss es erfahren!«

»Jetzt gleich?«

»Natürlich! Heinz, Heinz! Wir haben dir etwas zu sagen.«

Er antwortete nicht, er schlief tief und fest. Anna zog den Vorhang auf und wischte sich die Tränen aus den Augenwinkeln.

»Er wird nicht antworten. Er schläft.«

Bestürzte Gesichter wandten sich erst ihr, dann Heinz zu.

»Weck ihn!«, verlangte Heinz' Freund Karl grob.

»Ich habe es versucht. Er ... er wacht nicht auf.«

»Lass mich das machen!«

Karl schob Anna zur Seite und packte ihren Ehemann an der Schulter. Er rief und rüttelte, vergeblich.

»Das ist seltsam.«

»Was ist geschehen?«

»Heinz' Mutter ist tot. Eine Magd hat sie gerade gefunden.«

Anna saß auf der Bank neben Fanny und genoss die Wärme der Feuerstelle. Die Abende waren auch im Spätfrühling noch empfindlich kalt. Tagsüber dagegen war es recht warm, und bei der Beerdigung hatte sie auf dem Weg zum Grab sogar geschwitzt. Anna seufzte.

»Was hast du, Kind?« Fanny legte die Spindel weg und strich Anna sanft über das Haar.

»Ich weiß einfach nicht, was ich tun soll. Es ist schon eine ganze Weile her, und er hat seitdem kein Wort mit mir gesprochen.«

»Warte einfach ab, Kindchen. Er ist gerade nicht er selbst, er trauert. Mutter und Sohn haben sich wirklich nahegestanden.«

Anna schüttelte unwillig den Kopf – das hatte Fanny schon so oft gesagt. Irgendwann musste er doch mit ihr reden. Ob sie ihn dazu zwingen sollte?

»Lass ihn besser in Ruhe, du weißt doch, was er mit Lina gemacht hat.« Fanny nahm den Kochlöffel und rührte den Eintopf um. Anna hob die Schultern. Lina hatte sich ihm an den Hals geworfen – einem verheirateten Mann während der Trauerzeit. Vermutlich hatte sie es verdient, dass er sie schlug und hinauswarf. Sie hingegen war sein Eheweib, und es war ihre Pflicht, ihn zu trösten. Doch dann schob sich Heinz' Bild vor ihr inneres Auge, wie er sie blass und vorwurfsvoll musterte, und der Mut sank ihr wieder. Heinz hatte sich seit der Beerdigung selten aus seinem Zimmer gerührt. Bei Bedarf hatte er mit einer Klingel geläutet oder nach dem Knecht gerufen. Vielleicht hatte Anna doch noch eine Zeit lang Geduld, bis ihr Ehemann den ersten Schmerz überwunden hatte.

Es klopfte an der Außentür.

»Wer mag das so spät noch sein?« Die Stimme der Köchin klang müde und erschöpft.

»Bleib sitzen, ich öffne.«

Gerade als Anna nach der Klinke greifen wollte, hörte sie von hinten eine Stimme, rau und fast nicht wiederzuerkennen.

»Das ist für mich. Geh!« Anna wandte sich um und erschrak. Dunkle Schatten lagen unter Heinz' Augen, und das Haar stand ihm wirr vom Kopf. Die Lippen waren rissig wie bei einem Kind mit Durchfall. Obwohl er sie böse anstarrte, tat er ihr leid.

»Heinz …«

»Geh, habe ich gesagt!«, brüllte er.

Bär stand neben Anna, und ein wölfisches Knurren stieg aus seiner Kehle auf. Anna wollte ihn am Halsband wegzerren, aber er wich nicht von der Stelle. Mit hochrotem Gesicht starrte Heinz den Hund an.

»Sei still! Komm, ich gebe dir …« Anna zog und zerrte, aber nun fletschte Bär auch noch die Zähne.

Es klopfte noch einmal.

»Aus dem Weg, widerwärtiger Köter!« Heinz trat mit voller Wucht zu. Der Hund jaulte laut auf, und Anna schossen Tränen in die Augen.

»Bring ihn weg, sonst ist's um ihn geschehen.«

Heinz' Stimme klang ruhig, fast beiläufig, aber Anna glaubte ihm aufs Wort. Sie zog erneut, und das Wunder geschah. Bär ließ sich von ihr zur Seite führen, wenn auch widerstrebend.

Heinz öffnete die Tür.

»Helene. Schön, dass du trotz allem gekommen bist. Tritt ein …«

Anna traute ihren Ohren kaum. Da war er, der freundliche Ton, den sie so vermisste, und er sprach zu … Helene?

»Das ist doch selbstverständlich – nach allem, was du durchgemacht hast.«

Die Besucherin strich sich über das dünne Haar und hielt Anna ihren Umhang hin. Anna starrte die Frau verständnislos an.

»Nun nimm schon, dummes Ding! Soll ich hier noch länger warten?«

Verdattert nahm Anna den Mantel entgegen, während Helene Heinz in dessen Arbeitszimmer folgte und die Tür hinter sich schloss.

Wohin mit dem Umhang?, fragte sich Anna. Diese Frau war doch auf Marthas Beerdigung gewesen. Helene? Wo hatte sie den Namen schon einmal gehört? Sie faltete den Stoff ordentlich zusammen und legte ihn auf einen Stuhl. Ob zu hören war, was Heinz und die Frau miteinander sprachen? Anna legte ein Ohr an die Tür. Wenn er sie hier ertappte, würde er sehr zornig werden, aber das nahm sie in Kauf. Er hatte Bär getreten!

»… keinen Tag länger aus. Dafür brauche ich jemanden, dem ich vertraue.«

Die Besucherin schien zu antworten, doch Anna hörte nur Gemurmel. Auch als sie das Ohr noch fester ans Holz presste, war nichts zu vernehmen.

Erst als Heinz wieder sprach, drangen seine Worte klar durch die Tür. »Ich danke dir. Wenn ich zurück bin, sprechen wir über alles andere.«

Schritte näherten sich der Tür, und Anna schlich sich zur Küche zurück. Gerade noch rechtzeitig. Sie hatte die Tür erst halb geschlossen, als Helene aus dem Arbeitszimmer stolzierte, nach ihrem Umhang griff und einen langen Blick in die Runde warf. Sie schüttelte den Kopf und wandte sich halb zu Heinz um.

»Hier ist einiges zu tun.«

»Lass uns bitte später alles bereden«, raunte er.

Helene sah ihn an und wollte weitersprechen, doch Heinz schüttelte den Kopf und öffnete ihr die Tür.

»Wie du willst. Gute Nacht«, sagte die späte Besucherin und verließ das Haus.

»Gute Nacht, Helene.«

Heinz schloss die Tür und wandte sich um. Anna wartete, dass er etwas sagen würde, doch er ging an der halb offenen Tür vorbei, ohne sie auch nur eines Blickes zu würdigen.

Bald darauf folgte Fanny dem Klingeln aus Heinz' Arbeitszimmer, und was Anna in den letzten Tagen so oft erhofft und zugleich gefürchtet hatte, traf ein.

»Er will mit dir reden.« Fanny zupfte Anna eine Fluse vom Kleid. »Bedräng ihn nicht, er wird sich schon wieder fangen.«

Anna antwortete nicht. Was hätte sie Fanny auch sagen sollen? Dass es ihr inzwischen einerlei war, wie es mit Heinz weiterging? Dass sie einen Menschen, der ihren Hund trat, am liebsten gar nicht mehr sehen wollte? So schüttelte sie nur den Kopf.

Die Tür stand einen Spaltbreit offen, und Anna klopfte nicht, sondern trat einfach ein. Heinz stand am Fenster, die Arme hinter dem Rücken verschränkt, und sprach, als wäre sie nicht im Raum.

»Es wird Zeit für mich, nach Trier aufzubrechen. Des Kaisers bevorstehende Ankunft versetzt alle in helle Aufregung. Es wird Tuch gebraucht, nur das beste. Ich muss also reisen.«

Hätte sich Anna noch vor Kurzem gefreut, ihn sprechen zu hören, spürte sie nun nichts als dumpfe Leere. Sollte er doch verreisen – sie wäre froh, ihn eine Weile nicht sehen zu müssen.

Heinz wandte sich so unvermittelt um, dass Anna zusammenzuckte. »Du wirst mich begleiten«, ordnete er an.

Warum? Erst mied er sie tagelang, und auf einmal wollte er sie auf seine Geschäftsreise mitnehmen? Ihr schauderte bei dem Gedanken.

»Wenn du gestattest, bliebe ich lieber in Köln. Es ist … mir ist nicht nach Reisen zumute. Lass mich doch hier im Haus nach dem Rechten sehen«, schlug sie vor.

Der harte Ausdruck auf Heinz' Gesicht wich einem Lächeln.

»Anna, ich weiß, ich war nicht ich selbst in der letzten Zeit. Vielleicht hilft uns die Reise nach Trier, alles wieder … in Ordnung zu bringen. Pack deine Sachen, wir brechen morgen früh auf.«

Widerwillig fügte sich Anna. Er war ihr Ehemann – was blieb ihr anderes übrig? Aber in dieser Nacht, mit der gepackten Truhe und dem Reisebeutel am Fußende des Bettes in der Gästekammer, die sie immer noch bewohnte, schlichen sich Zweifel wie dunkle Schatten in ihre Träume. Als sie endlich Schlaf fand, schreckte sie immer wieder wimmernd hoch.

Es war ein wundervoller, sonniger Morgen, der aller Bedenken spottete. Das Fuhrwerk stand schon an der Treppe, und die Knechte hatten die Reisekisten und Stoffballen sicher verstaut. Fanny drückte Anna ein verknotetes Tuch mit warmem Inhalt in die Hand, von dem der würzige Geruch nach frischem Brot ausging.

»Hier, Kind, frisches Brot und Käse, auch Schinken ist dabei.«

»Ach, Fanny, danke! Ich … mir ist immer noch nicht wohl dabei …« Sie brach ab, denn Heinz kam die Treppe herunter, einen letzten Ballen und seine Kurzwarentasche unter dem Arm. Bär knurrte, sobald er Heinz entdeckte.

»Der kommt nicht mit.« Heinz wies auf den Hund. »Er ist inzwischen zu groß. Außerdem verschmutzt er mir die teuren Stoffe.«

Anna betrachtete erst Bär, dann den Wagen. Es stimmte schon, der Hund war inzwischen groß geworden. Vorn konnte er nicht mitfahren, und er … nun ja, er roch nach Hund. Vielleicht war es wirklich besser, wenn er in dem voll beladenen Wagen nicht an den Stoffballen kratzte, weil er hinunter wollte, sonst trat ihn Heinz am Ende wieder.

Schweren Herzens übergab Anna Fanny die Leine.

Die Magd drückte ihr die Hand. »Ich werde ihn füttern«, versprach sie.

Anna strich Bär über das Fell. »Bis bald, mein Kleiner«, flüsterte sie und stieg auf den Sitz.

Der Wagen war gut gepolstert, und doch rutschte Anna eine ganze Weile hin und her, bis sie es sich halbwegs behaglich gemacht hatte. Heinz rutschte nicht herum. Mit geradem Rücken und übereinandergeschlagenen Beinen saß er an das Seitenbrett gepresst und sah überallhin, nur nicht zu ihr herüber. Die Häuser der Webergasse rumpelten vorbei, und Anna beugte sich vor, um einen besseren Blick auf den Waidmarkt zu haben. Stand um Stand reihte sich aneinander, die Pflanzen waren ordentlich auf Leinen gespannt, fertige Tinkturen sauber in Tongefäße abgefüllt und aufgereiht. Zu Annas Bedauern ging es gleich darauf links ab, dem Blaubach folgend. Sie staunte wieder einmal über die Größe dieser Stadt. So viele Häuser. Menschen mit Schafen am Strick oder Hühnern in Körben kreuzten ihren Weg. Schließlich erreichten sie den Wall. Wie lange war es her, seit sie in Köln angekommen war? Es kam ihr vor wie eine Ewigkeit. Die Straße beschrieb eine Biegung, und dann waren sie auf dem Land. Nebel waberte über den Wiesen. Eine Weile betrachtete Anna noch die Landschaft, dann wurde sie müde, lehnte sich zurück und schloss die Augen.

Ein Schlagloch, tiefer als die anderen, riss sie aus dem leichten Schlaf. Sie blickte zur Seite. Heinz hatte die Augen geschlossen, sein Brustkorb hob und senkte sich gleichmäßig.

»Heinz?« Als keine Antwort kam, betrachtete Anna ihren Mann genauer. Tiefe Schatten lagen unter seinen Augen, und eine düstere Falte stand auf der hohen Stirn. Der Tod der Mutter hatte ihm zugesetzt. War sie gestern noch wütend auf ihn gewesen, weil er Bär getreten hatte, keimte nun Mitgefühl in ihr auf. Sicher war er nicht ganz bei Sinnen gewesen. Eine neue Bodenwelle schüttelte die Insassen durcheinander. Heinz' Kopf sank auf die Seite, er runzelte im Schlaf die Stirn und stöhnte. Vielleicht träumte er schlecht. Sie würde ihn wecken.

Sie berührte ihn sacht am Arm und rief leise seinen Namen. Er zuckte nicht zusammen, er wirkte auch nicht verwirrt. Er öffnete nur die Augen und hob den Kopf.

»Du hast wohl schlecht geträumt …«, entschuldigte sie sich.

»Schon gut. Ich bin lieber wach.« Er musterte sie schweigend unter halb geschlossenen Lidern. Die Stille wurde ihr unangenehm – sie waren doch gerade auf einem guten Weg zueinander gewesen. Sollte sie das klärende Gespräch fortsetzen?

»Ich bin froh, dass wir wieder miteinander reden. Ich hatte schon Sorge« – sie schluckte –, »du könntest mir die Schuld an allem geben.«

Heinz richtete sich auf und starrte ihr ins Gesicht. »Bist du denn schuld?«, fragte er.

Anna schrak zusammen. Was wollte er damit sagen?

»N… nein, natürlich nicht. Ich war doch nicht einmal in der Nähe, als … als sie …«

»Nun, wenn dein Verhalten immer so tadellos ist, hast du nichts zu befürchten.« Er lehnte sich zurück. »Sei unbesorgt: Es ist nicht meine Aufgabe zu richten. Gott wird entscheiden, wer ohne Fehl war oder wer schuldig ist. Und sich damit die Hölle verdient.«

Er wandte den Kopf und blickte wieder über das weite Land, ruhig und gelassen, als hätte er nicht gerade über die Hölle und ihre Qualen gesprochen. Anna grauste es. Die Landschaft verschwamm vor ihren Augen zu braungrünen Flecken. Ihr war kalt, und am liebsten hätte sie geweint, aber das traute sie sich nicht in Heinz' Gegenwart.

Domschatten

Die Fahrt verlief offenbar wieder über gepflasterte Straßen. Anna versuchte ihre Umgebung genauer zu betrachten, sah aber nur wenig, denn inzwischen war es dunkel geworden. Eine Reihe von Laternen bildete einen langen Lichtbogen, und das Geräusch der Hufe und Räder klang seltsam hohl. Endlich begriff sie: Der Wagen fuhr über eine Brücke. Allmählich wurde das Gerüttel sanfter und endete schließlich ganz. Der Fahrer wandte sich um.

»Wir wären dann in Trier«, murmelte er.

»Trag die Truhen hinein, ich kümmere mich nachher um die Pferde.« Heinz stieg aus und wandte sich an Anna.

»Komm. Hier wohnen wir. Die Unterkunft ist sauber, ich war schon oft hier.«

Trotz des milden Abends zog Anna fröstelnd die Schultern

hoch. Heinz war schon vorangegangen, also ergriff sie ihr Bündel und folgte ihm.

Die Herberge lag am Flussufer und war gewiss so geräumig wie Heinz' Haus in Köln. Die Sträucher im Garten erfüllten die Nacht mit ihrem Duft und leuchteten so hell, dass sie auch im Dunkeln gut auszumachen waren. Volle und leere Fässer stapelten sich zu beiden Seiten der Treppe – offenbar stiegen hier viele Gäste ab. Die Fenster waren freundlich erhellt; zitternd spiegelten sich die Lichtflecken im dunkel und träge dahinfließenden Wasser. Anna stieg hinter Heinz die hölzernen Stufen hoch und folgte ihm durch eine breite Tür. Stimmengemurmel und Gelächter schlugen ihr entgegen, zusammen mit einem Schwall warmer Kochdünste. Doch Anna verspürte keinen Hunger. Noch immer war ihr unwohl bei dem Gedanken an das Gespräch im Wagen. Wie hatte Heinz seine Worte nur gemeint?

Heinz war vor einem Mann stehen geblieben, der mit seiner Leibesfülle die Ausmaße der Eingangstür zu rechtfertigen schien. Einen Lappen in der einen, mehrere Krüge in der anderen Hand, wischte er sich über die schweißnasse Stirn, dann nickte er, wies in eine Sitzecke und fuhr mit dem gleichen Tuch über die Tischplatte.

»Schön, schön, Herr Heinz. Neue Tuche kaufen? Gute Geschäfte machen? Ist schon recht, dass Ihr wieder zu mir kommt. Ich mach Euch gleich das Zimmer fertig. Wieder das besondere Zimmer, eh? Wer ist denn die? Eine neue Näherin?«

»Danke, Wieland. Ja, das gleiche Zimmer wie immer. Wir nehmen auch zweimal Essen und Bier.«

»Verstehe.« Der Herbergsvater zwinkerte. »Kommt sofort.«

Anna biss sich auf die Unterlippe. Heinz hatte nicht einmal erwähnt, dass sie verheiratet waren. Zwar ging es diesen Kerl nichts an, aber dass der sie für irgendeine Näherin hielt, Heinz kannte, und ihnen nur eine Kammer anbot, war ein starkes Stück. Und Heinz hatte ihn nicht in die Schranken gewiesen. Anna blickte nicht einmal auf, als das Essen kam. Die Speisen lockten sie wenig. Sie wollte nichts mehr sehen und nichts mehr hören. Hatte sie vorhin im Wagen noch versucht, das lastende Schweigen zu brechen, war es ihr nun willkommen.

Die Kammer war schlicht, schien aber sauber zu sein. Grobe Bohlen bildeten die Wände – ein Steinhaus war die Herberge natürlich nicht. Eine Bettstatt in einer Nische, ein Tisch und zwei Stühle. Einzig die offene Feuerstelle war gemauert, und das kleine Feuer verbreitete wohlige Wärme. Eine abgenutzte Truhe stand in der Ecke, und für größere Gepäckstücke gab es sogar ein Kämmerchen, das sich verriegeln ließ. Der Fuhrmann hatte das Reisegepäck mitten im Raum abgestellt, und Heinz schob die schweren Stücke zur Seite, um ein wenig mehr Platz zu schaffen.

»Willst du die schwereren Truhen nicht in den Verschlag stellen?«, fragte Anna, um überhaupt etwas zu sagen.

Heinz musterte sie, als warte er auf etwas, und schüttelte den Kopf.

»Sie bleiben hier – es lohnt nicht.«

Heinz entzündete alle Lichter in der Kammer, es waren mehr als ein halbes Dutzend. Dann öffnete er eine der Reisetruhen, entnahm ihr ein Bündel und einen Beutel. Beides legte er vor Anna auf den Tisch.

»Ich habe noch zu tun. Bevor die Verkäufe beginnen, muss ich mich über die gerade üblichen Preise in Trier erkundigen.« Er wies auf den Beutel. »Mein bester Umhang! Dazu Nadel und Faden. Das Tuch ist zerrissen und muss bis morgen genäht sein. Ich brauche den Umhang für die Abschlüsse. Schaffst du das?«

Wieder dieser Blick. Anna fröstelte in der warmen Stube.

»Ich will es versuchen.«

»Gut.« Kein weiteres Wort, keine freundliche Geste. Die Tür schlug zu, dumpfe Schritte auf altem Holz entfernten sich, dann war sie allein mit ihren Gedanken.

Wie sollte sie Heinz von ihrer Lauterkeit überzeugen? Seit sie in sein Haus gekommen war, war es seiner Mutter stetig schlechter gegangen – und dann war sie am Tag der Hochzeit gestorben. Er musste doch denken, dass sie seiner Mutter Unglück gebracht hatte. Aber selbst als Martha sie so schlecht behandelt hatte, hatte Anna ihr nichts Böses gewünscht. Sie nahm den Umhang aus dem Beutel. Herrje, der hing ja halb in Fetzen! Wo war Heinz denn damit hängen geblieben? Mit dem Flicken wäre sie einige Stunden lang beschäftigt. Sie schätzte die Fadenlänge und biss das Garn ab. Sollte sie noch einmal das Gespräch mit ihm suchen? Aber würde das helfen? In der Kammer nebenan rumpelte es. Ob ihre Nachbarn auch so unglücklich waren wie sie? Oje, der Riss verlief sogar über die Hauptnaht! Anna stieß die Nadel durch die dicken Stofflagen auf Höhe der Naht und stach sich mit voller Wucht in den linken Zeigefinger. »Au!« Es war auch schwierig mit der falschen Hand. Vielleicht sollte sie die Linke gebrauchen? Wer konnte sie dabei schon beobachten? Heinz war unterwegs, und wenn er zurückkam, waren seine Schritte auf den alten Dielen sicherlich weithin zu hören. Sie saugte das Blut vom Zeigefinger und nahm die Nadel in die Linke. Sie hatte erst einige Stiche genäht, als es im Nebenzimmer abermals polterte, diesmal so laut, dass sie zusammenzuckte. Dröhnende Schritte wurden laut, unmittelbar vor der Tür. So schnell, dass Anna die Näharbeit nicht mehr aus der Hand legen konnte, sprang die Tür auf. Heinz stand auf der Schwelle, das Haar zerzaust, die Miene verzerrt. Anna fuhr vom Stuhl hoch, ließ den Umhang fallen und verkrampfte die Hände hinter dem Rücken. Hatte er sie mit der Linken nähen sehen? Angst, die gleiche Angst, die sie damals an der Graft in Jever empfunden hatte, stieg in ihr hoch und schnürte ihr die Kehle zu.

»Ich wusste es, sie hatte recht! Du bist eine Hexe!«, brüllte Heinz.

»Was? Ich … ich bin keine … Wie kommst du auf solch einen Gedanken?«

»Martha hat es gesagt. Verzaubert hast du mich! Nicht Herr meiner Sinne bin ich gewesen. Und Helene ist auch davon überzeugt. Es sei nicht natürlich, nach so langer Zeit einfach ein Eheversprechen zu lösen, sagt sie. Da seien böse Mächte am Werk gewesen. Und jetzt habe ich den Beweis.«

»Welchen Beweis?« Anna hätte sich ohrfeigen können, dass ihre Stimme zitterte. Sie wollte nicht so klingen, als fühle sie sich schuldig. Aber sie hatte mit links genäht, Grund genug für Ratsherren wie Gilbert, einen Menschen der Hexerei zu verdächtigen. Hatte Heinz sie beobachtet?

Er kam auf sie zu, groß, bedrohlich, und breitete die Arme aus, als wolle er sie am Fliehen hindern. Schritt um Schritt näherte er sich, und Anna wich zurück.

»Diese Kammer hat ein Guckloch zum Nebenraum, damit man ... Einerlei, ich habe dich gesehen! Blut hast du getrunken aus deiner Teufelshand, ihn beschworen, damit dir die Arbeit schneller von der Hand geht ... Ich habe alles gesehen. Und der Wirt ebenfalls. Du hast mich verhext – ohne dich wäre Mutter noch am Leben!«, schrie er.

Unaufhaltsam drängte er sie zurück, und als Anna die Richtung erkannte, war es zu spät. Die Wand endete jäh, und sie stürzte rückwärts in die kleine Gepäckkammer.

»Das wirst du büßen, du bringst Unglück und Tod über alle, die du kennst. Ich verfluche dich!«

Die Tür schlug zu, der Riegel wurde vorgeschoben. Anna keuchte vor Entsetzen. Sie wollte nicht allein im Dunkeln kauern ...

»Du kannst mich doch nicht einsperren!«, schrie sie.

»Es ist nicht für lange«, kam die Antwort nach kurzer Stille. »Nur bis die Schergen des Rates dich holen. Ich werde dich anzeigen.« Dann fiel die Tür des Gastzimmers wieder zu.

Die Kammer bot gerade genug Platz, um zwei Schritte hin und her zu gehen, und war so dunkel, dass Anna die Hand nicht vor den Augen sah. Einzig die Ritzen zum Hauptraum ließen kleine Lichtstrahlen durch. Würde Heinz sie wirklich beim Rat anzeigen?

Vielleicht wollte er sie nur erschrecken, vielleicht meinte er es ernst. Sicher war, dass Anna nicht wie ihr Vater warten würde, bis man sie holte. Doch wie sollte sie entkommen? Und wie lange würde Heinz brauchen, um den Ratsvorsteher zu finden? Konnte sie die Tür einfach aufstoßen? Anna raffte den Rock und warf sich gegen die Tür. Die erbebte, öffnete sich aber nicht. Wie hatte nur der Riegel ausgesehen? Ein Auflegeriegel war es gewesen, und stabil hatte er ausgesehen. Sie sank zu Boden und tastete ihn ab. Holziger Staub drang ihr in die Nase und reizte sie zum Niesen. Dann stach sie sich an einem hervorstehenden Span. Anna setzte sich auf den Boden, und heiße Tränen rannen ihr über das Gesicht. So ein gemeiner Kerl! Nichts, aber auch gar nichts hatte sie sich zuschulden kommen lassen. Aber das würde ihr niemand glauben, man würde sie einem Gottesurteil unterziehen und in den Tod schicken. Marie hatte recht gehabt: Es kümmerte Gott nicht, ob ein Mensch schuldig war oder nicht.

Grauen stieg in ihr auf. Was, wenn man eine Feuerprobe an ihr vollzog? Schon sah sie sich an einen Pfahl gefesselt, Heu und Holz unter sich, sah, wie der Ratsherr einen Kienspan anlegte und … Der Span! Fieberhaft suchte sie in der Dunkelheit, bis sie sich ein zweites Mal stach. Doch statt zusammenzuzucken, lachte sie leise auf. So musste es gelingen! Sorgsam, um möglichst viel Länge zu gewinnen, löste sie den Span von der Holzbohle und hielt das geeignete Werkzeug in der Hand. Sie wählte die Stelle, an der Licht durch den Spalt fiel, und schob den Span hindurch. O nein, er steckte fest! Ruhig!, ermahnte sie sich. Langsam, sonst bricht er. Vorsichtig fingerte sie das schmale Hölzchen wieder aus dem engen Spalt hervor. Sorgfältig tastend zog sie alle überstehenden Splitter ab und versuchte es erneut. Der Span passte! Behutsam schob sie das Hölzchen mit beiden Händen höher und höher. Ein Widerstand. Schweiß trat ihr auf die Stirn, und die Schultern schmerzten vor Anspannung. Stück um Stück hob sich der Riegel, dann war es geschafft. Befreit vom haltenden Riegel, sprang die Tür auf, und Anna fand sich im Licht der Kammer wieder.

Wohin? Anna stand auf dem Treppenabsatz, froh, hinter dem Rücken des Wirtes durch den Schankraum entkommen zu sein. War er eingeweiht? Hinunter von den Stufen! Der Abendwind trug Stimmen von weither durch die laue Luft.

»Es ist nicht weit, Ihr sollt sie ja nur befragen. Wir können … dem Rat überantworten.«

Alles hatte sie nicht verstanden, aber diese Stimme hätte sie unter Dutzenden wiedererkannt. Heinz! Sie fuhr zusammen und sah sich um. Die Fässer! Bemüht, keinen Lärm zu erzeugen, zwängte sie sich zwischen zwei dickbäuchigen Fässern hindurch in den Hohlraum unter der Treppe. Hier kauerte sie sich zusammen und hielt den Atem an. Der Beutel, wo war ihr Beutel? Der Stoff leuchtete blau durch den Spalt zwischen den Fässern hindurch. Aus Versehen hatte sie ihn losgelassen. Rasch fuhr sie mit der Hand durch die Lücke nach draußen. Greifen und Ziehen war eins. Keuchend presste sie ihre Habe an die Brust – hatte man sie gesehen?

Eine Weile geschah nichts, dann war ein Husten zu hören, gefolgt von ohrenbetäubendem Gerumpel. Wie gebannt starrte Anna auf die Fässer, doch die rührten sich nicht. Sie spähte nach oben und schloss erleichtert die Augen – die Treppe! Das Gerumpel kam von der Treppe. Ein Knall. Die Tür zur Herberge war zugeschlagen worden. Anna zwängte sich durch den Spalt nach draußen, holte tief Luft und rannte, so schnell sie ihre Füße trugen, hinein in die fremde Stadt, die vor ihr im Dunkel lag.

In Trier roch es genauso übel wie in Köln. Das Geräusch ihrer Ledersohlen auf dem Pflaster dröhnte Anna in den Ohren, aber sie wagte nicht, langsamer zu werden. Heinz würde toben, und er würde sie suchen. Laufen, nur laufen, auch wenn sie dabei in einen Haufen Schafmist trat. Um alles andere würde sie sich später kümmern. Der Atem wurde ihr knapp, das Herz schlug zum Zerspringen – wohin wollte sie sich wenden? Sie konnte doch nicht endlos aufs Geratewohl weiterrennen. Plötzlich endete die Gasse. Links oder rechts? Anna entschied sich für die rechte Seite und tauchte in die nächste Gasse ein. Da, die Lücke! Zwischen zwei Steinhäusern hielt sie inne und verschnaufte. Sie sah sich um. Die Gassen waren immer enger geworden, sie war offenbar in der Stadtmitte angelangt. Vorsichtig lugte sie aus dem Spalt hervor. In der Richtung, aus der sie gekommen war, gab es nichts zu sehen. Zur anderen Seite ragte ein kleiner Kirchturm hinter den Häusern auf. Von Verfolgern war nichts zu sehen, also wagte sie es und lief wieder los. In der Nähe der Kirche gab es sicher auch einen Marktplatz. Sie würde sich verstecken und am nächsten Morgen in der Menge untertauchen, bis sie aus der Stadt fliehen konnte.

Bei der Kirche angekommen, blieb Anna stehen und sah sich um. Still und menschenleer im Dunkeln, nur von einem großen Kreuz bewacht, schien der Marktplatz das rege Treiben des nächsten Tages zu erwarten. Sie wandte den Kopf – und erstarrte. Ein riesenhaftes Bauwerk, turmbewehrt, ragte in den tintenschwarzen Nachthimmel auf. Sie wusste sofort, worum es sich handelte. Ihr Vater hatte oft davon geschwärmt. So wie sie Gewänder schneidern wollte, hatte er davon geträumt, Baumeister eines Domes zu werden.

Und nun stand sie hier im Dunkeln, gejagt und verlassen, und erblickte mit eigenen Augen einen Dom. In Köln sollte die alte Domkirche auch durch ein solch großes Gotteshaus ersetzt werden, aber sie hatte nicht einmal die alte Domstätte zu Gesicht bekommen. Langsam, die Blicke unverwandt auf das erhabene Gebäude gerichtet, trat sie näher. Helle Steine, kleine und wahrhaft große Quader, wechselten sich im Mauerwerk ab. Sie legte den Kopf in den Nacken und spähte zum Turm hinauf. Ihr schwindelte. Diese Kirche reichte bis zu den Wolken, die vor dem Mond über den nächtlichen Himmel jagten, und war sicher für die Ewigkeit gebaut. Erst als Anna der Nacken schmerzte, wurde sie sich der Gefahr, in der sie schwebte, wieder bewusst. Sie fuhr zusammen und eilte um die Wölbungen und geraden Mauern des Domes herum, bis sie zum Seitenschiff gelangte. Hier, im Schatten der Bäume, war es noch dunkler als auf dem Domplatz. Die Fassade bildete eine schwarze Wand, aber Anna war das nur recht. Wenn sie nichts sah, sähe man sie auch nicht. Hier war sie sicher. In einem Mauerwinkel ließ sie sich auf den Boden gleiten und zog den Rock enger um die Beine. Mit dem Rücken an den kalten Steinen, die Arme um die Knie geschlungen, versuchte sie zu schlafen, doch die trüben Gedanken ließen sie nicht los. Eine Frage lauerte schon sprungbereit in ihrem Innern, seit ihr Ehemann sie in den Verschlag gesperrt hatte. Jetzt, da sie Heinz fürs Erste entkommen war, tauchte sie wieder auf: Was würde mit Bär geschehen?

So gründlich sie auch nachgrübelte, Anna fand keine Lösung. Bis sie zu Fuß zurück in Köln wäre, hätte Heinz den Hund längst weggegeben. Die paar Haushaltspfennige in ihrem Beutel hatte Fanny ihr beim gemeinsamen Marktgang zugesteckt, damit die Hausherrin, wie sie sie nannte, ihre Magd nicht um Geld für eine Pastete angehen musste. Doch für eine Wagenfahrt reichte das Geld nicht. Anna hatte gesehen, wie Heinz den Fahrer entlohnt hatte. Vielleicht sollte sie sich ihrem Mann stellen? Ihr schauderte. Wütend, wie er war, würde er sie verhaften lassen und den Hund töten. Was immer sie tat, Heinz hasste den Hund, er würde seine Wut an ihm auslassen. Sie war eine schlechte Hundeherrin. Und vielleicht hatte Heinz recht – vielleicht war sie einfach ein schlechter Mensch. Bär würde sterben. Ihr Vater war tot, Johann war tot, selbst die unschuldige kleine Marie war tot. Anna schossen Tränen in die Augen. Der Sternenhimmel blickte auf sie herab und schien sie zu verhöhnen. Gott selbst schien sie zu verhöhnen. Sie hatte es nicht besser verdient. Sie entzog sich seinem Urteil und saß jetzt hier, vor einem der größten und schönsten Bauwerke der Welt, auf das er gewiss wohlgefällig sein Auge richtete, wie ein Ungeziefer, das über ein frisch genähtes Laken kroch. Anna erhob sich, taumelte, stützte sich ab und ging den Weg zurück, den sie gekommen war. Entschlossen setzte sie einen Fuß vor den anderen. Sie würde sich stellen, sollte Gott zu Ende bringen, was er begonnen hatte. Er wollte, dass sie starb? Gut, dann sollte es so sein. Sie musste im Feuer sterben? Wenn er dieses Schicksal für sie erwählt hatte ...

Der Gedanke an das Feuer machte ihr Angst, und wie von selbst stieg ein Gebet aus ihrem wunden Herzen auf: *Lieber Gott, wenn du nicht willst, dass ich mich stelle, wenn du mich leben lassen willst, dann gib mir ein Zeichen! Ich werde mich auch von allen fernhalten, denen ich schaden könnte – besonders von Männern. Soll ich wirklich sterben? Gib mir ein Zeichen, ob ich leben darf!*

Sie war schon an der kleineren Kirche vorbei und näherte sich wieder dem Markt. Gerade als sie mit der Hand das glatt behauene große Kreuz berührte, begannen die lautesten Glocken zu läuten, die sie je gehört hatte. Das Zeichen! Wie befreit eilte Anna in den Schatten der Kirche. Sie kehrte nicht zum Dom zurück, sie war seiner nicht würdig. Aber hier, an den Mauern dieser Kirche, konnte sie Gott nahe sein und ihm auf Knien für sein Zeichen danken.

»Lageräpfel, glatt und rund! Zwiebeln, feine Rüben, Lageräpfel, ganz ohne Würmer! Zwiebeln, feine Rüben ...«

Marktgeschrei weckte Anna aus dem leichten Schlaf, in den sie gegen Morgen gesunken war. Es war eine unruhige Nacht gewesen. Trotz der milden Witterung hatte sie gezittert, ob vor Kälte oder Angst, hätte sie nicht zu sagen gewusst. Die Sonne war noch nicht um die Kirche herumgewandert. Gras, Büsche und Blätter, alles war voller Tau. Sie strich sich die Feuchtigkeit von den Ärmeln und vom Rock und stand auf. Eng ans Mauerwerk gepresst, versuchte sie abzuwägen, wie wahrscheinlich es war, Heinz hier zu begegnen. Würde er auf dem Markt nach ihr suchen? Der Hunger biss sich in ihren Eingeweiden fest wie eine Ratte. Ein wenig Geld hatte sie – warum nicht einen Apfel und Brot kaufen? Sie musste einfach achtsam sein, dann würde sie den Häschern nicht in die Arme laufen.

Scheinbar gelassen schlenderte sie auf den ersten Marktstand zu und sah sich dabei unauffällig nach allen Seiten um. Erst als sie sicher war, dass Heinz nicht unter den wenigen frühen Besuchern zu finden war, wagte sich Anna dem Stand auf Rufweite zu nähern. Die Händlerin, die sie mit ihren Anpreisungen geweckt hatte, hielt erst inne, als Anna dicht vor ihr stand.

»Äpfel? Zwiebeln oder Rübchen?«, fragte sie, das wettergegerbte Gesicht mit dem grauen Kopftuch schief gelegt wie ein Rabe, der auf die Saat erpicht ist.

»Zwei Äpfel. Hast du auch Brot?«, fragte Anna.

Das Gesicht der Frau schien nur aus Runzeln zu bestehen, und die Hände waren voller Flecken, aber ihre Blicke waren wach und ihre Bewegungen schnell.

»Sicher, sicher.« Die Alte zog einen Laib aus einem Korb, hielt ihn aber mit einer Hand fest und streckte Anna die andere offen hin. »Zwei Pfennige.«

Anna fuhr empört auf. Fanny hatte ihr erzählt, dass in der Stadt alles teuer sei, aber gleich so über alle Maßen?

»Gute Frau, ich gebe dir einen. Ich will ja nur ein Brot und zwei Äpfel, nicht den ganzen Korb.« Sie kramte einen Pfennig hervor und hielt ihn der Händlerin hin; in der anderen wog sie unauffällig ihren Beutel. Er war leicht, erschreckend leicht.

Sie spähte erneut auf dem Marktplatz umher. Es war noch früh, und ohne das übliche Gedränge ließ er sich gut überblicken. Nichts zu sehen. Trotzdem musste sie so schnell wie möglich das Weite suchen, aber mit den paar Pfennigen kam sie nicht aus der Stadt hinaus. Sie musste irgendwo Unterschlupf und ein Auskommen finden.

Die Frau hatte ihre Kundin nicht aus den Augen gelassen und blickte sich um, als sähe sie den Markt plötzlich zum ersten Mal.

»Hm.« Die Händlerin klaubte den Pfennig aus Annas Hand und reichte ihr das Brot. »Nimm. Aber erzähl's nicht weiter, hörst du?«

Anna nickte. Das Brot roch wunderbar, sie hätte am liebsten gleich hineingebissen, aber sie musste erst noch etwas fragen.

»Gute Frau …«

Die Alte unterbrach sie. »Hannah, Mädchen, Hannah!«

»Also ja, Hannah … Kennst du jemanden, der eine Näherin sucht?«

»Machst du Scherze?« Hannah rückte ihr Kopftuch gerade, und ihre Miene nahm einen argwöhnischen, fast bösartigen Ausdruck an.

»Ich wollte dich mit der Frage nicht in Verlegenheit bringen. Mein Geld geht zur Neige, und Nähen ist das Einzige, was ich …«

Hannah unterbrach sie schon wieder. »Du meinst es ernst, oder? Dummchen! In diesen Tagen findet eine flinke Nadel allemal einen Herrn. Jeder, der was auf sich hält, lässt sich bis zum Sommer ein neues Wams und der Frau ein feines Gewand nähen und scharwenzelt dann in Worms um den Kaiser herum. Sogar Meister Spierl sucht Näherinnen.« Die Frau drückte den Rücken durch, und der mächtige Busen schien noch üppiger zu werden. »Mein Sohn, der Jan, der geht bei ihm in die Lehre.«

Anna schüttelte verwirrt den Kopf. »Heißt das nun Ja?«

»Das heißt es wohl. Jeder, der eine Nadel halten kann, verdient sich was dazu.« Die Frau kratzte sich unter dem Kopftuch. »Wie gut bist du?«, fragte sie.

»Schnell und sauber. Und ich mache kleine Stiche. Schau, das Kleid habe ich auch genäht.« Sie ergriff den Rock beim Saum und hielt ihn der Händlerin entgegen.

Die Finger der Alten waren genau wie das Gesicht. Ledrig braun und faltig, betasteten sie den glänzenden blauen Stoff. »Feines Tuch! Warum musst du dich denn verdingen?«

Anna zögerte.

Hannah ließ den Rock los. »Na, mir soll's einerlei sein. Nähen kannst du jedenfalls, das seh ich wohl. Versuch es doch beim Spierl.«

Anna war es unwohl bei dem Gedanken, für einen Mann zu arbeiten. Hatte sie nicht gerade erst gelobt, sich von Männern fernzuhalten? Sie musste mehr herausfinden.

»Dieser Spierl, ist er ein guter Schneider?«

Hannah wandte sich um und glotzte Anna mit weit aufgerissenen Augen an, dann schüttelte sie den Kopf.

»Kindchen, du bist wahrlich nicht von hier. Spierl ist nicht irgendein Schneider, er ist *der* Schneider. So feine Gewänder schneidert er, dass er für Könige … ach, was red ich … für den Kaiser schneidern darf.«

Anna stand der Mund offen. Erlaubte sich Hannah einen Spaß mit ihr? Verwirrt sah sie sich noch einmal um – kein Heinz in Sicht.

»Du glaubst mir nicht?«, ereiferte sich Hannah und stemmte die Hände in die Hüften. »Mein Sohn hat es mir erzählt. Spierl schneidert die Hochzeitsgewänder für Friedrich und Isabella. Mein Sohn muss es wissen – er arbeitet doch für den Meister.«

Anna hob beschwichtigend die Hände. »Doch, doch, ich glaube dir. Wo wohnt denn Meister Spierl?«

»Gleich hier rechts und dann die Gasse entlang. Weit ist es nicht. Das Haus ist … nun ja … anders als die anderen. Du wirst schon sehen, was ich meine.«

Ein Mann rempelte Anna an. Sie fuhr zusammen und ging auf Abstand, doch ihre Sorge war unbegründet – es war nicht Heinz.

»Entschuldige«, murmelte er. »Gib mir vier Brote und einen Sack Zwiebeln, Frau«, wandte er sich dann an Hannah.

Während die Händlerin ihm das Gewünschte reichte, sah Anna sich erneut um. Der Platz hatte sich gefüllt, und es war nicht mehr so einfach, die Menschenmenge zu überblicken. Da hieß es, sich sputen und dem Trubel entkommen. Sie brach ein Stück von dem Brot ab, es schmeckte köstlich. Frisch gebacken und nicht zu dunkel. Der Käufer zog endlich weiter.

Hannah beugte sich zu Anna herüber. »Der alte Spierl ist ein bisschen … seltsam. Bleib freundlich und hartnäckig, dann wird was draus.«

»Danke! Das Brot ist wirklich gut«, antwortete Anna.

»Ich weiß«, bestätigte Hannah stolz, ihr war anzusehen, dass das Lob sie freute. Sie nahm eine Rübe.

»Nimm die mit und sag, dass Hannah dich schickt. Vielleicht lässt er dich dann eher rein.«

Anna nickte freundlich zum Dank und machte sich auf den Weg. Erst einmal in die Richtung, die Hannah ihr gewiesen hatte, wohin auch sonst? Rechts vorbei am Marktkreuz, immer geradeaus. Sie brauchte eine Weile, bis sie begriff, wo sie sich befand. Es war die Gasse, durch die sie in der Nacht gelaufen war.

Ihr stockte der Fuß. Wollte sie wirklich weitergehen? War nicht jeder Schritt in Richtung der Herberge ein Schritt auf den Scheiterhaufen zu? Sie drückte sich in den Schatten der Häuser, die hier dicht an dicht standen. Von Heinz war immer noch nichts zu sehen, auch nichts von den Schergen des Rates. Keiner der Menschen, die geschäftig über das prächtige Pflaster eilten, schien sie zu beachten. Anna blickte zurück zum Markt. Ob sie bei Hannah aushelfen konnte? Aber was konnte sie? Brot backen am offenen Ofen? Sie schüttelte sich. Sie wollte schneidern. Oder zumindest nähen. Ein tiefer Seufzer, dann stand ihr Entschluss fest: Sie würde diese Gasse entlanggehen, bis sie das Haus des Gewandschneiders gefunden hatte, selbst wenn sie dabei bis auf Rufweite an die Herberge herankam.

Wo war die Schneiderwerkstatt bloß zu finden? Die Abzweigung in Richtung Herberge kam bedenklich näher. Endlich war Anna am Ziel – hier schien sie richtig zu sein. Ein Haus hob sich deutlich von den anderen ab. In der letzten Nacht war sie so aufgelöst gewesen, dass es ihr nicht aufgefallen war. Am helllichten Tag hingegen stach es ins Auge wie ein Ferkel im Hühnerstall. Gleich einem Turm erstreckte es sich eher in die Höhe als in die Breite. Der untere Teil wirkte irgendwie blind. Anna verschlug es den Atem – das Gebäude hatte keinen Eingang.

Sie schlich an der Fassade entlang. Vielleicht gelangte man von der Seite ins Treppenhaus? Nein, ohne Abstand war ein kleineres Holzhaus so dicht angebaut, dass keine Hand dazwischenpasste. Anna huschte an den Mauern entlang zur anderen

Seite. Dort das Gleiche! Vielleicht in der Gasse dahinter? Der Menschenstrom ringsum wurde immer dichter. Die Sonne suchte sich ihren Weg von den hohen Dächern herab bis zum Grund der Gasse und trocknete das ausgeschüttete Waschwasser vor den Eingangstüren. Schon so spät? Sie musste endlich einen Unterschlupf finden. Doch halt, was war das? Anna blinzelte abermals an der Fassade des Hauses hinauf, um den Stand der Sonne zu bestimmen. Dort, rechts neben den gemauerten Bogen, das war kein weiteres Fenster, das war eine Tür!

»Die Zugtreppe. Wer zum Meister will, kommt nur über die Zugtreppe hinauf.« Anna fuhr herum. Erst als sie ein Mädchen mit ausgestrecktem Arm nach oben weisen sah, wurde ihr bewusst, dass Heinz' Stimme anders geklungen hätte. Trotzdem sah sie sich nach allen Seiten um, bevor sie sich dem Haus erneut zuwandte. Wo sollte sie klopfen? Es half nichts, sie musste rufen.

»Meister Spierl!«

Anna merkte selbst, wie dünn und leise ihre Stimme klang, doch was, wenn ein anderer als Spierl sie hörte? Närrin!, schalt sie sich. Wenn du noch länger hier herumstehst, wirst du mit Sicherheit irgendwann entdeckt.

Sie fasste sich ein Herz. »Meister Spierl!«, rief sie laut.

Einige Augenblicke lang geschah nichts, und sie rang mit sich. Sollte sie sich noch einmal bemerkbar machen? Sie durfte es nicht. Man konnte sie weithin hören, und Heinz kannte ihre Stimme sicher so gut wie sie die seine. Endlich schwang die kleine grüne Tür neben der Treppe knarrend auf, und Anna seufzte erleichtert. Ein Kopf, an dessen Seiten das kurze weiße Haar wirr in alle Richtungen abstand, schob sich aus der dunklen Öffnung hervor. Anna konnte sich nicht entscheiden, ob der Kopf einem Mann oder einem Weib gehörte. Sollte das der berühmte Schneider sein?

»Meister Spierl?«

Ohne ein Wort zog sich der Kopf zurück, und die Tür knallte zu. Das Haus sah wieder so abweisend aus wie zuvor. Hannah hatte sie gewarnt, der Mann sei seltsam. Dass er sie allerdings nicht einmal anhörte, darauf war Anna nicht gefasst gewesen. Sie traute sich nicht, noch einmal zu rufen, ließ die Schultern hängen und wollte schon gehen.

Da knarrte die Tür ein zweites Mal. Anna wandte sich um – die Tür stand wieder offen. Ein anderer Kopf, ebenfalls weiß behaart, aber eindeutig männlich, lugte aus der Öffnung hervor. Annas Herz raste. Vielleicht war dies der Meister?

Die Stimme hingegen klang seltsam hoch. »Was gibt's?«

»Meister Spierl?«

»Natürlich Meister Spierl, wen hast du erwartet in meinem Haus, du dummes Ding?«

Es war Anna gleichgültig, ob er freundlich oder unfreundlich war. Spierl brauchte Näherinnen, und er war Gewandschneider. Sie war so dicht vor dem Ziel …

»Bitte, Meister, stellt mich als Näherin ein! Ich bin fleißig – und sauber.« Sie sandte ihren schmeichelndsten Blick nach oben. Selbst den Wunsch, sich umzusehen, unterdrückte sie – wenn sie den Meister aus den Augen ließ, schlug er vielleicht die Tür wieder zu. Der Kopf des Alten zuckte hin und her und legte sich dann zur Seite.

»Komm nächste Woche wieder. Ich denke darüber nach.« Er wandte sich ab.

»Nein!« Anna hatte gellend laut gerufen, aber das war ihr gleich. Sie konnte nicht warten, sie brauchte eine Anstellung, und zwar sofort. Der Kopf wandte sich ihr zu.

»Bitte – ich brauche Arbeit, gleich. Ich bin gut. Seht her – dieses Kleid habe ich selbst genäht!«

Es war ein erbärmlicher Versuch. Anna wusste, dass der Mann von dort oben kaum die feinen Stiche erkennen konnte, auf die sie so stolz war.

»Dann bist du nächste Woche auch nicht schlechter. Heute habe ich keine Zeit für so etwas.« Doch statt die Tür endgültig zuzuschlagen, lehnte er sich vor und starrte auf das Kleid.

Annas Brust krampfte sich zusammen und machte ihr das Atmen schwer. Sie musste diese Arbeitsstelle bekommen! Zum ersten Mal in ihrem Leben stand sie vor einem *richtigen* Gewandschneider, er konnte, er durfte sie nicht wieder wegschicken. Hannah hatte vorausgesagt, dass es nicht einfach mit ihm würde. Anna erinnerte sich an das morgendliche Gespräch mit der Händlerin. Die Rübe!

»Hannah vom Markt hat mich empfohlen. Ich soll Euch dies geben, als Beweis für die Empfehlung.« Sie hielt die Rübe hoch.

Unschlüssig betrachtet der Meister abwechselnd die Rübe und Annas Kleid. Schließlich schob er den spindeldürren Leib ganz durch die Tür und griff nach der Kette für die Treppe. Trotz des Umlenkeisens fuhr ein Ruck durch die schmächtige Gestalt, als das Gewicht der Treppe auf die Kette sprang.

So etwas hatte Anna noch nicht zu Gesicht bekommen. Zwei hölzerne Wangen, ähnlich einer durchgeschnittenen Leiter, waren in der Mitte durch eine Stange verbunden, an deren Enden je ein Seil befestigt war. Die beiden Seile liefen zu einer Kette. Mit jedem Nachlassen der Kette spreizten sich die Hälften über ihrem Kopf mehr, bis schließlich eine schräg an die Hauswand gelehnte Leiter daraus geworden war.

Spierls Ächzen wurde rhythmisch vom Rattern der Kette übertönt, und mehr als einmal drohte er kopfüber aus der Luke zu stürzen. Als die Treppe endlich auf dem Pflaster aufgesetzt hatte, zerrte er ein Tuch aus dem Wams, wischte sich den Schweiß von der Stirn und musterte Anna mit einem Blick, als habe er vergessen, weshalb sie gekommen war.

»Soll ich zu Euch hinaufsteigen?«, fragte Anna und schirmte die Augen gegen die Sonne ab.

»Ich komme zu dir.« Mit steifen Schritten betrat er die steile Stiege, hielt aber sogleich inne, blickte über die Schulter zur Luke zurück, dann wieder zu Anna hinunter. Plötzlich wandte er sich um und huschte in den Eingang zurück.

»Komm du hoch!«, befahl er.

Anna hob die Schultern. Je eher sie die Straße verließ, umso besser. Rasch erklomm sie die Stiege und schlüpfte an dem Schneider vorbei ins Dunkel des Hauses. Der Gestank reizte sie auf der Stelle zum Würgen.

Eine unglaubliche Mischung aus Essensdünsten und etwas, das einfach alt roch, mischte sich mit Moder und dem Holzschimmelgeruch. Anna unterdrückte den Brechreiz und nahm sich zusammen. Meister Spierl war zurückgewichen und hatte einen Weidenzweig aus dem Gürtel gezogen, den er wie ein Schwert vor die dürre Brust hielt. Erst aus der Nähe sah Anna, wie klein der Gewandschneider wirklich war. Sein Kopf mit dem Kranz aus weißen Haarflusen endete auf der Höhe ihres Busens, und sein Haupt war deutlich kleiner als das ihre. Die Augen quollen ihm aus den Höhlen, als drücke ein Nachtmahr von innen dagegen. Nur der Kropf am dürren Hals war so dick, dass der kleine Kopf darauf hockte wie ein Kleinkind auf einem zu großen Schemel. Und dazu dieser Geruch. Anna atmete tief durch. Einerlei, sie würde nicht auf die Straße zurückkehren. Sie fasste den Saum ihres Kleides und hielt ihn ihm hin. Spierl griff danach und hob dabei den Rock – nun war es Anna, die zurückwich. Doch als sie sah, dass der Alte nur Augen für die Nähte, nicht aber für ihre Beine hatte, atmete sie erleichtert auf. Spierl zog die Nähte auseinander, tastete, wie flach die Übergänge waren, und rieb den Stoff zwischen den Fingern, dann nickte er.

Anna hielt ihm die Rübe hin. Spierl ließ den Rock los, griff nach dem Gemüse und schnüffelte daran. Der frische Geruch schien ihm zuzusagen, denn er legte den Kopf schief, biss vorsichtig die Spitze ab und wedelte mit der Weidenrute in Richtung der Tür.

»Komm!«, forderte er sie auf.

Und so betrat Anna zum ersten Mal das Haus eines echten Gewandschneiders. Der Alte führte sie in einen kleinen Saal, in dem gepolsterte Stühle standen und auf Kunden zu warten schienen. Truhen reihten sich entlang der Wand aneinander, und eine Schale mit Äpfeln verströmte einen angenehmen Duft, der tapfer gegen den üblen Geruch anzukämpfen schien.

»Weiter, weiter!«, drängte der Meister und wieselte durch eine Tür hinter dem Tisch. Ein Gang schloss sich an den Saal an, düster und drückend. Hier war der Mief so schlimm, dass Anna nur noch durch den Mund atmete. Sie folgte Meister Spierl, bis er eine Tür aufstieß und zur Seite trat, um sie vorbeizulassen.

»Warte da!«

Anna nickte wortlos.

»Wiffi.« Spierl hielt die Hände wie einen Trichter vor den Mund. »Wiffiiii! Wo steckt sie nur wieder? Altes Weib, nutzlose Magd …« Laut schimpfend entfernte er sich und verlor sich in dem dunklen Flur.

Anna sah sich in der kleinen Kammer um. Ein Tisch, vier Schemel, eine Truhe, ein Regal mit Geschirr, mehr passte nicht hinein. Einmal im Haus, war es Anna gleichgültig, wie lange sie warten musste. Heinz konnte draußen suchen, solange er wollte, hier drinnen war sie in Sicherheit.

Der Kopf, den sie schon gesehen hatte, als sie von der Straße aus gerufen hatte, saß auf einem Hals, der genauso dick war wie der von Meister Spierl. Das musste Wiffi sein. Alles an der alten Magd war dick: die Hängebacken, die klobigen Arme, der kugelrunde Bauch, die aufgequollenen Füße in den abgetretenen Schuhen.

»Guten Tag, ich heiße Anna.«

»Pff. Ein Weib. Was hat er sich dabei gedacht? Wo soll ich dich denn unterbringen, etwa bei den Gesellen?« Ohne ein weiteres Wort verschwand Wiffi wieder durch die Tür. Anna hörte sie im Flur noch eine Weile krächzen.

»Taddäus! Taddäus! Wen hast du da bloß angeschleppt …«

Was, wenn sich kein Platz für eine Frau fand? Was, wenn Spierl sie wieder wegschickte? Bei dem Gedanken daran kam Anna selbst der Geruch nicht mehr so schrecklich vor. Sie brauchte eigentlich nicht viel Platz und konnte auch auf der Küchenbank schlafen. Wiffi watschelte in die Kammer zurück und unterbrach Annas Gedanken.

»Worauf wartest du? Mach schon!«

Das ließ Anna sich nicht zweimal sagen. Sie sprang auf und folgte der Magd in die dunkle Höhle des Flurs. Ganz am Ende hielt Wiffi inne und stieß eine Tür auf. Das musste die Küche sein. Die Dünste, die dem Raum entströmten, waren alles andere als widerlich, wie Anna erleichtert feststellte. Hätte das Essen so geschmeckt, wie es im Flur roch, wäre sie wohl hungernd im Schatten der Kirche besser aufgehoben gewesen. Doch die Unordnung war unbeschreiblich. Töpfe und Näpfe in großer Zahl türmten sich auf Borden, ein Wassereimer stand in einer Pfütze, und Berge von Feuerholz stapelten sich in allen verfügbaren Winkeln. Tücher, Rüben, angetrocknete Schüsseln mit dicker Milch, volle Ascheneimer und ein angeschnittener Schinken drängten sich auf dem Tisch vor der Feuerstelle, die so hell flackerte, dass Anna zurückwich und um ein Haar seitlich über einen Schemel gefallen wäre.

»Der einzige warme Ort im Haus. Immer löscht er die anderen Feuer. Zu warm ist's ihm, pah! Selbst mitten im Winter«, zeterte Wiffi und blinzelte misstrauisch zu Anna hoch, bevor sie fortfuhr. »Mach dir keine Hoffnung, in der Küche wirst du nicht oft sein, schließlich bist du zum Arbeiten hier und nicht dazu, am warmen Herd zu faulenzen …«

Wiffi packte Anna am Ärmel und zog sie aus der Küche in den Flur. Im Vorbeigehen schnitt sich die Magd noch einen Streifen Schinken herunter und schob ihn zwischen die zahnlosen Kiefer. Anna lief das Wasser im Mund zusammen. Das Brot und der Apfel hatten nicht vorgehalten, aber solange sie nichts gearbeitet hatte, würde sie nicht nach Beköstigung fragen.

Im Flur war es wirklich deutlich kühler, auch wenn der Winter draußen endgültig vorbei war. Die Alte deutete auf eine Treppe, die ins bodenlose Dunkel zu führen schien. Irrte Anna sich, oder war der Geruch dort stärker?

»Da gehst du nicht hinunter, auf keinen Fall. Sonst schmeißt der Meister dich hochkant hinaus. Verstanden?«

Natürlich hatte sie verstanden. Anna hatte nicht im Mindesten das Bedürfnis, noch dichter an die Quelle des Gestankes zu geraten. Sie nickte, doch Wiffi sah das nicht mehr, denn sie quälte sich schon die Stufen zum zweiten Stock hinauf. Anna überholte sie auf dem Treppenabsatz und blieb, oben angekommen, geduldig stehen. Wiffi quetschte sich in dem engen Flur an ihr vorbei und wälzte sich auf eine Tür zu. Ächzend hob sie den schweren Riegel aus der Halterung und öffnete. Eine Stiege kam zum Vorschein, und ohne ein weiteres Wort keuchte Wiffi wackelnd und humpelnd die engen Stufen hinauf. Eiskalte Luft schlug ihnen entgegen. Anna zögerte.

»Eil dich! Ich habe Besseres zu tun, als dir die Gesellenstuben zu zeigen«, keifte Wiffi.

Anna besann sich, raffte den Rock und erklomm die Treppe. Der obere Flur wirkte nicht so gediegen wie die Hauptdiele. Zwei schmale geschlossene Türen, dicht an dicht, endeten bedrohlich nahe an der obersten Stufe. Wer da nicht achtgab, für den konnte der Abstieg lebensgefährlich werden. Rohe Balken und Spinnweben gaben sich mit Staub und Moder ein Stelldichein. Anna schüttelte sich. Wie lange war hier nicht mehr geputzt worden?

Wiffi kam ganz nahe, stieß eine der beiden Türen auf und blies Anna ihren säuerlichen Atem ins Gesicht. Die Kammer war groß genug für ein Bett, einen Schemel und eine Waschschüssel auf einem Ständer. Sogar ein Korb und eine Truhe für Habseligkeiten fanden noch Platz. Als Geselle hat man es schon zu etwas gebracht, dachte Anna neidisch. Wiffi ließ sie nicht eintreten, sondern zog die Tür wieder zu.

»Die andere sieht genauso aus. Hier steigst du niemals hoch, verstanden?«

Drohend blitzte sie Anna an. Was wollte sie hören? Dachte sie wirklich, die neue Näherin würde von sich aus …?

Wiffi wartete immer noch auf eine Antwort.

»Nein, hier steige ich niemals hoch, verstanden.«

»Gut.«

Wiffi tastete sich die Stiege wieder hinunter, und Anna folgte ihr kopfschüttelnd. Die Alte musste verrückt sein, auf solche Gedanken zu kommen …

Zurück im zweiten Stock, wartete Wiffi nicht ab, ob Anna ihr folgte. In schneller Folge riss sie drei Türen auf und knallte sie wieder zu, nachdem Anna einen flüchtigen Blick in die Räume erhascht hatte.

»Meine Kammer. Für dich verboten. Die Schlafkammer von Meister Spierl. Für dich verboten. Die Schreibstube von Meister Spierl. Für dich verboten.« Sie riss eine niedrige Tür auf, die in einen dunklen Verschlag führte. »Dein Lager.«

Wiffi wollte schon weitereilen, doch Anna hielt sie zurück.

»Warte! Bitte …« Sie zog die Tür ganz auf, sodass das Zwielicht aus dem Flur in die Kammer fiel. Rechts und links quollen Stoffreste aus deckenhohen Regalen, und Körbchen mit Kurzwaren standen auf dem Boden. Es war eng und roch muffig, aber wenn sie die Körbe wegräumte, reichte der Platz auf dem Boden, um sich lang auszustrecken. Und der Verschlag wies einen entscheidenden Vorteil auf: Die Tür hatte innen einen Riegel.

»Kommst du endlich?«, nörgelte Wiffi. Prustend und jammernd wuchtete sie sich die Stufen in den ersten Stock hinab. Vor der letzten unbekannten Tür auf dem Gang, gleich am Fuß der Treppe, hielt sie inne.

»Schneiderstube. Nachtmahl nach dem Abendläuten. Aber fleißig sein, sonst streicht er das Brot zur Suppe.«

Bevor Anna nicken konnte, war Wiffi schon in Richtung Küche davongewatschelt. Anna seufzte. Inzwischen fror sie so sehr, dass sie der Magd gern in die Küche gefolgt wäre. Sie unterdrückte einen Schauder und pochte stattdessen an der Tür zur Schneiderstube.

»Ja?«

Mit klopfendem Herzen trat Anna über die Schwelle. Endlich am Ziel! Sie durfte zwar nur als Näherin arbeiten, dafür aber wirklich und wahrhaftig in einer Gewandschneiderei.

Es war kalt in der großen Stube, aber doch ein wenig wärmer als draußen auf dem Gang. Obwohl hier drei ausgewachsene Männer arbeiteten, wirkte der Raum mit seinen vielen Stoffen, Garnrollen und Schneiderwerkzeugen ausgesprochen freundlich. Durch die gleichen hohen Fenster mit den zwei Bogen und den gläsernen Scheiben wie im Besuchersaal fielen helle Sonnenstrahlen herein, die vorwitzig über Falten und Nähte huschten und den Raum in beispiellose Helligkeit tauchten.

Zur Linken erstreckte sich ein Schneidertisch fast bis zum Fenster, der dem im Kloster an Größe in nichts nachstand. Darauf hockte Meister Spierl mit untergeschlagenen Beinen und hielt prüfend eine Naht gegen das Licht.

»Da bist du ja. Komm her!«, rief er, als er Anna sah, legte die Arbeit beiseite, zog die Rute aus dem Gürtel und rutschte mit bloßen Füßen zum Rand des Tisches. Anna trat näher, nahe genug, um zu sehen, dass die großen Zehen des Schneiders hochrot verfärbt und geschwollen waren. Behutsam schob er die Füße in seine Schlappen. Obwohl sie doppelt so lang und fast so breit waren wie seine Füße, zuckte er zusammen.

»Komm, es gibt viel zu tun. Wenn du schnell und ordentlich arbeitest, behalte ich dich bis zum Sommer. Wenn nicht …«

Er beendete den Satz nicht, sondern humpelte um den kleineren Zuschneidetisch mitten im Raum herum. Weiter rechts standen zwei Tische, ordentlich zum Licht hin ausgerichtet und aufgeräumt. An dem hinteren, ganz in der Ecke, saß ein junger Bursche, der der Händlerin Hannah wie aus dem Gesicht geschnitten war. Der Mann am vorderen Tisch hatte sofort seine Arbeit sinken lassen und begaffte Anna von oben bis unten, als wäre sie ein neuer Stoffballen. Sie schüttelte sich innerlich und wandte sich wieder dem Meister zu. Der deutete nacheinander mit der Rute auf die beiden Gesellen.

»Hinten sitzt Jan, vorn Dietrich. Das ist Anna. Sie näht für uns – probeweise.«

Jan grüßte höflich. Wenn er sprach, war er seiner Mutter noch ähnlicher.

Dietrich zog die Mundwinkel nach unten. »Wurde aber auch Zeit. Ich bin es leid, immer nur niedere Arbeit zu verrichten.«

»Selbst schuld, Rotzlöffel!« Innerhalb eines Augenblickes war Meister Spierl so wütend geworden, dass ihm die Haare zu Berge standen. Drohend fuchtelte er mit der Rute vor Dietrichs aufgedunsenem Gesicht herum.

»Wenn du der alten Näherin nicht nachgestellt hättest …«

Anna fuhr zusammen und spürte, wie sie erbleichte. Dietrich grinste selbstgefällig. Meister Spierl rang empört nach Luft und hieb Dietrich die Rute auf Schultern und Arme, bis ihm der Atem ausging. Anna mochte gar nicht hinsehen, sie musterte die Regale mit Nähwerkzeug rechts neben den Tischen. Die Nadeln glänzten nicht so neu wie im Kloster, aber auch hier waren alle Größen mehrfach vorhanden.

Dietrich indes wehrte sich nicht, noch schien er sonderlich beeindruckt, aber er sagte auch nichts mehr.

»Das wird dir eine Lehre sein«, schnaufte der Meister, nahm Anna am Ellbogen und führte sie zum Fenster.

»Keine Angst, Kindchen, die Tür zu diesem Liederjahn wird nachts verrammelt und verriegelt.« Unvermittelt fuhr er noch einmal herum, Dietrich grinste schon wieder. »Und wenn ich dich in ihrer Nähe erwische, fliegst du endgültig hinaus.«

Die Drohung schien zu fruchten. Dietrich senkte den Kopf und widmete sich seiner Arbeit. Anna seufzte erleichtert auf. Meister Spierl zog einen Schemel unter dem Zuschneidetisch hervor und schob ihn an die breite Fensterbank. Dann schleifte er einen Korb voller Nähstücke in die Ecke und stellte einen leeren Korb daneben.

»Es ist ganz einfach. Was zu nähen ist, legen wir da hinein.« Er wies mit der Rute auf den rechten Korb. »Und was du fertig hast, schichtest du da hinein.«

Anna nickte. Sie würde keinen Tisch haben, aber die Fensterbank, an die der Meister einen Schemel gerückt hatte, war breit und befand sich in angenehmer Höhe. Außerdem konnte sie zur Erholung gelegentlich aus dem Fenster blicken. Spierl schob ihr einen großen Kasten mit Garnrollen und einen Filzball mit Nadeln hin.

»Nimm die passende Garnfarbe zum Stoff. Wenn du es anders machen sollst, dann sage ich es dir. Und wenn du ein Stück genäht hast, legst du die Rolle in den Kasten.«

Anna nickte abermals und griff nach dem ersten Stück aus dem Korb. Bald legte sich ein arbeitsamer Schleier, gewebt aus Sonne und Ruhe, über die vier. Die warmen Strahlen krochen wohlig über Annas Gesicht und ihre Schultern, nur Dietrichs tastende Blicke nagten an ihrem Rücken wie eine frostige Nacht am Rücken derer, die sich am Feuer wärmen.

Wie lange hatte sie schon nicht mehr genäht? Bis auf die wenigen zaghaften Stiche an Heinz' Umhang wohl seit der Abreise aus dem Kloster nicht mehr. Ihre Finger fühlten sich steif an, und dass sie mit der rechten Hand nähen musste, machte die Sache noch schlimmer. Die Stiche waren ungleichmäßig – böswillig betrachtet waren einige sogar regelrecht schief. Anna nahm die Nadel für einen Augenblick in die Linke und schüttelte die andere aus. Seit der Meister die Nähstube verlassen hatte, um Kunden zu beraten, war Anna der Gedanke an Dietrichs lüsterne Blicke noch unangenehmer. Der Berg Hemden und Hauben schien auch nicht kleiner zu werden. Sie seufzte. Einerseits wünschte sie sich, dass Meister Spierl zurückkäme, um alle zum Nachtmahl zu rufen. Andererseits war das jämmerliche Häufchen Wäsche, das sie bisher fertiggestellt hatte, eine Schande. Was, wenn er sie wieder des Hauses verwies? Dietrichs Blicke konnte sie zur Not verkraften, den Hinauswurf kaum.

Wie ein Lidschlag war die restliche Arbeitszeit vergangen. Vielleicht hatte sie den dritten Teil des Korbinhaltes geschafft, vielleicht auch weniger. Spierl starrte in den Korb und wiegte den Kopf. Dann nahm er ein Stück hoch und betrachtete es prüfend. Gott sei Dank war es eines mit geraden Nähten.

»Hm. Die Naht sieht anders aus als am Kleid.«

»Ich weiß. Morgen arbeite ich besser. Und schneller.« Sie sah ihn flehend an – er konnte, er durfte sie nicht fortschicken.

Spierl äugte noch einmal in den Korb, hieb sich mit der Weidenrute sachte einige Male auf die flache Hand und nickte, als habe er eine Entscheidung getroffen.

»Gut. Aber morgen schaffst du einen halben Korb mit geraden Stichen. Sonst kannst du anderswo Laken nähen.«

Dietrich kicherte. Spierl fuhr herum und hieb ihm die Rute über den Arm.

»Was ist daran so lustig? Lachst du noch, wenn der Kaiser dir den Kopf abschlägt, weil er unzufrieden ist mit unserer Arbeit? Genug für heute, alle zum Nachtmahl!«

Jan stand schon, auch Anna war sofort aufgesprungen, um Meister Spierl nicht noch mehr zu verärgern. Nur Dietrich erhob sich quälend langsam und zahlte seinen stillen Widerstand mit zusätzlichen Striemen auf dem Rücken.

Anna blies sich eine Strähne aus den Augen. Im Halbdunkel der geöffneten Tür war es schwierig gewesen, den Boden frei zu räumen, aber sie hatte es geschafft. Strohsäcke gab es hier nicht, stattdessen hatte Wiffi fluchend eine schwere, mit Wolle gefütterte Matte herbeigeschleppt. Anna musste sie an den Seiten ein wenig übereinanderschlagen, damit sie zwischen die vollen Regale passte. Das Ergebnis war eine warme, behagliche Mulde. Zwei dicke Decken hatte sie bekommen, und da der Meister ihr nicht – wie von Wiffi angedroht – das Brot zur Suppe gestrichen hatte, war sie auch satt. Sie zog die Tür zu und legte den Riegel vor. Gähnend und mit schmerzenden Armen lag sie im Dunkel. Welch ein Tag! Sie streckte sich und stieß mit den Händen gegen die Stoffreste auf den vollen Borden. Langsam glitten ihre Finger an den Rändern entlang. Wolle. Leinen. Wieder Wolle. Nessel, eine besonders schwere Ware. Anna lächelte – ein besseres

Zuhause hätte sie sich nicht wünschen können. Am nächsten Tag würde sie so gut arbeiten, dass Spierl sie behalten musste.

Doch plötzlich war die frohe Stimmung wie verflogen, Anna wälzte sich auf ihrem Lager hin und her. Sorge hatte sie erfasst – Heinz lauerte ihr da draußen immer noch auf. Was, wenn sie morgen nicht schnell genug war? Was, wenn Dietrich sie bedrängte und am Nähen hinderte? Was, wenn die Stiche mit rechts für die Ansprüche des Schneiders nicht ordentlich genug ausfielen? Meister Spierl nähte tatsächlich für den Kaiser. Sie, Anna, kannte jemanden, der für den Kaiser nähen durfte. Hätte sie doch nur mit links arbeiten können! Doch das war undenkbar. Es hatte sie zweimal fast das Leben gekostet, und hier wäre es nicht anders.

Sie hielt es nicht mehr aus. Im Schutz und in der Dunkelheit der abgeschlossenen Kammer zog sie das Kleid wieder an und schlüpfte in die Schuhe. Behutsam öffnete sie den Riegel. Leicht und lautlos glitt die Tür auf, das Haus schien wirklich noch neu zu sein, auch wenn der Gestank dem Eindruck widersprach. Auf Zehenspitzen tappte sie über den Flur und die Treppe hinab, bis sie die Nähstube erreichte.

Die Tür stand offen, das helle Licht des vollen Mondes wies ihr den Weg. Sie setzte sich auf ihren Platz am Fenster, zog die Knie hoch und umschlang die Beine mit den Armen. Sie wollte aus dem Fenster sehen, bis ihre Gedanken sich beruhigt hätten, doch die unerledigten Arbeiten schimmerten ihr vorwurfsvoll aus dem Korb entgegen. Keiner hatte ihr verboten, nachts zu nähen. Anna nahm das erste Stück zur Hand und setzte sich so, dass sie die Tür im Blick behielt. Sie nahm die Nadel in die Rechte, spähte zur Tür, hielt inne – und stand wieder auf. Rasch den niedrigen Schemel an die Kante von Dietrichs Tisch geschoben, und dann die Nadel in die Linke! So, wie der Schemel jetzt stand, waren von der Tür aus nur ihr Kopf und die Schultern zu erkennen. Das war besser. Das Garn war schnell eingefädelt, und das erste Stück war gleich eine farbige Haube. Welche Lust, etwas anderes als weiß zu nähen! Ein sanftes Taubenblau schmiegte sich lockend an ihre Finger, und wie von selbst reihte sich ein gerader kleiner Stich an den anderen. So hätte sie ewig weiterarbeiten können.

Sie hätte nicht sagen können, wie nahe der Morgen war, wäre nicht der Mond, ihr Verbündeter, vom Himmel verschwunden. Das Licht war zu schwach zum Arbeiten, und Anna, frierend und steif, steckte die Nadel in den Filz. Sie hatte es vorhin schon bemerkt – vom Korb war der Boden zu sehen. Tatsächlich lag nur noch ein einziges Stück ganz unten – ein weißes, das sie bisher aufgehoben hatte. Sie nahm das zuletzt genähte Teil noch einmal zur Hand und überprüfte die Nähte. Sie waren gerade. Alle Sorgen waren ordentlich vernäht, die nächtlichen Ängste mit in den zweiten Korb gewandert, sie blieb beruhigt zurück. Das weiße Stück würde sie am Tag ohne Mühe fertigstellen. Sie schlich zur Tür, die Treppe hinauf – und zuckte zusammen. War da ein Geräusch? Schimmerte da ein Licht? Wer mochte um diese Zeit noch wach sein? War das nicht die Tür zu den Gemächern des Meisters? Anna lauschte und sah sich um. Doch der Flur blieb still und dunkel. Sie musste sich getäuscht haben, kein Wunder, so müde, wie sie war. Sie huschte in ihre Kammer und legte den Riegel vor. Zum Ausziehen war sie zu müde, deshalb streifte sie nur die Schuhe von den Füßen und schlüpfte unter die warme Decke. Der Korb war fast leer, die Vorgabe des Meisters für den kommenden Tag erfüllt – jetzt war es wirklich ihre Kammer.

In der Nähstube sehnte Anna sich nach der Stille der Nacht zurück. Dietrich brüstete sich mit derben Abenteuern aus seinem Leben, die Jan ab und an mit höflichen Grunzern bedachte. Anna stellte sich auf beiden Ohren taub, obwohl sie wusste, dass die Prahlereien eigentlich an sie gerichtet waren. Selbst wenn Dietrich kein Widerling gewesen wäre, sondern nett wie Jan – sie ließ sich von Männern nicht mehr ablenken. Sie arbeitete endlich mit feinen Stoffen, und vielleicht durfte sie auch einmal kleinere Teile zuschneiden, wenn sie sich nicht allzu dumm anstellte und ein wenig Glück hatte. Hatte sie sich nicht auch Theodoras Vertrauen erarbeitet? Sie musste sich nur von den Männern fernhalten. Jedes Mal, wenn sie einem Mann zu nahe gekommen war, war das Unglück über sie hinweggefegt. Gott sollte keine Mühe mehr mit ihr haben, sie hatte ihre Lektion gelernt.

Sowohl Jan als auch Dietrich hatten ihr weiteres Nähwerk in den Korb gelegt, und mit der Rechten war die Arbeitslast kaum zu bewältigen. Doch sie musste sich nicht ängstigen. Einen halben Korb voll ergab das Häuflein bei Weitem nicht. Behutsam schob Anna die frisch genähten Stücke zwischen die anderen; sie hatte mehr Zeit gehabt und ordentlicher genäht als am Tag zuvor, aber die Stiche waren längst nicht so gut gelungen wie die mit der Linken. Schnelle Schritte rissen sie aus ihren Gedanken.

»Meister!« Dietrich sprang auf und umkreiste Spierl wie ein Hund seinen Herrn. Der Alte, die Weidenrute in der Hand, warf seinen Umhang achtlos über einen Kleiderhaken und entrollte im nächsten Augenblick ein riesiges Pergament. Dietrich schob sich immer dichter an ihn heran.

»Ist das von de Vinea? Lasst doch sehen!«, forderte er. Meister Spierl rollte das Pergament wieder auf und schnaubte. Das Peitschen der Weidenrute zerschnitt die Spannung.

»Au!«, schrie Dietrich, schlich an seinen Platz zurück und rieb sich die Hand.

Plötzlich stand der Gewandschneider neben Anna.

»Zeig deinen Korb!«

Anna kippte den Korb, und Spierl nickte. Erst nahm er die oberste Arbeit vom Stapel und begutachtete sie, dann eine zweite und eine dritte. Anna klopfte das Herz bis zum Hals. Hätte sie die mit rechts genähten Teile weiter nach unten schieben sollen? Doch Spierl schien zufrieden, er faltete die Stücke wieder zusammen und legte sie auf den Stapel.

»Du kannst bleiben. Lass dir von Wiffi ein Stück Brot zusätzlich geben. Und hinaus mit euch! Ich brauche Ruhe.«

Wie lange saß sie schon im Gang und wartete, dass es mit der Arbeit weiterging? Was trieb der Alte da? Sie konnte Dietrichs Blicke nicht mehr ertragen und hatte das Gesicht zur Wand gedreht. Endlich öffnete sich die Tür zur Nähstube.

»Steht nicht so müßig herum, hinein mit euch!«

Jan ging voraus. Anna ließ Dietrich vorbei, der sorgfältig die Weidenrute im Blick behielt. Fast wäre Anna gegen Jan geprallt, der nicht zu seinem Platz gegangen war, sondern mit offenem Mund auf die Wand beim Eingang starrte. Auch Dietrich stand stumm, doch Meister Spierl lachte über das ganze faltige Gesicht.

»Wenn das keine Vorlage ist! Und für jedes erdenkliche Maß eine eigene Knotenschnur, alle ordentlich mit Garn gekennzeichnet – auf dem Pergament und an der Schnur. Seht nur …«

Der Meister hielt ein ganzes Büschel Schnüre in den verschiedensten Farben hoch, darunter solche, von deren Vorhandensein Anna bisher nichts geahnt hatte. Doch nicht die Farben hatten den Gesellen die Sprache verschlagen. Zwei mannslange Pergamentrollen hingen säuberlich in Holzleisten gerahmt an der Wand. Aber war das wirklich Pergament? Konnte Pergament so lang sein? Auf der einen Rolle war ein Mann, auf der anderen eine Frau abgebildet. Annas Blick wanderte vom rechten Fuß, den der Mann ein wenig vorgeschoben hatte, am Bein hinauf, die breiten Schultern entlang und über das kantige Kinn bis zu den Augen. Sie waren farbig angelegt – blau, um genau zu sein. Und der Farbton wich keinen Deut vom Blau ihres Kleides ab. Wer war dieser Mann? Mit Mühe riss sich Anna von der Betrachtung des Bildes los. Plötzlich fasste sie sich an die Stirn. Eine Krone, die vielen Schnüre, natürlich …

»Das ist der Kaiser!«, entfuhr es ihr.

»Sicher, Närrin.« Dietrich zeigte auf das andere Bild. »Und das da, das ist Isabella von England.«

Die anderen saßen schon um Wiffis Suppenkessel, doch Anna hatte sich mit dem Aufräumen ihres Nähzeugs viel Zeit gelassen. Nun stand sie wieder vor den Zeichnungen. Die gemalte Isabella war hübsch, das Gesicht zart, der Busen üppig. Auch sie trug eine kleine Krone, und sie hielt sich gerade, wie es sich gehörte. Doch der blaue Blick des Kaisers zog Anna derartig in Bann, als erlaube er ihr nicht, sich Isabella zuzuwenden. Sein Blick war so streng, als drohe sich die Welt aufzulösen, wenn ihr Kaiser sie nicht im Auge behielt. Majestätisch streckte er die Linke vor, auf der ein Falke saß. Doch der Arm wirkte irgendwie verkrampft – hielt sich der Falke am Herrn oder der Herr am Falken fest? Konnten Kaiser unglücklich sein?

»Hier steckst du also. Die Suppe wird kalt.« Meister Spierl stand neben ihr, sie hatte ihn nicht bemerkt.

»Es tut mir leid, ich … das Pergament ist so …«

Spierl nickte. »Das liegt daran, dass es kein Pergament ist. Man nennt es Papier.«

»Darf ich es anfassen?«

Meister Spierl zuckte zusammen und musterte sie argwöhnisch. Dann legte er den Kopf schief und nickte.

»Aber vorsichtig, Papier ist nicht so geduldig wie Pergament.«

Anna nahm das Papier am Rand behutsam zwischen die Finger und tastete. Wie dünn es war, und so … flauschig, wie aus tausend winzig kleinen Leinenbüscheln geformt.

»Erstaunlich, nicht wahr? Und jetzt komm essen, sonst dreht Wiffi uns beiden den Hals um wie dem vorlauten Hahn aus der letzten Suppe.«

Unten

Wie sie ihn hasste.

Anna kniete am Boden und versuchte, die verstreuten Borten zusammenzuraffen, ohne Dietrich einen allzu tiefen Blick in ihren Ausschnitt zu gewähren. Natürlich hatte er die Bänder absichtlich fallen lassen. Häufig tat er so, als griffe er nach etwas, das Anna ihm anzureichen hatte, und dann, wenn sie losließ, schloss er einfach die Hand nicht. Sie biss die Zähne zusammen. Warum fiel sie immer wieder darauf herein? Die Kundin, eine aufgerüschte Zeterhenne bar jeden Farbgefühls, zeigte unerwartetes Mitgefühl.

»Das arme Ding. Welch schlimmes Los, so ungeschickt zu sein!«

Betont vorsichtig stieg Dietrich über Annas Arme und die Borten hinweg, schaffte es aber trotzdem, ihr mit dem Knie gegen die Schläfe zu stoßen, ohne dass die Kundin etwas mitbekam. Wie ein zu dick geratener Pfau plusterte er sich auf und fasste die Kundin am Arm.

»Beachtet sie nicht, die Ärmste ist einfach zu nichts zu gebrauchen. Habe ich Euch schon erzählt, dass ich mit Meister Spierl nach Worms reisen und den Kaiser treffen werde?«

»Was du nicht sagst, den Kaiser? Ich beneide …«

Das Geschnatter war kaum noch zu hören, so sehr rauschte es Anna in den Ohren. Dieser Widerling.

Sie wusste nicht, wie er einige Tage zuvor aus dem oberen Stockwerk zu ihrer Kammer gelangt war. Vielleicht hatte Wiffi, zerstreut, wie sie war, den schützenden Riegel nicht vorgelegt. Gekratzt hatte er an ihrer Tür, ihr Förderung und einen Teil seines Lohnes angeboten. Anna war immer noch empört, wenn sie daran dachte. Wofür hätte sie wohl solches Geld gebraucht? Für ein gelbes Kleid, wie es die Huren trugen? Der Riegel an ihrer eigenen Tür hatte zum Glück gehalten – den vergaß sie nie vorzulegen. Aber seitdem schikanierte Dietrich sie, sooft er konnte, und Gelegenheiten gab es viele. Die Schläge des Meisters nahm er für seine Rache kalt lächelnd in Kauf. Nun, wenn die Demütigungen der Preis dafür waren, ihn auf Abstand zu halten, zahlte sie gern. Die Borten reihten sich ordentlich auf dem Zeigetisch, sie konnte gehen. Anna richtete sich auf und hielt die Tränen zurück, bis sie den Verkaufsraum verlassen hatte.

Jan war ihr am liebsten. Wiffi roch ganz furchtbar, und der Meister machte ihr Angst – was, wenn er sie hinauswarf? Und dann die Rute. Noch hatte Anna sie nicht zu spüren bekommen, sie war auch immer auf der Hut. Aber von Jan hatte sie nichts zu befürchten. Er hatte nicht ein einziges Mal versucht, sie anzufassen, oder ihr in den Ausschnitt gestarrt. Er wünschte sich nichts sehnlicher, als mit nach Worms zu reisen und den Kaiser zu sehen, das hatte er ihr gestanden. Wie sollte sie ihm nur beibringen, dass der Meister sich für Dietrich entschieden hatte? Anna seufzte.

»Was ist mit dir?« Jan hob den Blick von seiner Arbeit.

»Nichts«, antwortete Anna. Jetzt log sie ihn auch noch an.

»Ich merk doch, dass du was hast.«

»Dietrich hat mich wieder vorgeführt.«

Jan gab sich nicht zufrieden. Er legte seine Arbeit auf den Tisch. Es gab so viele Arbeitsgänge, die keine Störung vertrugen. Warum musste er ausgerechnet heften? Hätte er gerade geschnitten, hätte er sich eine Ablenkung wie diese nicht erlauben können, ohne dass der Stoff verrutscht wäre. Aber so würde er nicht locker lassen.

Sie legte ergeben das Nähzeug aus der Hand.

»Also?«, bohrte er.

»Ich … es tut mir leid, das mit Worms. Hat der Meister dir schon gesagt, dass Dietrich ihn begleitet? Der hat es der Müllersfrau erzählt.«

Anna hielt den Blick gesenkt; sie wollte nicht so offensichtlich

Zeugin von Jans Schmerz werden. Doch der Schneidergeselle lachte. Er lachte wirklich.

»Ich habe vor wenigen Augenblicken mit dem Meister gesprochen. Er will uns damit überraschen, wie er seine Begleitung auswählt. Ein Wettkampf oder so etwas. Also, wenn Dietrich den nicht gerade eben gewonnen hat, steht noch nichts fest.«

»Aber wieso …«

»Er ist ein Angeber, Anna, hast du das noch nicht bemerkt? Er hat gelogen, um gut dazustehen.« Jan setzte sich auf seinen Platz und nahm die Heftarbeit wieder hoch, bevor er fortfuhr. »Ich dachte schon, es wär was mit dir. Dass du wegwillst oder so.«

»Warum sollte ich wegwollen?«, fragte Anna.

»Na, der Meister ist streng, Dietrich ein Ekel und Wiffi …«

Nun lachten beide. Anna nahm ein Stück Stoff in wunderbarem Violett zur Hand und hielt es ihm hin.

»Solange es genug Tuch wie dieses gibt, bekommt mich hier keiner weg – nicht mal Wiffi.«

Wiffi rumpelte schon eine geraume Weile im Flur herum. Jedes Geräusch löste in Annas Kopf dröhnende Wellen aus. Wie so oft hatte der ekelhafte Geruch sich als schneidender Schmerz in ihren Kopf und Leib gebohrt. An einem besonders heißen Tag hatte es so gestunken, dass sie sich erbrochen hatte. Wie konnten die anderen nur in aller Ruhe arbeiten? Vielleicht ginge es ihr besser, wenn sie ihren freien Tag zum Ausgehen nutzte, aber sie fühlte sich innerhalb des Hauses einfach sicherer. Sie arbeitete zwar schon eine ganze Weile bei Meister Spierl, aber möglicherweise hielt sich Heinz noch immer in der Nähe auf und suchte sie.

Es rumpelte abermals ohrenbetäubend. Anna zuckte zusammen und konnte gerade noch verhindern, dass das schwere Gewand mit den langen Tütenärmeln zu Boden rutschte. Wie es wohl fertig aussähe? Sie konnte es kaum erwarten, den letzten

Stich auszuführen. Ob sie sich während der Anprobe unter einem Vorwand in den Verkaufsraum schleichen sollte?

Und ausgerechnet an diesem Tag, an dem die Gesellen frei hatten und der Meister bei Kunden zum Messen und Ausliefern war, machte Wiffi solch einen Lärm. Es gab kaum Gelegenheiten, bei denen Anna ungestört mit der Linken arbeiten konnte. Sie brauchte die Zeit, es war Neumond, und sie konnte nachts nur arbeiten, wenn sie ein Talglicht aus der Küche stahl. Bei jedem Streit, den der Meister mit Wiffi wegen ihrer Verschwendungssucht vom Zaun brach, überkam Anna ein schlechtes Gewissen. Wenn die Alte doch nur still wäre, damit sie diese verdeckte Naht zu Ende bringen konnte! Sicher räumte sie wieder frische Vorräte in den unteren Stock. Es half nichts, so konnte sie nicht arbeiten.

»Soll ich dir helfen?«, fragte Anna, und Wiffi fuhr zusammen.

»Wobei helfen?« Sie stellte sich vor die Säcke, Körbe und Packen.

Anna deutete auf die Waren. »Dabei.«

»Ach so – die paar Sachen. Nein, das ist schnell gemacht. Hast du nichts zu tun?«

»Ich kann nicht arbeiten bei dem Lärm.«

»Hm. Dann lern es und verschwinde!« Wie ein Biber, der seinen Bau verteidigt, starrte Wiffi Anna von unten aus mit ihren kleinen Augen an. »Und jetzt geh weg von der Treppe! Geh schon!«, fauchte sie.

Anna hob die Schultern und machte kehrt. Dann eben nicht.

Gerade hatte sie sich das große Nähstück mühsam wieder zurechtgelegt, als aus dem Rumpeln ein Poltern wurde. Sie schrak zusammen, stach sich mit der Nadel und riss versehentlich an der halb fertigen Naht. Das Garn war fester als der Stoff, und so bildeten sich hässliche Zerrlöcher. Ob sich das beheben ließ? Der Stoff fühlte sich teuer an.

Anna stampfte auf den Boden, dass es staubte. »Still, verdammtes Weib!«, stieß sie hervor. Sie horchte. Nichts. Ihr Wunsch war erhört worden, friedliche Stille lag über dem Haus.

Stich um Stich reihte sich aneinander, die Zerrlöcher verschwanden durch geschicktes Verschieben der Naht. Anna lauschte und hielt mit dem Nähen inne. So still war Wiffi sonst doch nie! Die Tür hatte nicht geklappt, die Treppe nicht gerumpelt, also war sie noch im Haus. Anna ließ die Nadel sinken. Das Kleid rutschte zu Boden, aber sie beachtete es nicht. Diese Stille konnte nur eines bedeuten: Wiffi hatte sich etwas getan.

Die Treppe ins düstere Erdgeschoss schien ins Bodenlose zu führen. Anna hielt sich den Ärmel vor die Nase. Selbst der Geruch schien sagen zu wollen, dass sie hier nichts zu suchen hatte.

»Wiffi?«

Keine Antwort.

Sie musste es lauter versuchen. Aber was, wenn die Alte nicht gestürzt war, sondern sie nur nicht hörte? Sie würde ihr für ihre Neugier die Hölle heiß machen. Dann entdeckte Anna etwas, das ihre Bedenken zu feinem Staub zerrieb und sie die Treppe hinunterjagte: Auf einer der mittleren Treppenstufen lag ein ausgetretener, schmutziger Schuh. Und der gehörte eindeutig Wiffi.

So wie sich Wiffi außerhalb des kleinen Lichtkegels der Wandfackel auf dem Boden krümmte, war sie offenbar von ganz oben heruntergestürzt. »Wiffi, o mein Gott!« Die Alte antwortete nicht. Hastig beugte Anna sich über sie. Warum war es hier nur so düster? Blut lief der Alten aus der Nase, und der Gestank war schier unerträglich. Ein Fuß sah dicker aus als der andere, aber sonst war nichts zu erkennen. Vorsichtig schlug Anna der Verletzten mit der flachen Hand auf beide Wangen.

»Wiffi! Wiffi!«

Die Alte regte sich, stöhnte und riss die Augen auf.

»Was hast du hier zu …« Weiter kam sie nicht, denn als Nächstes erbrach sie sich. Nun gab es auch für Anna kein Halten mehr, sie spuckte, bis sie innerlich leer zu sein schien.

»Was ist geschehen? Mein Bein tut weh!«, jammerte Wiffi.

»Das glaube ich dir sofort, der Fuß ist ganz dick. Du bist die Treppe heruntergefallen. Vermutlich.«

Wiffi seufzte tief. »Hilf mir nach oben! Wenn der Meister dich hier findet, haut er die Rute auf uns beiden entzwei.«

Es war eine elende Schinderei, die Alte die steile Treppe hinaufzubekommen. Doch schließlich lag sie auf der schmalen Küchenbank, den dick angeschwollenen Fuß auf einem Polster. Mit einem Küchentuch reinigte Anna ihr das Gesicht. Als das Blut entfernt war, sah sie es deutlich. Die Nase war schief und hatte einen blauroten Höcker, aber vermutlich machte sich Wiffi nicht allzu viel aus ihrem Aussehen.

Um ein Haar wäre Anna in lautes Gekicher ausgebrochen.

»O nein!«

Wiffi wollte aufstehen.

Anna drückte sie an den Schultern auf die Bank zurück.

»Was soll das? Bleib ruhig liegen!«

»Wenn der Meister nach Hause kommt, muss der Dreck unten weggeräumt sein. Er schimpft schon so immer, dass wir die Kunden vertreiben. Aber es ist seine Schuld, das habe ich ihm auch gesagt.« Sie bewegte den Fuß auf dem Kissen und stöhnte. »Nichts wegschmeißen, Wiffi, sei sparsam, Wiffi, das kann man alles noch gebrauchen, Wiffi …« Sie äffte die hohe Stimme so echt nach, dass Anna sich vorsichtig umwandte. Nichts. Aber es war auch nicht zu erwarten, dass Spierl vor dem Essen nach Hause kam.

»Ich erledige das«, sagte Anna.

»Du darfst da nicht hinunter.«

»Ist mir einerlei. Wenn er wütend wird, sag einfach, du warst bewusstlos.«

»Was, wenn er gleich kommt? Er wird toben, weil ich gefallen bin. Bestimmt wirft er mich hinaus, wenn ich nicht laufen kann.«

Anna durchfuhr ein eisiger Schreck. An die Möglichkeit, des Hauses verwiesen zu werden, hatte sie nicht gedacht. Hätte sie ihre Hilfe doch bloß nicht angeboten! Doch nun war es zu spät.

235

In Wiffis Biberaugen entdeckte sie die gleiche Furcht, die auch in ihr aufstieg.

Die Magd nickte. »Gut, du hast verstanden. Spute dich, damit er dich nicht erwischt.«

»Wiffi. Wiiffi! Wo bleibst du denn, du nutzloses Weib?«

Anna hatte sich umsonst gesorgt. Wie der Wind war sie durch das untere Stockwerk gefegt, hatte sich nach Putzzeug, Eimer, Sand und Schaufel umgesehen. Einen Vorteil hatte die Sucherei gehabt: Endlich entdeckte sie die Ursache des Gestanks. Das untere Stockwerk barst schier vor Regalen. Und diese Regale waren mit Vorräten vollgestopft. Etliches sah gut aus und war gewiss noch frisch, Gedörrtes und Geräuchertes, Getreide und sogar Salz in großen Kisten. Anderes war verdorben und ungenießbar, Kohl und Rüben glitschten in Kisten herum, aus denen modrige Rinnsale über den Boden liefen. Lageräpfel aus dem letzten oder gar vorletzten Jahr faulten vor sich hin, weiß gepunktet oder zu braunem Brei zerfallen. Nun, da sie wusste, woher der allgegenwärtige Gestank kam, ließ er sich erstaunlicherweise leichter ertragen.

Als Anna endlich alles gesäubert hatte und die Treppe wieder hinaufgestiegen war, bot sich ihr in der Küche ein seltsamer Anblick. Wiffi saß aufrecht, kreidebleich und flüsterte beständig vor sich hin. »Nein, er wirft dich nicht hinaus, das tut er nicht. Er wirft dich nicht hinaus …«

Erst als Spierls Rufe zu hören waren, begriff Anna, dass er sie überhaupt nicht hätte ertappen können. Wer sich im Haus aufhielt, hatte die Anweisung, die Treppe heraufzuziehen, bis der Meister sich bemerkbar machte. Er wäre also gar nicht allein hereingekommen.

»Wo steckt Wiffi? Was machst du dir an der Tür zu schaffen?«

Meister Spierl wirkte schlecht gelaunt, einen der Packen vom Morgen trug er noch immer unter dem Arm.

»Dietrich soll mir nicht unter die Augen kommen. Das falsche Garn hat er genommen. Jetzt will sie das Gewand nicht. Den Hals werde ich ihm umdrehen, dem Pfuscher!«

Meister Spierl redete sich in Zorn – so aufgebracht hatte Anna ihn selten erlebt. Finster starrte er Anna an.

»Ich hoffe, wenigstens *du* hast etwas geschafft heute Vormittag.«

Anna ließ die Schultern hängen. Die Näharbeiten! Die hatte sie über Wiffis Treppensturz gänzlich vergessen. Spierl hatte sie zwar nicht im unteren Stock erwischt, aber sie hatte fast nichts fertigbekommen – er würde sie so oder so hinauswerfen. Tränen schossen ihr in die Augen.

»Wiffi ist die Treppe hinuntergestürzt, sie liegt in der Küche«, würgte Anna hervor.

Sie wollte nur noch in ihre Kammer, zu den Stoffresten. So lange, bis er … Sie hatte sich hier so wohlgefühlt, sie wollte nicht weg. Warum mischte sie sich immer ein? Hätte sie nicht unten geputzt, wäre ihre Arbeit inzwischen fertig, und er würde mit Wiffi schimpfen.

Die Stille blieb seltsam. Anna hob die Augen und blickte in Meister Spierls Gesicht. Alles Finstere war daraus verschwunden, wie ein bettelndes Kind starrte er sie an, als warte er auf etwas.

»Was …?«, fragte Anna und hob die Schultern.

»Ist sie …? Ich meine, hat sie sich den Hals gebrochen?«

Endlich begriff Anna.

»O nein, mein Gott, nein! Es geht ihr recht gut. Nur der Fuß und die Nase haben etwas abbekommen.«

Meister Spierl ließ den Packen fallen und keuchte auf. Dann ging er in die Knie und schluchzte laut. Die dürren Schultern zuckten – er hatte Angst um Wiffi gehabt. Konnte er sie noch hinauswerfen, wenn er wusste, dass sie Wiffi gerettet hatte? Anna trat von einem Fuß auf den anderen. Es fiel ihr schwer, aber sie musste es aussprechen. Sie wollte nicht weg.

»Meister Spierl, ich habe Wiffi gefunden und gerettet. Hätte ich ihr nicht geholfen, wäre es schlimm ausgegangen.«

Das Schluchzen ebbte ab, und der alte Mann erhob sich schwerfällig. »Danke.«

»Noch etwas.« Anna holte tief Luft. »Ich musste mich um Eure Magd kümmern … und da ist die Näharbeit nicht fertig geworden.« Es war heraus. Am liebsten hätte sie die Augen geschlossen.

»Das ist doch nicht so wichtig. Dann erledigst du die Arbeit eben morgen.«

Anna wäre am liebsten zu Boden gesunken, so heftig zitterten ihr vor Erleichterung die Knie.

»Darf man … kann ich zu ihr?« Meister Spierl war wirklich nicht ganz bei sich. Er hatte nicht einmal die Rute in die Hand genommen.

»Ja, ja, natürlich.«

Trotz ihrer langen Beine hatte Anna Mühe, dem Alten zu folgen, so hastig stürmte er die Flure entlang. Dann stand er sprachlos vor seiner Magd. Anna wartete einen Augenblick, bis sie die Stille durchbrach.

»Es hat laut gerumpelt. Da habe ich nach ihr gesehen. Sie lag am Fuß der Treppe.« Sie stockte kurz. »Ich musste dort hinunter, es gab keine andere Möglichkeit.«

Anna hätte nicht sagen können, ob der Meister ihre Worte wahrgenommen hatte, aber als sie verstummte, stürzte er los, auf Wiffi zu und riss sie ungestüm an sich. Erschrocken schrie die Alte auf.

Anna hütete sich zu lachen. Nachdem die beiden sich immer in den Haaren lagen, versetzte sie der Anblick der innigen Umarmung in höchste Verblüffung. Schritt um Schritt tappte sie rückwärts aus der Küche hinaus und schloss leise die Tür.

In ihrer Kammer angekommen, drohte es sie schier zu zerreißen. Spierl wusste, dass die Arbeit nicht fertig war. Er wusste, dass sie im Erdgeschoss gewesen war. Und er hatte sie nicht hinausgeworfen. Anna musste sich einen Stoffrest vor den Mund pressen, damit niemand hörte, wie sie ihr Glück hinausschrie: Sie durfte bleiben.

Das Essen schmeckte scheußlich, und der Gestank war schlimmer denn je. Meister Spierl hatte es zubereitet, denn Wiffi konnte nicht stehen. Sie hatten versucht, die Alte so zum Feuer zu schieben, dass sie im Sitzen kochen konnte, aber sie war zu dick. Sobald sie sich vorbeugte, drohte ihre Kleidung Feuer zu fangen.

Anna würgte eine halb gare Rübe hinunter, und ein Blick in die Gesichter der Tischgenossen zeigte ihr, dass die genauso litten. Dieser Zustand musste ein Ende haben!

»Meister, kann ich nach dem Nachtmahl mit Euch sprechen?«

»Hmpf«, nuschelte Spierl, während er auf etwas Hartem herumbiss.

Anna deutete die Antwort als Zustimmung.

Sie hatte die Stube des Meisters zuvor noch nie betreten. Alles war blitzblank, ebenso wie sein Tisch in der Nähstube. Das konnte nur heißen, dass Wiffi hier keinen Zutritt hatte, denn wo immer sie sich aufhielt, herrschte Chaos. Der Meister saß an seinem Schreibpult.

»Was gibt's? Hat Dietrich sich wieder schlecht benommen?«

»Nein. Ja. Also, *das* wollte ich nicht mit Euch besprechen. Aber ich war unten …«

Meister Spierl setzte sich aufrecht hin und legte den Kopf schief wie ein Habicht vor dem Greifflug.

»Und …?«, fragte er gedehnt.

»Jemand muss sich darum kümmern. Der Gestank ist nicht auszuhalten«, erklärte Anna.

»Wiffi kann das erledigen, sobald sie wieder auf den Beinen ist.«

Er starrte sie böse an. Wiffi hatte sie gewarnt. Sie versuchte es trotzdem noch einmal.

»Die Kunden haben es auch schon bemerkt, sie beschweren sich. Gestern ist eine Frau wieder gegangen.«

Meister Spierl wiegte den Kopf hin und her.

»Selbst wenn du recht hast, ich habe zu viel zu tun. Ich kann mich darum nicht auch noch kümmern. Und Jan und Dietrich lass ich dort nicht hinunter. Außerdem ist das Frauensache.« Störrisch wie ein Kind verschränkte er die Arme vor der Brust. »Ich werde bestimmt keine Mäuse und Ratten verjagen.« Er schüttelte sich. »Ich bin darin nicht gut. Und ich kann auch keine Rüben sortieren … oder was noch so herumliegt.«

»Lasst es mich tun!«

Meister Spierl starrte sie an wie frisch gefallenen Schnee an einem Sommertag.

»Warum solltest du das tun?«, fragte er lauernd.

Anna blies sich eine Strähne aus der Stirn und lächelte.

»Aus dem gleichen Grund, aus dem ich Wiffi gerettet habe – aus Gutmütigkeit, denke ich«, gab sie zurück.

Ein Leuchten überzog das faltige Gesicht des Gewandschneiders.

»Gutes Kind.«

»Noch etwas …«

»Was denn?«

»Bis Wiffi wieder kochen kann, übernehme ich diese Arbeit auch. Ihr müsst nur das Feuer unterhalten. Ich … ähm … darin bin *ich* nicht gut.«

Dietrich linste schon den ganzen Morgen immer wieder zu Anna herüber, dann rotzte er, als habe er einen schlechten Geschmack im Mund. Selbst Jan hatte sie schon zweimal dabei erwischt, wie er sie argwöhnisch beäugte. Empört schürzte sie die Lippen. So etwas von Undankbarkeit! Das Essen war nicht angebrannt, sondern recht schmackhaft, und es roch im Haus nicht einmal mehr halb so schlimm wie noch am letzten Sonntag.

Dietrichs Verhalten konnte sie sogar verstehen. Aber was hatte sie Jan getan?

Wenn der Meister wie an diesem Tag zu Kunden unterwegs war, zeigte sich Dietrich ihr gegenüber von seiner übelsten Seite.

Wo blieb Spierl überhaupt so lange? Sonst war er wenigstens zum Essen zurück, um für Ruhe zu sorgen. Ohne ein Wort waren beide Männer aufgestanden und überließen es Anna, den Tisch abzuräumen.

Die Schüsseln klapperten empört, als Anna sie aufeinanderwarf. Vielleicht hatte Wiffi recht, und die beiden waren eifersüchtig, weil sie das Erdgeschoss betreten durfte? Anna wischte sich die klebrigen Finger am Tischlumpen ab. Dietrich hatte wieder gegessen wie ein Schwein, seine Schüssel war außen genauso beschmiert wie innen.

Hätten die beiden gewusst, wie es da unten aussah, hätten sie ihr die Freiheit nicht geneidet. Vergammelte Rüben und Kohlköpfe, schimmeliges Brot und verdorbener Speck. Kiste um Kiste hatte sie nach oben geschleppt, geleert und mit Sand geschrubbt, bis sie mehr Splitter in den Fingerkuppen hatte als Narben von Nadelstichen. Eine der kleinen Wunden eiterte sogar. Zu allem Überfluss pflegte Wiffi oben am Treppenabsatz auf einem Schemel zu sitzen und sie zu beobachten – auch das war kein Honigschlecken. Anna spülte die Essensreste von den Fingern. Was genau genommen überflüssig war, denn unten im Vorratslager würden sie gleich wieder schmutzig.

Anna stieg über die Bretter mit fein gerechtem Sand, die sie ausgelegt hatte, um eindringender Mäuse gewahr zu werden, bevor sie sich vermehrten. Ganze Nester der Plagegeister hatte sie schon ausgehoben. Sie fröstelte, es war kalt hier unten. Die Regale zogen sich schier endlos an den Wänden entlang. Sie hatte erst die vorderen Reihen aufgeräumt und geputzt, denn hier war es durch die Fackel im Flur hell. Je tiefer sie in den hinteren Teil vordrang, umso dunkler wurde es, denn die Fenster im unteren Geschoss waren alle verrammelt. In der vorletzten Reihe hatte sie tags zuvor abbrechen müssen, nachdem sie die Hand nicht mehr vor Augen gesehen hatte. Sie brauchte Licht. Wiffi hatte sich gewehrt, aber schließlich hatte Anna ihr ein Talglicht abgeschwatzt. Das war das Mindeste. Keiner half ihr, und sie bekam genauso viel Näharbeit aufgetragen wie vorher. Aber was beschwerte sie sich? Sie hatte dem Meister angeboten, sich um alles zu kümmern, er hatte nichts gefordert. Sie seufzte.

Im hellen Schein des Talglichtes traten die Vorräte in den hinteren Regalen so zutage, wie sie anfangs wohl gedacht gewesen waren. Ordentlich aufgereiht, sauber und duftend, lagerten hier frische Lebensmittel. Welch eine Auswahl – und in solchen Mengen! Das reichte für Jahre. Anna kramte und schichtete um, räumte Körbe und Schalen, Krüge und Töpfe aus den Regalen, wischte alles gründlich aus und streute Kräuter, um Schädlinge abzuhalten. Sogar frische Sommeräpfel gab es hier schon, die waren sicher teuer gewesen. Wie die dufteten! Ihr lief das Wasser im Mund zusammen. Sollte sie einen essen? Das würde sicher keiner merken. Anna nahm einen kleinen Apfel, sog noch einmal den herrlichen Duft ein und führte die Frucht zum Mund.

»Anna! Anna!«

Sie zuckte zusammen und legte den Apfel zurück in den Korb. Wiffis Stimme war nicht zu überhören – sie ersetzte die eingebüßte Flinkheit durch lautes Kreischen. Schnell hinauf! Wiffis Laune war seit dem Sturz nicht die beste. Hastig erklomm Anna die Treppe, doch zu ihrer Überraschung wirkte die alte Magd nicht ungeduldig, sondern hochzufrieden. Fast schon fröhlich, falls sich der verschmitzte Ausdruck in dem Faltengewirr ihres Gesichtes so nennen ließ.

»Du sollst zum Meister kommen. Er wartet in deiner Kammer.«

»Wieso …«

»Herrje, geh einfach, störrisches Weibsbild!«, rief Wiffi.

Anna zog den Kopf zwischen die Schultern und eilte zu ihrer Kammer. Meister Spierl stand neben der Tür, auch er mit einem breiten Lächeln auf den Lippen. Die Hand mit der Rute klatschte einen hübschen Takt gegen die Tür.

»Anna, schau in deine Kammer!«

Waren alle verrückt geworden? Kopfschüttelnd öffnete sie die Tür. Auf ihrem Lager lag ein Bündel. Eigentlich eher ein Stapel. Ein Stoffstapel. Noch mehr Arbeit? Und wozu das Getue? Sie sah genauer hin und war überrascht. Roter Stoff.

Meister Spierl räusperte sich. »War nicht leicht zu bekommen, der Stoff. Baumwolle heißt er und lässt sich gut färben. Deshalb das feine Rot. Mit Krapp gefärbt. Nicht so teuer wie der aus Seeland. Einer der Färber am Rhein hat ein Verfahren entwickelt …«

Auch Wiffi war inzwischen herbeigehumpelt und hörte zu. Seit wann kümmerte die sich um Stoffe? Anna musterte den Meister und klopfte mit der Fußspitze auf die Dielen. Wollte er ihr einen Vortrag über teure Farben halten? Das konnte er auch im Nähzimmer tun, dort war es wärmer.

»Kann ich jetzt wieder an die Arbeit?«, fragte sie gereizt.

Meister Spierl wirkte bestürzt.

»Willst du den Stoff nicht näher ansehen?« Er klatschte die Weidenrute gegen die Wand. »Ich habe zwei Tage lang danach gesucht.«

Als er so dastand wie ein enttäuschtes großes Kind, tat er ihr leid, und sie vergaß ihren Groll. Sie hob den Stoffballen hoch und erfreute sich an der Farbe. Auch der Griff war fest, ein wenig steif und kühl. Bestimmt angenehm im Sommer.

»Doch, sicher. Ein schöner Stoff. Für wen ist er bestimmt? Und was soll daraus geschneidert werden?«

Da lachte Spierl lauthals und klopfte sich mit der Rute auf die Schenkel.

»Sie ahnt es nicht, Wiffi, sie ahnt es nicht! Damit hat sie nicht gerechnet.«

Als Wiffi lächelte, wirkte ihr faltiges Gesicht wie ein angebissener Lagerapfel. Allmählich wurde Anna böse. Dass sie ausgenutzt wurde, konnte sie noch hinnehmen, aber sie musste sich nicht zum Narren halten lassen.

»Der Stoff ist für dich, dummes Ding«, krähte Wiffi. Die beiden brachen erneut in Gelächter aus.

»Für dich, ein Geschenk. Weil du Wiffi gerettet hast. Danke.«
Spierl war wieder ernst geworden.

Wortlos presste Anna den Ballen an die Brust und strahlte über das ganze Gesicht. Meister Spierl schien das zu reichen.

»Komm, Wiffi, ich habe Hunger. Hoffentlich hat Anna gekocht, dann schmeckt es wenigstens.«

»Was fällt dir ein, ich koche mindestens genauso …«

Das Ende des Satzes hörte Anna nicht mehr. Sie saß mit dem Stoff auf ihrem Lager und hatte noch immer beide Arme fest um den dicken Ballen geschlungen. Es mussten an die zwanzig Ellen sein. Vielleicht reichte das Tuch für ein Kleid und einen Beutel. Ein rotes Kleid. Sie liebte diese Farbe.

»Warten wir ab, wie lange du noch lachst.« Dietrich stand auf der Schwelle. Was hatte er mitbekommen? Sie antwortete nicht. Sollte er sich zum Teufel scheren.

»Wenn du nicht allmählich ein bisschen netter zu mir bist, wirst du's noch bitter bereuen.«

»Verschwinde, oder ich ruf den Meister«, drohte Anna.

»Hure. Er hätte dir einen gelben Lumpen schenken sollen, das hätte besser zu dir gepasst.«

Anna ließ den Stoff aufs Lager gleiten, fuhr hoch und sprang auf Dietrich zu. Er wich zurück. Doch statt ihm die Haut zu zerkratzen, zog Anna nur die Tür zu und legte den Riegel vor. Sollte er doch sein Gift versprühen, heute war es ihr gleichgültig.

Vertrauen

Immer wieder setzte der Meister die Schere an, nur um gleich darauf zu fauchen wie ein wütender Kater und den Stoff neu zurechtzulegen. Anna hatte ihn schon den ganzen Tag über beobachtet. Kein Wunder, dass er nicht schneiden konnte: Seine Finger waren rot und geschwollen. Schließlich warf er die Schere auf den Tisch, griff nach der Weidenrute und stand auf. Er humpelte, also taten ihm auch die Füße weh. Trotzdem wirkte er nicht so mürrisch wie sonst, wenn er Schmerzen hatte, im Gegenteil.

»Für heute machen wir Schluss. Jan und Dietrich, ihr habt den Rest des Tages bis zum Essen frei. Genießt die Muße, denn morgen früh habe ich eine Überraschung für euch. Ich verrate nur so viel: Es geht um die Reise zum Kaiser.«

»Wer …« Weiter kam Dietrich nicht, Meister Spierl unterbrach ihn.

»Morgen. Ruh dich aus, du wirst deine Kräfte noch brauchen.«

Ein triumphierendes Lächeln breitete sich auf dem Gesicht des Gesellen aus, und Anna war enttäuscht. Bedeutete Spierls Ratschlag, dass Dietrich ihn tatsächlich auf der Reise begleiten durfte? Sie hätte Jan die Ehre gegönnt, für den Kaiser zu nähen, statt hierzubleiben und Hemden zu fertigen. Andererseits – hatte der Meister nicht auch Jan freigegeben und ihm empfohlen, sich auszuruhen?

Ohne ein Wort verließen die beiden die Nähstube, und Meister Spierl trat neben Anna ans Fenster. Nachdem die Tür zugefallen war, seufzte er und legte die Weidenrute auf die Fensterbank. Ihm mussten die Hände arg wehtun, er legte die Rute sonst nie fort.

Anna ließ die angefangene Arbeit im Schoß ruhen und blinzelte zu ihm hoch.

»Die Hände tun Euch weh, nicht wahr?«

»Du kannst für heute auch aufhören«, murmelte Spierl und knetete seufzend die Finger.

»Danke«, sagte Anna und legte den Stoff zusammen. Lieber hätte sie weitergearbeitet, so wäre die Zeit bis zum nächsten Tag schneller vergangen. Aber es tat sicher auch gut, wenn sie einmal von der vielen Arbeit ausruhte.

Anna hatte sich auf ihrem Lager ausgestreckt, aber die Gedanken hielten sie wach. Natürlich wollte sie wissen, wer mit Meister Spierl nach Worms reisen durfte. Noch drängender aber war ihr Wunsch, endlich mit dem Nähen ihres Kleides anzufangen. Erst bei Tageslicht hatte sie erkannt, in welch wundervollem Rot der ungewöhnliche Stoff leuchtete. Bläulich kalt wirkte er, ganz so, wie sie sich Purpur vorstellte. Sie musste in der nächsten Nacht den ganzen Korb schaffen; die Arbeit mit der Rechten tagsüber zu bewältigen, war schon an gewöhnlichen Tagen schier unmöglich. Erst recht an einem Tag wie diesem. Dabei war Meister Spierl immer dann besonders gut auf sie zu sprechen, wenn er den Korb leer vorfand. Wenn sie die Nacht hindurch nähte, konnte sie ihn am nächsten Morgen bitten, ihr Garn und eine Schere zu geben. Sie arbeitete inzwischen schon seit mehreren Wochen für ihn und hatte bisher kein Geld ausgegeben. Der gesparte Lohn würde also für das Nötige reichen. Anna konnte es kaum erwarten, das Kleid anzuprobieren. In ihrem Kopf war es schon fertig. Sie würde es eng an den Körper schneidern, dann brauchte sie nicht so viel Stoff. Und für die Ärmelabschlüsse würde sie sich eine Borte besorgen, sobald sie genug Geld zusammen hatte.

Es war ruhig auf dem Flur. Anna schlich hinunter zur Nähstube und lugte durch den Türspalt. Nichts als das Licht des halben Mondes schwebte in dem Raum. Es war zu dunkel zum Nähen, sie brauchte die Öllampe.

Die Küche war ebenso leer wie der Rest des Hauses. Hier brannte im Küchenofen Tag und Nacht ein Feuer. Wiffis Lampe war mit dem langen Span rasch angezündet. Im Schein der zuckenden Flamme huschte Anna zur Nähstube und zog die Tür hinter sich zu.

Wie lange nähte sie schon? Anna wusste es nicht. Müdigkeit hatte die Aufregung des Tages vertrieben und legte sich wie ein wollener Umhang über ihre Sinne. Nur das dringende Bedürfnis, sich zu erleichtern, hielt sie wach. Sie gähnte und blickte in den Korb. Noch drei Teile. Sie würde auf den Innenhof zum Abtritt gehen und in der frischen Luft wieder wach werden.

Zurück im Flur, stutzte Anna. Hatte sie nicht die Tür geschlossen, damit keiner den Schein der Lampe entdeckte? Sie horchte. Außer Wiffis Schnarchen war kein Laut zu vernehmen. Sie hob die Schultern, betrat die Nähstube und schloss die Tür mit aller Sorgfalt. Der Mond war inzwischen hinter einer Wolke verschwunden. Es war so dunkel, dass selbst das Licht der Öllampe Anna blendete. Sie ging zu ihrem Schemel und griff nach einem der Nähstücke. Nur noch drei Teile, dann konnte sie ins Bett fallen. Das eine Stück war mit der Linken schnell genäht, sie langte nach einem halb fertigen Hemd und fädelte den passenden Faden ein.

»Ich habe mich schon oft gefragt, warum der Korb abends halb voll und morgens ganz leer ist.« Die Stimme des Meisters.

Anna fuhr hoch und stieß gegen die Lampe, sie kippte um, und das Öl entflammte. Der Schatten am Tisch. Er musste im Schatten gesessen haben, und sie hatte ihn nicht gesehen. Annas Herz raste, der Schein des brennenden Öles breitete sich aus wie ein Vorbote auf das zu erwartende Unheil. Sie wich zurück.

»Mach es aus, rasch!«, rief Spierl, aber Anna stand nur da und starrte auf die Flammen.

»Anna! Herrje, muss ich denn alles selbst machen?« Seine steifen Finger umklammerten das letzte Nähstück – die Nadel hing noch daran – und schlugen damit die Flammen aus. Anna hoffte, dass das Feuer ihn noch eine Weile beschäftigte, bevor das Unvermeidliche sie überwältigte. Er würde sie verraten, und man würde sie verbrennen. Das wirre Haar des Meisters tanzte vor ihren Augen, dann sank sie zu Boden.

Der Wald war düster. Knorrige Zweige peitschten ihre Wangen. Sie rannte. Wer rief da? Ihre Lider flatterten, und plötzlich stand die Mondsichel wieder über den Bäumen.

»Anna! Anna, wach auf! Nun mach schon, Kind! Es ist kalt auf dem Boden.«

Die Stämme und Zweige wichen den Runzeln des Meisters, dessen behaarte Nase dicht über ihrem Gesicht schwebte. Er wedelte mit den knotigen Fingern. Die Finger – was hatten sie mit den Ästen zu tun? Es musste ein Traum gewesen sein.

»Au!« Meister Spierl hatte ihr auf die Wange geschlagen. Sie setzte sich auf.

»Du bist wieder da, schön, schön. Warum wolltest du mein Haus abbrennen?«, fauchte er.

Ein Schluchzer entrang sich Annas Kehle.

»Ich wollte das Haus doch gar nicht abbrennen.«

»Du hast keinen Finger gekrümmt, um mir zu helfen. Du wärst verbrannt, Wiffi wäre verbrannt, ich wäre verbrannt!«

»Ich werde sowieso brennen! Welchen Unterschied macht das für mich?«, stieß sie hervor.

»Pssst! Willst du alle wecken, dummes Ding? Wieso solltest du brennen?«

»Weil sie mich bestimmt mit Feuer prüfen, deshalb.«

»Bist du beim Sturz auf den Kopf gefallen?« Die rauen Finger des Meisters fuhren ihr suchend durchs Haar, bis sie seine Hand wegstieß.

»Ihr habt alles gesehen. Ich bin keine Hexe, ich bin nur mit der Linken schneller. Und nun verratet mich, holt schon die Schergen, damit wir es hinter uns bringen.«

Meister Spierl starrte sie mit offenem Mund fassungslos an. Die buschigen Augenbrauen zogen sich zusammen wie wulstige Nähte unter einem Heftstich. Endlich glitt ein Ausdruck des Verstehens über seine Züge.

»Du meinst, du nähst mit der linken Hand?«, fragte Meister Spierl.

Was fragte er so einfältig? Hatte er sie nicht sitzen und nähen sehen? Ihr stockte der Atem. Er hatte es nicht gemerkt! Sie hatte sich selbst verraten.

Anna schlug die Hände vors Gesicht und schluchzte. Wie heftig sie auch dagegen ankämpfte, es gab kein Halten mehr.

Erst nach und nach wurde ihr bewusst, dass ihr Meister Spierl unbeholfen über den Rücken strich, als wolle er Flusen entfernen. Würde er versuchen, sie zu trösten, wenn er …? Die aufsteigenden Schluchzer verebbten, und leise Zuversicht gewann die Oberhand. Die nächtliche Stille schien seltsam laut nach dem Lärm.

»Warum sollte ich dich verraten?«, flüsterte Meister Spierl.

Anna schnäuzte sich. Wie konnte er eine so dämliche Frage stellen? Sie schniefte.

»Weil Männer nun einmal so sind, das ist doch bekannt. Wenn sie etwas zerstören können, dann zerstören sie es.«

Spierl nickte bedächtig.

»Kann sein. Ich bin kein solcher Mann.«

Wie ein eingewebter Goldfaden durch schwarzen Stoff wand sich eine Faser Fröhlichkeit durch Annas Gedanken. Sie musterte den Gewandschneider: die nackten Füße unförmig angeschwollen, die Haare wirr, die Schultern schmal, der Hals lächerlich unmännlich mit dem zu kleinen Adamsapfel unter dem dicken Kropf und die Stimme zu hoch. Dazu die hervorstehenden Augen. Mühsam unterdrückte Anna ein mitleidiges Lächeln. Der Meister hatte recht – wenn sie es genau betrachtete, war er kein richtiger Mann.

Doch die Fröhlichkeit verflog schnell. Sie hatte auch an Heinz geglaubt, und wohin hatte sie das gebracht? Wenn der Meister sie nicht gleich verriet, dann an einem anderen Tag. Wenn er schlechte Laune hatte. Wenn sie einen Stoff verdarb. Vielleicht sogar, wenn Wiffi wieder gehen konnte, nachdem Anna inzwischen wusste, wie es im unteren Stockwerk aussah. Sie konnte ihm nicht vertrauen.

»Du glaubst mir nicht, oder?«

Konnte er Gedanken lesen?

Ächzend, aber entschlossen erhob sich Spierl. »Komm!« Grob zog er Anna am Arm. Sie hatte es gewusst – er hatte es sich anders überlegt. Wo wollte er sie hinsperren? Ihre Kammer war von innen zu öffnen. Sie machte sich schwer, stand einfach nicht auf. Wenn er Hilfe herbeiholte, würde sie eben fliehen. Wiffi konnte sie nicht aufhalten, Jan und Dietrich hingegen war sie nicht gewachsen.

»Komm schon, nun stell dich nicht so an!«, rief er, diesmal lauter.

Auch Anna erhob die Stimme. »Ich komme nicht mit. Holt die Schergen doch her, Lügner!«

»Leise, dummes Ding! Ich hole niemanden, ich will dir etwas zeigen, damit du mir glaubst. Ich verrate dich nicht.« Als sie zögerte, zog er sie am Ärmel. »Komm endlich, sonst überlege ich es mir doch noch anders.«

Seufzend gab Anna nach. Was konnte es schaden? Ihn allein würde sie ohne Weiteres überwältigen, und solange sie bei ihm war, konnte er den Riegel zum Aufgang zu den Gesellenkammern nicht lösen. Sie kam auf die Füße und heftete sich an seine Fersen.

Der Meister schlich so leise durch den Flur, wie sie selbst es immer tat. Kein Wunder, dass sie ihn nicht gehört hatte. An der Tür zum Dachgeschoss ging er vorbei, und Anna atmete auf. Erst vor seiner Stube hielt er inne und trat ein. Eine einzelne Öllampe tauchte das Zimmer in ein heimeliges Licht. Anna folgte ihm.

»Schließ die Tür!«

Anna tat, wie ihr geheißen. Der Gewandschneider trat zu einem Regal und räumte einen Stoffstapel zur Seite. Dann schob er den Arm in die Lücke und zog so kräftig, dass sein schmächtiger Körper sich wie eine Feder spannte. Kein Knarren, kein Quietschen bereiteten Anna darauf vor, was sie zu sehen bekam.

Ein Teil des Regals und ein Stück der Wand gaben nach und schwangen lautlos auf.

Der Meister gab ihr kein Zeichen, er war offenbar sicher, dass sie schon aus Neugier hinter ihm herkam. Anna trat um das Schreibpult herum und näherte sich der Öffnung. Da wandte Meister Spierl sich um und deutete zum Tisch. Anna zuckte zurück.

»Die Lampe, wir brauchen die Lampe …«

Der Raum war in etwa so lang wie Spierls Arbeitsstube und schmal wie Annas Kammer. Mit ausgestreckten Armen hätte sie beide Wände berühren können. Dunkle Holzregale zogen sich an den Seiten entlang und bis zur Decke hinauf.

»Was hat das zu bedeuten?«, raunte Anna.

»Mein Warenlager. Aber erst einmal lass mich die Tür wieder verschließen. Wiffi weiß nichts von dieser Kammer.«

War es seine Stimme oder die Tatsache, dass er ihr etwas anvertraute, das er Wiffi nicht gesagt hatte? Anna nickte.

So schnell, wie er zur Tür gewieselt war und sie verrammelt hatte, war Spierl wieder bei ihr. Er nahm ihr die Lampe ab und hielt sie dicht an eines der Fächer.

»Fass nichts an, vor allem nicht die Schnüre.« Stück um Stück leuchtete er die Regale ab.

Da erst erkannte Anna, was sie enthielten. Schnüre, wie sie zum Vermessen benötigt wurden, hingen ordentlich aufgereiht, fertige Hemden, eine Kotta, ja, ganze Gewänder aus schimmernden Stoffen waren zu finden; in einem Fach standen sogar zwei Bücher.

»Bücher?«, fragte Anna.

Der Meister reichte ihr die Lampe, zog einen der Folianten heraus und öffnete ihn.

»Hier ist alles notiert, was ich über einen Kunden wissen

muss. Welche Farben er bevorzugt, welche Stoffe. Wen die Wolle kratzt und wer ein Mal zu verstecken hat unter dem hohen Kragen. Wer für andere Weiber als das eigene bestellt – und zahlt. Mein ganzes Leben als Meister steckt in diesen Büchern.« Er neigte den Kopf und wurde still. Schließlich klappte er das kostbare Buch zu. »Kannst du dir vorstellen, dass Dietrich darin herumkritzelt?« Er schüttelte sich und stellte das Buch zurück ins Regal. »Ich hätte einen Sohn haben sollen. Es ist ungerecht.«

Der Anblick des verbitterten alten Mannes weckte Annas Argwohn aufs Neue. Was sollte ihn davon abhalten, sie zu melden? Dass er Streit mit Wiffi bekam, wenn sie erst nach Anna von seiner geheimen Kammer erfuhr?

»Was wollt Ihr mir mit dieser Enthüllung beweisen?« Ihre Stimme klang kratzbürstiger als beabsichtigt.

»Das weißt du nicht?«

Sie schüttelte den Kopf.

»Gewandschneidern ist es verboten, auf Vorrat zu arbeiten. Der Kunde bringt Stoff, wir schneidern. Ich verwende nur gängige Tuche für die vorgefertigten Kleidungsstücke, und kein Mensch bemerkt den Unterschied. Wenn du mich verrätst, verweist man mich der Zunft. Oder stellt Schlimmeres mit mir an.«

Anna sog scharf die Luft ein. Das hatte sie tatsächlich nicht gewusst.

»Warum hast du diesen Vorrat angelegt?« Die vertraute Anrede war ihr herausgerutscht, aber Meister Spierl schien nichts dagegen zu haben.

»Schau auf meine Hände!«

Sie starrte auf die geschwollenen Knöchel und verstand, was er meinte. An guten Tagen war er ein Meister seines Faches, aber an schlechten konnte er nicht einmal die Schere halten. Und die Kunden wollten ihre Kleidung pünktlich. Die Schneiderei Spierl sei berühmt für ihre Zuverlässigkeit, hatte Jan ihr stolz erzählt. Ihr wurde klar, was das bedeutete.

»Danke«, sagte sie.

Spierl rieb sich die Nase. Im Schein der Lampe wirkten die Schatten auf seinem Gesicht wie Wolkenberge vor einem Gewitter, und seine Stimme klang drohend.

»Fühl dich nicht zu sicher. Wenn du irgendjemandem davon erzählst, werde ich behaupten, ich hätte dich auf einem Besen reiten sehen. Wem wird man eher glauben? Dir, einer zugelaufenen Näherin? Oder einem Schneidermeister?«

Bei diesen Worten wurde Anna ganz bang zumute. Sie war von Spierl abhängig – und er von ihr. Das war ein klares Abkommen.

Ihre Kammer schien Anna nicht mehr so sicher und gemütlich wie noch in der Nacht zuvor. Mit ihrem übereilten Geständnis, mit links zu arbeiten, hatte sie alles verändert. Vielleicht hatte er sie angelogen, vielleicht durfte er durchaus auf Vorrat arbeiten. Vielleicht wog er sie in falscher Sicherheit, um leichtes Spiel zu haben. Anna trommelte mit den Fingerknöcheln gegen das Regal.

»Zur Hölle mit den Männern!«

Doch sie konnte es drehen und wenden, wie sie wollte – es war ihre eigene Schuld, dass alles so gekommen war.

Endlich betrat Jan die Nähstube. Anna war die Erste gewesen, wie immer. An diesem Tag hatte sie besonders ungeduldig auf den Gesellen gewartet, obwohl er gestern so abweisend gewesen war. Auf dem Weg zu seinem Tisch würdigte er Anna keines Blickes, aber nachdem er seine Sachen abgelegt hatte, wandte er sich zu ihr um. Sein Gesichtsausdruck war offen wie immer.

Er setzte sich auf die Kante seines Tisches und klopfte mit allen zehn Fingern nacheinander gegen den Rand des Möbelstücks. Als er fertig war, begann er von Neuem mit dem aufreizenden Fingerspiel.

»Was meinst du, sagt er uns gleich, wer von uns beiden mit nach Worms darf, oder spannt er uns wieder auf die Folter?«

Kurz war Anna versucht, dem Gesellen seine Unfreundlichkeit vom Tag zuvor heimzuzahlen und so zu tun, als hätte sie ihn nicht gehört. Aber sie musste unbedingt etwas von ihm erfahren.

»Er sagt es euch.« Anna lächelte. »Bestimmt.«

Jan lächelte zurück, nahm die Finger vom Rand des Tisches und setzte sich auf seinen Platz.

»Kann ich dich auch etwas fragen?«

»Hm?«

»Warum arbeiten wir nicht einfach auf Vorrat? Dann könntet ihr beide mit …«, begann Anna.

»Ist nicht erlaubt«, unterbrach Jan sie sogleich. »Schneider schneidern, Händler handeln. Sie bringen ihren Stoff, wir machen was daraus. Das weiß doch jedes Kind. Außerdem müssen die Einkünfte hier weiterlaufen. Wer weiß schon, wann ein Kaiser zahlt?«

Anna hob die Schultern.

»Ich komme nicht von hier und dachte, bei euch ist das vielleicht anders«, erwiderte Anna, doch Jan schien seine eigenen Gedanken weiterzuspinnen und hörte nicht mehr zu.

Dietrich betrat den Raum, verquollen wie jeden Morgen und gerade noch rechtzeitig, denn Spierl folgte ihm auf dem Fuß. Erleichtert über Jans Antwort, fiel es Anna leicht, dem näher tappenden Meister einen freundlichen Morgengruß entgegenzurufen, doch der nickte nur knapp und würdigte sie keines Blickes. Zwei leinene Packen unter die kurzen Arme geklemmt, wuchtete er so heftig erst den einen auf Jans Tisch, dann den anderen auf Dietrichs Arbeitsplatte, dass die Flusen nur so flogen.

»Jan, Dietrich, es ist so weit«, erklärte der Gewandschneider.

Jan war sofort still, Dietrich fingerte noch einen Augenblick lang an einem Stoffstreifen herum, bevor er sich seinem Herrn zuwandte.

»Seit Tagen geht es doch bei euren Streitereien nur um das eine …«, fuhr Meister Spierl fort.

Dietrich warf Anna einen so begehrlichen Blick zu, dass sie

zusammenfuhr. Der Meister hieb dem dreisten Gesellen die Weidenrute so derb über den Oberarm, dass Anna bei dem Geräusch ein zweites Mal zusammenzuckte.

»Dies eine meine ich nicht, du Holzkopf. Ich meine deinen Streit mit Jan – wer mich nach Worms begleiten darf.«

Als der Alte fortfuhr, galt ihm auch Dietrichs volle Aufmerksamkeit.

»Ich fand es ungerecht, einfach einen von euch zu bestimmen. Außerdem habt ihr beide eure Vorzüge – und Nachteile. Du« – er tippte mit der Rute auf Jans Tisch – »bist noch zu langsam. Wer mich begleiten darf, muss schnell nähen und schneidern können. Und du« – Dietrich war an der Reihe – »bist ein eingebildeter Pfau und hast nur Weiber im Sinn. Wie soll ich dich von den Hofdamen fernhalten? Außerdem arbeitest du schlampig, wenn keiner hinsieht.« Der Gewandschneider seufzte.

Die Gesichter der Gesellen wurden lang und länger, sie sahen ihre Felle davonschwimmen. Selbst Dietrich traute sich nicht zu widersprechen. Auch Anna war verwirrt – einen musste er mitnehmen, warum fasste er dann keinen Entschluss?

»Um es gleich vorweg zu sagen – ich habe mich noch nicht entschieden.«

Dietrich hielt es nicht mehr aus. »Was soll dann die Ansprache?«, rief er.

Anna erwartete, dass Spierl den Gesellen mit der Rute zu einem höflicheren Umgangston ermuntern würde, doch sie sah sich getäuscht. Er grinste nur von einem Ohr zum anderen.

»Ein Wettbewerb soll entscheiden. Jeder von euch bekommt Stoff. Jeder von euch entwirft, schneidert und näht in drei Tagen ein Kleid für eine der Hofdamen. Mit Unterkleid und allem Zubehör.«

»Drei Tage? Das ist nicht zu schaffen«, widersprach Dietrich trotzig.

Jans Kopf ruckte herum, sein Blick suchte Anna. Doch der Meister hatte seine Augen überall.

»Komm bloß nicht auf solche Gedanken! Jeder muss sein Stück ganz allein fertigstellen. Wer sich helfen lässt, hat von Haus aus verloren. Glaubt mir, ich kenne eure Stiche. Bildet euch nicht ein, ihr könnt mich hintergehen.«

Jan sank in sich zusammen. Und der enttäuschte Ausdruck auf Dietrichs Gesicht zeigte, dass auch er mit Annas Unterstützung gerechnet hatte.

Jetzt war die Katze aus dem Sack.

Am liebsten hätte Anna die Stoffballen der beiden auseinandergerollt. Welch eine Aufgabe! Wie waren die Stoffe beschaffen? Ließen sie sich leicht bändigen? Machte die Farbe Freude beim Nähen, oder war sie langweilig? Wann öffneten sie endlich die Packen?

»Anna! Hörst du mich?« Der Meister. Hatte er schon einmal gerufen?

»Nimm deine Sachen und warte auf dem Flur! Ich muss meinen Gesellen noch Weisungen erteilen. Danach komme ich zu dir.«

Nein, nein, nein, was sagte er da? Sie wollte hierbleiben und zusehen. Doch der Blick verbot ihr jegliche Widerrede.

So langsam wie möglich nahm Anna Nadel, Garn und den Korb, schlich zur Tür und schloss sie zögernd hinter sich. Das war ungerecht.

Die Tür öffnete sich, und der Meister, die Rute in der Hand, trat auf den Flur. Annas Kopf ruckte herum. Endlich. Durch die vermaledeite Tür hatte sie kein einziges Wort verstanden, und die Zeit war ihr lang geworden.

»Komm mit!«

Sie folgte ihm, noch immer verdrossen.

»Du wirst in den nächsten drei Tagen in meiner Stube arbeiten.« Er öffnete die Tür und ließ Anna den Vortritt.

Sie blieb mitten im Raum stehen und stellte den Korb auf dem Boden ab. Er war nur zu einem Drittel gefüllt. Arbeit für eine halbe Nacht.

Auch der Meister spähte in den Korb, hob die Schultern und schob ihn in eine Ecke.

»Das kann warten. Mit dir habe ich etwas anderes vor. Warte hier!« Er ließ sie stehen und verschwand nach draußen.

Wieder hieß es warten, und Anna wagte es nicht, sich zu setzen.

»So.« Meister Spierl war schneller zurück als erwartet. Etwas Rotes auf dem Arm, trippelte er auf den Schneidertisch vor dem Regal zu. Da erst erkannte Anna das einmalige Rot *ihres* Stoffes. Wollte er ihn ihr wieder wegnehmen? Reute ihn seine Großzügigkeit im Nachhinein? Sie ballte die Hände zu Fäusten.

»Du kannst in den drei Tagen an deinem Kleid nähen. Ich brauche dich nicht für die anderen Arbeiten, ich muss die beiden Streithähne beaufsichtigen.«

Vor Begeisterung strahlte Anna über das ganze Gesicht. »Danke!«, rief sie.

Der Meister räusperte sich verlegen. »Glaub nicht, dass ich dir für die drei Tage Lohn zahle.« Er fuchtelte mit der Rute nach links und rechts, wie um sein Kopfschütteln zu bekräftigen.

Einsichtig schüttelte sie den Kopf. »Natürlich nicht.«

»Essen kannst du trotzdem. Und dass du mir ja nichts Falsches anfasst.« Die Rute wippte in Richtung Regal – und damit zur Geheimtür. »Und nun komm, ich habe nicht den ganzen Tag Zeit.«

Auf dem dunklen Holz des polierten Schneidertisches wirkte das Rot noch leuchtender. Der Meister war gerade erst von Jan und Dietrich wiedergekommen. Doch sie hatte nicht gefragt, wie die beiden vorankamen, sie musste nachdenken. Die geliehene Schere in der Hand, legte Anna den Kopf schief. Sollte sie zwei Geren mehr machen? Aber jeder eingesetzte Keil kostete viel Stoff. Sicher, der Kattun, wie Meister Spierl ihn manchmal nannte, war nach dem vollständigen Entfalten größer als gedacht, aber würde es noch für einen Umhang reichen, wenn sie die aufwendigen Geren machte?

»Was überlegst du noch? Das Kleid, das du trägst, hast du angeblich doch selbst geschneidert.«

Sie sah ihn verständnislos an. »Und?«

»Dann solltest du wissen, womit du beginnen musst. Erst einmal vermessen. Du brauchst Schnur.«

Anna schüttelte den Kopf. »Das ist nicht nötig. Ich habe die Maße im Kopf.«

»Vielleicht deine eigenen. Aber wenn man für eine andere Person schneidern will …« Er verstummte kurz, dann fuhr er fort. »Ich muss darauf bestehen – dies ist eine Gewandschneiderei und keine Küche. Dabei darf nicht irgendetwas herauskommen, nicht bei dem teuren Stoff.«

Anna hob endlich den Blick – und stutzte. Er sah irgendwie enttäuscht aus.

»Gleichgültig, für wen das Kleidungsstück bestimmt ist«, erklärte sie, »ich behalte alles im Kopf. Ich brauche die Schnüre wirklich nicht. Ich muss nur einmal mit den Augen Maß nehmen.«

Wenn sie ihn mit diesen Worten zufriedenzustellen hoffte, täuschte sie sich.

»Unmöglich!« Er stampfte mit dem Fuß auf und verzog das Gesicht.

Anna hütete sich zu lachen, auch wenn er wie ein trotziges Kleinkind wirkte. Das Aufstampfen hatte bestimmt wehgetan.

»Beweis es!«, rief er.

»Gern, aber wie?«

»Die Müllersfrau. Die Frau mit dem braunen Kleid, der Wollstoff …«

Anna wusste sofort, wer gemeint war. Sie war lange genug vor ihr auf dem Boden herumgekrochen, um die Utensilien wieder zusammenzusuchen, die Dietrich hinuntergefegt hatte. Sie nickte.

»Ich weiß, wer gemeint ist.«

Meister Spierl kramte einen Rest verblichenen Leinens aus dem Regal neben sich.

»Schneid mir einen Streifen! Zwei Finger breit, einmal um ihre Mitte.«

Anna nahm den Stoff und setzte die Schere an. Zügig schnitt sie schnurgerade durch den Stoff. Es war gutes Tuch, und die Schere war scharf, sie hatte keine Mühe, einen ebenmäßigen Schnitt zu führen. Meister Spierl hatte sie beobachtet. Er hastete zum Regal auf der anderen Seite und wühlte sich durch unzählige Schnüre voller Knoten, die dort an Haken auf ihren Einsatz warteten.

»Ha!«, rief der Meister, ergriff ein Bündel, löste daraus eine Schnur und kehrte zum Tisch zurück. Er legte den Faden an, hielt die Knoten mit einer Hand fest und strich mit der anderen das Leinen glatt. Der Abstand passte. Anna schmunzelte – sie hatte es gewusst, denn sie nahm, seit sie denken konnte, auf diese Weise Maß.

Meister Spierls Wangen glühten, er schwitzte die feinen Perlen, die so charakteristisch für ihn waren.

»Blinder Zufall.« Er schob ihr den Rest des Stoffes zu. »Einen Finger breit, den Umfang ihres Handgelenkes.«

Anna rief sich das Bild der Müllersfrau in Erinnerung und führte den Schnitt aus. Meister Spierl brauchte länger, um den richtigen Faden zu finden, als sie für das Schneiden benötigte. Seine Finger zitterten beim Anlegen.

Auch dieser Faden passte.

»Ihr Hals.«

Sie schnitt.

»Ihre Armlänge.«

Anna betrachtete den Stoff und hielt inne.

»Siehst du, du kannst es nicht immer!«, rief der Gewandschneider triumphierend.

»Doch, ich kann es.« Sie deutete auf den Stoffrest. »Aber der Stoff reicht nicht.«

Wortlos reichte er ihr ein neues Stück Leinen aus dem Restekorb im Regal, diesmal in verblichenem Braun. Anna schnitt und hielt ihm den Streifen hin. Der Meister nahm eine der längeren Schnüre, legte das Bündel aus der Hand und maß nach. Anna wagte kaum zu atmen. In der Stille wäre das Fallen einer Nadel zu hören gewesen.

Die Schnur passte.

Hahnenkampf

Wüst sah er aus, die Haare wirr und das feuchte Gesicht voller Falten, aber die Wangen waren noch rosiger als sonst, und er grinste von einem Ohr zum anderen. Im Dämmerlicht des Arbeitszimmers wirkte er wie ein frisch geschlüpftes Entenküken.

»Anna, Anna, Anna, wer hätte das gedacht!«, rief der Gewandschneider.

Sie lächelte zurück, sagte aber nichts. Wenn sie alles richtig machte und fleißig war und sparte, vielleicht würde er dann eines Tages ihr Lehrer? Dann würde er *ihr* die Schnitte zeigen, wie er sie zurzeit Jan beibrachte. *Ihr* die Stoffsparkniffe beibringen, mit denen er Dietrich ständig quälte. Sie wünschte sich nichts sehnlicher als das.

»So, und nun arbeite weiter an deinem Kleid!« Er zwinkerte. »Ohne Schnüre, versteht sich.«

Sie nickte, den Stoff schon in der Hand. Die Tür klappte, der Meister ging zu seinen Gesellen. Anna legte die Stirn in Falten und biss auf der Unterlippe herum. Endlich hatte sie sich entschieden. Sie würde zwei Geren machen. Sie musste niemanden beeindrucken, und der restliche Stoff würde einen feinen Umhang ergeben.

Der nächste Morgen atmete Veränderung. In der Stunde vor dem Frühmahl war Anna die Nähstube sonst am liebsten, denn allein im Raum, nähte sie in Windeseile mit der Linken. Auf diese Weise ließ sich ein ansehnlicher Vorsprung für mondlose Nächte herausarbeiten. Doch kaum hatte sie die Tür geöffnet, als ihr Dietrichs Stimme entgegenschallte.

»Hinaus mit dir, wir haben zu arbeiten …«

Anna warf die Tür wieder zu. Richtig, sie musste ins Arbeitszimmer.

Der Stoff lag noch da, wo sie ihn am Tag zuvor liegen gelassen hatte. Teil auf Teil, Naht auf Naht, nichts war verschoben oder zerdrückt. Wie gut, dass sie den Tisch nicht hatte abräumen müssen, das sparte Zeit. Vielleicht konnte sie das Oberkleid fertigbekommen, bevor die drei Tage um waren.

Sie hatte am Tag zuvor mit der Kreide gut vorgearbeitet, heute ging es ans Ausschneiden. Das Licht war günstig, angenehm hell, aber die Morgensonne blendete nicht. Bei diesem feinen Stoff tat sie gut daran, sich nicht zu verschneiden, sonst wurde es nichts mit dem Mantel.

Zuerst schnitt sie das Vorderteil aus. Ein Halbmond für den Hals, den Rest des Oberteiles geformt wie einen bauchigen Krug, der Rock sollte bis zum Boden reichen. Sie wischte sich den Schweiß von der Stirn. Das Rückenteil war schwieriger, der Halbmond des Halses stürzte unten in eine tiefe Schlucht, deren Ränder zu guter Letzt mit Hilfe eines Pfriemes die Löcher für die Schnürung aufnehmen sollten. Oder doch lieber Schlaufen einnähen? Viele Löcher ergaben eine gleichmäßigere Schnürung, aber die Schlaufen würden länger halten. Anna entschied sich für Schlaufen. Das Rückenteil ließ sie ein wenig länger; halbrund geformt, glich es einer kleinen Schleppe. Anna lachte leise. Wer hätte gedacht, dass sie einmal reich genug wäre für ein rotes Schleppenkleid?

Erst als der Schnitt für das Überkleid zur Gänze fertig war, gönnte Anna ihren steifen Händen eine Unterbrechung. Es wurde höchste Zeit, dass sie zum Abtritt ging. Als sie die Tür öffnete, stieß sie fast mit Dietrich zusammen.

»Machst dir 'nen lauen Tag, während wir uns sputen, hä?«,

raunzte er mit mürrischem Gesicht, die Hände in die Hüften gestemmt, und stellte sich ihr breitbeinig in den Weg.

»Lass mich durch!«, zischte Anna.

»Brauchst wohl eine Ruhepause, wie? Was glaubst du, wie lange er dich noch behält, wenn du so faul bist?«, hetzte Dietrich weiter.

Anna presste die Schenkel zusammen. Lange konnte sie nicht mehr warten, dann wäre es zu spät. Die Genugtuung gönnte sie ihm nicht.

»Du Schuft, lass mich endlich durch!«, schrie sie. Dann ging alles ganz schnell. Dietrich packte Anna an den Haaren und drückte sie vor sich auf die Knie. Doch plötzlich ließ das Gezerre nach, und Dietrich riss schützend die Arme hoch. Der Meister stand hinter ihm, die Rute in der Hand, und prügelte, was das Zeug hielt. Anna kam auf die Füße und schob sich an den beiden vorbei.

»Danke!«, rief sie und stürzte zum Abtritt hinüber.

Jan aß kaum von seiner Suppe, dabei war er ohnehin so schmal. Er dauerte Anna. Sie hatte von Wiffi gehört, dass es für ihn nicht gut aussah. Der zweite Tag war zu Ende; Anna war weit gekommen. Alle Teile waren zugeschnitten, es hatte nicht nur für einen Umhang gereicht, sondern zusätzlich auch für einen Beutel. Ihre Gedanken schweiften ab. Meister Spierl war am Nachmittag mehrere Male zu ihr an den Tisch getreten und hatte ihr vieles gezeigt. Seine Art, die Einschnitte bis fast auf Brusthöhe zu ziehen, hatte eine Menge Stoff gekostet, aber am Ende hatte es gereicht. Der Fall des Rockes würde sie sicher für diese Verschwendung belohnen. Sogar die Heftstiche waren gemacht. Es tat gut, im Arbeitszimmer des Meisters mit der Linken nähen zu dürfen, im vollen Licht. Keiner traute sich dort hinein, sie war sicher. Und das Essen fand ohne Dietrich statt, den hatte der Meister nach der Arbeit ohne Essen nach oben geschickt. Ein glückliches Lächeln breitete sich auf Annas Gesicht aus, bis ihr Blick den von Jan kreuzte.

»Schön, dass es dir gut geht.« Der Geselle warf seinen Löffel so heftig auf den Tisch, dass es klapperte. »Ich hätte gedacht, dass du wenigstens fragst, wie ich vorwärtskomme, wenn du mir schon nicht hilfst.«

Anna war sprachlos. Das war ungerecht – sie durfte doch gar nicht helfen. Schmal und blass saß Jan auf seinem Schemel, als wäre er gerade von einer schweren Krankheit genesen. Dunkle Ringe zierten seine Augen wie eine verschmutzte Borte. Hatte sie wirklich das Recht, ihm etwas vorzuwerfen? Sie wünschte sich seit zwei Tagen, dass Dietrich gewann, und das aus purem Eigennutz. Wenn er mitfuhr, herrschte Ruhe im Haus. Und sie war froh, einmal nicht als Zunäherin zu arbeiten, sondern unter den wachsamen Augen des Meisters zu zeigen, was sie konnte. Sie wollte Jan gar nicht helfen, was sollte sie da erwidern?

»Lass Anna in Ruhe!«, keifte Wiffi, hob das versehrte Bein vom stützenden Schemel, stand auf und stützte sich mit beiden Fäusten auf die Tischplatte. Dann beugte sie sich so weit vor, dass ihre Nase Jans Gesicht fast berührte.

»Warum soll sie dir helfen? Wenn du nach Worms kommst, musst du auch allein arbeiten. Was sagst du dann dem Kaiser? Die Hochzeit fällt aus, ich habe meine Näherin zu Hause vergessen, hä?«

Jan lehnte sich zurück, so weit das möglich war, ohne vom Schemel zu kippen. Der Arme – Wiffi roch schon aus erheblicher Entfernung unerträglich.

»Er ist der mächtigste Mann auf Gottes schöner Erde, und er hat schon Leuten wegen geringerer Vergehen den Hohlkopf vom Hals schlagen lassen. Wenn du es nicht kannst, bringst du nicht nur dich in Gefahr, sondern auch den Meister.«

Schwer atmend setzte die Alte sich wieder auf ihren Platz, doch ganz fertig war sie mit Jan noch nicht.

»Wirf dich auf dein Lager, um zu heulen, oder benimm dich wie ein Mann, und näh die Nacht durch, aber verschwinde aus meiner Küche.«

Jan sprang auf und stürmte hinaus. Wiffi zog Jans Teller zu sich heran und tunkte einen Kanten Brot in dessen kalte Suppe.

»Er muss dir nicht leidtun, es ist nur zu seinem Schutz. Wenn er nicht gut genug ist, kommt er bei Hofe unter die Räder. Ich habe viel über den Kaiser gehört, und eins ist sicher: Wenn er unzufrieden ist, fackelt er nicht lange.«

Anna erhob sich zögernd und stellte ihre Schüssel in den Bottich.

»Und noch eins – willst du, dass Dietrich mit uns hierbleibt? Ich nicht.« Wiffi stopfte sich das aufgeweichte Brot in den Mund, und die Brühe rann ihr in zwei dünnen Fäden über die weißen Stoppeln am welken Kinn.

Anna kämpfte. Zwischen Garn und Stoff war farblich kein Unterschied, und das Licht war so schlecht, dass die Nähte kaum zu sehen waren. Die Fenster waren hier kleiner als im Nähzimmer, und der Mond verschwand immer wieder hinter Wolken. Wie sie den Schemel auch drehte, stets fiel ein Schatten auf die Naht. Ihr tat der Nacken weh, und die Finger schmerzten ebenfalls.

»Verflixt, wie soll ich …« Sie schleuderte das Kleid auf den Nähtisch. Schritte erklangen hinter ihr. Sie hatte die Tür nicht quietschen gehört, der Meister war zurück.

»Meister Spierl, es tut mir leid, das Licht … Ich kann kaum etwas sehen, ich wollte nicht …«

»Schon gut, bei solch schlechtem Licht könnte ich auch nicht arbeiten.« Meister Spierl legte seinen guten Umhang ab und räumte die silberne Fibel sorgsam in den Kasten im Regal. Es musste ein wichtiger Kunde gewesen sein, für den er sich so herausgeputzt hatte. In jeder Hand eine Öllampe, trat der Meister an den Tisch.

»Immer noch fleißig?« Eine zweite Lampe flammte auf, so war es besser.

»Wenn ich mich spute, bin ich bis morgen Abend fertig.«

Der Meister entzündete eine weitere Lampe und ordnete die drei Lichtquellen im Halbkreis vor Anna auf dem Nähtisch an. Die Schatten verschwanden, der Faden war deutlich zu erkennen.

Anna war begeistert. »Wie habt Ihr das fertiggebracht?«, fragte sie.

Der Gewandschneider schmunzelte. »Berufsgeheimnis. Zeig mir deine Arbeit!«

Anna reichte ihm die fertigen Teile. Bis auf das Einnähen der Ärmel war alles weit gediehen.

»Was hast du mit den Ärmeln angestellt? Die sollten weit sein. Das sieht ja aus wie ein Unterkleid, nicht gerade zeitgemäß.« Meister Spierl wirkte verärgert.

Anna senkte den Blick. Die Ärmel waren der Preis für den Umhang gewesen – für weite Ärmel *und* Umhang hätte der Stoff nicht gereicht.

»Das ist so viel zweckmäßiger. Was soll ich mit weiten Ärmeln?«, fragte sie.

»Was denken sich die Leute, wenn eine Näherin aus meiner Werkstatt nicht nach dem neuesten Geschmack gekleidet ist?«, zeterte Spierl.

Warum regte er sich so auf? »Ich gehe doch fast nie aus dem Haus. Außerdem ist alles schon zugeschnitten.«

Meister Spierl schnaubte. Anna schürzte die Lippen.

»Der Stoff war ein Geschenk. Wenn Ihr ihn wiederhaben wollt, dann sagt es mir.«

»Pft.« Der Alte machte kehrt und verschwand aus der Arbeitsstube, doch er ließ Anna die Lampen.

Soll er doch herummäkeln, wie er will, dachte Anna bockig. Aber eine leise Stimme in ihrem Innern fragte, ob es klug war zu widersprechen, wenn sie Meister Spierl eines Tages als Lehrherrn gewinnen wollte.

Beim Frühmahl ging alles seinen gewohnten Gang. Anna war erleichtert. Wiffi schmatzte fröhlich, und der Meister schien nicht mehr böse zu sein. Da war es unwichtig, dass Dietrich sie mit Blicken erdolchte und Jan eine Miene zur Schau trug, die jedem Märtyrer wohl angestanden hätte.

Es war sowieso keine Zeit für solche Narreteien – wenn sie an diesem Tag noch fertig werden wollte, musste Anna sich beeilen.

»Darf ich aufstehen?«

Meister Spierl nickte.

Im Arbeitszimmer war schon alles vorbereitet. Sie freute sich darauf, den Umhang zu nähen. Bei den vielen geraden Nähten kam sie flott voran, und das fertige Stück belohnte die Näherin mit weichem Schwung, nachdem sie genügend Stoff genommen hatte. Sie hatte schon ein gutes Stück geschafft, als der Meister eintrat.

»Das mit den Ärmeln … Natürlich ist es dein Stoff.« Er reichte ihr zwei kleine grüne Rollen.

»Vielleicht kannst du diese Reste gebrauchen, ich habe keine Verwendung dafür.« Er räusperte sich. »Solches Grün kauft gerade niemand, nicht gerade zeitgemäß. Bis es wieder in Mode kommt, sind die Farben verblichen.«

»Meister Spierl, das ist wirklich freundlich von Euch, danke!«, rief Anna.

»Passt zu deinen altbackenen Ärmeln …«, nuschelte er errötend und war schon wieder zur Tür hinaus.

Anna war ihm nicht böse. Sie war auch keine Freundin von rührseligen Dankesreden. Doch als sie die Stoffknäuel entrollte, bedauerte sie, sich nicht herzlicher bedankt zu haben. Die schmale Borte war so lang, dass sie für den ganzen unteren Saum reichte, das sah sie auf den ersten Blick, und das kürzere Stück, passend für Halsausschnitt und Ärmel, war mit Silberfäden durchwirkt. Diese Borte war mindestens zwei Wochenlöhne wert. Anna schluckte. Und für einen Augenblick wünschte sie, sie hätte auf den Umhang verzichtet und Kelchärmel geschneidert, nur um dem alten Mann eine Freude zu bereiten.

Der Umhang war traumhaft schön, er schwang genauso leicht und weit, wie sie gehofft hatte. Der Beutel bot genügend Platz und würde nicht so schnell ausreißen. Das Kleid war bereits ihr Lieblingsstück von all den neuen Teilen. Die Borten passten wunderbar zu dem tiefen Rot. Doch stand ihr die Farbe? Anna zog die Kämme aus dem Haar und ließ die Strähnen auf die Schultern fallen. Es leuchtete silbrig auf dem bläulich roten Stoff. Die Farbe war wie für sie gemacht. Sie öffnete den Türriegel und lief über den Flur – sie musste das Prachtstück vorführen, und wenn sie es Wiffi zeigte. Der Gang war leer, kein Laut drang an ihr Ohr, die Tür zum Nähzimmer war geschlossen. Anna zog den Umhang enger um die Schultern, um ihn in der Küche nicht zu beschmutzen. Das Feuer brannte behaglich, es war bald Zeit für das Mittagsmahl. Wo steckte Wiffi? Ein Schnarcher lieferte die Erkenntnis: Die Alte lag auf der Küchenbank und schlief.

Enttäuscht schlich Anna ins Arbeitszimmer zurück. Was nutzte das schönste Gewand, wenn es niemand an ihr bewunderte? Sie legte den Riegel vor, zog sich um und machte sich über den Korb mit Wäsche her. Demnächst würde wieder Alltag herrschen, da konnte es nicht schaden, einen kleinen Vorsprung zu haben.

Jemand rüttelte an ihrer Schulter. Die Luft roch nach abgebrannten Dochten. Anna hob den Kopf und blinzelte in das schwache Licht der letzten Öllampe.

»Ins Bett, kleine Anna! Es ist spät.« Meister Spierl zog ihr das letzte Nähstück unter dem Arm hervor, faltete es zusammen und legte es in den Korb zu den fertigen Teilen.

»Warst du wieder so fleißig? Geh schlafen!«

Anna erhob sich. Ihr schwindelte, doch nach zwei, drei Schritten war sie halbwegs wach.

»Die Lampe«, murmelte sie.

»Lass sein, darum kümmere ich mich.« Spierl schob sie zur Tür. Als Anna schon im Flur war, rief er noch einmal.

»Anna?«

»Ja?«

»Das Kleid ist gut geworden.«

Sie hatte die Schale erst halb leer gegessen, und doch hatte Anna das Gefühl, keinen Löffel mehr hinunterzubringen. Wie es Jan wohl erging? Der saß stumm vor seinem Frühmahl und rührte es nicht an. Der Meister hatte gut gegessen, wirkte ausgeschlafen und zufrieden. Ein Blick auf seine Hände zeigte Anna, dass es ihm besser ging: kaum Schwellungen, keinerlei Rötung.

Verschlafen polterte Dietrich über die Schwelle.

»Wo kommst du so spät her, hä?« Wiffis vorwurfsvoller Blick verlangte nach einer Entschuldigung.

»Tut mir leid, lange gearbeitet gestern.« Der Geselle ließ sich auf den Schemel fallen und schlang den Morgenbrei in sich hinein.

»Bist es nicht gewöhnt, so hart zu arbeiten, hm?«

Dietrich rülpste und deutete auf Jans Schüssel. »Magst du nicht?«

Jan schüttelte den Kopf. Dietrich zog die Schale zu sich heran und machte sich über die Speise her.

Meister Spierl erhob sich. »Es wird Zeit – kommt in die Näh-stube!« Er ging voraus.

Jan folgte ihm wie ein Schlafwandler, doch Dietrich sprang auf wie ein angegriffenes Wildschwein und stieß fast die Schüs-sel vom Tisch.

Igitt! Wiffi löffelte die Neige aus Jans Schale in sich hinein. Anna hätte in der Nähstube gern Mäuschen gespielt, statt der Alten beim Restevertilgen zuzusehen. Sehnsüchtig starrte sie zur Tür. Der Kopf des Gewandschneiders tauchte auf. »Wo bleibst du?«, fragte er.

Äußerlich hatte sich in den letzten drei Tagen in der Nähstube nichts verändert, aber die Anspannung des Wettbewerbes war förmlich greifbar. In der unaufgeräumten Stube roch es wie in einem Dachsbau. Überall lagen Fäden und Fusseln, Nadeln, Scheren, Kreiden und Stoffstreifen herum. Jeder der beiden Gesellen hatte seine Arbeit zu einem Stapel gefaltet und ans Tischende gelegt. Anna saß auf ihrem Platz am Fenster und wartete gespannt. Meister Spierl stand vor seinem Tisch, die Rute in der Hand, und blickte von einem zum anderen. Er starrte auf Jan, der auf seinem Stuhl zusammenzuschrumpfen schien wie Filz im heißen Wasser, er musterte Dietrich mit hochgezogenen Brauen, und schließlich linste er auch zu Anna herüber. Sie lächelt verlegen, doch er lächelte nicht zurück. Stattdessen zog er die Stirn kraus, legte den Finger an die Nase und klopfte sich mit der Rute auf den Oberschenkel. Eine Weile geschah nichts.

Just als Anna dachte, dass Dietrich sich gleich beschweren werde, hellte sich die Stirn des Meisters auf.

»Ich habe etwas vergessen, bin gleich zurück«, murmelte er.

Die Tür hatte sich noch nicht ganz geschlossen, da brach der Unmut schon aus Dietrich hervor.

»Was denkt er sich dabei? Kann er nicht endlich sagen, dass er mich mitnimmt? Du hast deine Arbeit doch gesehen, Jan, die taugt nichts.«

Jan schwieg und betrachtete seine Schuhspitzen mit leerem Blick.

Dietrich hob einen Ärmel. »Anna, selbst du musst zugeben, dass mein Gewand besser gelungen ist.«

Anna schnaubte nur.

Die Tür klappte, der Meister war wieder da, einen hellen Leinenpacken unter dem Arm. Jan stöhnte, und Dietrich knurrte. Anna warf einen neugierigen Blick auf den Packen. Ein neuer Auftrag? Stand die Entscheidung des Meisters noch immer nicht fest? Er erwähnte den Packen mit keinem Wort, legte ihn an das Tischende unter die blauen Augen des Kaisers, dessen Bild Anna seit drei Tagen nicht mehr gesehen hatte. Sogleich zog es sie wieder in Bann. Ob es wohl stimmte, dass er Menschen den Kopf wegen einer Nichtigkeit abschlagen ließ? Blickten die Augen vielleicht nicht eindringlich, sondern streng?

»Anna!«

Was gab es? Der Meister stand mit Jan und Dietrich am Tisch, die Kleiderstapel vor sich, alle sahen zu ihr herüber.

»Ja?«

Meister Spierl tippte mit der Rute in die Lücke zwischen den Gesellen. »Hierher, habe ich gesagt!«, knurrte er.

Anna fuhr hoch und huschte zum Tisch hinüber. Eines der Kleider, offenbar Jans Arbeit, lag schon ausgebreitet da wie ein Verurteilter auf der Streckbank.

»Was soll das sein?« Die Stimme des Meisters klang höher als sonst, er war wütend. »Habe ich dir so etwas beigebracht? Halbfertige Sachen abzuliefern? Der Schnitt ist nicht übel, aber wann soll das Kleid fertig sein? Zur nächsten Lichtmess? Wenn die Gewänder nicht rechtzeitig zur Hochzeit angeliefert werden, reißt der Kaiser nicht nur mir den Kopf ab.«

Anna spähte zu der Zeichnung an der Wand hinüber. Eindeutig streng die blauen Augen! Arme Isabella.

Der Gewandschneider holte tief Luft. »*Du* kommst auf gar keinen Fall mit.« Das klang endgültig. Anna schämte sich ihrer Erleichterung. Sobald die Begutachtung vorbei war, wollte sie Jan trösten.

Siegessicher hob Dietrich den Kopf und reckte die Schultern.

»So …« Der Geselle breitete das Überkleid und das Unterkleid auf dem Tisch aus. »Das ist pünktlich fertig geworden und sieht gut aus.«

Prahlhans. Wie froh Anna auch sein mochte, dass Jan bei ihr und Wiffi blieb – Dietrich gönnte sie den Sieg nicht.

Die Hände in die Hüften gestemmt, den Blick forsch auf die Zeichnungen an der Wand gerichtet, als nähme er schon Maß am Kaiser, lehnte der Geselle am Schneidertisch.

Meister Spierl zog die weißen Brauen so hoch, dass sie abstanden wie Fäden an einem zerrissenen Betttuch.

»Mach Platz!« Meister Spierl schob Dietrich beiseite und beugte sich über das Gewand, er legte sogar die Rute aus der Hand. »Das sehe ich mir genauer an.«

Das Kleid war schnell auf links gewendet. Grummelnd und schnaubend arbeitete sich der Meister an allen Säumen und Nähten entlang.

Anna trat von einem Bein auf das andere. Außer einem gelegentlichen »Ha!« oder »So, so« gab der Gewandschneider keinen Hinweis darauf, ob er mit der Arbeit zufrieden war. Je genauer er die Nähte untersuchte, desto unruhiger wurde Dietrich. Zuerst ließ er nur die Arme hängen und heftete den Blick starr auf das Kleid. Als Meister Spierl eine der Nähte auseinanderzog und gegen das Licht hielt, traten ihm Schweißtropfen auf die Stirn. Dann beugte sich der Meister so nahe zum Stoff hinunter, als wolle er einen üblen Geruch aufspüren.

Er musste Dietrich trotzdem gewinnen lassen – oder erteilte er beiden Gesellen eine neue Aufgabe? Annas Blicke wanderten zu dem geheimnisvollen Packen auf dem Tisch. Dietrich folgte Annas Blick und stöhnte leise.

Endlich hob der Meister den Kopf, nahm die Rute zur Hand und benutzte sie als Zeigestock.

»Da … und da … und da auch! Schlampig genäht, eine Schande. Nicht wert, im Namen meiner Werkstatt geliefert zu werden.«

Er peitschte mit der Rute so heftig durch die Luft, dass es sirrte, und traf die Stelle, die er vorhin so kritisch ins Licht gehalten hatte.

»Da! Stoß an Stoß genäht, das hält nicht einmal der ersten Anprobe stand. Das wird doch geschnürt, du Narr! Da ist Zug drauf.«

Dietrich war erstaunlich kleinlaut, er nickte nur. Sein Kleid war trotzdem besser als das von Jan. Solange er klein beigab, bliebe dem Meister nichts anderes übrig, als ihn mitzunehmen.

»Die Stiche sind zu groß. Und das Unterkleid ist zu kurz. Sicher, es soll kurz sein, aber doch nicht so kurz.«

Spierl redete sich immer mehr in Zorn. Die Haut wurde rosig, das kannte Anna schon. Gleich würden seine Finger wieder zittern, und er bräche in Schweiß aus.

»Ihr seid beide unfähig. Jan hat so viel Stoff verbraucht, dass ihm allein dafür der Kopf abgeschlagen gehört. Die Stoffe kommen aus Frankreich und Italien, sie sind ebenso knapp bemessen wie teuer. Was wollt ihr sagen, he? Ordert eben einfach noch Ware nach! Wisst ihr, wie lange das Zeug braucht, bis es hier ist? Schlampig gearbeitet habt ihr, ich kann gar nicht glauben, dass ich euch ausgebildet habe. Stümper!« Das letzte Wort hatte er so laut geschrien, dass alle drei zusammenzuckten. Dietrich versuchte zu retten, was zu retten war.

»Nun, es ist nicht gerade eine Glanzleistung, aber mein Kleid ist doch insgesamt ganz gut gelungen. Die Zeit war viel zu knapp, das hätte doch keiner geschafft.« Er fetzte einen Faden von seiner Tunika. »Und einen von uns beiden müsst Ihr mitnehmen, allein schafft Ihr das nicht«, setzte er listig hinzu.

Wortlos trat der Gewandschneider zum Tischende und griff nach dem eingeschlagenen Packen.

Zum ersten Mal meldete sich Jan zu Wort. »Meister, ich kann nicht mehr. Meinetwegen soll Dietrich mitkommen. Noch drei solcher Tage halte ich nicht aus, ich …«

»Ruhe!« Der Meister schlug das Paket auf. »Keiner geschafft … keiner geschafft …«, äffte er Dietrich nach. »Es war sehr wohl zu schaffen. Ich habe ein weiteres Gewand in Auftrag gegeben, unter gleichen Voraussetzungen.« Er schüttelte traurig den Kopf. »Bei jemandem, der nicht bei mir gelernt hat. Und was soll ich sagen? Schaut es euch an!«

Neugierig beugte sich Anna vor. An wen hatte der Meister den Auftrag vergeben? Gab es in der Stadt Gesellen von anderen Gewandschneidern seines Rufes? Dietrich versperrte ihr die Sicht, doch der Meister drängte ihn beiseite, damit Anna etwas sah. Auf dem Tisch lag ein Kleid. Ein rotes Kleid. *Ihr Kleid.*

Ihr Herzschlag drohte auszusetzen. Wenn Dietrich erfuhr, wessen Kleid das war, würde er aus der Haut fahren. Anna schüttelte sich. Ihr schwindelte. Sie hielt sich an der Tischkante fest, presste die Kuppen gegen das glatte Holz und heftete den Blick auf ihre weißen Finger. Der Meister würde ihr Kleid, das Kleid, mit dem sie so zufrieden gewesen war, prüfen und genauso schlecht beurteilen wie die Gewänder seiner Gesellen. Er hatte es ja schon gesagt – die Ärmel gefielen ihm nicht. Und dann die Stelle, an der sie mit der Rechten genäht hatte, weil die Linke zu erschöpft gewesen war …

»Anna!«

Sie hob den Kopf. »Ja?«

»Was sagst du als Näherin zu den Stichen?«, fragte der Meister.

Sie schluckte. »Die meisten sind gut, klein und gleichmäßig. Nur hier« – sie zeigte auf eine bestimmte Stelle – »sind sie ungleichmäßig und zu breit.«

Der Meister nickte.

»Das Kleid ist also auch nicht fehlerfrei«, höhnte Dietrich. »Außerdem ist es völlig altbacken mit den engen Ärmeln. Wer trägt denn noch so etwas?« Beifallheischend sah er sich um. »Der stammt doch sicher vom Land, dieser *Schneider*.«

»Aber es ist gut gearbeitet. Saubere Schnitte, gerade und flache Nähte, kleine Stiche und sparsam im Schnitt. Daran solltet ihr euch ein Beispiel nehmen«, belehrte Meister Spierl seine Gesellen.

»Hatte er wirklich auch nur drei Tage Zeit?«, fragte Jan. Meister Spierl nickte. Jan wankte zu seinem Tisch und setzte sich. Dietrich war hochrot im Gesicht.

»Das lass ich trotzdem nicht mit mir machen. Ich bin hier der Geselle. Ich muss den Gestank aushalten, Euer Geschrei und das sinnlose Geschwafel der alten Närrin. Wenn Ihr zum einzigen wichtigen Auftrag dieses Jahres einen anderen mitnehmt, dann gehe ich, und zwar für immer.«

Stille senkte sich über die Stube. Der Meister antwortete nicht, er klopfte mit seiner Rute in die offene Hand.

Die Farbe verblasste in Dietrichs Gesicht so schnell wie ein frischer Fleck im Bleichbad.

»Gut. Geh nur. Deinen Wochenlohn bekommst du von Wiffi.«

»Ich …«, hob Dietrich an.

»Genug. Ich habe dir lange genug alles nachgesehen. Hinaus mit dir! Hinaus!«

Dietrich wandte sich zum Tisch um und griff unter die Platte, als wolle er ihn umwerfen. Er zerrte mit aller Kraft, doch das massive Möbelstück hob sich lediglich auf Schemelhöhe, dann krachte es wieder auf die Dielen zurück. Dietrich ließ davon ab und trat gegen die Tür, dann stürzte er nach draußen.

Der Weg war frei für Jan! Anna freute sich über alle Maßen für ihn. Ohne Dietrich ließ es sich hier auch mit Wiffi aushalten, sie konnte tagsüber nähen, wie sie wollte …

Jan räusperte sich. »Wer?«

»Wer was?«, fragte Meister Spierl.

Jan starrte zu Boden, seine Stimme war kaum zu hören. »Wer hat das so schnell geschneidert? Mir ist es gleich, aber Mutter … will es sicher wissen.«

Meister Spierl sah Anna aufmunternd an. Sie nickte zögernd. »Anna.«

»Also musste der Schneider doch nicht selbst nähen? Wie ungerecht! Hätte Anna mir geholfen, hätte ich es auch geschafft!«, rief Jan empört.

Meister Spierl sprach mit ihm sanft wie mit einem müden Kind, das noch ein paar Schritte gehen soll.

»Du hast mich falsch verstanden. Anna hat das Kleid nicht nur genäht, sie hat es auch entworfen und geschneidert.«

»Anna?«

»Ganz recht. Und ich gehe noch einen Schritt weiter. Ich sorge selbst dafür, dass Friedrich während seiner Trauung kein schlecht genähtes Gewand aus meiner Werkstatt vom kaiserlichen Wanst rutscht und er mich nach der Messe zu Jagdhundfutter verarbeiten lässt.«

Anna verstand kein Wort, und auch Jan blickte begriffsstutzig drein.

Meister Spierl grinste und hieb ein einziges Mal mit der Rute auf seine Hand.

»Ich nehme Anna mit.«

Reise nach Worms, im Jahre 1235

Anna ruhte auf dem gleichen Lager, von dem sie sich am Morgen erhoben hatte, aber das nächtliche Dunkel schimmerte voller Verheißung, und die Stoffreste im Regal verströmten einen geheimnisvollen Duft. Die Lebenssäfte pulsierten unter der Haut und in den Ohren. Die Kopfhaut kribbelte, als wäre sie in einen Ameisenhaufen geraten. Konnte es wirklich sein? Oder war es ein Traum, die freundliche Schwester jener Nachtmahre über Bärs Verbleib und Zustand, die sie ab und an heimsuchten?

Sie, Anna, würde den Kaiser sehen. Damit nicht genug – sie würde für den Kaiser nähen. An dieser Stelle stockte der Gedankenfluss, denn ihr wurde bewusst, was die Entscheidung des Meisters zusätzlich bedeutete: Wenn sie sich geschickt anstellte, nähme er sie vielleicht als Lehrmädchen an. Sie gluckste. Schließlich wäre sie dann keine gewöhnliche Näherin mehr, sondern hätte bei Hofe gearbeitet. Obwohl sie lag, wurde ihr schwindelig. Mit bebenden Lippen beschwor sie den Herrgott, auf Meister Spierl einzuwirken, dass er ihr gewogen blieb und es sich nicht noch anders überlegte.

Jan hatte seinen freien Tag. Anna brachte kaum einen Bissen hinunter, so gespannt war sie, wie es nun weiterging. Doch Meister Spierl löffelte in aller Seelenruhe seinen Brei, bevor er sich Wiffi und Anna zuwandte.

»Morgen nach der Messe packen wir. Ein Knecht ist bestellt, ebenso ein Fuhrwerk. Wir müssen nur alles zusammensuchen und einladen, besonders die verschiedenen Borten, die Kreiden und Scheren und die Bänder und Garne. Ich weiß nicht, was wir in Worms vorfinden, außer dass die Stoffe dort schon aufbewahrt werden. Gleich morgen früh brechen wir auf.«

Wiffi leckte den Rand ihrer Schale ab und fuhr sich mit der Hand über den Mund.

»Warum hat er die Stoffe nicht hierher nach Trier liefern lassen?«, fragte sie.

»Zu kostbar«, beschied sie ihr Herr. »Darum eilt es auch so sehr. Sieben Gewänder sollen es werden. Seins, ihrs und die der Jungfern, dazu eins für den kleinen Konrad. Wenn wir nicht bis Mittsommernacht ankommen, ist es nicht zu schaffen.«

Anna stutzte. Mittsommernacht? Die Woche, in der die Mittsommernacht stattfand, begann doch bereits am nächsten Tag! Wenn sie am *dies dominica* packten, wie sollten sie dann zur *feria quinta* in Worms sein?

»Wie lange reisen wir?«, fragte sie.

»Wenn wir gut vorankommen, vier Tage.«

Anna zählte im Geist, doch die Tage entglitten ihr wie zappelnde Fische, sie nahm die Finger zu Hilfe. Als sie das richtige Ergebnis hatte, musste sie schlucken.

Der Meister lächelte schuldbewusst. »Ich habe ein wenig zu lange für die Auswahl gebraucht. Wir hätten heute schon anreisen sollen.«

Er erhob sich und legte Anna eine Hand auf die Schulter. »So schnell, wie du nähst, holen wir die verpasste Zeit in Kürze wieder auf ...«

Anna hob die Schultern. Mochte sein, dass er recht hatte, aber was, wenn etwas dazwischenkam?

Es war zum Verzweifeln. Gleichgültig, wie sehr er sich mühte, der Meister kam nicht vom Lager hoch. Er griff nach Annas Hand.

»Wir sind in Eile, hilf mir!«

Anna stützte ihn beim Aufsetzen und schob seine Beine von der Bettstatt, doch sobald die geschwollenen Füße wie rot leuchtende Früchte über den Rand hingen, schrie Meister Spierl so laut auf, dass sie ihn notgedrungen zurücksinken ließ.

»Nein, nein, ich muss hoch, wir müssen packen …«, jammerte er.

Anna warf Wiffi einen ratlosen Blick zu. Die runzelte die Stirn.

»Die Zeit reicht nicht für eine Nesselkur. Es hilft nichts, wir müssen ihm eine von den Pillen geben.«

Der Meister wurde blass, zögerte – und nickte schließlich.

»Pillen?«, fragte Anna entsetzt.

»Herbstzeitlose. Manchmal kuriert mich das Gift fast gänzlich, manchmal hilft es ein wenig. Oder aber ich speie mir die Seele aus dem Leib.« Er stieß mit einer Zehe gegen die Wolldecke und keuchte auf. »Einmal hat's mich fast vor den Herrn getragen, aber diese Schmerzen …«

Spierl holte tief Luft und funkelte Wiffi an. »Was stehst du noch herum? Hol eine dieser Pillen, mach schon! Und du« – er wandte sich an Anna –, »geh und pack, wie wir's besprochen haben.«

Anna wusste nicht mehr genau, womit sie die Körbe gefüllt hatte. Nicht auszudenken, wenn sie etwas Wichtiges vergaß! Nach Stunden war sie endlich sicher, alles eingepackt zu haben. Ein Blick zum Fenster zeigte ihr, dass auch dieser Tag sich seinem Ende näherte. Vergeblich schüttelte sie sich, um den dumpfen Druck im Kopf zu vertreiben. Wenn Meister Spierl nicht gesund wurde, konnten sie nicht reisen. Und dann …

Plötzlich erhob sich lautes Geschrei auf dem Flur. Sie öffnete die Tür einen Spaltbreit.

»Warum bleibst du nicht hier, du alter Narr? Musst du dem Sensenmann auch noch aufs Blatt springen? Reicht es nicht, dass er dich ohnehin bald holt?« Wiffi kreischte so laut, dass Anna die Ohren schmerzten. Der Meister, noch im Hemd und barfuß, kratzte sich in einem fort die Arme.

»Wenn ich nicht fahre, dreht er mir den Hals um, da brauche ich den Sensenmann nicht. Außerdem geht es mir gut, alte Vettel! Wie oft soll ich dir das noch sagen?« Er rülpste, laut und vernehmlich.

Wiffi humpelte auf ihn zu und legte ihm einen Arm um die Mitte.

»Geht es wieder los?«, fragte sie besorgt.

Er schüttelte den Arm ab.

»Nein. Ich bekomme nur nicht genug zu essen. Hast du wenigstens für unser leibliches Wohl auf der Reise gesorgt? Oder willst du uns verhungern lassen?«, zeterte er. »Pack mehr ein als beim letzten Mal, und denk auch an die Heringe.«

»Von den Fischen darfst du nur zwei, drei essen. Die Nonne hat gesagt …«

»Halt mir diese Kurpfuscherin vom Leib! Die gönnt mir nur das Essen nicht. Ein Mittel hat sie auch nicht gegen mein Leiden. Die Heringe sind ganz frisch, wie soll mir davon schlecht werden? Kannst du nicht einmal das tun, was ich dir befehle? Muss ich mir doch eine gehorsamere Magd suchen?«

Wiffi drehte ihm ohne ein Wort den Rücken zu und hinkte davon. Anna wich zum Schneidertisch zurück und kramte verlegen in den Körben.

»Ah, hier steckst du, Anna!« Meister Spierl ließ sich auf seinen Stuhl sinken. »Zeig mir, was du für die Reise eingepackt hast. Nein, zeig mir lieber, was du wieder ausgepackt hast – damit sind wir schneller fertig.«

Anfangs hatte sich Anna ständig umgeblickt. Der erste Regen seit Tagen hatte die Landschaft in undurchdringlichen Dunst gehüllt, der sich als feuchte Schicht auf ihre Haut gelegt hatte. Bis sie aus der Stadt hinaus waren, hatte Anna den Schleier einer verheirateten Frau um den Kopf getragen und ihn trotz der Schwüle tief ins Gesicht gezogen. Zum einen schützte er vor dem leichten Regen, zum anderen vor neugierigen Blicken. Doch je weiter sie sich von Trier entfernte, desto unsinniger kam ihr die Verhüllung vor, und sie legte das Tuch ab. Es war schon lange her, dass Heinz sie angezeigt hatte, er würde nicht mehr nach ihr suchen.

Nun, am Ende ihres ersten Reisetages, lagerte sie auf dem Rastplatz, und ihre Ängste schienen nur noch Hirngespinste zu sein. Auch um das leibliche Wohl brauchte sie sich keine Sorgen zu machen. Es gab Kisten mit Obst und Honigkrügen, Säckchen mit Käse, Brot und Dörrfleisch, sogar ein kleines Holzfass mit Heringen stand geöffnet im Gras. Anna, etwas abseits vom Feuer, ließ sich nicht lange bitten. Am Tag vor der Abreise hatte sie vor Aufregung kaum etwas gegessen, dafür schien sie an diesem Abend einfach nicht satt zu werden. Ihr Blick fiel auf die Heringe.

»Kann ich noch einen Hering haben?«, bat sie.

Meister Spierl nickte mit vollen Backen. Inzwischen verschlang er schon den dritten oder vierten Fisch. Das Fässchen enthielt offenbar Unmengen davon.

Anna schob sich auf der Seite, die vom Feuer am weitesten entfernt war, an das Fässchen heran und griff beherzt zu, damit ihr der glitschige Leckerbissen nicht entkam.

»War Wiffi nicht dagegen, uns so viele Heringe mitzugeben? Wie fürsorglich, dass sie uns doch so reichlich damit versorgt hat!«

»Hmmh.« Meister Spierl verschluckte einen Heringsschwanz und nickte mit hochgezogenen Schultern. Seine Ohren wurden so rot wie seine Zehen, wenn er einen Anfall hatte. Es dauerte einen Augenblick, aber dann begriff Anna. Der Meister schwindelte. Aber wie hatte er das Fass an Wiffis Biberaugen vorbeibekommen? Was hatte die Magd gesagt? *Von den Fischen darfst du nur zwei oder drei essen …*

Meister Spierl schluckte, fast ohne zu kauen. Wenn er wieder krank wurde, war alles für die Katz. Anna erhob sich und richtete sich zu voller Größe vor dem Fässchen auf, als der Gewandschneider gerade nach dem nächsten Fisch greifen wollte.

»Am besten, ich verstaue das Fässchen wieder. Wiffi könnte böse werden, wenn wir alle aufessen.«

Als er Wiffis Namen hörte, zuckte Spierl zusammen. »Schon gut, räum's weg«, gestand er Anna zu. Dann humpelte er murmelnd zu seinem Lager und ließ sich umständlich darauf nieder.

»Hau dich auch hin, Mädchen!«, grunzte der Fuhrknecht. »Ich kümmere mich ums Feuer.«

Anna nickte. Außerhalb von Meister Spierls Reichweite, ganz hinten unter dem Wagen, versteckte sie das Heringsfass. Falls der Meister nachts auf dumme Gedanken kam …

Der Mond schwamm in den Dunstschleiern am düsteren Himmel wie eine verlorene Seele. Anna schauderte. Wenigstens wirkte ihr Lager unter dem Baum mit den Decken und dem Fell geradezu tröstlich.

Sanftes Schnarchen wehte vom Meister herüber. Er wäre ihr also keine Hilfe, falls der Fuhrknecht zudringlich würde. Sie musste sich selbst helfen, und ihre Waffe, der vertraute Stock, war schnell zur Hand. Er hatte ihr immer gute Dienste geleistet, sie hielt ihn fest umklammert. Der Mann am Feuer war noch wach. Dann blieb sie es eben auch.

Ein seltsames Geräusch schreckte Anna auf. Was war das gewesen? Die Augen weit aufgerissen, den Stock fest umklammert, starrte sie in die Dunkelheit und versuchte, etwas zu erkennen. Wo war der Knecht? Die letzten Schimmer der erlöschenden Glut beleuchteten seine Umrisse. Wie ein schattiger Gebirgszug im Abendrot hob sich sein Körper von der undurchdringlichen Schwärze der Nacht ab. Der Gebirgszug hob und senkte sich gleichmäßig, und das Grollen, das aus seinen Tiefen emporstieg, zeigte an, dass er schlief. Anna ließ sich auf das Lager zurücksinken; sie hatte sich getäuscht. Plötzlich schoss ein heulender Geist an ihr vorbei und verschwand zwischen den Bäumen. Sie fuhr so schnell hoch, dass sie sich den Kopf an einem Ast stieß und vornüber auf die Knie fiel.

»Was …?«, schrie sie erschrocken.

»Ich bin wach, ich bin wach …« Den Knecht hatte der Lärm ebenfalls aufgeschreckt. Wohin war der Geist entschwunden? Machte er den Meister nieder? Anna blickte zu Spierls Nachtlager hinüber. Es war leer. Der Gewandschneider war verschwunden, und mit ihm der Geist.

»Meister Spierl?« Anna, wieder auf den Füßen, traute sich kaum, lauter zu rufen. Was, wenn der Geist zurückkam?

»Wer ruft mich?« Eine Stimme drang von den Birken herüber. Vorsichtig schlich Anna näher.

Da tauchte zwischen den Baumstämmen ein Kopf auf – der des Meisters. Spierl sah aus wie ein lebender Leichnam – mit kreidebleichem Gesicht und in seinem weißen Schlafhemd. Wann hatte er sich das übergezogen?

Anna stürzte auf ihn zu und zog ihn an den dürren Ärmchen hinter dem Baum hervor. Da hatte sie ihr Gespenst.

»O Anna, ich habe schrecklichen Durchfall!«, jammerte der Alte. Dann erbrach er sich vor ihren Füßen und sank zusammen.

Es war schwierig gewesen, den zappeligen Gewandschneider zu waschen und umzuziehen, aber schließlich hatte sie es geschafft. Immer wieder war er vom Lager hochgeschreckt und wollte herumlaufen. Er rief nach Wiffi oder wich vor etwas Bedrohlichem zurück, das nur er sah, und klagte herzerweichend in einem fort. Anna schlug das Herz bis zum Hals. Sie hätte besser aufpassen müssen, sie hatte gewusst, dass er die Heringe nicht essen durfte. Was sollte sie tun? Wenn er zu krank wurde, um die Reise fortzusetzen, dann hatte sie sich das selbst zuzuschreiben. Mit Tränen der Wut in den Augen drückte sie den Gewandschneider immer wieder auf sein Lager nieder. Doch je mehr sie sich bemühte, umso heftiger wehrte er sich.

»Lass mich helfen!«

Anna zuckte zusammen. Sie hatte die Schritte des Fuhrmannes nicht gehört. Erschöpft trat sie zur Seite. Behutsam, als hätte er es mit keinem Mann, sondern mit einem Kind zu tun, griff der grobschlächtige Bursche mit seinen schaufelgroßen Pranken unter den Nacken und die Knie des Meisters und hob ihn hoch.

»Schüttle die Decken aus und zieh das Laken unter ihm vor!«, wies er Anna an. Dann bettete er den Kranken in eine bequemere Lage und deckte nur das leichte Laken über ihn. Endlich kam Meister Spierl zur Ruhe.

Anna konnte es kaum glauben.

»Wie hast du das geschafft?«, flüsterte sie, bemüht, den Schlafenden nicht wieder zu wecken.

»Dem war einfach warm, glaub ich. Eins meiner Kinder hatte mal ein schlimmes Fieber, da hat es auch wirr geredet. Mein Weib hat es genauso gemacht. Und sie hat ihm kalte Lappen um die Beine gewickelt, bis das Fieber weg war.«

Anna legte dem Meister eine Hand auf die Stirn – sie war glühend heiß.

»Danke. Wenn er morgen noch fiebert, versuche ich es mit den Tüchern.«

Das Zwitschern der Vögel weckte Anna. Warme grüngoldene Flecken jagten sich im Takt der zitternden Blätter und vergessenen Dunstreste über den Boden und luden zum Fangenspiel ein. Der Regen war vorbei, es würde ein heißer Tag werden. Annas Blick schweifte zu Spierls Lager hinüber. Er lag noch dort, wie der Knecht und sie ihn in der Nacht zuvor gebettet hatten. Sorge grub scharfe Zähne in Annas Gedanken. War er …? Barfuß eilte sie zu ihm und betrachtete aufmerksam die schlafende Gestalt. Die Brust hob und senkte sich – wenn auch viel zu schnell. Die Stirn war immer noch heiß. Gott sei Dank, er war am Leben.

Der Wagen stand abfahrbereit, bis auf die Felle und Decken, auf denen der Meister lag. Anna und der Fuhrmann hatten ihn weiter ruhen lassen und alles zusammengeräumt, in der Hoffnung, dass er irgendwann aufwachte, doch er machte keinerlei Anstalten dazu. Anna wurde ungeduldig. Jeder Tag musste voll genutzt werden, nachdem sie ohnehin im Verzug waren.

»Wir müssen ihn wecken und uns schleunigst auf den Weg machen«, murmelte Anna.

Ohne eine Erwiderung abzuwarten, nahm sie den Meister bei den Schultern und rüttelte ihn sacht. Keine Antwort. Sie packte und schüttelte ihn heftiger. Nichts. Nicht einmal nach leichten Schlägen auf die Wangen öffnete er die Augen. In ihrer Verzweiflung kniff sie ihm mit aller Kraft in den Oberarm. Warum hatte er sich auch mit Heringen vollgestopft? Doch zu ihrem Erschrecken fuhr er sie nicht an – er wurde nicht einmal wach. Annas Kopf und Schultern sanken mutlos nach vorn. Er war nicht zu wecken, so wenig wie Heinz in der Hochzeitsnacht.

Der Knecht wiegte den schweren Schädel bedächtig hin und her. »Das sieht gar nicht gut aus. Wenn du mich fragst, sollten wir umkehren.«

Das durfte doch nicht wahr sein! Sie war so weit gekommen und sollte sich alles zerstören lassen von ein paar Heringen? Sie versuchte sich zu beruhigen, so durfte sie nicht denken. Wenn sie zurückfuhr und er war wirklich schlimm krank, konnte Wiffi ihm sicher helfen. Andererseits – wenn die Nonne kein Mittel gegen sein Leiden kannte, wusste Wiffi womöglich auch keinen Rat mehr. Wenn er gesund wurde wie beim letzten Mal, würde er ihr die Hölle heiß machen, falls sie ihn nicht nach Worms, sondern nach Trier zurückbrachte. Und wenn sie mit ihm weiterfuhr? Würde er gesund, wäre er ihr dankbar. Bliebe er krank, befänden sie sich immerhin am kaiserlichen Hof. Dort gab es gewiss heilkundigere Nonnen als in dem kleinen Kloster, das Wiffi aufzusuchen pflegte. Ein Gedanke, halb verborgen im Nebel einer Ahnung, nistete sich in Annas Gedanken ein, aber sie wehrte ihn ab.

»Wir fahren weiter. Das war seine Anweisung, und so wird es gemacht«, bestimmte sie.

Gleichmütig zuckte der Knecht mit den Schultern. »Du musst es wissen.« Er hob den Meister samt seinem Lager so schnell hoch, dass die Zweige flogen, und bettete ihn behutsam auf der Ladefläche des Wagens.

»Ich fahre hinten mit«, erklärte Anna und suchte sich einen Platz zwischen den Körben.

Wie ein treuer Jagdhund zu Füßen seines Herrn kauernd,

versuchte sie ihr schlechtes Gewissen zu beruhigen. Doch das Gerumpel brachte den vernebelten Gedanken von vorhin wieder ans Licht: die Frage, ob drei Tage Fahrt anstelle von einem bei dem Gerumpel und in der Hitze ihn nicht so sehr schwächten, dass ihm am Ende keiner mehr helfen konnte.

Das vorwurfsvolle Schweigen des Knechtes abends am Feuer setzte Anna nicht so zu wie die Angst um den Meister. Und dazu kam die Angst vor dem Kaiser. Was sollte sie sagen, wenn sie mit einem schwer kranken Schneider vor den Toren von Worms stand? Andererseits konnte Friedrich sich dann selbst überzeugen, dass Meister Spierl nicht aus Nachlässigkeit fernblieb. Vielleicht ging es ihm ja auch bald besser.

Sie hatte am Fluss anhalten lassen und einen Mostkrug so hastig geleert, dass ihr schlecht geworden war. Den Krug hatte sie mit Wasser gefüllt und Streifen von ihrem Laken abgerissen. Daraus hatte sie die Wadenwickel gefertigt, von denen der Knecht erzählt hatte.

Der Tag war quälend lang gewesen. Selbst beim Umbetten auf den Boden hatte Meister Spierl kein Lebenszeichen von sich gegeben. Anna klopfte mit dem Stock, den sie seit gestern Abend ständig bei sich getragen hatte, auf den sandigen Boden und seufzte.

Der Knecht brach sein Schweigen. »Es ist nicht richtig. Der gehört nach Hause ins Bett.«

»Du weißt doch gar nicht, worum es geht!«, rief Anna. »Er soll für den Kaiser schneidern – für den Kaiser, verstehst du? Und wenn er zu spät kommt, schlägt der ihm den Kopf ab, dann ist er auch tot.«

Ganz so stimmte es wahrscheinlich nicht, aber es tat Anna gut, den selbstgerechten Burschen erbleichen zu sehen.

»Herrgott, das konnte ich …«, murmelte er, stützte die Ellbogen auf die Knie und faltete die Hände.

Meister Spierl stöhnte. In Windeseile erhoben sich die beiden und standen gleich darauf neben dem Lager. Er hatte die Augen geöffnet.

»Durst«, krächzte der Kranke.

Anna lief los, um einen Krug zu beschaffen, und vor Freude tat ihr Herz einen Sprung. Sie hatte ihn nicht umgebracht, es war die richtige Entscheidung gewesen.

Noch mehrmals in dieser Nacht sank der Meister in einen solch stillen Schlaf, dass die Rückkehr in diese Welt unwahrscheinlich schien, doch er wachte immer wieder auf und verlangte zu trinken. Erst als der Morgen graute, fiel er in einen gesunden Schlaf, begleitet von Schnarch- und Grunzlauten, die Anna ein ums andere Mal ein Lächeln entlockten.

»Anna! Anna!«

Das Topfgeklapper hatte sie noch überhören können, die Stimme des Meisters aber zerrte Anna über die Grenze zwischen Schlaf und Wachen. Sie streckte sich und schlug die Augen auf.

»Bring mir auf der Stelle etwas zu essen, oder willst du mich verhungern lassen?«, zeterte Meister Spierl.

Anna warf die Decke von sich und sprang auf. Die Nacht war kurz gewesen, aber sie fühlte sich frisch und ausgeruht. Es tat gut, den Alten schimpfen zu hören – es ging ihm eindeutig wieder besser.

Doch er schob Brot und Käse von sich.

»Bäh! Bring mir ein paar von den Fischen, ich brauche etwas Schmackhaftes zum Essen«, maulte er.

Anna spürte eine heiße Zorneswelle in sich aufsteigen. Dieser alte Narr! Sie durfte nicht zulassen, dass er von den Heringen aß. Was aber, wenn sie ihn verärgerte und er sie fortschickte? Aber falls er wieder krank wurde, war ihr Traum gleichfalls ausgeträumt. Anna seufzte – sie musste Stellung beziehen.

»Nein«, sagte sie schlicht.

»Was nein? Du sollst mir Fische bringen!«, rief Meister Spierl.

»Wenn Ihr wieder krank werdet, schlägt der Kaiser Euch den Kopf ab. Und mir gleich dazu«, drohte Anna.

Meister Spierl starrte sie mit weit aufgerissenen Augen an. Dann schluckte er, senkte den Blick und griff nach dem Brot.

Anna war froh, als der kleine Trupp endlich anhielt, um das letzte Lager der Reise aufzuschlagen. Wie erwartet, war es ein heißer Tag geworden, und der Meister war so schwach gewesen, dass er sich durchgehend an Anna angelehnt hatte. Immer noch fühlte sich seine Haut heiß an, und anscheinend quoll jeder Schluck Wasser, den er getrunken hatte, sofort wieder aus den Poren hervor und nässte Annas Ärmel. Doch es war nicht nur die Nähe zu dem kranken alten Mann, die ihr zu schaffen machte. Was erwartete sie in Worms? Wenn ihre Fähigkeiten nicht ausreichten – schließlich war sie nur eine Näherin –, würde der Kaiser sie dann tatsächlich töten lassen? Anna fröstelte. Friedrich war ein Mann von großer Macht. Wenn ihm etwas missfiel, würde er diese Macht sicher gnadenlos anwenden.

Der Morgen dämmerte, als sie endlich einschlief.

Anna rieb sich die Augen. Seit sie gegen Mittag aus den Tiefen des Waldes wiederaufgetaucht waren, hatten sie die Sonne im Rücken gehabt, und die Luft über dem Fahrweg flirrte vor Helligkeit. Meister Spierl, gesund genug, um auf dem Bock zu sitzen, hatte schon einen geröteten Nacken. Sie lehnte sich zur Seite und spähte an den beiden Reisegefährten vorbei. War Worms schon zu sehen, oder narrte sie ein Trugbild? Der Knecht deutete nach vorn und schien Meister Spierl etwas zu erklären. Kein Zweifel, sie näherten sich der Stadt.

Turmspitze um Turmspitze erstreckte sich ihr Ziel über den Horizont wie die Zinken eines neuen Wollkammes. Die Abendsonne warf einen warmgoldenen Webschleier über die Dächer, die wie aus Kupfer gegossen wirkten. Obgleich die Türme und Häuser so nahe schienen, dauerte es noch eine schiere Ewigkeit, bis die Stadtmauer in Sicht kam. Endlich ratterte und klapperte steinernes Pflaster unter den Rädern.

Sie hatten es geschafft. Es war der vierte Tag, dem Meister ging es gut, und sie, Anna, war in Worms, um für den Kaiser zu schneidern. Da erst merkte Anna, wie müde sie war.

Sie hatte mit allem gerechnet, nur nicht mit diesem Geruch. Seit sie nach dem Weg zum Kämmerer Heinrich gefragt hatten, waren die Ausdünstungen immer stärker geworden. Brünstig und tierhaft lagen sie wie eine schwere Decke über dem Zeltlager. Die Häuser hatten nicht ausgereicht, um alle Mitglieder des Hofes aufzunehmen, und so waren etliche der Leibeigenen, Mägde und Knechte in den Turnierzelten untergebracht, die die Wiese zu bedecken schienen wie bunte Pilze im Herbst. Ein lang gezogener, grollender Ton war zu hören und fuhr Anna durch Mark und Bein. Da, noch einmal. Anna umfasste die seitliche Ladeklappe so fest, dass ihr die Finger schmerzten, und beugte sich vor. Vielleicht wusste der Meister etwas darüber?

»… wie viele es genau sind, kann ich nicht sagen. Aber mein Schwager meint, so seltsamen Tieren sei er noch nie begegnet. Einige gleichen Katzen, anderen hat man den Hals auf der Streckbank so lang gezogen, dass sie wie Wächter über die Häuser hinwegblicken können. Affen sollen dabei sein, auch solche, die schwarz glänzen und fast wie Menschen aussehen.« Der Knecht machte eine Pause und verhielt die Zügel. »Die dunklen Affen sollen sie sogar als Wächter einsetzen – obwohl ich nicht weiß, warum sie dafür nicht lieber Menschen nehmen.« Der Wagen holperte durch ein Schlagloch, und Anna stöhnte auf. Als sie wieder nach vorn schaute, war die Ursache des Geruches ganz nahe.

Große Holzgestelle, dem Käfig ähnlich, in dem ihr Vater getaucht worden war, nur breiter, säumten den Weg in großer Zahl. In dem Gitter neben ihr bewegte sich etwas. Neugierig beugte Anna sich über die seitliche Klappe des Wagens hinweg und erstarrte. Ein Tier duckte sich auf die Pfoten und starrte sie unverwandt an. Fingerlange Reißzähne waren wütend gefletscht, und die gepunktete Nase war so stark gekraust, dass die langen weißen Barthaare schräg nach oben abstanden. Das gemusterte Ungeheuer fauchte laut, und Anna spürte seinen heißen Odem auf dem Gesicht. Sie fuhr hoch und musste sich an der Klappe festhalten, um nicht nach hinten zu stürzen. Sie beschloss, allen Affen, Bären, Hunden und unbekannten Wesen nicht mehr in die Augen zu blicken. Nur einmal gab Anna dem Verlangen nach und blinzelte nach oben, so erstaunt war sie: Es gab sie tatsächlich, die gefleckten Tiere, denen man auf der Streckbank die Hälse so lang gezogen hatte, dass sie als dreifach mannshohe Wächter die Dächer überragten! Doch das Tier schien ihr den Blick nicht übel zu nehmen, denn statt zu fauchen, rupfte es gemächlich Blätter von einem Zweig.

»Das muss es sein.« Der Knecht deutete auf ein Steinhaus mit einem Wächter und einem Wappen. Anna hielt den Atem an. Das war kein gewöhnlicher Wächter. Schwarz und haarlos, mit breiter Stirn und noch breiterem Kinn, fletschte die Kreatur die blendend weißen Zähne im dunklen Gesicht und stieß seltsame Laute aus. Wenn der Schwager des Fuhrmannes auch in dieser Sache recht hatte, war das einer der erwähnten Affen. Bei Gott, war der groß.

»So. Absteigen, damit ich an die Kisten herankomme.« Der Knecht zog an der Klappe, doch Anna mochte nicht loslassen. Sie konnte doch nicht hier, neben dem wilden Tier, vom schützenden …

»Anna, lass los! Wir müssen uns anmelden.« Meister Spierl stand in respektvollem Abstand, aber für ihren Geschmack doch zu nahe neben dem Affen, doch der machte keine Anstalten, sich auf den Gewandschneider zu stürzen. Anna setzte sich auf die Kante und rutschte langsam zu Boden.

Im Innern des Anmeldeschuppens war es heiß, aber wenigstens waren sie mit dem Kämmerer allein.

Meister Spierl stellte sich vor. »Meister Spierl, Gewandschneider aus Trier, eingeladen vom Kaiser persönlich.«

Kämmerer Heinrich nickte knapp und trug etwas in ein Buch ein; es schien aus dem gleichen dünnen Pergament gefertigt zu sein wie die großen Wandbilder, auf denen Anna Kaiser Friedrich und seine Braut gesehen hatte.

»Benötigtes Handwerkszeug ist bereitzuhalten und wird morgens von Dienern zur Nähstube gebracht«, erklärte der Kämmerer. Dann hob er ruckartig den Kopf und starrte Anna an. Sie erschrak bis ins Innerste. Erkannte er, dass sie nur eine Näherin war? Würde es hier schon enden?

»Name!«, bellte der Kämmerer.

»Anna, meine Gehilfin, sie heißt Anna«, beeilte sich Spierl zu sagen.

Doch Herr Heinrich war noch nicht zufrieden.

»Beiname?« Er beugte sich vor. »Ich muss das wissen. Sonst könnte ja jeder kommen, versteht Ihr, was ich meine?« Er lehnte sich zurück und musterte Spierl, doch der nickte Anna nur zu. Sie verstand nicht, was der Mann meinte, aber die herablassende Art, wie er mit dem Meister umging, nahm sie gegen ihn ein.

Sie straffte den Rücken und zog so dünkelhaft wie möglich die Brauen hoch, ehe sie antwortete. »Anna Wille – von Münster.« Sie hatte das Schreiben ihres Vaters, sie konnte ihre Herkunft belegen, falls jemand Fragen stellte.

Spierl starrte Anna mit offenem Mund an – er hatte nur noch wenige Zähne, wie Anna besorgt feststellte.

Auch Kämmerer Heinrich musterte sie erstaunt, fasste sich aber rasch wieder und neigte den Kopf.

»Das war mir nicht angekündigt. Ich hoffe, die Kammer ist ausreichend. Fahil bringt Euch zu den Unterkünften.«

Sie hatte sich schon unbehaglich gefühlt, als der Wächter des Kämmerers vor ihr hergegangen war, aber an der letzten Abzweigung hatte er den Arm einladend in eine Richtung gestreckt und sie vorbeigelassen, sodass er jetzt hinter Anna herging. Sie unterdrückte den Wunsch, sich umzuwenden, schrak aber zusammen, als er sich plötzlich in ihr Blickfeld schob und eine Tür öffnete.

Ein seltsam heller und doch kehliger Laut brach sich die Bahn aus der Gurgel des Schwarzen. »Tua.« Der Kopf wies auf die Kammer. Anna wusste sofort, was gemeint war – hier sollte sie wohnen. Unglaublich – hätte das Wesen sprechen können, sie hätte es für einen Menschen gehalten.

Erst als sie entdeckt hatte, dass Meister Spierl die Kammer neben ihr zugewiesen bekommen hatte und der Schwarze außer Sicht war, ließ Annas Anspannung nach, und sie betrat ihre Unterkunft am kaiserlichen Hof.

Angenehme Kühle schlug ihr entgegen, verheißungsvoll wie ein gestauter Bachlauf. Sie war am Hofe des Kaisers! Ungeachtet dessen war die Kammer schlicht, geradezu eng. Immerhin gab es ein einzelnes Bettgestell mit einer frischen Strohschütte, einen Nachttopf und sogar eine Öllampe.

Die Kisten waren von einem schmächtigen Diener gebracht worden; er hatte sich sichtlich damit abgequält. Angesichts seiner blassen Haut und der dürren Beine in grünlichen Strümpfen verblasste die Erinnerung an den Affenwächter zu einer unwirklichen Erscheinung.

Als alles verstaut war, tappte Anna hinaus auf den Gang zur Tür des Gewandschneiders. Sie klopfte leise, doch er antwortete nicht. War er nicht da? Anna klopfte noch einmal, diesmal heftiger. Poltern, Scharren, dann öffnete sich die Tür.

»Du bist es.«

Anna erschrak. Meister Spierl sah nicht gut aus. Die Augen quollen ihm aus den Höhlen, und seine Haut war schon wieder von einer feinen Schweißschicht überzogen.

»Meister, legt Euch hin!« Anna fasste den Alten um die Mitte und schob ihn zu seiner Bettstatt.

»Au! Kannst du nicht aufpassen?«

Anna zuckte zusammen. Auch hier stand ein Nachttopf, und der Gewandschneider war dagegengestolpert. Behutsam drückte sie ihn auf das Lager nieder. Sie musste mehr auf ihn achtgeben.

Als sie seine Sachen ausgepackt hatte, versuchte sie die Schneiderkisten nach vorn an die Tür zu zerren. Die Augen fielen ihr immer wieder zu, und sie gähnte ohne Unterlass. Warum waren die Kisten nur so schwer? Was hatte sie da alles hineingepackt? Aber an Hilfe vom Meister war nicht zu denken. Sie öffnete die Tür und ließ den Blick durch den Gang schweifen. Der schmächtige Diener war verschwunden, und auch von dem schwarzen Wächter war nichts zu sehen. Anna kehrte ins Zimmer zurück, zog und schob und zerrte so lange, bis ihr auch die Hilfe eines Nachtmahres recht gewesen wäre. Endlich standen die Kisten so deutlich von den anderen getrennt, dass die Knechte sie morgens erkennen und in die Nähstube bringen konnten.

Sie betrachtete den schlafenden alten Mann. Seine Brust hob und senkte sich schnell. Anna befühlte seine Stirn. Die Haut war immer noch zu warm für einen Gesunden. Sie seufzte und suchte ihre Kammer auf. Sie musste schlafen, denn wie es aussah, hing nun vieles von ihr ab. Und sie wollte den Kaiser nicht enttäuschen. Vielleicht, schoss es ihr durch den Kopf, konnte sie ihn am nächsten Tag schon sehen. Den Kaiser, für den sie nähen würde. Die blauen Augen der Zeichnung verfolgten Anna in den Schlaf.

Der Meister saß abseits im Lehnstuhl, Anna kniete auf dem Boden vor dem Sohn des Kaisers. Die feinen Strümpfe waren ohne Flecken, das Gewand passte maßgerecht wie von Meister Spierl geschneidert. Konrad wirkte bereits edel gekleidet wie für eine Hochzeit, aber Anna hatte die italienischen und französischen Stoffe gesehen und wusste, um wie vieles prachtvoller das Festtagsgewand werden sollte.

Hätte sie die Arbeit allein ausgeführt, wäre dieser Zwischenschritt nicht nötig gewesen, so aber musste sie den jungen Prinzen von oben bis unten vermessen. Handgelenke, Hals, Mitte, Oberarme, alles wurde umschlungen und die richtigen Stellen der Schnüre mit Knoten gekennzeichnet. Ohne einen Laut oder eine Regung ließ der sonnengebräunte Knabe alles über sich ergehen. Bei genauerem Hinsehen war allerdings ein kaum merkliches Zittern zu erkennen. Anna hatte noch nie ein Kind so lange still an einem Fleck stehen sehen. So wenig Konrad sagte, so viel redete seine füllige Kinderfrau.

»Beeil dich, damit er nicht so lange warten muss. Konrad friert leicht.«

Anna antwortete nicht, schüttelte aber verhalten den Kopf. Wie konnte man bei dieser Wärme frieren? Gut, es hatte nachts geregnet, aber der heutige Tag war wieder heiß wie selten im Sommer.

»So, fertig.« Anna lächelte. Konrad nickte höflich, sagte aber immer noch kein Wort.

»Er spricht nur Italienisch, Lateinisch und Arabisch. Er wird es noch lernen, das Deutsche. Nachdem dieses Land doch jetzt seine Heimat ist.« Die Kinderfrau strich Konrad über das Haar, und der schob unwillig die Hand beiseite. Anna lächelte. Prinz hin oder her, er empfand offensichtlich wie jeder andere Knabe in seinem Alter.

Konrad war fort, und von den anderen, die ein letztes Mal vermessen werden sollten, war noch nichts zu sehen. Meister Spierl zog einen Lederpacken aus einer seiner Kisten, wickelte ein Buch aus und notierte sich Konrads Maße. Die Nachtruhe hatte ihm gutgetan, die Haut war trocken, der Blick klar. Anna streckte sich und trat an das kleine Fenster. Es ließ nicht genug Licht in die eigens für diesen Anlass hergerichtete Nähstube, und so waren unzählige Öllampen aufgestellt worden, die dem Raum einen festlichen Schimmer verliehen. Wie es einem Raum gebührt, in dem ein Kaiser vermessen wird, dachte Anna.

Die Tür flog auf. Anna fuhr herum. Die Kinderfrau, prustend und schnaufend. »Ich soll ausrichten, dass heute nur noch zwei Damen vermessen werden. Die beiden anderen kommen erst am Tag vor der Hochzeit, zusammen mit der Braut.«

Meister Spierl zog die Stirn in Falten. »Was sagst du, Weib?

Am Tag vor der Hochzeit?« Er warf das kostbare Buch auf den Nähtisch und erhob sich.

»Wir müssen die Maße überprüfen, der Bote hat sie schon vor Monaten gebracht. Was, wenn sie inzwischen nicht mehr stimmen? Zu knapp sind? Oder wenn eine krank war und nun ausgezehrt ist? Sollen die Gewänder herumschlottern oder kneifen?«, schimpfte der Meister.

Die Frau sank bei jedem dieser Worte mehr in sich zusammen. »Ich sollte nur die Nachricht überbringen.«

Meister Spierl fasste sich an die Stirn und senkte den Kopf. »Schon gut. Geh«, murmelte er.

An der Tür wandte sich die Kinderfrau noch einmal um.

»Der Kaiser kommt auch nicht, er ist noch auf der Jagd. Morgen vielleicht, soll ich ausrichten.« Trotz ihrer Fülle verschwand sie erstaunlich behände durch die schwere Tür, und der Schwall an unfeinen Flüchen, die der Meister ausstieß, ergoss sich wirkungslos gegen das Holz der geschlossenen Tür.

Es hatte eine halbe Ewigkeit gedauert, bis Meister Spierl sich beruhigt hatte, aber schließlich war es so weit: Sie machten sich an die Arbeit. Konrads Gewand war erst halb ausgeschnitten, und Hemden waren auch noch zu nähen, so hatten sie mehr als genug zu tun an diesem Tag.

Meister Spierl hatte einen Teil der bereitgestellten Mahlzeit ohne ein Wort hinuntergeschlungen und war dann erschöpft in die Kissen gesunken; dabei hatte Anna an diesem Tag den Großteil der anfallenden Arbeiten allein bewältigt. Beim Zuschneiden von Konrads Gewand hatte der Meister selbst Hand anlegen wollen, doch er hatte erst die Hälfte geschafft, als er sich schon wieder ausruhen musste. Wenigstens waren sie ungestört geblieben, und Anna hatte mit der Linken genäht, das hatte viel Zeit gespart.

Inzwischen lag der Gewandschneider erschöpft auf seiner Bettstatt, die Reste der Mahlzeit auf dem Holzteller neben sich, und atmete flach und schnell.

»Los, iss etwas! Morgen brauchst du deine Kräfte«, keuchte er.

Anna war noch immer besorgt. Die Arbeit konnte sie schaffen, im Notfall sogar allein. Aber durchhalten musste er. Der Kaiser ließ sein Gewand wohl kaum von einer unbekannten Näherin anfertigen. Warum war der Alte auch so starrsinnig? Wiffi hatte ihn doch eindringlich gewarnt. Anna atmete tief durch. Eigentlich hatte sie fragen wollen, ob er sich wirklich zutraue, allein zu bleiben, aber der Gedanke an die kindische Heringsschlemmerei schnürte ihr den Hals zu, und so wandte sie sich einfach um und ging.

Auch in ihrer eigenen Kammer erwartete sie ein gut gefüllter Teller. Fröstelnd zog sie die Schultern hoch. Wie immer nach einem langen Tag in der starren Haltung des Nähens fror sie bis ins Mark. Der Raum war fast dunkel, und von der Wärme des Tages war hier nichts mehr zu spüren. Anna stellte sich an den kleinen Ausguck. Draußen war es noch hell und warm, und sie verließ ihre Unterkunft.

Die Wipfel der Bäume erglühten unter den letzten Strahlen der Abendsonne. Anna trug den Holzteller mit beiden Händen vor sich her und suchte nach einem sonnigen Platz. Die eine Stelle war nass, eine andere lag einen Schritt neben einem mannshohen Ameisenhaufen. Und so ging sie immer weiter, vorbei an Feldern und Sträuchern, die Sonne im Rücken, bis sie ein seltsames Glitzern zwischen den Stämmen entdeckte. War sie zufällig in die Nähe des Flusses gelangt? Die Bäume öffneten sich und gaben den Blick frei, aber nicht auf das Wasser, wie Anna gehofft hatte, sondern auf eine große Lichtung. Der größte Teil der Lichtung lag schon im Schatten, und die Sonne stand tief. Lange wäre es nicht mehr so warm. Anna setzte sich auf einen Baumstumpf. Das Holz war trocken, weit und breit waren weder Ameisen noch andere Waldbewohner zu sehen, und das Essen duftete köstlich. Lockeres, helles Brot, Äpfel und würziger Käse häuften sich auf dem großen Teller, sogar gebratenes Geflügel fand sich unter dem Brotberg. Erst als sie in den Hühnerschenkel gebissen hatte, merkte Anna, wie hungrig sie war. Sie aß bis zur letzten Krume alles auf und leckte die dicke Soße vom Teller. Ob sie hier jeden Tag so üppig beköstigt wurde? Satt und müde war sie und genoss nach dem Lampenqualm die frische Waldluft in vollen Zügen. Sie setzte sich auf den Boden, lehnte sich an einen Baumstamm und bot das Gesicht den Strahlen der untergehenden Sonne dar.

Feindschaft

Der Lärm war ohrenbetäubend. Anna fuhr hoch und blickte nach oben, als könnten das Brechen der Äste und das Knacken im Unterholz nur ihr gelten. Doch die Buche hinter ihrem Baumstumpf sah aus wie vorher. Das Geräusch war von vorn gekommen, von der Flussseite. Ein graubraunes Etwas segelte über die Lichtung, schoss mit lautem *Gijiggig* wieder hoch bis auf Kopfhöhe und genau auf Anna zu. Sie riss die Arme vor das Gesicht und lugte unter der Deckung hindurch. Ausgebreitete Schwingen und ein wild rollendes Auge näherten sich, um gleich darauf abzudrehen und den Blick darauf freizugeben, was den Vogel so erschreckt hatte: Er wurde von einem Mann hoch zu Ross verfolgt, der zwischen den Bäumen hervorbrach.

Der triumphierende Ausdruck auf dem Gesicht des Reiters wich plötzlichem Entsetzen. Der Vogel – war es ein Rebhuhn? – schoss auf das Pferd zu, zog nach oben und streifte mit dem linken Flügel dessen Nüstern, bevor er einen Bogen flog und sich keckernd auf einem Ast über dem Pferd niederließ. Das Pferd scheute und stieg, doch der Mann im Sattel hatte sein Ross gut im Griff. Mit Hohorufen, Schenkeldruck und kurz gehaltenen Zügeln brachte er den Schimmel sofort wieder auf alle vier Hufe, obwohl er mit der einen Hand noch den Bogen umfasste. Anna atmete aus und merkte, dass sie die Luft angehalten hatte. Der Reiter ließ die Zügel locker und schob den Bogen in eine Schlaufe. Den Blick geradewegs auf den Schwanz des Vogels dicht über ihm gerichtet, zog er ein kurzes Schwert aus der Scheide. Das Rebhuhn trippelte auf dem breiten Ast hin und her. Dann ging alles ganz schnell. Es erleichterte sich, und der Kot traf den Schimmel am Auge. Er stürmte los, doch der Vogel hatte sich gerade von dem Ast abgestoßen und ging mit einem Schrei in den Sinkflug. Das Rebhuhn streifte das Pferd abermals an den Nüstern und landete auf dem Boden, wo es geduckt davonhüpfte. Das Ross wieherte schrill und stieg erneut, doch diesmal war sein Reiter nicht so wachsam wie beim ersten Mal. Das Schwert noch in der Hand, krachte der Bärtige mit dem Rücken gegen den Ast, geriet mit beiden Ellbogen darüber und hing plötzlich in der Luft, denn das Pferd war vorausgeprescht und schüttelte schnaubend den Kopf, um den Vogeldreck loszuwerden. Anna konnte es kaum glauben – wie stark musste ein Mann sein, um sich so an einem Ast halten zu können? Ein Kichern stieg ihr in die Kehle. Der Mann baumelte an dem Ast wie ein Huhn zum Ausbluten am Balken. Der Schreck, die Anspannung – Anna konnte nicht anders, das Lachen platzte einfach aus ihr heraus. Es hallte seltsam, als breche es sich an den Bäumen und werde doppelt zurückgeworfen.

Dann knirschte es schauerlich, und das Lachen blieb ihr im Hals stecken. Der Ast brach, der Reiter fiel. Ob er sich verletzt hatte?

Anna lief zu dem Mann am Boden, auf dem Rücken lag er, das Schwert neben sich. War es verbogen? Die Klinge war ganz krumm, vielleicht von schlechter Machart. Der Mann hustete, das war gut – er lebte. Erst aus der Nähe sah sie den Stoff seines Wamses. Ihr gingen die Augen über. Das Tuch war in sich gemustert, glitzernde Goldfäden bildeten ein Muster mit dem feinen Glanz, den, wie sie inzwischen wusste, nur Seide erzeugen konnte. Sie hatte von solchen Stoffen gehört, aber noch nie etwas dergleichen zu Gesicht bekommen. Es war ein Brokat. Wie im Fieber streckte sie den Arm aus, teils um dem Mann vom Boden hochzuhelfen, aber zum Gutteil auch, um diesen Stoff einmal in ihrer Hand zu spüren. Wie würde er sich anfühlen, weich oder fest? Anna hatte nur Augen für den Ärmel, deshalb sah sie den Schlag nicht kommen. Erst als sie die Wucht spürte, mit der ihr Arm zur Seite gestoßen wurde, und der Mann, der ohne Hilfe aufgestanden war, in seiner massigen Gestalt vor ihr aufragte, konnte sie wieder klar denken. Sie spürte keine Angst, sie spürte kein Entsetzen. Nur Enttäuschung darüber, dass sie den Stoff nicht hatte berühren dürfen.

»Hast du deinen Spaß gehabt, Miststück?«, knurrte der Bärtige, ergriff sein Schwert, humpelte zum Pferd, wischte ihm mit dem Brokatärmel das Auge sauber und schwang sich in den Sattel.

»He!«, rief er noch, dann brach er durch das Gebüsch.

Einen Moment lang tauchte ein zweiter Reiter hinter den Stämmen auf. Das Haar rot wie Feuer, das Pferd schwarz, mehr war nicht zu sehen – mit Ausnahme der Augen. Sie waren blau, blau wie Annas Kleid.

Die Nadel fand die richtigen Stellen wie von allein, Anna ließ ihre Gedanken schweifen. Wer war der Reiter mit den blauen Augen gewesen? Gab es hier in Worms mehrere Männer mit solchen Augen? Oder hatte sie tatsächlich den einen gesehen, der sie schon in Trier von seinem Bild herab mit den Augen verfolgt hatte? Die Nadel rutschte ab, und sie stach sich in den Finger.

In der Nähstube herrschte Stille, dabei war es Stunden zuvor schon aufregend zugegangen. Ein Bote hatte neue Schnüre von der zukünftigen Kaiserin und ihren Damen gebracht, und tatsächlich, die Maße einer der Hofdamen hatten sich verändert. Anna runzelte die Stirn. Nur das Mittelband war weiter; Arme, Handgelenke, alles andere hatte die gleichen Abmessungen wie vorher.

»Meister, dieses eine Band hat einen ganzen Knoten mehr, die anderen sind wie vorher.«

Meister Spierl öffnete die Augen und setzte sich im Sessel auf. »Hm. Ist es das Mittelband?«

»Ja. Wie konntet Ihr das wissen?«, fragte sie verblüfft.

»Ich weiß noch viel mehr. Sie wird nicht mehr lange Hofdame sein.«

Narrte er sie? Anna gab nicht auf. »Woher wollt Ihr das wissen?«

Der Gewandschneider schmunzelte. »Die arbeitet bald als Amme, wenn du verstehst, was ich meine ...«

Anna stieß die Luft aus und fasste sich an die Stirn. Natürlich, das war die Erklärung.

Es klopfte heftig, und bevor Meister Spierl antworten konnte, wurde die Tür aufgerissen.

»Befehl des Kaisers, alle in den Ratssaal! Sie bringen Heinrich zur Verhandlung.«

Bevor sie auch nur eine Frage stellen konnten, war der Wächter wieder verschwunden. Anna seufzte und legte die Nadel beiseite.

Meister Spierl erhob sich mühsam. Wie immer, wenn er Schmerzen hatte, nörgelte er an allem herum.

»Eines frage ich mich: Wenn der Kaiser wirklich von der Jagd zurück ist, warum kommt er dann nicht her, um sich vermessen zu lassen? Wenn das so weitergeht, steht das kaiserliche Paar zur Hochzeit in Lumpen da«, grummelte er.

»Pscht!« Anna schaute sich um. Gut, dass niemand zugehört hatte. Es stand viel auf dem Spiel.

»Meister«, bat sie, »ein wenig Vorsicht wäre von Vorteil. Wir wollen doch nicht, dass der Kaiser uns den Kopf abschlägt, bevor die Gewänder fertig sind.«

Meister Spierl grunzte und schob seine wehen Füße in die offenen Schuhe. Anna atmete auf. Jetzt war es so weit, sie würde den Kaiser sehen.

Ein Stoß in die Seite warf Anna gegen Meister Spierl, und sie entging nur knapp einem Sturz. Das Gedränge erinnerte an eine Flucht bei einem Brand, nur dass alle *in* das Gebäude hineinstürmten, anstatt herauszulaufen. Sie folgten dem breiten Menschenstrom über das unebene Pflaster und wurden eins mit der Masse. Woher kamen nur all diese Menschen? In der aufgeregten Menge hatte Anna allerdings auch Gelegenheit, Ärmel und Rockschöße anzufassen, und so wurde ihr die Zeit auf dem Platz vor dem Ratssaal nicht lang. Meister Spierl sah wohl, was sie tat, aber er schmunzelte, und Anna befühlte jeden Stoff, der in ihre Nähe geriet. Blau, aus Leinen. Grau, ganz sicher Wolle. Da, braune Seidenmischung, ganz fein. Doch solange sie auch tastete, keiner der Stoffe war so kostbar wie das golddurchwirkte Wams des geheimnisvollen Reiters, den sie verspottet hatte. Welchen Rang bekleidete ein Mann, der solche Kleider trug? Sie hoffte inständig, ihm nie wieder zu begegnen.

Eine Erregung, stark wie das Brausen eines Sturmes, erfasste die Menge. Das Gedränge wurde unerträglich. Erst nach einer Weile sah Anna den Anlass: Die Menschen wichen zurück und bildeten eine Gasse. Zwei schwarze Wächter, bewaffnet mit Spießen, schritten vorweg. Zwei andere führten einen Mann herbei, der sich mit gesenktem Kopf in sein Schicksal gefügt zu haben schien. Den Abschluss schien ein weiteres Wächterpaar zu bilden, jedenfalls hüpften hinter dem Gefangenen zwei Spießspitzen im Takt der Schritte auf und ab. Anna verrenkte sich den Hals. Abgesehen von dem wirren Haar und dem demütigen Blick wirkte der Mann nicht wie ein Gefangener. Schneeweiße Strümpfe, ein fettes Gesicht unter dem Bart und ein roter Mantel verrieten, dass er sonst eher Richter als Beklagter war.

Ein Weib neben ihr rempelte sie nun schon zum dritten Mal an. Unwillig wandte Anna den Kopf, doch die scharfe Abfuhr blieb ihr im Hals stecken. Die Alte hatte einen Apfel aus dem schäbigen Beutel geklaubt, reckte den Arm und warf ihn auf den Gefangenen, traf aber daneben.

»Heinrich ist der König, lasst ihn los, ihr dreckigen Köter, loslassen! Ihr werdet dafür zahlen, bei Gott, das werdet ihr!«, schrie die Alte.

Sie warf nicht auf den Gefangenen, sie warf auf die kaiserlichen Wachen!

Törichtes Weib, hatte sie keine Angst um ihren faltigen Hals? Die Wächter waren mittlerweile heran, ja, fast schon vorbei. Anna stand nur wenige Schritte von dem Gefangenen entfernt, und die Alte hielt bereits den nächsten Apfel in der Hand. Auf die Entfernung konnte nicht einmal sie danebentreffen. Anna fiel ihr in den Arm und drängte sie zurück. Der Apfel fiel unmittelbar hinter dem Wächter zu Boden. Der Schwarze mit dem narbigen Gesicht musste gute Ohren haben, trotz des Lärms wandte er sich um und blickte zu Boden. Da lag der Apfel, aufgeplatzt und voller Maden. Er funkelte Anna böse an, starrte auf ihren Arm, dann auf die Alte. Verstehen durchzuckte seine Züge. Anna sah die weißen Zähne aufblitzen, und schon war der kleine Trupp vorbei.

Die Alte riss sich los und verschwand in der Menge. Anna wurde weitergedrängt und stieß mit der Schulter schmerzhaft gegen etwas Hartes. Ein Türrahmen – sie war endlich am Eingang angelangt.

Es ging durch das Tor in den Saal, und nach der strahlenden Sonne draußen schienen sich Dämmerlicht und Kälte zu einem bösen Vorzeichen zu verweben. Anna überlief eine Gänsehaut, sie schüttelte sich. Was sie sich nur wieder einbildete …

Der große Saal war keine Einbildung. Lärm und Enge standen dem Gedränge draußen in nichts nach. An die kalte Steinmauer gedrängt, befand sich Anna irgendwo am Rand, und noch immer schoben die Menschen nach, als hinge ihr Leben davon ab. Meister Spierl war schon längst nicht mehr zu sehen. Obwohl sie inzwischen ziemlich weit vorn stehen musste, war ihr die Sicht versperrt. Einen Blick auf die Stelle zu werfen, wo sie den Kaiser vermutete, schien unmöglich.

Erst als ein dumpfes Pochen zu hören war, ließ das Scharren

und Schieben nach, und Stille kehrte ein. Anna sah noch immer nichts, aber die Stimme des Ausrufers war deutlich zu verstehen.

»Heute, am vierten Tag des siebten Monates, wird der von Gott befohlene Kaiser zu Gericht sitzen über Heinrich, König von Deutschland ...«

Ein König also. Kein Wunder, dass er so teure Kleider trug. Annas Gedanken schweiften ab. Wie schade, dass sie nichts sehen konnte. Nun hatte sie das Bild aus Meister Spierls Stube so lange verfolgt, und sie konnte nicht einmal von Weitem einen Blick auf den Kaiser erhaschen. Noch einmal reckte sie den Hals und stellte sich auf die Zehenspitzen. Sie musste recht dicht am Geschehen sein, denn der Wächter mit den Narben starrte ihr geradewegs ins Gesicht, keine fünf Ellen von ihr entfernt.

»Mach dich nicht so lang, dumme Gans!«, zischelte es hinter ihr. Auch vor Anna wurde es unruhig. Die Menge teilte sich, und eine glänzende Speerspitze wurde auf Hüfthöhe sichtbar. Der Schwarze strahlte sie an.

»Komma her, hier ist gut gucken.«

»Danke.«

Anna zögerte nicht lange. Sie umfasste die Spitze der Waffe und hangelte sich entlang des hölzernen Schaftes auf den Wächter zu. Der nahm sie am Arm und zog sie weiter nach vorn.

Endlich sah sie etwas. Ein riesiger Stuhl, verhängt mit blauem Tuch, erhob sich vor der Wand. Darauf saß ein Mann. Es konnte nur der Kaiser sein. Rock und Mantel leuchteten wie ein prächtiges Gefieder im Sonnenschein, gehalten von einem edelsteinbesetzten Riegel. Wie schwer musste dieser Stoff mit den vielen Steinen sein! Dem Fall nach zu urteilen, sehr schwer. Sie konnte sich kaum sattsehen an dem aufwendig bestickten Mantel in Gold und Rot, einem wunderbaren, glänzenden, satten Rot – ihr stockte der Atem. Das musste ein Purpur sein.

Wann war eine junge Näherin wie sie jemals in die Nähe eines Purpurs gekommen?

Nur mit Mühe riss sie sich von den prächtigen Stoffen los

und hob den Blick. Eine schwere Krone lastete auf dem Kopf des Kaisers, und darunter loderten rote Locken. Anna schluckte. Die Augen waren kaum zu sehen, aber da wandte Friedrich den Kopf und spähte in ihre Ecke. Blau, das gleiche Blau wie ihr Kleid, das gleiche Blau wie auf der Zeichnung. Er war der Mann von dem Bild. Und er war der Mann auf dem schwarzen Pferd im Wald.

Alles fügte sich zusammen. Sie hatte den Kaiser im Wald gesehen. Der Reiter war ein Mitglied des kaiserlichen Gefolges gewesen, wer sonst hätte sich einen so prachtvollen Stoff leisten können?

Anna zog den Kopf zwischen die Schultern. War es klug, sich hier in den Vordergrund zu drängen? Was, wenn der Kaiser sie wiedererkannte und seinem Gefolgsmann davon berichtete? Anna mochte den Kaiser nicht mehr ansehen; vielleicht erkannte er sie nicht, wenn sie nicht hinsah. Ihr Blick wanderte zur Seite, über die Lehne hinweg, über den goldenen Stab, den Brokat …

Sie zuckte zusammen. Wanderte mit den Blicken langsam an der Brust des Mannes hinauf, der neben dem Thron stand, über seinen Hals, zum Gesicht mit dem Bart und den Augen, aus denen Pfeile hervorzuschießen schienen.

Es war der Reiter, den sie ausgelacht hatte, er stand wahrhaftig neben dem Kaiser, und er starrte sie an. Starrte sie einfach nur an.

Anna schaffte es nicht, den Kopf zu senken. Wie gelähmt starrte sie zurück. Der Augenblick dehnte sich zu einer dunklen Ewigkeit, leuchtend bestickt mit den rasenden Schlägen ihres Herzens. Endlich wandte der Mann den Kopf und widmete seine Aufmerksamkeit wieder der Verhandlung. Anna brach der Schweiß aus.

Der Mann räusperte sich und sprach dann mit klarer Stimme.

»Heinrich, König von Deutschland, der Kaiser geruht dich anzuhören.«

Der Gefangene fiel auf die Knie.

»Eure Majestät – Vater! Ich komme als Bittsteller. Nehmt meine Unterwerfung an und gewährt mir Vergebung für meine Sünden. Nach alter Väter Sitte.«

Den Kopf noch immer gesenkt, harrte der König auf den Knien aus. Wieso sagte er Vater? War denn ein Kaiser auch Geistlicher? Anna fühlte sich am ganzen Körper seltsam taub. Bestimmt hatte sie sich getäuscht, und der Reiter aus dem Wald hatte gar nicht sie angesehen – vielleicht stand ein wichtiger Mann in ihrer Nähe, der seine Blicke auf sich gezogen hatte …

Eine andere Stimme erhob sich, angenehm, klar und voll. Annas Kopf ruckte hoch. Der Kaiser sprach.

»Ich kann dir abermals vergeben, allerdings sollten diesmal Taten folgen.« Der Kaiser schlug den Mantel über den Thronrand, sodass das wundervolle Futter gänzlich sichtbar wurde, lehnte sich zurück und erteilte einen Wink mit der Hand, bevor er weitersprach. »Petrus, trag ihm die Bedingungen vor …«

»Der Kaiser wird der Bitte um Vergebung nachkommen, wenn Heinrich, Herrscher des *Regnum teutonicum,* die Burg Trifels mitsamt dem lebenden und unbelebten Inventar, insbesondere mit den Reichsinsignien …«

Petrus hieß er also, der Mann aus dem Wald. Anna seufzte. Hätte sie nur Gewissheit gehabt, dass er sie nicht wiedererkannt hatte …

König Heinrich sprang auf und tat einen Schritt auf den Thron zu. Umgehend stellten sich die Wachen in den Weg und kreuzten ihre Speere.

»Was? Nein! Das hieße doch, die Königswürde abzulegen.« Heinrich fiel wieder auf die Knie. »Vater! Mein Volk, meine Untertanen brauchen mich.«

Die Stimme des Kaisers klang barsch. »Das hättest du dir überlegen sollen, *bevor* du dich gegen mich verschworen hast, *bevor* du die Fürsten gegen mich aufgehetzt hast, bevor du deine vollmundigen Gelübde aus Cividale umgestoßen hast.«

Das Gesicht des Kaisers war beinahe so rot wie der Mantel.

»Ohne Taten ist deine Unterwerfung genauso viel wert wie die vor drei Jahren: nichts.«

Heinrich erhob sich und streckte die Arme aus. »Ich …«

»Schweig!«, donnerte der Kaiser. »Seit Cividale hast du dein Gelöbnis ein ums andere Mal gebrochen, die Fürsten verärgert, unpassende Gesetze erlassen, mich hintergangen und sogar offen bekämpft.« Der Kaiser wies in die Menge. »Jeder der braven Bürger und Inwohner hier in Worms ist für mich eingestanden, jeder hier hat mehr für mich getan als du.«

Die Menge johlte und klatschte, aber Anna hörte auch Buhrufe. Bestimmt das alte Weib, dachte sie.

Der Kaiser beugte sich vor und stützte eine Hand auf das Knie. Obwohl er leise sprach, war seine Stimme deutlich zu vernehmen.

»Große Reiche entstehen durch Einigkeit. Das hast du nie begriffen.«

Anna gähnte. Ihr wurde langsam übel. Wie lange das wohl noch dauerte?

Heinrichs demütige Haltung verwandelte sich in lodernde Angriffslust.

»Ich habe nicht begriffen? Ich habe sehr wohl begriffen! Dir geht es nur um die Lombardei. Nicht *einmal* lässt du mir freie Hand. Ich sorge mich um meine Untertanen. Wie viele haben mich schon angefleht, ihre unschuldigen Söhne, Töchter, Mütter und Väter aus den Klauen der Inquisition zu befreien. Oh, Konrad hat gute Arbeit geleistet! Die Verfahren wurden verkürzt, Gottesurteile wurden verhängt …«

Anna wurde hellwach. Worum ging es da? Um Gottesurteile?

Heinrich eiferte weiter, und der Kaiser blieb stumm, gebot ihm keinen Einhalt, als stimme er den heftigen Vorwürfen zu.

»Alles nur, um dem Papst zu gefallen. Konrad hat etliche Unschuldige abgeschlachtet, und du hast ihn gedeckt. Wenn es Sünde ist, ein Gesetz zu erlassen, das meine Untertanen vor solchen … Teufeln schützt, dann bin ich gern ein Sünder. Aber mir deshalb die Krone nehmen?«

Als erwache er aus einem wüsten Traum, sah sich Heinrich im Saal um und sank abermals auf die Knie. »Vergib mir, Vater …«

Anna brummte der Schädel. Heinrich war angeklagt, weil er ein Gesetz gegen Gottesurteile erlassen hatte? Hieß das, der Kaiser befürwortete solche Urteile? Ein Floh biss ihr in die Wade, sie kratzte sich und trat dabei aus Versehen einen vierschrötigen Burschen, der neben ihr stand. »Pass doch auf, dumme Gans!«, zischte er. Sie stellte sich wieder aufrecht hin und reckte den Hals.

»Räumt den Saal bis auf die Fürsten und den Hofstaat!«, rief Kaiser Friedrich.

Anna wollte sich zum Gehen wenden, doch der Wachtposten hielt sie mit dem Speer unauffällig zurück. »Bleib! Du nähst, du Hof.« Hatte er ihr zugezwinkert? Anna war sich endgültig sicher: Das war kein Affe, das war ein Mensch wie sie und Meister Spierl, nur dunkler.

Es hatte eine Weile gedauert, bis der Saal vom gemeinen Volk geräumt war und die großen Flügeltüren ins Schloss krachten.

Zu Annas Überraschung ergriff nicht der Kaiser, sondern Petrus das Wort. »Wie kannst du es wagen, uns so etwas zu unterstellen? Aufs Rad geflochten gehörst du, elender Verräter. Man sollte …«

Friedrich wedelte mit der Hand, und Petrus schwieg. Als der Kaiser sprach, klirrte seine Stimme vor Kälte.

»Sieh Petrus de Vinea seine Verstimmung nach. Wie du weißt, hat er vor einigen Jahren viel Arbeit in die Konstitutionen von Melfi gesteckt. Da du als Herrscher über Deutschland diese Gesetze zu kennen hast, weißt du sicher, was darin steht: dass wir Gottesurteile auf das Schärfste ablehnen, weil sich die Wahrheit auf diese Weise nicht ermitteln lässt. *Wir* gründen unsere Urteile auf Zeugen und Urkunden, wie du wissen solltest.«

Er atmete tief durch und lehnte sich zurück.

»Konrad von Marburg war in der Tat nicht nur ein Eiferer, sondern bereitete auch große Schwierigkeiten, die sich aber, wie du weißt, von selbst lösten.« Er streckte die behandschuhte Rechte aus und wies auf Heinrich. »Im Gegensatz zu dir. Konrad stand schon ein Jahr vor dem höchsten aller Richter, als du mit deinem Gesetz die Fürsten bloßgestellt hast. *Dafür* haben wir Zeugen – und Urkunden.« Zustimmendes Gemurmel erhob sich neben Anna, und die feinen Ärmelstoffe schwangen beim Applaus.

Mit einer schroffen Geste unterband der Kaiser den aufbrandenden Lärm.

»Du rennst herum in meinem Reich wie eine Wildsau im Rübenacker, bist gebannt und willst herrschen, reißt mit dem Hintern um, was ich mit den Händen erschaffe.«

Ganz langsam erhob sich der Kaiser – lag es am Gewicht des Mantels?

»Ich lasse nicht zu, dass du weiter gegen mich intrigierst!«, brüllte er.

Heinrich hob zu sprechen an, doch der Kaiser schnitt ihm das Wort ab.

»Genug.« Im Stehen und von der Seite sah Anna erst jetzt, wie wundervoll der Mantel bestickt war. Eins der Motive zeigte einen Löwen – aber welch seltsames Tier erlegte die Raubkatze?

Erschöpft ließ der Herrscher sich auf den Thronsessel zurücksinken und legte die Hand an die Stirn. »Petrus, verlies ihm Anklage und Urteil. Dazu lass die Leute wieder hereinrufen.«

Anna verstand nichts mehr. Waren also beide gegen Gottesurteile? Warum dann die Verhandlung? Der Saal war voll, Petrus de Vinea entrollte ein Pergament und las. Seine harte Stimme hallte bis in den letzten Winkel.

»Heinrich, König von Deutschland, du bist der *crimen laesae majestatis* in Vorsatz, Wort und Tat angeklagt und für schuldig befunden.«

Heinrich ächzte und sank in sich zusammen, Petrus fuhr ungerührt fort.

»Auf dieses Verbrechen steht die Todesstrafe.«

Der Angeklagte richtete sich auf. »Nein! Nein!«, rief er. »Ihr könnt mich nicht töten. Ich komme als Herrscher, der sich unterwirft. Vater, du *musst* mir vergeben!«

Der Kaiser wandte den Blick ab.

Petrus, schadenfroh grinsend, beugte sich vor und sprach mit verhaltener Stimme weiter. »Lass mich dir als Jurist etwas sagen: Diese Art von Vergebung kannst du rechtlich nur bei deiner ersten Unterwerfung fordern. Du bist also ganz von der Gnade des Kaisers abhängig.«

Heinrich zuckte zusammen, und sein Kopf sank auf die Brust.

Petrus de Vinea lehnte sich zurück und rollte das Pergament zusammen.

»Vater, du kannst mich nicht töten«, wimmerte Heinrich.

Lange sagte der Kaiser kein Wort, trotzdem blieb es still, als könnten jeder Laut, jede Achtlosigkeit das Leben des armen Königs dort vorn beenden. Als der Kaiser sprach, klang seine Stimme müde.

»Ich lasse dich nicht töten.«

»Gott sei gedankt«, entfuhr es Heinrich. »Dir sei ebenfalls Dank«, fügte er rasch hinzu.

Der Kaiser schüttelte den Kopf und schnaubte durch die Nase, als hätte er einen üblen Geruch wahrgenommen.

»Aber ich muss dich an einen Ort bringen, wo du zeit deines Lebens keinen Schaden mehr anrichtest. Du wirst die Jahre, die dir noch bleiben, im Kerker verbringen. Möge die Sonne Italiens Licht und Wärme in dein Verlies bringen, denn Gott ist mein Zeuge: Lieber sähe ich dich frei. Ich bin auch nur ein Vater. Schafft ihn bis zur Abreise in die Feste Luginsland.« Der Kaiser erhob sich und verschwand hinter dem Thron. Die Wachen packten Heinrich, der schrie und um sich schlug, und zerrten ihn zum Ausgang.

»Vater, nein, Vater, wir müssen reden, es ist noch nicht … Vater!« Die Schreie brachen ab, die Türen schlugen zu.

Anna ließ den Blick schweifen. Der riesige Saal leerte sich

langsam. Der Kaiser aber trat wieder hinter dem Vorhang hervor und setzte sich auf den Thron.

Die Wächter schleppten ein schreiendes Weib herbei und warfen es vor seinen Füßen zu Boden.

»Sie hat einen der kaiserlichen Wächter angegriffen und verräterische Parolen gebrüllt«, erklärte Petrus de Vinea.

Anna blieb wie vom Donner gerührt stehen – das war doch die Alte vom Platz draußen, die mit dem Apfel.

Müde rieb sich der Kaiser die Stirn. »Petrus, welche Strafe gebührt einem Menschen, der ein Mitglied des Hofes angreift?«

»Die gleiche wie bei geringgradigem Verrat, Majestät, das Blenden.«

Friedrich der Zweite hatte sich erhoben. »Blendet sie!«, befahl er beiläufig und verließ den Saal.

Anna nickte dem freundlichen Wächter zu und schritt durch den halbleeren Saal zum Ausgang. Gut, dass die Verhandlung vorüber war. Die arme Frau. Nur für das Apfelwerfen war die Strafe grausam. Andererseits hatte der Kaiser gerade einen König lebenslang eingekerkert, vielleicht ohne Grund? Anna beschloss, besonders vorsichtig zu sein und sehr ordentlich zu nähen, sicher war sicher. Aber zuerst musste sie sich stärken, sie hatte Hunger und Durst. Vielleicht stand schon etwas zu essen in ihrer Kamm …«

Petrus de Vineas Gesicht tauchte vor ihr auf.

»Du!« Mehr sagte er nicht. Während Anna nach Atem rang und hinter ihm hersah, wurde ihr klar, dass sie nicht die Einzige war, die er angesprochen hatte. De Vinea schritt durch die Menge und benannte einige Dutzend Männer und Frauen, begleitet vom Kämmerer mit seinem Buch, der hier und dort auf einen der Wartenden deutete.

Jemand zupfte Anna von hinten am Ärmel. Wem war sie schon wieder auf die Füße getreten? Gereizt wandte sie sich um und blickte in Meister Spierls hervorquellende Augen.

»Hast du so weit vorn gestanden?«, fragte er ein wenig neidisch. »Hast du den Mantel gesehen?«

Anna wiegelte ab. »Nicht genau, aber eine schöne Farbe. Es ist ein Purpur, oder?«

»Bei Gott, mein Kind, es ist ein Purpur. Der prächtigste Mantel, der mir je untergekommen ist.«

Anna geriet ins Schwärmen. »Allein das Futter hat vermutlich ein Vermögen gekostet. Und erst die Löwenstickereien! Wie viel Goldfaden wohl darinsteckt?«

Meister Spierl starrte sie an. »Du standest dicht genug, um die Stickereien zu erkennen?«

Anna nickte. »Einer der schwarzen Wächter hat mich vorgelassen.«

»Mädchen, Mädchen, Mädchen, wenn ich es nicht besser wüsste …«

Meister Spierl schüttelte den Kopf, brachte aber den Satz nicht zu Ende. Anna verstand auch so. Sie schluckte. Zu viele Vergünstigungen brachten einer Frau schnell den Ruf ein, dass etwas nicht mit rechten Dingen zuging. Sie musste sich in Zukunft besser in Acht nehmen.

»Warum hat dieser Mann mich angesprochen?«, fragte Anna und zeigte verstohlen auf de Vinea.

»Er wählt Leute aus, die während der Audienz dem Kaiser vorgestellt werden. Erst kommen die Fürsten, dann die Handwerker und schließlich noch Einzelne aus dem gemeinen Volk, die ein Anliegen haben.«

Meister Spierl zog ein feines Linnentuch aus dem Wams und rieb sich über die feuchte Stirn. »Das kann dauern, Kindchen, das kann dauern.«

Anna war froh über die Gnadenfrist, die ihr blieb. Sie hatte es nicht allzu eilig, dem Mann aus dem Wald und dem Kaiser gegenüberzutreten. Wochenlang hatte sie sich gewünscht, den Kaiser einmal zu sehen; doch nach allem, was inzwischen geschehen war, wäre sie mit einer Betrachtung aus der Ferne mehr als zufrieden gewesen.

Die Fürsten, Handwerker und anderen Bittsteller hatten eine lange Schlange gebildet. Meister Spierl hatte mit Hilfe des schwarzen Wächters den Platz unter den Wartenden gefunden, der ihm und Anna zustand. Anna seufzte leise. Die Schlange hinter ihnen war länger als vor ihnen, und der Kaiser nahm sich nur wenig Zeit für jeden Einzelnen. Bald würden sie so dicht am Thron stehen, dass Petrus de Vinea freie Sicht auf sie hatte.

»Können wir nicht einfach gehen?«, flüsterte sie, doch der Gewandschneider schüttelte so entschieden den Kopf, dass die weißen Haarbüschel zitterten.

»Hast du den Verstand verloren?«, zischte er. »Meinst du, ich habe mich halb tot nach Worms schleppen lassen, um meine Audienz beim Kaiser zu verpassen?« Er schnaubte.

Anna senkte schweigend den Kopf und blickte nicht mehr auf. Nur wenn ihr Vordermann die Füße bewegte, trippelte sie in angemessenem Abstand hinterher. Und dann waren die Füße vor ihr verschwunden.

Sie stand ohne einen Schutz vor dem Kaiser und vor Petrus de Vinea.

»Schneidermeister Spierl aus Trier und seine Gehilfin, Anna Wille von Münster!«, rief eine laute Stimme. Anna regte sich nicht, bis Meister Spierl sie in die Seite knuffte. »Hinunter!«, zischte er kaum hörbar. Anna sank in einen tiefen Knicks, den Blick noch immer gesenkt.

»Der beste Schneider weit und breit«, fuhr Petrus de Vinea leise fort. »Er muss dich noch vermessen.«

Anna hörte die vertraute Anrede und zuckte zusammen. Der einzige Mensch bei Hof, den sie kennengelernt hatte, stand mit dem Kaiser auf Du und Du – und sie hatte nichts Besseres zu tun, als ihn zu verärgern.

Die Stimme des Kaisers war auch als Flüstern unverkennbar, männlich und Furcht einflößend. Anna betrachtete den Saum des Mantels – Perlen und Goldfäden bildeten wundervolle Muster.

»Gut, soll nachher zu mir kommen«, raunte er.

»Es ist mir eine Freude«, sagte er laut.

Bevor Anna ihn aus der Nähe mustern konnte, war es schon vorbei. Spierl und sie traten aus der Reihe und machten Platz für den Nächsten in der Schlange. Anna blickte zurück. Der Kaiser wandte sich dem Bittsteller zu, doch der Mann zu seiner Rechten starrte ihr finster hinterher. Er hatte sie erkannt.

Friedrich der Zweite, Herrscher des Heiligen Römischen Reiches

Die Flure barsten schier vor Menschen. Jeder schien es eilig zu haben, irgendwohin zu gelangen, doch Anna setzte nur schwerfällig Fuß vor Fuß. Sie war so erschöpft wie lange nicht mehr. Meister Spierl erging es kaum anders; er stützte sich schwer auf seinen Gehstock, und die lange Nase stach scharf und gelblich weiß aus seinem Gesicht hervor wie bei einem Toten.

»Warte kurz, Kind!« Er hielt inne und verschnaufte. Anna spürte ihren Herzschlag bis zum Hals. Sie musste mit einem vertrauten Menschen reden, musste gestehen, dass sie einen Fehler begangen hatte. Vielleicht fiel es ihr leichter, wenn sie den Meister dabei nicht ansah. Anna drehte sich zur Wandtäfelung.

»Meister, als ich allein im Wald war, da …«

Ein dumpfes Poltern. Anna fuhr herum. Meister Spierl lag am Boden, zusammengesunken wie ein vergessenes Häufchen Filzseife.

Der Meister lag noch immer, wie der Wächter ihn hingelegt hatte. Er hatte sich so lange nicht gerührt, dass Anna schon fürchtete, er sei wieder in diesen tiefen Schlaf gefallen. Wie

eines der Tiere draußen in den Verschlägen war sie in der Nähstube auf und ab gegangen, hatte Schnur und Werkzeug eingepackt und wieder ausgepackt, dem Bewusstlosen Wasser ins
Gesicht gespritzt, etwas von seinem Teller gegessen. Wann sollten sie zum Kaiser?

Man würde sie holen. Wenn er nicht bald munter wurde,
musste sie die Wachleute wieder zurückschicken. Allein ginge
sie auf gar keinen Fall zum Kaiser. Der war gefährlich, und de
Vinea würde sich sicher rächen wollen, das spürte sie. Noch einmal benetzte sie die Stirn und die magere Brust des alten Mannes mit Wasser aus dem Krug. Das Wunder geschah. Er hustete,
warf sich auf die Seite und schlug die Augen auf. Anna schossen
vor Erleichterung die Tränen in die Augen.

»Meister!«

»Durst.«

Sie flößte ihm etwas Wasser ein. Er blinzelte zum Fensterloch
und fuhr auf.

»Wie lange?«, fragte er.

Anna wusste, was er meinte. »Nicht lange, es war noch keiner
hier.«

Quälend langsam schob der Meister die dürren Beine über
den Rand der Bettstatt und zog sich am Waschtisch hoch.

»Worauf wartest du? Pack alles zusammen. Oder willst du
während des Vermessens noch einmal gemütlich in die Kammer kommen und den Kaiser warten lassen?«

Anna fiel ein Stein vom Herzen. Er schimpfte. Rasch legte
sie noch Stecknadeln und Kreide, Winkel und Schnüre zu den
anderen Utensilien in den Korb. Alles würde gut werden.

Sonnenlicht fiel wie eine gleißende Schleppe durch das kleine
Fenster, Staubkörner tanzten zu unsichtbarer Musik einen Rei-
gen, den nur das Licht kannte. In seinem besten Rock lag der
Meister auf dem Bett und ruhte. Alles war vorbereitet. Nach dem
Essen hatte Anna sich gewaschen und ihr Gewand noch einmal
abgebürstet. Für einen Augenblick hatte sie überlegt, ob sie das

rote Kleid anziehen sollte, sich aber dagegen entschieden. Es war warm, die Schweißflecken, die sich während der Gerichtsversammlung unter den Armen ausgebreitet hatten, waren getrocknet. Außerdem hatte im Saal niemand Rot getragen. Ob das Tragen dieser Farbe bei Hof verboten war? Sie hätte den Meister gern danach gefragt, aber sein Schnarchen verriet ihr, dass er eingeschlafen war. Wenn es ihm schlecht ging, träte sie weder im blauen noch im roten Kleid zum Vermessen vor den Kaiser. Besser, sie ließ dem alten Mann seinen Genesungsschlaf.

Draußen summten die Bienen. Die sommerliche Schläfrigkeit, die der Raum atmete, erfasste auch Anna. Sie lehnte sich zurück, schob einen Ellbogen hinter den Kopf und schloss die Augen.

Wumm! Wumm! Anna zuckte zusammen. *Wumm! Wumm! Wumm!* Sie fuhr hoch und strich sich das feuchte Haar aus der Stirn. Die Wache!

»Sofort!« Sie glättete den Rock und trat an Spierls Bett.

»Meister.«

Er rührte sich nicht.

»Meister!«

Der Gewandschneider grunzte und stützte sich auf den Ellbogen.

»Was?«

»Es klopft. Der Wächter! Ich glaube, wir müssen los.«

Wumm! Wumm! Wumm!

»Mach auf! Mach schon!«, hetzte sie der Meister. Während er sich vom Bett erhob, eilte Anna zur Tür und riss sie auf.

Ein tiefschwarzes Gesicht mit zwei Reihen blendend weißer Zähne tauchte auf und strahlte sie an. Der Wächter aus dem Saal! Ein gutes Zeichen.

»Du. Apfelretterin.« Er lachte. Der kehlige Laut, der ihr tags zuvor noch Angst und Schrecken eingejagt hätte, klang irgendwie lustig. Sie lachte zurück.

»Kommen. Wir gehen Kaiser.«

Meister Spierl hielt Anna ihren Beutel hin, ergriff seinen Korb und trat vor ihr in den Gang. Der Schwarze ging langsam voran und wandte sich immer wieder um, wie um sich zu vergewissern, dass er sie nicht verloren hatte. Sie folgten ihm durch einen breiten, hellen Gang, treppauf und durch etliche Türen.

»Warum habt ihr vorhin so gelacht?«, fragte Meister Spierl leise.

»Eine Alte wollte ihn mit faulen Äpfeln bewerfen, als sie den Gefangenen brachten. Ich habe den Wurf vereitelt«, flüsterte Anna zurück.

»Hat er dich deshalb so weit nach vorn geholt?«

Bevor Anna antworten konnte, blieb der Wächter wie schon am Ankunftstag unvermittelt stehen und deutete auf eine Tür.

Sie wurde von zwei absonderlichen Wesen bewacht, die dem Wächter, der sie hergeführt hatte, in Gestalt und Farbe ähnelten. Kraftstrotzend, schwarz und glänzend, wirkten sie selbst mit den hohen Türen im Rücken überaus eindrucksvoll. Sie trugen Gewänder, die fast bis zum Boden reichten, so wie Frauengewänder. Die Beine waren nackt, und die bloßen Füße steckten in engen Schuhen, die einen irrwitzigen Bogen beschrieben und in einer Spitze endeten. Sicher, Anna hatte schon Schnabelschuhe gesehen, aber doch nicht solche wie diese. Haare und Nacken der Krieger bedeckten zarte Tücher in hellem Grün, die bis zur Hüfte hinabreichten, ähnlich den Schleiern, die verheiratete Frauen zu tragen hatten. Das wirkte lächerlich, aber Anna war sicher, dass keiner in der Nähe dieser Wächter auch nur zu kichern wagte. Den Kopf stolz erhoben, sicherte ihr fester Griff mit beiden Händen die goldbeschlagene Lanze, deren rote Kordeln und geschmiedete Ornamente nicht über die Tödlichkeit der scharfen Spitzen hinwegtäuschten. Die Männer hatten einen Gürtel um die Bauchschärpen geschlungen, in dem Dolch und Kurzschwert auf ihren Einsatz warteten. Der entschlossene Blick gestattete keinen Zweifel an ihrer Aufgabe: In diesen Raum gelangten nur willkommene Gäste.

Meister Spierl trat vor die Tür, und Anna stellte sich neben ihn. Einer der Wächter sah den Meister fragend an, der nickte.

Tock! Tock! Tock! Der linke Wächter stieß seinen Speer dreimal auf den Boden. Dann fassten die schwarzen Hünen je einen Türflügel am Öffner und zogen ihn zu sich heran. Der Weg war frei.

Zögernd betrat Meister Spierl den Raum, und Anna folgte ihm. Ein Blick, und die Knie wurden ihr weich. Welche Pracht! Alles, aber auch alles in dem hohen Raum mit Ausnahme des Kamins war mit Stoff verkleidet, verhangen oder bezogen. Ein Mädchen, in feine, halbdurchsichtige Schleier gehüllt, huschte kichernd so dicht an den schwarzen Hünen vorbei, dass Anna ihre Furchtlosigkeit bewunderte. Gern hätte sie gewusst, ob das Mädchen hübsch war, doch die feine Gaze bedeckte auch Gesicht und Haar. Wohlgeruch zog an Anna vorbei wie der Duft der Blüten an einem wunderschönen Sommertag, vermischt mit … Anna fiel kein Vergleich ein, aber sie schnupperte genießerisch, während ihre Blicke über die üppigen Wandteppiche, die weichen Felle am Boden und über unzählige Kissen schweiften. Der Kaiser war nicht zu sehen, also blieb sie mitten im Raum neben dem Meister stehen, der sich genau wie sie mit großen Augen umsah. Achteckige Tischchen, kunstfertig geschnitzt, waren beladen mit Früchten und Karaffen. Ein Ruhebett, sogar mit einer Lehne versehen, stand an einem geöffneten Fenster, vor dem rote und ungebleichte Vorhänge sacht im milden Sommerhauch wehten. Einzig der Anblick der Speerspitzen vor dem Fenster erinnerte daran, dass dies nicht das Himmelreich war, sondern dass irdische Aufmerksamkeit zum Schutz des Höchsten erforderlich war.

Jemand räusperte sich, und die beiden Besucher fuhren herum.

»So, so, der Schneider und seine Gehilfin.«

Anna sank in einen tiefen Knicks. Der Meister verbeugte sich, leise ächzend, so tief es seine geschundenen Gelenke zuließen.

»Gut, gut, steht auf, ich bitte euch!« Anna hob den Kopf, und was sie sah, verblüffte sie: Der Kaiser hatte die teuren Roben aus der Verhandlung abgelegt. Er trug lediglich ein gewickeltes Hemd und eine seltsame Hose, oben an den Schenkeln bauschig, unten an der Wade aber eng wie ein Strumpf. Die Füße, blass und voller Sommersprossen, steckten in Schuhen, die nur aus Sohle zu bestehen schienen und am Oberfuß gerade eben die Zehen bedeckten.

»Majestät …« Meister Spierl grüßte artig, während Anna schwieg, so beschäftigt war sie damit, am Kaiser hinauf- und hinunterzuschauen. Friedrich der Zweite folgte ihrem Blick und lachte.

»Wie Ihr seht, edle Herrschaften, bin ich dringend darauf angewiesen, mein Hochzeitsgewand von einheimischen Schneidern herstellen zu lassen. Ich fürchte« – er zupfte an der pluderigen Hose –, »dass die Vorstellung meines Hofschneiders in Italien, was festliche Gewänder angeht, dem hiesigen Geschmack ungemein zuwiderläuft.«

Der Kaiser nahm einen Apfel aus der Schale und grub die Zähne krachend tief in das Fruchtfleisch.

»Nun, habt Ihr eine Zeichnung angefertigt?«

Meister Spierl nickte eifrig und entrollte eines der riesenhaften Pergamente, die doch keine waren. Er sah sich suchend um, fand aber nur kleine Tische, also legte er den Entwurf auf die Liege.

»Ein langer Rock mit geraden Borten, herrschaftlich und doch anmutig im Erscheinungsbild, dazu ein Unterkleid, das nur ganz wenig hervorblitzt. Ein leichter Überwurf und breite Ärmel, dem neuesten Geschmack entsprechend …«

Der Kaiser warf einen flüchtigen Blick auf die Zeichnung und biss wieder in den Apfel.

»Wird das Gewand den Fürsten angemessen genug erscheinen?«

»O ja, Majestät. Der kostbare Stoff und die üppigen Borten werden Eure Stellung unterstreichen, ohne zu sehr zu beschweren. Das Kleid der Dame wird darauf abgestimmt sein, sodass sich eines harmonisch zum anderen fügt.«

»Gut.« Der Kaiser hob beide Arme auf Schulterhöhe. »Fangt an, es ist nicht viel Zeit.«

Meister Spierl fuhr herum und nestelte an Annas Beutel. Sein Gesicht war bleich, und feine Schweißperlen sammelten sich schon wieder auf der Oberlippe. Anna strich sich das Haar aus der Stirn und biss sich auf die Unterlippe. Wenn der Alte nur durchhielt, bis sie ihre Arbeit verrichtet hatten! Sie half ihm und reichte ihm eine Schnur. Er nahm sie, doch seine Finger zeigten wieder jenes Zittern, das auch die früheren Anfälle angekündigt hatte.

Halt durch!, beschwor Anna ihn im Geist. Halt durch! Man würde sie sicher nicht noch einmal zum Messen holen. Wäre Anna allein gewesen, was hätte es sie gekümmert? Sie hatte alle Maße gesehen und sich gemerkt – mit Ausnahme der oberen Schenkelbreite, die unter den Stoffmassen der fremdländischen Hose nicht auszumachen war. Aber der Meister bestand darauf, mit den Schnüren zu arbeiten.

Tock! Tock! Tock!

Die Türflügel wurden aufgestoßen.

»Petrus de Vinea, kaiserlicher Berater!«, rief einer der Wächter.

Anna beugte den Kopf tief über ihren Beutel, als suche sie etwas darin. Doch sie hatte sich umsonst gefürchtet. De Vinea beachtete sie nicht, eilte an ihr vorbei auf den Kaiser zu und nahm ihn vertraulich am Arm.

Flüstern und Tuscheln, ein gemurmelter Befehl, den Anna nicht verstand, dann stürmte der kaiserliche Berater wieder davon. Anna atmete auf. Doch als sie zu Meister Spierl hinübersah, sank ihr der Mut. Kreidebleich, nur von der puren Kraft seines Willens aufrecht gehalten, versuchte er mit feuchten Fingern dem Kaiser die feinen Schnüre umzulegen. Auch Friedrich schien zu merken, dass etwas nicht stimmte.

»Ist Euch nicht gut, Meister?«

»Doch, ich …« Spierl hielt inne und würgte.

Anna räusperte sich. »Vielleicht eine Verstimmung, Majestät.«

»Hm.« Friedrich starrte den Gewandschneider an, bis selbst Anna ins Schwitzen geriet. »Hm«, machte er noch einmal, dann ergriff er eine goldene Glocke und schlug sie an.

Umgehend öffnete sich eine der beiden Türen, und der schwarze Wächter schob den Kopf in die Öffnung.

Mithilfe jener seltsamen Laute, die der andere Wächter ausgestoßen hatte, erteilte Friedrich offenbar eine Anweisung. Der Wächter mit der zartgrünen Haube verneigte sich zum Zeichen, dass er verstanden hatte, reichte seinem Gefährten den Speer und trat auf Meister Spierl zu.

Anna stellte sich vor ihren Herrn. Sie würden ihn doch nicht gleich köpfen, nur weil er einmal zu krank war, um den Kaiser zu vermessen! Der schwarze Riese kam immer weiter auf den Gewandschneider zu, der sich inzwischen kaum noch auf den Beinen halten und ganz gewiss nicht wehren konnte.

»Lasst ihn!«, fauchte Anna, die Hände zur Abwehr ausgestreckt. Der Hüne blieb stehen und sah seinen Herrn fragend an.

Friedrich griff sich an die Stirn. »Du sprichst kein Italienisch, richtig?« Er trat auf Anna zu und nahm sie sanft am Arm.

Kaiser oder nicht, Anna machte sich steif, sollte er sie doch mit Gewalt wegzerren und ebenfalls köpfen.

»Karim tut ihm nichts. Er bringt ihn in seine Kammer und holt meinen Leibarzt, der ihn untersuchen soll. Ich kenne diese Anzeichen – das ist keine einfache Verstimmung.«

Das klang nicht, als wolle der Kaiser Meister Spierl hinrichten lassen. Widerstandslos ließ Anna sich zur Seite ziehen und machte Platz für den Wächter. Gerade noch rechtzeitig, denn im gleichen Moment sank der Meister zusammen und landete sanft in Karims dunklen Armen.

Anna raffte die Schnüre zusammen und wollte hinterhereilen, doch ein Zuruf hielt sie zurück.

»Du. Wie war dein Name?«

»Anna.«

»Anna. Miss du weiter, Anna!«

»Ich …«

»Kannst du es nicht?«, fragte der Kaiser ungehalten.

»Doch …«

»Dann zu! Ich habe noch anderes zu tun.«

Sie kniete vor dem Kaiser und schlang eine Schnur um dessen Oberschenkel, da, wo das Bein am breitesten war. Sein Geruch verwirrte sie. Herb und gleichzeitig frisch, vermischt mit etwas Tierhaftem, das wie ein Goldfaden im Duft mitlief und in ihr den unziemlichen Wunsch weckte, das Bein zu berühren. Ihre Fingerspitzen zitterten. Sie blickte nach oben. Er sah aus dem Fenster, merkte nichts. Sie knotete die Schnur an der richtigen Stelle, genauso, wie der Meister es ihr gezeigt hatte, während ihr Herz vor Aufregung wie wild klopfte.

Die nächste Schnur, einmal um die Wade geschlungen. Wieder tastete sich ihr Blick über die Hose und das gewickelte Hemd nach oben, um sich zu vergewissern, dass er ihre bebenden Hände nicht wahrnahm und sie womöglich auch zum Arzt schickte. Da erkannte sie, dass er nicht länger aus dem Fenster sah, sondern sie von oben herab betrachtete – mit Augen, so blau wie ihr Kleid, und ihr war, als dringe sein Blick bis auf den Grund ihrer Seele.

Er streckte die Hand aus, vorsichtig, wie um sie nicht zu ängstigen, und nahm eine Strähne ihres Haares zwischen die Finger.

Anna atmete ganz flach. Er sollte sie nicht anfassen, er durfte doch nicht …

»Welch eine Farbe, favoloso …«, murmelte er.

Dann geschah alles gleichzeitig. Anna senkte den Kopf, und ein Speer wummerte gegen die Tür, die im nächsten Augenblick aufgerissen wurde.

»Petrus de Vinea, kaiserlicher …«, rief der Wächter.

Anna sprang auf. Ihre Wangen brannten. De Vinea musterte sie mit einem Blick, in dem deutliches Erkennen geschrieben stand, und funkelte sie verächtlich an. Der Berater nahm den Kaiser am Arm und zog ihn in eine Ecke, wo er aufgeregt auf ihn einredete. Anna verstand kein Wort, auch de Vinea schien diese andere Sprache – Italienisch? – zu beherrschen.

Was mochte er bloß mitzuteilen haben? Wie de Vinea sie angesehen hatte! Anna überlief ein Schauer. Beschwerte er sich beim Kaiser über ihre Frechheit? Einzelne Fetzen des halblauten Geschnatters drangen auf Deutsch an ihr Ohr.

»Fürsten …«, hörte sie und »Mainz«, auch »Landfrieden«. Anna atmete auf. Er schien zumindest nicht über sie zu sprechen.

»Muss das sofort sein? Ich bin hier gleich fertig«, wandte der Kaiser ein.

»Federico, bitte!«, drängte de Vinea.

Der Kaiser kam schnellen Schrittes auf Anna zu.

»Wir sind hier fertig.« Sie widersprach nicht, es fehlten nur noch wenige Schnüre, sie würde sie einfach aus dem Gedächtnis anfertigen.

Er knotete die Schnur ab, die ihm noch um die Wade hing, und reichte sie Anna. Ihre Hände berührten sich. Sie zuckte zusammen.

»Ich lasse dir die fehlenden Maße bringen, noch heute.« Ein Nicken, dann wandte er sich wieder seinem Berater zu. Anna war entlassen. Sie sammelte ihre Utensilien ein und näherte sich der Tür. Gerade als sie sich fragte, ob sie die Tür öffnen durfte, ertönte das Glöckchen hinter ihr. Ein Türflügel schwang auf, und Anna schlüpfte auf den Gang hinaus.

Was hatte der Kaiser bloß an ihrem Haar gefunden?

Der Gewandschneider lag im Bett, bleich wie nasses Linnen, und starrte sie mit großen Augen an. Wenigstens ist er nicht wieder bewusstlos, dachte Anna.

»Wie ist es um Euch bestellt?«, fragte sie.

»Hast du die Schnüre, Kind?«

Fahrig glitten seine Hände über das Laken. Sollte sie ihn mit der Wahrheit beunruhigen? Er durfte sich nicht aufregen. Doch was, wenn er wach war, während jemand die fehlenden Schnüre brachte? Sie musste es ihm sagen.

»Die meisten. Es fehlen noch vier Maße, die werden nachgeliefert.«

Der Meister öffnete den Mund, doch bevor er Anna Vorwürfe machen konnte, sprach sie schnell weiter.

»Dringende Regierungsgeschäfte, etwas mit den Fürsten. Ich konnte wirklich nichts dafür«, verteidigte sie sich.

Meister Spierl nickte zögernd. »Es wird schon gelingen«, murmelte er schwach.

Anna war froh, nicht getadelt worden zu sein, aber glücklich war sie nicht. Das schlechte Gewissen nagte an ihr. Hätte sie mehr auf die Schnüre und weniger auf diesen Duft geachtet – allein beim Gedanken daran kribbelte ihr die Haut zwischen den Schulterblättern –, wäre sie längst fertig gewesen, als de Vinea hereinplatzte. Nur gut, dass sie die Maße im Kopf hatte.

Passte das? Anna hielt die Schnüre noch einmal an die breite Mitte des einen Gewandes. Sie hatte die Brautjungfer noch nicht gesehen, konnte sich also kein Bild von ihr machen. In einem solchen Fall hatte es Vorteile, mit der Methode des Meisters zu arbeiten, das musste Anna eingestehen. Ob das Kleid der Jungfer passte, die keine mehr war, oder ob diese inzwischen um die Mitte herum noch ausladender geworden war, wusste Anna nicht. Jedenfalls stimmten die Maße mit denen der Schnüre überein, und sie hatte auf Anraten des Meisters ein Gutteil zusätzlichen Stoffes zum Auslassen mit eingearbeitet. Sie streckte den Rücken und warf den Kopf hin und her, um den schmerzenden Nacken zu lockern. Wie lange nähte sie schon? Spätes Nachmittagslicht fiel von Westen her durch das winzige Fenster, aber es blieb noch genügend Zeit bis zum Nachtmahl.

Meister Spierl erhob sich ächzend und trat zu ihr an den Nähtisch. Er schob eine der unzähligen Öllampen beiseite und
lehnte sich gegen die Tischkante.

Körperlich ging es ihm besser, aber er hatte üble Laune. Die
versprochenen Schnüre waren noch nicht gebracht worden, und
es drängte ihn, mit dem Gewand des Kaisers zu beginnen.

»Bist du sicher, dass er die Schnüre schicken wollte? Sollten
wir sie nicht vielmehr irgendwo abholen?«, fragte er zum wie-
derholten Mal.

Anna seufzte. »Ja, Meister, ich bin sicher. Er sagte, die Schnüre
würden gebracht.«

Allmählich wurde auch sie ungeduldig. Friedrich war ein
Mann – was galt sein Versprechen? Und was konnte sie dafür,
wenn er das Gewand nicht wichtig nahm und sich nicht sogleich
darum kümmerte? Meister Spierl wollte sich nicht auf ihre
Schätzungen verlassen, wenn er den sündteuren Stoff zuschnitt,
das verstand Anna. Aber er hatte doch noch die Schnüre, die
man ihm nach Trier gebracht hatte.

»Warum fangen wir nicht mit den alten Schnüren an? Notfalls können wir doch noch ändern.«

»Und was, wenn sich die Maße geändert haben wie bei der
Jungfer, hä? Den Stoff bekommen wir nicht nach. Und einmal verschnitten, ist der Stoff verdorben. Bist du nicht lange
genug bei mir, um wenigstens das zu begreifen?«, nörgelte der
Alte.

Anna hob die Schultern. Sie trug ihm die Gehässigkeit nicht
nach. Er war zwar wieder einigermaßen arbeitsfähig, seit der
Leibarzt des Kaisers ihn behandelt hatte, aber noch immer stand
ihm bei der kleinsten Anstrengung der Schweiß auf der Stirn.
Und sie verstand auch, dass er die richtigen Maße zur Hand
haben wollte. Nur helfen konnte sie ihm nicht. Sie legte das fertige Frauengewand über die Kleiderstange und warf einen Blick
in den Korb. Alles, was vorzubereiten gewesen war, hatte sie ab-
gearbeitet. Konrads Gewand war zur Gänze fertig, die Gewänder
für die Zofen waren vorbereitet, das Unterkleid für Isabella und

das Hemd für den Kaiser waren genäht – es gab nichts mehr zu tun, außer endlich mit dem Schnitt für die beiden Hauptgewänder zu beginnen.

»Die Arbeit ist erledigt. Was jetzt?«, fragte Anna.

Der Meister funkelte sie böse an und beugte sich in seinem weichen Sessel nach vorn. »Dem Kaiser sagen, er soll die Maße schicken, damit wir nicht zur Untätigkeit verdammt sind und er uns köpfen muss, weil sein Hochzeitsgewand nicht rechtzeitig fertig wird.« Er lehnte sich zurück und seufzte. »Geh einfach nach draußen oder sonst wohin, oder iss etwas. Ich ruhe in meiner Kammer. Wenn die Schnüre morgen kommen, fangen wir sofort an. Ohne irgendwelche Pausen.«

Anna nickte und erhob sich. Nach dem Tag in der verqualmten Nähstube gierte sie nach frischer Luft. Selbst das Wasser in den beiden Krügen schmeckte inzwischen nach Lampenruß; als Erstes würde sie sich sauberes Wasser besorgen.

Kaum auf dem Gang, wich Anna erschrocken in eine Türnische.

Ein Knäuel aus Armen und Beinen, zappelnd und bebend, kam kreischend auf sie zu. Speere klapperten zu Boden, Fäuste flogen. Sie brauchte einen Augenblick, bis sie begriff, worum es sich handelte: Zwei der Wächter mit den Lendenschurzen waren ineinander verkeilt und prügelten sich.

Anna wich zurück in die Türnische, doch ihre Furcht vor versehentlichen Treffern war unbegründet. Zwei Schritte vor ihr hielten die Streithähne inne, trennten sich voneinander, standen sich aber immer noch angriffslustig gegenüber, die Fäuste drohend erhoben. Da erkannte Anna den Wächter aus dem Saal wieder.

»Um Himmels willen!«, stieß sie hervor. Die Köpfe der Männer fuhren zu ihr herum, und vor Schreck schlug sie die Hand vor den Mund. Die Kämpfer wirkten aufs Höchste erregt. War sie verrückt geworden, sich hier einzumischen? Doch zu ihrem Erstaunen rückten beide ihre Kopfreifen gerade und rannten zu der Stelle zurück, wo sie die Waffen hatten fallen lassen. Schließlich standen beide in strammer Haltung auf dem Flur, als hätte es nie einen Kampf gegeben.

Da beobachtete Anna, dass der Schurz des schwarzen Hünen, den sie kannte, langsam über die Hüften nach unten rutschte – er war wohl während des Kampfes zerrissen. Der Wächter ließ den Speer fahren und griff mit beiden Händen nach den losen Enden des Kleidungsstückes. Der Speer schlug gegen die Schulter des Gefährten, der den Hilflosen fassungslos anstarrte und gleich darauf in so schallendes Gelächter ausbrach, dass die makellosen Zahnreihen in dem aufgerissenen Mund blitzten.

»M'Ba, hahaha, M'Ba!«, schrie er.

Verzweifelt wollte der Unglückliche die Enden seines Schurzes zusammenknoten, aber sie waren zu kurz. Wütend stieß er kehlige Worte aus – eindeutig lästerliche Flüche. Darauf versuchte er, die zerrissenen Teile mit einer Hand festzuhalten und mit der anderen den Speer zu packen. Doch wie sehr er sich auch abmühte, sobald er mit einer Hand den Griff lockerte, rutschte der Schurz auf der anderen Seite über die Oberschenkel hinunter. Anna eilte auf den Wächter zu – vielleicht konnte sie ihm helfen. Doch der verdrehte nur die Augen.

»Weg. Du weg!«, zischte er.

Anna hob beschwichtigend die Hände. »Ich kann nähen, soll ich helfen?« Sie vollführte mit den Händen die Bewegung von Nadel und Faden.

»Du Frau. Du weg!«, stieß er hervor.

Endlich verstand sie. Natürlich, es war ihm peinlich.

»Warte!«, rief sie, wandte sich um und drückte die Türklinke.

Meister Spierl hatte gute Arbeit geleistet, der Schurz sah aus wie neu. Anna hatte vor der Tür ausgeharrt, wie es sich geziemte. Der Gefährte des Wächters hatte sie ohne Unterlass angestarrt, gekichert und mit seinen schwarzbraunen Fingern nach ihrem hellen Haar getastet. Anna hatte gezischt und den Kopf weggedreht, bis er seine Aufdringlichkeit unterließ. Was hatten die Männer bloß immer mit ihrem Haar?

Der Wächter mit dem geflickten Schurz trat dicht an Anna heran und richtete sich kerzengerade auf.

»M'Ba. Du?«

Verwirrt betrachtete Anna das freundliche Gesicht mit der breiten Nase. Was hatte er für große Nasenlöcher! Vielleicht war er doch nur zur Hälfte ein Mensch. Und dann die Ohren! Im rechten Läppchen steckte ein runder Pfropfen in der Farbe von Bein. Er wies mit dem Finger auf seine nackte Brust.

»M'Ba! Du?«

Anna fasste sich an die Stirn. M'Ba – das musste sein Name sein. Sie deutete auf sich.

»Anna.« Dann auf den Wächter. »M'Ba?«

M'Ba strahlte sie an. »Ja, ja, M'ba ich.«

Anna hatte eine ganz dringende Frage, aber der Wächter schien nur diese fremde Sprache zu sprechen. Sie versuchte es trotzdem.

»Warum hast du gekämpft?«

Verständnislos wiegte M'Ba den Kopf hin und her.

Verflixt, wie erhielt sie Antwort auf eine so schwierige Frage? Sie versuchte es mit den Händen, stieß mit der geballten Faust in die Luft, knurrte und tat so, als kämpfe sie. Dann zeigte sie auf M'Ba und zog die Schultern hoch.

»Ah – warum M'Ba kämpfen?«

Sie nickte.

»Er sagen, M'Bas Frau nicht gut dick«, versuchte der Wächter mit grimmiger Miene zu erklären. Die Erinnerung an die Beleidigung versetzte ihn noch immer in Zorn.

Hatte sie richtig verstanden? Hatte er sich geprügelt, weil der andere seine Frau zu dünn fand? Sie nickte und wollte sich zurückziehen, doch zu ihrer Überraschung ergriff M'Ba sie am Handgelenk. Anna starrte die schwarzen Finger auf ihrer weißen Haut an. Zahllose helle Narben bedeckten seinen Handrücken.

»Du mit M'Ba?«

Was wollte er von ihr? Sie sollte mit ihm kommen? Nein, niemals ging sie mit einem fremden Mann! M'Ba war zwar schwarz, aber eindeutig ein Mann. Ihr Gesichtsausdruck schien sie zu verraten, denn M'Ba ließ sie los, hob abwehrend die Hände und machte ein unschuldiges Gesicht.

»M'Ba zeigen Tiere.« Er flatterte mit den Händen, fauchte wie eine Raubkatze und reckte den Hals, als zupfe er Blätter von den Bäumen. Das war so komisch, dass Anna laut lachte und sich umstimmen ließ. »Ja. Tiere«, sagte sie lächelnd.

Als der schwarze Hüne mit dem Speer über den Platz vor der Mauer schritt, wichen ihm die Leute respektvoll aus. Auf Anna schienen alle Eindrücke gleichzeitig einzustürmen. Lärmende Frauen mit Obstkörben, ein Mann, der einen Hund auf einem Podest den eigenen Schwanz jagen hieß, der Geruch nach Feuer und Suppe in der Luft – es war wie auf einem Festtagsmarkt. Im Haus war von alldem nichts zu hören und zu sehen gewesen. M'Ba führte sie zu den Hütten, neben denen die Tierkäfige standen. Er benutzte nicht den breiten Weg, auf dem Anna das Lager am ersten Tag betreten hatte. Dieser Weg war schmal und mit Stroh bestreut, und er führte eng an den Käfigen entlang. Von hier aus waren die Tiere deutlich näher zu sehen, als Anna lieb war. Was hatte der Wächter vor?

Anna folgte M'Ba, der nicht einmal am Käfig des Löwen stehen blieb. Sie achtete sorgsam darauf, nicht in die Reichweite der Tatzen zu kommen, die immer wieder durch die Gitter fuhren. Der Raubtiergeruch nahm ihr den Atem, aber sie fürchtete sich bei Weitem nicht so sehr wie bei ihrer ersten Begegnung mit den wilden Bestien. Anna sah sich um und beugte sich aus sicherer Entfernung zu den Käfigen hinunter. Wie das Fell der schwarzen Raubkatze glänzte, wie sauber die Käfige aussahen und wie wohlgenährt jedes einzelne Tier wirkte! Gern wäre sie länger stehen geblieben, aber M'Ba hetzte weiter, und seine Lederschlappen wirbelten so viel Staub auf, dass Anna husten musste.

Er wandte sich um und deutete mit dem Finger auf etwas vor ihnen. »Da gleich.«

Anna nickte ergeben. M'Ba trat an eine lange Reihe von Käfigen auf Stelzen heran, an deren Vorderseite je ein daumendickes Rundholz angebracht war. Auf der anderen Seite des Weges lagen keine Hütten mehr. Anna hatte einen freien Blick über die riesige Wiese, an deren Ende der Wald und die Felder begannen. Sie wandte sich den Käfigen zu. Welche Geschöpfe mochten hier eingesperrt sein, die ihre Aufmerksamkeit stärker auf sich ziehen sollten als die Löwen und der Tierwächter mit dem langen Hals?

Ein Blick in einen der großen Käfige enttäuschte sie. Nur eine Stange, ein Ast und eine Wasserschale waren darin zu sehen. Nicht einmal ein Tier.

»Anna!«, rief M'Ba.

Sie ging weiter und spähte in den Käfig, vor dem er verharrte. Ein Raubvogel, mindestens so groß wie ein Neugeborenes, saß auf einer Stange und beäugte sie misstrauisch. Die Schwingen und die Brust waren hell mit braunen Flecken, der Kopf hingegen leuchtete so weiß, dass das schwarze Auge des gedrehten Kopfes wie ein Stück Kohle daraus hervorstach. Die hornigen Krallen wirkten so spitz, dass Anna froh war, kein Kaninchen zu sein. Am gefährlichsten schien ihr der Schnabel. Lang und gebogen, sah er aus wie ein frisch geschliffenes Messer. Der Vogel stieß einen Laut aus und spreizte die Flügel von einem Käfigende zum anderen. Anna wich zurück, und M'Ba lachte.

»Groß Vogel Jagd, ja?«

Anna kicherte gezwungen. »Ja, groß.«

Was hatte M'Ba vor? Er spähte aufmerksam über die benachbarte Wiese zum Wald hinüber und beschirmte die Augen mit einer Hand. Dann nickte er, zog einen kleineren Bolzen aus einem größeren Bolzen und diesen dann aus dem Riegel des Käfigs. Er öffnete die Tür.

»Nein, nein, ich kann den Vogel auch von hier aus gut sehen!«, keuchte Anna. Das Tier mit dem scharfen Schnabel hüpfte auf krallenbewehrten Füßen zur offenen Tür und sprang mit einem Satz auf die Hand des Wächters. Der hielt Anna einen Handschuh hin. Erst wollte sie ablehnen, als sie aber sah, dass es der linke war, kam ihr das wie ein gutes Omen vor. Sie ergriff den ledernen Handschutz und streifte ihn über. Der Wächter zog ihren Arm nach vorn.

»Machen du fest!«, forderte er.

Anna streckte den Arm, wenn auch voller Unbehagen. Der Wächter schnalzte und warf den Vogel in die Luft. Wie das Rebhuhn an jenem unglückseligen Tag im Wald segelte er auf ihr Gesicht zu. Sie zuckte zusammen und kniff die Augen zu, hielt den Arm aber weiterhin steif in die Luft. Das überraschend schwere Tier landete auf ihrer Hand und krallte sich durch den Handschuh hindurch so fest in ihre Finger, dass sie vor Schmerz leise aufschrie. Nach und nach beruhigte sich der Jagdvogel und saß nur noch still da, den Kopf schief gelegt, und sah sie an. Sie musste zugeben, dass er wunderschön war.

M'Ba strich dem Tier mit zwei Fingern am Hals entlang, was dieses sich willig gefallen ließ, und hielt ihm die bloße Hand hin. Mit einem kleinen Sprung wechselte der Vogel auf M'Bas Hand und krallte sich dort fest. Der Wächter setzte den weißen Jäger wieder in den Käfig und schloss die Tür gewissenhaft erst mit dem einen, dann mit dem anderen Bolzen. Blut tropfte ihm vom Handrücken, aber er achtete nicht darauf. Anna schüttelte den Kopf. Wie unvorsichtig von ihm! Immerhin wusste sie nun einiges mehr über ihren neuen Verbündeten. Schmerzen schienen ihm nichts auszumachen, und sein Blut war nicht etwa schwarz, sondern genauso rot wie das ihre.

Nachdem sie einen der Vögel hatte halten dürfen, betrachtete Anna die Käfige mit weitaus größerer Aufmerksamkeit. Wie schwer mochten die anderen Tiere sein? Einige wirkten kleiner, andere wiederum schienen bald doppelt so schwer zu sein. Plötzlich entdeckte sie einen besonders prächtigen Käfig. Verziert mit geschnitzten Hasen und Rehen, Hunden und Pferden, enthielt er eine helle, auffallend dicke Stange. Der Trinknapf war golden, und es gab genug Platz für drei der großen Äste, wie sie in den anderen Käfigen als Einzelstücke zum Ausruhen dienten.

Anna hätte gern den dazugehörigen Vogel gesehen, aber die Behausung war leer.

Da erhob sich heiseres Geschrei. Anna konnte mit den Rufen und Wortfetzen nichts anfangen, aber M'Ba zuckte sichtlich zusammen und strich fahrig mit der geschundenen Hand über die Spitze seines Speeres, als wolle er prüfen, ob sie noch scharf sei.

»Du hier. M'Ba helfen.«

»Was? Ich …«

Der Wächter verzog das Gesicht und ahmte mit der freien Hand eine Tatze nach. Dann brüllte er wie ein Löwe, nur leiser. Doch M'Ba schien nicht nach Späßen zumute zu sein, denn feine Schweißperlen hatten sich auf seiner Stirn gebildet, und seine Gesichtsfarbe war von tiefem Schwarz zu einem fahlen Graubraun gewechselt. Das machte Anna Angst. Sie drückte sich an das leere Vogelbauer und verschränkte die Arme vor der Brust. Der Wächter spähte abermals über die Wiese und beschirmte die Augen mit der Hand, als erwarte er, dass etwas aus dem Wald hervorpresche. Anna tat es ihm nach. Aber außer Grashalmen und dem Feldrand gab es nichts zu sehen.

»M'Ba helfen, Jagd. Du hier. Nicht … laufen. M'Ba wieder da.« Der Wächter trat von einem Fuß auf den anderen und schien eine Antwort von ihr zu erwarten. Was meinte er bloß? Sie würde doch kaum auf dem schmalen Pfad an den Käfigen vorbei davonlaufen! Er starrte sie noch immer forschend an. Sie nickte leicht. Allmählich beschlich sie das dumpfe Gefühl, dass sie besser in der sicheren Nähstube geblieben wäre.

Ein Frösteln kroch ihr über den Rücken. In ihrer Begeisterung für den Vogel hatte sie kaum gemerkt, wie die Zeit vergangen war. Dichte Wolken türmten sich auf und verdrängten die letzten Sonnenstrahlen. Es dämmerte bereits. Mit federnden Sprüngen war M'Ba in Richtung der aufgeregten Rufe davongeprescht. Das Hufgetrappel und Gewieher hinter ihr trafen sie völlig unvorbereitet.

»Was zum …« Anna blieb der Ausruf im Hals stecken. Der Mann, der am Turm vorbei auf einem Rappen über die Wiese hinweg geradewegs auf sie zustürmte, war kein Geringerer als der Kaiser, gefolgt von einem Reitertrupp weit hinter ihm.

»M'Ba!« Der Kaiser parierte durch, und das Pferd fiel erst in den Trab, dann in einen gemächlichen Schritt.

»M'Ba?!«, rief er noch einmal.

Und hier, mit der glühenden Abendsonne hinter seinem roten Schopf, den verwegen nach hinten geschlagenen Mantelenden und dem riesigen Falken auf der ausgestreckten Linken, schien der Kaiser plötzlich alles das zu sein, was ein Mann sein sollte.

Anna schoss die Röte in die Wangen, als sie ihren eigenen Gedanken folgte. Was fiel ihr ein? Sie hatte es Gott gelobt, ja, geschworen, sich von Männern fernzuhalten. Sie brachte jedem Mann, mit dem sie sich abgab, den Tod. Oder, schlimmer noch, sie brachte ihn gegen sich auf, was im Fall des Kaisers auf das Gleiche hinausliefe, bloß dass es dann *ihren* Tod bedeuten würde. Sie schüttelte sich, als könne sie sich so von den heftigen Gefühlen befreien, die sie zu überwältigen drohten.

»Wo steckt der Kerl?« Das Ross des Kaisers tänzelte unruhig auf der Hinterhand. Der Vogel auf seinem Arm – lichtes Grau mit dunkelgrauer Wellenzeichnung – spreizte die Flügel und krächzte ungeduldig.

Verwirrt senkte Anna den Blick. Ihre Linke trug noch immer den Handschuh. Die Tür! Wartete der Kaiser auf M'Ba, damit er die Tür zum Käfig öffnete? Der Vogel, der prachtvolle Käfig, alles passte. Sie nahm ihren ganzen Mut zusammen und räusperte sich.

»Majestät, M'Ba wurde fortgerufen. Soll ich die Tür zum Käfig öffnen?«

»Nicht nötig, Mädchen. Ich warte auf meinen Leibwächter. Es ist schwieriger, als es aussieht. Man muss …«

Anna zog geschwind den kleinen Bolzen aus dem größeren, zerrte den großen Zapfen aus der Verriegelung und öffnete die Tür nach rechts, so weit, wie es möglich war. Dann trat sie zwei Schritte nach links, um die Öffnung freizugeben.

Kaiser Friedrich musterte sie verblüfft, legte den Kopf schief und nickte. »Du bist die Gewandschneiderin, nicht wahr?«

Sollte sie seine Worte richtigstellen? Doch der Tag hatte für genügend Verwirrung gesorgt, also nickte Anna einfach.

Der Kaiser warf den Vogel mit einem kleinen Schwung in die Luft. »He!«, rief er.

Der stattliche Falke flog erst wie vorgesehen auf die Stange vor dem Käfig zu, doch dann stellte er die Flügel auf und traf Anna beinahe im Gesicht. Abwehrend streckte sie die Linke weit von sich und schützte mit der Rechten den Kopf. Erst als sie das Gewicht des Vogels auf ihrer Hand spürte und sich die Krallen durch den Handschuh in ihre Haut bohrten, wurde ihr klar, was sie getan hatte. Der Vogel hatte ihren Arm als Aufforderung verstanden. Meine Güte, war der schwer, bestimmt doppelt so schwer wie der weiße Vogel vorhin! Die arme Hand, sie schmerzte heftig. Rasch stellte Anna sich vor den offenen Käfig und hob den Arm ein wenig, wie sie es bei M'Ba beobachtet hatte. Tatsächlich hüpfte der imposante Räuber erst in sein Bauer und dort auf einen der drei Äste. Schnell schob Anna die Tür zu und sicherte sie in umgekehrter Reihenfolge mit den Bolzen.

Sie wandte sich um und entdeckte ein Dutzend Gesichter, darunter das von Petrus de Vinea. Die Knie wurden ihr weich, und sie tastete nach der Stange hinter sich, um sich daran abzustützen, falls sie zu Boden sinken sollte. Der Kaiser lachte und schlug die Hände gegeneinander. Langsam, einer nach dem anderen, fiel die ganze wilde, zerzauste Jagd mit ein, und schließlich klatschte sogar Petrus de Vinea, wenn er auch so aussah, als hätte er sie lieber in einen der Käfige geworfen.

Anna sah zu Boden – wie konnte sie unauffällig von hier verschwinden? Zum Glück sorgte M'Ba für Ablenkung. Er näherte sich auf dem schmalen Weg, rief laut und winkte.

»M'Ba, da dove vieni?«

Der Wächter antwortete mit Händen und Füßen, Knurrlauten und wildem Gebrüll. »Leone ... evaso ...«

Anna verstand kein Wort, aber sie nutzte die Gelegenheit,

um sich unauffällig aus dem Blickfeld der Jäger zu schleichen und an den Käfigen entlang hinter M'Bas breiten Rücken zu huschen.

Der schien seine aufgeregte Schilderung beendet zu haben, denn der Kaiser nickte, sagte »Tutto bene?«, und als M'Ba »Sto bene« antwortete, wendete er sein Pferd, schnalzte mit der Zunge und galoppierte aus dem Stand heraus davon. Die Meute der Höflinge stürmte hinterdrein.

In der plötzlichen Stille hatte Anna das Gefühl, ertaubt zu sein. Erst als M'Ba sprach, war sie wieder sicher, hören zu können.

»Anna, danke, Anna.«

Ihre Knie waren noch immer weich wie dicke Milch, aber sie konnte sich ein Lächeln nicht verkneifen. Blitzschnell fuhr sie zu M'Ba herum und machte »Raorrgh …!« Der Wächter, inzwischen wieder rabenschwarz um die Nase, sprang gespielt entsetzt zur Seite, verdrehte die Augen, hob den Speer und richtete ihn auf Anna. Er sah sie an, an ihr vorbei – und schien zur Salzsäule zu erstarren. Langsam, ganz langsam ließ er den Speer sinken. Anna stellten sich die Nackenhaare auf. Was war da hinter ihr? Und wieso ließ der feige Kerl den Speer sinken, statt sie zu beschützen? Behutsam, jede schnelle Bewegung vermeidend, drehte Anna den Kopf, bis sie erkannte, was dem Wächter solche Furcht eingejagt hatte.

Hinter ihr stand der Kaiser.

»Wo hast du gelernt, mit Falken umzugehen?«

Friedrich der Zweite nickte M'Ba zu und sagte etwas in der fremden Sprache. Der Wächter entfernte sich auf dem schmalen Weg. Der Kaiser war allein, zu Fuß, und selbst im Dämmerlicht schimmerten Haare und Bart wie Armbänder aus Kupferdraht. Er stand dicht, so dicht, dass sie den schwachen Duft wieder wahrnahm, in den sich Spuren von frischer Waldluft und Rauchschinken mischten. Anna schwindelte, ob vor Hunger oder durch die plötzliche Nähe zu dem mächtigsten Mann der Welt, hätte sie nicht sagen können.

»Ich kann gar nicht mit ihnen umgehen. M'Ba hat einen der

Vögel für mich aus dem Käfig geholt, ich habe gesehen, wie es gemacht wird, und deshalb wollte ich Euch die Käfigtür öffnen. Ich konnte ja nicht ahnen, dass er mir gleich auf die Hand hüpft.«

»Sie.«

»Sie?«, fragte Anna verdutzt.

»Fiddah ist ein Weibchen. Zugegeben, ein recht schweres.« Er schmunzelte. »Sie ist ja auch für mich ausgesucht worden, nicht für zarte Frauenarme …«

Anna deutete auf den Vogel, den M'Ba ihr auf die Hand gegeben hatte. »Dann ist das ein Jungvogel? Weil sie so leicht ist, meine ich.«

Jetzt lachte der Kaiser, und seine Stimme war voll und warm, wie ein guter Wollstoff.

»Das … das ist ein Männchen. Bei den Falken sind die Männchen leichter als die Weibchen. Dieser weiße ist sogar wertvoller als meine Fiddah, er war ein Geschenk.«

Anna schwirrte der Kopf. Der kleinere Vogel in dem einfachen Käfig war der wertvollere, aber der Kaiser gab dem grauen den Vorzug? Mussten denn nicht Kaiser immer das Beste bekommen?

»Warum nehmt Ihr nicht den teureren Vogel?«, fragte sie scheu.

Er lächelte, und obwohl er nicht mehr ganz jung sein konnte, waren seine Zähne tadellos.

»Fiddah ist eine wundervolle Jägerin, und sie ist ein Gerfalke, das sind die besten Beizjäger überhaupt. Deshalb gebe ich ihr den Vorzug. Das ist ja das Schöne am Herrschen: Man kann selbst bestimmen, wem man den Vorzug gibt.« Das Lächeln wich plötzlich einer ernsteren Miene. »Von Belangen wie dem Heiraten einmal abgesehen, da ist es auch nicht anders als bei euch. Man nimmt, was passt.«

Anna nickte. Ihr Vater hätte sicher einen weniger gemeinen Mann als Heinz für sie ausgesucht – solche Entscheidungen sollte man eben nicht aus dem Bauch heraus treffen.

»Wusstest du, dass Gerfalken keine Nester bauen?«

Sie schüttelte den Kopf.

»Andere Raubvögel bauen Horste, aber die Gerfalken sparen ihre Kraft. Entweder sie erobern sich frische Nester von Kolkraben oder Steinadlern, oder sie nutzen geschützte Stellen unter steilen Felsvorsprüngen, wo sie Moos und Flechten als Bettstätten für die Brut herrichten. Obwohl sie zu den klügsten, schnellsten und besten Jagdvögeln gehören, haben sie also streng genommen kein eigenes Zuhause.«

Der Kaiser stieß mit der Fußspitze einen Kiesel über die Wiese und betrachtete den aufziehenden Abendnebel, bevor er fortfuhr. »Sie brauchen auch kein Zuhause, sie kommen gut zurecht.«

Irgendetwas an dem Ton, in dem er das sagte, machte Anna stutzig. Am liebsten hätte sie ihm die Hand auf den Arm gelegt, wie sie es früher bei ihrem Vater getan hatte, wenn auf der Baustelle alles danebengegangen war. Doch den Kaiser anzufassen, verbot sich von selbst, also versuchte sie, die trübe Stimmung durch eine Frage aufzulockern.

»Die sehen so verschieden aus, sind das denn alles Falken?«, fragte sie.

Der nachdenkliche Ausdruck auf dem Gesicht des Kaisers schwand. Seine Wangen, blass wie die der meisten Rothaarigen, überzogen sich mit der zarten Farbe des Eiferns, und seine Augen glänzten.

»Ja, es sind alles Falken. Dies« – er deutete auf einen Vogel am Ende der Käfigreihe – »ist ein Würgefalke. Wir wollen ihn kreuzen. Mit Fiddah wird das nichts, sie bevorzugt dunkle Partner mit krummen Schnäbeln, scheint mir. Aber wir haben einige neue Jungtiere von den Suchern bekommen, vielleicht ist ein geeignetes darunter.«

Beiläufig kehrte der Kaiser ihr den Rücken zu, öffnete eine Käfigtür, griff beherzt an dem scharfen Schnabel des Bewohners vorbei und entfernte eine lose Feder, bevor er die Tür schloss und sich ihr wieder zuwandte.

»Man muss die Käfige sauber halten, sonst nehmen die Krankheiten zu. Aristoteles sieht das anders, für ihn ist ein Vogel entweder von Natur aus robust oder krankheitsanfällig – aber seine Begründung ist lächerlich. Er schreibt, seine Behauptung treffe zu, weil es viele vor ihm so überliefert hätten. Aber ich habe es ausprobiert. Wir haben zwei Reihen Käfige gebaut. Die eine Reihe haben wir täglich gereinigt, die andere nicht. Alle Vögel auf der sauberen Seite waren gesund, auf der anderen Seite nur zwei.«

Mit großen Augen blickte Anna zu Friedrich auf. Sie hatte keine Ahnung, wer Aristoteles war, aber sie hätte ihre Hand darauf verwettet, dass der nicht halb so viel über Falken wusste wie ihr Kaiser.

»Wie kommt es, dass Ihr Euch so gut mit Falken auskennt?«, fragte sie.

»Ich beobachte sie, wann immer ich kann, mache mir Notizen.«

Er konnte schreiben, natürlich.

»Es ist wie mit den Menschen«, fuhr der Kaiser fort. »Wenn man den Falken sagen will, was sie tun sollen, wenn man sie lenken will, dann muss man sie kennen. Die Falknerei ist eine Kunst wie die Dichtung oder die Kriegsführung, auch sie folgt Regeln.«

Anna hatte das Gefühl, erst kürzlich etwas Ähnliches gehört zu haben. Wann und wo war das gewesen? Richtig, Meister Spierl mit seinen Büchern. Auch er sammelte Wissenswertes, Maße und Farbangaben, versuchte so viel wie möglich über seine Kunden herauszufinden. Bücher waren teuer, aber wenn Meister Spierl zwei davon besaß, konnte sich der Kaiser sicher viele leisten.

»Vielleicht solltet Ihr Euer großes Wissen über die Kunst mit den Vögeln in einem Buch niederschreiben …«, schlug sie vor. »Dann kann Aristoteles es lesen.«

Der Kaiser lachte.

Anna verschränkte die Arme vor der Brust. Was war daran so

komisch? Wenn Aristoteles Bücher schrieb, konnte er doch wohl auch lesen. Sie schürzte die Lippen.

»Nicht schmollen, kleine Sonne! Der Vorschlag ist wunderbar. Ich lache nur, weil Aristoteles tot ist, und zwar schon eine ganze Weile.«

»Gut, dann lesen es eben andere. Die machen dann nicht die gleichen Fehler und haben alle gesunde Falken.« Sie schlug die Hand vor den Mund. Wie sprach sie mit dem Kaiser? Doch er schien ihr die Worte nicht übel zu nehmen, ja, die Ungehörigkeit nicht einmal zu bemerken. Sein Blick wanderte von dem Käfig auf die Wiese, die inzwischen vollständig in weichem Nebel und schützender Dunkelheit versunken war.

»Ein Buch über die Kunst, mit Vögeln zu jagen, gegründet auf Wahrheit und Erfahrung. Vielleicht schreibe ich ein solches Buch.«

Anna fröstelte, sie wäre gern wieder in die warme Stube zurückgekehrt, gleichgültig, wie verqualmt sie war. Der Gedanke an die Nähstube und Meister Spierl fuhr wie ein Blitz durch sie hindurch. Wenn der Gewandschneider erfuhr, dass sie mit dem Kaiser geplaudert und nicht nach den Schnüren gefragt hatte, drehte er ihr ganz sicher den Hals um.

»Dir ist kalt – ich bringe dich zum Haus«, sagte der Kaiser.

»Eines noch – darf ich eine Frage stellen?« Sie zog den Handschuh aus und hängte ihn über die Stange vor einem der Käfige.

»Sicher.«

»Wann werden die Schnüre mit den Maßen gebracht? Mein Meister macht sich schon größte Sorgen.«

»Ach, die Gewänder!« Er wirkte enttäuscht. Im Gegensatz zu Anna schienen ihn Falken mehr zu fesseln als Stoffe.

»Sind sie denn noch nicht eingetroffen? Petrus de Vinea, mein Berater, wollte sie bringen.«

Anna schüttelte den Kopf.

»Morgen hast du sie, ich kümmere mich darum.«

»Danke.«

Allein der Name de Vinea bewirkte, dass Anna die Dunkelheit nicht mehr als schützend, sondern als feindlich wahrnahm. Wenigstens musste sie den schmalen Weg an den Käfigen vorbei nicht allein gehen. Obwohl die meisten Tiere lagen, wäre ihr das unangenehm gewesen, denn die schwarzen, braunen und gefleckten Ungetüme funkelten sie mit ihren Augen an, als könnten sie auch im Dunkeln sehen. Doch der Kaiser schritt voran, mutig und stark, und Anna folgte ihm ohne Furcht.

De Vinea brachte die Schnüre noch am gleichen Abend. Anna hatte dem Meister gerade alles berichtet, wobei sie die eine oder andere Kleinigkeit ausgelassen hatte, als es heftig gegen die Tür pochte. Sie öffnete rasch. Petrus de Vinea würdigte sie keines Blickes. Er stürmte an ihr vorbei auf den Meister zu und warf die vier Schnüre auf den Tisch.

»Könnt Ihr Euch vorstellen, dass es dieser Tage für mich noch anderes zu tun gibt, als lächerliche Bindfäden durch die Gegend zu tragen?«, fauchte er, vorgebeugt wie ein angreifender Bär.

Der Meister lehnte sich unwillkürlich auf dem Stuhl zurück, bis die Lehne ihn aufhielt.

»Sicher, was …«

»Dann wartet vielleicht beim nächsten Mal eine angemessene Zeit ab, bevor Ihr Euch persönlich beim Kaiser über meine Nachlässigkeit beschwert.« Sprach's und war schon wieder zur Tür hinaus.

Anna sah den Gewandschneider hilflos an, doch der hob nur die Schultern.

»Keine Ahnung, was der hat. Hauptsache, die Schnüre wurden geliefert.« Er schlich zum Bett und setzte sich auf die Kante. »Geh schlafen, wir haben viel Arbeit morgen.«

Meister Spierl blies sein Licht aus. Anna tastete sich zur Tür. Erst als sie in ihrem Bett lag und die bleierne Müdigkeit spürte, wurde ihr bewusst, welch aufregender Tag hinter ihr lag.

Überall lagen Stoffhaufen, Garne, Borten und Nadeln verstreut, doch Anna störte sich nicht daran. Sie wusste ganz genau, was sie wo fände, und der Meister war nicht in der Lage zu arbeiten. Sie betrachtete ihn verstohlen von der Seite. Stumpfsinnig saß er in dem bequemen Sessel, ausgezogen bis auf das, was der Anstand verlangte, denn er war schon wieder über Gebühr erhitzt. An diesem Tag hatte er noch nichts gegessen, weil ihm das Schlucken schwerfiel. Anna seufzte leise und versuchte, ihre Gedanken nicht auf die Sorge um seinen Zustand, sondern auf das Tuch vor ihr zu lenken, denn dieses Stück Stoff verdiente alle Aufmerksamkeit, die überhaupt aufzubringen war.

Welch wundervolles Gewebe! Weich und fließend, blau mit goldenen Fäden, ähnlich dem Farbton der Schnüre, die de Vinea gebracht hatte. Bisher hatte sie nur die passenden Garne herausgesucht und den Futterstoff vorbereitet, aber sobald es dem Meister etwas besser ging, wollten sie sich an das Zuschneiden machen.

Alles musste vortrefflichst sein, wenn er das Gewand tragen sollte. Sie hatte lange nachgedacht, wie sie den Kaiser nach ihrer Unterhaltung an den Vogelkäfigen im Stillen nennen sollte. *Kaiser Friedrich der Zweite* kam ihr zu steif vor, selbst *der Kaiser* schien ein Titel zu sein, der bei seiner Freundlichkeit und den tastenden Fingern auf ihren blonden Haaren nicht mehr angemessen war. De Vinea hatte ihn mit *Federico* angeredet, doch das mutete ihr zu fremdländisch an. Bei sich einfach *Friedrich* zu sagen, klang ihr wiederum selbst in Gedanken zu forsch. Also umging sie die Entscheidung, indem sie ihn einfach »er« nannte.

Sie hatte angeboten, allein zu schneiden, aber der Meister hatte nur müde den Kopf geschüttelt. Anna legte den Stoff auf den Tisch. Die gebündelten Schnüre, die Scheren, die Nadeln, alles war schon seit dem Morgen vorbereitet. Wann konnten sie endlich beginnen? Wieder sah sie zu ihm hinüber. Meister Spierl hatte ihre Ungeduld offenbar gespürt, denn er schlug die Augen auf.

»Gut, dann fangen wir an ...«, krächzte er mit kloßiger Stimme.

Das Aufstehen aus dem Sessel machte ihm sichtlich Mühe, aber der Tisch war zu schwer, um ihn vor den Sitzplatz des Meisters zu schieben. Anna zog einen Stuhl mit Lehne an den Tisch, den er mit wenigen Schritten erreichen konnte. Doch auf halber Strecke strauchelte er. Sie sprang hinzu und packte ihn am schweißnassen Arm, halb schleppte und halb zog sie ihn zum Sitz. Selbst der Stuhl war keine große Hilfe. Hatten ihn im Sessel noch die Seitenlehnen gestützt, verlor er auf dem Stuhl sogleich den Halt und glitt seitlich hinunter.

»Das muss doch zu schaffen sein!« Anna stützte Meister Spierl, bevor er auf dem Boden aufschlagen konnte, und schob ihn in eine aufrechte Haltung, doch sobald sie losließ, sackte er wieder seitlich in sich zusammen.

»Bin kaum zu etwas nutze, nicht wahr?«, murmelte der Alte.

»Wenn Ihr etwas gegessen habt, Meister, fühlt Ihr Euch sicher kräftiger.« Sie schleppte ihn wieder zu seinem Sessel und hielt ihm einen Teller mit Käse und Brot hin, den sie vom Frühmahl mitgenommen hatte.

»Nein, mir tut der Hals weh«, jammerte er. Anna kannte den Ton – wenn er so sprach, halfen weder gutes Zureden noch Betteln oder Flehen. Warum gab es hier in Worms zum Frühmahl keine Dickmilch? Die hätte er bestimmt gelöffelt.

Sie stellte den Teller ab und stopfte ihm ein Einschlagleinen, zur Rolle geformt, neben die schmalen Hüften, damit er sicher saß.

»Rührt Euch nicht vom Fleck, hört Ihr? Ich besorge Euch etwas aus der Küche, das sich leichter schlucken lässt. Wartet hier!«

Sie war schon häufiger in der Küche gewesen, und der Weg dorthin war jedes Mal weit, aber an diesem Tag schien er ihr endlos. Schließlich hatte sie die knarrenden Dielen, den Hof mit den Wachen, Lastenträgern und prachtvoll gekleideten Fürsten hinter sich gelassen und stand im Palas am Abgang zur Küche. Schon auf der obersten der ausgetretenen Steinstufen wehte ihr ein verlockender Geruch entgegen. Aus dieser Küche roch es immer köstlich, aber heute zog eindeutig der Duft von Pfannkuchen zu ihr herauf.

Alimah, die Köchin, stand wie üblich in der Mitte an dem großen viereckigen Hackblock. Nicht nur ihr Kopfhaar war schwarz. Augenbrauen, Oberlippe, Arme, selbst die Zehen in den offenen Pantoffeln waren mit wucherndem schwarzem Flaum bedeckt, sodass Anna sie erst für einen dunkelhäutigen Menschen wie M'Ba gehalten hatte. Anfangs hatte ihr das Angst gemacht, doch inzwischen hatte sie sich daran gewöhnt.

Über Alimahs Kopf hingen von einem Holzgestell kupferne Töpfe und Pfannen herab. Sie waren gerade eben so hoch gehängt, dass die kleine Frau in dem leuchtend grünen Gewand, das auf seltsame Art gewickelt war, sich nicht den Kopf stieß. Dass die Töpfe so niedrig hingen, war kein Nachteil, denn Alimah ließ sowieso niemanden an diesen Tisch, außer er wollte auf einem der Hocker ringsum Platz nehmen und von ihren Speisen kosten. Das Feuer auf der linken Seite der Küche brannte lodernd, aber es befand sich so weit weg vom Hackblock, dass es Anna nichts ausmachte. Der Spülstein hinter Alimah war ausnahmsweise leer, die kichernden Mägde, die sonst unter Getuschel im Wasser planschten, waren nirgends zu sehen.

Anna grüßte artig.

»Nun, was brauchst du?«, fragte Alimah.

»Kann ich Rübenmus bekommen?«

Alimah zog die schwarzen Brauen zusammen, bis sie zwei Raupen zur Paarungszeit glichen.

»Ist nicht für mich«, beeilte Anna sich zu sagen. »Mein Meister ist krank, der Leibarzt war schon bei ihm, kann aber auch nicht viel tun. Er hat Schmerzen beim Schlucken.«

Die verliebten Raupen trennten sich widerwillig, und Alimah lächelte Anna breit an. »Ich koche dir welches, es dauert aber ein kleines Weilchen.« Flugs hatte sie ein scharfes Messer zur Hand genommen, schnitzte und hackte an einem Berg Rüben herum, die sie in einen großen Topf warf. »Gieß etwas Wasser aus dem Krug in den Topf, schnell!«, befahl die Köchin.

Anna tat, wie ihr geheißen. Eigentlich hatte sie vorgehabt, so rasch wie möglich zu Meister Spierl zurückzukehren, doch der Weg war weit. Bis sie dort angekommen war, hatte Alimah das Mus sicher schon fertig. Sie würde warten und es gleich mitnehmen. Wo waren nur die Pfannkuchen? Es roch doch ganz deutlich danach.

Alimah war ihrem Blick gefolgt und lachte. »Suchst du die Pfannkuchen?« Anna nickte. Die Köchin deutete auf eine große Kupferpfanne mit schwarzem Deckel. »Ich geb dir einen, setz dich!«

Doch erst schob sie noch die Ärmel hoch, steckte einen riesigen geschwärzten Haken in den Henkel des Rübentopfes und hängte ihn mühelos an den Halter über dem Feuer. Anna lief das Wasser im Mund zusammen. Sie ließ sich auf dem Hocker beim Eingang nieder. So hatte sie zwar die Tür im Rücken, saß aber weit weg vom Feuer.

Der Pfannkuchen mundete unglaublich gut. Knusprig und locker, schmeckte er nach Honig und frischen Eiern. Wie lange hatte sie schon keinen mehr gegessen? Bestimmt seit Rahardta ihr den letzten geschenkt hatte.

»Heute ist es sehr heiß, nicht wahr? Fast wie in Italien. Ich mag es, wenn es heiß ist. Und dein Meister ist krank? Müsst ihr nicht die Gewänder für die Hochzeit nähen? Wer erledigt denn nun die Arbeit?«

Anna antwortete mit vollem Mund. »Isch.«

»Du ganz allein? Armes Ding.« Alimah griff nach einer Zange, zog einen zweiten Pfannkuchen aus der Pfanne, legte ihn auf Annas Teller und goss aus einer kleinen Karaffe dicken Sirup darüber.

Anna schluckte. »Danke.«

»Hmhm. Soll ich fragen, ob dir jemand hilft?«

Anna hob abwehrend die Hände. Nur das nicht! Wenn der Eindruck entstand, dass sie der Arbeit nicht gewachsen war, würde man sie nach Hause schicken. »Nein, ich schaffe das schon, bestimmt.«

Alimah hob die Schultern, wandte sich zum Herd und rührte die Rübenschnitze um. Das Platschen nackter Füße auf der Steintreppe war zu hören. Statt wie vermutet eine Magd an sich vorbei zum Spülstein laufen zu sehen, nahm jemand ein Stück Brot aus dem Korb neben Anna und riss es auseinander. Alimah wandte sich um und lächelte. Dann sprach sie so schnell, wie Hafer aus einem zerrissenen Sack rinnt. Anna verstand kein Wort. Was Alimah sagte, klang noch anders als das Geklapper, das der Kaiser als Italienisch bezeichnet hatte, knurrend, kehlig und irgendwie bedrohlich.

Anna schnupperte. In den Wohlgeruch der Pfannkuchen hatte sich ein anderer Duft gemischt, bekannt und aufregend. Das konnte … das war …

Noch bevor Anna sich umwenden konnte, verdichtete sich ihre Ahnung zur Gewissheit, und das Herz klopfte ihr bis zum Hals. Ein unverkennbares Lachen erklang, wohl als Antwort auf Alimahs Geschnatter. Eine Hand griff an ihr vorbei nach der Karaffe mit dem Sirup, eine blasse, wohlgeformte Hand, übersät mit bräunlichen Sommersprossen. Es gab keinen Zweifel. Hinter ihr stand der Kaiser.

Sie hielt den Kopf gesenkt und atmete flach. Wenn sie sich nicht rührte, bliebe er vielleicht noch eine Weile dort stehen. Wieder die Hand zu ihrer Linken, diesmal griffen die tanzenden Sommersprossen nach einem Messer. Annas Blick fiel auf die Härchen auf Arm und Handrücken, die im Schein des Feuers kupfern glitzerten wie Alimahs geputzte Pfannen …

»Salz oder Honig, Anna?«

… sie wollte die Hand ergreifen, den Arm umfassen und beides an ihr Gesicht pressen, tief den Duft einatmen, der schon aus dieser Entfernung betörend war. Sie wollte …

»Anna!« Alimahs Stimme drang zu ihr durch. »Salz oder Honig, Anna?«

Sie hob den Blick und sah zwei fragende Augenpaare auf sich gerichtet – Alimahs schwarze, des Kaisers blaue Augen. Beide musterten sie leicht belustigt.

»Wovon träumst du, kleine Sonne?«, fragte der Kaiser. Lachfältchen kräuselten die Haut um seine Augen und Mundwinkel.

»Ich …« Anna sprang auf und warf den Teller vom Tisch. Sie bückte sich hastig, griff danach und lief damit zum Spülstein, krallte die Finger in den Rand und atmete tief durch.

»Salz, lieber Salz!«, stieß sie hervor. Was war nur in sie gefahren? Kaiser hin oder her, er war ein Mann. Sie konnte, sie durfte nicht so an ihn denken.

Alimah nickte und summte vor sich hin, während sie Fett und Salz zu den Rüben gab und das Gemüse mit einem Stampfer zerkleinerte. Anna trat wieder zum Hackblock, verharrte aber an der Ecke, die dem Spülstein am nächsten lag. Hier war sie weit weg von den Flammen und weit genug entfernt vom Kaiser. Wenn sie näher trat, konnte sie sich versengen. Und im Augenblick war Anna nicht sicher, wovor sie sich mehr fürchtete – vor dem Feuer außerhalb ihres Körpers oder vor dem Feuer, das in ihrem Innern loderte.

Der Kaiser hatte sich inzwischen auf einem Hocker niedergelassen.

»Ich wollte dich nicht vertreiben, komm wieder her, Anna!«, rief er. Mit klopfendem Herzen schob sie sich auf ihren Platz am Tisch.

Er hatte tatsächlich keine Schuhe an. Wie konnte er so herumlaufen? In Jever hatten nur die Bitterarmen auf einen Schutz für ihre Füße verzichtet, selbst in Maffrits Haushalt hatte jeder Schuhe besessen. Gut, im Sommer zog sie ihre Schuhe manchmal aus, aber er war der Kaiser. Sie schüttelte verhalten den Kopf, doch Friedrich hatte es trotzdem bemerkt.

»Was ist?«, fragte er. Dieser Blick – war es möglich, ihm nicht zu antworten?

»Warum tragt Ihr keine Schuhe?«, platzte sie heraus. »Ihr seid doch sicher reich. Trotzdem lauft Ihr barfuß. Was sollen die Leute denken?«

Der Kaiser lachte, doch nicht er, sondern Alimah antwortete.

»Der Kaiser hat sich noch nie darum geschert, was die Leute denken. Wenn er etwas tun will, dann tut er es. Und in meine Küche kommt er immer noch so wie früher: barfuß.« Dann tat sie das Unfassbare: Sie ging am Kaiser vorbei und strich ihm über das Haupt, als sei er … irgendwer. Anna hielt den Atem an, sicher würden die Wachen die Köchin packen und abführen. Doch nichts geschah.

»Sei beruhigt«, warf der Kaiser ein, »zur Hochzeit werde ich Schuhe tragen. Was ist mit dir, kommst du voran mit der Arbeit?«

Siedend heiß fiel Anna Meister Spierl wieder ein. Er war die ganze Zeit allein, nur Gott wusste, wie es ihm inzwischen ging. Und sie saß hier und plauderte mit dem Kaiser. Schon wieder.

»Es geht voran, ja, ich komme gut vorwärts«, murmelte sie, den Blick fest auf die kleinen roten Haare gerichtet, die auch aus der Haut an seinen Zehen sprossen.

Wie ein gefangener Sperber zeterte Alimah in der fremden Sprache los. Der Kaiser lauschte.

»Ist das wahr?«, fragte er.

Vergeblich suchte Anna in seinem Gesicht nach einem Hinweis darauf, was er meinte. »Was?«

»Ah, du sprichst kein Arabisch.« Er kratzte sich am Hals. »Nähst du ganz allein, weil dein Meister krank ist?«

Jetzt würde er sie nach Hause schicken. Anna atmete noch einmal tief durch. Was hätte sie dafür gegeben, noch eine Weile in seiner Nähe bleiben zu dürfen. Der Hals wurde ihr so eng, dass sie nur den Kopf senken konnte.

Alimah schnatterte weiter, und der Kaiser nickte.

»Ich schicke dir eine Näherin. Sie geht dir zur Hand, bis der Meister wieder arbeiten kann.« Er beugte sich vor, und während seine Stirn fast die ihre berührte, wehte eine Woge des Duftes zu ihr herüber. »Wenn du das nächste Mal Hilfe brauchst, komm gleich zu mir«, flüsterte er. »Ich gebe Anweisung, dass man dich zu mir lässt.«

Alimah schob Anna die Schüssel mit dem Brei über die Platte des Hackblockes, und der Kaiser richtete sich wieder auf. Sein Duft zog sich zurück wie das Wasser an Jevers Küste, wenn seine Zeit gekommen war, und für einen Augenblick hasste Anna die Köchin, einfach weil sie das Mus schon fertig hatte. Hier gab es nichts mehr zu sagen, also packte sie die Schale, hauchte einen Dank und tappte die ausgetretenen Steinstufen hinauf. Die Wachen grüßten artig. Ein Gefühl, als hätte sie ein lebendiges Huhn verschluckt, tobte durch ihr Inneres. Selbst auf den Füßen hatte er Sommersprossen. Kleine Sonne hatte er sie genannt, und Hilfe würde er schicken. Leise summte sie vor sich hin. Diesmal kam ihr der Weg nicht so lang vor.

Das Licht brach sich in den schimmernden Goldfäden, die den feinen Stoff durchzogen. Obwohl die Zeit knapp war, hielt Anna das Nähstück immer wieder schräg, um sich an dem Glitzern zu erfreuen.

Er würde dieses Gewand tragen, und auch wenn Meister Spierl bisher erst die Ärmel ausgeschnitten hatte – länger hatte er nicht stehen können – und obwohl Anna die neumodischen Tütenärmel hässlich fand, konnte sie sich das fertige Gewand schon vorstellen. Summend vernähte sie die letzten Fäden am zweiten Ärmel. Sie durchtrennte den Faden und warf dem Gewandschneider einen auffordernden Blick zu, doch er hatte die Augen schon wieder geschlossen. Anna seufzte. Sie konnte ihn schlecht zum Arbeiten anhalten, aber es musste weitergehen.

Wenn am nächsten Tag wirklich noch eine Näherin kam, war es umso wichtiger, dass der Stoff vorbereitet war. Sie räusperte sich.

»Die Ärmel sind fertig.«

Schwerfällig erhob Meister Spierl sich von seinem Lager. Auf den Tisch gestützt, zog er die Schnüre zu sich heran und breitete sie aus, eine Schnur nach der anderen.

Anna betrachtete die Knoten und stutzte. Hatte er aus Versehen die falsche Reihenfolge gewählt? Sie zählte durch. Halsumfang, Schulterbreite, Brustweite, Ärmellänge, Handgelenk, Mitte und Hüfte, Oberschenkel und Knie, Unterschenkel, Beinlänge außen, Beinlänge innen. Alles da. Anna schloss die Augen und rief sich den Kaiser ins Gedächtnis. Die meisten Schnüre passten, doch einige waren eindeutig falsch geknotet, sie hatten einen viel zu großen Umfang. Es waren genau vier, die vier, die Anna nicht selbst abgenommen hatte.

Meister Spierl nahm eine der falschen Messschnüre zur Hand und übertrug sie. Er setzte gerade die Schere an, als Anna ihm in den Arm fiel.

»Was ist denn, Anna? Erst drängst du, dass ich endlich anfange, und nun hältst du mich von der Arbeit ab! Vielleicht hätte ich doch besser Jan mitgenommen. Der weiß, wie man sich benimmt«, zeterte der Alte, die Schere anklagend erhoben.

Anna drückte die Schere sanft wieder auf den Tisch – es fehlte noch, dass er sich verletzte. »Meister, mit den Schnüren stimmt etwas nicht. Die passen nicht.«

»Die passen nicht? Dann hast du auch noch schlampig gearbeitet.« Spierls Kopf lief rot an, Schweißperlen bildeten sich auf der Oberlippe.

»Nein … das heißt ja … also jene, die ich abgenommen habe, die passen«, versuchte Anna zu erklären. »Aber die Schnüre, die man uns geschickt hat, sind falsch. Ich sehe das, das wisst Ihr doch …«

Verwirrt schüttelte der alte Mann den Kopf. »Das kann nicht

sein. Die Schnüre sind blau mit Gold wie verabredet. Petrus de Vinea hat sie persönlich gebracht, ich habe alle Verhandlungen mit ihm geführt. Er täuscht sich nicht, dieser Mann – niemals.« Der Schneider keuchte und griff sich an die Brust. »Es flattert wieder wie ein gefangener Vogel … Anna, gib mir kaltes Wasser!«

Sie tat, wie ihr geheißen, und der Alte stürzte den Becher in einem Zug hinunter. Dann rülpste er. »Hast du falsch gemessen?«, fragte er.

»Nein«, antwortete Anna.

»Und ein Petrus de Vinea irrt sich auch nicht. Also hast du wohl beim Kaiser nicht genau genug hingesehen.« Spierl setzte die Schere erneut an und schnitt. Anna hörte, wie das Metall durch den Stoff fuhr, und zuckte zusammen.

Ihn nicht genau genug angesehen? Sie hätte Friedrich auf der Stelle in Lebensgröße zeichnen können, bis zur kleinsten Sommersprosse, und sie verwettete ihr rotes Kleid darauf, dass jedes einzelne Maß korrekt wäre. Und dann wurde ihr zweierlei klar. Petrus de Vinea war wirklich ein Mann, der sich niemals irrte. Also hatte er mit Absicht die falschen Maße geschickt.

Das Fensterchen ließ auch zur Mittagszeit nur wenige Sonnenstrahlen durch, aber nun fielen sie seit einer Weile schräg in den Raum – es war schon spät. Eine trügerische Ruhe lag wie ein mottenzerfressener Schal über der Stube. Annas Widerspruch gegen die falschen Maße war unangemessen heftig gewesen. Es stand ihr nicht zu, Meister Spierl zu tadeln, aber sie hatte das Gefühl, etwas unternehmen, ihn schützen zu müssen. Wenn de Vinea die falschen Maße abgegeben hatte, dann nur, weil er Anna hasste. Doch der Gewandschneider ließ sich nicht von seiner Meinung abbringen, wie sehr sie auch auf ihn drang. Schnitt um Schnitt hatte er ausgeführt, und schließlich war das ganze Gewand fertig zugeschnitten. Der Meister war noch immer nörgelig, kein Wunder, es musste ihm sehr schlecht gehen, so wie er aussah.

»Jetzt zufrieden?« Er wischte sich die tropfende Nase ab. »Näh es ordentlich, hörst du?«

Anna nickte nur, sie wollte nicht sprechen. Er hätte sicher gemerkt, wie wütend sie auf ihn war.

»Gutes Kind. Ich ruhe mich aus.«

Anna nahm den wunderbaren Stoff zur Hand und begann im Schein der Öllampen zu nähen. Jeder einzelne Stich erregte ihren Widerwillen. Das Gewand würde nicht passen, und er, Friedrich, der Kaiser, würde denken, sie sei eine unfähige Gans. Es war zum Heulen.

Nur die Borten fehlten noch an dem missratenen Kleidungsstück. Seit Zahmeena ihr half, ging die Arbeit schneller voran. Allerdings hatte Anna nicht bedacht, dass sie in Gesellschaft wieder mit der rechten Hand arbeiten musste.

Zahmeena sprach nur in den Kehllauten, die auch Alimah beherrschte, und sie war so dick, dass sie nicht auf den Stuhl passte, also hatte Anna ihr eine Bank holen lassen. Die kleinen, feinen Nadeln für die schwierigen Stellen waren in den wulstigen Fingern kaum zu sehen, doch die Hände der dunklen Frau mit der dröhnenden Stimme bewegten sich wie geschickt kletternde Ziegen auf einem Berg.

Anna seufzte. Das Nähen mit der Rechten war anstrengend und unbefriedigend. Wenn sie sich so setzte, dass Zahmeena sie nicht sah, konnte sie dann nicht weiterhin mit der Linken nähen? Es bestand wohl keine Gefahr, dass diese Frau sich allzu geschwind umwandte.

Anna hustete, erhob sich und zeigte erst auf sich, dann auf das Fenster. Zahmeena rollte mit den Augen, nickte heftig, stieß ein *Ahhh!* und einige andere Kehllaute aus, die in einem Schwall aus ihrem Mund hervorbrachen. Anna verstand kein Wort, aber sie fand, dass der Höflichkeit Genüge getan war, und setzte sich mit ihrem Schemel ans Fenster, vorsichtshalber mit dem Rücken zu der Näherin.

So war es besser. Nur die Borte passte einfach nicht. Blau mit

Gold und dann ein silbernes Band mit braunem Grundton? Zu Isabellas Stoff, der in zartem Waldgrün mit eingewirkten Silberfäden gehalten war, passte die Verzierung dagegen vortrefflich. Und bei Isabellas Kleid lag eine dunkelblaue Borte mit goldenen Einsprengseln und roten Beifäden, die genau zu dem blauen Stoff passte. Die Borten lagen nicht lose auf, sie waren festgesteckt. Verrutscht sein konnten sie also nicht. Hatte sich da jemand geirrt?

»Meister?« Er lag auf der Bettstatt, das gnadenlose Licht des frühen Morgens zeigte seinen wahren Zustand.

»Hm?«

»Die Borten passen viel besser, wenn man die des Kaisers mit jener der Braut tauscht.« Das Wort *Braut* hallte unangenehm in Anna nach, doch sie schob das Gefühl beiseite. Der Meister drehte sich stöhnend zu ihr herum.

»Willst du schon wieder das Unterste zuoberst kehren? Es bleibt so, wie es geschickt wurde.« Er hustete. »Mach es wie vorgegeben.« Meister Spierl warf sich auf die andere Seite. Anna betrachtete den knochigen Rücken mit der dunklen Schweißrinne entlang der Wirbelsäule. Ihn hatte sie genug aufgeregt. Ein Außenstehender musste ihrer Ansicht zustimmen, dann täte der Alte sich mit seinem Widerstand schwerer.

»Bring mich zum Kaiser, bitte!«

Anna hatte M'Ba auf einer seiner Runden im Gang des Palas abgefangen. Er fragte nicht, was sie so früh am Morgen vom Kaiser wollte. Der Wächter ging einfach voraus, durch endlose Flure, am Abgang zur Küche vorbei, aus der es auch um diese Zeit schon köstlich roch, zwei Treppen hinauf, bis sie vor einer Tür standen. Es war nicht der Eingang mit den zwei Flügeln, durch die sie beim letzten Besuch geführt worden war, doch die Leibwächter vor der schmalen Tür waren die gleichen. M'Ba rief ihnen etwas zu und wies auf Anna. Einer der beiden klopfte, steckte den Kopf durch den Einlass, zog ihn wieder zurück und nickte.

»Danke.« Anna schluckte. Offensichtlich hatte er es ernst gemeint mit seinem Hinweis, sie könne jederzeit zu ihm kommen.

Der Raum war klein. Zarte Vorhänge dämpften das grelle Morgenlicht. Friedrich saß an einem großen Tisch aus dunklem Holz, der einem Nähtisch glich, zur Rechten ein Regal. So viele Bücher füllten die Bretter, dass einige keinen Platz mehr gefunden hatten und auf die aufrecht stehenden Exemplare gelegt worden waren. Welch ein Schatz! Anna hatte noch nie mehr als zwei Bücher auf einem Fleck gesehen. Hier mussten Dutzende, ja Hunderte von Büchern aufbewahrt sein. Der Duft warnte sie spät. Friedrich war aufgestanden und neben sie getreten.

»Gefallen dir die Bücher?«

Nur nicht den Kopf drehen! Wenn sie ihm jetzt in die Augen sah …

»Es sind so viele. Wer so viele Bücher hat, muss ein wirklich reicher Mann sein«, hauchte Anna. Behutsam strich sie mit den Fingerspitzen über die Buchrücken. Ein leinener Einband, einer aus Seide, einer aus Leder, jeder dieser Einbände sprach zu ihren Fingerspitzen, wie es sonst nur Gewänder vermochten. Sie lächelte.

»Du magst Bücher? Was bist du nur für eine Frau, sprichst die Sprache der Falken und magst Bücher?«

Warum konnte sie nicht irgendetwas Unverfängliches erwidern? Anna biss sich auf die Unterlippe – in der Nähstube hatte sie noch genau gewusst, was sie sagen wollte.

»Hast du einen Anlass für dein Kommen, oder wolltest du mich einfach nur sehen?«

Wie unter einem Peitschenhieb zuckte Anna zusammen. Woher wusste er, dass …

Eine der Borten fiel ihr aus der Hand. Sie bückte sich und hob das teure Zierstück auf.

»Ich habe eine Frage. Die Borte, die zu Eurem Stoff dazugelegt war, passt besser zum Gewand der Braut. Und die blaue

Borte passt wirklich gut zu … zu …« Hatte sie sagen wollen: *zu Euren Augen?*

»Zu meinem Gewand?«

»Ja«, sagte sie erleichtert.

»Hm.« Eine Weile schwieg der Kaiser. Anna sah sich um. Vor einem der beiden Fenster stand ein niedriger Tisch mit zwei Sitzkissen. Ein Holzbrett mit Würfelmuster und geschnitzte kleine Figuren standen dort, als warteten sie darauf, dass die Spieler sich wieder setzten. Der ganze Raum roch nach *ihm.* Vor dem Schreibtisch standen zwei Stühle, weich gepolstert und mit edlem Stoff überzogen. Anna strich unauffällig über den Bezug. Er fühlte sich noch besser an, als er aussah.

»Komm hier herüber!«

Friedrich hatte sich neben seinem Stuhl an das Regal gestellt und ein Buch herausgezogen. Anna legte die Borten auf den Besucherstuhl und trat um den Tisch herum zu ihm.

»Sieh her, dies ist ein Buch von Aristoteles. Beinahe auf jeder Seite schreibt er, wer alles seiner Meinung ist und dass überlieferte Texte den höchsten Gehalt an Wahrheit haben. Aber was er inhaltlich schreibt, ist falsch. Ich habe also« – er zog den Satz so in die Länge, dass Anna aufs Höchste gespannt zuhörte – »den Rat eines gewissen Weibes befolgt und ein eigenes Buch angefangen.«

Er deutete auf den Tisch, wo neben einem wirren Haufen von Pergamenten, Siegeln und einem Block Wachs ein aufgeschlagenes Buch mit schlichtem Einband lag.

Da erst verstand Anna. Der Tag mit den Falken. Sie selbst war das *gewisse Weib.* Freude durchglühte sie bis in die Fingerspitzen. Er hatte die Begegnung mit ihr zum Anlass genommen, etwas zu ändern, etwas zu erschaffen, sein Wissen in ein Buch zu schreiben.

»Du hattest recht, ich sollte meine Erfahrungen weitergeben. Ich habe Geld genug für Pergament und Schreiber.«

Annas Blick blieb an den Stapeln hängen. Pergament besaß er wahrlich genug, auch dieses ganz dünne … Papier, wie der

Meister es genannt hatte. Die dünnen Seiten waren allesamt mit langen Zahlenreihen bedeckt. Viele von ihnen kannte Anna, ihr Vater hatte ganze Abende damit zugebracht, Zahlen untereinanderzuschreiben.

»Kommen auch Zahlen in das neue Buch?«

»Nur wenige. Das dort sind Zahlen für den Hof, Rechnungen, Abgaben, alles nicht erbaulich. Ein Kaiser verbringt mehr Zeit mit Zahlen als mit seinem Volk, musst du wissen.« Er seufzte. »Gut, dass Leonardo mir die Rechenmethode der Araber gezeigt hat. Sie benutzen etwas, das sie Null nennen. Das Rechnen lässt sich damit deutlich schneller bewerkstelligen, vor allem wenn es um Außenstände geht.«

Anna verstand so wenig wie bei Zahmeena, aber sie nickte und lächelte. Sie würde allem zustimmen, wenn er nur nicht wieder so traurig seufzte. Friedrich nahm eine ihrer Haarsträhnen und wickelte sie um den Finger.

»So, kleine Anna, jetzt muss ich weiterarbeiten. Ein Kaiser hat viel zu tun.«

Erst an der Tür erinnerte sich Anna an ihr Anliegen. »Was ist mit der Borte?«

»Mach es, wie du magst, es ist mir völlig gleich.«

Anna zog die Augenbrauen zusammen. »Warum habt Ihr das nicht gleich gesagt?«

Er grinste, und die Sommersprossen schoben sich mit seinen Mundwinkeln nach oben, als wären sie lebendig.

»Aus dem gleichen Grund, weshalb wir Italiener Vögel in Käfigen halten.«

»Und der wäre?«

»Um uns eine Weile an ihnen zu erfreuen.«

Himmelhoch jauchzend ...

Obwohl sie es immer noch ungewohnt fand, keine Dickmilch zum Frühstück zu essen, hatte Anna ihren Teller vollständig geleert. Alimahs Kochkünsten zu widerstehen, war schlicht unmöglich – es sei denn, man hieß Taddäus Spierl. Sie seufzte. Wieder einmal hatte er nichts von dem Frühmahl angerührt. Immer mehr glich er einem Eintagsküken – mit seinen großen Augen, dem feuchten weißen Haar und den spitzen Knochen, die ihm überall aus der Haut hervorstachen.

»Soll ich Euch das Essen anreichen?«, fragte Anna.

»Mein Hals tut weh.«

»Alimah hat Rübenmus geschickt«, versuchte Anna es noch einmal.

»Ich will nicht. Sag Wiffi, sie soll mir Heringe bringen«, murmelte der Gewandschneider.

Anna stutzte. Wiffi? Die war weit weg. Das ganze Gesicht des Alten war wieder von Schweißperlen bedeckt, und er wühlte unruhig zwischen den Laken herum.

»Meister?«

»Wiffi, du musst die Tür abschließen, hörst du? Dietrich wird sich rächen, ich kenne ihn ...«

Es gab keinen Zweifel, Meister Spierl phantasierte. Eine drückende Last legte sich auf Annas Brust, sie konnte kaum atmen. Hörte das denn niemals auf? Wie sollte sie das Gewand je fertigstellen, wenn er von einem schlimmen Zustand in den nächsten fiel und ihr in den wenigen klaren Momenten verbot, das Richtige zu tun? Als er jedoch in Tränen ausbrach und laut jammerte, verwandelte sich ihr Zorn in Mitleid. Sie musste nach dem Arzt schicken.

Der Leibarzt war trotz der Hitze in langärmelige schwarze Gewänder gehüllt. M'Ba trug den Korb des Heilers, der gefüllt war mit allerlei Fläschchen und Tiegeln, denen ein strenger Duft entströmte.

»Ach herrje, der sieht ja noch schlimmer aus als beim letzten Mal! Hast du ihm die Medizin nicht gegeben?«

Anna straffte den Rücken. »Doch, natürlich.«

Sie sprach die Wahrheit. Bis auf das eine Mal, als der Meister ihr den Löffel aus der Hand geschlagen hatte, hatte sie ihm das widerlich riechende Gebräu allabendlich zwischen die zusammengepressten Lippen gezwängt.

»Hm. Ich muss ihn entkleiden, das ist nichts für ein Weib. Geh in den Garten oder sonst wohin, bis ich hier fertig bin.«

Sie durchschritt die Pforte zu dem lang gestreckten Garten, den sie erst am Tag zuvor entdeckt hatte. Im Gegensatz zu dem Bereich vor der Mauer mit seinen Zelten und Käfigen war es hier himmlisch still. Vom oberen Absatz der Treppe aus überblickte sie die gesamte Fläche. Hecken in gerader Linie umsäumten eine Wiese, und die sauber gestochenen Wege zogen sich wie Ziernähte durch das Grün. Kleine Bänke und Beete bildeten ein hübsches Muster, und nach dem Mief in der Krankenkammer sog Anna dankbar die klare Morgenluft ein. Der feine Kiesbelag der Wege knirschte unter den Schritten. Gedankenverloren zupfte sie eine Rosenblüte ab und roch daran. Wann war sie je so glücklich gewesen? Gewiss, der Meister war krank, aber alles andere ...

Noch einmal rief sie sich *seinen* Geruch in Erinnerung, betörender als der der Blume in ihrer Hand. Was machte seinen Duft nur so unwiderstehlich? Und freundlich war er. Anna streckte sich auf einer Bank aus, hob das Gesicht der Sonne entgegen und schloss die Augen.

»Vielleicht hätte ich Näher werden sollen, da wird man auch bezahlt, wenn man nur in der Sonne herumlungert«, höhnte eine tiefe Stimme. Anna fuhr der Schreck in die Glieder, sie riss die Augen auf und setzte sich gerade hin. Die Stimme war unverwechselbar – sie gehörte Petrus de Vinea.

»Es ist anders, als Ihr denkt …«, stammelte Anna. Obwohl sie kein schlechtes Gewissen hatte, was die Arbeit betraf, schoss ihr die Röte ins Gesicht. Hätte de Vinea auch nur geahnt, wem ihre Gedanken noch vor wenigen Augenblicken gegolten hatten, der Berater des Kaisers hätte sie in den tiefsten Kerker geworfen …

»Was bildest du dir ein? Woher willst du wissen, was ich denke? Außerdem reicht mir, was ich sehe. Der Arzt sagt, dein Meister ist zu krank zum Arbeiten. Es gibt aber auf der Stelle etwas zu tun. Komm mit!«

Das war keine Frage, das war ein Befehl. In Anna regte sich der vertraute Widerspruchsgeist, der ihr schon so viel Ärger bereitet hatte, doch sie schaffte es, ihren Einwand freundlich vorzubringen.

»Ich warte hier auf das Ergebnis der Untersuchung, und ich habe auch kein Nähzeug dabei …«

Petrus de Vinea wandte sich um und musterte sie mit finsterer Miene. »Hochmütig und faul. Manchmal verstehe ich ihn wirklich nicht.« De Vinea seufzte. Dann beugte er sich so weit vor, dass sie die grauen Haare seines Bartes hätte zählen können.

»Pack dich und komm, sonst setze ich deinen mageren Arsch schneller vor die Tore der Stadt, als du einen Faden abreißt. Ist das deutlich genug?«, zischte er.

Besaß er so viel Macht? Anna schluckte, ihr Hals war wie zugeschnürt, sie brachte keinen Ton heraus, also nickte sie nur und folgte ihm.

Er hatte sie in den Thronsaal geführt. Anna hatte sich den ganzen Weg über gefragt, warum man die Arbeit nicht Zahmeena übertragen hatte. Erst als sie vor dem langen Riss in dem kostbaren roten Polsterstoff stand, wurde ihr klar, warum man sie geholt hatte. Der Thron stand schwer und still vor der gekalkten

Mauer mit den Bannern. Sicher war er nur mit Mühe wegzurücken. Und die schadhafte Stelle im Ziersaum des Sitzes, zu der de Vinea sie geführt hatte, befand sich ganz unten in der Ecke, dort, wo der Berater des Kaisers mit seinem Stab aufzustampfen pflegte, wenn er die Menge zur Ruhe mahnte. Der Schreck über den unerwarteten Einsatz und de Vineas Drohung ließ nach, und Anna verbiss sich das Lachen. Zahmeena hätte sich vielleicht noch in die Ecke hineingezwängt – aber herausgekommen wäre sie nicht mehr.

»Das Nähzeug?«, fragte sie. De Vinea reichte es ihr. Draußen schlug die Glocke.

»Der Saal wird bald gebraucht. Flick den Riss so schnell wie möglich. Hauptsache, die Naht fällt nicht auf. In nächster Zeit wird ohnehin ein neuer Saum angebracht, wir warten nur auf den richtigen Stoff. Der Tuchhändler aus Köln müsste jeden Tag eintreffen.«

Die Schere fiel Anna aus der Hand und klapperte zu Boden.

De Vinea schüttelte ärgerlich den Kopf und schnalzte mit der Zunge. »Was ist, kannst du nicht einmal einen Riss nähen?«

»Doch, es ist nur so eng hier. Entschuldigung.«

Anna griff nach der Schere und machte sich rasch wieder an die Arbeit. Ein Tuchhändler aus Köln? Sicher hatte man auch da nach dem besten verlangt, und wenn Anna nicht alles täuschte … Sie musste Gewissheit haben.

»Hat denn ein Tuchhändler aus Deutschland solch edle Stoffe vorrätig?«

De Vinea sah sie an, die Arme verschränkt, aber er antwortete. »Er soll die größte Auswahl in Deutschland haben, kann angeblich alles besorgen. Hast du's endlich?«

Anna schnitt den letzten Faden durch. »Fertig«, flüsterte sie.

Der Garten lag noch da, wie Anna ihn verlassen hatte. Mit hämmerndem Herzen saß sie allein auf der äußersten Kante der Bank und wartete auf Nachricht aus Spierls Kammer. Endlich schwang die Tür zum Haus auf, und M'Ba betrat den Garten.

Anna suchte seinen Blick, aber es fiel ihr schwer, in seinem dunklen Gesicht zu lesen.

Sein erster Satz beantwortete ihre stumme Frage. »Dein Spierl nicht gut. Kommen herein, gehen Arzt.«

Schon beim Eintreten schien sie der Geruch nach Krankheit aus jedem Winkel der Kammer anzufallen, und sie rang nach Luft. Eine ungerührt dreinblickende Magd trug eine Schale mit Blut an ihr vorbei, als wäre sie auf dem Weg zum Wursten. Meister Spierl lag zitternd auf den feuchten Laken, die Beine angezogen und die Arme um die dürren Knie geschlungen.

»Hmhh.« Der Heiler stand am offenen Fenster – war er solche Gerüche nicht gewohnt?

Anna wandte sich dem Arzt zu.

»Das wird schon wieder. Ich habe ihn zur Ader gelassen. Gib ihm einfach von der Medizin.«

Er nickte zum Tisch hinüber – eine neue braune Flasche mit dickem Stöpsel verströmte Zuversicht.

»Danke.« Anna knickste, so erleichtert war sie.

Der Arzt suchte hastig seine Utensilien zusammen und eilte aus der Tür. Meister Spierl stöhnte. M'Ba warf Anna einen mitleidigen Blick zu und wandte sich zum Gehen.

Erst de Vinea, dann die Ankündigung des Tuchhändlers und nun auch noch das viele Blut. Anna wurde es übel. Sie musste hinaus.

»M'Ba, warte!« Sie trat neben dem Wächter auf den Gang. »Was meinst du? Wird Meister Spierl wieder gesund?«

M'Ba hielt inne und rollte mit den Augen, bis das Weiße zu sehen war. »Der Arzt nicht wissen. M'Ba wissen. M'Ba hat gesehen. Die Geister kommen, holen kleinen weißen Mann. Bald. Nächster runder Mond sehen nicht auf ihn.«

Anna schüttelte den Kopf. Was redete der Wächter da? Der Arzt hatte davon gesprochen, dass der Gewandschneider wieder gesund werde. Meinte M'Ba etwa, dass …

»Was sagst du? Ich verstehe dich nicht.«

»Kleiner feuchter Mann bald tot. War Geist an Fuß. Immer

wenn Geist da, Mann tot.« Betrübt hob er die Schultern. »Oder Frau – wenn Geist bei Frau.«

»Das ist nicht wahr!« Anna machte kehrt und rannte in die Kammer zurück. Besser der Gestank als das Gerede dieses … Wilden. Der Arzt wusste schließlich, wie es um den Meister stand … Wütend warf sie Schere, Fingerhut und Nadelmappe in ihren Korb. Es gab viel zu tun.

Stich um Stich hatte Anna alle ihre Sorgen und Ängste in das Unterkleid der dritten Brautjungfer eingenäht, doch das war dem Gewerk nicht anzusehen. Bauschig und fließend zugleich hing es an der Stange und schien seine Trägerin sehnlich zu erwarten.

Anna war hin- und hergerissen. Jeder Schussfaden ihres Herzens wollte dem Arzt glauben, doch die Kettfäden hielten dagegen. Im tiefsten Seelengrund spürte Anna, dass M'Ba am Ende recht behalten würde. Die Angst griff erneut nach ihr. Was bedeutete das für den Auftrag? Und an wen sollte sie sich wenden, falls Heinz tatsächlich bei Hofe auftauchte? Der Meister hätte als Leumundszeuge einiges Gewicht besessen, aber in seinem Zustand würde ihm niemand glauben.

Anna wischte sich mit dem Ärmel den Schweiß von der Stirn und schichtete die kostbaren Stoffreste zu ordentlichen Stapeln aufeinander. Sie hatte viel geschafft an diesem Tag, und die Arbeit hatte ihr gutgetan. Trotzdem war es bei diesem Wetter in der Nähstube kaum auszuhalten. Schwülwarmer Dunst hatte sich wie eine feine Schicht auf ihre Haut gelegt, selbst der feine Stoff in ihrer Hand fühlte sich feucht an. Trotz der frühen Nachmittagsstunde war es plötzlich schon so dunkel geworden, dass sie die Lampen hätte entzünden müssen, um weiterzuarbeiten. Ob es die Sorge war oder die Wärme, konnte sie nicht sagen, aber wenn sie noch länger in dieser Nähstube hockte, erstickte sie. Sie brauchte dringend frische Luft.

Auf dem Hof war es noch wärmer als in der Stube. Anna überquerte ihn rasch und wandte sich nach links. Diesen Weg hatte sie noch nie beschritten. Vorbei an den Arkaden, am Vorratshaus, an den Unterständen für die Wagen und dem Stall zur Linken, gelangte sie schließlich zum Backhaus. Eine Magd stand schwitzend davor, die Backschaufel in der einen, einen Holzscheit in der anderen Hand. Sie öffnete die Feuerklappe und legte nach. Die Hitze waberte in einer großen Welle über Anna hinweg, und sie eilte weiter, zwischen Kapelle und dem Turm, den Alimah den Roten Turm nannte, hindurch zum hinteren Tor.

Sie grüßte den Wächter freundlich und hoffte, er werde sie auch auf dem Rückweg passieren lassen. Gemächlich schlenderte sie an der Mauer entlang. Schließlich stand sie unschlüssig auf einem Feldweg. Rechts oder links? Zur Linken erkannte sie in der Ferne das Lager mit den Zelten und Tieren. Die Gefahr, dort auf Neuankömmlinge zu stoßen, war groß. Zur Rechten gab es nichts, was die Aufmerksamkeit eines anreisenden Tuchhändlers hätte erregen können, nur Felder und Wald, also wandte Anna sich nach rechts.

Der Wind griff nach dem trockenen Staub und wirbelte kleine Windhosen über die Felder wie tanzende Teufel. Der Weg machte eine leichte Biegung. Ein kühler Luftstrom packte Annas Rock und umschmeichelte ihre Beine. Sie hob die Ellbogen ein wenig und ließ die frische Bö über ihren Körper streichen. Wie angenehm kühl das war!

In der Ferne grollte der Donner. Anna blickte über die Schulter zurück, das Lager lag in einer leichten Senke und war kaum noch zu sehen. Die Mauer und die Gebäude der Kaiserpfalz duckten sich unter einer schwarzen Wolkenwand. Losgerissener Flachs wehte mit ausgedörrten Grasbüscheln um die Wette. Erste schwere Tropfen klatschten auf den Boden und peitschten den Staub auf. Die Abkühlung war Anna willkommen, aber sie wusste: Wenn sie nicht rasch irgendwo unterkroch, würde sie binnen kürzester Zeit nass wie eine Rübe im Kochtopf. Ein Stück den Weg entlang stand eine Scheune – ob sie dort Zuflucht fand? Der Sturm zerrte an ihren Flechten und riss ihr die hölzerne Nadel aus dem Haarknoten. Sie bückte sich und erhaschte die Nadel, just bevor der Wind sie fortwehen konnte. Dann raffte sie den Rock, zog den Kopf zwischen die Schultern und rannte auf die Scheune zu.

Am Himmel türmten sich dunkle Wolken. Nur der Grasstreifen neben dem Feld und eine Seite der Scheune leuchteten noch hellgelb im letzten Sonnenlicht. Dicke Tropfen prasselten auf Annas Kopf und schlugen ihr gegen die nackten Fesseln. Heftige Windstöße rissen das doppelt mannshohe Tor der Scheune auf und schlugen es wieder zu. Sie rettete sich hinein.

Nachdem sie sich die Nässe aus dem Haar geschüttelt hatte, atmete sie auf. Der festgestampfte Lehmboden war staubig, aber trocken, das Dach schien dicht zu sein. Anna sah sich um. Stabile Balken in der Mitte stützten einen Heuboden; eine steile Treppe führte hinauf. Überraschenderweise war es angenehm kühl hier. Unten lagerten allerlei einfache Werkzeuge, Rechen und Eimer. Heuballen häuften sich neben der Leiter. Eine Ecke war wohl für Pferde vorgesehen, ein abgegriffener Haltebalken, eine halb gefüllte Raufe und die zertretene Stroheinschütte zeigten, dass die Scheune häufig benutzt wurde. Es donnerte. Durch die Türlatten drang der Wind herein und presste Anna das klamme Oberteil gegen den Rücken. Sie schüttelte sich und wollte gerade von der Tür zurückweichen, als nach einem abklingenden Donner plötzlich Hufgetrappel zu hören war.

Dumm von ihr, wenn sie annahm, Heinz könne sich nicht hierher verirren! Sie wusste ja nicht einmal, aus welcher Richtung er anreiste. Vielleicht suchte auch er Schutz vor dem Gewitter und stieß durch Zufall auf seine geflohene Ehefrau. Anna huschte zur Tür und spähte durch die Ritzen der Tür. Zwei Männer verhielten die Pferde, den Rücken ihr zugewandt. Im Regen war nicht auszumachen, wer es war. Ein Hund sprang neben einem der Rosse auf und ab. Anna zuckte zusammen. Etwa so groß musste Bär inzwischen sein. Sie warf sich herum und suchte einen zweiten Ausgang, vergeblich. Ihr Blick fiel auf die Leiter. Mit einer Hand den Rock raffen und rasch die Stufen hochklettern, war eins. Anna kroch über den Rand, warf sich lang auf den Bauch und zog die Beine an. Keinen Augenblick zu früh. Das Tor öffnete sich, und der Sturm fegte in die Scheune. Anna presste ihre Wange an die zerklüfteten Dielen und lugte durch einen Spalt nach unten. Zwei Männer zogen schwer bepackte Pferde über die Schwelle. Der Hund schüttelte sich und legte sich im Heu nieder. Einer der beiden Männer warf sich gegen das Tor, um es vor dem Wind zu schließen. Erst als er sich wieder umwandte, sah Anna sein Gesicht. Es war nicht Heinz, aber es war auch kein Unbekannter.

»Federico, überlass mir die Pferde!« Petrus de Vinea nahm die Rosse am Zügel, führte sie zur Strohschütte und band sie am Haltebalken fest. Der andere Mann – der Kaiser! – nahm die Mütze ab und zog sich das nasse Hemd über den Kopf. Halb bekleidet stülpte er einen Eimer um und setzte sich darauf, die Beine gekreuzt. Anna unterdrückte ein Kichern – sein Körper war weiß wie Schneiderkreide.

»Das war knapp. Am besten, wir versenken den Bock gleich in der Grube«, schlug de Vinea vor.

Wortlos erhob sich Friedrich und zerrte einige Heuballen zur Seite. Was hatte er vor? Zwei Holzplatten kamen zum Vorschein. Der Kaiser hob beide an und schob sie zur Seite. Das Loch war gefüllt mit weißen Eisblöcken – es war eine Kühlgrube für Jagdbeute. Friedrich trat zurück, und eine dunkelgraue Masse fiel mit dumpfem Laut in die Öffnung. Schnell schob de Vinea die Platten wieder darüber und türmte das Heu neu auf. Der Kaiser setzte sich wieder auf den Eimer, sein Berater hockte sich neben ihm auf den Boden.

Anna bewegte die steifen Beine, und ein Zipfel ihres Kleides rutschte über den Rand. Hastig griff sie danach und zog, und sie hatte Glück. Der Saum blieb nirgends hängen. Doch durch die Bewegung rieselten Staub und kleine Halme durch den Spalt nach unten. Anna hielt den Atem an.

Die beiden Männer hatten offenbar nichts bemerkt, schienen aber auch nicht so bald aufbrechen zu wollen. Warum auch, wenn draußen ein Gewitter tobte? Es half nichts, sie musste ausharren, bis das garstige Wetter sich verzogen hatte. Sie konnte nur noch hoffen, dass die Reiter sie nicht entdeckten, denn wie sollte sie erklären, dass sie über dem Kaiser und seinem Berater auf der Lauer lag wie eine Spionin?

Petrus de Vinea spuckte auf den Boden. »Dieses schwüle Wetter ist kaum zu ertragen. Es ist so feucht in diesem Land – und die Hitze hasse ich auch. Hier noch mehr als zu Hause.«

»Da gibt es Schlimmeres. Außerdem ist mir der Sommer in Deutschland lieber als der Winter. Ich hasse die Kälte.«

De Vinea lachte. »Wie gut, dass es für jeden Geschmack etwas gibt! Was die Frauen betrifft, wärst du mir als Widersacher gar nicht recht.«

Auch Friedrich lachte, warm und voll klang seine Stimme. »Deine bevorzugten Damen kannst du gern für dich behalten. So nett Zahmeena auch sein mag …« Der Kaiser schüttelte sich.

De Vinea und Zahmeena? Anna presste sich noch dichter an die Ritze, um nichts zu verpassen. War de Vinea rot angelaufen, oder narrte sie der Gewitterschein, der durch die Ritzen ins Innere der Scheune drang?

»Dein Geschmack ist auch nicht besser. Was findest du bloß an der kleinen Näherin? Sie ist widerborstig, ihre Hüften sind knochig, die Brüste mäßig und die Beine so lang und dürr wie bei einem Schmalreh«, platzte de Vinea heraus. Anna hielt den Atem an. Durfte dieser Mensch so mit dem Kaiser reden? Und mit welcher Näherin war Friedrich verbandelt?

»Gewandschneiderin! Sie ist Schneiderin, also eine Stufe höher als deine heiß geliebte Zahmeena«, spottete der Kaiser. »Und widerborstig ist sie in der Tat. Ich schätze das, es muss ja nicht jeder so fügsame Weiber bevorzugen wie du. Außerdem« – er schnalzte mit der Zunge – »sind die Widerspenstigen besser im Bett.«

Anna atmete ganz flach, ein heißer Schreck durchfuhr sie. Diese Unterhaltung war ganz sicher nicht für sie bestimmt –

besser, sie hielt sich die Ohren zu. Doch sie konnte nicht anders, sie musste lauschen. Gewandschneiderin? Er hatte eine Gewandschneiderin als … als Geliebte? Ein Blitzschlag flackerte gespenstisch durch die Scheune.

Petrus de Vinea schnaubte, und sein nächster Satz ging im Donnergrollen unter. Als es verebbte, war Friedrichs Stimme zu hören.

»Ich mag sie einfach. Sie begeistert sich für Bücher und Falken – von welcher Frau lässt sich das sagen? Und ihr blondes Haar erinnert mich an die Sonne Italiens.«

De Vineas Antwort hörte Anna nicht mehr. Blond? Sie war die einzige blonde Schneiderin weit und breit. Der nächste Blitz brachte die Erkenntnis. Friedrich hatte von ihr gesprochen.

Obwohl der Stuhl gut gepolstert war, saß Anna ganz vorn auf der Kante. Den roten Stoff ihres Kleides hatte sie über den Knien schön glatt gestrichen, damit die Farbe gut zur Geltung kam. Das Haar trug sie offen, hell und glänzend kringelte es sich auf dem teuren Stoff. Vor Aufregung war ihr die Kehle eng geworden.

Um sich abzulenken, beobachtete sie einen der beiden Wächter. Den Kopf stolz erhoben, stützte er sich regungslos auf seinen Speer und wandte keinen Blick von seiner Umgebung. Man hatte sie nicht gleich vorgelassen, der Kaiser war beschäftigt. Es waren die gleichen Wächter, die immer vor der Tür standen, wenn sie zu ihm gerufen wurde, sie bildeten offenbar seine Leibgarde. Anna hätte gar zu gern einmal einen der hellgrünen Kopfschleier berührt, nur um zu fühlen, wie sich der Stoff anfasste, doch das war sicher strengstens verboten. Endlich ertönte die kleine Glocke, und die Wächter rissen die Türflügel auf.

Friedrichs donnernde Stimme drang auf den Flur heraus. »Ist es denn so schwierig, ein paar Fürsten bei der Stange zu halten? Ich habe weiß Gott genug mit Innozenz zu tun, der treibt mich zum Wahnsinn mit seiner Besessenheit für nutzlose Kreuzzüge.«

Ein Mann verließ das Gemach, seiner Miene nach zu urteilen, fand er die Forderung des Kaisers durchaus schwierig.

Friedrich stand auf der Schwelle. Als er Anna sah, stieß er einen Seufzer aus. »Schick mir Leonardo!«, befahl er dem Besucher. »Er soll ausrechnen, was mich die Gründung eines neuen Fürstentumes kostet, ohne dass mir der Rest der Meute an die Gurgel springt.«

Der Unbekannte fragte etwas, das Anna nicht verstand, und Friedrich brauste gleich wieder auf. »Tu einfach, was ich dir gesagt habe! Du kannst gehen.«

Der Kaiser seufzte abermals, fuhr sich durchs Haar und nickte Anna zu. »Das Gewand ist fertig? Dann komm!«

Kein Zweifel, er war verärgert. Anna schluckte. Und ausgerechnet jetzt wurde es ernst – der Kaiser musste das Gewand anprobieren. Wie sollte sie ihm die albernen Ärmel erklären? Und sie war immer noch sicher, dass die Schnüre falsch geknotet waren. Was, wenn sie recht behielt und das Festgewand nicht passte? Mit klopfendem Herzen betrat sie hinter Friedrich das Gemach.

Die üppigen Wandteppiche, die weichen Felle am Boden und die unzähligen Kissen – hier war sie vor geraumer Zeit mit Meister Spierl empfangen worden.

»Ist es das?« Friedrich deutete auf den Stapel über Annas Arm. Sie brachte kein Wort hervor, nickte nur und hielt ihm das Gewand hin. Ob er ihr Haar wirklich mochte? Sie lächelte ihn an, doch er sah es nicht, sondern hatte das Gewand ergriffen und verschwand hinter einer Abtrennung aus Holz und Stoff.

»Was ist *das* denn?«

Anna zuckte zusammen. Friedrich trat hinter dem Sichtschutz hervor und wies vorwurfsvoll auf die Ärmel. »Dieser Fetzen sieht aus wie ein Kreuzfahrermantel, den kann ich doch nicht zur Hochzeit anziehen. Was soll mein Weib von mir denken?«

Anna räusperte sich, um Zeit zu gewinnen. Sie hatte es gewusst. Er hasste die Ärmel genauso wie sie.

»Mein Meister achtet sehr auf die neueste Mode. Diese Ärmel sind das … Neueste.« Sie stockte kurz. »Jedenfalls ist es sehr zeitgemäß. Bei Frauen sind die Ärmel noch länger, sie reichen teilweise bis zum Boden.«

»Warum trägst du dann keine solche Mode?«, fuhr Friedrich sie an.

Anna betrachtete ihre Schuhspitzen. »Der Stoff hat nicht gereicht«, murmelte sie.

»Und das hier?« Friedrich zupfte an dem Stoff um seine Mitte – das Gewand hing an ihm wie ein Hafersack an einer Stange. Ihr schossen die Tränen in die Augen. »Die gelieferten Schnüre waren fehlerhaft. Ich habe dem Meister gesagt, dass es so nicht möglich ist, aber …«

Friedrich schnaubte ungeduldig. »Kannst du das in Ordnung bringen?«

»Ja.«

Die Tür öffnete sich. »Petrus de Vinea, kaiserlicher Berater!«, rief der Wächter.

Der massige Mann stürmte in das Gemach, das plötzlich nicht mehr behaglich, sondern beengt wirkte.

»Es ist gut, du kannst gehen. Ändere das und komm wieder, wenn es anständig aussieht«, ordnete Friedrich barsch an.

De Vinea blickte vom Kaiser zu Anna und grinste. Sie raffte den Stoff zusammen und wandte den Kopf. Er musste sie nicht auch noch weinen sehen.

Wie hatte sie bloß glauben können, ein Mann wie Friedrich könne Gefallen an ihr finden? Er hatte in der Scheune irgendeine exotische Schönheit gemeint, und sie war so hochmütig gewesen, die Schwärmerei auf sich zu beziehen. Das rote Kleid hatte sie angezogen, sich schön gemacht für ihn. Dabei war sie nichts als eine dumme Gans, die seine unfreundlichen Worte mehr als verdient hatte. Das Gewand war furchtbar, sie konnte froh sein, dass der Kaiser sie nicht hatte köpfen lassen.

Anna hielt den Kopf gesenkt, die Augen geschlossen. Sie hatte auf dem Weg zu ihrer Bank nichts gesehen als trostloses Gestrüpp, zertretene Blätter und schlammige Pfützen. Was ihr am Tag zuvor noch duftend und blühend wie das Paradies erschienen war, hing nun braun und matschig herunter, von Duft keine Spur. Meister Spierl wachte inzwischen gar nicht mehr auf, und sie saß auf dieser Bank, hatte alles bis auf Isabellas Kleid und die Anpassung der Gewänder für deren Jungfern fertiggestellt und traute sich mit dem eigenmächtig geänderten Gewand nicht noch einmal zum Kaiser. Was, wenn er wieder so unfreundlich war?

Wenigstens schien die Sonne. Die warmen Strahlen, die alles in ein hellrotes Licht tauchten, waren sogar durch die geschlossenen Lider wahrzunehmen. Doch gleich darauf schien sich eine Wolke davorzuschieben, und es wurde dunkel.

»Nicht einmal das ist mir vergönnt«, schimpfte sie vor sich hin, öffnete die Augen einen Spaltbreit und trat mit der Fußspitze in den Wolkenschatten auf dem Kies.

»Au!«

Anna fuhr hoch wie von einer Wespe gestochen.

»Majestät, ich … o nein, ich wollte … ich habe Euch nicht …« Mehr als hilfloses Gestammel brachte Anna nicht zustande.

Sie hatte den Kaiser mit einem Stein getroffen. Wenn man schon für das Werfen eines Apfels auf einen Wächter geblendet wurde, was würde man dann mit ihr anstellen? Friedrich schaute ihr tief in die Augen.

»Dafür kann ich dich hängen lassen.« Er sagte das nicht unfreundlich, rief auch nicht die Wachen, aber Anna schossen die Tränen in Sturzbächen über die Wangen.

»Warum weinst du? Es war nur Spaß, ich lasse dich nicht hängen. Ich habe dich beobachtet und weiß, dass du mich nicht gesehen haben kannst.«

Anna schluchzte weiter. Obwohl sie erleichtert war, bahnte sich nun aller Kummer seinen Weg. Verschwommen sah sie, dass der Kaiser wieder barfuß war. Ein Sonnenbrand leuchtete auf dem Spann und verdeckte die Sommersprossen.

»Sag schon, warum weinst du? Fehlt es dir an etwas?«, bohrte der Kaiser weiter.

»Was kümmern Euch die Sorgen einer kleinen Schneiderin?«, klagte Anna.

»Versuch es und lass mich entscheiden«, bat Friedrich.

Die ganze Angst, alle Verzweiflung der letzten Tage brachen aus ihr heraus. »Der Meister ist krank, und wenn er einmal wach ist, gibt er unsinnige Anweisungen, wie das mit den Ärmeln, die ich selbst furchtbar finde, die taugen höchstens zum Falkenerschrecken, gleichgültig, wie zeitgemäß sie sind.« Anna schniefte und warf Friedrich einen Seitenblick zu, der Kaiser lächelte. »Euer Berater hat mir die falschen Maße geschickt, ich bin mir sicher, er hat sich vertan, denn ich habe mich noch nie – niemals – in einem Maß geirrt. Aber der Meister hat gesagt, ich muss die vom Hof geschickten Maße verwenden.«

Der Kaiser öffnete den Mund, schloss ihn wieder und sann einen Augenblick lang vor sich hin. »Du kannst de Vinea nicht leiden, oder?«

»Es steht mir nicht zu, ein Urteil über ihn zu fällen«, murmelte Anna.

»Schon gut, er kann sich auch nicht so recht für dich erwärmen, seit du ihn ausgelacht hast. Genaugenommen ist er sogar recht nachtragend, und wenn er sich einmal festgebissen hat, lässt er nicht wieder los. Nimm das Rebhuhn. Er hätte es bei der nächsten Jagd den Falken überlassen können, aber was tut Petrus? Stellt dem Huhn nach, mit seinem Schwert! Wer außer ihm hat es je geschafft, einen Bodenflüchter auf einen Baum zu jagen? Und seine Wirkung auf Menschen ist nicht viel anders. Seine Leidenschaft und Unerschrockenheit ziehen die Menschen entweder an – oder stoßen sie ab. Mich ziehen sie eher an.«

Anna zuckte zusammen. »Ihr wisst von der Begegnung auf der Lichtung?«, hauchte sie.

»Ich war ganz in der Nähe, Dummchen, und gelacht habe ich auch. Nur kann er mir das nicht übel nehmen. Es hat auch Vorteile, Kaiser zu sein.«

Friedrich fegte mit der flachen Hand die letzten Regentropfen von der Bank und setzte sich neben Anna.

»Warum hast du nicht einfach andere Ärmel genäht?«, fragte er.

»Habe ich ja. Aber erst nachdem Ihr es verlangt habt. Das Gewand ist geändert, und die Maße stimmen. Aber Meister Spierl ist mein Herr, ob krank oder nicht, seine Anweisung zählt.«

Anna zog die Füße auf die Bank und legte die Arme um die Knie.

»Nun, dann ist doch eigentlich alles gut, oder nicht?«, fragte er.

Die tiefe Traurigkeit in Anna hatte sich noch immer nicht gelegt. Der sanfte Blick aus den blauen Augen stieß die Tür zu einem älteren, schlimmeren Schmerz auf.

»Und ich habe meinen Hund verloren.« Sie hatte noch mit niemandem darüber gesprochen, aber sein Blick schien ihr bis auf den Grund der Seele zu dringen. Wenn er ihr sagen würde, dass sie nicht anders hatte handeln können, vielleicht würden dann Schmerz und Scham darüber abebben, den Hund im Stich gelassen zu haben.

»Und wie?«, fragte Friedrich.

»Das ist eine lange Geschichte …«, wich Anna aus.

»Dann erzähl sie schnell, denn viel Zeit habe ich nicht.« Friedrich lächelte.

»Ich hatte ihn von meiner Base, der Name war Bär – also der von meinem Hund. Ein Mann machte mir den Hof, und ich nahm seinen Antrag an. Aber seine Mutter fand, ich sei nicht gut genug für ihn. Sie hat mich lange nicht empfangen, erst am Tag der Hochzeit durfte ich sie begrüßen. Wir waren beide sehr erleichtert, und sie war sehr freundlich. Wein hat sie mir angeboten und mir Geschenke gemacht. Aber später, in der Hochzeitsnacht, ist mein Gemahl einfach eingeschlafen, bevor wir … noch ehe …« Sie stockte.

»Die Ehe vollzogen wurde?«, fragte der Kaiser. Anna nickte.

»Er war durch nichts wach zu bekommen, selbst als ein Diener mit der Nachricht hereinkam, dass seine Mutter plötzlich verstorben sei. Am nächsten Tag war Heinz wieder wohlauf, aber er gab mir die Schuld am Tod seiner Mutter. Und dann, auf einer Reise, hat er mich in eine Kammer gesperrt und gesagt, er ruft die Schergen, weil er glaubt, dass ich eine Hexe bin.«

Friedrich beugte sich vor und sah ihr forschend ins Gesicht. Warum hatte sie nur davon angefangen?

»Warum glaubt er, dass du eine Hexe bist?«

Anna rang mit sich. Sollte sie ihm von ihrer Hand erzählen? Er konnte sie töten lassen. Andererseits war er klug und bildete sich seine eigene Meinung, das hatte sie bei den Falken gesehen.

»Anna, du musst es mir sagen. Hexerei ist eine schwerwiegende Anschuldigung. Da ich nun davon weiß, muss ich der Sache auf den Grund gehen. Oder willst du lieber Petrus de Vinea Rede und Antwort stehen? Er ist mein Rechtsberater«, drang Friedrich auf sie ein.

Anna seufzte. Nur nicht de Vinea! Wenn sie sterben musste, dann nahm sie das Urteil lieber aus Friedrichs Hand entgegen.

»Ich kann besser mit der Linken nähen. Er hat mich dabei beobachtet«, stieß sie trotzig hervor.

»Das reichte ihm als Beweis dafür, dass du eine Hexe bist?«, forschte er verwundert nach.

»Das und der Tod seiner Mutter.«

Eine Weile schwiegen beide. Friedrich streckte die Beine aus und verschränkte die Arme. Eine Biene summte vorbei, auch sie verschmähte die nassen Blüten.

»Sag, hast du bei der Schwiegermutter deinen Becher einmal aus der Hand gegeben?«

»Es war ein Glas. Ich habe es nur kurz abgestellt, um die Geschenke entgegenzunehmen. Ich wollte nicht unhöflich sein, aber ich mag keinen Wein, und der roch so seltsam. Hinterher wusste ich nicht mehr genau, welches Glas meins war. Becher hätte ich unterscheiden können, aber diese Gläser sahen alle gleich aus.« Ihr Herz klopfte zum Zerspringen. Ließ er sie gleich abführen?

»Ich bin sicher, es lag nicht an dir«, erklärte Friedrich.

»Was?«, fragte Anna. »Dass sie tot ist?«

»Nein.« Seine Gesichtszüge verloren für einen Augenblick den Ernst. »Dass er eingeschlafen ist.« Ein nasses Blütenblatt fiel ihm auf den Fuß. Der Kaiser schob es mit dem anderen Fuß auf den Weg hinunter und sah sie wieder forschend an.

»Sonst hast du ihm nichts getan, das auf Hexerei schließen lässt? Sei ehrlich, ich hasse es, wenn man mich anlügt.«

Annas Gedanken überschlugen sich. Heinz hatte sie nichts getan, aber was war mit den alten Anschuldigungen aus Jever? Sollte sie ihm auch davon erzählen? Andererseits, wenn aus so vielen Ecken Klagen erhoben wurden, glaubte auch er am Ende, sie sei eine Hexe …

Anna schüttelte den Kopf.

»Gut«, sagte Friedrich erleichtert. »Sollte dieser Heinz hier auftauchen, melde dich bei mir. Versprichst du das?«

Sie nickte. Würde er sie bestrafen?

»Was wird mit mir? Bekomme ich eine Strafe?«

370

»Ich will dir etwas erzählen. Einige der Menschen, die ich getroffen habe, besonders die Araber, glauben, dass die Linke den Teufel füttert. Wenn du dort mit der Linken isst, wird deine Hand in siedendes Öl getaucht. Aber ich habe viele kennengelernt, die mit links einfach besser arbeiten und sich nach meiner Beobachtung ganz sicher nicht dem Teufel verschrieben haben, zum Beispiel Alimah.«

»Alimah ist auch … geschickter mit der Linken?« Anna spürte, wie ihr das Blut in die Wangen schoss. Er mochte Alimah, sie durfte ihn sogar berühren. Wenn die Köchin nicht bestraft wurde, dann würde er sie wohl auch nicht prüfen lassen.

Der Kaiser fasste Anna unter dem Kinn und hob ihren Kopf, bis sie ihm in die Augen sehen musste.

»Ich bin Gottes Stellvertreter in meinem Reich, und ich sage dir: Der Teufel zeigt sich anderswo. Solange ich Kaiser bin, wird es niemand wagen, Alimah ihre Ungeschicklichkeit mit der Rechten zum Vorwurf zu machen.« Er zwinkerte. »Und dir dann wohl auch nicht.«

Friedrich erhob sich. »Aber eine kleine Strafe hast du verdient.« Er griff eine der Blumen und schlenkerte sie so heftig in Annas Richtung, dass ein Tropfenregen auf sie niederging. »So, und nun komm! Ich will dir etwas zeigen.«

Wie im Traum hatte Anna sich zum Ende des Gartens ziehen lassen, bis das Leder ihrer Schuhe sich mit der Feuchte des Gewitters vollgesogen hatte. In einer Hecke verborgen lag ein Tor. Friedrich sah sich kurz um und schlüpfte hindurch, ohne ihre Hand loszulassen. Sie überquerten den Innenhof und erreichten nach dem nächsten Tor schon den Platz mit den Tierkäfigen. Doch der Kaiser beachtete die Käfige nicht, sondern wandte sich nach links und zog sie weiter an der Hecke entlang. Erst als sie hinter Büschen verborgen waren, hielt er inne.

»Wohin gehen wir?«, keuchte Anna.

»Ich will dir etwas zeigen.«

Sie gelangten in ein Waldstück mit einem gurgelnden Bach und standen plötzlich vor einer Hütte. Anna musste sich erst an das Dämmerlicht im Innern gewöhnen, aber dann sah sie, wohin er sie geführt hatte.

Auf einer weichen Einschütte, mit Strohballen gegen die rissigen Holzwände geschützt, saßen, liefen oder standen sieben Welpen, ein ganzer Wurf. Gut genährt und mit glänzendem Fell, honigfarbenen Ohren und Flecken auf dem Fell, kugelten sie durcheinander, bis sie die Besucher entdeckten und auf sie zuliefen. Nur ein Hündchen blieb sitzen, legte den Kopf schief und beobachtete abwechselnd seine Geschwister und die Menschen, die vor ihm aufragten.

»Sind die wonnig!«, rief Anna aus. »Wem gehören die?«

»Mir«, antwortete Friedrich. »Wir züchten selbst, für die Jagd.« Er trat an die Abtrennung. »Willst du einen von ihnen hochnehmen?«

Anna nickte. Friedrich beugte sich über das Sperrbrett und deutete auf ein Tierchen. »Den?«

Sie schüttelte den Kopf und zeigte auf den Welpen, der sie nur beobachtet hatte. Friedrich lachte, hob den kleinen Rüden behutsam unter Bauch und Brust an und setzte ihn Anna auf den Arm.

Sie drückte den warmen Körper an sich. Er fühlte sich genauso an wie Bär.

»Das sind gute Jagdhunde. Allerdings taugen nicht alle aus einem Wurf zur Jagd. Sie sind zwar durchweg gesund und kräftig, aber sie müssen auch die richtige Gesinnung haben. Nicht zu angriffslustig, aber auch nicht zu sanft, nicht zu neugierig, aber auch nicht zu lahm. Ausdauernd, treu und zutraulich sollten sie sein – es ist eine Kunst, die Richtigen auszuwählen«, erklärte Friedrich.

»So wie bei den Falken?«, fragte Anna.

Friedrich lächelte. »Ja, so wie bei den Falken.«

Er strich dem Welpen über den Kopf, immer wieder, und nach einer Weile berührten seine Finger nicht nur den Welpen, sondern auch Annas Brust. Sie unterdrückte den Wunsch zusammenzuzucken, denn bei jeder Berührung auf dem blauen Stoff flutete ein Sturzbach kribbelnder Wärme durch ihren Körper. Was tat er da? Merkte er nicht, dass er sie berührte?

Einen Augenblick lang war die Stille vollkommen, winzige Heuhalme flirrten auf Bahnen aus Sonne durch das Dämmerlicht, dann trat jemand in den Hundestall. Beide fuhren herum. Der ältere Mann trug trotz der Wärme eine grobe Wollmütze und hielt zwei gut gefüllte Futternäpfe in den Händen.

»Ah, Majestät, genau zur rechten Zeit. Der Wurf ist entwöhnt.«

Friedrich wandte sich unvermittelt um, und Anna hüstelte.

»Es ist gut, Fenno.« Friedrich nahm dem Mann die Schüsseln ab. »Wir sprechen später darüber.«

Verständnislos starrte der Knecht den Kaiser an. Dann blickte er von Friedrich zu Anna und zurück, und seine Miene verzog sich zu einem wissenden Grinsen.

»Oh! Ah ja, dann geh ich mal wieder.« Fenno schloss die Tür und entfernte sich pfeifend.

In dem Maß, in dem das Geräusch leiser wurde, schien sich die traute Stimmung wieder zu verdichten. Anna war nicht sicher, ob sie hoffen oder fürchten sollte, dass Friedrich den Hund weiter liebkoste. Erst als er es nicht tat, spürte sie die Enttäuschung. Friedrich stellte die Schalen vor die Jagdhunde, und der Welpe auf Annas Arm schnupperte und strampelte, als er das Futter roch.

Friedrich trat so dicht an Anna heran, dass sein Atem über ihre Wange strich. »Gefällt dir … der Hund?«, flüsterte er.

Die Härchen in Annas Nacken stellten sich auf. »Ja.«

»Wenn du versprichst, dass du gut auf ihn achtgibst, schenke ich ihn dir. Er ist kein Ersatz für Bär, aber es tröstet dich vielleicht, ihn zu betreuen.«

Annas Herz zog sich vor Verlangen zusammen. »Sind Jagdhunde nicht furchtbar teuer?«

Friedrich winkte ab und trat einen halben Schritt zurück.

»Grundsätzlich schon. Aber der, den du ausgesucht hast, taugt nicht für meine Zwecke. Er ist zu … misstrauisch. Also, willst du nun, oder nicht?«

»Ja!« Anna strahlte den Kaiser an. »Ich weiß gar nicht, was ich sagen soll. Danke.«

»Versprich mir einfach, dass du gut für ihn sorgst. Er braucht viel Auslauf, seine Mutter ist eine schnelle und ausdauernde Hündin. Jagdhunde müssen immer in Bewegung sein.«

Der Kaiser legte ihr sacht einen Finger unter das Kinn, hob ihren Kopf, bis sie ihm in die Augen sehen musste, und beugte sich vor. Seine Lippen berührten ihre Wange, gleich neben dem Mund. Anna zuckte zusammen und wandte den Kopf, doch in die falsche Richtung, sodass ihre Lippen nun genau die seinen trafen. Ihr Kopf ruckte zurück, und sie wich nach hinten aus.

Mit zitternden Händen strich sie sich das Haar aus der Stirn und lehnte sich gegen die Absperrung. »Wann darf ich ihn haben?«

Friedrich schmunzelte. »Den Hund?«

Anna nickte nur.

Der Kaiser prüfte den Inhalt des Napfes. »Bis morgen Abend ist er an festeres Futter gewöhnt. Lass ihm die Zeit. Misstrauische Tiere brauchen viel Geduld.« Friedrich zog ein Tuch aus dem Hemd und reichte es ihr. »Wenn Fenno da ist, gibt er dir den Hund, ich sage ihm Bescheid. Sollte ein anderer Mann hier sein, zeig das Pfand vor.« Er wies auf das Monogramm in dem Tuch. »Man kennt mein Zeichen.«

Anna war den ganzen Weg zur Nähstube zurückgerannt. Es gab so viel Arbeit, und sie hatte sich schon wieder den halben Vormittag herumgetrieben, statt zu nähen. Sie griff nach dem Nadelkissen. Was war nur los mit ihr? Sonst konnte sie kaum die Finger von den feinen Stoffen lassen, und inzwischen packte sie bei jeder Gelegenheit die Lust, herumzustreifen und Ausschau zu halten nach … ja, wonach eigentlich? Sie zog das Tuch aus dem Ärmel und roch daran. Und während sie auf ihren Nähstuhl sank, traf eine erschreckende Erkenntnis ihr Herz wie ein Blitzstrahl.

Sie *wollte* diesen Mann, so wie die Männer vor ihm sie gewollt hatten. Das Nadelkissen fiel zu Boden, und sie schlug die Hände vor das Gesicht.

Das konnte, das durfte nicht sein. Sie hatte Gott ihr Wort gegeben. Nur der Allmächtige wusste, womit er sie strafen würde, wenn sie diesen Schwur brach.

Stich um Stich trennte sie eine missglückte Naht vorsichtig auf; einen Teil davon hatte sie mit der Rechten genäht, weil Zahmeena nicht davon abzuhalten war, ihr eine Weile auf die Finger zu schauen. Auch wenn sie den Kaiser in dieser Sache hinter sich wusste, war Anna doch froh, sich vor de Vineas Geliebter keine Blöße gegeben zu haben. Der Berater des Kaisers würde jede ihrer Schwächen gegen sie verwenden, so viel war sicher.

Das Blinken der Sonne auf dem polierten Kupferspiegel zog ihre Blicke an. Dieser Kuss vorhin, hatte der etwas zu bedeuten? Er hatte nicht ihren Lippen gegolten. Hätte sie den Kopf nicht versehentlich gedreht, wäre es nie dazu gekommen – oder doch? Sie erhob sich und trat vor den Spiegel. Das blaue Kleid war nicht zu kurz geworden wie die anderen, sie war ausgewachsen. Anna zog die Nadeln aus der ledernen Spange und löste die Flechten. Ihr blondes Haar erinnerte tatsächlich an das Sonnenlicht … seit der Begegnung am Morgen war sie wieder sicher, dass Friedrich in der Scheune doch von ihr gesprochen hatte.

Das bedeutete aber auch, dass de Vinea ebenfalls sie gemeint hatte.

Anna drehte sich langsam vor der Scheibe. Sicher, ihr Bauch war zu flach und die Brust nicht gerade üppig, aber sie hatte doch ein ansprechendes Gesicht und schöne blaue Augen. Vielleicht wirkte sie ein wenig üppiger, wenn sie unter der Brust eine Borte anbrachte. Am besten, sie nähte die Borte an das rote Kleid, sie würde es von nun an häufiger tragen. Oder doch an das blaue? Geld hatte sie noch, sie musste Alimah nur bitten, sie zum Markt mitzunehmen.

Die Tür öffnete sich, und Zahmeena ächzte ins Zimmer. Anna huschte auf ihren Stuhl zurück und saß, bevor die Näherin herangewalzt war. Mit einem stillen Lächeln steckte sie das Haar wieder auf. Sie würde einfach beide Kleider mit Borten schmücken.

Das Gedränge war unbeschreiblich. Alimah hatte sich sofort bereit erklärt, Anna auf ihre Einkaufsrunde mitzunehmen.

»Da müssen wir durch, das heißt Andreastor«, schnatterte die Köchin. Mit zwei großen Körben bewaffnet, schob sich Alimah entschlossen durch die Massen, die unter dem spitzen Bogen des gemauerten Tores hindurchdrängten. Alimah hielt sich rechts. Den Kopf vorgereckt wie eine angriffslustige schwarze Gans, watschelte sie an der Stadtmauer entlang und bahnte dabei eine Gasse für Anna, die ihr mit den beiden anderen Körben folgte. Eine Wiese tauchte auf, über die der Strom aus Marktgängern nicht hinwegschwappte. Anna wollte gerade erleichtert einen Fuß auf das Grün setzen, um dem Gedränge zu entkommen, als Alimah sie ungewöhnlich hart am Arm herumriss.

Die dunkle Frau zog die Brauen zusammen und schürzte die Lippen, bis ihre schwarzen Barthaare wippten.

»Nicht da herumlaufen, dummes Ding!«, schimpfte die Köchin. Anna hielt erschrocken inne und sah sich um. Das war keine Wiese.

Dutzende von Grabsteinen bedeckten den Hain und erinnerten sie an ungleichmäßig gewebte Schlaufen eines grüngrauen Wollstoffes. Keine einzige Blume tupfte Frohsinn in die trostlose Weite, nur Gras, aufgetürmte Steine und Efeu, so weit das Auge blickte. Welch ein Durcheinander! Die Friedhöfe, die sie bisher besucht hatte, waren in Reihen angelegt gewesen. Einige Grabsteine mussten uralt sein; nur die Oberkanten ragten noch aus der Wiese hervor, und selbst jemand, der des Lesens mächtig war, hätte die meisten Inschriften nicht mehr entziffern können. Anna schauderte. Um ein Haar hätte sie die Friedhofsruhe gestört, nur um den Weg abzukürzen. War das ein schlechtes Zeichen?

»Warum ist der Friedhof so unordentlich?«, fragte sie.

Alimah zog die Schultern hoch. »Der heilige Sand ist ein Judenfriedhof, die sehen alle so aus. Wenn wieder einer stirbt, legen sie ihn obenauf und schütten ihn zu, dann wird ein Berg daraus.«

Hinter dem Friedhof ging es noch eine kleine Stiege hinauf, dann stand Anna mitten auf dem Markt. Die Händler hatten Tücher gespannt, um ihre Waren vor der Hitze zu schützen. Hier und da erhob sich ein Sonnenschutz in fröhlicher Farbe aus der Masse der wohlfeilen Stoffe, der anzeigte, dass an diesem Stand teurere Waren verkauft wurden. Die bunten Dächer zogen Annas Blick nach oben. Der Dom! Obwohl er grau und wuchtig war, verliehen ihm die zwei Seitentürme und die runden Buntglasfenster in den beiden Haupttürmen etwas Verspieltes. Alimah würdigte das Gotteshaus keines Blickes, sondern eilte zielstrebig von einem Verkaufstisch zum anderen, feilschte, lamentierte und zeterte, bis sie den erschöpften Händlern endlich einen niedrigen Preis abgerungen hatte.

Trotz der frühen Stunde war es schon heiß. Anna sah sich immer wieder um. Falls Heinz in Worms war, ließ er sich das Angebot an Stoffen auf diesem riesigen Markt sicher nicht entgehen. Doch die Körbe füllten sich, ohne dass Anna einem Mann begegnete, der Heinz auch nur im Entferntesten ähnelte. Schließlich schien Alimah zufrieden mit ihren Schätzen.

»Was wolltest du kaufen?«

»Borten.« Anna zog mit Daumen und Zeigefingern einen gedachten Streifen unter der Brust entlang. »Als Schmuck für meine beiden Kleider.«

»Ah, du suchst einen Mann, ja?« Alimah nickte eifrig. »Das ist gut. Du bist schon zu alt, um unverheiratet zu sein.«

Anna mochte darauf nicht antworten. Beim nächstbesten Stoffhändler stellte sie die schweren Körbe ab, um die Hände frei zu haben.

So viele bunte Borten! Anna wandte sich um und entdeckte hinter sich mindestens drei weitere Stände, die Stoffe und Tand feilboten. Die Borten lagen teils auf dem Tisch, teils waren sie ausgehängt. So viele Farben! Noch nie hatte sie einen so großen Markt besucht.

Eine Hutfilzerin sprach sie über ihre Ware hinweg an. »Du, Mädchen, wie wär's mit einem Hut oder einer Haube?«

Anna schüttelte den Kopf.

»Brauchst du auch Stoff?« Sie hatte die Marktfrau nicht gesehen. Blass und mager, den Bauch geschwollen, betrachtete sie erst forschend, dann enttäuscht Annas Kleid. Es passte gut und war nicht abgetragen, das merkte die Frau wohl auch. »Beeil dich, ich hab nicht den ganzen Tag Zeit für nichts als eine Borte oder ein Band«, nörgelte sie.

Alimah schoss vor wie ein Teufel. »Wenn du nicht freundlicher bist, geben wir unser Geld anderswo aus!«, brüllte sie, spuckte auf den Boden und stieß Anna in die Seite. »Gehen wir!«

Unter den Blicken der Umstehenden hob Anna die Körbe auf und folgte der Köchin. Am nächsten Stand war sie froh, nicht gleich bei der ersten Händlerin gekauft zu haben. Die Zahlen auf den Holzbrettern waren hier deutlich niedriger, und die Qualität schien genauso gut zu sein. Voller Freude suchte sie eine passende grüne Borte für das rote Kleid aus. Die Sorte mit den Silberfäden hätte wunderbar zum Saum an Hals und Ärmeln gepasst, aber dann hätten ihre Münzen nur für das rote Kleid gereicht. Anna wollte auch das blaue Kleid verzieren, also nahm sie zwei Ellen von einer schlichten, aber breiten grünen und zwei Ellen von einer dunkelblauen Borte. Die restlichen Münzen gab sie für ein blaues Band aus. Glücklich versenkte sie ihre Einkäufe in den Tiefen des Korbes. Sie wollte sich gerade umwenden, da vernahm sie eine wohlbekannte Stimme.

»Bestes Tuch aus Flandern, eine Kostbarkeit!«

Eiskalte Schauer liefen Anna über den Rücken.

»Komm!«, zischte sie Alimah zu und rannte los, so schnell es die schweren Körbe zuließen. Vorbei an den grellen Ständen, weiter zum Judenfriedhof und weiter, immer weiter.

Erst am Tor holte die Köchin sie ein. Schweißtropfen perlten über die dunkle Haut, und der Stoff an Brust und Bauch hatte sich dunkel verfärbt.

»Warum rennst du weg, närrisches Ding?«, fauchte Alimah.

Anna lehnte sich gegen die kühlenden Steine des Tores. Die Knie zitterten ihr, und ihr war übel.

Alimah musterte sie forschend. »Hast du einen Dämon gesehen? Du bist ganz weiß.«

»Jemand … den ich kenne … er sollte mich nicht sehen.«

Alimah fragte nicht weiter nach, sie nickte nur. »Dann sollten wir rasch verschwinden.«

In der Kammer von Meister Spierl stank es erbärmlich, aber wenigstens war es kühl. Hier schien die Sonne erst am Nachmittag durch das kleine Fenster herein. Der alte Mann lag nur da und atmete flach wie schon seit Tagen.

Anna setzte sich auf den Stuhl und versuchte sich zu beruhigen. Was war schon geschehen? Sie hatte eine Stimme gehört, die der von Heinz ähnelte … die Heinz' Stimme war, flüsterte es in ihrem Innern. Aber sie war überzeugt, dass er sie nicht gesehen hatte. In diesem Haus war sie geschützt. Sie würde einfach bis zum Ende des Auftrages nicht mehr ausgehen, dann konnte sie nicht entdeckt werden. Und wenn der Kaiser sie entlohnt hatte, würde sie mit Meister Spierl einen geschlossenen Wagen nehmen. Bei der Sommersonne war das auch besser für den Kranken. Sie musste sich nur ruhig Blut und einen kühlen Kopf bewahren, dann würde alles gut werden. Das Haus des Gewandschneiders war ein sicheres Versteck. Bei Wiffi, Jan und dem Meister war sie gut aufgehoben. Nachdem Spierl so krank war, würde er sie sicher weiterbeschäftigen, besonders seit er Dietrich hinausgeworfen hatte. Warum war ihr dann nur das Herz so schwer?

De Vinea

Die Sonne warf ihre Strahlen schon schräg durch das kleine Fenster, als es endlich klopfte. Anna öffnete; M'Ba füllte fast den gesamten Rahmen aus, so breit waren seine Schultern.

»Kommen zum Kaiser. Bringen sein ... Kleid«, richtete er aus.

Anna hob den sorgfältig eingeschlagenen Packen vom Tisch. Viermal hatte sie die Stoffhülle abgenommen und alles überprüft, doch sooft sie auch nachgesehen hatte: die Maße stimmten, die Nähte schimmerten makellos, alles war so, wie es sein musste. Trotzdem zitterten ihr auf dem ganzen Weg die Finger. Der Gang über den Hof und die Stufen im Palas waren Anna inzwischen bekannt, nichts lenkte ihre Gedanken ab. Wie mochte die Laune des Kaisers sein? War er freundlich und zuvorkommend wie gestern? Oder unfreundlich und harsch wie bei der letzten Anprobe? Und dann dieser Kuss. Sie durfte nicht darüber nachdenken. An den Hals geworfen hatte sie sich ihm, wie Lina, diese dumme Gans, es damals bei Heinz versucht hatte. Wie sollte sie Friedrich je wieder unter die Augen treten? Je näher sie den Gemächern kam, desto unsicherer wurde sie. Wenn er sie noch einmal so forschend betrachtete, würde sie sicher von der Begegnung mit Heinz auf dem Markt erzählen. Aber was, wenn sie sich täuschte, Gespenster gesehen hatte? Dann war sie nicht nur eine dumme Gans, sondern eine verrückte dumme Gans. Wie Friedrich mit Verrückten verfuhr, hatte sie erlebt. Die alte Apfelwerferin hatte er blenden lassen.

Sie konnte da nicht hineingehen. Vielleicht sollte sie M'Ba den Stapel einfach in die Hände drücken? Das Gewand würde sicher passen, warum musste sie dabei sein? Sie konnte einfach kehrtmachen ...

M'Ba stand schon bei einem der Wächter – war es Karim? Sie brauchte ihm nur den Packen zu überreichen.

»Guten Morgen, Schneiderin.«

Seine Stimme. Hinter ihr.

»Genau zur rechten Zeit. Dann lass sehen, was du da hast.«

Es gab kein Entkommen. Anna folgte Friedrich, den Blick gesenkt, und ließ sich von den aufgerissenen Türflügeln verschlingen.

»Du hast das Gewand fertig?«

Anna hielt den Kopf gesenkt und löste die Schnur um den Packen. »Ja, Majestät.«

»Und du hast alles geändert, wie ich es dir aufgetragen habe?«

»Ja, Majestät.«

Friedrich trat dicht an Anna heran, so dicht, dass ihr das Denken schwerfiel.

»Was ist denn heute mit meiner Schneiderin?« Er fasste sie am Kinn und hob ihren Kopf, bis Anna in den blauen Tiefen seines suchenden Blickes versank.

»Hast du etwas auf dem Herzen?

Anna hielt es nicht mehr aus. »Warum habt Ihr die alte Frau geblendet?«, brach es aus ihr hervor.

Friedrich trat einen Schritt zurück, musterte sie von oben bis unten, und sein Blick wurde kalt. »Warum willst du das wissen?«

Anna sah zu Boden und nestelte an der Ärmelborte ihres Kleides.

»Weil … weil ich nie genau weiß, was richtig und was falsch ist hier am Hof. Was, wenn ich etwas Dummes tue, das erst gar nicht so dumm erscheint … jemanden anfassen zum Beispiel … und dann stellt sich heraus, es war verboten …«

Ihre Stimme zitterte, doch darauf kam es nicht mehr an. »Sie war alt und kaum gefährlich, oder?«

Friedrich lachte. Und er trat wieder näher.

»Du hast Angst, ich lasse dich blenden, wenn du etwas falsch machst?«

Sie nickte und sah zu ihm auf.

Er wurde ernst. »Du hast nicht ganz unrecht, die alte Frau war kaum eine Gefahr, aber das, wofür sie steht, ist gefährlich. Jeder in diesem Land denkt, er kann tun, wonach ihm der Sinn steht. Die Fürsten zerreißen das Land und benehmen sich wie …« Er stockte. »… wie Schweine am Trog. Wer ihnen zu nahe kommt, wird gebissen. Der Papst hat nur seine unsinnigen Kreuzzüge im Sinn. Ich habe schon vor sieben Jahren mit Sultan al-Kamil Vereinbarungen getroffen, er hat mir Jerusalem friedlich übergeben! Und dankt der Oberhirte es mir? Nein, genauso wenig wie sein Vorgänger. Er hasst mich, weil ich mächtiger bin als er. Wenn ich es einer Frau nachsehe, dass sie mit Äpfeln auf die kaiserliche Wache wirft und sie nicht zur Rechenschaft ziehe, dann stehen im nächsten Monat zehn Leute mit Forken da – und im übernächsten hundert mit dem Schwert.«

Er seufzte und wandte sich um. Die Arme auf dem Rücken verschränkt, blickte der Kaiser aus dem Fenster, und als er weitersprach, klang seine Stimme seltsam dünn.

»Der *Mann* Friedrich hatte sogar Mitleid mit der Alten, aber Friedrich der *Herrscher* hätte mit seinem Zögern einen Krieg riskiert. So einfach ist das – und so furchtbar. Glaub mir, ich habe es erlebt. Du warst doch bei der Verhandlung anwesend, alle waren anwesend. Sogar mein eigenes Fleisch und Blut hatte sich gegen mich gestellt.«

Er wandte sich zu Anna um. »Das ist auch nicht gerecht, oder?«

Anna schüttelte den Kopf. »Darf ich etwas fragen?«

»Frag.«

»Habt Ihr Heinrich wirklich bestraft, weil er die Ausübung der Gottesurteile beenden wollte?«

»So ein Unsinn!«, rief Friedrich aus. »Es ging um Macht, es ging um Politik. Keiner will Gottesurteile, er nicht und ich nicht. Bei einem Gottesurteil gewinnt nicht der, den Gott liebt, sondern – mit Glück – der, der geschickt und stark ist. Die Kirche hat diese Prüfungen schon verboten, ich habe sie verboten, und immer noch kommt es vor, dass Menschen durch eine Feuer- oder Wasserprobe sterben.«

Anna konnte ihre Erleichterung kaum verbergen. Sie hob entschlossen den Kopf und strahlte ihn an.

Friedrich deutete auf das Gewand. »Kann ich es anprobieren?«

»Siehst du, so ist es viel besser.« Er drehte sich vor der polierten Scheibe in seinen Gemächern und zupfte an den kostbaren Ärmelborten. »So kann ich mich zeigen, oder nicht?«

Anna betrachtete Friedrichs geraden Rücken, die breiten Schultern und den starken Nacken. Er war vollkommen.

»Ihr seht großartig aus, Majestät!«, rief sie. Friedrich fuhr auf der Ferse herum, legte den Kopf schief und durchbohrte sie mit Blicken. »Findest du?«

»D… das Gewand steht Euch gut, meine ich«, stotterte Anna.

Friedrich seufzte und drehte sich wieder zur Scheibe hin.

»Ich hoffe, Isabella weiß es zu würdigen. Gut gemacht, Anna.«

Sie hatte es geschafft, er mochte das Gewand.

Eine Mischung aus Freudenglucker und Schluchzer stieg ihr in die Kehle, und erst kurz vor dem Ausbruch vermochte sie den Laut zu unterdrücken.

Friedrich verschwand hinter dem Sichtschutz, und das Rascheln der teuren Stoffe zeigte an, dass er sich entkleidete. Das neue Gewand flog auf den Rand der hölzernen Abschirmung und verströmte eine Wolke seines Duftes. Anna wurde so eigenartig zumute, dass sie sich auf die Knöchel biss, bis der Schmerz sie wieder zur Besinnung brachte.

»Im Übrigen« – Friedrich schob den Kopf und den nackten Oberkörper hinter dem Wandschirm hervor, und Anna schlug die Augen nieder – »hatte ich heute Morgen eine Begegnung mit Heinz, dem Tuchhändler.«

Die Freude über das gelungene Gewand verwandelte sich in jähen Schrecken. Anna stützte sich gegen die nächste Wand, und die Knie gaben nach. Ohne zu fragen, setzte sie sich auf einen der üppig gepolsterten Schemel. Sie hatte sich nicht getäuscht – es war Heinz gewesen, dessen Stimme sie auf dem Markt gehört hatte. Und er hatte sie gesehen.

»Heinrich der Kämmerer wusste sofort, wen er meinte, als nach der Näherin mit dem hellen Haar fragte.«

Es raschelte wieder. Friedrich trat angekleidet hinter dem Sichtschutz hervor.

»Willst du nicht wissen, welches Anliegen er vortrug?«

Sie räusperte sich. »Welches denn?«

»Er ist vor dem Landgericht als Kläger aufgetreten. Gegen dich. Wegen Hexerei und Mord. Hat eine Feuerprobe gefordert, ist das zu glauben?« Friedrich band sich das Hemd. »Petrus de Vinea war gerade anwesend und hat klargestellt, dass du als Angehörige des kaiserlichen Hofes zu den Reichsunmittelbaren gehörst. Die fallen neuerdings unter das Hofgericht, musst du wissen – welch glänzender Einfall von Petrus! Ich muss ihn bei Gelegenheit dafür loben. Er hat vielleicht ein wenig gemogelt. In Kraft tritt diese Regelung erst im Landfrieden, ab nächstem Monat.« Er lächelte ihr aufmunternd zu. »Jedenfalls haben wir Anspruch auf den Fall erhoben, und ich habe ihn entschieden. Ich komme gerade aus der Verhandlung.«

Anna wischte sich die schweißnassen Hände am Rock ab.

»Und?«, flüsterte sie.

»Ich habe entschieden, dass du unschuldig bist. Und angeordnet, dass er sich von dir fernhält«, frohlockte der Kaiser. »Ohne Feuerprobe. Glaubst du mir jetzt?«

Anna ließ den Atem entweichen, den sie die ganze Zeit über angehalten hatte, und lachte erleichtert.

»Gott sei Dank!«, rief sie aus.

»Nein, Friedrich sei Dank«, scherzte er, wurde aber gleich darauf wieder ernst. »Anna, ich habe ihn befragt, der Mann ist ein Eiferer. Schlimmer noch, er ist gefährlich. Sollte er sich dir noch einmal nähern, wende dich an mich.«

Sie nickte dankbar.

»So, und jetzt gehe ich auf die Jagd, das habe ich mir heute redlich verdient. Das Gewand anprobiert, die schöne Schneiderin gerettet – ich gestehe, ich bin erschöpft.«

Er zog Anna an einer der blonden Strähnen, lächelte und klingelte mit dem Glöckchen. Karim stieß sogleich die Türen auf. Ohne Zweifel, der Kaiser hatte gute Laune. Und Petrus de Vinea hatte ihr geholfen, sie vielleicht sogar gerettet. Welch ein Tag.

Sie hatte den Meister gewaschen und ein neues Laken unter ihm ausgebreitet. Er war sogar kurz ansprechbar gewesen, und die Nachricht, dass Friedrich mit dem Gewand zufrieden war, hatte ihm ein schwaches Lächeln entlockt. Nach dem kräftezehrenden Umbetten war er allerdings bald wieder in einen erschöpften Schlaf gefallen. Schließlich hatte Anna ihm noch seine Weidenrute neben die Hand gelegt. Sicher fühlte er sich besser, wenn beim Aufwachen sein Blick darauf fiel.

Sie überprüfte noch einmal die Krankenstube und war zufrieden. Alles war sauber, selbst der üble Geruch war nach dem Wäschewechsel verschwunden. Zeit, das Nähzimmer aufzusuchen.

Es klopfte.

Anna ging zur Tür. Wer konnte um diese Zeit etwas von ihr wollen? Sie öffnete. Vor der Tür stand Petrus de Vinea mit einem unbekannten Mann in teurem Tuch.

»Ich muss den Meister sprechen«, verlangte de Vinea und wies auf den Schlafenden.

»Er ruht sich aus, ich darf ihn nicht wecken.« In gewisser Weise stimmte das sogar. Anna biss sich auf die Unterlippe.

»Zahmeena berichtet, dass du alle Arbeiten allein verrichtest. Mir ist weiter zu Ohren gekommen, dass dein Meister bedauerlicherweise schwer krank ist und nicht einmal mehr die Aufsicht über die Arbeit führen kann. Stimmt das?«

Annas Gedanken rasten wie im Fieber. Es hatte keinen Sinn, ihm etwas vorzumachen, der kaiserliche Arzt konnte ihm jederzeit Auskunft über den Zustand des Meisters geben.

Sie nickte stumm.

»Dann wird die Fertigstellung von Prinzessin Isabellas Kleid und alles, was noch zu erledigen ist, diesem Schneider übertragen.« Er wies auf den Mann neben sich, der unterwürfig nickte. »Deine Arbeit ist beendet. Der Kämmerer wird dich auszahlen und dir den Lohn deines Meisters in Verwahrung geben. Ein Wagen ist bereits bestellt.«

De Vinea wandte sich ab, er war schon auf dem Weg zur Tür.

»Das … nein … warum denn nur?« Anna wusste nicht, ob sie schreien oder flehen sollte. Nach allem, was geschehen war, konnte er sie nicht einfach wegschicken.

Der Berater des Kaisers wandte sich noch einmal um.

»Die angehende Kaiserin hat ein Recht auf den besten Schneider. Und nach ihm« – er deutete auf Meister Spierl – »ist das dieser Mann.«

Er beugte sich so weit vor, dass Anna das wirre Gestrüpp sah, das ihm aus der Nase wucherte. Den nächsten Satz zischte er so leise durch die Zähne, dass nur sie ihn verstand. »Du bist nicht gut genug, gehässige kleine Hexe. Zeit, dass du verschwindest.« Er richtete sich auf und sprach mit lauter Stimme weiter. »Spute dich, die Kammer wird gebraucht.«

»Aber ich muss noch mein Werkzeug aus der Nähstube holen.«

»Dann solltest du dich umso mehr beeilen.«

Die Tür schlug zu.

Wie konnte er ihr das antun? Vorhin noch hatte sich der Kaiser mit ihren Schneiderkünsten zufrieden gezeigt, und gleich darauf ließ er sie hinauswerfen? Warum?

Anna bog nicht zur Nähstube ab, sondern suchte durch den Schleier ihrer Tränen hindurch die Abzweigung zu Friedrichs Gemächern. Er hatte gesagt, sie dürfe zu ihm kommen, wenn etwas im Argen liege. Die Flügeltüren waren geschlossen. Ein einsamer fremder Wächter stand davor.

»Wo ist Karim?«, fragte Anna. Der Wächter hob die Schultern.

»Karim?«, fragte Anna noch einmal.

Der Wächter tat so, als spanne er einen Bogen und der Pfeil schnelle von der Sehne.

Die Jagd. Der Kaiser war auf der Jagd. Wer hatte de Vinea dann den Auftrag gegeben, sie als Schneiderin zu ersetzen?

Allmählich begriff sie. Zahmeenas Blicke, de Vineas Erscheinen, in seinem Schlepptau der neue Schneider – ein abgekartetes Spiel! Hatte der kaiserliche Berater nicht darauf gedrungen, dass sie alles stehen und liegen ließ und sofort aufbrach? Es gab keinen Grund dafür, es sei denn, sie sollte aus dem Weg sein, bevor der Kaiser von der Jagd zurückkehrte. Sie brauchte Hilfe.

»M'Ba? Wo ist M'Ba?«, fragte sie den Wächter.

Der redete beflissen auf sie ein, aber Anna verstand kein Wort. Aber sie wusste, wo sie ihn fand.

»M'Ba, M'Ba!« Anna rief noch im Laufen nach dem fremdartigen Hünen.

Er wandte den Kopf und erkannte Anna. Der Käfig erzitterte. Obwohl der Affe hinter den Gittern wie ein Teufel kreischte und gegen die Wände seiner engen Behausung sprang, wich M'Ba keinen Zoll zurück.

»Schschsch!« Vorsichtig steckte er eine Hand durch die Stäbe und hielt dem Affen einen Apfel hin. Der riss das Obst an sich, brach es in zwei Hälften und kaute gierig. M'Ba wischte sich die Hand am Überwurf ab und erhob sich.

»Anna. Was du rufen?«

»M'Ba. Gott sei Dank!« Anna keuchte. »Kannst du mir helfen? Petrus de Vinea befiehlt, dass ich abreise. Ein anderer soll die Gewänder schneidern. Aber ich will nicht. Weißt du, wann der Kaiser zurückkommt?«

»Kaiser zurück?«, fragte M'Ba.

Anna griff sich an die feuchte Stirn. Sie hatte viel zu schnell gesprochen, und er hatte wohl kaum die Hälfte ihres Redeschwalls verstanden.

»Ja. Kaiser zurück?«, fragte sie.

»Nicht wissen. Vielleicht wenn Sonne unten«, erwiderte M'Ba.

Sonnenuntergang? Das war viel zu spät! Bis dahin wäre sie schon unterwegs nach Trier.

»M'Ba, kannst du ihn finden und etwas sagen, zum Kaiser? Von Anna?«, drängte sie ihn.

Der Wächter nickte, bewegte sich aber keinen Zoll von der Stelle.

»Erst Tiere essen, dann fragen Kaiser.«

O nein, das durfte nicht wahr sein! Sie sah die Reihe entlang. Der Käfig des Affen befand sich etwa in der Mitte. Wenn jedes Tier so viel Aufwand erforderte …

Ein Jagdhorn ertönte, erst zweimal langsam tief und hoch, dann zweimal schnell tief und hoch. Noch während zum Abschluss ein tiefer Ton nachklang, stürmte M'Ba schon davon.

»Da Kaiser! Du kommen, Anna!«, rief er.

Das ließ sich Anna nicht zweimal sagen. Sie rannte hinter dem Wächter her, der mit seinen langen Beinen unglaublich schnell war. Er stand bereits vor der Meute, als Anna sich noch keuchend näherte. Sie sah, wie Friedrich sich vom Pferd schwang, M'Ba einen Befehl erteilte und ihm ein Paar Zügel reichte. Erst als der Rappe des Kaisers sich zur Seite wandte, entdeckte Anna die Trage.

Zwei Holzstangen, seitlich mit Tauwerk am Sattel festgezurrt und mit festem Tuch als Auflage, hingen hinter einem Pferd ohne Reiter. Darauf eine Gestalt, die ganz schwarz schien bis auf einen leuchtenden Fleck, den Anna als blassgrüne Kopfbedeckung erkannte, die quer über dem Leib lag. Anna stockte der Atem. Es war Karim, Friedrichs persönlicher Wächter. Eines seiner Beine war mit einem blutbefleckten Tuch umwunden. Endlich war sie heran.

»Anna, was suchst du hier draußen?« Friedrich klopfte seinem Rappen einen kleinen Rest Schweiß vom Hals und wischte sich die Hände trocken.

Anna war völlig verwirrt – was sollte sie als Erstes fragen?

»Bitte, Majestät, habt Ihr einen Augenblick Zeit für mich? Was ist mit Karim geschehen?«

»Karim ist nicht schwer verletzt. Ein Keiler ist mit seinem Speer im Rücken weitergestürmt, das ist Karims Bein nicht gut bekommen. Keine Sorge, er wird wieder gesund.« Friedrich gab einige kurze Anweisungen, und die Jagdgesellschaft löste sich auf. Er nahm Anna am Ellbogen und zog sie neben sein Pferd, weg von der Meute.

»Was gibt es?«

Anna schossen die Tränen in die Augen, teils aus Hilflosigkeit, teils aus Zorn. Sie würde ihren Platz nicht einfach räumen, sie würde sich wehren und holte tief Luft.

»Majestät, habt Ihr de Vinea aufgetragen, mich vom Hof zu entfernen?«

»Ich … was? Nein!« Friedrich wirkte ehrlich entrüstet; sie glaubte ihm.

»Er sagt, ich muss den Schneidertisch einem anderen überlassen und abreisen, sofort, weil Meister Spierl zu krank ist, um mich zu beaufsichtigen.« Anna bohrte die Fußspitze in den losen Sand. »Und dass meine Arbeit nicht gut genug ist für Euch«, fügte sie leise hinzu.

»Herr im Himmel, kann man euch denn nicht einmal einen halben Tag lang allein lassen, ohne dass ihr euch an die Gurgel geht?« Friedrich schüttelte den Kopf und lief los. Anna hastete hinter ihm her.

Viel langsamer als M'Ba war er nicht, erst in der großen Halle holte sie ihn ein. Sie trafen den Berater in Begleitung des neuen Schneiders an, dem er offensichtlich gerade den Weg zur Nähstube erklärte.

»Petrus.« Der Kaiser hatte nicht laut gerufen, aber Anna sah, wie der Angesprochene zusammenfuhr.

»Federico …«

»Was tust du da, eh?«

»Ich dachte, für Isabella … für die neue Kaiserin ist nur das Beste gut genug. Und da Meister …?«

»Spierl«, antworteten Anna und der Kaiser gleichzeitig.

»Genau! Da Spierl zu krank ist, habe ich den zweitbesten Schneider bestellt.«

»Ohne meine Einwilligung?«

De Vinea senkte den Kopf. »Ich wollte nur das Beste für die Braut«, murmelte er. Der Schneider stand mit offenem Mund daneben.

»Ja, oder du wolltest das Weib aus den Augen haben, vor dem du dich so lächerlich gemacht hast. Ich dachte, ich hätte mich diesbezüglich klar ausgedrückt«, schnauzte Friedrich.

De Vinea schwieg, aber der Blick, mit dem er Anna durchbohrte, hätte eine Nadel zum Glühen gebracht.

Der Kaiser nahm seinen Ratgeber zur Seite, doch Anna hörte dennoch, was er sagte.

»Um unserer Freundschaft willen sehe ich es dir nach, aber ich warne dich. Kommen mir Ränke gegen mich zu Ohren, sitzt dir der Kopf so lose auf dem Hals wie der eines jeden anderen. Haben wir uns verstanden?«

Betont munter wandte Friedrich sich an den Schneider und an Anna. »So, dann machen wir uns ein Bild von der Lage!« Anna wollte schon aufatmen, doch die nächsten Worte erstickten ihre Hoffnung im Keim.

»Zuerst einmal überzeugen wir uns, ob der Meister wirklich so krank ist.«

De Vinea lief voraus, der fremde Schneider folgte ihm auf dem Fuß. Anna zupfte den Kaiser sacht am Ärmel.

»Was denn?«

»Majestät, warum bleibt nicht alles so wie bisher? Ich kann das, ich bin wirklich gut. Der Meister ist zufrieden mit mir, *Ihr* seid zufrieden mit mir. Reicht das nicht?«, flehte sie.

Der Kaiser sah sie mitleidig an. »Sosehr ich es missbillige, dass mein Berater eigenmächtig gehandelt hat, im Grunde hat er recht. Er ist nicht nur ein Freund, er ist auch mein Hofjurist. Wenn Isabellas Familie zu Ohren kommt, dass wir sie nicht mit allen erdenklichen Ehren behandeln, könnte das auch … politische Folgen haben. Ich muss prüfen, ob ihrem Ansehen Schaden droht, wenn ich dich weiterarbeiten lasse.«

Sie hatten die beiden eingeholt, und de Vinea redete eindringlich auf den Kaiser ein.

»Wie soll eine Schneiderin das allein schaffen? Es gibt auch Weiteres zu bedenken. Der Gesundheit des Schneiders ist es sicher zuträglicher, wenn wir ihn nach Hause schicken. Da kümmert sich sein Weib um ihn …«

Anna konnte das scheinheilige Geschwätz nicht mehr mit anhören.

»Er hat kein Weib, er ist Witwer«, fauchte sie.

De Vinea starrte erst sie, dann den Schneider und schließlich den Kaiser an. Friedrich lachte lauthals.

»Er ist Widerrede nicht gewohnt, Anna. Also mäßige dich.«

Anna senkte den Kopf, doch weniger aus Demut, als um ihre Verachtung de Vinea gegenüber zu verbergen.

»Verzeihung.«

Die Tür zu Meister Spierls Kammer kam in Sicht. Petrus de Vinea eilte voraus, sodass Anna keine Gelegenheit hatte, auch nur einen Blick auf ihren Herrn zu werfen, bevor der Kaiser ihn zu Gesicht bekam.

Doch so schnell er vorangestürmt war, so unvermittelt blieb de Vinea plötzlich stehen und wäre um ein Haar mit dem Kaiser zusammengeprallt. Erst als Anna sich durch den engen Türspalt gezwängt hatte, entdeckte sie den Grund dafür.

Meister Spierl war wach, die Rute in seiner Hand wippte. Er legte den Kopf zur Seite und starrte an de Vinea vorbei, dann nickte er. Und legte die Weidenpeitsche aus der Hand.

»Tatsächlich. Welche Ehre, der Kaiser in meinem Gemach! Ich stände gern auf, aber ich fürchte, ich bin zu schwach.«

Alle drängten sich in der kleinen Kammer um das Bett herum, nur Friedrich hatte sich auf den einzigen Stuhl gesetzt und beugte sich zu dem Kranken vor. »Wie geht es Euch?«

»Noch immer nicht gut, Majestät.«

»Haben die Mittel des Arztes nicht geholfen?«

Spierl blinzelte hilfesuchend zu Anna herüber.

»Er war nur zweimal hier in der ganzen Zeit, aber die Medizin habe ich wie befohlen verabreicht.«

»Zweimal? Dieser Blutsauger. Er wird dafür entlohnt, *täglich* zweimal nach dem Kranken zu sehen. Allein bei dem Preis, den der Quacksalber für die Medizin fordert, müsstet Ihr mittlerweile kerngesund sein. Verlottertes Ärztepack!«, fluchte Friedrich. »Damit kommen er und seinesgleichen nicht weiter durch, dafür sorge ich.«

Als er sich wieder an den Meister wandte, klang seine Stimme ganz ruhig. »Meister Spierl, seid Ihr immer noch in der Lage, den Auftrag ordnungsgemäß auszuführen?«

Alle starrten den Gewandschneider an. Anna legte all ihr Flehen in den kurzen Moment, in dem sich ihre Blicke kreuzten. Erkennen las sie in seinen Augen. Und Bedauern.

»Ganz ehrlich – wahrscheinlich nicht.«

Friedrich seufzte.

»Ich wusste es«, murmelte de Vinea.

Das Gesicht des fremden Schneiders leuchtete auf.

Anna fühlte nichts. Ihr Innerstes war auf einmal ganz taub.

Doch Meister Spierl war noch nicht fertig. Er hob den Kopf und deutete auf Anna. »Aber sie kann es.« Der Satz schlug ein wie eine Katapultkugel. »Eine bessere Schülerin hatte ich nie. Sie beherrscht jeden Griff des Handwerks selbstständig – und meisterlich.« Er hustete und legte das verschwitzte Haupt zurück in die Kissen.

»Danke, Meister. Wir lassen Euch nun in Ruhe und beraten uns draußen.« Der Kaiser erhob sich, die anderen folgten.

»Einerlei, ob er ihr das zutraut oder nicht, sie ist keine Meisterin, also ist sie nicht gut genug für die zukünftige Kaiserin!«, rief de Vinea.

Anna wollte ihn zurechtweisen, sagen, dass sie gut genug war für den Auftrag, aber sie hatte ihre Lektion gelernt. Warum de Vinea widersprechen und Friedrichs Anweisung missachten? Der Kaiser stand ohnehin auf ihrer Seite.

Ihr Gefühl hatte sie nicht getrogen, Friedrich schwang das Schwert für sie.

»Nur weil Anna keine Meisterin ist, kann sie trotzdem die Beste sein. Und wenn der Rang so wichtig ist, dann ernenne ich sie eben zur Meisterin.«

»Das kannst du nicht.« De Vinea lächelte selbstzufrieden. »Das Recht obliegt Meistervereinigungen wie Zunftmeistern und Gilden.«

»Herrje, Petrus, dann schaff mir einen Zunftmeister oder Gildemeister herbei, damit der meine Anweisung ausführt!«

Erstmals meldete sich der Schneider zu Wort. »Das wird nicht möglich sein, Euer Majestät.«

»Wer seid Ihr?«

»Ein Schneider aus dem traditionsreichen Hause Werrich, Majestät.« Der Schneider deutete eine Verbeugung an.

»Wir haben es eilig«, unterbrach ihn der Kaiser unwirsch. »Also sprich: Warum kann der oberste Zunftmeister dieser Stadt nicht zu seinem Kaiser kommen, wenn der ihn ruft?«

Der Schneider wirkte nicht mehr ganz so selbstsicher. »Weil Bischof Heinrich im letzten Jahr die Zünfte verboten hat, und zwar alle.«

»Was hat der Mann sich dabei gedacht?«, polterte Friedrich.

Petrus de Vinea lachte laut auf und sprach dann leise weiter. »Federico, wir selbst haben alle bürgerlichen Zusammenschlüsse verboten, einmal vor sechzehn Jahren und noch einmal vor drei Jahren, damit sich nicht zu viele mächtige Untergruppen bilden.« De Vinea fasste Friedrich vertraulich am Arm und zog ihn beiseite. Den nächsten Satz murmelte er leise genug, dass der Schneider ihn nicht hörte. »Da warst du in Gedanken wohl wieder bei der Jagd und nicht bei den Akten, die ich dir vorgelegt habe.«

Friedrich schüttelte den Arm ab, sein Gesicht überzog sich mit zorniger Röte. »Dann schaff mir den inoffiziellen Obersten herbei, und zwar gleich!«

Der letzte Bund

Einen duckmäuserischen Gesellen im Schlepptau, stolzierte der große Mann mit dem gewaltigen Bart in das Arbeitszimmer seiner Majestät. Sein rotes Halstuch warf er mit Schwung über das schwarze Wams, das er trotz der Hitze wattiert trug. Die dürren Beine mit den kraftlosen Waden wirkten in den kostbaren Strümpfen eher noch lächerlicher.

»Meister Wortwin mein Name. Majestät, Ihr habt nach mir geschickt.«

Anna kannte den Kaiser inzwischen gut genug und wusste, dass er bei solchen Auftritten zwischen Belustigung und Wut schwankte. Sie hoffte nur, dass er den Obersten der Zunft aussprechen ließ, damit die Angelegenheit geregelt werden konnte.

Friedrich erhob sich von dem geschnitzten Lehnstuhl und trat um den Tisch herum. Der Geselle wich zurück, stellte sich hinter den Zunftmeister und las ihm beflissen ein Federchen vom Wams.

Der Kaiser betrachtete den Gesellen, als ginge von ihm ein schlechter Geruch aus.

»Du. Vor die Tür!«, zischte er.

Der Geselle verneigte sich viel zu tief und verließ unter Verbeugungen wortlos den Raum.

»So«, sagte Friedrich erleichtert, »jetzt können wir reden.« Er setzte sich auf die Kante seines Tisches.

»Kannst du Meisterurkunden ausstellen? Und welche Voraussetzungen muss eine Frau erfüllen, um in dieser Stadt Meisterin in einer Zunft zu werden?«, fuhr er fort.

Meister Wortwin musterte Anna mit unstetem Blick. »Eine … Frau … hm. Darf ich fragen, warum das vonnöten sein sollte?«

»Nein!«, polterte Friedrich. »Einfach nur antworten.«

Wortwin zuckte zusammen. Das rote Halstuch war ihm verrutscht, und er fuhr sich durch den langen Bart.

»Gut, gut. Also. Es gibt ja keine Zünfte mehr hier in Worms, aber wenn es welche gäbe, dann wären dies die Bedingungen: Um Vollmitglied und Meisterin zu werden, müsste sie eine entsprechende Ausbildung bei einem anerkannten Meister gemacht haben, sie müsste auf Wanderschaft gegangen sein – zumindest bis in die Nachbarstadt. Sie müsste von ehrbarer Geburt von beiden Eltern her sein, sie müsste ein Haus oder den Gegenwert nachweisen …«

»Haltet ein! All das, um Meisterin im Schneiderhandwerk zu werden?«, rief Friedrich entrüstet.

Wortwin wirkte ehrlich gekränkt. »Eine Zunft ist kein Zusammenschluss von zwielichtigem Gesindel. Nur Menschen, die jeden Handgriff des Handwerks beherrschen, werden aufgenommen. Sonst könnten die ehrbaren Bürger ihre Gewänder gleich bei den Bönhasen in Auftrag geben.« Er reckte sich und zählte an den Fingern ab. »Weiter braucht sie ein selbst hergestelltes, selbst bezahltes Meisterstück, die Zustimmung der anderen Meister, Geld für die Gebühren, Geld für ein Mahl für alle Meister, Geld für Kerzen in der Zunftkirche …«

»Genug, genug.« Seufzend strich sich Friedrich über die Stirn. Dann wandte er sich an Anna. »Lass sehen – Ausbildung?«

»Bei Meister Spierl, wenn auch nicht allzu lange«, antwortete sie wahrheitsgemäß.

»Eltern?«

»Baumeister Wulf Wille und eine geborene von Münster. Den Nachweis besitze ich in Form eines Briefes.«

Friedrich lächelte ihr kurz zu und befragte sie weiter. »Wanderschaft?«

»Nur als Näherin, früher.«

Friedrich sah den Zunftmeister fragend an.

Der hob die Schultern. »Das könnte die Bewilligung verzögern oder ganz ausschließen.«

»Für die Kosten kann ich aufkommen«, hielt Friedrich dagegen. »Essen, Kerzen, Gebühren. Das sollte kein Hindernis sein. Den Gegenwert eines Hauses kann ich stellen.«

Wortwin meldete sich zu Wort, ohne dazu aufgefordert worden zu sein, doch Friedrich ließ ihn gewähren. »Es gibt einen einfacheren Weg. Wenn sie einen Gewandschneider heiratet, kann sie in dem Beruf arbeiten, ohne Meisterin zu sein – bis er stirbt, und ein Jahr darüber hinaus. Von einem Eheweib erwartet keiner, dass es auf Wanderschaft geht.« Der Schneider betrachtete Anna mit glänzenden Augen. »Ich könnte den einen oder anderen Mann empfehlen, der sie gewiss gern ehelichen würde.«

Friedrich schloss die Finger so fest um die Kante des Tisches, dass sie weiß wurden, doch seine Stimme klang ruhig. »Es ist gut, Ihr könnt im Vorraum warten. Ich rufe Euch.«

Die Tür schlug hinter ihm zu.

»Entschuldigt, dass ich Euch so viele Umstände mache«, murmelte Anna.

»Das mit der Wanderschaft ist ein Hindernis. Kannst du ein Meisterstück vorweisen?«

Anna strich sich über Taille und Hüften. »Dieses Kleid«, sagte sie. »Mein eigener Stoff, selbst genäht und zugeschnitten. Es ist wirklich gut geworden, Meister Spierl sagt das auch. Das müsste reichen, denke ich.«

Friedrich fuhr mit dem Finger in kleinen Kreisen über die polierte Platte seines Schreibtisches. »Der Gedanke mit der

Hochzeit geht mir nicht aus dem Kopf. Wenn du als Frau des Meisters seine Arbeit verrichtest, kann nicht einmal Petrus etwas dagegen haben.«

»Ich soll Meister Spierl heiraten?«, keuchte Anna.

»Warte.«

Grußlos verließ Friedrich die Stube. Anna nahm es ihm nicht übel – sein Duft entströmte den Polstern und Möbeln und benebelte ihr die Sinne. Sie hob ein Kissen auf, drückte es ans Gesicht und holte tief Luft. Was auch immer er von ihr verlangte, sie hatte nicht die Kraft, sich zu widersetzen.

Die Tür öffnete sich wieder, und Friedrich zerrte den Arzt ins Zimmer. Hastig legte sie das Kissen auf seinen Platz zurück.

»So. Erzähl ihr, was du mir erzählt hast.«

Der Arzt zog seinen Kittel gerade. »Es steht nicht gut um deinen Meister. Erst dachte ich, er leide am Antoniusfeuer, aber wir haben gebetet, und es hat nichts genutzt. Auch das Ablassen der schlechten Säfte hat ihn nicht geheilt, genauso wenig wie die hervorragende Medizin, die nur ich selbst herstellen kann und deren teure Inhaltsstoffe jeden Pfennig rechtfer…«

»Das reicht!« Friedrich packte den Medicus am Kragen. »Jemand muss euch Quacksalbern Einhalt gebieten – sag es endlich, sonst verlierst du nicht nur deinen Goldesel, sondern auch deinen Kopf.«

»Meister Spierl … wird wohl … sterben. Bald. Ein Tag, vielleicht zwei.«

Hatte M'Ba recht gehabt? Annas Gedanken überschlugen sich. »Aber er war wach – und ansprechbar.«

»Das hat Gott so eingerichtet, damit die Todgeweihten sich verabschieden können. Fast alle werden noch einmal wach. Aber seine Füße sind bis zu den Knien kalt. Ich fürchte, das lässt keinen anderen Schluss zu.« Er beäugte Anna lauernd. »Vielleicht habt Ihr ihm die Medizin nicht sorgfältig genug gegeben.«

Friedrich öffnete die Tür, packte den Arzt am Kragen und warf ihn ohne viel Federlesens hinaus.

»Unfähiger Stümper!«, brüllte er. »Dein Versagen hat diese Umstände erst hervorgerufen!«

Der Arzt rappelte sich auf und suchte sein Heil in der Flucht. Friedrich warf die Tür zu und setzte sich neben Anna.

»Du siehst, es wäre nicht für lange.«

Anna hatte ein ungutes Gefühl bei der Sache, konnte aber auch nicht genau sagen, was es war. Irgendetwas drängte aus ihrem tiefsten Innern an die Oberfläche, aber sie bekam es so wenig zu fassen wie einen zu kurz geratenen Faden.

»Anna.«

Der Tonfall riss Löcher in ihre Bedenken.

»Ich werde tun, was Ihr vorschlagt, mein Kaiser, wenn ich nur noch eine Weile … am Hof bleiben kann.«

Friedrich strahlte Anna an und drückte ihre Hand. »Ich wusste es.«

Sie zog ihre Hand aus der seinen – hatte sie es ihm zu leicht gemacht?

»Um … um meine Arbeit zu Ende zu bringen, tue ich alles«, stotterte sie. »Aber warum sollte der Meister einwilligen?«

»Ja, warum?« Friedrichs Stirn legte sich in Falten wie stets, wenn er nachdachte. »Das gilt es zu ergründen.«

Wortwin hatte sich im Flur erhoben, sobald die Tür aufgeschwungen war. Friedrich blieb nicht stehen. »Es dauert noch, wartet.«

Anna hastete hinter dem Kaiser her. Ohne anzuklopfen, betrat er Meister Spierls Kammer. Sie wollte ihm folgen, doch Friedrich hob abwehrend die Hände.

»Später! Ich spreche allein mit ihm. Du wartest hier.«

Anna lehnte sich gegen das Mauerwerk und verschränkte die Arme vor dem Körper. Der Alte war gewiss nicht leicht zu überzeugen. Einmal nur drangen Stimmen durch die Tür, und die waren so verwaschen, dass nichts zu verstehen war. Endlich öffnete sich die Tür, und Friedrich trat heraus.

»Was sagt er?«, fragte Anna bang.

»Nun, begeistert war er nicht.«

Sie ließ den Kopf hängen, damit rückte ihr Bleiben wieder in weite Ferne.

»Unter bestimmten Bedingungen ist er aber bereit dazu.«

Annas Herz tat einen Satz. Sie fragte nicht nach den Bedingungen. »Dann ist es abgemacht – ich bleibe noch eine Weile? Ich nähe das Gewand für Isabella?«

»Es sieht wohl so aus. Jetzt müssen wir nur noch diesen Pfau zum Mitspielen überreden.«

»Das kann ich wirklich nicht allein entscheiden«, tönte Wortwin und strich sich durch den Bart.

Anna glaubte ihm kein Wort. So, wie der Geselle um ihn herumscharwenzelt war, tanzte doch jeder im heimlichen Zunfthaus nach Wortwins Pfeife.

Friedrich klang ungeduldig. »Wenn alles – oder nahezu alles – erfüllt wird, was braucht es noch, damit die anderen Meister gewogen sind und Ihr die Urkunde ausstellt?«

Wortwin beugte sich vertraulich dicht vor, und der Kaiser versteifte sich wie einer seiner Panther vor dem Sprung.

»Nun, wenn sie einen Gewandschneider heiratet, können wir gewisse Sonderregelungen treffen. Vielleicht könntet Ihr im Gegenzug beim neuen Bischof Landolf ein gutes Wort einlegen, damit die Schneiderzunft wieder erlaubt wird. Den Münzmachern hat der alte Bischof Heinrich ihre Zunftrechte nicht genommen, und wir« – die Worte fielen ihm offenbar schwer – »sind doch recht unbedeutend, treiben keinen Handel, schneidern nur zu jedermanns Freude schöne Gewänder …«

»Es gilt, aber nur für die Stadt Worms. Ich will die Urkunde morgen früh auf meinem Tisch haben.«

Friedrich wies mit dem Kinn zum Ausgang. Nachdem er sein Ziel erreicht hatte, wollte er den Meister anscheinend möglichst schnell loswerden. Endlich schloss sich die Tür, und Anna und Friedrich seufzten gleichzeitig.

»Welche Umstände!«

Anna fühlte sich schuldig. »Es tut mir so leid, danke, dass Ihr Euch für mich eingesetzt habt«, flüsterte sie.

»Es ist nicht dein Fehler. Dieser vermaledeite Arzt ist unfähig und außerdem gierig wie ein Feuer bei Wind.«

Friedrich zog ein Pergament aus der Hülle und tauchte die Feder in ein Tintenfass. »Ich muss eine Medizinalordnung verabschieden, sonst tut jeder Heiler, was er will.«

»Und das veranlasst Ihr so geschwind?« Anna schauderte. Vermochte der Kaiser die Welt mit einem Federstrich zu ändern?

»Nein«, lachte Friedrich, »dies ist nur eine Notiz, damit ich den Fall nicht vergesse. Petrus wird sich darum kümmern, und angesichts der Berge, die auf seinem Pult lagern, nähme es mich nicht wunder, wenn erst in fünf Jahren etwas daraus wird. Aber so ist es in der Politik – ein Kaiser muss langfristig denken.« Er trocknete die Tinte und legte das Pergament beiseite.

»Majestät?«

»Anna?«

»Was waren die Bedingungen?«

»Der Meister stimmt nur aus folgenden Gründen zu: Er will ein Weib namens Wilfrieda versorgt wissen. Einen Gesellen mit Namen Jan musst du nach Spierls Tod weiter beschäftigen, solange der es fordert, und du musst ihn entlohnen. Kannst du ihn nicht entlohnen, fällt die Schneiderei mit allem Werkzeug an ihn. Und du darfst einen Menschen namens Dietrich keinesfalls einstellen, sonst fällt ebenfalls alles an Jan.«

Anna atmete erleichtert auf. Das alles hatte sie sowieso schon im Sinn gehabt. Nun musste sie nur noch genug Aufträge bekommen, um Wiffi und Jan ein gutes Auskommen zu sichern. Ob ihr das gelänge?

»Dem Weib und dem Gesellen habe ich eine Leibrente ausgesetzt, du musst dir also keine Sorgen machen«, fuhr der Kaiser fort.

Anna schluckte. Friedrich war überaus großzügig, aber sie wünschte fast, er wäre es nicht gewesen. Traute er ihr nicht zu, die Schneiderei so zu führen, dass es für eine Magd und einen Gesellen reichte?

»Das habe ich entschieden«, fuhr der Kaiser fort, »weil ich nicht weiß, wann ich dich entbehren kann. Isabella kommt aus England, sie wird kaum die passenden Gewänder für das glutheiße Italien haben. Zahmeena versteht sich auf einiges, aber nicht auf anmutige Schnitte für zarte Weiber. Vielleicht solltest du eine Weile für den Hof arbeiten.«

Anna starrte Friedrich mit weit aufgerissenen Augen an.

»Nur wenn du magst, versteht sich«, schränkte er ein.

»Ob ich … Oh, welche Frage. Ja!«, rief Anna.

»Und nun, kleine Anna, habe ich zu arbeiten. Ich erwähne es ungern, aber du sollst heute Nachmittag heiraten, ich heirate in drei Tagen, und es ist noch einiges zu tun. Und sag Karim, er soll M'Ba zu mir schicken, er muss etwas für mich erledigen.«

Wie sollte sie ihm unter die Augen treten? Obwohl Anna lange in dem warmen Bottich gesessen hatte, den Alimah ihr als Brautbad gerichtet hatte, fühlte sie sich schmutzig. Sie starrte auf die Tür zur Kammer des Meisters, als fände sich dort die Antwort. Er war krank, und sie nutzte diesen Zustand für ihre Zwecke aus, dabei war er immer freundlich und großzügig zu ihr gewesen. Vielleicht war Meister Spierl beim Besuch des Kaisers wieder verwirrt gewesen und wusste nicht genau, was er tat. Wäre Friedrich wenigstens an ihrer Seite gewesen, in seiner Nähe fühlte sie sich sicher. Mit dem Kopf begriff sie, dass der Kaiser anderes zu tun hatte, als seiner Schneiderin die Sorgen zu vertreiben, aber ihr Herz wünschte ihn sehnlich herbei. Und noch immer rumorte eine schlecht zu fassende Sorge in ihrem Innern. Wenn sie herausbekäme, was sie so beunruhigte, könnte sie vielleicht endlich die Kammer des Meisters betreten.

»Nun, plagen dich doch Skrupel, gerissenes Weibsbild?«

Anna fuhr herum. Das seltsam flache Gesicht von de Vinea schob sich in ihr Blickfeld. Der sorgfältig gestutzte Bart machte jede Bewegung der boshaften Lippen mit, und durch das feine

Tuch seines Umhanges drang der abartige Geruch seines aufgetriebenen Körpers, vermischt mit einer säuerlichen Dünnbiernote. Feder, Tinte und Pergament schienen in den riesigen Pranken zu verschwinden. Anna wich zurück, bis sie das Holz der Tür im Rücken spürte.

De Vinea starrte sie an und trat einen Schritt näher. »Seit du hier bist, machst du nur Ärger. Und nun erschleichst du dir auch noch eine gute Partie. Vielleicht hätten wir den Vorwurf wegen Hexerei doch genauer prüfen sollen.«

Welch widerwärtiger Ränkeschmied! Aber wenn sie wirklich noch eine Weile am Hof bleiben wollte, sollte sie sich vielleicht mit ihm aussöhnen …

»Warum hasst Ihr mich so? Ich habe Euch nichts getan. Das mit dem Auslachen tut mir leid, ich …«

»Spar dir den Atem, Hexe!«, zischte de Vinea.

Anna fühlte sich wie ein in die Enge getriebenes Reh.

»Du hast mich nicht nur ausgelacht, sondern auch angeschwärzt – die Schnüre mit den Knoten, erinnerst du dich? Und dann bist du zum Kaiser gerannt, als du unrechtmäßig in die Fußstapfen deines Meisters treten wolltest, Otterngezücht, um mich zu verleumden und bei meinem Herrn schlecht zu machen. Aber das gelingt dir nicht, kein Weib stellt sich zwischen uns.«

Er griff Anna an den Busen. »Ich zeige dir schon noch, wie sich ein Weib zu benehmen hat, wenn …«

Annas Wut ließ sich nicht mehr bezähmen. Mit der einen Hand schlug sie die Pranke beiseite, mit der anderen versetzte sie ihm eine schallende Ohrfeige.

De Vinea jaulte auf, seine Hand fuhr zur Wange, und er verschüttete um ein Haar die Tinte. »Miststück! Warum trägst du kein gelbes Kleid wie eine Hure? Bringst seine älteren Gesellen um ihr gutes Recht, greifst dir den alten Bock, der bald stirbt. Dabei ist er schon zu schwach, um die Ehe zu vollziehen, und du musst ihn besteigen!«, brüllte de Vinea.

Er sprach weiter, schmähte sie mit üblen Worten, aber seine

Stimme rauschte an ihr vorbei wie das Plätschern eines vergifteten Baches. Endlich hatte das ungute Gefühl einen Namen. Sie hatte die ganze Zeit nicht wahrhaben wollen, dass sie mit Meister Spierl die Ehe vollziehen musste, damit sie rechtskräftig verheiratet waren.

De Vinea, der Flur, die Wände, alles drehte sich, dann wurde es dunkel ringsum.

»Was hast du ihr angetan?«

Diese Stimme, so tief, so angenehm … Anna hielt die Augen geschlossen, vielleicht gelang es ihr, wieder einzuschlafen und den Traum weiterzuträumen.

Eine andere, hässliche Stimme antwortete. »Nichts! Sie ist einfach umgefallen. Vielleicht ist sie guter Hoffnung. Bei so einer weiß man das nie.«

»Anna? Was redest du da?« Jemand hob Annas Kopf an und befühlte ihre Stirn. Dieser Duft. Friedrich, es war Friedrichs Stimme. Sie schlug die Augen auf.

»Endlich bist du wieder wach! Geht es dir gut?«

Sein Gesicht war so nahe.

»Ja, es geht mir gut«, antwortete Anna.

»Schön, dann komm! Ich habe es eilig, dich unter die Haube zu bringen, es gibt noch viel Arbeit.«

Sofort war die Übelkeit wieder da. Zu allem Überfluss tauchte de Vineas Gesicht neben Friedrich auf. Dieser Lügner! Wenigstens glühte seine Wange noch immer an der Stelle, wo sie ihn geohrfeigt hatte. Sie stützte sich auf und ließ sich vom Kaiser hochhelfen.

»Armes Ding, du bist immer noch ganz blass«, murmelte er.

Friedrich nahm de Vinea am Arm. »Petrus, müssen wir Anna das wirklich zumuten? Ich habe diese Sache mit Bianca durchgemacht, du weißt, wie krank sie war, und was ich erleben musste, wünsche ich keinem. Noch immer werde ich von Albträumen heimgesucht.«

Anna horchte auf. Worum ging es da?

»So gern ich dir stets zu Willen bin, Federico, es wäre nicht rechtens. Außerdem hat sich der Zunftmeister Wortwin als Zeuge angeboten, und ich habe zugesagt. Er müsste jeden Augenblick hier sein.« De Vineas Augen glitten über Annas Busen, ihre Hüften und Beine. »Wenn sie durch diese Heirat einen Meistertitel gewinnen will, können wir ihr den Beischlaf nicht ersparen. Es war schon hart genug, Wortwin den Brautlauf auszureden.«

Friedrich hob die Schultern. »Nun, dann muss es wohl sein. Geh du doch in die Schreibstube und bereite die Urkunde vor.«

De Vinea runzelte die Stirn. »Ich bleibe lieber, um alles bezeugen zu können. Meister Wortwin ist schließlich auch noch nicht eingetroffen.«

»Nun gut, wenn dir das Wort des Kaisers nicht genügt. Dann such doch den Bräutigam auf und schreib die Urkunde in seiner Kammer – ohne ihn werden wir wohl kaum anfangen«, grollte Friedrich.

De Vinea duckte sich wie unter einem Hieb, schob sich aber an Anna und Friedrich vorbei in Meister Spierls Kammer.

Endlich war sie mit dem Kaiser allein.

»Majestät, ich … ich habe noch nie … das heißt, vielleicht einmal … ich war bewusstlos …«

»Meinst du den Vollzug der Ehe?«, fragte Friedrich.

Anna nickte.

»Es gibt durchaus Gelehrte, Bischof Ivo von Chartres oder Petrus Lombardus, die eine Ehe durch Konsens auch ohne Vollzug des Beischlafes als rechtsgültig erachten. Wenn wir uns darauf berufen, gäbe sogar de Vinea nach«, sinnierte der Kaiser.

»Warum tun wir es dann nicht?«, fragte Anna.

»Denk nach!«

Anna stutzte. Das hatte vor dem Kaiser noch nie jemand von ihr verlangt. Sie ließ die Frage in ihren Gedanken kreisen. Warum sollte sie sich nicht darauf berufen, dass eine Ehe auch ohne Vollzug gültig war? Es dauerte nur einen Augenblick, dann traf die Lösung sie mit voller Wucht. Wenn die Ehe mit Heinz gültig gewesen wäre, hätte sie den Meister schlecht ehelichen können. Anna senkte den Kopf.

»Siehst du. Darum«, sagte Friedrich mitleidig.

Meister Spierls Kopf lag hoch gestützt auf einem prächtigen neuen Kissen. Eine breite Decke hing über dem schmächtigen Körper und reichte bis zum Boden. Das schüttere weiße Haar war ordentlich zur Seite gekämmt, und er roch beinahe sauber.

»Komm her, Kind!« flüsterte er.

Anna trat näher und setzte sich mit klopfendem Herzen auf den Rand der Bettstatt. War es so weit? Vielleicht gewann sie ein wenig Zeit, indem sie mit ihm redete.

»Meister, seid Ihr sicher, dass Ihr das tun wollt?«, fragte sie.

»Ach, Anna, du bist für mich eher wie die Tochter, die ich nie hatte. Aber wenn dies der Weg ist, alles für jene zu ordnen, die mir wichtig sind, dann will ich ihn beschreiten.« Er seufzte. »Versprich mir, dass du Wiffi das mit der Hochzeit schonend beibringst, sie regt sich so leicht auf, die Alte.«

Anna nickte. »Natürlich.« Die Erwähnung von Wiffi machte alles nur noch schlimmer, vielleicht sollte sie es doch lieber gleich hinter sich bringen. Es klopfte an der Tür.

De Vinea öffnete, und Meister Wortwin sowie eine Magd traten ein. Der Wormser Gewandschneider lehnte sich an die Wand unter dem kleinen Fenster, strich sich das Haar glatt, zupfte sich am Schal und verschränkte die Arme vor der Brust.

»Das Hemd«, sagte die Magd. Anna schluckte, richtig, man musste sie entkleiden. In Ermangelung einer Abtrennung drehten sich alle um, und Anna schlüpfte mithilfe der Magd in das lose Brauthemd. Feinstes Leinen und ein wundervoll bestickter Ausschnitt rahmten sie ein wie ein Teich eine Seerose. Welch verstörender Anlass für ein so kostbares Hemd.

»Fertig!«, rief die Magd. Sie knickste vor dem Kaiser und schlüpfte durch die Tür nach draußen.

Die wenigen Worte der Eheschließung rauschten wie ein Herbstwind an Anna vorbei. Ihr brannte die Haut vor Scham. In

Heinrichs Bett hatte sie wenigstens den Vorhang gehabt, aber hier?

»So, nun auf zur Tat!« Petrus de Vinea näherte sich der Bettstatt und lüpfte einen Zipfel der Decke. Aus den Augenwinkeln sah Anna, wie der Kaiser zum Fenster trat und neben Wortwin den Arm aus dem Fenster streckte. Sie konnte sich keinen Reim darauf machen, aber ihr kam ohnehin alles, was ringsum geschah, äußerst seltsam vor. Schrittchen um Schrittchen trat sie auf das Bett zu. Meister Spierl sah ihr mit großen Augen auffordernd entgegen. Obwohl Anna so langsam wie möglich ging, war der Rand des Lagers bald erreicht.

»Unter die Decke!«

De Vineas Wange war immer noch rot, aber Anna empfand keinerlei Genugtuung. Zögernd setzte sie sich auf die Bettkante, lehnte sich ein wenig zurück, zog die Beine an und streckte sich neben Meister Spierl auf dem Laken aus. Das dünne Hemd wärmte nicht, seine eiskalten Zehen befanden sich auf Höhe ihrer Knie. Mit einem widerlichen Grinsen breitete de Vinea die Decke so über Anna aus, dass sie nur notdürftig verhüllt war. Er blieb neben der Bettstatt stehen und schien ganz genau zu wissen, wie unangenehm ihr dies alles war. Anna zupfte die Decke zurecht, bis sie wieder über den Bettrand hing, und wandte sich zu Meister Spierl um.

Es klopfte fordernd. Anna hob den Kopf und entdeckte M'Ba, der de Vinea auf der Schwelle gegenüberstand und ihm etwas zuflüsterte.

»Sag Bescheid, ich komme später.«

M'Ba schüttelte heftig den Kopf. »Nein, nein, es ist wichtig, jetzt kommen.«

De Vineas Blick zuckte zum Bett.

»Geht ruhig, Ihr könnt Euch ja sputen«, erklang die Stimme des Gewandschneiders neben Annas Ohr. »In meinem Alter dauert es ein Weilchen, bis der natürliche Trieb sich regt.«

De Vinea warf einen Blick auf den Kaiser, der nur verächtlich die Brauen hochzog.

»Habt Ihr hier alles gut im Blick?«, fragte de Vinea Meister Wortwin.

Der zauste sich den Bart. »Selbstverständlich, bis in die unbedeutendste Einzelheit.« Er grinste schmierig.

De Vinea atmete auf. »Ich bin bald zurück«, versprach er und stürmte auf den Flur hinaus.

Kaum hatte sich die Tür geschlossen, geschah alles gleichzeitig. Friedrich zog einen prall gefüllten Beutel aus dem Rock und schob ihn auf dem Fenstersims zu Meister Wortwin hinüber. Der Zunftmeister steckte den Beutel in sein Wams.

»Es sind zwanzig mehr als abgemacht«, erklärte Friedrich. Wortwin strahlte. »Das ist überaus groß…«

»Ich bin noch nicht fertig.« Friedrich trat dicht an Meister Wortwin heran. »Wird ein Sterbenswörtchen bekannt, schneide ich Euch persönlich die Zunge heraus, bevor ich Euch den Kopf vom Rumpf trennen lasse.«

Wortwin erbleichte, wandte sich um und starrte aus dem Fenster. M'Ba stürmte auf das Bett zu, zog einen seltsamen Packen darunter hervor und zog die Decke über Anna. Erschrocken krallte sie sich daran fest.

»Lassen los!« Er sah sich hilflos um. »Imperatore!«, rief er.

»Ist gut, M'Ba, sie weiß es nicht.« Friedrich eilte zum Bett und ergriff die Decke. Anna ließ es zu. Er fasste sie am Arm und zog sie von der Bettstatt. M'Ba seufzte erleichtert, warf den Packen auf das Bett und zog einen langen Dorn aus dem Ärmel.

Seelenruhig beobachtete Meister Spierl, wie M'Ba eine abgebundene gelbliche Kugel auf das Laken legte und den Dorn hineinstach. Blut lief aus der Blase hervor und ergoss sich auf das weiße Laken. Friedrich nahm Anna an beiden Unterarmen und setzte sie in die rote Lache. Sie wollte sich wehren – das kostbare Hemd! Doch sie ahnte, was er vorhatte, und ließ ihn gewähren. Kaum hatte Friedrich Anna wieder auf die Füße gezogen, hob M'Ba Meister Spierls Hemd und drückte die Blase gegen die Scham des Gewandschneiders. Auch hier färbten sich die Haare und der unschuldige Stoff blutrot.

»Die zweite Blase!«, verlangte Friedrich.

M'Ba förderte eine kleinere Blase aus dem Packen zutage und stach sie ebenfalls an. Etwas glibberig Weißes wie Froschlaich quoll hervor und troff auf das Laken. Anna wandte den Blick ab – sie wollte nicht wissen, woher diese ekelerregende Masse stammte. Mit Schwung schob M'Ba den Packen unter das Bett zurück.

Noch einmal nahm der Kaiser Anna bei den Armen und stieß sie mit dem Hinterteil in den schmierigen Fleck, dann war es ausgestanden.

»Es ist geglückt«, flüsterte er und legte ihr den Arm um die Schultern. »Der Beischlaf wurde vollzogen. Meister Wortwin, habt Ihr alles gut beobachtet?«, rief er dann mit lauter Stimme.

Wortwin grinste, die Hand auf dem ausgebeulten Wams. »Gut genug, um alles bezeugen zu können«, verkündete er.

Die Tür wurde aufgerissen. Mit wilden Blicken stürmte de Vinea in die Kammer. Anna schlug die Augen nieder. Sie schämte sich, in dem beschmutzten Hemd vor dem Bett zu stehen. De Vineas Füße schoben sich in ihr Blickfeld.

Meister Spierl stieß ein heiseres Lachen aus. »Das ließ sich flott an. Wer hätte gedacht, dass meine Lenden noch ein solches Feuer entfachen? Aber wen wundert's bei einer so heißblütigen jungen Gemahlin! Wahrhaftig, diese Eheschließung ist ganz nach meinem Geschmack.« Der Gewandschneider gluckste zufrieden.

Anna musste sich an sich halten, um nicht zu lachen. Er machte seine Sache gut. Sie schielte zu de Vinea hinüber. Ließ er sich täuschen?

»Das kann nicht sein – ich war doch nur kurz im Hof. Und Zahmeena hat mich in Wahrheit gar nicht rufen lassen. Was geht hier vor?«

Petrus stieß Anna grob aus dem Weg und schlug die Bettdecke zurück. Verächtlich starrte er auf den Fleck. »Was ist das – Sirup?«, fauchte er, tauchte einen Finger in die Feuchte, rieb die Fingerspitzen gegeneinander und roch daran. »Pff! Im Bett ist das noch kein Beweis.« Er warf die Decke wieder zu, riss Anna an den Armen herum und starrte auf ihre Kehrseite. Wie froh war sie nun über den ekligen Fleck!

»Ha! Aber daran habt ihr sicher nicht gedacht.« Noch einmal lüftete er die Bettdecke, diesmal so hoch, dass auch Meister Spierl bloß lag.

»Warum seid Ihr so misstrauisch? Gönnt Ihr mir mein junges Weib nicht?«, fragte Meister Spierl. Er schaffte es, ehrlich gekränkt dreinzuschauen.

»Meister Wortwin, wollt Ihr etwa behaupten, dass es in meiner kurzen Abwesenheit zu einem erfolgreichen Beischlaf kam?«, keuchte de Vinea.

Wortwin wand sich und errötete. »Warum seid Ihr überhaupt hinausgelaufen? Ihr solltet ebenso als Zeuge zugegen sein wie ich«, redete er sich hinaus.

»Antwortet!«, donnerte Petrus de Vinea.

»Ja, ich bezeuge den erfolgreichen Beischlaf«, erklärte Wortwin entschlossen.

De Vinea trat gegen den Bettpfosten. »Das glaube ich nie und nimmer!«, schrie er wütend.

Anna hielt es nicht mehr aus und schluchzte laut.

»Das reicht!«, rief der Kaiser. »Es ist mir gleichgültig, ob du es glaubst oder nicht. Sowohl ich als auch Meister Wortwin bezeugen es, und warum du hinausgelaufen bist, haben wir noch zu klären. Und nun richte Alimah aus, sie soll das Hochzeitsmahl auftragen lassen.«

Petrus de Vinea stapfte zur Tür hinaus.

Anna schüttelte sich. »Darf ich mich bitte umziehen?«, fragte sie mit versagender Stimme.

Wortwin und Friedrich wandten sich um, Meister Spierl schloss die Augen. Anna schlüpfte aus dem besudelten Hemd. Ob der Fleck wohl herauszuwaschen war? Bedauernd betrachtete sie den feinen Stoff, bevor sie es zu Boden gleiten ließ. Schnell war sie in ihr Gewand geschlüpft, eilte auf den Kaiser zu und zupfte ihn am Ärmel.

»Danke«, flüsterte sie. Friedrich lächelte. »Das habe ich nicht für dich getan – nicht nur für dich. Es war Meister Spierls letzte Bedingung. Seine Wiffi hätte ihm sonst den Garaus gemacht, schneller, als der Schnitter ihn holen könne, hat er behauptet.«

Anna lächelte zurück. Da konnte er durchaus recht haben. Sie selbst war jedenfalls froh, Wiffi nur die Hochzeit und nicht auch noch einen Beischlaf beichten zu müssen.

Es klopfte, und mehrere Mägde trugen Platten mit Fleisch, Obst und Käse herein. Außerdem zwei Brotlaibe und sogar einen Kuchen. Plötzlich überfiel Anna ein unbezähmbarer Heißhunger.

Friedrich hielt Wortwin die getauchte Feder hin, und der Schneider unterzeichnete die Urkunde. Dann setzte der Kaiser selbst sein Zeichen, legte die Feder beiseite und nahm sich ein großes Stück Kuchen.

»So gern ich noch bliebe, ich habe noch andere Pflichten, nun, da du ordnungsgemäß vermählt bist. Werte Braut, werter Bräutigam – erlaubt mir, mich zurückzuziehen.«

Er nickte Anna und Meister Spierl zu, dann waren sie mit dem Zunftmeister allein.

In der plötzlichen Stille löste sich bei allen dreien die Anspannung. Wortwin stellte sich zu Meister Spierl und fragte ihn nach dem Gewerbe in Trier aus. Hungrig, wie sie war, verspeiste Anna in kürzester Zeit ein Hühnerbein und ein Stück Kuchen.

Sie war offenbar eingenickt. Das Raunen der Männerstimmen, die hastige Mahlzeit und die Erleichterung nach der großen Anspannung hatten sie eingehüllt wie eine weiche Decke. Wortwin war gegangen, der Meister lag im Bett und hatte die Augen geschlossen. Anna trug die Reste des Festmahles zusammen und summte leise vor sich hin. Sie deckte den Meister zu und strich ihm über die feuchte Stirn. Wer hätte gedacht, dass er noch so voller Leben steckte? Vielleicht blieb er bei Kräften, bis sie ihn zu Wiffi nach Hause gebracht hätte. Ihr Blick fiel auf die Urkunde. Die Buchstaben ihres Vornamens kannte sie, auch der Schriftzug ihres Vaternamens Wille war ihr vertraut. Doch nun stand hinter dem Namen Anna ein anderer Schriftzug, das musste der des Meisters sein. Sacht strich sie über die trockene Tinte – damit war ihr der Weg zum Schneidern geebnet. Dann befeuchtete sie die Finger und löschte den Docht der Öllampe neben der Urkunde. Anna Spierl. Wer hätte das gedacht?

Schon beim Öffnen der Tür roch Anna, dass das Waschen des schmächtigen Körpers nur kurzzeitig Erfolg gebracht hatte. Das Dämmerlicht des frühen Morgens und die unverkennbaren Ausdünstungen eines Kranken drangen auf Anna ein. Auf Zehenspitzen schlich sie zum Bett. Der Gewandschneider – ihr Gatte – hatte die Augen geöffnet und umklammerte mit beiden Händen seine Weidenrute.

»Guten Morgen, Meister Spierl. Wie geht es Euch heute?«, flüsterte sie.

»Es ist wohl an der Zeit« – er hustete –, »dass du mich Taddäus nennst. So viel Vertrautheit wollen wir uns gönnen nach unserem gelungenen Narrenspiel.« Der Meister legte die Rute aus der Hand. Schwach wirkte er, aber gut gelaunt.

»Sicher. Taddäus.« Anna lächelte und setzte sich mit dem Stuhl neben die Bettstatt.

»Du warst nicht die Erste in dieser frühen Morgenstunde«, murmelte Taddäus.

»Wer sonst …?«

»Der Berater des Königs lässt meinem Weib ausrichten« – er zwinkerte –, »es werde um die Terz von der Wache abgeholt, um die Urkunde in Empfang zu nehmen.«

»O mein Gott!«, rief Anna und sprang auf. Der Meister zuckte zusammen. Schuldbewusst schlug sie die Hand vor den Mund, setzte sich gesittet zurück auf den Stuhl und unterdrückte aufsteigende Freudenrufe. »Ist das wirklich wahr?«, fragte sie.

Taddäus nickte. Aufgeregt lief Anna zum Fenster und wieder zum Bett zurück. Klein war die Kammer, das war ihr vorher gar nicht aufgefallen. Am liebsten wäre sie ins Freie hinausgelaufen und vor Übermut auf der Wiese umhergetollt wie ein Füllen, aber die Pflicht rief. Sie holte Krug und Schüssel, um ihren Ehemann zu waschen. Nur noch ein wenig Geduld, und sie war am Ziel ihrer Wünsche. Dann durfte sie schneidern, so viel sie wollte, und niemand würde ihr dieses Recht streitig machen. Einige Tropfen Wasser schwappten über den Schüsselrand und netzten die Hand des Meisters.

»Entschuldigt, Meister Spierl …«

»Taddäus!«, unterbrach er sie.

»Taddäus. Es ist nur so … nun, da alles geklärt ist …«

Der Alte legte Anna seine fieberheiße Hand auf die kalten Finger.

»Du hast Angst, nicht wahr?«

Sie nickte. »Was, wenn ich nicht gut genug bin? Wenn keiner mir Aufträge erteilt? Ich kenne kaum einen Eurer Kunden, und ich bin nicht zeitgemäß, das habt Ihr selbst gesagt.« Anna ließ den Kopf sinken.

»Ach, Kind, deine Zweifel zeigen mir, dass ich die richtige Wahl getroffen habe. Du wirst das alles ganz wunderbar meistern. Außerdem gibt es die Bücher in der Kammer. Lass sie Dietrich nicht in die Hände fallen! Gewiss wird er versuchen, wieder in Lohn und Brot zu kommen. Lass dich« – er hustete – »bloß auf nichts ein. Erteil ihm weiter Hausverbot, hörst du?«

Je dringlicher er es machte, umso matter klang er. Anna beeilte sich zu nicken. »Ich versprech's«, flüsterte sie. Erst als Taddäus ihr zittrig über die feuchte Wange strich, merkte Anna, dass sie weinte.

»Was ist denn das, Tränen? Hat meinem Weib die Hochzeitsnacht nicht gefallen?« Er deutete auf seine ausgezehrten Arme. »Gewiss, ich bin ein stattlicher Kerl! Du bist sicher enttäuscht, dass du nicht länger bei mir im Bett liegen durftest, richtig?«

Wider Willen musste Anna lachen. »Schlimmer – die Bücher nutzen mir nichts. Ich … ich kann nicht lesen.«

»Oh.«

»Ich wollte es als Kind lernen, aber …«

»Nicht so schlimm. Jan kann lesen. Er wird es dir beibringen, wenn du ihn darum bittest.«

Jan. Das wäre möglich. Anna atmete auf. Mithilfe der Bücher konnte sie feststellen, wer was bevorzugte. Das war beinahe so, als ob sie die Kunden selbst kannte.

Unruhig blickte Anna zur Tür. Wäre es nach ihr gegangen, hätte die Wache kommen können.

»Man wird dich rechtzeitig holen, ruh dich aus.« Spierl schloss die Augen.

Der Meister sah eher aus, als könne er etwas Ruhe gebrauchen, aber Anna hatte noch eine Frage auf dem Herzen. »Taddäus?«

»Hm?«

»Warum habt Ihr zugestimmt, mich zu heiraten?«

»Damit Wiffi versorgt ist. Dietrich hätte sie aus dem Haus geworfen, und bei Jan hätte er die älteren Rechte geltend gemacht und ihn hinausgedrängt. Bei dir bin ich mir sicher, dass Wiffi bestens versorgt ist, bis … bis sie auch … du weißt schon.«

Anna nickte. »Bei mir wird sie es gut haben, immer warm und genug zu essen.«

Taddäus lächelte.

»Und ich werde mir die schweren Arbeiten mit Jan teilen, damit sie nicht wieder die Treppe hinunterfällt.«

Es klopfte an der Tür. Anna sprang auf, doch dann besann sie sich und kehrte zum Bett zurück. Sie gab Taddäus die Rute in die Hand und deckte ihn zu. »Ich bin bald zurück«, versprach sie.

Er war schon eingeschlafen.

»Anna!«, rief M'Ba durch die Tür hindurch.

»Ich komme.«

Es war der Geselle vom letzten Mal, doch diesmal scharwenzelte er nicht um Meister Wortwin herum, sondern achtete peinlichst darauf, dass nichts von den glühenden Kohlen, die er in einer dreifüßigen Eisenschale vor sich hertrug, auf seinen feinen Rock fiel.

Anna starrte auf das Gefäß. Es war Sommer, was sollte das Feuer?

Wortwin räusperte sich. Anna löste nur mit Mühe den Blick von dem Dreifuß, den der Geselle viel zu dicht neben ihr abstellte.

»Bist du so weit, die Urkunde in Empfang zu nehmen?«, fragte Wortwin.

Annas Blick zuckte zu den Kohlen. Ihr Mund war trocken. »Ja.«

Wortwin räusperte sich. »Wie es der Brauch verlangt, wird nun das Ohrstechen vollzogen. Als Zeichen der Zugehörigkeit zu unserer Zunft und als Bezahlung für den Bestatter dereinst, damit keiner sagen kann, ein Gewandschneider bezahle seine Beerdigung nicht.«

Wortwin nickte dem Gesellen zu, der daraufhin einen schmalen Dorn aus der Tasche zog, wie Anna ihn vom Ledervorstechen kannte. Der Geselle hielt das Metall in die Glut und blies in Annas Richtung, bis die Kohlen hellrot glühten und knisterten. Sie trat einen Schritt zurück.

»Der Kaiser hat sich nicht lumpen lassen, feinstes Gold und schwer genug für zwei Beerdigungen.« Er hielt ihr auf den ausgestreckten Fingern einen goldenen Ohrring hin. Anna griff danach, zuckte aber zusammen, als sie ein neuerliches Zischen vernahm. Der Ohrring fiel mit leisem Klirren zu Boden. Wortwin zog die Augenbrauen hoch. Anna bückte sich, hob den Ring auf und umschloss ihn mit ihrer schweißnassen Hand.

»Muss das sein, das mit dem Ohrstechen?«, fragte sie.

»Nein«, säuselte Wortwin. Seine Stimme wurde lauter. »Es sei denn, du willst deine Meisterurkunde. Verflixt, was ist los mit dir?«

Natürlich wollte Anna die Urkunde, aber der barsche Ton schüchterte sie nicht mehr ein, schließlich war sie kein kleines Kind.

»Erklärt mir erst, was dabei geschieht.«

Der Geselle meldete sich zu Wort, der Dorn glühte inzwischen. »Wir warten, bis der Dorn abgekühlt ist« – Anna atmete auf – »und stechen ihn durch das Ohrläppchen. Dann ziehe ich ihn schnell heraus und stecke den Ohrring in das Loch. Die ersten zwei Monde dürft Ihr ihn nicht entfernen, nur behutsam daran drehen, danach könnt Ihr ihn herausziehen und wieder anlegen, sooft Ihr wollt.«

»Können wir beginnen?«, drängte Meister Wortwin.

»Ich bin so weit.«

»Meister Spierl! Taddäus!« Sie riss die Tür auf. Ihr Ohr schmerzte höllisch, aber das war ihr gleich. »Stellt Euch vor, ich habe die Urkunde! Ihr müsst sie mir noch einmal vorle…« Sie brach ab. Irgendetwas stimmte nicht. Anna hielt den Atem an, die Urkunde fest an das laut pochende Herz gedrückt, und starrte zu dem Gewandschneider hinüber. Vollkommene Stille breitete sich in der Kammer aus. Die Decke, unter der er ruhte, hob und senkte sich nicht. Sie trat an das Lager und legte ihm das unversehrte Ohr auf die Brust. Nichts. Der Weidenstock war ihm aus der Hand geglitten. Sie legte ihren Meisterbrief sorgsam auf den Stuhl, nahm die Rute und steckte sie ihm zwischen die Finger, doch sie rutschte wieder heraus. Er brauchte sie nicht mehr.

Anna legte den Kopf auf das Laken neben ihm. »Taddäus, ich habe die Urkunde. Und einen Ohrring.«

Ihre Tränen nässten das gebleichte Laken und hinterließen feuchte Flecken. Er würde ihr fehlen.

Der Haremszuber

Sie setzte die Schere zum zweiten Mal an den waldgrünen Stoff. Welch wundervolles Gewebe! Allerdings recht knapp bemessen. Was, wenn Isabella inzwischen fülliger geworden war? Schwanger wie ihre Zofe wäre die Braut wohl nicht. Andererseits – *ein* Schnitt an der falschen Stelle, und der Stoff würde nicht mehr als Stück im Ganzen für das Gewand reichen. Sie ließ sich auf den Stuhl sinken, legte die Schere auf den Tisch und strich sich das Haar aus der Stirn. Meister Spierl hätte ihr sicher geraten, noch zu warten. Hätte nur die Zeit nicht so gedrängt! Vielleicht sollte sie sich anderswo Rat holen. Doch in welch heikle Lage hatten die Anweisungen des Gewandschneiders sie beim letzten Mal gebracht! Friedrich hatte den Schnitt gehasst, und gepasst hatte das Gewand auch nicht. Außerdem war sie durch den Edelmut des Kaisers inzwischen selbst Meisterin. Sie war ihre eigene Ratgeberin!

Anna streckte Arme und Rücken, stand wieder auf und schnitt entschlossen in den Stoff.

Es klopfte an der Tür. Ihr Blick fiel auf das kleine Fenster. Wieso war die Sonne schon so weit herumgewandert? Der silberdurchwirkte Stoff hatte sie so sehr in Bann gezogen, dass sie alles ringsum vergessen hatte.

»M'Ba, was suchst du in der Nähstube?«

Die strahlend weißen Zähne des Wächters leuchteten wie Silberfäden in schwarzem Stoff. Die Rose, die er ihr entgegenhielt, verströmte einen süßen Duft.

»Gute Botschaft. Kaiser sagen, du baden.«

In aufrechter Haltung blieb der Wächter stehen, als erwarte er ein Lob oder eine Belohnung. Anna nahm die Blume, schnupperte und hob die Schultern. »Was meinst du damit?«

M'Ba schlug sich die flache Hand vor die Stirn. »Du erste Mal baden – du nicht wissen?« Er lächelte, diesmal anders als sonst. Hätte Anna nicht gewusst, wie sehr M'Ba seine beleibte Frau verehrte, hätte sie das Lächeln als anzüglich empfunden; so war sie einfach nur verwirrt.

»Du baden in Frauenstube, Kaiser kommen und dann …« Er machte eine Bewegung mit beiden Händen, die nun wirklich keinen Zweifel ließ. Anna durchfuhr ein heißer Schauer, sie ballte die Fäuste.

»Was fällt dir ein? Hinaus!«, schrie sie. »Hinaus!«

Sie drängte den Wächter über die Schwelle, schlug die Tür hinter ihm zu, dass der Rahmen ächzte, und stapfte zum Fenster. Was bildete er sich eigentlich ein? Dass er sie mit der Urkunde gekauft hatte? Selbstlose Hilfe. Wie hatte sie nur so einfältig sein können? Ziellos wanderte sie in der Kammer auf und ab, stieß an die Tischkante, schimpfte vor sich hin und fegte die zugeschnittenen Stoffteile vom Tisch. Erst das teure Tuch auf dem Boden brachte sie zur Besinnung. Hastig hob sie Teil um Teil auf, blies und klopfte den Staub weg und ordnete alles neu zum Heften. Dann setzte sie sich und schlug die Hände vors Gesicht.

Anna hatte die Hand schon auf der Klinke zu Meister Spierls Kammer.

Sie war durch die Flure gehetzt, die Handflächen aneinandergepresst, die Schultern hochgezogen, als wäre sie in größter Eile, damit sie nur niemand ansprach. Dabei hatte sie insgeheim gehofft, dass man sie anhielt und nach ihrem Kummer fragte. Anna gab die Klinke zögernd wieder frei. Der Meister war vom Leichenbestatter abgeholt worden, das wusste sie doch. Wollte sie in einer leeren Kammer sitzen und sich mit den Wänden unterhalten? Alimah war nicht in der Küche, M'Ba schien nicht das Geringste zu verstehen, und Zahmeena wäre die Letzte gewesen, mit der Anna ihre Sorgen hätte teilen wollen – zumal de Vineas Freundin kein Wort verstand. Sie war allein.

Wie so oft in den letzten Stunden zog sie das Tuch aus dem Ärmel, ihr Unterpfand für den jungen Hund. Es roch inzwischen beinahe stärker nach ihr als nach ihm. Anna hielt es sich noch einmal vor die Nase und atmete tief ein, dann hatte sie sich entschieden. Sie würde das Pfand einlösen und den Hund abholen, auf der Stelle.

Die Nachmittagssonne tüpfelte das sattgrüne Waldstück mit goldenen Punkten. Der Pfad am Bachlauf entlang führte geradewegs zum Stall, und Anna trat ohne Zögern ein. Die Hundehütte war leer. Fünf der sieben Jungen lagen auf der sauberen Einschütte und schliefen.

Das sechste Hündchen tatzte nach kleinen Halmen, nur eines der Tiere saß aufrecht, die Augen zur Tür gerichtet, und schien auf etwas zu warten. Anna erkannte es sofort an dem honigfarbenen Kopf und dem Rückenfleck. Es war der Welpe, den sie ausgewählt hatte. Falke, sie würde ihn Falke nennen. Eine Hand über der Abtrennung, sprach sie ihn leise mit dem neuen Namen an, und er schlich auf sie zu. Falke beschnupperte ihre Finger und leckte daran. Anna nahm ihn auf den Arm und strich über das weiche Fell, kraulte die winzigen Ohren. Der Hund drückte sich eng an ihren Körper und zitterte ein wenig. Zum ersten Mal an diesem seltsamen Tag schien Friede in Annas Herz einzuziehen.

»Was fällt dir ein? Hinaus mit dir! Ich rufe die Wachen!«, brüllte eine tiefe Stimme.

Anna zuckte zusammen und fuhr herum. Der vierschrötige Mann füllte den Türrahmen beinahe aus, sein Gesicht lag im Schatten.

»Ich darf hier sein, es hat alles seine Richtigkeit«, versuchte Anna den Hundepfleger zu beschwichtigen, doch er kam drohend näher.

»Setz den Hund auf den Boden, und zwar sofort! Was seine Richtigkeit hat, entscheide ich.« Die Stimme war gefährlich leise geworden. »Bloß weil du Fenno oder einem der anderen zu

Willen gewesen bist, heißt das nicht, dass du wie eine Ratte durch meine Zucht huschen kannst.«

Er packte den Hund im Genick. Anna wollte ihn festhalten, doch als Falke laut quiekte, ließ sie los.

»Du tust ihm weh, Grobian!«, fauchte Anna. »Und ich bin nicht Fenno oder sonst wem« – ein dumpfer Schmerz peinigte ihre Schläfen – »zu Willen gewesen.« Sie zog das Tuch aus dem Ärmel. »Der Kaiser selbst hat mir die Erlaubnis erteilt, und dieser Welpe ist mein Eigentum.«

Der Mann trat näher, und die Sonnenstrahlen hatten freien Zugang in das Innere der Hütte. Sie erhellten ein grobes Gesicht mit vernarbten Wangen und aufgerissenen Augen.

»Wie heißt du?«, fragte Anna.

»Tobi«, grummelte der Riese.

Sie hielt ihm das Pfand hin. »Tobi, sieh dir die Buchstaben an. Der Kaiser sagt, jeder kennt sein Zeichen.«

Anna bezweifelte, dass er lesen konnte, aber das Zeichen musste er erkennen.

»Tut mir leid. Er hat gesagt, ich soll aufpassen und Füchse wie Menschen verjagen, hat er gesagt. Konnte nicht wissen, dass das für Euch nicht gilt. Meldet Ihr mich dem Kaiser?«

Anna atmete auf und schüttelte verneinend den Kopf. »Du hast meinen Hund beschützt, dafür bin ich dir dankbar.« Sie streckte beide Hände aus. »Gib ihn mir!«

Tobi zögerte, trat einen Schritt näher und setzte ihr das Hündchen behutsam auf den Arm. Die braunen Haare auf seinem Unterarm waren so lang wie der Schwanz des Welpen.

»Er ist entwöhnt, aber er kann noch nicht alles fressen, müsst Ihr wissen. Er wird krank, wenn man das Falsche gibt.«

»Soll ich ihm Brot geben, in Milch getunkt? Fischstückchen und Käse in kleinen Happen und den Speck ein wenig zerkauen, damit er ihn besser schlucken kann?«

Ein Lächeln furchte Tobis breites Gesicht. »Ihr kennt Euch aus mit Welpen? Warum habt Ihr das nicht gleich gesagt?« Er nickte und verschränkte die Arme vor der Brust.

»Wie heißt Ihr?«, fragte er.

Sie lächelte ihn an. »Anna. Anna … Spierl.«

»Nun denn, Anna Spierl mit dem kaiserlichen Pfand, nehmt ihn mit in drei Teufels Namen. Ich muss hier weitermachen, bevor es dunkel wird. Bin keiner dieser Narren, die im Stall eine Laterne anzünden, wenn's nicht nötig ist.«

In ihrer Kammer war es dunkel bis auf ein einziges Öllicht.

»Was hättest du an meiner Stelle getan?« Der Hund schaute sie aus blanken Knopfaugen an, den Kopf schief gelegt. Auf Annas Schoß zusammengerollt, genoss er sichtlich das warme Lager und die menschliche Nähe.

Auch wenn Falke keine Antworten gab, tat es gut, einem lebenden Wesen alles zu erzählen. »Findest du es nicht unangemessen, mich einzuladen – zu so einem … *Bad*? Was hat er sich dabei gedacht? Soll ich damit eine Schuld abtragen? Warum hat er das nicht schon früher verlangt, bevor ich die Urkunde bekam? *Er* muss doch damit rechnen, dass ich Nein sage, wenn nichts vereinbart ist.« Sie setzte sich ein wenig zurück, damit der Welpe nicht hinunterrutschte. »Ob er wie alle Männer ist? Vielleicht hatte er auch andere Gründe.« Sie seufzte. »Oder auch nicht. *Er* hat wohl kaum nach mir gerufen, um mich zu trösten.«

Selbst vor dem Welpen schämte sich Anna, ihre geheimsten Gedanken im Hellen auszusprechen, deshalb löschte sie die Öllampe. Konnte Gott im Dunkeln erkennen, was sie umtrieb? Sie hatte gelobt, sich von Männern fernzuhalten. Und ein gebrochenes Gelöbnis brächte sie geradewegs ins Fegefeuer.

»Ich verrate dir ein Geheimnis«, flüsterte sie fast unhörbar in Falkes warmes Ohr. »Ich hasse Männer, aber bei *ihm* läge ich gern.«

Der Hund zuckte im Schlaf. Obwohl ihr Geständnis keinem Menschen zu Ohren gekommen war, tat Anna in dieser Nacht kein Auge zu.

Es war noch früh, doch das Feuer auf der Herdstatt brannte, und es klapperte in der Vorratskammer.

»Alimah! Alimah!« Ungeduldig trippelte Anna am Treppenabgang vor der Küche hin und her. Der Kleine jaulte, und bis sie ihr Morgenmahl bekäme, wäre er sicher verhungert. Ein Stück Brot wäre die Rettung ...

»Was schreist du vor dem ersten Rufen so herum?«, tadelte die Köchin. Ihr Blick fiel auf den Hund. »Das ist doch ... hast du da einen der Jagdhunde?«, fragte sie.

Anna nickte. »Er hat Hunger«, entschuldigte sie sich.

Alimah stand am Treppenfuß, den Kopf in den Nacken gelegt, und musterte die frühen Bittsteller. »Komm herunter, aber der Hund läuft mir nicht auf meinem Küchenboden herum, verstanden?«

Die Köchin wandte sich um und murmelte vor sich hin. »Das hat er bisher erst ein einziges Mal getan. Ich frage mich, ob ...«

Anna war die Treppe hinuntergestiegen und trat hinter die Köchin. »Was fragst du dich?«

Alimah zuckte zusammen. »Nichts – das war nicht für deine Ohren bestimmt. Setz dich!« Sie wies auf den Stuhl dicht am Feuer. Anna schüttelte den Kopf und nahm auf ihrem Lieblingsschemel Platz. Alimah hob die dichten Brauen.

»Er hat Angst vor dem Feuer«, murmelte Anna entschuldigend und wies auf den Hund.

Alimah lachte, dunkel und dröhnend. »Wohl nicht mehr als manch anderer, scheint mir.« Sie wurde wieder ernst, nahm Annas freie Hand und drückte sie. »Übrigens, das mit deinem Meister tut mir leid.«

»Mir auch«, sagte Anna. »Er war schon alt, aber ich vermisse ihn trotzdem.«

Die Köchin nickte und krempelte die Ärmel ihres Kittels hoch. »Dann wollen wir euch frühen Vögeln etwas Anständiges zu essen zubereiten.«

Im Gegensatz zu anderen Tagen war es in der Küche ruhig zugegangen. Alimah hatte alles aufgetragen, die herausgeputzten Mägde hatten ihr Morgenmahl erstaunlich schnell hinuntergeschlungen und waren dann gackernd verschwunden, ohne den Abwasch zu erledigen. Die Knechte hatten ihre Körbe abgeholt, und noch bevor Anna sich versah, war es wieder still in dem großen Raum.

Die Köchin kam mit einer Schale und Brot an den Tisch und setzte sich. In der Schale schwammen Fleischstücke in Öl.

»Jetzt hast du also endlich einen Ehemann gefunden, und dann stirbt er gleich wieder. Wie ärgerlich«, sagte Alimah. Sie brach das duftende Brot in Stücke, tauchte einen Brocken in die Schale und steckte ihn genießerisch in den Mund.

»Das macht mir nichts. Ich … ich will sowieso keinen Mann.«

»Was?« Alimah warf beide Hände in die Luft und stieß die Schale um. Eine grüne Lache ergoss sich auf den Tisch, in der zwei Fleischstücke schwammen. Mit etwas Brot tunkte die Köchin das Öl auf und schob sich das Fleisch zwischen die Zähne. »Bist du noch bei Sinnen? Jede Frau braucht einen Mann.« Sie sprach und kaute gleichzeitig.

»Ich nicht.« Obwohl … im Grunde hatte die Köchin recht, keine Frau sollte wie eine Nonne leben – außer einer Nonne. »Ich habe es meinem Gott gelobt«, erklärte sie trotzig.

»Deinem Gott? Was ist das für ein Gott, der ein solches Gelöbnis annimmt?« Sie fegte die Krümel vom Rock. »Weißt du, wie *mein* Gott das sieht? Mann und Frau sind füreinander bestimmt, und die Frau bekommt Kinder – inschallah! –, viele Kinder. Und je wichtiger der Mann ist, umso mehr Kinder zeugt er, um Allahs Ruhm zu mehren. Bei uns haben reiche Männer viele Weiber, die ärmeren nur eine Frau. *Das* ist sinnvoll.« Sie fischte ein Fleischstück aus der Schüssel, legte es auf ein Stück Brot und hielt es Anna hin. Sie war satt, aber Alimah sah sie so erwartungsvoll an, dass Anna kostete. Ein durch und durch fremder Geschmack breitete sich in ihrem Mund aus. Würzig und süß zugleich. Dazu das warme Brot, köstlich.

»Was ist denn das?«, fragte sie, als sie hinuntergeschluckt hatte.

»Rind mit Kräutern aus meiner Heimat, mit dem Öl von Oliven. Gut, nicht wahr? Wir müssen sparsam damit umgehen, hier bekommt man die Kräuter nicht.« Ungeachtet ihrer Worte schob sie Anna einen weiteren Happen zu.

»Alimah, das mit den vielen Frauen für einen Mann, das war doch geflunkert, oder?«, fragte Anna.

»Was heißt geflunkert?«, fragte Alimah.

»Nicht wahr … also, es stimmt nicht«, sagte Anna.

Die Köchin lachte. »O doch, es stimmt. Frag Karim, er hat zwei Frauen, und eine dritte nimmt er sich, wenn wir zurück sind.«

Anna legte das Brot beiseite und schob die Krümel zusammen. »Wie kann der Kaiser das zulassen?«

»Zulassen? Er weiß, was sich gehört. Er hat selbst mehrere Frauen.« Anna stand der Mund offen, doch die Köchin achtete nicht auf sie, sondern erzählte munter weiter. »Allerdings heiratet er nicht alle – oder nur nacheinander. In den Ländern, die an seinen Gott glauben, gibt es so etwas wie einen Imam, der mehr als eine Ehefrau gleichzeitig verbietet. Lass mich nachdenken.« Alimah stützte den Kopf auf die Hand. Nach einer Weile fuhr sie hoch. »Papst, er heißt Papst.« Sie strahlte. »Ein Dummkopf. Warum soll ein Mann nur eine Frau haben, wenn er zwei oder mehr ernähren kann?«

Alimah wischte die Schüssel mit dem Brotrest aus und beugte sich vor. »Willst du seine Frauen sehen?«

Anna konnte es nicht fassen. Sie schritt mit einer ungläubigen Köchin durch die Gänge, den Welpen auf dem Arm, um die angeblichen Frauen des Kaisers zu begutachten. Sicher war das nur ein Nachtmahr, und sie wachte gleich auf. Diese Tür kannte sie, dahinter lagen die Gemächer des Kaisers. Warum standen keine Wachen vor der Tür? Anna zögerte, doch Alimah zog sie weiter bis zu den beiden Wächtern, die Anna vor einigen Tagen den Zugang verwehrt hatten. Bei Alimahs Anblick verbeugten sich beide, so tief es ihre feisten Leiber zuließen, und gaben den Weg frei. Alimah nickte, rauschte an ihnen vorbei und zog Anna am Ärmel hinter sich her.

Der Flur sah aus wie alle anderen, aber er roch anders. Der Duft von Blüten mischte sich mit etwas Schwerem, Süßem. Annas Herz schlug schneller, und eine tiefe Sehnsucht stieg in ihr auf – wonach, hätte sie nicht zu sagen gewusst. Die Köchin deutete auf die Türen zur Linken. »Meine Kammer. Das Frauenbad … und hier siehst du, dass ich die Wahrheit gesagt habe.« Sie öffnete die dritte Tür.

Gekicher und Gesang drangen ihnen entgegen. Um einen niedrigen Tisch saßen drei Frauen, eine farbenfroher gekleidet als die andere. Alimah redete auf sie ein, und die Frauen musterten Anna neugierig. Oh, diese Gewänder! Durchsichtiger Stoff wurde von glänzenden Bändern gehalten und enthüllte mehr, als er verbarg. Goldgetriebene runde Blättchen klimperten an den Säumen der weiten Hosen, die am Bund gerafft waren wie die Hose, die sie bei Friedrich einmal gesehen hatte. Zarte braune Füße waren mit rostfarbenen Ranken bemalt, so fein wie Theodoras Stickereien. Die Gesichter waren unterschiedlich alt, aber eines schöner als das andere, und der angenehme Duft ging eindeutig von ihren wohlgeformten Leibern aus. Die Jüngste, ein Mädchen noch, hob den Arm mit den klirrenden Schmuckreifen und kraulte Falke am Kopf. Anna verstand die Worte nicht, aber es waren offenbar freundliche Liebkosungen für den Welpen.

Anna machte unvermittelt kehrt, rannte aus dem Gemach und kauerte sich im Flur auf den Boden. Die Stille tat gut. Alimah folgte ihr und schloss die Tür hinter sich. Kein Laut drang nach draußen.

»Was soll das?« Alimah ließ sich trotz ihrer Fülle anmutig neben Anna nieder.

»Ich … ich …« Anna kamen die Tränen. »Sie sind so schön.«

»Das ist doch kein Grund zum Weinen.«

424

»Wenn er solche Frauen hat, warum hat er mich dann gefragt, ob ich baden will?«

»Hat er dich das gefragt?« Alimah musterte Anna aufmerksam.

»Ja.« Anna schniefte. »Sie riechen wie Blumen, und ihre Kleider sind so fein.« Sie zupfte an dem Gewand, das ihr vor Kurzem noch wie eine einzigartige Kostbarkeit vorgekommen war. Selbst der Stoff ihres roten Kleides wirkte wie Sackleinen im Vergleich zu jenen spinnwebzarten Gebilden.

»Hat er dir den Hund geschenkt, oder hat er ihn dir bloß zur Betreuung gegeben?«, fragte Alimah.

Was sollte die seltsame Frage? Anna schnäuzte sich.

»Für immer, hat er gesagt.«

»Komm mit, ich zeige dir etwas.«

In Alimahs Kammer war es dunkel, doch sie trat ans Fenster und zog die langen losen Stoffbahnen beiseite, die vor Staub und Sonne schützen sollten. Um Anna funkelte und leuchtete es plötzlich. Holzgestelle zogen sich an den Wänden entlang, ähnlich jenen in Meister Spierls geheimer Kammer. Jedes der Regale war voll bis obenhin. Stoffballen und Gewänder, Tücher und Gürtel, Krüge und Gläser, sogar ein kleiner Goldbecher lagerten dicht an dicht. Die Köchin bückte sich und kramte auf diesem und jenem Bord herum. Annas Blick fiel auf ein Fach, das ihre Neugier weckte. Mittelgroß und mit rotem Stoff ausgelegt, war es mit keinerlei Zierrat angefüllt, sondern enthielt lediglich einen Haufen Zweige. Sie trat näher und betrachtete das Bündel. Tatsächlich, ein halber Arm voll kleiner Zweige, wie ihr Vater sie zum Feuermachen verwendet hatte, lag ordentlich gebündelt auf dem Tuch.

Alimahs Kopf tauchte neben ihr auf. »Ich hab's gleich.«

»Alimah, was ist das?« Anna wies auf das Reisigholz.

Ein Lächeln überzog das Gesicht der Köchin. »Das ist eine lange Geschichte, sie handelt vom Kaiser. Aber du hast Glück, es ist noch früh am Tag. Ich erzähle sie dir.« Sie setzte sich auf ihre Bettstatt und klopfte neben sich auf die strohgefüllte Unterlage.

»Als ich noch bei Yassir ben Saul in Diensten stand«, begann Alimah, »kam eines Tages ein Knabe in die Küche, ohne anzuklopfen. Er war gerade alt genug zum Ziegenhüten, deshalb dachte ich, er weiß es nicht besser. Er fragte mich auf Italienisch nach einem Stück Käse.« Sie lächelte still vor sich hin. »Ich habe ihm gesagt, er soll sich Käse bei seiner Mutter holen, doch er antwortete, die sei gestorben. ›Geh zu deinem Vater!‹, sagte ich. Doch er antwortete wieder, der sei gestorben. Er dauerte mich, also gab ich ihm ein Stück. Aber ich wollte den Jungen nicht durchfüttern – viele Kinder waren damals Waisen. Also sagte ich ihm, er soll nicht wiederkommen, es sei denn, er kann bezahlen.« Alimah hielt inne und sah aus dem Fenster. Nur das morgendliche Zwitschern der Vögel war zu hören.

»Was geschah dann?«, flüsterte Anna.

»Er kam am nächsten Tag wieder und brachte eine selbst gefangene Wachtel. Mehr könne er mir im Augenblick nicht geben, aber wenn er König sei, werde er alles zurückzahlen, das versprach er. Ich habe ihn ausgelacht. Er nahm seine Wachtel und ging, doch am nächsten Morgen war er wieder da, mit zwei Wachteln.«

»Und was hast du getan?«, fragte Anna, atemlos vor Spannung.

»Er hat in meiner Küche gegessen, einmal am Tag. Und ich habe ihm Arabisch beigebracht.«

Anna seufzte. »Eine schöne Geschichte.«

Die Köchin nickte. »Nicht wahr? Aber sie ist noch nicht zu Ende, du hast nach den Zweigen gefragt. Er hat über die Jahre für jede meiner Mahlzeiten eine Kerbe in diese Zweige geschnitten. Und als man ihn zum König – später sogar zum Kaiser – gekrönt hatte, holte er mich an seinen Hof und machte mir für jede Kerbe ein Geschenk.«

»Alle diese Schätze sind von ihm?«, fragte Anna.

Alimah nickte. »Er hatte es ja versprochen.« Sie bückte sich.

»Ach, *da* habe ich sie gelassen!« Mit dem bloßen Fuß fuhr die Köchin unters Bett und förderte ein Paket zutage, eingeschlagen in grobes Leinen und mit einer Schnur umwickelt.

Sie reichte Anna den Packen. »Auch ein Geschenk von ihm, aber er hat nicht bedacht, wie kräftig ich bin. Du darfst es haben, mach es auf!«

Anna setzte den Hund auf den Boden und nahm das Bündel. Der Inhalt war flach und fühlte sich weich und steif zugleich an. Sie löste die Schnur, schlug das Leinen zurück und keuchte auf.

Ein Paar Schuhe kam zum Vorschein. Sie waren hinten offen und aus blauem dickem Stoff mit unglaublich festem und doch weichem Griff, bestickt mit Goldfäden und aufgezogenen Perlen. So etwas hatte Anna noch nie gesehen.

»Was ist das für ein Stoff?«, hauchte sie.

»Das nennt man Samt. Ich war die Erste am Hof, die Samt besaß«, brüstete sich Alimah. »Aber sie sind mir zu klein, siehst du?« Sie nahm Anna einen Schuh aus der Hand und versuchte, ihren mächtigen Fuß in das zarte Gebilde zu schieben, doch mehr als die Zehen bekam sie nicht hinein.

»Dir passen sie bestimmt, versuch es.«

Anna nahm die Schuhe und streifte ihre alten Lederschlappen ab. Mit beiden Füßen schlüpfte sie in den blauen Samt und schloss die Augen. Welch wohliges Gefühl! Einer Königin angemessen. Sie öffnete die Augen und sah an sich hinab. Das Kleid musste gewaschen werden, der Saum war schmutzig. Die Perlen und Goldfäden der Schuhe dagegen waren mehr als kostbar, sie waren prunkvoll. Zu den Frauen in den feinen Schleiern hätten sie besser gepasst.

Zögernd zog sie die Schuhe wieder aus und schob sie von sich. »Ich kann sie nicht annehmen.«

»Warum nicht?« Alimah verschränkte die Arme vor der Brust. »Ich bekomme noch viele weitere Geschenke. Der Kaiser hat seinen Mathematicus Fibonacci aufschreiben lassen, wie viele es sind, aber mir hat er die Zweige gegeben. Deshalb weiß ich, dass ich noch etwa die Hälfte der Kerben guthabe. Da sind bestimmt irgendwann einmal passende Schuhe dabei.«

»Aber warum gibst du sie nicht einer der Frauen, die höher in seiner Gunst stehen? Willst du dich mit ihnen nicht gutstellen?«, fragte Anna.

Alimah lachte so dröhnend, dass der Hund wach wurde und winselte.

»Ich? Besser, die albernen Hühner stellen sich mit *mir* gut.« Sie wischte sich eine Lachträne aus dem Augenwinkel. »Ich kann mir schon denken, was er an dir schätzt.« Sie beugte sich vor. »Soll ich dir sagen, warum ich diese Schuhe dir – und nur dir – schenke?«

Anna nickte.

»Weil er dir den Hund geschenkt hat und nicht einer von denen. Das hat er bisher erst einmal getan, bei der armen Bianca, Allah sei ihr gnädig.«

»Wer war Bianca?«, fragte Anna.

»Sie war die dritte Frau des Kaisers, sie ist mittlerweile bei eurem Gott. Ich möchte nicht darüber sprechen.« Alimahs Stimme klang seltsam brüchig, und Anna mochte nicht weiter fragen. Ihr kam ein Gedanke, der sie gleichzeitig entsetzte und aufs Äußerste erregte: Wenn Gott diese Bianca zu sich geholt hatte, konnte es sein, dass er ihr Gelöbnis, sich von allen Männern fernzuhalten, angenommen hatte, um sie zu Friedrich zu führen? Vielleicht hatte sie ihn nur falsch verstanden. Wer war sie, dass sie Gottes Wünsche zu verstehen glaubte wie ein Priester? Sie sprach nicht einmal Latein. Sie musste die Zeichen falsch gedeutet haben. Anna keuchte auf.

»Alimah, meinst du, Gott hat mich hergeschickt, weil er Bianca zu sich rufen musste?«

»Das scheint mir jedenfalls sinnvoller als dein Geschwafel von einem Leben ohne Männer. Eine Frau sollte einen Mann haben, und ein Mann sollte möglichst mehrere Frauen haben.«

Diese Antwort versetzte Anna erneut ins Grübeln. »Trotzdem

glaube ich, dass es nicht richtig ist, die Frauen einzusperren, selbst wenn sie dem Kaiser zugeteilt sind.«

»Einsperren? Jede dieser Frauen ist freiwillig hier, dafür hat Friedrich schon gesorgt.«

Sie nahm Anna am Arm, zog sie zur Tür hinaus und in das nächste Gemach hinein. Anna stockte der Atem. Die großen Fenster waren mit dem gleichen Stoff wie die Gewänder der Frauen verhängt. Welche Verschwendung! Doch das Licht schimmerte wunderbar weich. Ein Zuber, groß wie die Bettstatt für eine kleine Familie, beherrschte den Raum. Das Holz war sorgfältig geschliffen, und ellenlange Eisenbänder ließen gewiss keinen Tropfen des Badewassers durch die Ritzen dringen. Töpfe und Tiegel auf langen Borden verströmten so verschiedenartige Düfte, dass es Anna schwindelte. Flauschige Tücher hingen über dem Rand der Wanne, alles war sauber und aufgeräumt. Einzig eine winzige, trockene blaue Blütendolde auf dem Boden zeugte davon, dass der Raum benutzt wurde.

»Schau dich um, meinst du, sie sind *hier* unglücklich?« Alimah schnaubte. »Die Männer draußen sind nicht so rücksichtsvoll wie der Kaiser. Wer weiß, was den Mädchen anderswo geblüht hätte. Die Welt da draußen hat ihre Gesetze, denn der Arm des Kaisers reicht nur von Pfalz zu Pfalz, aber in dieser Welt ist der Kaiser immer das Gesetz, das kannst du mir glauben.« Der Blick aus Alimahs schwarzen Augen schien Anna festnageln zu wollen. Verwirrt senkte sie den Kopf. Dann waren die Frauen also tatsächlich freiwillig hier …

»Du kannst sie fragen. Und was das Baden betrifft« – die Köchin zwinkerte –, »so geraten sie sich eher in die Haare, wer sich als Erste in den Zuber setzen darf.«

Die Glocken schlugen. Alimah öffnete die Tür. »Komm, meine Ruhezeit ist vorbei, ich muss wieder in die Küche. Was ist mit deiner Arbeit?«

Sie hatte schon an der geöffneten Tür zur Nähstube gestanden, doch Zahmeena war nicht da, und so gab Anna ihrem Verlangen nach. Der schwere Blütenduft der Mädchen haftete an ihr wie Kreidestaub an einem nassen Tuch. Sie brauchte frische Luft, und sie musste nachdenken. Ohne auf ihre Schritte zu achten, ging sie, den Hund auf dem Arm, die Schuhe auf dem anderen, durch die Gänge zum Ausgang und fand sich vor der Bank wieder.

Ein solches Gefühl war ihr bisher fremd gewesen. Alles in ihr, jede Faser, drängte zu ihm hin. Sie wollte in seiner Nähe sein, sie wollte sein Lachen hören. Konnte das etwas Böses sein? Und Friedrich wollte sie. *Er* war der Stellvertreter Gottes auf Erden, *er* sprach Latein, wie viel besser musste *er* wissen, was Gott gestattete und was nicht.

Der Hund biss ihr in den Finger und versuchte, vom Arm hinunter auf den Boden zu kommen. Sie musste ihm eine Leine machen. Anna setzte Falke auf den Kies und brach eine Rosenblüte ab. Während der Welpe aufgeregt Gras und Kiesel beschnüffelte, roch sie an der Blume.

Die zarte Süße schenkte ihr Gewissheit. Sie hatte sich geirrt, sie sollte sich nur von den Männern fernhalten, weil sie für Friedrich bestimmt war. Wie viele Zeichen musste Gott ihr noch schicken, bis sie verstand, was er von ihr wollte?

Die Erleichterung schwappte wie eine Woge über sie hinweg, und ein Dankgebet entschlüpfte ihren Lippen.

Sie nahm den Hund und beeilte sich. Es gab viel zu nähen – und viel vorzubereiten.

Rosen und Feuer

Die Arbeit ging Anna flott von der Hand. Ohne Zahmeena konnte sie bedenkenlos mit der Linken nähen. Es war die richtige Entscheidung gewesen, das Kleid für Isabella schon zuzuschneiden und zu heften. In den drei Tagen bis zur Hochzeit – wenn sie bedachte, dass die Braut das Kleid schon morgens brauchte, waren es sogar nur zwei – hätte sie es sonst nicht fertigstellen können. Bis auf Isabellas Kleid war alles genäht und hing auf Stangen zwischen den Regalen, damit nichts knitterte.

Anna nahm den silbergrünen Stoff wieder zur Hand und führte die Naht für die Schnürung am Rücken so aus, dass sie von außen unsichtbar blieb. Die Nähte an Brust und Hüften hatte sie offen gelassen. Da diese sich nicht wie der Rest mit der Schnürung anpassen ließen, würde Anna sie an Isabellas Körper überprüfen, damit alles richtig saß. Sie strich über den Stoff.

Das zarte, gleichmäßige Gewebe hob sich von ihrem blauen Kleid ab wie eine Blume vom Torf. Hätte sie Friedrich doch in einem solchen Kleid gegenübertreten können! Doch dann verscheuchte sie entschlossen die schwärmerischen Gedanken. Wenn sie sich beeilte, konnte sie das Kleid noch an diesem Tag fertigstellen. Wenn Isabella am nächsten Tag eintraf, musste sie nur die letzten Änderungen vornehmen und die Brust- und Hüftnaht schließen.

Anna hängte das Kleid auf die letzte leere Stange. Ihr Tagewerk war vollbracht. Sie zog noch einmal an dem langen Rock und betrachtete das Gewand. Es war ein Meisterstück.

Wie Isabella auch immer gewachsen war, sie sähe wunderschön darin aus. Jede Frau gliche darin einem Kleinod – außer vielleicht Zahmeena. Sie selbst würde wohl nie etwas Vergleichbares tragen, aber zumindest konnte sie tun, was sie sich schon lange vorgenommen hatte. Sie würde die gekauften Borten so anbringen, dass ihr Busen betont wurde. Sie kniete neben der Kiste des Meisters nieder, in der sie nach dem Marktbesuch ihre Einkäufe verstaut hatte. Offensichtlich hatte Zahmeena ihre Finger darin gehabt, alles lag durcheinander. Murrend ordnete Anna die Garnrollen, Nadelmappen und teuren Bänder. Eine kunstvolle Borte erregte ihre Aufmerksamkeit.

Gestickte blaue Blumen, eingefasst in goldene Ovale auf tiefrotem Grund, zierten das breite Schmuckband. Der Meister hatte nur wenige Borten solcher Art in seinem Vorrat gehabt. Diese hatte er für den Fall erworben, dass die kaiserlichen Einkäufer keine Borten mitgeschickt hätten. Anna verstaute den Stoffstreifen vorsichtig in einem der oberen Fächer und suchte nach ihrem Einkauf. Bis sie sich eine solche Borte leisten konnte, würde sie selbst als Meisterin … Sie stutzte. Das Werkzeug, die Stoffe, die Borten – mit dem Tod Meister Spierls, ihres Ehemannes, war alles in ihren Besitz übergegangen. Er hatte keine Kinder, und die Verpflichtungen, die in die Urkunde aufgenommen worden waren, sahen nicht vor, dass sie etwas von der Nähausstattung abgeben musste. Alles, was sich in dieser Kiste befand, gehörte ihr. Ebenso wie der Inhalt aller anderen Kisten. Das Haus, die Fibeln und Schnallen, Knöpfe und Nadeln, die Scheren und der Tisch, die Vorräte, die Bücher, alles. Anna schlug die Hand vor den Mund. Sie hatte sich so sehr darüber gefreut, endlich schneidern zu dürfen, und war so traurig über Taddäus' Tod gewesen, dass sie keinen Gedanken an ihr Erbe verschwendet hatte. Bisher.

Sie griff nach der kostbaren Borte, die einer Kaiserin würdig war. Doch sie gehörte *ihr*, und sie würde sie an ihr rotes Kleid nähen, und zwar sofort. Anna kramte weiter in der Truhe, fand schimmernde Fädelperlen und Schmuckornamente, Fellbesatz und feine Brusttücher. Sie breitete die Schätze ringsum aus und wählte sorgfältig aus, bevor sie sich erhob, um das rote Kleid zu holen und sich fein zu machen.

Sie liebte dieses Kleid. Mit den neuen Perlen, die den Stoff in zierliche Rauten rafften, und dem vornehmen Schmuckband unter der Brust war es das schönste, was sie je besessen hatte – abgesehen von dem Stück Stoff vom Kleid ihrer Mutter. Sie drehte sich im Kreis, das blaue Gewand über dem einen, Falke auf dem anderen Arm, um das Schwingen der schweren weißen Perlen auf dem roten Tuch zu bewundern. Der Welpe schmiegte sich an ihren Körper und schnupperte. Anna lachte. Ein feiner Duft aus ihrem frisch gewaschenen Haar strich ihr bei jeder Drehung um die Nase. Die Kamille tat ihre Wirkung. Sie trat in ihre Kammer und hängte das blaue Kleid über die Stuhllehne. Es musste wirklich gewaschen werden. Anna schaute an sich hinunter – das rote Kleid hatte sie selten getragen, es war sauber. Mit der freien Hand tastete sie nach ihrem Haar, es fühlte sich weich an. Schade, dass sie sich nirgends spiegeln konnte. Gar zu gern hätte sie gewusst, ob ihr Haar so glänzte wie das von Hethel damals im Kloster. Summend trat sie auf den Gang hinaus, um den Kaiser aufzusuchen.

Aus Meister Spierls Stube drang ein Geräusch. Anna drückte die Klinke und trat über die Schwelle. Im gleichen Augenblick fiel ihr siedend heiß ein, dass es gar nicht mehr sein Zimmer war. Und das Schlimmste – sie stand vor einem Mann in feinleinener Bruche, die mit allerlei Zierrat bestickt war, der ihr mit vergnügt funkelnden Augen entgegensah. Das nicht mehr ganz junge Gesicht, bartlos wie das eines Jünglings, wurde von hellbraunen Locken umrahmt, die sich weich bis zum Kinn ringelten. Quälend langsam griff er nach Hemd und Gewand und streifte sich eins nach dem anderen über den Kopf. Da erst schlug Anna die Augen nieder.

»Entschuldigt, ich wollte nur meinen Gatten aufsuchen.«

»Holde Maid, ich bin entzückt!« Der Mann schnürte seinen Gürtel. »Obgleich … wollen wir uns nicht erst ein wenig vertraut machen, bevor wir in den heiligen Stand der Ehe eintreten? Mein Name ist Neidhart von Reuental.«

Was hatte sie da gerade gesagt? »So war es nicht gemeint, ich will Euch nicht heiraten, ich …«

»Sie will mich nicht«, seufzte Neidhart und beäugte sie wie ein Falke. »Das Leben ist ein Jammertal. Kaum gewonnen, schon zerronnen. Wankelmütig sind die Weiber und ach, so lieblich außerdem.«

»Ich …«

Er winkte ab. »Sagt nichts! Um Eurer großen Schönheit willen mag ich Euch vergeben.« Neidhart fiel auf ein Knie und presste beide Hände auf die Brust.

»Euer Haar ist wie lichter Maienglanz, und Eure Augen schimmern fröhlicher als das Geschmeide auf Eurem Rock. Nun weiß ich, warum Ihr mich abweist – Ihr seid die Braut des Kaisers, richtig?«

Anna schoss die Röte ins Gesicht. Was hätte sie *darum* gegeben! Aber was ging es ihn an? Dieser unverschämte Kerl.

»Was bildet Ihr Euch ein?«, schimpfte sie.

Doch Neidhart achtete nicht auf ihre Worte, versunken starrte er auf die Fußspitze, die unter seinem Gewand hervorlugte. »Wiewohl, Isabella könnt Ihr nicht sein, sie kommt erst morgen an, wie ich aus sicherer Quelle weiß.« Er hob den Kopf. »Wer seid Ihr dann? Ich flehe Euch an, verratet mir Euren Namen!«

Anna wusste nicht, ob sie lachen oder wütend sein sollte. Ohne ein Wort wandte sie sich um und verließ die Kammer. Sie hatte Wichtigeres zu tun. Wo sollte sie den Kaiser suchen?

»Wartet, lauft nicht fort!« Anna sah sich um. Neidhart hüpfte hinter ihr her, in den Händen einen Stiefel, der andere saß bereits am Fuß. »Ihr könnt doch nicht so grausam sein. Ich muss Euren Namen erfahren, um Euch zu besingen. Die Liebe hat mich ergriffen!«

Anna blieb stehen, als wäre sie vor eine Wand geprallt. Die letzten Worte ließen keinen Zweifel. Gott hatte ihren Schritt gelenkt, er hatte Neidhart geschickt, um sie zu versuchen. Oh, sie würde standhaft bleiben. Wenn Gott sie für *Friedrich* auserwählt hatte, wollte sie keinen anderen mehr ansehen.

»Geht, Ihr habt von mir nichts zu erwarten.« Sie stürmte weiter. Was hatte die Stunde geschlagen? Um diese Zeit wurden sonst die Tiere versorgt. Vielleicht war der Kaiser bei den Käfigen. Oder wenigstens M'Ba, der konnte ihm auch ausrichten, dass sie bereit war zu … baden.

Der Lockenschopf lief weiter neben ihr her. Seitlich, wie ein Krebs am Strand, schob er sich neben ihr durch den Gang, ohne sie zu berühren.

Anna trat auf den Platz hinaus. Von hier aus hatte sie einen guten Überblick über die Käfige, aber Friedrich war nicht zu sehen, ebenso wenig wie M'Ba.

Die Welpen – bei denen konnte sie nachsehen. Mit dem Falken auf dem Arm, eilte sie zum Hundestall, doch einzig das Dämmerlicht und die anderen jungen Hunde empfingen sie. Keiner der Pfleger hielt sich hier auf, sie konnte niemanden fragen. Schnell lief sie zurück, sie würde es doch in seinen Gemächern versuchen. Karim ließ sie sicher vor.

»So haltet doch endlich ein, Schönste, wie soll ich mich erklären, wenn Ihr so hetzt?«, japste Neidhart, der ihr immer noch folgte wie ein Schatten. »Im Allgemeinen sind es die anderen, die mir hinterhereilen, um meinen Liedern zu lauschen.«

Die Wachen standen nicht vor der Tür des Kaisers. Selbst wenn er in seinen Gemächern weilte, wen sollte sie um Einlass bitten? Sie musste nachdenken und hielt inne. Standen nicht die Leibwächter zuverlässig immer genau vor jener Tür, hinter der *er* sich gerade aufhielt? Selbst vor der Küche hatten sie gewartet, als er die Köchin besucht hatte. Aber auf diesem Flur war außer den beiden Wächtern am Eingang zu den Frauengemächern niemand zu sehen. Vermutlich war auch Friedrich nicht im Haus.

Neidhart hatte aufgeholt und versuchte es erneut. »Ich bitte Euch, lasst ein Pflänzchen Hoffnung in mir grünen, als sei es Mai, nennt mir Euren Namen!«

Anna kam ein Gedanke. Sie war mit Alimah hier gewesen, vielleicht ließen die beiden sie passieren? So selbstverständlich wie möglich trat sie auf die Wächter zu und schritt zwischen ihnen hindurch. Aus den Augenwinkeln, bemerkte sie, wie die beiden sich anstarrten und dann die Schultern hoben.

Neidhart hatte nicht so viel Glück.

»Holde!«, schrie er. Sie wandte sich gerade noch rechtzeitig um, um zu sehen, wie einer der Hünen ihren Verehrer unter wüsten Beschimpfungen am Kragen packte und über den glatten Steinboden schleuderte.

»Euer Name?«

»Nein!« Anna blieb standhaft. Gott würde sie bei keiner Nachlässigkeit mehr ertappen.

Sie öffnete die Tür, hinter der bei ihrem ersten Besuch die drei Frauen gesessen hatten. Der Raum war leer. Seufzend wandte Anna sich ab. Die Tür zur Badekammer war unverschlossen, doch Anna fand auch hier keine Menschenseele, die sie fragen konnte.

Mit hängenden Schultern trat sie zwischen den Wachen hindurch auf den Flur. Etwas Gutes hatte dieser Abstecher in den Frauenflur allerdings gehabt: von Neidhart war nichts mehr zu sehen.

Erschöpft gelangte Anna an die Treppe, die zur Küche hinunterführte. Wenn er dort nicht war, wusste sie nicht, wo sie noch suchen sollte.

Im Gegensatz zur schläfrigen Stimmung am Morgen summte die Küche wie ein Bienenstock, gegen den ein Bär geschlagen hat. Mägde liefen durch die Wirtschaftstür herein und hinaus, schleppten Kessel und Wannen, drängten auf der Treppe an Anna vorbei und wieder zurück. Sie spähte in dem Gewirr umher, doch Friedrich war nicht zu entdecken. Alimah stand inmitten der Aufregung, ein schwarzer Fels in bunter Brandung, und erteilte Anweisungen.

»Du, hol mir eine Handvoll Pfeffer, die gleiche Menge Wacholder und ein Lorbeerblatt!« Das Mädchen flitzte los. »Und du da, pflück mir frischen Beifuß, bring mir Fenchel und Galgant«, herrschte sie die zweite an. »Du schneid Speck und bring mir Bindfaden! Du setz den Kessel auf den Herd ...« Sie wischte sich den Schweiß von der dunklen Stirn und winkte Anna zu sich herunter. Vorsichtig, um mit dem Hund auf dem Arm nicht zu stolpern, tappte Anna die Treppen hinab.

»Hast du Hunger?«, fragte die Köchin.

Anna schüttelte den Kopf. »Was geht hier vor?«, fragte sie.

»Die Vorbereitungen für die Hochzeit haben begonnen. In der Früh hatten alle noch einmal Ruhezeit – der Kaiser ist auf Reisen, da kann man großzügig sein. Aber ab sofort wird jede Hand gebraucht, bis das Fest vorbei ist. Hast du nichts zu tun? Dann kannst du gleich mit anfassen.« Die Magd neben Anna stieß einen Eimer um, und das Wasser spritzte in hohem Bogen über den Steinboden. »Kannst du nicht aufpassen?«, keifte Alimah. »Aber du solltest dich umziehen«, fuhr sie gemäßigter fort. »Das Kleid ist nichts für die Küche.«

»Nein, nein, ich habe noch viel zu tun.« Anna wollte sich schon umwenden, da fiel ihr etwas ein. »Wohin ist er denn verreist?«

»Er holt seine Braut ab.«

Anna taumelte über den Flur. Friedrich war fort, und wenn er wiederkam, brachte er seine Braut mit. Es war zu spät, sie hatte ihn verloren.

Die Vögel besangen emsig den frühen Morgen, doch es war bereits unerträglich heiß; zur Mittagszeit würde ihnen das Zwitschern sicher vergehen. Breite helle Tücher waren von Dach zu Dach, von Mauer zu Mauer und sogar über die leeren Käfige gespannt worden, um die Sonnenglut abzuhalten. Wächter verwirbelten mit Zweigen die Luft, um die flirrende Hitze über dem Weg zu vertreiben, auf dem Friedrich Isabella von England heimholen würde.

Das Warten wurde zur Qual. Anna stand zwischen zwei vierschrötigen Männern in edlen Gewändern und wartete auf eine Frau, die sie hasste, ohne sie zuvor gesehen zu haben.

Die Zeit floss grausam träge dahin. Fliegen krabbelten matt

über die Hauswände. Die Füße wurden Anna taub, der Nacken schmerzte, und vom Starren gegen die Sonne brannten ihr die Augen. Sie stieß einen Seufzer aus. Wann traf endlich der Brautzug ein?

Schließlich tat sich etwas. Ganz hinten erhoben sich Jubelrufe, kleine Wolken aus frischen Blütenblättern taumelten durch die Luft und sanken schaukelnd auf die Tiere herab, die in bunter Prozession den Weg entlangkamen. Ganz vorn schritten halb nackte Wächter mit Raubkatzen, die mit Halsschlingen aus Draht an Stangen auf Abstand gehalten wurden. Andere Wächter in den pluderigen Hosen, die Anna an Friedrichs Hof schon so häufig gesehen hatte, führten zwei zahme Kamele, Affen, Hunde und sogar die Giraffe sowie den Elefanten durch die Menge der Schaulustigen. Gleich hinter dem mächtigen Elefanten ritt Friedrich der Zweite, das Banner in der vorgereckten Rechten, die Zügel des Rappen fest im Griff. Anna konnte nicht umhin, den Behang des Pferdes zu bewundern. Blauer Samt, der Stoff, aus dem die kostbaren Schuhe gefertigt waren, bedeckte den Körper des Tieres. Selbst der Kopf steckte in einer Haube, die nur Augen, Ohren und das Maul frei ließen. Die Männer neben Anna verbeugten sich, und auch sie selbst erwies dem Kaiser ihre Ehrerbietung. Den Kopf indes hielt sie nur leicht geneigt, in der Hoffnung, Isabella zu Gesicht bekommen. Da war sie.

Ein Raunen lief durch die Menge, und der Mann zu Annas linker Seite verbeugte sich so tief, dass sein ausgestellter Ärmel über den Boden schleifte. Trotz der Hitze und des langen Rittes wirkte die kaiserliche Braut aus der Entfernung wie eine Blüte im Mai.

»Isabella, Isabella, sie lebe hoch!«, riefen die Menschen. »Isabella, zeigt Euch auch zu dieser Seite!«

»Isabella …«

Wie ein Schweißfieber breitete sich die Begeisterung aus, jeder, der sie sah, rief oder klatschte. Und endlich erhaschte auch Anna einen genaueren Blick auf die Braut. Ihr Pferd war ebenfalls mit Samt geschmückt, in Grün diesmal, mit Silber bestickt, und Isabellas Anmut verursachte Anna Übelkeit. Doch Kleinigkeiten, die die begeisterte Menge nicht bemerkte, schenkten Anna zumindest ein wenig Trost. Isabellas Kleid war viel zu dick – bei diesem Wetter war es sicher die Hölle, es tragen zu müssen. Außerdem, dachte sie gehässig, biss sich die Farbe des Gewandes mit der des Pferdebehanges.

Die Wächter bogen zu den Käfigen ein. Der Kaiser stieg ab, reichte seiner Braut die Hand und half ihr vom Pferd. Dann führte er sie unter den schützenden Stoffbahnen und dem Jubel der Gäste in sein Heim.

Die Dunkelheit in der Kammer tat wohl. Bis hierher war die Hitze noch nicht vorgedrungen. Das zarte Spiel eines Instrumentes erklang aus dem Nebenraum; klagend und zärtlich schien es auszudrücken, was Annas Herz so quälte.

Es klopfte. Anna sammelte sich und ging zur Tür.

»Du kommen, bringen Frau von Kaiser Kleid, ja?«

M'Ba. Sie hatte den Wächter nicht mehr gesehen, seit sie ihn so angeschrien hatte, aber seine Stimme klang freundlich. Anna atmete auf. Er schien ihr den Vorfall nicht übel zu nehmen.

»Ich komme.«

Unter M'Bas geduldigen Blicken suchte Anna ihr Werkzeug zusammen, vorsichtshalber auch Schnur und Heftgarn, zog die Gewänder behutsam von den Stangen und folgte M'Ba.

Isabella saß auf einem kostbar bestickten Polsterstuhl, das lange schwarze Haar mit einem goldenen Band auf der Stirn gehalten. Ohne die störende Farbe des Pferdeumhanges wirkte das Grün ihres Kleides edel und teuer. Der Ausschnitt war mit gestickten goldenen Ranken eingefasst, von roten Steinen durchsetzt, die wie saftige Johannisbeeren glänzten. Eine Ranke zog sich zwischen den üppigen Brüsten über den Leib und die Scham bis zum Saum des Gewandes, und die tief sitzende Schärpe um die Mitte betonte die fraulich breiten Hüften. Gut, dass Anna die

Nähte offen gelassen hatte – wer auch immer die Maße genommen hatte, hatte zu fest angezogen. Anna verneigte sich vorsichtig, damit die Kleider nicht knitterten. Isabella mochte nicht viel älter sein als sie selbst.

Nachdem sie sich wieder aufgerichtet hatte, legte die Engländerin den goldenen Spiegel aus der Hand und erhob sich.

»Du musst die Schneiderin sein. Ich bin entzückt, dich kennenzulernen.«

Anna nickte. Wenigstens sprach Isabella ihre Sprache, das würde die Arbeit erleichtern. »Herrin.«

»Ich freue mich schon seit dem frühen Morgen auf das Kleid, ich habe von deiner Kunst viel Gutes gehört. Willst du es mir zeigen?«, fragte Isabella.

Anna sah sich suchend um. Eine der Zofen trat näher, und Anna legte ihr die Gewänder der Jungfern über den Arm. Das Kleid für Isabella hielt sie hoch, damit die Braut es betrachten konnte.

»Wunderbar, ein solches Grün hatte ich mir vorgestellt. Und der Schnitt gefällt mir auch. Aber es scheint mir nicht ganz fertig zu sein.«

»Doch, Herrin Isabella, diese Nähte sind nur deshalb noch offen, damit das Kleid genau auf Eure Körperformen abgestimmt werden kann«, erklärte Anna.

»Sag doch Herrin Elisabeth zu mir! Mein Vater nennt mich Elisabeth – ich bin es von klein auf so gewohnt.« Sie klatschte in die Hände. Zwei Zofen traten näher, lösten mit geübten Fingern die Schnüre am Kleid und die Nesteln am Unterkleid, halfen Elisabeth aus ihrem Gewand und zogen ihr das Brautkleid an. Beide Zofen sprachen schnell auf ihre Herrin ein, doch Anna verstand kein Wort.

Herrin Elisabeth lachte. »Sie finden es ganz wundervoll und fragen, ob sie ihre Kleider auch anziehen dürfen.«

Anna nickte.

»Das Gewand ist so leicht, eine Wohltat bei der Hitze. Ich wusste, dass es in Italien warm ist, aber dass man hier in Deutschland auch schon sommerliche Kleidung braucht! Das Wetter in England ist furchtbar, es regnet ständig. Selbst mein Bruder Heinrich, der wirklich ein guter König ist, kann daran nichts ändern.«

Anna musste kichern, und sie hasste sich dafür. Das wurde ja immer schlimmer. Die Braut des Kaisers war nicht nur schön, sondern auch geistreich.

Elisabeth sah Anna in die Augen. »Du bist angenehm. Der Kaiser hat mir schon erzählt, dass du mir neue Gewänder schneidern wirst, nach der Hochzeit. Das freut mich. Mein letzter Schneider war sicher so alt wie meine Taufkirche, und er roch wie ein Essigschwamm.« Da kicherte auch Elisabeth. »Schau, die anderen Kleider passen auch! Selbst bei Irmelin … Sie ist ein wenig fülliger geworden, wenn du verstehst, was ich meine«, tuschelte sie. »Du schließt die Nähte, und dann schickst du mir das Kleid?«, fuhr sie fort.

Anna nickte stumm.

»Das ist gut. Morgen früh hilfst du mir beim Ankleiden, und nach dem Hochzeitsfest lasse ich dich wegen der neuen Gewänder rufen.«

Behutsam löste Anna die Schnürung. Elisabeth schlüpfte gewandt aus dem Kleid, ohne die Hilfe der Mädchen in Anspruch zu nehmen, und zog ihr eigenes Kleid wieder über.

»Ich wünschte, ich könnte es gleich anbehalten.« Sie seufzte. »Es ist gut, du kannst gehen.«

Die Naht würde Elisabeths Brüste noch stärker betonen. Entschlossen griff Anna in die Truhe, um die Nadelmappe zu suchen, öffnete sie, warf sie zurück und ergriff eine andere Mappe. Dann würde sie vor ihm herumstolzieren und ihm den Kopf verdrehen. Sie schnitt neues Garn ab, fädelte es ein und stach in den Stoff. Nicht einmal Petrus de Vinea hätte Anlass, über Elisabeths üppige Formen zu spotten, und sie, Anna, musste dabei helfen, diese Formen möglichst reizvoll zu verpacken. Sie verheddere sich mit dem Faden, suchte die Schere, fand sie nicht gleich und riss den Faden einfach ab, obgleich ein unschönes Zerrloch entstand. Und dann würde es nicht lange dauern, bis sie einen Thronfolger nach dem anderen gebar, und er hätte nur Augen für sie. Und was war mit ihr, Anna? Erst lud er sie zum Bad ein, und dann führte er eine *solche* Braut nach Hause.

Sie stach sich in den Finger, verhedderte sich erneut, schimpfte laut vor sich hin, fand die Schere in der Kiste, schnitt den Faden ab und warf die Schere wieder in die Truhe. Aber das Schlimmste war, dass Elisabeth nett war. Anna knallte den Deckel der Truhe so heftig zu, dass der eiserne Beschlag laut ächzte. Warum machte sie es ihr so schwer, sie zu hassen?

Auf der Bank unter den Bäumen des kleinen Parkes war es angenehm kühl, obwohl der Tau auf den Blüten schon verdunstet war. Anna setzte sich und nahm Falke auf den Schoß. Er stellte sich auf die Hinterpfoten, die Vorderbeine gegen Annas Körper gestemmt, und sah sie mit wedelndem Schwänzchen unverwandt an.

»Mein Kleiner, wenigstens haben wir uns. Ich passe auf dich auf, und du tröstest mich, das ist mehr, als manch ein anderer hat, hm?« Sie beugte sich vor, und der Hund stieß sie mit der Nase an. Er winselte. »Oder bist du auch unglücklich, weil ich dich von deinen Geschwistern weggeholt habe?« Anna kraulte das Köpfchen, bis das Winseln nachließ. Eine Weile genoss Falke die Zärtlichkeiten, doch dann lockten ihn die Geräusche im Gras. Er kletterte von Annas Schoß und sprang auf den Boden. Sie band ihn mit der langen Borte und dem Halsband fest, die sie in einem Anfall von Verschwendungssucht als Hundeleine auserkoren hatte.

Anna seufzte. Wie schön die Blüten waren. In der gleißenden Sonne, deren Strahlen gerade die ersten Blüten und Annas Fußspitzen erreichten, entfaltete sich ihr betörender Duft besonders stark. Die Blätter der Rose, die M'Ba ihr von Friedrich gebracht hatte, lagen immer noch unter ihrer Bettstatt, genau an der Stelle, wo sie sie nach der Einladung hingeschoben hatte. Hätte sie die Einladung angenommen, hätte sie sich nicht immer fragen müssen, wie er wohl war … mit Elisabeth. Sie hätte ihn zumindest für eine Nacht für sich allein gehabt.

Anna riss eine Rosenblüte ab. Gleichgültig, welche Bräuche die Männer in Alimahs Land pflegten, sie musste sich von Friedrich fernhalten, das war sie Elisabeth schuldig.

Annas Entschluss war gefasst, sie würde ihm eine Abschiedsbotschaft schicken. Sie brach den Rosenstiel, aber so, dass beide Teile noch zusammenhingen. M'Ba musste die geknickte Rose bei Friedrich abgeben, denn wenn sie so dicht an ihn herantrat, dass sie seinen Duft wahrnahm, würde ihre Ehrbarkeit schwinden wie der Tau auf den Blüten.

Die Blume in der Hand, erhob Anna sich. M'Ba machte sich um diese Zeit sicher bei den Käfigen zu schaffen. Aber was, wenn Falke dort Angst bekam? Vielleicht würde Alimah … Nein, die duldete den kleinen Racker während der Hochzeitsvorbereitungen bestimmt nicht in ihrer Küche. Anna ließ den Hund an der Bank festgebunden und schritt die Hecke ab. Das ganze Grundstück war dicht zugewachsen, selbst das Tor war so gebaut, dass der Hund dort sicher nicht durchkam, sollte er sich losmachen. Sie beugte sich hinunter und strich dem Welpen über den Kopf.

»Keine Angst, ich muss nur etwas erledigen, ich bin gleich wieder da.«

Sie ging, die Rose in der Hand, und wandte sich noch einmal um. Falke saß aufmerksam da, ohne einen Laut.

Ein guter Hund.

Es hatte eine Weile gedauert, bis M'Ba verstanden hatte, was er mit der Rose tun sollte.

Falke wartete am Fuß der Bank und sprang vor Begeisterung an ihrem Rock hoch. Sie nahm ihm die Leine ab und ließ ihn laufen. Der Wind rauschte in den Baumkronen, der kleine Jagdhund sprang unbefangen weit voraus über die Wiese, und Anna ließ ihren Gedanken freien Lauf.

Sie schüttelte sich und seufzte. Vorbei, es war vorbei.

»Anna!« Hatte da jemand ihren Namen gerufen?

»Anna!« Doch, ganz sicher, jemand rief nach ihr. Sie wandte sich um und spähte umher. Suchte Alimah sie?

Anna rief nach dem Hund, doch Falke kam nicht. Sie lief kreuz und quer durch den Garten – er war nirgends zu sehen. Die Hecken ringsum waren dicht, er hatte also nicht nach draußen entkommen können. Wer auch immer sie gerufen hatte, musste warten, zuerst würde sie ihren Hund suchen. Ihre Hände zitterten. Sie hatte versprochen, gut auf ihn aufzupassen.

»Falke! Faalke!« Anna hörte selbst, wie kläglich ihre Stimme klang, und wurde immer mutloser. Wo konnte er nur sein? Er war wild, sicher, aber er würde doch nicht so weit weglaufen, dass sie ihn nicht fand. Sie musste ihn zwischen den Sträuchern suchen, vielleicht hing er irgendwo fest. Aber würde er dann nicht kläglich jaulen? Anna wischte sich eine Träne aus dem Augenwinkel und drückte sich an den dichten Zweigen entlang, den Blick auf das Gebüsch gerichtet, das in langer Linie den ganzen Garten umgab. Das Gewirr war wirklich dicht. Ein kleiner Hund konnte da schnell an einem Ast hängen bleiben.

So musste es sein, er hing irgendwo fest, stumm und verängstigt. Schritt um Schritt tastete sie sich vorwärts, den Blick suchend auf den Boden und die Sträucher gerichtet. Und dann sah sie es: Ein Strauch war herausgerissen worden. In der Hecke klaffte ein Loch, groß genug, dass sogar ein Kind hindurchgepasst hätte – und erst recht ein kleiner Hund. Wenn Falke da hinausgelaufen war, konnte er überall sein …

Doch was war das? An einem anderen Strauch, unmittelbar neben der Lücke, hing eine Rolle.

Anna griff danach und staunte. Ein Pergament, zusammengerollt und mit feinem Band umwunden. Wer ließ so etwas hier zurück? Und welch feines Pergament, beinahe so dünn wie Friedrichs Papier! Das konnte kein Zufall sein, jemand hatte … Anna schlug die Hand vor den Mund, als die Erkenntnis sie durchzuckte. Das Loch, die Rufe … das Pergament war für sie bestimmt.

Sie konnte das Band nicht gleich lösen. Ihre Finger zitterten so stark, dass das Pergament ihrer Hand entglitt. Rasch hob sie es wieder auf und schob das Band einfach herunter. ANNA stand in großen Buchstaben darauf, ihren Namen konnte sie lesen. Sie fand noch einige Worte, deren Sinn ihr verborgen blieb, allerdings waren sie durchgestrichen. Was sollte das bedeuten? Eine dunkle Ahnung stieg in ihr auf.

Diese Schrift hatte sie schon einmal gesehen, im Kontor, auf den Rechnungen.

Heinz. Die Nachricht stammte von Heinz. Und weil er keine Zeit gehabt hatte, das Pergament sorgfältig zu radieren, hatte er den begonnenen Text einfach durchgestrichen. So musste es gewesen sein. Weiter unten war etwas gezeichnet, leicht verschmiert, aber noch gut erkennbar: ein Hund – ihr Hund! –, angebunden an einem Gebäude.

Anna fuhr zusammen – es sollte den Außenstall mit dem Kühlkeller darstellen, in dem sie vor dem Gewitter Zuflucht gesucht hatte. Daneben waren zwei Figuren gezeichnet, eine ganz sicher eine Frau, die andere durchgestrichen. Fast hätte Anna das letzte Bild übersehen, denn das Pergament hatte sich am unteren Rand wieder aufgerollt.

Noch einmal ein Paar, diesmal war keine der beiden Personen durchgestrichen. Und daneben – der Hund ohne Kopf. Die Botschaft war deutlich. Die Frau sollte allein kommen, sonst würde der Hund sterben. Anna schluchzte laut auf.

Erst hatte er Bär in seine Gewalt gebracht und jetzt Falke. Sie knüllte das Pergament zusammen. Dann ballte sie die Fäuste, atmete tief durch und strich das Blatt wieder glatt, um es noch einmal anzusehen.

Was sollte sie tun?

Friedrich hasste Heimlichkeiten. Sie hatte es bei de Vinea erlebt: Der Kaiser duldete Ränkespiele nicht einmal von Menschen, denen er so nahe war wie ein Fingerhut dem Finger. Und sie hatte versprochen, Bescheid zu geben, wenn Heinz sich noch einmal meldete. Aber wenn Friedrich diese Nachricht erhielt, ließ er sich gewiss nicht davon abhalten, Anna zu begleiten, da war sie sich ganz sicher. Aber er durfte nicht mitkommen, das wurde auf dem Blatt ganz deutlich dargestellt. Sonst wäre der Welpe in Gefahr. Und wer wusste schon, was Friedrich dachte? Jetzt, da Elisabeth in Worms eingetroffen war, war es ihm vielleicht nicht mehr so wichtig. Anna rollte das Pergament zusammen, hob das Band auf und schob es um die Rolle.

Wie betäubt ging sie den Weg entlang. Das Zwitschern der Vögel klang schon matter in der Mittagshitze, doch rings um die Kaiserpfalz herrschte emsiges Treiben. Der Flur war leer; von oben hörte sie Schritte, das Klappern von Türen und Nachttöpfen. Schon zwei Ecken vor dem Eingang zur Küche mischte sich der Geruch von Suppe und Schinken, Braten und Gemüse mit dem von Brot und Kuchen. Das Wasser lief Anna im Mund zusammen. Wie konnte sie bloß daran denken, sich den Bauch vollzuschlagen, wenn sie heute entweder Friedrichs Vertrauen verlieren würde oder ihren Hund?

Alimah stand wie immer am Herd. Keine der geschäftigen Mägde achtete auf Anna.

»Alimah, ich …«, begann Anna, doch die dunkle Köchin ließ sie nicht zu Wort kommen.

»Ich kann nicht schon wieder auf ihn aufpassen, er stört in der Küche …«

»Alimah! Alimah!« Anna ging die Geduld aus, sie hatte es eilig. Wer wusste schon, was Heinz mit dem Hund anstellte? »Du musst etwas für mich tun – bitte. Es ist wichtig.«

Die Köchin verstummte, musterte Anna mit ihren schwarzen Augen und nickte.

»Gib dies dem Kaiser, wenn ich bis zum Mittagsläuten nicht zurück bin. Und nur dann, hörst du?« Vielleicht konnte sie alles selbst klären, vielleicht konnte sie den Hund heil zurückbringen, wenn sie mit Heinz sprach, ihm alles erklärte. Dann musste Friedrich nichts davon erfahren.

»Anna, ist alles in Ordnung?«, fragte die Köchin.

Anna nickte. »Ja, doch.«

Alimah starrte sie von oben bis unten an, und Anna wurde deutlich, wie sie aussehen musste. Verschwitzt, zerzaust, ängstlich. Sie hatte keine Zeit, irgendetwas zu erklären.

»Wirst du es ihm geben, wenn ich nicht komme?«, drängte sie.

Alimah nickte wortlos. Anna reichte ihr die Nachricht.

So würde er wenigstens wissen, warum sie gegangen war – warum sie hatte gehen *müssen* –, falls sie nicht zurückkam. Sie machte kehrt und eilte aus dem Haus.

Ein Schwein geriet ihr vor die Füße, zwei Hühner stoben gackernd auseinander, doch Anna hielt nicht inne. Sie eilte davon, vorbei am Holzlager und Vorratshaus, an den Ställen und am Backhaus mit den kichernden Mägden davor. Doch warum kam sie nicht rascher vorwärts, obwohl sie rannte wie noch nie in ihrem Leben? Noch die Kapelle, dann lief sie ohne Gruß an dem Wächter des hinteren Tores vorbei, sprang die drei Stufen hinunter und wandte sich ohne Zögern nach rechts. Eine scheinbar endlose Strecke an der Mauer entlang, bis sie endlich die offene Wiese mit dem Feldweg erreichte.

Staub wirbelte auf, die Hitze machte das Atmen schwer, doch Anna wagte nicht, langsamer zu werden. Wer wusste schon, was dieser Wahnsinnige mit ihrem Hund anstellte, wenn sie nicht kam?

Die Scheune tauchte auf. Verlassen lag sie in der flirrenden Mittagshitze. Eine Stechfliege biss Anna, aber sie hielt nicht an, um das lästige Ungeziefer abzuschütteln. War Heinz schon wieder fort? Das Tor kam näher, es stand offen. Was hatte Heinz Falke angetan? Warum war er nicht zu sehen? Mehrere durchsichtige Klötze lagen staubbedeckt vor dem Schuppen. Anna fuhr mit dem Finger darüber, sie waren eiskalt. Die Blöcke aus dem Kühlkeller! Hatte Heinz Falke in das Loch geworfen?

Würde sie den kleinen Hundekörper irgendwo in dieser

Grube … Ein Winseln, sie hörte eindeutig ein Winseln. Anna rannte in den Schuppen, vorbei an den Sensen und Körben. Sie suchte die Stroh- und Heuballentürme ab, die in schnurgerader Linie an allen vier Wänden aufgestapelt waren. Nichts. Vielleicht doch in der Grube? Anna stolperte über ein Werkzeug. Wer auch immer hier aufgeräumt hatte, war nur bei den Ballen gründlich gewesen.

»Falke?« Sie warf sich auf die Knie und schob die hölzerne Abdeckung beiseite. An dem Mittelbalken, der zum Hinablassen der schweren Eisklötze gebraucht wurde, hing ein dünnes Seil. Und unten, ganz unten in der Grube saß der Welpe, das dünne Seil um den Hals gebunden, und sah sie aufmerksam an, wie es seine Art war. »Falke!«, rief Anna erleichtert. Heinz hatte dem Hund nichts getan, es hatte ihm gereicht, Anna zu erschrecken. Sie sandte ein Stoßgebet zum Himmel. Schluchzend und lachend zugleich beugte sie sich noch weiter vor. Falke jaulte, und als er ihrer gewahr wurde, sprang er hin und her, doch die dünne Schnur schnitt ihm in den Hals; er röchelte.

Anna sah sich hastig um. Die Leiter zum Dachboden war festgezurrt, aber sie hatte doch irgendwo eine weitere Leiter gesehen. Da stand sie, an die grobe Mauer gelehnt, voller Spinnweben und Heuhalme. Beim Versuch, das halb zerbrochene Ding zur Grube zu schleppen, rammte sie sich Splitter in die Finger, aber sie schaffte es. Behutsam, damit die Holme den Hund nicht verletzten, ließ sie die Leiter in das Loch rutschen und schwang sich darauf. Rückwärts stieg sie eilends hinunter. Eine der oberen Sprossen krachte, hielt ihrem Gewicht aber stand. Endlich hatte sie den Boden erreicht und nahm den Welpen auf den Arm. Sie versuchte, ihn loszuknüpfen, doch das Band saß fest. Es war vielfach verknotet und fest verzurrt. Mit schweißnassen Fingern ließ es sich einfach nicht lösen. Anna setzte Falke ins Stroh, das auch hier in ordentlichen kleinen Stapeln verteilt war, während er ihr mit rauer Zunge die Hände leckte. Ein ungutes Gefühl beschlich Anna. Sie sah sich um, und plötzlich verstand sie, warum Heinz sie hier heruntergelockt hatte.

Der Brandgeruch breitete sich aus, während Anna ein letztes Mal an dem Knoten zerrte. So würde sie das Band nicht losbekommen. Sie stieg die Leiter wieder hinauf und kletterte über den Rand. Sie hatte es gewusst. Der Schuppen brannte an allen vier Ecken.

Böses Erwachen

Vor dem offenen Tor stand Heinz und hielt mit festem Griff die spitze Heugabel umklammert, mit der er sie zurückstoßen würde, sollte Anna zu entkommen versuchen.

Qualm drang ihr in Mund und Nase. Ihr Herz raste, die Kehle war wie ausgedörrt, und ihr wurde schwindelig. Doch statt auf das Tor zuzulaufen und an Heinz vorbeizuflüchten, wandte sie sich keuchend wieder der Grube zu. Sie musste hinabsteigen und Falke retten. Der Balken und die Leiter verschwammen ihr vor den Augen. Alles schien so unwirklich. Die Flammen tanzten in glühendem Rot und Gelb, die Sonne warf ihre Fänge in das tiefste Dunkel der Scheune. Heinz wirkte wie ein Schattendämon vor dem hellen Ausgang, der in die rettende Freiheit führte. Fast meinte Anna, die Stimme ihres Vaters zu hören, der sie von der Mutter und den Flammen wegjagte. Die Beine knickten ihr ein, und sie sank zu Boden. Alimahs Stimme schien ihr zuzuflüstern, Friedrich halte seine Versprechen immer. Sie glaubte ein Jagdhorn und Bärs erstes Bellen zu vernehmen. »Bis ich wiederkomme, ist das Feuer an!«, hörte sie ihren Vater befehlen. »Du wirst brennen, Hexe, und der Köter auch!«, schien Heinz' brüllende Stimme an ihr Ohr zu dringen.

Anna keuchte und stemmte sich auf die Unterarme, dann auf die Hände, bis sie schließlich aufrecht stand. Sie musste Falke retten, vielleicht würde sie dadurch ihre Schuld Bär gegenüber tilgen. Allein gelassen hatte sie ihn damals. Tränen rannen ihr über die Wangen, aber sie nahm sich nicht die Zeit, sie wegzuwischen. Obwohl Anna immer noch schwindelte, rannte sie auf das Tor zu. Der Rauch war inzwischen so dicht, dass sie nur noch schemenhaft sah, wie Heinz entschlossen die Heugabel hob.

Anna lief bis kurz vor den Ausgang, ergriff eine Sense und stürzte zurück zur Grube. »Lass sie scharf sein, sonst bricht es Falke den Hals!«, betete Anna laut. Dann hieb sie das Seil dicht unter dem Balken mit einem Schnitt durch, warf die Sense fort und kletterte in die Grube. Sie nahm den kleinen Hund auf den Arm und erklomm die Leiter. Fast oben angelangt, hob sie den Hund über den Rand und wollte sich aus dem Loch hieven. Es knackte. Eine Sprosse brach, Anna rutschte ab und verlor den Halt. Ein dumpfer Schmerz am Hinterkopf, dann Stille.

Was war das für ein Lärm? Ihr Kopf schmerzte, und die Geräusche verursachten ihr Brechreiz. Anna schlug die Augen auf. Falke. Die Scheune. Brandgeruch. Sie fuhr hoch, ohne auf den dumpfen Schmerz zu achten, der im Hinterkopf wütete. Sie musste herausfinden, wie es dem Hund ging.

»Nein, Kaiser sagt, jetzt kommen …« M'Bas Stimme, so laut, dass sie deutlich durch die Tür drang.

»Und *ich* sage, sie isst erst etwas, basta. Muss ich dir wieder eins über deinen krausen Schädel geben, damit du tust, was ich sage?«, fauchte Alimahs Stimme.

Die Tür öffnete sich, und die Köchin schlich ins Zimmer. Der Holzteller, den sie mit der Linken trug, war beladen mit Kuchen und einem Becher. Mit der Rechten schloss sie leise die Tür.

»Wie geht es dir?«, flüsterte sie.

»Ganz gut«, sagte Anna. »Wo ist Falke?«

»Ich weiß es nicht, man hat mir nur gesagt, du seist gefallen, auf einen Balken.« Alimah schob einen Stuhl neben das Bett und stellte den Teller darauf ab.

»Du solltest rasch noch etwas essen. Der Kaiser wartet auf dich, im Saal.«

Pflichtschuldig biss Anna ein Stück von dem saftigen Eierkuchen ab und spülte mit einem großen Schluck Most nach.

»Wirklich gut«, log Anna, schwang die Beine von der Bettstatt und wartete, bis der Schwindel nachließ. Schließlich stand sie auf. »Ich bin bereit.«

Vor der Tür stand M'Ba. »Anna! Kommen, Kaiser warten.«

War der Gang schon immer so lang gewesen? Bleierne Müdigkeit drückte Anna nieder, und das Atmen schmerzte. Sie kannte das, eine Folge des Rauches. Sie nahm eine Haarsträhne zwischen die Finger und schnupperte daran. Der Brandgeruch war betäubend. Schritt um Schritt ging es vorwärts, kaum konnte sie mit dem Wächter und der Köchin mithalten. Auch ihr Arm tat höllisch weh. Ein dickes Brandloch, umkränzt von Heuresten, prangte in ihrem Ärmel – ein Glutbrocken musste in die Grube gefallen sein. Sie schob den Stoff hoch. Eine dicke weißliche Blase saß inmitten eines apfelgroßen roten Brandfleckes. Sie biss die Zähne zusammen.

»Ich gebe dir später Lavendelöl, dann tut es nicht mehr so weh«, keuchte Alimah. Offenbar war Anna nicht die Einzige, die Mühe hatte, M'Bas langen Schritten zu folgen.

»M'Ba, du bist zu schnell!« Anna blieb stehen und hielt sich den Kopf.

»Sehr schnell.« M'Ba blieb ebenfalls stehen, er grinste breit. Anna bekam das Gefühl, dass er mehr Zähne hatte, als es sich gehörte.

»So schnell, dass Kaiser M'Ba sagen, gehen retten Anna, weil schneller laufen.« Er trommelte sich mit beiden Fäusten auf die Brust. »Ich dich retten – du mir gehören.«

Alimah warf ihm einen finsteren Blick zu.

M'Ba verdrehte die Augen, bis das Weiße zu sehen war. »Kaiser sagen retten, also du Kaiser gehören.«

Alimah nickte zufrieden, und M'Ba seufzte, dann hellte sein Gesicht sich auf. »Macht nichts, sowieso zu teuer, dich dick füttern.« Er schritt ein wenig langsamer aus, und Anna heftete sich ihm an die Fersen. Ihr war nicht zum Lachen zumute. Gleich musste sie sich dem Kaiser stellen. Was würde er dazu sagen, dass sie eine solche Dummheit begangen hatte?

Die Doppeltür schwang auf, Alimah und M'Ba blieben zurück. Ganz allein stand Anna in dem großen Saal und blinzelte zu der kleinen Gruppe vor dem Thron hinüber. Friedrich saß, und Petrus de Vinea stand zu seiner Rechten wie an jenem Tag, als der Kaiser seinen Sohn gerichtet hatte. Heinz, das Gesicht blutig aufgeplatzt und verschwollen, wurde von zwei Wächtern flankiert, die ihn scharf im Blick hatten, aber nicht festhielten.

»Komm näher!«

Anna trat vor den Thron. Erst aus der Nähe erkannte sie, dass der Kaiser aufs Höchste erbost zu sein schien. Die Adern an Stirn und Hals waren geschwollen, die Augen bildeten gefährliche Schlitze. Ihr schauderte. War er so wütend auf sie?

»Dann lasst uns anfangen.« Friedrich gab seinem Berater einen Wink. »Petrus.«

De Vinea wandte sich an Heinz.

»Dir wird vorgeworfen, eine Sache – genauer, einen Jagdhundwelpen – entwendet zu haben, um einem Mitglied des Hofes, Anna Spierl, eine Brandfalle zu stellen. Weiterhin soll der Vorsatz bestanden haben, das selbige Mitglied mit einer Heugabel bis zum Tod durch Verbrennen oder Ersticken in das Feuer zu zwingen. Die Anklage lautet auf Verrat.«

Heinz lachte krächzend. »*Sie* hat den Schuppen in Brand gesteckt, und einen falschen Namen benutzt sie auch. Ich war nur durch Zufall dort und wollte mit der Gabel das brennende Stroh wegräumen, um sie zu retten«, erklärte Heinz.

»Lüg mich nicht an!«, brüllte der Kaiser. »Sie trug eine Nachricht von dir bei sich.«

Heinz zuckte zusammen und nestelte an seiner Gürtelschnalle. »Die Nachricht hat sie selbst geschickt, um von sich abzulenken.«

Friedrich sprang auf, trat auf Heinz zu und schlug ihm so hart ins Gesicht, dass es klatschte. Schwer atmend setzte der Kaiser sich wieder auf den roten Thron.

»Warum sollte sie den Hund töten und sich selbst verbrennen? Außerdem« – er wedelte mit der Nachricht – »kann sie nicht schreiben. Es stehen auch Worte auf dem Bogen. Das ist der Beweis – sie wurde in die Scheune gelockt.«

Heinz ließ den Kopf sinken, hob ihn aber gleich wieder und reckte das Kinn. »Ich habe ein Recht darauf, sie zu prüfen. Sie ist mein Weib.« Er beobachtete den Kaiser genau, und als keine Antwort erfolgte, sprach er eifernd weiter. »Und sie ist eine Hexe. Sie hat mich verhext und meine Mutter ermordet.«

»Pah.« Der Kaiser erhob sich abermals. »Sie ist so schön, dass sie jedem Mann den Kopf verdreht, das macht sie noch nicht zur Hexe. Und über deine Mutter, die Giftmischerin« – Heinz erbleichte –, »habe ich Erkundigungen eingezogen. Es sieht wohl eher so aus, als ob sie sich aus Versehen selbst aus ihrem jämmerlichen Dasein befördert hat.«

»Sprecht nicht so über …«

»Schweig!«, fuhr Friedrich Heinz über den Mund. »Und im Übrigen ist sie nicht dein Weib, denn die Ehe wurde nie vollzogen. Sie ist die ehrbare Witwe des armen Meisters Spierl. Sie ist also weder eine Hexe noch deine Frau. Nachdem das nun geklärt ist, wieder zu dir.« Er nickte den Wächtern zu. Sie packten Heinz an den Armen.

Der Tuchhändler schrie auf. »Ich habe Zeugen dafür, dass sie eine Hexe ist.«

»Damit redest du dich auch nicht …«

Petrus de Vinea sprach leise auf den Kaiser ein. Der wandte den Blick ab, nickte dann aber.

»Sprich!«, forderte de Vinea Heinz auf.

Die Wächter ließen Heinz' Arme los, standen aber bei Fuß, bereit, wieder zuzupacken. Anna hielt es kaum noch aus. Wann war diese schreckliche Verhandlung endlich vorbei? Was sollte das Gerede von Zeugen? Etwa der Wirt aus dem Gasthaus, der bezeugen sollte, dass sie mit der Linken genäht hatte? Nur gut, dass sie Friedrich davon erzählt hatte. Ihm war es gleichgültig, das wusste sie. Sie straffte den Rücken und versuchte den Schmerz im Arm nicht zu beachten. Als sie jedoch Heinz' nächste Worte hörte, gefror ihr schier das Blut in den Adern.

»Der Ratsherr Gilbert aus Jever hat sie und ihren Vater der Hexerei angeklagt«, stieß Heinz triumphierend hervor.

Anna schloss die Augen und presste die Fingerkuppen gegen Stirn und Nase. Wie hatte er bloß davon erfahren? Verzweiflung stieg in ihr auf. *Das* hatte sie dem Kaiser nicht erzählt.

Die nächsten Worte rauschten an ihr vorbei. »Warum hast du diesen Ratsherrn nicht mitgebracht, wenn er alles bezeugen kann?«, knurrte Friedrich.

»Er ist … ähm … erschlagen worden. Aber seine Witwe hat mir alles genau berichtet, Ihr könnt es nachprüfen lassen.«

Der Kaiser winkte zum Zeichen, dass Heinz fortfahren solle.

»Ich hatte seltene Stoffe an der jeverschen Küste abzuholen. Die frisch Verwitwete wartete ebenfalls auf das Löschen der Ladung. Sie musste ihre Ware selbst abholen, weil ihr neues Lehrmädchen schon seit Tagen nicht zur Arbeit erschienen war. Wir kamen ins Gespräch darüber, wie schwer es ist, fleißige Lehrlinge zu finden …«

»Komm auf den Punkt!«, herrschte Friedrich den Tuchhändler an.

»Das ist wichtig. Dann hat sie erzählt, dass eines ihrer Lehrmädchen namens Anna sogar der Hexerei angeklagt war. Ich wusste, dass mein Weib …« Friedrich zog die Augenbrauen hoch, Heinz schluckte. »… dass Anna aus Jever stammt. Deshalb fragte ich nach. Und tatsächlich, es handelte sich um die gleiche Person. Auch in Jever als Hexe gesucht.«

Friedrichs Gesicht hatte eine unnatürliche Blässe angenommen. »Hinaus. Alle!«, stieß er hervor und wandte sich Anna zu. »*Du* bleibst.«

Anna verschränkte die Hände vor der Brust, den Kopf hielt sie gesenkt. Sie wollte weder Petrus de Vinea noch Heinz ins

Gesicht sehen. Erst als die Tür sich mit lautem Knall geschlossen hatte und sie mit dem Kaiser allein war, hob sie den Kopf. Es war ihr gleichgültig, was er mit ihr vorhatte, sie wollte nur wissen, wie es dem Hund ging. »Majestät«, flehte sie ihn an, »bevor Ihr mich richtet, lasst mich nur eine Frage stellen – bitte!«

Den Kaiser hielt es nicht an seinem Platz. Er wanderte hin und wieder zurück, die Hände auf dem Rücken, bevor er antwortete. »Ich kann mich nicht entscheiden, ob du frech oder mutig bist. Meinst du nicht, es stünde mir zu, Fragen zu stellen?«

Anna ging nicht darauf ein. »Bitte!«

»Frag!«

Erleichtert stieß Anna die Luft aus. »Wie geht es Falke? Heinz hatte ihn so festgezurrt, dass ich ihn nicht losbinden konnte. Ich musste mit einer Sense oben am Balken das Band durchschlagen. Er ist doch noch so klein, ich weiß nicht, ob sein Hals den Ruck ausgehalten hat …« Zornig wischte sie sich eine einzelne Träne aus dem Augenwinkel.

Friedrich blieb stehen und grinste breit. »Du hast den mächtigsten Herrscher der gesamten christlichen Welt belogen und verärgert, und deine einzige Sorge gilt dem Hals eines Hundes?«

»Ich hatte jemandem versprochen, auf ihn achtzugeben«, murmelte Anna kleinlaut.

Friedrich nahm seine Wanderung wieder auf. Das Grinsen hatte sich so plötzlich verzogen wie die Sonne an einem Apriltag. »Du hattest auch versprochen, zu mir zu kommen, wenn der Wahnsinnige wieder auftaucht.« Er wedelte mit dem Pergament, mit dem Anna in den Schuppen gelockt worden war. »Wäre Alimah nicht sofort zu mir gekommen, hätte der Narr sein Gottesurteil vollzogen.«

»Ich musste es tun. Es stand darauf, dass ich allein kommen muss. Ihr hättet mich niemals gehen lassen.«

Friedrich rieb sich das Kinn und seufzte.

Anna versuchte es weiter. »Schon auf der Bank im Garten hatte ich Angst, dass Ihr mir nicht glaubt. Bei der Erwähnung

der ersten Anschuldigung wart Ihr misstrauisch.« Und unerträglich kalt, fügte sie in Gedanken hinzu. »Hättet Ihr mir denn
bei einer zweiten Anschuldigung immer noch geglaubt? Bitte,
denkt nicht schlecht von mir! Ich habe mich nur nicht getraut,
Euch davon zu berichten.«

Die Miene des Kaisers war undurchdringlich. »Dann tu's
jetzt!«

Anna erzählte ihm die Geschichte von Anfang an. Gilberts Annäherungsversuche erwähnte sie noch mit stockender Stimme,
aber dann brach alles aus ihr heraus. Der Brand, die Anklage, die
Verhandlung. Wie Wulf erpresst wurde, sich für das Gottesurteil
zu entscheiden, damit seine Tochter nicht in die Fänge des Ratsherrn geriet. Die Wasserprobe und der Tod des Vaters. Selbst den
dicken Mönch Johann, Marie und Maffrit vergaß sie nicht, um
diesmal nur ja nichts auszulassen.

»Und deshalb habe ich nicht alles erzählt. Vielleicht stimmt
wirklich etwas nicht mit mir, ich bringe allen nur Unglück.
Kann man eine Hexe sein, ohne es zu wissen?«

Friedrich runzelte die Stirn. »Ich glaube nicht.«

Er schien nicht mehr zornig zu sein, aber der Ausdruck auf
seinem Gesicht gefiel Anna noch weniger. »Dem Hund geht es
gut. Du kannst ihn später bei Fenno abholen.«

Anna atmete auf; das klang nicht danach, als ob sie demnächst hingerichtet würde – und einer Blinden würde er keinen
Jagdhund anvertrauen, also würde sie wohl auch nicht geblendet werden. Erst als eine schwere Last von ihr abfiel, merkte
Anna, welche Angst sie gehabt hatte. Warum war er so abweisend? Dabei hatte sie nichts Böses getan.

Anna war es leid. Sie war durch das Feuer gegangen, sie war
nicht weggelaufen, sie hatte Zuspruch verdient und keine
Schelte. Ihr Vater hätte sie gelobt.

»Ich wünschte, ich wäre verbrannt, dann wüsstet Ihr wenigstens, dass ich unschuldig bin«, stieß sie trotzig hervor.

Doch Friedrich war auch noch nicht fertig. »Und ich wünschte,
du hättest mehr Vertrauen zu mir gehabt.«

Die Enttäuschung in seiner Stimme bewirkte, was die Todesangst nicht vollbracht hatte: Anna zog es den Boden unter den Füßen weg. Während Friedrich mit einer Glocke die anderen wieder hereinrief, tastete sie nach einer Stuhllehne, um sich zu stützen, bis ihre Beine sie wieder trugen.

Heinz' lauerndem Blick konnte Anna ausweichen, aber der zufriedene Ausdruck auf de Vineas Gesicht genügte, und sie wusste, wie erbarmungswürdig sie aussah.

»Wir haben über deine Einwände nachgedacht. Anna Spierl war nur als Familienangehörige mitangeklagt. Das bedeutet, der Nachweis der Unschuld des Vaters durch seinen Tod entlastet auch sie. Ich erkläre hiermit die Witwe Spierl des Tatbestandes der Hexerei für unschuldig.«

»Nein!« Heinz sprang bis auf zwei Schritte auf den Kaiser zu, bevor die Wachen ihn an den Armen packten und auf die Knie zwangen.

»Sie *ist* eine Hexe. Sie ist schuldig, schuldig!«, kreischte er.

Friedrichs tiefe Stimme übertönte Heinz' Geschrei ohne Mühe. »Es ist erwiesen, dass du einen Brandanschlag auf Eigentum der Kaiserpfalz verübt hast. Weiterhin sind versuchte Sachbeschädigung gegen einen Jagdhund aus Hofeigentum sowie ein versuchter Anschlag auf ein Mitglied des Hofes bewiesen. Das Urteil ergeht wegen Verrates.«

Heinz versuchte auf die Beine zu kommen, doch die Wächter hielten ihn mit eisernem Griff am Boden.

»Das wird Euch noch leidtun. Ihr seid nur zu verblendet, um die Wahrheit zu erkennen! Weil sie Euch auch verhext hat!«, schrie Heinz.

Der Kaiser trat ganz dicht an den Tuchhändler heran, packte ihn am Kinn und zwang ihn, ihm in die Augen zu sehen. »Gib acht, was du sagst, sonst wird aus Verrat schnell Hochverrat, und du kommst nicht so glimpflich davon.«

Er stieß Heinz von sich und wischte sich die Hand an der Kotta ab.

»Blendet ihn!«

Stumm band Anna die Nesteln an Elisabeths Unterkleid zu und zupfte sie flach, damit nichts auftrug. Heinz' Flüche hatten ihr eine unruhige Nacht beschert, aber als M'Ba am Morgen die Nachricht gebracht hatte, dass Heinz geblendet worden sei, fühlte sie sich besser. So würde er ihr kaum noch folgen, geschweige denn ihr auflauern können.

»Hast du zugehört, meine Liebe?«

Anna schüttelte den Kopf. »Verzeiht, Herrin, ich war in Gedanken.«

»Wenn du den Hofklatsch auch nicht liebst, erregt es vielleicht doch deine Aufmerksamkeit zu hören, dass Petrus de Vinea mir seine Aufwartung gemacht hat. Und mich vor dir gewarnt hat.«

»Er hat *was*?« Anna bekam weiche Knie. Dieser hinterhältige Giftpilz!

»Stimmt es, dass du den Kaiser für dich gewinnen willst … als Mann, meine ich?«

Anna wollte alles abstreiten, nachdrücklich versichern, dass sie keine Gefühle für den Kaiser hege, aber ihre Lippen blieben zusammengepresst, als wären sie zugenäht.

»Dachte ich's mir doch. Keine Antwort ist auch eine Antwort«, murmelte Elisabeth. Sie ließ sich von Anna das Oberkleid über den Kopf streifen, öffnete die mit geschnitzten Rosen verzierte Schublade und griff nach der Haarbürste. Eine ihrer Frauen trat hinzu, nahm die beinernen Nadeln aus der Schatulle und wollte beim Aufstecken helfen, doch Elisabeth scheuchte sie und die anderen Jungfern hinaus.

Mit zittrigen Fingern schnürte Anna den straffen Leib sorgsam in den kostbaren grünen Stoff ein, als könne sie damit auch ihre Gefühle unter Verschluss halten.

»Ich kann de Vinea nicht ausstehen«, stieß Elisabeth plötzlich hervor. »Ich kenne solche Männer.« Sie wechselte die Bürste in die andere Hand. »Meine Schwester Eleanor ist nur ein Jahr jünger als ich. Sie ist verwitwet, aber bekommt sie, was ihr zusteht? Nein. Um jeden Penny muss sie betteln. Männer.« Sie stand auf, damit Anna das Kleid bis zum letzten Loch schnüren konnte.

»Ich habe ihr beinahe meine gesamte Garderobe dortgelassen, denn es reicht nicht einmal für standesgemäße Kleidung. Wenn man so lange am Hof lebt wie ich, dann lernt man eins: Frauen können an einem solchen Ort nur überleben, wenn sie sich einig sind.« Sie fasste Annas Hand und hielt sie fest. »Ich bin nicht dumm. Friedrich wird sich sowieso andere Frauen halten, so wie mein Bruder, mein Vater, der Kaiser vor Friedrich und alle, die nach ihm kommen.« Elisabeth griff nach Annas anderer Hand und blickte sie unverwandt an. »Warum nicht das wichtige Amt einer Geliebten in den Händen einer Freundin wissen?« Sie seufzte. »Deine Sprache spreche ich – es hat lange genug gedauert, sie zu lernen. Aber nimm diese Tänzerinnen. Sie sprechen Arabisch. Weiß der Himmel, ob ich das je lernen werde. Um es kurz zu machen …« Sie ließ Annas Hände los und drehte sich vor dem Spiegel im Kreis. »Ich habe nichts dagegen, dass er auch dich besucht, solange die Krone auf *meinem* Kopf sitzt. Meinst du, wir könnten Verbündete werden, solange du hier bist?«

Anna nickte verstört und zupfte über der Hüfte an dem makellos sitzenden Gewand herum.

»Fertig«, presste sie heraus. »Ihr seht wundervoll aus«, fügte sie leise hinzu.

Bevor Elisabeth antworten konnte, hämmerte es an der Tür, und beide Frauen fuhren zusammen.

»Ja?«

Der Kaiser selbst öffnete die Tür. »Teuerste, es wird Zeit zum Aufbruch«, sagte er. Bei Elisabeths Anblick überzog ein so strahlendes Lächeln sein Gesicht, dass sich Annas Herz schmerzhaft zusammenzog. Ritterlich reichte Friedrich seiner Braut die Hand und geleitete sie zur Tür. Elisabeth zwinkerte Anna noch einmal zu, aber Friedrich würdigte sie keines Blickes.

Was für eine verdrehte Welt. Anna schloss die Tür ihrer Kammer mit einem Ruck. Erst wollte sie nichts von Friedrich, dann wollte er nichts mehr von ihr wissen. Sie schlüpfte in ihr am Ärmel geflicktes rotes Kleid, auch wenn es nichts nutzen würde. Und dann riet seine Braut ihr, sich ihm an den Hals zu werfen. Als wäre Friedrich nicht längst Elisabeths Reizen erlegen. Wie sie dagestanden hatte in dem grünen Gewand, ein Kleinod, hübsch und freundlich, geduldig und höflich, *so* sollte eine Frau sein. Anna sank auf den Bettrand. Was hielt sie noch hier? War es nicht besser, nach Trier zurückzukehren und alles hinter sich zu lassen? Andererseits hatte er ihr den Hund geschenkt und nicht gezögert, zu ihrer Rettung herbeizueilen, als sie in Gefahr schwebte. Hätte er das für jeden am Hof getan? Sie konnte nicht herausfinden, ob der Kaiser aus Pflichtbewusstsein gehandelt hatte oder ob ihm etwas an ihr lag. Anna seufzte, doch dann hellte sich ihre Miene auf. Sie hatte einen Plan. Aber wenn der misslang, konnte es leicht ihren Kopf kosten. War sie wirklich bereit, dieses Wagnis einzugehen?

Hochzeitsnacht

»Willst du im Angesicht der Kirche diese Frau als dein Eheweib anerkennen?« Der Kardinal wandte sich an Friedrich.

»Ja, das will ich.«

»Und du, meine Tochter? Gehst du aus freien Stücken diese Ehe ein?«, fragte der Geistliche Elisabeth.

»Es ist mein freier Wille.«

»Dann tretet ein, damit wir die heilige Messe halten können.« Das Klatschen und die Jubelrufe hallten von den Mauern und dem dunklen Holz der Brautpforte wider, bis sich alle im Innenraum des Domes versammelt hatten. Zuerst wollte Anna sich in die hinterste Bank setzen, um das glückliche Paar nicht ständig im Blick haben zu müssen, doch dann siegte die Neugier. Endlich wurde es wahr – ein Kaiser trug Gewandung aus ihrer Hand, und er sah wirklich großartig darin aus. Was Elisabeth an Lieblichkeit besaß, machte Friedrich durch seine Männlichkeit mehr als wett. Ihre Hand ruhte leicht wie eine Feder auf seinem Arm, und als sie durch den Gang schritten, verbeugten sich die Männer fast bis zum Boden, nicht ohne der Braut heimlich hinterherzusehen. Die Blicke der höflich knicksenden Frauen folgten entweder sehnsüchtig dem Kaiser oder neidisch seiner Braut.

Das Rascheln der Gewänder wich erwartungsvoller Stille; die Messe begann.

Die Knie taten Anna weh. Hätte sie doch nur die vermaledeiten Perlen nicht auf dieser Höhe angebracht! Gleichgültig, wie sie sich hinkniete, eine Perle drückte immer. Das Getuschel vor und hinter ihr wurde ihr erst bewusst, als die erste Frau mit dem Finger auf sie deutete, einen raschen Blick zum Kardinal warf und die Hand schnell wieder zurückzog. Anna sah sich achtsam um. Mehrere der Frauen hatten ihre Blicke auf sie gerichtet, tuschelten und gestikulierten aufgeregt. Verunsichert schaute Anna an sich hinunter. War eine Naht eingerissen? Hatte sie sich beschmutzt? Sie fand nicht heraus, was die Gemüter so erregte. Die Messe dehnte sich zu einer schieren Unendlichkeit.

Endlich stand Anna wieder auf dem Domplatz. Sie hatte ihr Gewand, die beiden Schuhe, Hände und Haar mehrmals überprüft, es gab nichts daran auszusetzen.

»Verzeiht die Frage …«

Eine nicht mehr ganz junge Frau in schönem Violett, das zu ihren sorgfältig gelegten schwarzen Flechten passte, blieb dicht vor Anna stehen, gefolgt von einer Magd.

»Gern.«

»Fürstin zu Welm. Ich hörte, die Gewänder des Kaisers und der Kaiserin wurden in Eurer Werkstatt gefertigt. Ist es so?«

Anna nickte.

Die Frau winkte der Magd, und die zog einen prall gefüllten Beutel aus ihrem Korb.

»Würdet Ihr auch für mich arbeiten? Ich hätte gern ein Gewand, das dem Hochzeitskleid der Kaiserin ähnelt. Die Ärmel dürfen durchaus eng sein, aber lang und üppig sollte es schon wirken.«

Hinter der Fürstin hatte sich eine kleine Menschenschlange gebildet. Gut betuchte Frauen mit Dienstvolk warteten, bis die Gewandschneiderin Zeit für sie fand.

Anna stockte der Atem. Daher die Aufregung! Die Frauen hatten erfahren, dass sie die Schneiderin war.

»Zuerst sind noch etliche Gewänder für die Kaiserin zu fertigen, sie hat nichts Passendes für den heißen Sommer. Aber wenn Ihr bis nach Lichtmess warten könnt und einen Boten schickt, falls der Hof schon weitergezogen ist ...«

»Sicher, sicher, wenn *Ihr* es für mich schneidert ...«

»Dann ist es mir eine Freude, Fürstin.«

Die Fürstin von Welm strahlte und drückte Anna den Beutel in die Hand. »Eine kleine Anzahlung. Teilt meinem Boten mit, wie viel ich noch schulde, wenn er den Stoff und die Schnüre bringt. Oder messt Ihr selbst? Nein«, beantwortete sie die Frage gleich, »sicher habt Ihr viel zu viel zu tun. Ich schicke den Boten.«

Sie konnte es kaum glauben. Nach dem fünften Auftrag hatte Anna die übrigen Frauen gebeten, nach Ostern Boten zu schicken, weil sie durcheinanderzukommen fürchtete. Ihr schwoll das Herz vor Stolz. Die feinen Damen mochten ihre Gewänder. Nicht eine hatte auf weiten Ärmeln bestanden, es schien, als ob sie selbst bestimmen könne, was zeitgemäß war. Anna wünschte, Meister Spierl hätte das noch erlebt.

Sie müsste eine Zunäherin einstellen.

Jeder Fleck innerhalb der Mauern war geschmückt. Tische drängten sich aneinander, Feuer brannten unter schweren Kesseln, und Fässer standen in hölzernen Gestellen, bereit zum Anstich. Die auserwählten Gäste, denen Heinrich der Kämmerer mitgeteilt hatte, dass sie im Steinhaus an der Tafel des Kaisers feiern durften, drängten sich durch das Schwibbogentor und eilten zielstrebig nach links. Anna schlenderte rechts herum und bahnte sich zwischen den Tischen und Menschen einen Weg zur Kapelle.

»Anna, Anna!« Alimah, die stämmige Gestalt in spinnwebenfeine grüne und blaue Seide gehüllt, kämpfte sich mit kräftigen Ellbogenstößen durch die Menge.

»Komm mit mir hinein! An unserem Tisch ist noch ein Kissen frei.«

Anna war hin- und hergerissen. Es zog sie in Friedrichs Nähe, aber das Paar so glücklich vereint zu sehen …

Alimah zog sie am Ärmel. »Los, gleich beginnt es. Was ist mit dir?«

»Ich … er … ich glaube, er mag mich nicht mehr«, stieß Anna hervor.

»Nur weil er dir den Kopf gewaschen hat? Geschieht dir recht, du dummes Ding. Was verärgerst du ihn auch? Und nun komm!« Alimah zog erneut, diesmal heftiger. Als Anna ein Krachen in der Ärmelnaht hörte, gab sie auf und folgte gehorsam.

Im Innern des Steinhauses war es angenehm kühl. Die niedrigen Tische mit den runden Sitzkissen ringsum waren besetzt, der Thron jedoch war noch leer. Beim Duft der Speisen lief Anna das Wasser im Mund zusammen. Gebratene Hühner, knusprige Ferkel, mit Spießen in Gestellen auf den Tisch gebracht, Reh, Brot und Obst türmten sich auf den Tischen; Mundschenken warteten mit Weinschläuchen auf einen Wink. In Alimahs Schlepptau lief Anna zwischen den festlich gekleideten Gästen hindurch. Die Köchin führte sie zu einem Tisch, an dem die Verschleierten aus dem Frauentrakt saßen. Befangen nahm Anna neben einem dieser seidig rauschenden, unwirklichen Wesen Platz. Wie niedrig diese Tische waren! Sie war froh, Alimah neben sich zu wissen.

Dunkle Augen unter noch dunkleren Brauen musterten Anna neugierig über einem Tuch, das die Nase und den Rest des Gesichtes bedeckte. Die anderen beiden Frauen trugen keinen Gesichtschleier, und sie waren noch schöner, als Anna sie in Erinnerung hatte.

Die Frau mit dem Schleier schien ihre Musterung beendet zu haben und schob die schmale Rechte über den Tisch. »Isandra«, sagte sie mit melodischer Stimme, und ihre goldenen Armreifen klirrten leise.

Vorsichtig nahm Anna die zierliche Hand, als wäre Isandra zerbrechlich. »Anna«, stellte sie sich vor.

Auch die beiden anderen nannten ihre Namen. Die grün gekleidete junge Frau hieß Samira, die in dem roten Schleierkleid nannte sich Kenziz und hatte fast die Hautfarbe von M'Ba. Schwerer Schmuck in Kenziz' Haar reichte bis hinunter zwischen die Augen, auch Hals und Ohren waren üppig mit goldenem Zierrat geschmückt. Samira trug keinen Schmuck, bis auf wenige dünne Reifen, aber ihre Lider waren kohlschwarz gefärbt, und die Augen glänzten wie polierte Knöpfe.

Anna wusste nicht, wie sie sich mit den Frauen verständigen sollte, also schaute sie sich um. Alle Wände waren mit Stoffbahnen verhängt, auf dem Boden lagen überall Kissen, und allein die Kerzen, die den Raum prächtiger schmückten als eine Kirche zu Ostern, mussten ein Vermögen gekostet haben. Liebliche und würzige Gerüche mischten sich, und ehe Anna sichs versah, hatte Isandra eine dampfende Schale vor sie hingestellt, in die sie braune Bröckchen fallen ließ. Der Duft von Blumen und Süße vermischten sich und verlockten Anna zum Probieren. Heiß war das Getränk und gut, süßer als Honig.

Ein kurzer Stoß ins Horn ertönte, und die Wachen ließen schwere Stoffbahnen vor den Fenstern herunter. Am helllichten Tag wurde es plötzlich dunkel in dem Steinhaus. Anna setzte die Schale vorsichtig auf dem Tisch ab. Was hatte das zu bedeuten? Neben ihr klatschte jemand in die Hände, ein Arm mit samtweicher Haut streifte ihre Wange, dann applaudierten alle im Saal.

Tanzende Lichter tauchten dort auf, wo Anna den Eingang vermutete. Die Lichter drehten sich in der Luft und wirbelten umeinander. Anna hielt den Atem an. Feuerfackeln. Wenn nur eine von denen herunterfiel! Hier war alles voller Stoff, der würde brennen wie Zunder. Doch die Gesichter der beiden Schwarzen im Halbschatten, die die Feuerfackeln in die Luft warfen, waren völlig entspannt, sie verstanden ihr Handwerk offensichtlich ebenso gut wie Anna das ihre. Hinter den Feuerwerfern schritten Friedrich und Elisabeth einher, noch immer in den Gewändern, die sie, Anna, geschneidert hatte. Zufrieden mit sich und der Welt, nahm sie einen weiteren Schluck aus der Schale. Lag es an dem Getränk oder an den verwirrenden Gerüchen? Der Anblick der beiden schmerzte Anna nicht mehr allzu sehr, eine heitere Leichtigkeit hatte Besitz von ihr ergriffen.

Vor dem Thron wichen die beiden Feuerwerfer rechts und links auseinander, und Friedrich winkte. Ein zweiter Stuhl, etwas kleiner und nicht ganz so prächtig wie der Thron, aber mit gemustertem Stoff bezogen, wurde neben Friedrichs Platz aufgestellt.

Friedrich klatschte zweimal kurz in die Hände.

Die Lichter erloschen, und der trockene Klang einer Trommel setzte ein. Tapp, tapp, *klapp,* tapp, tapp, *klapp.* Es gab kein Entrinnen. Alle klatschten im Rhythmus. Lieber noch hätte Anna den Takt mit den Füßen mitgestampft, aber die niedrigen Kissen ließen es nicht zu. Als ihr die Finger schon taub wurden, tauchten drei einzelne Lichter mitten im Raum auf. Ein Kopf erschien, gekrönt von einem silbernen Reif, in dem drei Kerzen steckten. Samira.

Vom dumpfen Pochen der Trommel geleitet, schwangen ihre Arme auf und ab, als wären sie Schlangen. Nach und nach bewegten sich auch Bauch, Hüfte und Busen zum Takt der Musik. Als laufe eine Welle von unten nach oben durch Samiras Körper, schob sich einmal das Becken, dann die Brust nach vorn. Der Kopf der Tänzerin hingegen blieb stolz aufgerichtet. Andernfalls wäre ihr das heiße Wachs auf das schöne Gewand getropft, wie Anna besorgt bemerkte.

Das Mädchen wickelte einen Stoffstreifen vom Körper und hielt ihn mit ausgebreiteten Armen vor das Gesicht, sodass der nackte Bauch zu sehen war. Ein Kreis aus Lichtern wurde entzündet, und ein tiefes Raunen lief durch den Saal. Im Widerschein der Flammen funkelte ein Edelstein dort, wo der Nabel sitzen sollte. Der Takt der Trommel wurde schneller, und Samira trat dichter an einen Wächter heran, der ihr den Reif mit den Kerzen abnahm. Schneller und immer schneller dröhnte die Trommel, ein anderes Instrument fiel ein, Anna suchte den Musicus. Ein langes Holzrohr, nach unten breiter, saß an seinen Lippen und gab scharfe, quäkende Töne frei, die sich wundersam zu einer Melodie verdichteten. Anna nahm einen weiteren Schluck aus der Schale, das Getränk schmeckte gar zu gut. Ob es Alkohol enthielt? Beschwingt wiegte sich Anna in den Hüften, bis ihr Blick sich mit dem der lächelnden Kenziz kreuzte.

Samira hielt inzwischen die Arme entweder über dem Kopf oder an der Seite, und ihre Hüften erzitterten so heftig, dass die gehämmerten Münzen an ihrem Gewand im Takt klirrten. Sie drehte sich auf den Ballen, beide Arme weit nach oben gestreckt, und warf den Kopf hintenüber, bis die langen Haare den Boden berührten. Mit schüttelnden Brüsten kam sie wieder zum Stehen, die Arme lockend und werbend vor dem Körper, sich windend, wie jemand, der in der höchsten Baumkrone nach Äpfeln greift.

Das Klatschen wurde immer fordernder, die Männer starrten mit glasigen Augen auf die Tänzerin. Friedrich hatte sich auf dem Thron vorgebeugt und die Arme auf die breit ausgestellten Beine gestützt. Doch auch die Frauen konnten die Blicke nicht von dem fremdartigen Schauspiel abwenden. Die Trommelschläge wurden langsamer, Samiras Hüften schwangen genau auf dem Takt. Ein letzter Schlag, sie sank zusammen, Dunkelheit.

Die Wächter zogen die Tücher von den Fenstern zurück, und

Anna blinzelte in der blendenden Helligkeit. Endlich sah sie wieder klar, und wohin sie auch blickte, sie entdeckte nur erregte Gesichter. Samiras Zauber hatte jeden ergriffen. Was für ein Tanz.

»Ich mag den Klang der Schalmei, er erinnert mich an früher«, seufzte Alimah. Die geröteten Wangen und die dunkel glänzenden Augen der Köchin legten Zeugnis ab, wie sehr die Musik und der Tanz selbst die robuste Herrscherin des Küchenreiches angerührt hatten. Alimah nahm einen tiefen Schluck aus ihrer Schale, füllte sie wieder auf und trank gleich noch einmal. Sie schüttelte die Schultern zu imaginärer Musik.

»Ich war eine gute Tänzerin. Aber das ist lange her.«

Bevor Anna antworten konnte, spielten der Flötist und der Trommler eine wirbelnde Melodie, die jäh abbrach, als de Vinea sich erhob.

»Neidhart von Reuental, ein Dichter zu eurem Vergnügen!«, rief er und trat vor.

Hatten gerade noch die Männer große Augen bekommen, klatschten nun die Weiber wie toll.

Anna reckte sich auf dem Kissen. Tatsächlich, die feinen Locken, das bartlose Antlitz, die Laute und die gut sitzende Kotta mit den breiten Schmuckborten – es war ihr Nachbar aus Meister Spierls ehemaliger Kammer.

Neidhart schwieg still, bis er in der Mitte der freien Fläche stand, dort, wo zwei Lichtbahnen aus den Fenstern sich kreuzten. Er ließ sich auf ein Knie nieder, neigte den Kopf vor Friedrich und Elisabeth und begann ohne einleitende Worte.

Anna lehnte sich in die Kissen und lauschte. Unterlegt von der Schalmei oder begleitet von seiner Laute, trug der Wortdrechsler seine Verse vor. In Neidharts Vortrag konnte sie sich verlieren. Sie sah sich wieder in der lauen Luft eines Maimonates lustwandeln, hörte Bauernburschen um ein Mädchen streiten, tauchte ein in den Streit einer Mutter mit ihrer Tochter, der sie unerklärlich wehmütig stimmte, und nippte zwischendurch immer wieder an der Schale, die Isandra aufmerksam nachfüllte. Diener trugen die Köstlichkeiten von den Tafeln inmitten des Saales auf Tellern und Schüsseln zu den kleinen Tischen. Innerhalb weniger Augenblicke war der Tisch, an dem Anna saß, mit Bratfleisch, sämiger Soße, weichem Brot und Kuchen überhäuft. Käse, Äpfel, Deckelpasteten, gesottene Eier und dicke Suppe verlockten zu höchsten Gaumenfreuden. Anna kostete von allem, bis sie das Gefühl hatte, ihr Kleid sei zu eng, und lauschte dabei Neidharts Liedern. Der stand nun auf, spähte suchend in die Runde und sprach die ersten ungereimten Sätze seit seinem Erscheinen.

»Das letzte Lied des heutigen Tages widme ich einer unbekannten Schönen, die in ihrer Lieblichkeit der Kaiserin zwar nachsteht« – er verbeugte sich vor Friedrich, der nickte und kurz höflich applaudierte –, »mein närrisches Herz aber gefangen genommen hat. Und da ich ihren Namen nicht kenne, muss ich für immer in ihrem Bann bleiben.« Noch einmal blickte er sich um. »Wenn ich sie hier nicht finde, schwindet auch meine letzte Hoffnung, mit meinen Liedern die Feste ihres Herzens zu erobern.« Er seufzte. »Wir wohnen Kammer an Kammer, aber ich bin zu verzagt, um sie noch einmal anzusprechen.« Er ließ den Kopf hängen, und mitleidiges Getuschel erhob sich. »Zu grausam hat sie mich bei der letzten Begegnung von sich gewiesen. Doch hier ist ihr Lied. Tragt es weiter, vielleicht findet es sie.«
Er hob an.

»O weh, Sommerfreude, dass ich auf dich verzichten soll!
Der mir dich missgönnte, erfahre Hilfe nie für seinen
*   Herzenskummer,*
und auch nicht die Schöne, nach der mein Herz so gestrebt.

Beklagte ich doch eigens, was ich all an Leid erfuhr,
dann nimmt es mich wunder, dass so mancher mir nicht
*   gönnt,*
wenn Liebes mir geschähe von dem besten Weib,
das mein Auge je erblickt hat.

Sie trägt an sich, was immer man als gut verstanden hat.
Wenn sie mich auch verschmähe, ich glaub es nicht,
Dass sie es so im Herzen wirklich meine.

Muss ich auf sie verzichten,
geschieht's mit meinem Willen nie!
Besser wäre mir der Tod
als eine solche Sehnsuchtsqual, die kein Ende fände ...«

Neidhart schloss erst den Mund, dann die Augen und kniete wieder vor dem Kaiserpaar nieder.

Friedrich fand freundliche Worte. »Ich wünsche Euch, dass ihr Eure Herrin findet« – er drückte Elisabeths Hand und lächelte sie an – »wie ich die meine. Wenn ich bei der Suche helfen kann ...«

»Ihr Haar ist wie der lichte Maienschein, sie ist von langem Wuchs wie eine Blüte auf ihrem Stängel, rot gekleidet und von unbeschreiblicher Anmut, des Schneiderns kundig, habe ich mir sagen lassen ...«

Anna keuchte auf, und der Kaiser lachte.

»Diese Qual kann ich gut nachvollziehen – dort hinten sitzt sie, am Tisch in der Ecke.«

Annas Blick kreuzte sich mit dem seiner blauen Augen – er hatte beobachtet, wo sie sich niedergelassen hatte.

Alimah lachte. Aller Augen wandten sich Anna zu. Die Haremsdamen hatten nichts verstanden, starrten sie aber auch an.

Anna sprang auf, raffte den langen Rock und stürzte zum Ausgang. »Entschuldigung, lasst mich durch, bitte ...«

Sie kam in der Enge nicht schnell genug voran. Da sie ohnehin schon jeder anstarrte, fasste sie sich ein Herz, sprang über ein Kissen hinweg auf die freie Fläche in der Mitte des Saales und lief hinaus, so schnell sie konnte.

»Anna!« Das Gelächter im Saal und die Rufe des Kaisers folgten ihr.

»Anna!« Neidharts Stimme, die Tür war fast erreicht. Das fehlte noch, dass *der* ihr folgte.

»Anna, lauf doch nicht weg, Anna …«

Wieder Friedrich. Er konnte ihr nicht folgen, selbst wenn er gewollt hätte – es war sein Hochzeitstag.

Sie eilte weiter, so schnell sie ihre Füße trugen, nach links in das Haus, das auch ihre Kammer beherbergte, und sprang die Treppe hinauf. Schwer atmend, noch immer schwindelig von dem seltsamen Getränk, lehnte Anna die Wange an das Mauerwerk. Trotz der Sommerhitze waren die grauen Steine angenehm kühl.

Die beiden da so sitzen zu sehen. Selbst durch die Leichtigkeit hindurch, in die der Trank sie versetzt hatte, spürte Anna den Schmerz. Wenn Friedrich sich von ihr abgewandt hatte, konnte sie nicht als Schneiderin am Hof bleiben. Sie musste ein Wagnis eingehen. Noch in dieser Nacht würde sie herausfinden, wie der Kaiser zu ihr stand.

Erst mit dem Hereinbrechen der Dunkelheit hatte Anna den Schutz ihrer Kammer verlassen. Wie lange Neidhart geklopft, sich entschuldigt und gefleht hatte, wusste sie nicht. Doch sie war überaus erleichtert, als der Dichter endlich in der Nebenkammer verschwand und eine Wand die klagenden Laute so weit dämpfte, dass sie vom Festlärm verschluckt wurden.

Sie schlüpfte in die samtenen Schuhe – würden sie ihr Glück bringen? – und trat auf den Gang hinaus. Leise schloss sie die Tür. Wenn Neidhart auf sie aufmerksam wurde, konnte Anna ihren Plan begraben. Sie schlich die Stufen hinunter, überquerte den Hof und duckte sich an der Küche vorbei. Kein Mensch zu sehen. Der schwache Widerschein des Feuers wies ihr den Weg zur Treppe. Erster Stock, am Saal vorbei, über die Arkaden, durch die Tür und die zweite Treppe hinauf, niemand hatte sie gesehen. Nun musste sie nur noch ein Versteck finden.

Der Lärm aus dem Saal ebbte ab. Kalt war es hier in der Ecke auf dem Boden, aber sie war vom Gang aus nicht zu sehen. Und was noch wichtiger war: Sie hatte die Tür zu Elisabeths Gemächern gut im Blick.

Da, sie kamen die Treppe herauf. Petrus de Vinea tauchte als Erster am Absatz auf, gefolgt von Friedrich und Elisabeth. Die Wachen bezogen Stellung neben der Tür. Fünf Männer, zwei Geistliche, die Anna nicht kannte, und Elisabeths Zofen traten hinter den dreien in das Gemach der Kaiserin ein, um später den Vollzug der Ehe zu bezeugen. Friedrich wusste, was von ihm erwartet wurde, und Anna zweifelte nicht daran, dass er dazu bereit war. Elisabeth war schön und keineswegs halb tot wie Meister Spierl, und Friedrich war ein Mann in der Blüte seiner Jahre. Er würde seine Pflicht gewissenhaft erfüllen.

Wie gewissenhaft, das war die Frage. Anna hatte sich sehr genau überlegt, wie herauszufinden war, ob neben Elisabeth noch ein Platz in Friedrichs Herzen frei war.

Wenn er seiner Gemahlin während der ganzen Nacht beiwohnte, war alles verloren. Aber wenn er seine Pflicht erfüllte und danach seine eigenen Gemächer aufsuchte, würde sie bleiben – und versuchen, ihren Anteil an seinem Herzen zurückzugewinnen.

Die Zeit dehnte sich wie eine Brunnenschlange an einem heißen Mittag. Anna setzte sich auf, lehnte sich an die Wand, drehte sich um, stand auf, um kurz die kalten Waden vom Steinboden zu lösen, zog sich wieder in den Schatten zurück und wartete, wartete, wartete. Trotzdem hatte die Glocke der Kapelle unten erst einmal geschlagen, als sich die Tür öffnete und die Gesellschaft heraustrat.

Teils vergnügt schwatzend, teils gähnend stiegen die Männer und Frauen die Treppe hinunter.

Friedrich war nicht dabei, die Wachen standen reglos.

Anna schaffte es noch, die Tränen zurückzuhalten, bis die Geräusche auf der Treppe verstummt waren. Dann barg sie das Gesicht in den Händen, schob sich ganz tief in den Schatten an der kalten Mauer und weinte.

Eine warme Hand legte sich auf ihre Schulter. »Dachte ich's mir doch, dass ich etwas gehört hatte.«

Friedrich.

Ein Schauder überlief Annas Körper.

»Du zitterst ja. Warum sitzt du hier?« Er nahm ihre Hand und zog sie auf die Füße. »Das ist zu kalt, nachts auf dem Stein. Ich bin froh, dass du da bist – ich war nicht mehr sicher, ob dein Angebot noch gilt.«

Anna schniefte und wischte sich die Tränen von der Wange.

Warum stand er so nahe? Sein Duft verwirrte sie, wie sollte sie da einen klaren Gedanken fassen?

»Welches Angebot?«, fragte sie.

»Die Rose.« Er lächelte verschmitzt. »Ich habe sie gleich ins Wasser stellen lassen, aber sie ist trotzdem verwelkt, weil dieser Tölpel sie zerbrochen hatte«, knurrte Friedrich leise.

»Welcher Tölpel?« Er redete in Rätseln.

Friedrich betrachtete sie forschend. »M'Ba überbrachte mir eine Rose von dir. Leider hatte er sie aus Versehen zerbrochen – auch wenn er es bestritt.« Er musterte Anna und wirkte auf einmal bestürzt. »Die Rose! Nicht er hatte sie geknickt – sondern du, nicht wahr?«, raunte Friedrich.

Anna senkte den Kopf. »Ich wollte mich nicht zwischen Euch und die Kaiserin drängen. Außerdem mögt Ihr mich ohnehin nicht mehr, da ist es gleichgültig. Ihr wart heute so kalt zu mir.«

»Die Strafe war verdient, nachdem du mich so angeschwindelt hattest.« Er lachte leise, aber die Bitterkeit war nicht zu überhören. »Und jetzt zahle ich dafür. Schon gut, ich kann es vertragen, wenn eine Frau mir eine Absage erteilt, zumal ich dieses Schicksal in deinem Fall mit Neidhart von Reuental teile, dem die Weiber sonst in Scharen nachlaufen.« Zerknirscht ließ er die Schultern hängen.

»So ist es nicht, ich will Euch ja …« Anna schlug sich die Hand auf den Mund. Friedrich trat näher und zog sie zu sich heran. »Ist das wahr?«

Einen törichten Moment lang wollte Anna es noch abstreiten, dann dachte sie an all die Zeichen, die Gott ihr geschickt hatte, und nickte. Abermals überlief sie ein Schauder.

»Du frierst.« Irrte sie sich, oder war seine Stimme noch dunkler geworden?

»Komm, das Badewasser ist sicher noch warm.«

Friedrich flüsterte den Wächtern etwas zu, und sie postierten sich vor der Tür einer der Tänzerinnen. Dann zog er Anna in den Baderaum, entzündete eine einzelne Kerze an einer der beiden Wandfackeln und stellte sie auf den Rand des Zubers. Milchig weiches Wasser füllte den riesigen Bottich. Anna tauchte eine Hand hinein, es war tatsächlich wohlig warm.

»Warum habt Ihr Eure Wachen vor die Tür der Mädchen gestellt?«, fragte sie.

»Damit uns keiner hier überrascht. Jede Frau hat ein Recht auf Schutz vor der Öffentlichkeit. Oder möchtest du, dass Petrus zu uns in den Zuber steigt?«

Anna lachte leise. Das beschwingte Gefühl in ihrem Kopf hatte seit der Festveranstaltung nicht nachgelassen. Sie musste Alimah fragen, was dieser Trank enthalten hatte. Alle Schnüre und Nesteln waren gelöst, aber Anna mochte sich vor Friedrichs Augen nicht entkleiden.

»Dreht Euch um!«, forderte sie mit spröder Stimme.

Friedrich tat, wie ihm geheißen, und Anna zog erst das Kleid, dann das Unterkleid über den Kopf und stieg über den Hocker in den Zuber. Wohlige Wärme umschloss sie bis unter die Achseln. Die Brandwunde schmerzte im warmen Wasser, sie legte den Arm auf den Rand des Zubers. Friedrich drehte sich um, die blauen Pantoffeln in der Hand. »Woher hast du die?«, fragte er.

»Von Alimah.«

»Ein teures Geschenk für eine Schneiderin, es sei denn …« Er rieb sich die Stirn und lachte. »Alimah! Sie hat es noch vor mir gewusst.« Behutsam stellte er die bestickten Samtschuhe neben seine mit Rubinen, Smaragden und Perlen bestickten roten Hochzeitsschuhe. Er entkleidete sich und deutete darauf.

»Die habe ich schon zur Krönung getragen. Wenn man etwas umsichtig behandelt, kann es lange halten«, sagte Friedrich leise.

Er stand vor ihr am Zuber, nackt, und nässte ein Leintuch in dem Wasser. Sanft strich er Anna über den Nacken, die Schultern und den Ansatz ihrer Brüste.

»Darf ich dein Haar lösen?«, fragte er.

»Lieber nicht, es riecht sicher noch nach dem Brand«, wandte Anna ein.

»Ich wasche es dir.« Ohne ihre Widerworte gelten zu lassen, zog ihr Friedrich die Nadel aus der Haarspange und löste die Flechten.

»Hell wie die Sonne Italiens, das mag ich so an dir.« Er schäumte ihr das Haar mit Seife ein. Der leichte Duft von Rosen mischte sich mit Friedrichs Geruch und den unbestimmten, süßen Ausdünstungen des Badewassers. Anna schloss die Augen.

»Und was magst du an mir?«, forschte er.

»Deine blauen Augen«, flüsterte Anna. Sie lehnte sich zurück und überließ sich zögernd seinen kundigen Händen. »Es waren von Anfang an deine Augen.«

Epilog

Anna strich der kleinen Friederike auf dem Arm der Amme noch einmal über den zarten kupfernen Flaum am Kopf. Dann ergriff sie die lederne Dokumentenmappe, stieg aus dem Wagen und nickte dem Fahrer zu, der unter dem Verdeck vor dem leichten Sommerregen gut geschützt war.

Das Haus sah noch aus wie im letzten Jahr, als sie es verlassen hatte. Nur die Klingel war neu. Sie betätigte sie und wartete. Als der Bote Jans Nachricht von Wiffis Tod überbracht hatte, die nur einen Tag nach dem Meister gestorben war, konnte sie erst stockend lesen. Elisabeth hatte ihr den Rest vorgetragen. Anna schämte sich ein wenig, aber sie war froh gewesen, dass Wiffi gestorben war. Ihr von der Hochzeit mit Meister Spierl zu berichten – nein, das hätte sie kaum fertiggebracht. Die Tür im ersten Stock öffnete sich, und Jan streckte den Kopf heraus.

»Der Meister ist nicht da. Habt Ihr einen Auftrag?«

»Ich bin's, Anna.«

Jan starrte sie mit offenem Mund an. Sie nahm es ihm nicht übel. Es stimmte, sie hatte sich verändert. Die Kleidung, der Schmuck, die täglichen Bäder – Anna lächelte. »Lass die Leiter herunter!«

Er schritt vor ihr durch den Flur. »Meine Mutter ist hier, sie geht mir zur Hand. Es stank schon wieder aus dem Keller, irgendjemand muss sich darum kümmern, wenn die Witwe so lange auf Reisen ist.« Der vertraute vorwurfsvolle Zug in seinem Gesicht.

Anna verbiss sich das Lachen. Ein schüchternes Mädchen hockte im Flur und wusch einen rostfarbenen Fleck aus einem Leinentuch. Anna wusste, wie der Fleck entstanden war, die Kleine musste sich heftig gestochen und auf den Stoff geblutet haben.

Jan schnäuzte sich. »Und eine Hilfe habe ich auch angestellt, damit du es gleich weißt. Die viele Arbeit wäre sonst kaum zu schaffen«, verteidigte er sich unaufgefordert.

Anna bückte sich zu dem Mädchen hinunter, legte eine Hand auf dessen kalte Finger und wendete sie um. Der Einstich blutete immer noch.

»Schon gut, das ist nicht weiter schlimm.« Sie zog das Mädchen auf die Füße. »Mach eine Pause, bis es nicht mehr blutet, dann arbeitest du weiter.«

Die Näherin nicke, schaute aber fragend auf Jan. Erst als der gleichfalls nickte, lief sie nach oben. Die Küche war aufgeräumter als früher.

»Anna.«

Jans Mutter, die Marktfrau Hannah, sah noch genauso aus, wie Anna sie in Erinnerung hatte. »Setz dich doch!«

Hannah bot ihr in ihrem eigenen Haus einen Platz an?

»Ich stehe lieber, danke. Wie ihr wisst, ist fast ein Jahr vergangen, seit der Meister gestorben ist.«

Hannah erhob sich erregt vom Hocker und unterbrach sie hastig. »Ich verstehe deine Sorgen, und ich habe eine Lösung. Auch wenn die Zunft nicht erlaubt, dass du als Witwe länger als ein Jahr den Betrieb des Meisters fortführst, muss die Schneiderei nicht an den ältesten Gesellen gehen. Ich kann Dietrich auch nicht leiden. Es wäre doch zu beiderseitigem Nutzen, wenn du Jan heiratest. Er ist auch Geselle, kann lesen und schreiben, und ihr könntet die Werkstatt zusammen führen.«

Anna lachte laut. Daher wehte der Wind. Erst als sie Jans hochroten Kopf sah, wurde sie wieder ernst.

»Das ist nicht nötig.« Sie öffnete die Mappe, holte die Urkunde hervor und legte sie ihm vor.

Jan keuchte. »Da steht *Meisterin Anna Spierl*.«

»So ist es. Ich bin selbst Meisterin. Ich muss also niemanden heiraten, um meine Gewandschneiderei weiterzuführen.«

Mit offenem Mund ließ sich Hannah auf den Hocker zurücksinken. Jans Gesichtsfarbe wechselte von Rot zu Weiß, er schluckte und streckte ihr dann die Hand hin. »Glückwunsch.«

Anna nickte dankend. »Ich habe dem Meister versprochen, dich als Gesellen zu behalten.« Jan atmete auf, seine Mutter ebenfalls. »Aber ich will mich noch nicht auf Dauer hier niederlassen. Ich werde den Kaiser auf seinen Reisen begleiten, nicht nur in Deutschland, auch in Italien und anderswo. Ich werde selten hier sein. Wenn du die Schneiderei nach meinen Wünschen führst und den Vorrat gut gefüllt hältst, lasse ich dir ein Drittel der Einnahmen. Zusätzlich freie Wohnung für deine Familie.« Sie zwinkerte Hannah zu. »Vielleicht findest du eine andere Frau für ihn.«

»Und wann kommst du für immer zurück?«, fragte Jans Mutter.

»Das weiß nur Gott«, antwortete Anna.

Die edlen Rappen zogen den wendigen Wagen mit dem Wappen des Kaisers aus der kleinen Gasse, fort von den Blicken der Leute, und brachten sie aus der Stadt hinaus. Der Regen ließ nach und hörte schließlich ganz auf.

An einem Brunnen machte der Fahrer halt und tränkte die Pferde.

Die Sonne schien auf die Amme und auf Annas Kind und brachte die blauen Augen ihrer kleinen Tochter zum Leuchten. Anna lehnte sich zurück und schaute in den Himmel.

Marie hatte recht behalten.

Anna sah die Wolken ziehen – und sie hatte keine Angst mehr.

PENDO

Hannah Brebeck
Das Labyrinth der Engel

Roman. 320 Seiten. Gebunden

Paris 1609. Ein obskurer Diebstahl, verbotene Geschäfte in dunklen Gewölben und eine Serie von grausamen Morden sorgen im Hôtel-Dieu, dem klösterlichen Hospital auf der Île de la Cité, für Angst und Schrecken. Auch das Leben der Oberhebamme Estiennette Rimbault gerät dabei in größte Gefahr. Verzweifelt bittet sie ihre Freundin, die königliche Leibhebamme Louise Bourgeois, um Hilfe. Schon bald entdecken die beiden Frauen eine erste Spur, und ein scheinbar unbedeutendes Symbol bringt Estiennette ein Geheimnis in Erinnerung, das ihr einst eine Nonne auf dem Sterbebett anvertraute.

Ein atemberaubender Roman um die beiden berühmtesten Hebammen der Geschichte – spannend, mysteriös und ausgezeichnet recherchiert.

09/1049/01/R

Sybille Schrödter

Die Lebküchnerin

Historischer Roman. 384 Seiten.
Piper Taschenbuch

Nürnberg 1387 – eine der blühendsten Städte des Mittelalters, doch ein unwirtlicher Ort für eine junge Adelige, die gerade dem Kloster entflohen ist. Ihr bleibt nur eines: Sie gibt sich als Schwester ihrer Freundin aus, der ehemaligen Klosterköchin Agnes, und zieht zusammen mit ihr ins Haus von Agnes' Verlobtem, einem Bäcker. Das wiederum passt dem künftigen Schwiegervater gar nicht, bis Benedicta ihm aus seinen wirtschaftlichen Schwierigkeiten hilft. Ihr Geheimrezept für Lebkuchen, das sie einst im Kloster entwickelte, rettet die Bäckerei. Mit dem Erfolg ihrer köstlichen Benedicten-Lebkuchen macht sie sich jedoch auch Feinde. Und erkennt beinahe zu spät, dass einer es gut mit ihr meint ... Sybille Schrödter zeichnet lebendig und historisch fundiert ein farbenprächtiges Bild vom mittelalterlichen Nürnberg.

Melanie Metzenthin

Die Sündenheilerin

Historischer Roman. 464 Seiten.
Piper Taschenbuch

Nach einem schweren Schicksalsschlag lebt Lena zurückgezogen im Kloster. Als Dietmar von Birkenfeld die junge Frau auf seine Burg ruft, damit sie seiner kranken Gemahlin hilft, muss Lena ihre Zufluchtsstätte jedoch verlassen. Denn sie hat eine seltene Gabe: Sie erspürt die tiefen seelischen Leiden der Menschen und vermag sie auf wundersame Weise zu heilen. Während ihres Aufenthalts auf Burg Birkenfeld begegnet Lena noch anderen Gästen: Philip Aegypticus ist zusammen mit seinem arabischen Freund Said in den Harz gereist, um die Heimat seines Vaters kennenzulernen. Der ebenso attraktive wie kluge Philip bemerkt schon bald, dass auf der Burg manch düsteres Geheimnis gehütet wird. Und er entdeckt, dass die feinfühlige Lena sich in Gefahr befindet.

05/2475/01/L

05/2673/01/R